COLLECTION FONDÉE EN 1984
PAR ALAIN HORIC
ET GASTON MIRON

TYPO EST DIRIGÉE PAR
JEAN-FRANÇOIS NADEAU

AVEC LA COLLABORATION DE
PIERRE GRAVELINE
ET JEAN ROYER

D0993358

L'auteur tient à remercier le Conseil des Arts du Canada pour son soutien.

Typo bénéficie du soutien du ministère du Patrimoine du Canada et de la Société de développement des entreprises culturelles du Québec pour son programme d'édition.

Nous remercions le Conseil des Arts du Canada de l'aide accordée à notre programme de publication.

AMANDES ET MELON

MADELEINE MONETTE

Amandes et melon

Roman

TYPO

Éditions TYPO
Une division du groupe Ville-Marie Littérature
1010, rue de La Gauchetière Est
Montréal, Québec H2L 2N5
Tél.: (514) 523-1182
Télec.: (514) 282-7530

Maquette de la couverture: Nancy Desrosiers
En couverture: Louise Bourgeois, *Untitled,* 1944. Collection Arthur Miller et Inge Morath.

Données de catalogage avant publication (Canada)
Monette, Madeleine 1951-
    Amandes et melon
    Éd. originale: Montréal: l'Hexagone, 1991.
    Publ. à l'origine dans la coll.: Collection Fictions.
    Comprend des réf. bibliogr.
    ISBN 2-89295-139-9
I. Titre.

PS8576.O455A77	1997	C843'.54	C97-940987-X
PS9576.O455A77	1997		
PQ3919.2.IM66A77	1997		

DISTRIBUTEURS EXCLUSIFS:

• Pour le Canada et les États-Unis:
LES MESSAGERIES ADP*
955, rue Amherst
Montréal, Québec
H2L 3K4
Tél.: (514) 523-1182
Télec.: (514) 939-0406
* Filiale de Sogides ltée

• Pour la Suisse:
TRANSAT S.A.
Route des Jeunes, 4 Ter
C.P. 125
1211 Genève 26
Tél.: (41-22) 342-77-40
Télec.: (41-22) 343-46-46

• Pour la France:
DIFFUSION DE L'ÉDITION QUÉBÉCOISE
30, rue Gay-Lussac 75005 Paris
Tél.: 01 43 54 49 02
Télec.: 01 43 54 39 15
Courrier électronique: liquebec@imaginet.fr

• Pour la Belgique et le Luxembourg:
PRESSES DE BELGIQUE S.A.
Boulevard de l'Europe 117
B-1301 Wavre
Tél.: (010) 42-03-20
Télec.: (010) 41-20-24

Édition originale:
© Madeleine Monette, *Amandes et melon*
Montréal, l'Hexagone, 1991.

Dépôt légal: 4e trimestre 1997
Bibliothèque nationale du Québec
Bibliothèque nationale du Canada

My loving thanks to Billy who helps me in so many ways, every day, to live this writing life.

*Un seul fil remué fait
sortir l'araignée*

VICTOR HUGO

Prologue

Certains après-midi d'été

Elle se revoit la tête ronde, trop large sur ses petites épaules, le front haut et les tempes dégagées comme si elle avait commencé à perdre ses cheveux, les boucles éparses. Elle n'a que cinq ou six ans, et elle a l'air vieux. La poussière du trottoir qui se mêle à la sueur au creux de ses mains en retrace les fins sillons comme à l'encre noire. Il y a longtemps que Marie-Paule est assise là, sur le béton granuleux, et de minuscules cailloux se sont incrustés dans le gras de ses pouces, à la naissance des poignets.

Devant elle sa mère fait un de ses numéros. Un peu mime, un peu jongleuse et un peu illusionniste, elle s'efface derrière une nuée de gestes qui ne lui ressemblent pas. Laide ou belle selon qu'elle inspire à Marie-Paule des rires gênés ou lui donne envie de suivre jusqu'au bout, dans son crâne, cette voix qui s'étire comme de la ouate, sort par petits clous ou s'éparpille en pluie, l'actrice disparaît dans ses personnages et ne peut plus aimer quiconque existe pour de vrai, elle est un monstre. Mais lorsque les passants ont bien applaudi et qu'avant de se disperser ils jettent des pièces sur un mouchoir qu'elle a déplié devant eux, il y a ces moments de bonheur inouï où l'actrice se rue sur l'enfant, la soulève de terre en faisant tourner les maisons et le ciel tout autour, lui embrasse les cheveux, lui presse le visage sur sa blouse moelleuse, sa poitrine moite et haletante, et pour toutes deux c'est le triomphe.

•

De part et d'autre de Marie-Paule qui a les jambes croisées à l'indienne, le cou engoncé dans les épaules et les bras raidis derrière elle, des piétons s'arrêtent et forment une première rangée, puis une deuxième, puis un attroupement qui déborde du trottoir sur la chaussée. Les éclats de voix de l'actrice et les rires de ceux qu'elle retient dans son cercle attirent d'autres curieux encore, qui s'arrachent le cou sans rien voir. L'enfant le sait, parce qu'elle s'est déjà trouvée au milieu de la rue avec son père qui l'avait assise sur une de ses épaules, mais qui ne voyait rien, lui, que des têtes et des nuques. Par la suite il s'en était plaint, même que c'était tout ce dont il avait parlé quand l'actrice l'avait interrogé d'un regard anxieux, attendant de lui un signe d'approbation, d'encouragement.

Les jours d'affluence, il arrive que la circulation soit entravée, que la police interrompe le spectacle et ordonne qu'on libère la rue. C'est ce qu'appréhende Marie-Paule lorsque les rires gonflent trop vite au-dessus d'elle, l'enfoncent comme dans un puits parmi les longs corps dont les têtes se touchent dans les hauteurs. Trois coups de klaxon, deux hoquets de sirène, et des policiers bourrus font irruption au centre du groupe où elle est aussi tremblante qu'excitée. L'actrice s'immobilise et se tait. Les gens s'indignent, sifflent leur mécontentement, mais n'obéissent pas moins. Ils se montrent plus généreux que d'habitude toutefois, empilant silencieusement les dollars au lieu de faire cliqueter les sous, pour protester contre le pouvoir des uniformes, le narguer.

C'est l'été, toujours l'été quand sa mère travaille dans la rue, et Marie-Paule est distraite par les jambes duveteuses ou fraîches épilées, les pieds arqués sur des talons hauts ou avachis dans des sandales fatiguées, les orteils boudinés ou interminables, collés en pain ou espacés, les ongles longs et bombés ou déchirés, propres et tendres ou endeuillés, qui lui donnent un aperçu de l'intimité physique des étrangers qui l'entourent.

Parfois, pour qu'elle se tienne tranquille, sa mère lui achète des bonbons qu'elle lui laisse choisir un à un, au désespoir de la marchande. Au soleil, ils ramollissent dans leur sac brun. Marie-Paule en fait une boule, tord solidement l'ouverture du sac qui prend l'aspect d'une pomme de pin et dont la queue de papier poreux s'humecte dans sa main. Patiente, refrénant son envie de se les mettre tous dans la bouche, parce que sa mère lui a dit de les faire durer et qu'il ne faut surtout pas la contrarier, elle suce les carrés de sucre et s'amuse à les débusquer en avalant complètement ses doigts, à les faire rouler sous sa langue ou à les cogner contre ses dents. Si elle continue, la prévient son père quand il l'y prend à la maison, si elle continue de mettre la main dans sa bouche comme un poisson dans la gueule d'un plus gros, ses lèvres s'étireront et seront un jour tellement grandes qu'elle ne pourra pas embrasser ses amoureux sans les engloutir!... C'est qu'il a horreur des mauvaises manières. C'est qu'il a la fierté délicate et qu'il tient à partager avec tous le plaisir douloureux qui le remue lorsqu'il contemple sa fille, n'en revenant pas de la voir grandir. Que voulez-vous! La mère n'est pas assez sévère. Elle veut faire du théâtre. Le lendemain

de l'accouchement, elle se revoyait sur les planches…
Lui n'aurait jamais cru, dit-il souvent pour excuser
l'enfant.

Entre deux carrés de sucre, Marie-Paule laisse
sécher ses doigts, si collants qu'ils font l'effet d'être
palmés. Elle les écarte doucement, en regardant la
peau s'étirer et se détacher peu à peu sur les côtés,
elle joue de l'éventail avec l'application sérieuse
d'une scientifique.

De temps en temps elle considère sa mère, ses cheveux courts qui moussent au soleil et entourent sa tête
d'une masse vaporeuse, ses lèvres minces dont elle
repousse chaque matin les contours en les remplissant
de rouge, ses yeux bruns crayonnés, frondeurs ou fixement effrayants, illuminés d'un délire fou pendant le
monologue de l'avion qui manque de carburant au-
dessus de la mer, sa haute poitrine et sa blouse qui
plonge à pic sous une large ceinture évoquant un cor-
set, sa jupe dont les plis profonds tombent en s'évasant
et s'ouvrent parfois sur une jambe longue et blanche,
ses souliers plats dans lesquels elle se dresse toujours
sur la pointe des pieds, comme s'il lui fallait grimper
sur des talons imaginaires pour croire elle-même à sa
voix ou la faire entendre, et aussi la sueur qui lui fait
des ronds sombres sous les bras. Marie-Paule, qui
meurt de ne pas avoir toute son attention, passe de
l'admiration sans bornes au ressentiment secret, insoutenable. Si elle ne craignait pas une rebuffade, elle irait
sans plus attendre s'accrocher aux cuisses de sa mère
et cacher son visage entre ses genoux, dans les froissements de sa jupe.

Elle se revoit, oui. Elle se souvient comme si c'était hier. De l'émotion surtout, mais pas seulement. Elle sait que le drame est en marche, puisque l'amour est déjà en crise. Aussi banal mais unique, le drame, que la matière des livres qui sournoisement vous renversent. Elle revoit sa petite personne et elle croit toucher le fond de l'humanité. Oui, elle se souvient très bien. Et vingt ans après ça lui fait encore un peu mal.

•

Avant de commencer, l'actrice la dépose sur le trottoir et lui ordonne de montrer qu'elle est une grande fille. Marie-Paule sait bien qu'elle est petite, et que c'est injuste. S'il lui arrive de se rebeller, de pédaler dans le vide pour forcer sa mère à la garder dans ses bras, elle est le plus souvent docile. Déjà qu'elle se sent indésirable, il ne servirait à rien d'aggraver son cas. D'ailleurs, à tenir tête, elle ne gagne jamais que des sursis qui n'en sont pas, des délais tourmentés. Ayant pleuré de rage, crié à se fendre le crâne et vu sa mère encore plus désemparée qu'elle-même, elle finit toujours par s'asseoir tranquille sur le trottoir, où elle avait d'abord refusé d'être abandonnée tel un ballot encombrant. Malheureuse, étourdie d'avoir hurlé, elle occupe au moins ce qui sera une place de choix au premier rang.

Alors elle allonge les jambes, s'appuie sur les paumes et observe les métamorphoses de sa mère. S'imprégnant de ses monologues bizarres, elle devient une éponge. Plus tard, dans l'obscurité de son lit, elle se répétera chaque scène. Le sens et les sons exacts lui échappant souvent, elle se racontera avec terreur ou plaisir des histoires de suce-idées et de nez rosés.

Des aiguilles lui courent dans les doigts, des rides rouges se creusent à l'articulation de ses poignets, qu'elle ne songe même pas à secouer. Pas étonnant qu'on la trouve d'une patience exemplaire.

En plein soleil, ni l'endroit ni la position ne sont des plus confortables, mais cela vaut mieux que de se faire garder par la vieille voisine et son fidèle soupirant, son visiteur de tous les jours. Dans l'appartement qui sent le chou bouilli à longueur d'année, et où les bombes désodorisantes ne suffisent pas à dissiper l'odeur de renfermé, n'y ajoutent que des vapeurs acidulées de citron ou de rose, tout lui paraît défraîchi en comparaison des couleurs vives dont on l'entoure d'habitude. Elle n'y est curieuse de rien, surtout pas des objets de rebut que les vieux cueillent dans la rue et entassent le long des murs, comme dans une boutique de brocanteur. À peine y entre-t-elle qu'elle devient apathique, d'une civilité fade et résignée: son corps atone ne donne à lire qu'une absence forcée de sentiments, qu'une tristesse à blanc. Les jambes pendantes sur la chaise où sa mère s'assoit toujours pour lui enlever son manteau, boire quelques gorgées de thé et donner ses instructions avant de partir, elle n'a pas l'air d'une enfant difficile. N'empêche qu'elle ne peut pas souffrir ces vieux qui la dorlotent, se pâment d'admiration devant elle ou ferment les yeux au supermarché sur tout ce qu'elle glisse furtivement dans leur panier. Qu'ils la mènent par la main, traînent leurs pantoufles à ses trousses, la sortent dans sa poussette ou la fassent manger, lui

donnent ses bains ou bercent ses petites impassibili-
tés, ils sont ceux qu'elle peut repousser obstinément
ou frapper du poing sans risquer de rien perdre.
Quant à l'actrice qui s'absente aussi souvent et aussi
longtemps qu'il lui plaît, l'enfant lui garde un amour
démesuré: il lui serait trop pénible de se voir la détestant.

•

Avec le regard vague et la bouche entrouverte des
petits qui s'oublient, semblant entrer dans des chambres sans pesanteur, Marie-Paule gratte les menus
cailloux qui ont adhéré à ses paumes.

Elle connaît la mécanique du spectacle, les mots
qui doivent déclencher les rires ou commander les
silences. Quand elle s'aperçoit qu'on la regarde, elle
s'esclaffe à la chute de chaque blague et parfois
même un peu avant: elle ne supporterait pas qu'on la
relègue dans la catégorie, combien détestable! des
enfants trop jeunes pour comprendre. Riant avec les
autres, elle se sent en partie responsable de leur plaisir. N'est-ce pas sa mère à elle qui invente ces personnages, dont les réflexions sur la vie sont toujours
terriblement sérieuses, mais font toujours l'effet de
plaisanteries? En fait, elle se demande la plupart du
temps ce qu'on leur trouve de si drôle, comme lorsque l'actrice prétend être juchée sur le parapet d'un
pont et met des lunettes de plongée en disant qu'elle
veut se voir partir, mais puisque tout le monde rit; en
fait, elle n'aime pas que sa mère joue la comédie. Dès
que son visage et sa voix se défont, prennent des

expressions molles ou piquées de tics, elle s'impatiente de ces folies qu'elle est impuissante à imiter, sinon à faire cesser, qui lui semblent excessives et déplacées, menaçantes pour l'ordre fragile grâce auquel elle s'y retrouve et qui règle pour elle les apparences. Elle craint que sa mère ne redevienne pas elle-même, que sa personne ne se coince dans les grimaces, ne s'y sente trop à l'étroit et ne s'en extirpe pour aller respirer ailleurs. Prise de panique, elle se croit tout aussi en danger que lorsque sa mère un instant l'étouffe en l'embrassant, et l'instant d'après la délaisse.

À ceux qui la jugent incapable de saisir les traits d'esprit de sa mère, elle ferait volontiers remarquer que de toute manière ses monologues sont idiots, ne sont qu'une enfilade de sottises sans queue ni tête, mais cela n'arrangerait rien, puisqu'elle doit protéger sa mère aussi bien qu'elle-même. Heureusement, les applaudissements ne manquent jamais d'éclater à la fin, qui font de l'actrice une héroïne et la portent aux nues, atténuent l'effet de ses mimiques outrées.

À la maison aussi sa mère l'exaspère, lorsqu'elle joue «La Vieille Savate» par exemple, une de ses favorites aux épaules roulées en avant, au cou allongé à l'horizontale comme la tige d'une fleur à moitié déracinée, aux bras ballants et aux mains abandonnées sur les cuisses tels des pompons maigres, qui va reniflant à tout bout de champ et glissant à petits pas sur ses chaussettes en accordéon.

Quel contraste avec les autres fois, d'un rare bonheur, où sa mère l'entraîne dans ses extravagances et la fait rire aux éclats, la déguise d'un rien et prête aux objets des usages imprévus, fait tenir son univers sur la pointe d'une épingle ou la retranche du monde en la mettant à l'abri de tout, comme lorsqu'elles sont tapies dans un placard où elles tremblent de plaisir autant que d'énervement à l'idée qu'on les y découvre.

Pendant ce temps, le père est assis dans son lit où il passe des soirées entières soit à comparer de nouvelles recettes de feuilleté, de soufflé ou de mousse, soit à dépouiller des revues d'automobiles en concessionnaire zélé, mais plein d'ennui. D'abord il leur jette des regards par en dessous, indulgents et amusés. Puis il trouve que ça a assez duré, qu'on s'est suffisamment excitées. Toute cette agitation qui secoue l'appartement, le remplit de cris et de bruits impossibles. Et cette enfant qui sera trop fébrile pour dormir. N'est-elle pas déjà en sueur, oui, sûrement, elle est en sueur. Ce n'est pas qu'il veuille les empêcher de rire, elles sont trop belles à voir toutes les deux, mais il voudrait au moins s'entendre penser. N'est-il pas étonnant qu'on s'occupe si peu de lui. Après tout il est son père, à cette enfant, comment se fait-il qu'il se sente de trop dès qu'ils sont tous les trois. Oh! il n'aurait pas à se plaindre s'il pouvait rester à la maison toute la journée. Madame est toujours tellement pressée d'en sortir qu'il serait alors plus près de sa fille qu'aucun père ne l'a jamais rêvé...

Finalement, dans sa chambre, Marie-Paule doit mettre seule son pyjama dont les boutonnières sont trop petites et raides. Tout a commencé parce qu'elle riait comme une perdue, et elle se tient coite.

●

Intermittent, chargé de poussière, un vent chaud se lève. Il frappe les passants de son voile, gonfle les jupes, fait bruisser et clapoter les jambes de pantalon. Devant un théâtre désaffecté, à quelque cent pas de l'entrée principale, l'actrice n'a pour cage de scène que le renfoncement d'une porte de service. À sa gauche, des vitrines de curiosités émiettent les regards, tableaux sur lesquels on aurait dessiné, jusqu'à les noircir, des objets hétéroclites se chevauchant les uns les autres. Le trottoir est aussi large qu'une promenade. La rue est étroite, et le soleil s'y jette par tranches entre les édifices. En face, on a démoli un immeuble pour en construire un autre. La lumière s'épanouit au-dessus de l'excavation et s'épanche sur le mur du théâtre. L'actrice, combattant les éblouissements, dit que cela vaut bien les feux de la rampe. Quant à Marie-Paule, qui aime découvrir sous sa main la chaleur cuisante de sa tête, elle ne se plaint pas.

Le coude replié à la taille comme si elle y retenait la poignée d'un sac à main, l'actrice enchaîne dans une pétarade de mots. Son personnage paraît appréhender qu'on ne l'interrompe ou qu'on ne doute de sa bonne foi: son sourire va s'effriter d'un instant à l'autre, se détacher de ses lèvres. À ses pieds Marie-Paule, qui n'aime pas cette mère de famille en visite dans un hôpital psychiatrique, a pourtant le visage crispé par sympathie.

L'actrice fait semblant d'expliquer au docteur, mi-furieuse, mi-doucereuse, que sa fille n'a pas voulu dire ce qu'elle a dit et que, mais voyons, Marceline, ne mange pas ces pastilles de menthe, tu sais bien que tu n'aimes pas ça. Le ton est aigu, les mots font l'effet d'un sac de haricots secs se déversant dans un bol. Plus l'actrice accélère et plus les spectateurs s'ébahissent, sourcils haussés et mine incrédule. Elle parle si vite, sans s'y perdre ni avoir de ratés, qu'ils applaudiront bientôt la rapidité du débit en échangeant des regards étonnés, de même qu'ils apprécieraient un exploit physique rarement accompli.

Des odeurs de friture, de choucroute et de saucisse bouillie tourmentent les estomacs. Elles voyagent sur des colonnes d'air qui font cercle un moment, changent de direction ou s'affaissent soudain. Le casse-croûte du coin n'est en réalité qu'une petite cuisine avec guichet sur la rue, et les effluves de cuisson qui s'en échappent sont aussitôt happés par le vent. Les patrons, un homme et une femme bien en chair dont Marie-Paule ne voit jamais que la moitié supérieure du corps, ne dissimulent pas leur joie lorsqu'ils penchent leurs têtes rondes sur le comptoir et voient venir l'actrice. Les autres commerçants sont tout aussi accueillants. Depuis que le théâtre a fermé ses portes, l'actrice est la principale attraction du quartier. Elle préfère se trouver là, dit-elle, plutôt que dans les bassins de touristes où défilent des Japonais et des Américains, qui s'arrêtent un instant parce qu'elle fait couleur locale, puis repartent l'esprit ailleurs déjà.

•

Avec une éclisse trouvée par terre, Marie-Paule gratte un des joints du trottoir, creuse une tranchée entre les blocs de ciment et rejette de petits talus de déblai sur les côtés. Elle a sali sa blouse blanche, noirci ses mains et ses genoux, mais elle ne s'en fait pas. Une enfant trop propre ne peut être une enfant heureuse, dit sa mère. Or, cette chemisette aux broderies ajourées sur la poitrine, au coton si fin qu'il en est transparent, aux manches bouffantes et au collet festonné, est celle que Marie-Paule préfère. Sa mère, qui parfois la laisse s'habiller toute seule et parfois décide même de la couleur de ses culottes, ne lui a pas fait avant de partir le coup des vêtements du dimanche qu'il faut aller enlever tout de suite, on sera mieux pour jouer. L'enfant le regrette, moins cependant qu'elle ne se reproche à elle-même de n'avoir pas été plus raisonnable.

Les poses de l'actrice se détachent sur fond noir, dans le renfoncement de la façade qui lui fait une niche. L'enfant peut fermer les yeux tant qu'elle veut, cela n'empêche pas le spectacle de se dérouler, ni sa mère de s'agiter comme la tante Marcelle — tiens! ça ressemble à la Marceline de l'hôpital — qui ne s'arrête pas de parler depuis des années sans s'inquiéter si on l'écoute ou non.

Bien qu'attentive, la petite foule se remue. Les spectateurs fument, mangent et boivent, font claquer des fermoirs de sac à main, multipliant les gestes nerveux ou répondant aux requêtes pressantes du quotidien: un mouchoir à trouver, une main d'enfant à essuyer, quelqu'un à embrasser sous le coup d'une envie irrépressible, l'heure d'un rendez-vous à vérifier. L'actrice parvient de temps à autre à les tirer d'eux-mêmes, mais ils ne tardent pas à y revenir, rappelés à l'attention par leurs corps surtout. Alors, c'est tout le grouillement qui reprend.

Marie-Paule sent peser contre son dos la masse des spectateurs, et derrière eux la ville, toute la ville qui bouge, qui exhale ses rumeurs et ses odeurs, comme un gigantesque animal qui marmonnerait en transpirant sur le béton. Les carrosseries cuites au soleil, qu'on dirait javellisées tant leurs couleurs blêmissent sous l'éclat du métal, les commotions des camions qui font vibrer et miroiter au passage les vitrines des magasins, les explosions de ceux qui filent à pleins gaz, leur ferraille secouée d'un pare-chocs à l'autre, les autobus qui s'éloignent dans un bouquet de vapeurs noires, tout ce tremblement lui plaît, et lui plaît d'autant plus qu'il est le décor de ses après-midi avec sa mère. Rien à voir avec l'univers dépouillé, insonorisé, climatisé de la concession d'automobiles où son père évolue en complet marine et chemise blanche.

Là, derrière les murs de verre teinté qui tranchent la lumière du soleil au profit d'un éclairage au néon, c'est l'affabilité empressée ou présomptueuse des employés qui règle les conversations, commande qu'elles se déroulent à voix basse ou avec une fausse familiarité. L'enfant a souvent la désagréable impression d'y assister à des jeux lents, serrés, plus ou moins honnêtes de persuasion ou de résistance. Elle a beau examiner les visages des vendeurs et des clients, jamais elle n'y retrouve l'air de légèreté distraite ou d'absorption fixe qu'elle aime tant voir aux piétons. Les acheteurs font le tour des voitures sans d'abord oser les toucher, comme s'il n'était permis que de les renifler, posent un genou au sol et regardent sous la carrosserie, collent le front aux vitres et mettent une main en visière, s'installent au volant et tendent les bras devant eux lorsqu'on leur dit de ne pas se gêner, d'y aller, voyons, de monter, font quelques pas en arrière et s'immobilisent dans une attitude de contemplation distante, pesant apparemment le pour et le contre, mais paralysés en réalité par leur ignorance des choses mécaniques, sinon par l'idée d'acheter à crédit... L'enfant connaît bien tout ce rituel, d'ailleurs il ne se passe jamais rien dans cet endroit d'absolument imprévisible, de drôle ou de saisissant, comme dans la rue parfois.

Avec son plancher de carreaux blancs impeccables, sur lequel reposent les voitures qui n'ont jamais roulé, cet espace lui serait agréable malgré tout, tel un vaste salon agrémenté de bibelots hors de proportion, si son père ne l'y poursuivait de ses interdictions. Soucieux et impatient, il n'y semble toutefois pas plus à l'aise qu'elle. Et s'il l'attrape par le bras, s'il lève la voix et la fait sursauter, lorsqu'elle dépose l'empreinte mouillée de ses mains et de sa bouche sur les carrosseries en s'y mirant, en s'en approchant lentement jusqu'à embrasser sa propre image, ce n'est nullement par vénération pour les voitures, mais parce qu'il en a assez de courir après les marques de doigts pour les effacer.

•

Un jour, se souvient-elle, sa mère l'entraîne avec elle dans la salle de montre et fait une scène, insiste pour la confier à son père qui s'y oppose. Il travaille et n'a pas le temps de divertir une enfant, ne peut quand même pas la laisser jouer dans les jambes des clients, allez, elle devrait y mettre un peu du sien. La mère, qui refuse d'écouter, fait non de la tête. Elle dit au père de prendre l'enfant, qu'elle ne la veut pas, qu'elle n'en peut plus de la trimballer comme un deuxième corps. Lui a beau s'imaginer être un père à temps plein, comment comprendrait-il que ce qui la pousse hors de la maison n'est rien d'autre que la peur, ou le désir apeurant, de s'y oublier complètement. Mais le père dit que si elle pense avoir le monopole du malheur, elle se trompe: non seulement s'astreint-il à vendre des voitures du matin au soir, alors que lui-même roulerait volontiers en taxi jusqu'à la fin de ses jours, mais il n'a guère de vie familiale ni amoureuse et s'arrange seul avec son dégoût, sa fatigue. Loin d'accuser sa femme, il l'envie de pouvoir faire ce qu'elle veut, mais il faudrait qu'elle aussi comprenne. La mère en a suffisamment entendu. Elle est à bout et elle s'entête. Elle doit avoir la paix pour préparer une audition, et la petite le sait, joue les enfants rejetés, s'accroche à ses jambes depuis le matin, et ça ne peut plus durer…

Au bord des larmes, la mère part. Un des battants de la porte se referme sur elle et emporte, dans son mouvement, la rue qui défile dans le panneau de verre en s'y reflétant. L'enfant se jette à plat ventre sur le sol, hurle et s'agite de tous ses membres, s'exagère le vide intolérable laissé par ce départ, s'imagine y disparaître.

Comme à la pointe d'un cri, lorsque dans l'éclat strident de sa voix le corps s'évade, c'est toute la réalité qui pour elle se trouve un moment suspendue.

Si l'enfant paraît s'enfermer dans sa rage, elle ne s'absente qu'à demi. Elle est aveugle et sourde, voudrait cesser d'exister pour ne plus savoir que sa mère s'est débarrassée d'elle, et cependant elle proteste,

incommode son père en vue d'obtenir un renverse-
ment inespéré. Son père tente de la calmer, de la prendre dans ses bras ou à tout le moins de la relever,
mais elle se cabre et cherche à le mordre, s'entoure de
coups de poing et de coups de pied, dresse sans rien
voir et de tous les côtés à la fois une barrière affolée,
se remue sur le plancher, pour qu'on sache qu'elle
n'est rien ni personne tant qu'on lui refuse ce qu'elle
veut. Elle vit cette crise comme un petit meurtre.

Lorsqu'enfin son père s'éloigne, l'enfant s'apaise.
Les carreaux sont frais et lisses, presque doux sous la
joue, à la différence des tapis de la maison qui respi-
rent la poussière et sur lesquels il est si déplaisant de
poser le visage. Toujours sur le ventre, un pan de
robe retroussé et rabattu à la taille, les jambes et les
bras ouverts dans une attitude de parfait abandon,
elle est si détendue maintenant que sa tête et ses
membres semblent sur le point de se détacher, son
corps sur le point de se fondre au plancher. Elle a
oublié sa mère en perdant conscience d'elle-même, et
elle est aussi amorphe qu'insensible. Après le petit
meurtre, c'est la petite dépression.

Du temps passe, des mots fusent à l'autre bout de
la salle qu'elle n'écoute pas, des gens se déplacent qui
ne la regardent pas. Tandis qu'elle redevient peu à
peu réceptive à tout cela, son esprit se remet à fonctionner. Elle n'a que trois ans, quatre tout au plus,
mais elle sait réciter sans trop les intervertir les nom-
bres de un à vingt. Dressée sur un coude, elle compte
les carreaux qui convergent vers son visage. Les
regroupant soit en ligne droite, soit en diagonale, elle
dessine ainsi du bout de l'œil, sur la blancheur étale
du plancher, des motifs qui à peine tracés s'effacent.

Au bout d'un moment, elle aperçoit le pied qu'elle agite en comptant; fière d'avoir choisi elle-même ses nouvelles chaussures, elle se lève pour les contempler. Un instant plus tard encore, elle s'est cachée et se demande combien de temps son père mettra à la trouver.

Elle se souvient, oui, d'une voiture à l'intérieur rouge, aux banquettes et aux flancs tendus d'une pellicule de plastique, aux moquettes rases et spongieuses. Elle est planquée là comme dans une eau sombre, à cause des vitres bleutées qui filtrent la lumière. Le cou cassé, la tête appuyée tout au bas du dossier pour échapper à la vue de son père qui va et vient sans la remarquer, elle se repaît des odeurs de cuir et de caoutchouc synthétiques que retient cette coquille de senteurs, et elle considère longuement le tableau de bord qu'elle voudrait être celui d'une cabine de pilotage ou d'une voiture de course. Les pieds pendants sous le volant, elle est presque heureuse tout à coup d'être seule. Elle ne peut être si calme que parce qu'elle n'a pas à lutter pour l'attention de sa mère ni à craindre ses éloignements subits, ses élans imprévus. Lorsque son père la retrouve, elle a déjà fait semblant d'actionner le levier de vitesse comme la manette des gaz d'un avion, et la voiture a quitté le sol.

●

Les applaudissements crépitent, les mains s'agitent autour de Marie-Paule avec des bruits de clapets, d'ailes trop petites pour les corps énormes des spectateurs qui ne s'envoleront pas. L'actrice salue très bas, puis bondit de côté et tire une paire de lunettes papillon de son sac à accessoires. Le sac contient en outre, oh! presque rien, une tête de micro et un chapeau mou, des lunettes de plongée, un veston noir et un tablier de serveuse pas plus grand qu'une carte de souhaits. À la maison, Marie-Paule doit se cacher dans la penderie du vestibule pour y fouiller. Le chapeau enfoncé jusqu'aux oreilles, le veston lui allongeant les épaules et l'enveloppant jusqu'aux chevilles, les lunettes de plongée lui couvrant tout le visage, elle s'est endormie là un soir que ses parents recevaient, et sa mère ne l'a dénichée qu'au milieu de la nuit en redonnant leurs manteaux aux invités. Elle l'a crue inanimée sous son masque, et elle l'a secouée avec tant de force qu'elle aurait pu lui décrocher le cou, pleurant et criant que sa petite avait failli mourir asphyxiée, suffoquée... Marie-Paule en a été terrifiée, mais pas bien longtemps: les débordements de sa mère lui étaient aussi agréables qu'ils lui semblaient déraisonnables.

Le soleil s'étant campé au bout de la rue, une ombre coupe la porte de service en diagonale. Le spectacle tire à sa fin, et cela vaut mieux ainsi, car les édifices dégorgeront bientôt des flots de gens pressés, qui non seulement ne se joindraient pas au petit groupe des spectateurs, mais le bousculeraient en aveugles.

Les lunettes de l'actrice s'étirent vers les tempes comme des gouttes sombres, des aigrettes de brillants dépassant de chaque côté de son front. Elle entame le monologue de la femme extravagante qui a fait tout ce qui était interdit à une femme, et rien de ce qu'on en attendait. Jouant cette vieille increvable dont le besoin de choquer, le goût des émotions fortes et les excentricités ont été jugés admirables tant qu'elle n'avait pas quarante ans, étonnants tant qu'elle n'avait pas soixante ans et ridicules ensuite, elle prétend contempler derrière elle le tourbillon de ses années folles et devant elle le tableau attristant d'«une femme et de son chien / qui n'attendent plus rien / que parfois le médecin».

Lorsque des rimes éclairent un monologue, Marie-Paule trouve à la voix de sa mère un accent incantatoire. D'ailleurs, les numéros de l'actrice lui reviennent souvent en mémoire comme les déclamations d'un chœur de théâtre, aux murmures énigmatiques et cadencés. Mais plus encore que les autres personnages, la femme aux lunettes papillon l'impressionne. L'actrice ne lui ressemble-t-elle pas un peu, qui n'est pas une mère modèle, effacée ou autoritaire, qui ne supporte pas d'être seule avec son enfant à longueur de journée et ne s'acquitte des tâches domestiques qu'à temps perdu, le soir très tard par exemple, quand elle est «trop fatiguée pour penser», qui ne se surveille pas à tout instant et ne prend pas un air honteux en riant, qui ne porte pas de chapeaux à voilette et ne va pas à l'église, sans compter qu'elle est une actrice? L'enfant lui en veut parfois d'être si différente, comme lorsqu'elle se fait prendre au jeu des comparaisons avec les voisins et attend ses chances de crier «moi aussi», pour s'assurer que ses parents ne font pas d'elle une exception même heureuse. Enviant aux autres leur monde délimité et mille fois exploré («Maman t'a dit de rester sur la galerie, maman ne veut pas que tu traverses la rue, viens vite, maman s'en va à l'épicerie»), elle est fâchée de ces expéditions qui la mènent dans des coins inconnus de la ville, de ces longs après-midi à ne rien faire dans des salles de théâtre vides, de ces tournées de banlieue où elle accompagne sa mère, comparse qui ne fait que traverser la scène un plateau à la main, et des disputes que ce genre de vie occasionne avec son père. Lorsqu'on ne prend pas l'actrice pour un drôle d'oiseau, Marie-Paule s'excite jusqu'à raconter les avions qui tombent et les vieilles savates, les Marceline qui mangent les pastilles de menthe et les femmes perchées sur les ponts, les serveuses dévoreuses et les lunettes papillon. Courant après son souffle, avalant au cœur des mots qu'elle fait éclater ainsi dans sa gorge, elle s'efforce de tout dire à la fois dans une bousculade effrénée d'idées.

Cependant, puisqu'elle ne peut s'irriter contre sa mère sans se torturer elle-même, elle n'a pas envie non plus d'une existence tranquille. Lorsqu'elles parcourent ensemble les rues, la petite grimpée sur la grande comme un cavalier sur sa monture, elle est plus qu'enchantée d'ailleurs de partager cette vie d'adulte qui n'a rien à voir avec les courses les repas la maison, plus qu'enchantée de cette proximité physique rassurante et exclusive, si enivrante par moments que c'en est intolérable. Et quand sa mère oublie qu'elle est une enfant, à qui on ne devrait pas tout dire et qui ne veut pas tout entendre, elle ne lui en tient pas rigueur, elle prend ses confidences trop à cœur.

S'inspirant du cinéma, de ses images de comédienne ambulante et de starlette, elle s'invente souvent des voyages sans fin sur les sièges arrière d'un autobus, des répétitions tardives pendant lesquelles elle s'endort en chien de fusil dans les coulisses, des matinées douillettes à regarder la télévision dans un motel, des représentations dans des villes lointaines où s'élèvent des théâtres imposants, des jours de relâche où elles se baladent toutes deux incognito derrière des lunettes noires, aux montures papillon bien sûr, éprises de leur légèreté et exaltées jusqu'au rire par leur misère portative. Avec dédain pour les «Mère et fillette cousant à la fenêtre» de ses livres illustrés, elle espère les tournées prochaines et se rêve en mouvement: elle traverse des plaines immenses au milieu desquelles sont incrustées de petites villes où personne ne les attend, elle survole des océans noirs dans un avion comme dans le ventre d'un poisson volant, qui ne risquerait rien à piquer de l'aile si par malheur il manquait de carburant. Parfois, dans la salle des départs d'une aérogare, son père fait au revoir de la main et pleure de la voir pleurer. Plaqué contre un vitrage, il regrette d'avoir crié à l'actrice qu'elle foute le camp, oui, c'est ça, qu'elle disparaisse de sa vie une fois pour toutes, mais qu'au moins elle ne lui enlève pas l'enfant. Car Marie-Paule vit en elle-même de petites ruptures familiales qui en présagent une autre, épouvantable et définitive celle-là. Elle seule en reconnaît l'inéluctabilité à ce qu'il semble, et il faudrait que c'en soit moins alarmant!

•

L'actrice dénoue vivement son minuscule tablier de dentelle et le brandit au-dessus de sa tête. Le menton pointé très haut comme si elle s'apprêtait à diriger un orchestre, elle feint d'ignorer les applaudissements, mais les aspire à pleine poitrine. Dans les yeux des spectateurs, flottent encore les assiettes avec lesquelles la serveuse dévoreuse a jonglé, repoussant un plat pour goûter à l'autre, se payant à même les restes des clients, s'empiffrant sans réussir à calmer sa nervosité, obéissant trop tard à sa mère qui avait l'habitude de lui dire «mange, mais mange donc, ça me fait mourir de te voir picorer, tu n'es pas un poussin!» Lorsque les applaudissements diminuent, l'actrice fléchit brusquement la taille pour les faire reprendre de plus belle. Elle étire de côté les plis de sa jupe et y enfonce la figure, se referme comme une moule.

L'ombre a gagné toute la façade du théâtre. Au bout de la rue, il n'y a plus qu'une clarté pâle. Le soleil a suivi son trajet quotidien entre les blocs d'immeubles, pour aller refroidir là.

Aux frottements de pieds sur le trottoir, mais surtout à l'expression de l'actrice, Marie-Paule devine qu'aux derniers rangs le cercle des spectateurs a commencé de s'effriter. Avant que tous n'aient tourné le dos, l'actrice rafle l'enfant, lui fait un joue-à-joue ardent, puis la lève à bout de bras de même qu'un trophée. Avide de bonheur ou tremblant déjà de désenchantement, elle l'offre au public pour qu'il l'acclame aussi.

L'actrice a déposé son petit fardeau, et elle converse avec deux spectateurs. Sur le trottoir Marie-Paule reste un peu secouée. Souffrant qu'on la prenne et l'étreigne ainsi, puis la laisse de côté, elle est près de croire qu'elle n'est rien du tout. Si triste qu'elle ne demande qu'à se perdre dans sa tristesse pour en oublier la cause, elle ramasse un bonbon qu'elle a échappé plus tôt, mouillé de salive et glissant; il est maintenant enrobé de poussière et de terre, mais elle le pousse quand même au creux de sa joue. Fermant les yeux, prenant garde de ne pas serrer les dents, elle le fait rouler sur sa langue et l'imagine suspendu là, derrière ses lèvres qu'elle n'ose plus refermer.

●

Oui, elle se souvient, elle se souvient même très bien, c'est-à-dire en ajoutant et en retranchant sans plus savoir ce qu'elle ajoute et retranche, après plus de vingt ans, elle se souvient, et ça lui fait un peu mal.

I

La vaisselle des grandes occasions

Ils arriveraient sans doute une trentaine de minutes à l'avance, pour apprendre que l'avion avait une heure de retard. Charles aurait dû téléphoner avant d'obliger sa petite famille à se mettre en route. Ayant comme plusieurs une confiance aveugle dans les avions, il se présentait à tous coups dans les aérogares avec une ponctualité de nouvel employé. D'ailleurs, dès qu'il mettait les pieds dans une salle de débarquement, il se découvrait une patience extrême, une soumission de victime et un sens de la fatalité, à croire qu'il était obnubilé par la magie de l'air ou confondu par l'immatérialité du trafic aérien, au point de perdre la faculté de raisonner. Ainsi, les faits seraient là, mais il n'admettrait toujours pas qu'un avion nolisé, venant d'Istanbul et faisant deux escales, n'eût pu être à l'heure que par miracle. Il était comme ça, on ne le changerait pas.

●

Toute la matinée, Charles avait été nerveux à l'idée de revoir sa fille. Il se demandait dans quel état il allait la trouver (Marie-Paule n'avait-elle pas le don de lui réserver des surprises frisant la catastrophe), mais surtout il voulait s'acquitter à la perfection de son rôle de père. Ayant par bouffées le sentiment de lui devoir quelque chose de plus qu'aux autres, à cette enfant, la seule née de son premier mariage, il ne se serait pas pardonné de la faire attendre par exemple, de ne pas être là pour l'accueillir à bras ouverts. À midi il s'était mis à parler d'encombrements possibles (mais à cette heure-là pour le moins improbables) sur la voie rapide, de sorte qu'ils avaient quitté la maison trop tôt.

L'été d'avant, Marie-Paule avait expédié ses derniers contrats de traduction, vidé son compte en banque, renoncé à son appartement, dispersé son mobilier chez des amis et entassé dans des caisses ses objets personnels (qu'elle semblait ne jamais s'approprier tout à fait, comme s'ils devaient vite se détériorer, devenir inutiles ou sans attrait), puis elle était partie en traînant sur des roulettes une grande valise aux flancs bombés. Elle ne savait pas où elle irait au juste ni dans combien de temps elle reviendrait, mais en plus des livres dont elle avait sans doute fini par ne lire que les premières pages et des cassettes qu'elle avait dû donner, perdre en chemin ou laisser fondre sur une banquette d'autocar, elle avait emporté un lot de vêtements d'hiver et d'été.

Charles l'avait regardée s'éloigner, en se disant qu'il avait fait pour elle tout ce qu'il avait pu: qu'elle ruinât sa vie ou restât à flot, il devait prendre garde désormais qu'elle ne l'entraînât dans ses désastres, ses bourbiers.

En route vers l'aéroport dans le confort silencieux, flottant et molletonneux d'une familiale blanche choisie pour l'occasion parmi un nouvel arrivage de voitures, Charles s'est imaginé pour la millième fois, avec horreur, que sa fille avait dilapidé ses ressources dès le début de son voyage et vécu ensuite de presque rien. Déplorant de ne plus pouvoir protéger sa fille de vingt-sept ans, il s'inquiétait de ce qu'elle eût pu subsister grâce à des manigances de son cru. Et si elle avait donné dans l'illégalité ou demandé à des amis généreux, sinon tout bonnement acculés à la générosité, de lui câbler des sommes insensées? Oh! elle avait dû s'en tirer sans trop faire de bêtises ni trop s'écorcher, autrement serait-elle sur le point de rentrer?

•

Les panneaux indicateurs portant la silhouette d'un avion ne captaient son attention qu'à la toute dernière minute, ce qui le forçait à des manœuvres dangereuses. En d'autres circonstances, il aurait pu se rendre à l'aéroport les yeux fermés. Excédé par ses fabulations autour du voyage de sa fille, Charles en a escamoté les douze mois sûrement semés d'anicroches, pour la voir descendre de l'avion habillée d'imprimés colorés, à la manière des femmes turques, le visage maigre mais cuit, assez bronzé pour avoir un air de santé, les cheveux frisottés et pâlis par le soleil, vaporeux comme ceux de sa mère.

D'instinct, il lui prêtait une tristesse plus désespérée et une sensibilité plus éperdue qu'avant son départ. Il faisait marcher autour d'elle des familles entières, des grappes dociles d'immigrants défiant toutes les modes dans des habits noirs, chemises à cols lâches sur cous brûlés, blouses à manches longues et grosses jupes plissées, au fleuri criard. Transplantés dans les larges corridors de l'aéroport,

ces hommes et ces femmes offraient un tableau précaire, délicat, de l'exotisme. Marie-Paule était rassurée par leur présence, qui rendait moins brusque le
choc du retour. Elle se sentait plus d'affinités avec
eux qu'elle n'en avait jamais eu et n'en aurait jamais,
leur enviant même l'énervement incontrôlé qui courait de l'un à l'autre, les terrassait par vagues mais
devait leur sembler une tare personnelle. Fascinée par
ces grandes familles qui se déplaçaient en bloc, elle se
trouvait d'autant plus malheureuse qu'elle-même
n'arrivait à se raccrocher à rien ni à personne.

Ici Charles a fini par sourire. Convaincu que
Marie-Paule ne s'attendrait pas à voir tout ce monde
en débarquant, il s'est félicité une fois de plus d'avoir
forcé Jeanne et les enfants à l'accompagner.

•

À son grand étonnement, l'aînée avait résisté
plus que les autres. Depuis toujours Céline répondait
aux élans imprévisibles de Marie-Paule avec un
empressement trouble, sachant peut-être qu'il était
inutile avec elle de faire les premiers pas. Charles
n'avait donc pas compris qu'elle refusât de venir,
même s'il n'était pas inconcevable qu'elle eût voulu
faire bande à part. Ne cherchait-elle pas, depuis quelques années, à s'extirper du domicile familial en fré-
quentant sa demi-sœur?

Tout de même, s'était indigné Charles, il y avait
des mois qu'elle n'avait vu Marie-Paule!

Elle était en train de lire! Céline avait-elle répondu
sèchement, peu soucieuse d'offrir une excuse valable.

Déjà énervé, Charles avait haussé la voix avec une autorité inhabituelle, et Céline avait cédé, moins par esprit de soumission que parce qu'elle était estomaquée.

Une fois dans la voiture, elle ne s'était pas gênée cependant pour protester. Elle aurait préféré voir sa sœur après que le bordel des retrouvailles se fut calmé, dans le cirque familial elle n'aurait rien à lui dire et devrait se rabattre sur les clichés de circonstance, ils savaient bien, les phrases creuses étaient leur spécialité...

Et allez donc! Céline se voulant insolente, Charles n'avait pas répliqué. Elle était avec eux, et il se moquait du reste. Marie-Paule serait émue de ce que toute la famille se fût déplacée pour elle, et quelle ne serait pas sa surprise devant le repas qui l'attendait à la maison!

•

Charles avait tout préparé lui-même, comme les jours de fête ou d'anniversaire. Il avait passé la matinée à démouler des aspics et des mousses, à décortiquer des crevettes et à lier des sauces, à couper des millefeuilles, à fourrer et à glacer des éclairs, à disposer des hors-d'œuvre dans la vaisselle des grandes occasions et à surveiller le lapin en civet qui mijotait sur le feu, heureux d'avoir tant à faire parce qu'ainsi Marie-Paule n'était qu'indirectement l'objet de ses pensées.

Donnant des ordres à Vincent, son «fidèle sous-chef», Charles s'était d'abord émerveillé de la peine qu'il prenait pour s'acquitter de ses tâches, trancher les concombres en rondelles parfaitement égales ou peler les pommes sans presque en entamer la pulpe, puis il en avait éprouvé un malaise indistinct. Son travail terminé, Vincent avait tout rangé dans le réfrigérateur et maximisé l'espace comme il se serait attaqué à un puzzle difficile, regroupant les plats suivant leurs formes et leurs couleurs, tenant même compte de l'ordre dans lequel on viendrait les chercher. Ensuite il avait couru à sa chambre où l'attendaient, étalés sur le lit, les vêtements propres que Jeanne avait choisis pour lui, et il n'avait pas remis les pieds dans la cuisine. Sur le perron, il avait disparu dans un autre de ces livres qui n'étaient pas de son âge, et qu'il trouvait dans les cartonnages de Marie-Paule. Charles n'avait pas exprimé son désaccord: l'eût-il fait que Jeanne serait passée derrière lui, aurait levé la défense avec une magnanimité soudaine, pour mieux s'attacher Vincent. Il la voyait faire depuis longtemps et s'en estimait diminué. Il n'avait de complicité avec son fils que lorsqu'il prenait la place de Jeanne dans la cuisine, d'où son vif regret de ne pas être un amateur de musique, d'électronique ou de voile, enfin de n'importe quel autre passe-temps auquel Jeanne n'entendait rien, plutôt qu'un passionné de gastronomie. Il n'avait bien sûr qu'à se rappeler comment Céline s'était mise à repousser Jeanne des poings et des pieds dès qu'elle avait su marcher, comment aussi Julien, leur deuxième qu'elle nourrissait encore au sein, était mort étouffé dans sa couchette, oh! le coup de masse qui accompagnait ce souvenir... pour comprendre qu'elle se fût rabattue avec énergie sur Vincent. Quant au pauvre Alex, il devait être né trop tard car il avait beau se démener, semer la pagaille dans la maison, faire le drôle ou faire le beau, elle ne le voyait pas.

•

En prenant la sortie de l'autoroute qui menait à l'aéroport, Charles se croyait atteint d'un début de sagacité et d'amertume annonçant une maladie de vieillesse. Peut-être était-ce parce que Marie-Paule était restée plusieurs semaines sans donner de nouvelles, et qu'il s'était imaginé trop souvent recevoir un télégramme qu'il tremblerait d'ouvrir, peut-être était-ce parce qu'il se détachait de Jeanne, l'excusait et la tolérait de moins en moins, mais il considérait sa famille d'un œil inquiet, pour ne pas dire ahuri.

Les petites révoltes et les soumissions apeurées, les jeux humiliants, les tromperies et les dissimulations, les sensualités criantes, ou mal contenues, ou maladroites, les envies subites de mourir ou de frapper n'importe qui à l'aveuglette, les alliances inconditionnelles, les marchandages et les exclusions, les silences où on s'abritait tel un rongeur dans son trou, engourdi ou affolé, les remarques ravalées comme des excès de bile, les insultes qui tombaient à plat ou revenaient vous éclater dans la tête, tout cela qu'il avait ignoré auparavant, étant trop occupé à se défendre lui-même et à maintenir le bon fonctionnement de sa maison, le saisissait.

Dix-sept ans, il lui avait fallu vivre dix-sept ans avec Jeanne et ses parfums, ses détergents et ses catalogues, avant d'admettre qu'il n'était pas heureux et qu'il regrettait sa première femme. Une fois divorcé, il

avait balayé ses doutes sous le tapis; et une fois rema-
rié, il avait étouffé ses nostalgies. Or, depuis qu'il
s'angoissait pour Marie-Paule, il éprouvait un désir
fou de revoir Marion. Elle lui revenait en mémoire
comme dans la bouche un goût familier, une sensation
fuyante, à croire que le corps avait ses propres souvenirs. Charles oubliait les insécurités de Marion, ses
gaietés irresponsables, ses audaces impétueuses qui
exaspéraient ses fragilités d'actrice, pour ne plus songer qu'à ses tendresses extravagantes. Il ne se pardon-
nait pas d'en avoir privé Marie-Paule alors qu'elle était
encore une enfant, une fillette de neuf ans, même s'il
persistait à se dire qu'il n'aurait pu faire autrement.

Ce retour de voyage lui avait donc semblé une
nouvelle occasion de racheter une vieille faute, toujours la même. Pour entourer sa fille d'attentions, lui
témoigner son attachement, il n'avait su toutefois que
lui préparer un repas à sa manière… Ainsi Charles se
décourageait-il en montant les rampes du garage de
l'aérogare, puis en cherchant un espace de stationnement dans l'édifice de béton pauvrement éclairé, sans
murs extérieurs et d'aspect inachevé, à l'idée qu'il s'y
était encore mal pris pour faire plaisir à sa fille.

Lorsqu'enfin il a coupé le contact, il aurait voulu
rester enfermé seul dans sa voiture, jusqu'à ce que
son désarroi l'eût quitté.

•

Les portes automatiques ne s'étaient pas plus tôt
rabattues sur leur petit groupe qu'Alex a couru se
planter devant un écran.

L'air triomphant parce qu'il s'attendait à faire de l'effet, il est vite revenu en claironnant que l'avion aurait une heure de retard.

Mi-contrariée, mi-incrédule, Jeanne l'a d'abord défié du regard pour l'inciter à se rétracter, puis elle est allée vérifier ses dires.

Charles et Vincent l'ont suivie, distançant vite Céline qui voulait croire qu'elle n'était pas concernée, puisqu'elle était là contre son gré.

Charles a accompagné Jeanne et les enfants jusqu'à un îlot de fauteuils, creusés comme des cuillères et rivés au sol devant les pistes d'atterrissage, puis s'est avisé de téléphoner à sa sœur qui était restée à la maison pour mettre la dernière main aux préparatifs. Il voulait lui dire de stopper net, surtout de ne rien sortir du réfrigérateur.

Elvire n'ayant aucun intérêt pour les choses domestiques, ni aucune vénération pour l'institution familiale, sauf si elle en considérait séparément les membres dans ce qu'elle appelait, blanche de fierté, leur individualité irréductible, Charles appréciait d'autant plus qu'elle eût offert de l'aider. Décidément, elle n'était pas aussi intraitable que ses humeurs délicates la faisaient paraître: elle préservait sa solitude et ménageait ses sentiments, mais il suffisait d'un peu de patience ou d'entêtement pour découvrir qu'elle avait l'émotion tendre et franche. Elle n'était pas la femme des grandes effusions, voilà tout, ni celle des compromis. Charles s'était longtemps figuré qu'Elvire n'aimait pas ses enfants, parce qu'elle ne les cajolait pas, ne se laissait entraîner dans leur univers que s'ils acceptaient de se risquer dans le sien. Puis il avait compris qu'elle avait pour eux plus qu'un faible, une curiosité admirative, et n'avait toujours fait que les traiter d'égal à égal. Ils le lui rendaient bien d'ailleurs en vieillissant, n'ayant avec elle aucune des pudeurs qu'ils avaient avec leurs parents.

Ce matin Elvire était venue parce qu'elle n'en pouvait plus d'attendre Marie-Paule toute seule dans son studio, et ce matin plus que jamais Charles lui avait su gré de sa présence silencieuse. Disant qu'elle dessinait mieux à la lumière du jour et qu'une petite brise ne lui ferait pas de mal, elle s'était assise près de la moustiquaire de la cuisine et n'avait pas bougé de là tant que Charles n'avait pas dénoué son tablier. Les cheveux poivre et sel attachés lâchement sur la nuque, lissés mais retombant sur ses joues, de sorte qu'ils bâillaient de chaque côté de son visage lorsqu'elle se retournait, les épaules larges et rondes débordant le dossier, la poitrine effacée dans un bleu de travail maculé de peinture, les pieds nus dans des pantoufles de toile noire et les jambes si longues qu'elles lui repoussaient très haut la taille, une cheville appuyée de côté sur un genou de manière que l'angle de sa cuisse lui servait d'appui pour crayonner, elle détonnait dans ce décor de rideaux festonnés et de papier peint, telle une olive sur un petit four.

Si Elvire s'était installée là où il y avait le plus d'animation, elle avait trouvé le moyen d'y rester en retrait, imperméable à toute tension mais non pas indifférente. Tandis qu'elle ébauchait le «portrait de l'auteur» dans un cahier qu'elle avait offert à Vincent pour ses poèmes, Charles l'avait sentie qui prenait note de ses moindres retours de panique.

Non seulement il appréhendait que Marie-Paule ne lui revînt malade, fauchée ou désorientée, mais le souvenir de Marion en profitait encore pour refaire surface. Et ce n'était pas tout. Plus ses insatisfactions familiales étaient aggravées par sa nervosité du moment, par son impatience de partir pour l'aéroport, plus son monde lui semblait susceptible de s'écrouler pour une futilité.

Elvire avait tout de suite deviné dans quelle disposition il était, tandis que Jeanne avait passé la matinée à déambuler dans la maison comme une étrangère insouciante, une invitée trop tôt arrivée. Cette façon qu'Elvire avait d'être là, de s'imprégner des émotions des autres en contenant les siennes, d'accepter avec un haussement d'épaules les fabrications de l'imagination ou les prétendues insanités, puisque la réalité en était faite aussi, n'est-ce pas, de ne se choquer de rien, sauf peut-être des apparences de normalité trop chèrement payées ou durement défendues, avait eu de nouveau pour effet de réconcilier Charles avec lui-même. Lorsqu'il s'était demandé à haute voix si Marion ne serait pas à l'aéroport, si Jeanne n'allait pas enfin cesser de déplacer la poussière avec un chiffon, si Céline n'allait pas porter autre chose qu'un satané blue jean pour une fois qu'elle sortait avec ses parents, Elvire n'avait fait que dresser un visage intéressé, et il s'en était senti mieux.

Maintenant, Elvire devait se trouver plus seule à la maison que dans son studio. Une fois prévenue du retard de l'avion, s'est dit Charles en apercevant une longue rangée de téléphones publics devant laquelle il devrait faire la queue, elle déciderait peut-être de retourner travailler à ses tableaux. Il la voyait ramasser ses crayons, ses plumes, son encre de Chine, et ouvrir la porte de derrière juste assez pour s'y glisser de côté. Marchant d'un pas étonnamment léger compte tenu de sa taille haute et massive, elle étirait le cou comme par souci de ne rien brusquer ou de prêter l'œil à ce qu'il était si facile d'ignorer. Au fond de la cour, elle montait l'escalier extérieur menant au toit du garage et disparaissait dans le studio construit après la mort de Julien.

Au début elle n'y venait que pour peindre, arrivant tard le matin et repartant tard la nuit, puis elle y avait emménagé de cafetière en grille-pain et d'oreiller en couverture de laine, au fur et à mesure que ses heures de travail s'étaient allongées et déréglées. Elle avait mis plusieurs années à se défaire de son atelier du centre-ville, et à admettre que son occupation du studio n'était plus provisoire. Charles soupçonnait qu'elle ne pouvait ni composer avec la vie de famille ni s'en détacher, était à la fois trop sensible et trop réfractaire à ses rituels, sentait courir sous les tapis de la maison des vagues qui menaçaient de gonfler tout à coup comme dans un de ses récents tableaux, en faisant perdre pied à quiconque se croyait en sécurité. Alors il se résignait à la savoir tout près sans presque jamais la voir, puisque leur bonne entente semblait en dépendre: il n'aurait surtout pas voulu la faire fuir en la pressant d'invitations, d'attentions.

•

Une quinzaine de téléphones étaient alignés dans un corridor passant.

Contemplant les voyageurs qui en avaient sans doute soupé d'attendre et qui, serrés les uns contre les autres, s'accrochaient aux combinés en ne donnant à voir que leurs dos arrondis, Charles a pensé à de jeunes animaux gourmands ou repus qui se seraient agités ou assoupis pendant la tétée.

Il n'y avait évidemment rien de mieux à faire, pour tuer le temps dans un aéroport, que de s'attabler dans les cafés-bars ou de se brancher aux téléphones. Les uns piquaient dans leur carnet d'adresses, les autres dans leur assiette. Et si son appel, à lui, avait été urgent!

Il s'est mis derrière un type en complet gris qu'il a pris pour un homme d'affaires, mallette sous le bras et allure nerveuse, mais il n'aurait pas dû s'y fier. Celui-là a entrepris de recenser les femmes de sa vie, en commençant par sa mère.

Armé de patience, Charles observait de loin sa femme et ses enfants, regroupés devant le vitrage et pourtant distants les uns des autres. Ils semblaient de petites figures en trompe-l'œil contenues dans les limites du châssis. Charles traversait un de ces moments de lucidité qui donnent aux choses une apparence calme et figée, lumineuse et froide, comme si on jouissait d'une acuité extraordinaire le temps d'une révélation. Il se sentait baigner dans une étrange clarté, lorsqu'une vérité toute simple s'est emparée de lui. Non seulement Jeanne et les enfants étaient-ils indépendants de lui, mais en voulant refermer les bras sur eux il n'avait jamais embrassé que des ombres, des reflets, de même que les spectateurs qui s'éprenaient des tableaux d'Elvire. Bien sûr, il faisait partie du portrait de famille, lui aussi, des scènes de la vie commune qui se succédaient du matin au soir à la manière des images d'un zootrope, en produisant tout juste une impression de mouvement, mais il n'y était pas à corps entier: gardant un pied hors du tableau, extirpant souvent la tête pour mieux respirer, il s'éclipsait dès qu'il y avait de l'orage dans l'air ou alors il feignait d'être distrait, d'avoir des préoccupations plus graves encore. Oui, voilà, ce ne pouvait être que lui... Ce personnage qu'Elvire peignait souvent en complet sombre ou en bras de chemise, mal cadré comme sur une photo prise par accident, la moitié de la tête coupée, une épaule ou une jambe amputée.

Céline surtout lui était de plus en plus étrangère. Debout, le dos tourné, elle laissait porter son regard sur les pistes d'atterrissage, pour établir nettement qu'elle refusait d'être là. Un pied sur le calorifère courant au bas du mur, elle avait piqué les doigts dans les poches de son jean, en retenant son souffle et en allongeant le torse. Les épaules versées en arrière, puis aussitôt ourlées, la pesanteur de sa poitrine accentuant l'étroitesse de ses hanches et la maigreur de son bassin trop poussé en avant, elle avait pris cette nouvelle attitude que Charles qualifiait de garçonnière. N'en retenant que l'aspect voyou, elle refusait d'admettre que les lignes de son corps, ainsi forcées en leur centre et arquées, étaient moins dures que mal assurées, démentaient à peine la timidité farouche qui accompagnait chez elle la volonté de plaire. Charles se disait que ces allures à la James Dean ne lui allaient pas, car il préférait prendre pour un désir de masculinité ce qu'il pressentait être une dose massive et mal contenue de sexualité, une résistance aussi à toute définition d'elle-même qu'on tentait de lui imposer. Pourtant, pourtant elle était belle, sa fille, attirante même lorsqu'elle se montrait rétive ou vaguement désabusée. Et c'était peut-être cela, d'abord, qui le choquait.

Quand il lui avait demandé, avant de partir, si elle n'avait pas l'intention d'enfiler une jupe pour faire plaisir à sa mère, elle lui avait répondu qu'elle n'allait tout de même pas s'habiller, elle aussi, en joueuse de golf. Puis, quittant brusquement le fauteuil où elle était assise en travers, le cou sur un appuie-bras et les jambes sur l'autre, elle était allée s'enfermer dans sa chambre. En moins d'une minute, elle y avait troqué son chemisier qui lui tombait à mi-cuisses, dont les coudes étaient fendus et le col était élimé, contre un t-shirt blanc dont elle avait fait disparaître les manches en les roulant jusqu'aux aisselles. Charles, qui abhorrait autant ses vêtements achetés dans des friperies que ses t-shirts trop minces, n'avait pas insisté: c'était là tout ce qu'il obtiendrait d'elle.

Le plus jeune, lui, avait enlevé le maillot de corps qu'il promenait dans la rue depuis le début de l'été, à l'exemple des ouvriers de chantier, pour passer un autre déguisement. C'était fou ce qu'il voulait avoir du style, ce qu'à neuf ans il était impatient de faire vieux, de faire impression! Sa chemisette noire et sa fine cravate en cuir mauve dont le nœud pendait sous le col déboutonné lui donnaient l'air d'un gangster, d'une «demi-portion de la mafia» comme Charles le lui disait parfois pour le taquiner, le faire douter surtout de ses goûts. Mais la cravate était un cadeau de Marie-Paule, et l'occasion des mieux choisies pour la porter. Si Alex était un bouffon, s'il brassait toujours des affaires plus ou moins louches qui devaient faire honneur à son génie en prouvant la bêtise des autres, il n'en avait pas moins de telles délicatesses: le casseur d'assiettes était aussi un tendre qu'un rien meurtrissait, en fait il avait un cœur de pêche, ce qu'on oubliait trop souvent.

Vincent avait été aussi bien intentionné que son frère. Au déjeuner, il avait manifesté le désir de mettre le polo que Marie-Paule lui avait offert pour son dixième anniversaire, à l'endos duquel elle avait fait reproduire le fameux portrait en pied de Rimbaud par Verlaine et la légende «Maître en fantasmagories», mais Jeanne s'y était opposée. «Il est taché, tu ne te souviens donc pas, Vincent, l'encre du stylobille qui a coulé dans la poche», s'était-elle énervée. Et l'enfant avait simplement continué de grignoter sa tranche de pain.

À présent, assis en face de sa mère qui ne supportait pas ses airs absents et sollicitait régulièrement son attention, il semblait s'être encore démis de son sort.

Frileux, le sang figé dans les veines par la climatisation, il évoquait les longs lapins suspendus dans des chambres frigorifiques. Sous le short bouffant qui lui faisait les cuisses toutes minces, sa peau d'ordinaire laiteuse devait être mouchetée par le froid. La montre énorme qui lui roulait autour du poignet n'était pas pour le faire paraître plus robuste, ni son polo bleu pâle pour lui raviver le teint. La tête penchée de côté, comme les enfants récitant une leçon ou se parlant à eux-mêmes, il devait faire des rimes.

Il tirait un plaisir évident de ces rencontres de mots parfois fortuites, parfois savamment orchestrées: sans doute avait-il découvert une façon d'assujettir la réalité à ses caprices, ou de la faire dégorger au moyen d'images hasardeuses. Car on avait beau cacher à ses enfants ce qui pouvait les dérouter, ils ne tardaient pas à vouloir courir au danger et à se moquer de vous, de votre logique trop simple ou trop étroite, à vous reprocher de les avoir tenus dans une ignorance tranquille. Plus d'une fois, Charles avait surpris Vincent qui marmonnait de longues phrases apparemment mémorisées, et il en avait été agacé. L'enfant rangeant sous clé dans une mallette ses cahiers remplis d'une écriture appuyée, Charles s'inquiétait de ce qui lui germait sous le front. Ce garçon discipliné et dévoué à sa mère (mais aurait-elle permis qu'il en fût autrement), si sérieux qu'il recevait les réprimandes comme des coups et s'accrochait aux compliments comme à des bouées, avait sûrement besoin de se créer un espace parallèle, de soustraire une partie de ses pensées à la bienveillance de Jeanne, en lui abandonnant le reste à fouiller au peigne fin si ça lui chantait, toutefois Charles aurait préféré que ses divertissements fussent plus terre à terre. Vincent aurait pu se lancer dans la natation ou le cyclisme, par exemple, oui, le cyclisme, ça lui aurait plu, ça, à Charles. Car son fils, s'il allait son train, deviendrait un adolescent efflanqué en qui il aurait du mal à se reconnaître.

La cinquantaine passée, Charles avait quand même l'allure sportive, un corps qui sans être visiblement musclé n'avait pas une once de graisse, et il ne se faisait pas à l'idée que ce garçon devînt un grand délicat. Les longues marches de santé qu'il lui avait imposées à l'aube pendant ses premières années d'école n'avaient certes pas aidé son ossature légère à se développer, ni ses muscles à épaissir, peut-être même n'avaient-elles réussi chaque fois qu'à l'épuiser, ainsi que Jeanne s'en inquiétait, qu'à lui soutirer le peu de vitalité dont il disposait pour traverser ses journées, le laissant du même coup dans des états de faiblesse proches de l'euphorie et l'encourageant à rêvasser. Charles se souvenait de Vincent qui soufflait derrière lui, balançait les coudes sans énergie, serrait le visage pour résister à l'envie de se plaindre ou penchait si bas la tête qu'on l'aurait cru sur le point de culbuter. Pourtant, la distance aidant, Charles croyait avoir été alors plus intime avec son fils qu'il ne lui serait jamais permis de l'être à nouveau.

Ses chaussettes de coton éponge lui montant jusqu'à mi-mollets, Vincent portait de grosses chaussures de course d'un blanc immaculé, fraîchement enduites d'un cirage liquide qui en séchant poudrait tout ce qu'il touchait, mais il ne fallait pas voir là l'annonce d'un intérêt sportif. Blancheur et propreté en moins, tous les enfants avaient de telles chaussures, et Vincent avait été malheureux d'aller à l'école tant qu'il n'avait pas eu les siennes. Cependant, si Charles lui proposait avec une gaieté un peu robuste de faire du jogging, en lui saisissant une épaule pour lui exprimer son affection en même temps que sa détermination, Vincent y consentait encore. Juste un voile de sueur sur la peau, il exhibait bientôt un corps frêle et cahotant, sur le point de se désarticuler, un air aussi sombre et entêté que lorsqu'il était petit, or cela n'avait plus rien de mignon ni d'attendrissant.

•

Charles n'a pas vu Alex venir vers lui, le dépasser, puis entrer dans un bar au bout du corridor. Il tenait toujours enfermé dans son regard le même portrait de famille devant fenêtre et aérodrome, mais un instant il le laissait s'animer et l'instant d'après, se perdant dans scs divagations, il l'immobilisait jusqu'à ce qu'il ne semblât plus qu'une apparition. Il patientait encore sans trop de mal, lorsque l'homme au complet gris lui a arraché une exclamation de surprise : il venait de raccrocher dans une telle rage, avec une telle violence, que le combiné avait rebondi sur son support et se balançait au bout du fil. Alors Charles a constaté que plusieurs téléphones étaient libres déjà, n'attendaient que lui.

Avant d'aller retrouver Jeanne et les enfants (allons bon! où donc était passé Alex), Charles s'est arrêté devant un écran dont l'affichage venait de défiler à la verticale. Le numéro du vol en provenance d'Istanbul figurait à présent sur la première ligne. L'avion n'avait heureusement pas pris plus de retard.

Charles s'est assis auprès de Jeanne, qui parfois soupirait en baissant la tête et en examinant sa blouse, parfois produisait un léger claquement de langue comme elle aurait actionné une petite soupape. Irrité par sa personne, il s'est tourné vers Céline. Elle était toujours debout à la fenêtre, ni tout à fait de dos ni tout à fait de profil, mais elle s'était raidie en enfonçant davantage le cou dans les épaules et en forçant plus loin les mains dans ses poches. En fait, elle paraissait observer quelqu'un à la dérobée, considérer avec prudence un point derrière son père.

Charles s'est retourné et a senti une masse le heurter sous la poitrine, une chaleur lui irriguer le corps.

Elle était là, c'était bien elle, assise toute seule à la dernière rangée d'un îlot de fauteuils, Marion était venue, elle aussi était venue chercher leur fille et elle était incroyablement belle, s'était même adoucie à ce qu'il semblait avec l'âge, oh mon dieu l'âge, elle devait bien avoir, oui, quarante-sept ans, n'était-ce pas complètement fou, il avait si souvent pensé à elle

ces derniers temps et jamais, non jamais son âge...
c'était comme pour lui-même, étonné chaque matin
des rides autour de ses yeux et de la mollesse de sa
peau, étranger aux signes de son propre vieillissement, mais Marion, cela se pouvait-il, était encore
plus frappante qu'avant, malgré son visage pour
l'instant figé dans une drôle d'expression, découragé
et cassant, Marion les yeux grands ouverts sur les
pistes d'atterrissage et rivés sur l'absence de paysage,
l'esprit ailleurs sûrement.

Charles n'avait fait que jeter un œil au-dessus de
son épaule de peur qu'elle aussi ne l'aperçût et, la tête
droit devant lui, il était maintenant tout tremblant.

Comme lorsqu'en fermant les paupières on continue de voir flotter des ronds lumineux dans la voûte
de ses yeux, l'image de Marion surgissait entre ciel et
terre partout où Charles dirigeait son regard. Cette
vision n'était pourtant pas éthérée, mais sensuelle et
affolante, car même à distance la peau de Marion lui
avait semblé tiède et tendre comme de la chair d'enfant. Depuis un moment, elle lui évoquait la pulpe
rose d'une pastèque. Son visage était fatigué juste ce
qu'il fallait pour qu'on ne lui prêtât pas une fausse
innocence, et son corps si naturellement à l'aise que
sa présence n'aurait pu être modeste. Dans sa jupe
noire, dont les plis allaient s'élargissant autour de ses
genoux pointés et écartés, dans son ample débardeur
de coton, noir aussi, dont les bretelles appuyaient à
peine sur ses épaules, avec ses cheveux courts et bouclés qui lui dégageaient les oreilles et le cou, mettant
ainsi en valeur la transparence de son teint et lui donnant un air vulnérable, avec enfin l'énorme fourre-
tout de toile jaune qu'elle avait laissé s'avachir à ses

pieds, Marion lui avait fait l'impression d'être aussi insouciante de sa tenue que vingt ans plus tôt, aussi indifférente aux convenances. Du simple fait que les temps avaient changé, cela n'avait plus rien de choquant et lui donnait en réalité une allure jeune, du moins à ses yeux à lui, car Charles ne doutait pas que Jeanne, qui appelait sa première femme «l'actrice» comme elle lui aurait apposé un sceau de vulgarité, continuerait de juger ses attitudes malséantes.

Devinant derrière lui l'aura troublante de Marion, Charles était à ce point secoué qu'il se demandait ce qu'il avait bien pu lui reprocher, à cette femme dont un jour il avait été follement amoureux, pour la quitter en emmenant avec lui leur fille.

Qu'il fût ému, cela s'expliquait, mais il ne comprenait pas ce trouble qu'il éprouvait, qu'il croyait reconnaître, oui, sa mémoire ne pouvait pas le tromper, même s'il y avait si longtemps, et puis non il déraisonnait, il devait absolument se calmer, sinon Jeanne à ses côtés soupçonnerait bientôt quelque chose. Quant à Céline, elle le toisait à présent avec une curiosité froide.

Des trois enfants de son deuxième mariage, elle seule avait fait la connaissance de Marion. À treize ans elle avait insisté pour la rencontrer, prenant d'abord la peine de réfuter l'une après l'autre les objections de sa mère, puis défiant son interdiction. Un matin, sans en demander la permission, elle avait accompagné sa demi-sœur chez l'actrice. Par la suite Charles l'avait sentie impatiente d'y retourner. Bien sûr, elle en avait contre les femmes au foyer pour le principe, sans tenir compte des circonstances atténuantes, mais il y avait quand même là quelque ironie.

Pendant la procédure de divorce, Charles n'avait-il pas établi que Marion n'était pas une bonne mère, en prétendant savoir ce que cela voulait dire que d'aider une petite fille à grandir?

Après la séparation, une portion de sa vie avait semblé aspirée par une trappe, comme au théâtre parfois les personnages indésirables des comédies enfantines, mais des images commençaient à refaire surface en s'agrippant d'abord timidement au présent, puis en s'y déployant avec vigueur.

•

Sa petite Marie-Paule est terrifiée. Elle crie et pleure, tandis qu'un des hommes la tient par les épaules et la force à regarder. De temps à autre, lui tenant le buste sous son avant-bras comme sous une barre, il lui enfonce les doigts dans les joues et lui rajuste la tête. Les doigts sales dans les joues roses, moelleuses. Marie-Paule a sept ans. Autour de Marion, les cinq autres s'échauffent. Ils l'ont obligée à grimper sur une table, et l'un d'eux s'est juché vis-à-vis d'elle sur un bureau de métal, c'est cela, oui, sur un bureau de métal, qui fait un socle instable. Sous le plafond bas, il a du mal à garder l'équilibre parce qu'il a bu, parce qu'il s'emploie à danser lascivement sans pouvoir déplier la nuque ni les genoux. Le plus gueulard est appuyé contre la table et dandine les épaules en avant. Il relève malgré tout le visage vers Marion, avec un mélange de désir et de dégoût. Entre deux gorgées d'alcool, il lui ordonne de danser avec celui-là sur le bureau, de se remuer. Elle est son miroir! jappe-t-il, elle doit imiter chacun de ses gestes, pour qu'il se voie bouger en la regardant!

Pendant ce temps, contrôlant avec peine les déplacements de son propre poids, faisant bomber ou se creuser sous lui le dessus du bureau dans un bruit de tôle, l'homme fait lentement glisser ses doigts le long de son tronc, se caresse des cuisses aux épaules, joint les poignets derrière le cou de même qu'il soulèverait une chevelure abondante, se jette à genoux et déroule les bras au-dessus de la tête, décrit un ample demi-cercle au bout duquel il présente les paumes en offrande. Marion, à son corps défendant, amorce des gestes qu'elle ne peut compléter et passe trop tard aux suivants qu'elle ne peut rattraper. Une jambe allongée de côté, elle effleure d'une main et sans conviction l'intérieur de sa cuisse. Elle se prête à cette grotesque parodie de strip-tease en tremblant de peur, de répugnance, de colère aussi et de détresse pour son enfant qu'elle a honte de regarder, mais ne veut surtout pas perdre de vue...

Charles se remémorait cette scène en témoin horrifié, même s'il en avait reconstitué les moindres détails selon le récit de Marion, livré de nuit en nuit aux harcèlements de son imagination.

À quatre pattes, le visage tendu vers Marion dans une attitude de supplication, l'homme secoue mollement le torse d'un côté et de l'autre, ainsi que le font les effeuilleuses pour faire baller leurs seins. Ayant pivoté sur les genoux par à-coups, il pointe l'arrière-train et le roule avec application, plonge soudain une main entre ses cuisses, puis la retire en pressant le bras contre sa fourche. À moins qu'il ne soit debout, la chemise ouverte et le bassin relevé vers l'avant, se caressant une épaule et la dégageant d'une première manche, se caressant l'autre épaule et faisant tomber sa chemise sur ses reins, puis agrippant à pleines mains ses absences de seins.

Les hommes hurlent et sifflent et rient, ouvrent toutes grandes leurs bouches mouillées d'alcool. Au milieu de la pièce Marion s'est immobilisée. Ce voyant, ils se mettent à la toucher et à la menacer, en lui faisant craindre pour la petite d'abord. Ils agitent violemment la table, font perdre pied à Marion pour vaincre sa résistance, et la petite crie, crie en écarquillant les yeux de frayeur.

C'était au temps où Marion faisait de l'animation théâtrale, l'été, dans les campagnes des alentours. Afin de pouvoir emmener la petite et revenir pour le souper, elle ne travaillait jamais dans un rayon de plus d'une centaine de kilomètres. En fin d'après-midi ce jour-là, les chauffeurs d'autobus avaient déclenché une grève-surprise. À la sortie d'un village Marion avait attendu, s'étonnant d'abord du retard de l'autobus, puis s'impatientant, couvrant la tête de la petite d'une bonne épaisseur de papier journal pour la protéger contre la pluie, une pluie si fine (avait-elle insisté par la suite en prêtant une réelle importance à ce détail) qu'elle restait suspendue dans l'air et faisait suinter les visages. Plusieurs voitures avaient ralenti, mais Marion avait fait signe aux conducteurs de passer leur chemin. Au bout d'une heure, une vieille Plymouth s'était quand même arrêtée. Ses occupants devaient revenir de la pêche, car des gaules dépassaient des fenêtres. Marion les avait pris pour des gens de la région. Ils étaient deux, dans la trentaine, l'air enthousiaste et le teint rougeaud, comme parfois les campagnards. En ouvrant de l'intérieur la portière arrière, ils avaient dit qu'elle et la petite ne devaient pas rester là. Ils avaient entendu à la radio la nouvelle d'un débrayage, et l'autobus ne viendrait pas. Si elles voulaient, ils les mèneraient à la gare la plus proche. Elles étaient montées.

Bientôt une autre américaine, avec lignes à pêche pointant cette fois hors du coffre, avait doublé la leur en faisant une queue de poisson, puis freiné. Elle transportait quatre hommes qui, en dépassant sur la voie de gauche, avaient dû apercevoir Marion.

Les conducteurs s'étaient disputés un moment sur l'accotement. Le nouveau venu, qui parlait haut et fort, était la tête chaude et le meneur du groupe. Ayant imposé l'idée d'un échange de voitures, il avait pris place devant Marion. Comme un fou il avait lancé le moteur, en allongeant dehors le bras pour intimer aux autres de le suivre. Ni Marion ni la petite n'avaient vu la gare.

●

Parfois Charles tournait un peu la tête, cherchait Marion du coin de l'œil et pressentait la forme vague d'une femme assise, vêtue légèrement de noir, avec à ses pieds la tache jaune clair d'un fourre-tout. Le reste du temps, pour s'assurer qu'elle était encore là derrière, il n'avait qu'à regarder Céline qui ne cessait de l'épier.

N'écoutant pas les voix des haut-parleurs qui auraient dû retenir son attention, il imaginait à présent la jeune Marion qui se calait sur la banquette, qui pressait sous son épaule la tête de l'enfant et fixait tour à tour, pour les implorer ou les interroger, deux nuques rouges et fortes. Ce tableau et tous les autres lui revenaient en pensée comme des épaves auraient quitté soudain le fond marin, monté en flèche et crevé la surface de l'eau, presque intactes, pour se mettre à flotter. Il en était encore frappé de stupeur, de répulsion, après tant d'années il en éprouvait encore une fureur sourde et incrédule, un malaise intolérable qui, en se dissipant, le laisserait dans un état d'abattement.

Les premiers jours après que la police lui eut ramené Marion et sa fille, Charles avait pleuré à s'en arracher les yeux, piaffé contre les murs, passé de longues heures sur son lit où tantôt il s'efforçait d'être calme et tantôt il frappait le matelas du poing, se répétant que c'était arrivé, qu'il n'y pouvait rien, et serrant si fort les dents qu'il en avait mal aux mâchoires des nuits durant. Plus tard, il n'avait pu se défaire de l'idée que Marion était en partie responsable. Si seulement elle n'avait pas arpenté les campagnes pour gagner elle aussi sa vie, lui ne demandait qu'à l'aider, il aurait pu entretenir seul leur petite famille, n'eût-ce été que pour un temps, bon dieu! Si seulement elle n'avait pas suivi son caprice et trimballé Marie-Paule les jours où elle était incapable de s'en séparer, repoussant étourdiment les limites de son univers, lui disant tout et l'agitant. Si seulement elle avait accepté d'être une femme aimée et n'avait pas voué tant d'énergies à cette sacrée passion du théâtre, au moins jusqu'à ce que la petite eût grandi. Si, elle...

Marion avait cru que le premier automobiliste et son passager étaient de bonne foi. Peut-être avait-elle été naïve, peut-être avait-elle vu juste. Ce qui s'était produit après qu'elle eut monté avec eux, elle n'aurait pu le prévoir, puisque c'était le type de la deuxième voiture qui avait tout commencé. Cependant Marion aurait moins exposé sa fille, ne lui aurait pas fait subir les indécences de cette bande de salauds et ne se serait pas fait humilier elle-même, si elle n'avait eu des ambitions d'artiste. C'était cela que Charles n'avait pu lui pardonner tandis que les mois avaient passé, cela sur quoi il avait reporté sa rancœur: le genre de vie qu'elle voulait et continuait surtout de vouloir vivre.

Bien sûr, il s'était épris de Marion en la voyant jouer, mais il ne s'était pas figuré que ce serait l'affaire de toute une existence!

D'abord, il avait gentiment poursuivi Marion dans les couloirs de l'université, jusqu'à ce qu'elle ne pût plus ignorer sa présence. Comme elle l'aurait invité à l'embrasser sur place (c'était prodigieux ce qu'elle savait vous donner une pressante envie d'elle), Marion s'était informée s'il n'était pas le propriétaire de la Chevrolet décapotable qu'elle voyait tous les jours dans le parc de stationnement, et s'il n'accepterait pas à l'occasion de transporter des décors. Charles, qui ne tolérait déjà plus de la perdre de vue, avait commencé à la suivre de spectacle en spectacle. La petite troupe dont elle faisait partie se produisait dans les théâtres en plein air et les centres communautaires. Il en était devenu le chauffeur, puis le régisseur, puis l'homme à tout faire. Il était amoureux de ce corps qui se laissait regarder sur une scène de même qu'il se serait laissé toucher, qui était prêt à n'importe quoi pour atteindre les spectateurs et trouvait là sa force aussi bien que sa vulnérabilité, qui surtout n'admettait personne que lui dans son intimité après le départ du public.

Des années plus tard devant un miroir, dans son éternelle robe de chambre, c'était ce même corps qui avait interprété des personnages en tenant un bébé dans ses bras, mémorisé des rôles en feutrant ses intonations pour lui faire croire que maman murmurait des berceuses, ce même corps qui avait improvisé des monologues en s'interrompant ici et là pour les expliquer à l'enfant, qui gigotait alors avec joie. Charles s'était attristé de voir Marion s'accrocher à son passé, entretenir l'illusion d'une continuité que rien ne pouvait déranger, pas même la naissance d'un bébé, pourtant elle avait été inséparable de sa fille tant que celle-là n'avait pas su marcher. Les trois années suivantes, ça avait été une autre histoire…

Une fois Marie-Paule assez grande pour qu'on pût la raisonner, la prier de rester tranquille pour faire plaisir à papa, maman, Marion était souvent partie travailler avec elle. Dès le début Charles avait manifesté son désaccord. Marion voulait faire du théâtre, elle avait du talent, ça se comprenait, mais il appréhendait qu'elle n'agît un jour avec leur fille et lui comme une actrice distraite d'elle-même à l'entracte, d'ailleurs une enfant, ça ne s'éduquait ni en coulisse ni dans la rue!… C'est qu'il prenait tout très au sérieux, Charles, depuis qu'il était père. C'est qu'il n'avait pas confiance en Marion parce qu'il avait peur, lui, simplement peur de vivre, de ne pas savoir comment et de manquer son coup.

Comme l'eau d'une baignoire aurait menacé de déborder et trouvé à s'écouler sans faire de ravages, la tension avait continué de monter sans qu'il fût question de séparation. Un hiver, après une dispute trop vive, Marion était bien allée passer une semaine avec l'enfant dans la maison de ses parents au bord de la mer, mais à l'heure de son départ ils avaient failli se jeter dans les bras l'un de l'autre. Puis ces brutes au retour de la pêche avaient cueilli la mère et la fille sur la route, et les avaient entraînées dans les bureaux déserts d'une petite fabrique. S'ils ne les avaient pas battues jusqu'à la perte de conscience ou à l'écroulement hébété, ils avaient malmené Marion pour la faire participer à leurs sales jeux. Une petite famille bien propre les attendant sans doute chez eux, ils ne s'étaient pas amusés longtemps avec leurs captives, mais les avaient laissées croupir pendant des heures dans le local fermé à clé, ficelées l'une sur l'autre à une table dans une couverture de voyage, avant de téléphoner anonymement au poste de police. Ce qui restait un mystère pour Charles, c'était qu'ils ne les eussent pas violées. Comment poussait-on si loin l'abjection pour s'arrêter soudain, comme au bord d'une zone interdite, en s'acceptant «ignoble mais pas si ignoble quand même»?

Charles avait tout fait pour dominer sa colère, mais avait fini par la décharger à petites doses sur sa femme, parfois sous une forme à peine reconnaissable. Deux ans plus tard, il avait été forcé d'avouer à Marion, dans un moment d'extrême détresse, que non, ça ne servait à rien, il ne comprenait pas ce qui lui arrivait, mais il n'était plus capable de l'aimer. Depuis quelque temps Marion lui semblait moins familière, même que tout en elle était près de lui déplaire, de la façon dont elle plantait le coude sur la table et tenait son couteau à la hauteur du visage pour parler, à celle dont elle ratissait les cheveux bouclés de ses tempes en les soulevant des deux côtés à la fois, à celle dont elle mettait les mains dans les plis de l'aine pour s'endormir...

Charles aurait pu feindre de jouer sa dernière carte, sommer Marion de renoncer au théâtre en menaçant de partir avec la petite, mais il savait que ça n'était pas si simple. Marion, qui craignait d'être une mère inapte, pas assez généreuse, une mauvaise mère, avait dû douter de soi plus que jamais après l'enlèvement, car Charles avait réussi plutôt à la persuader de lui confier l'enfant, malgré ses premières protestations furieuses et ses premiers silences obstinés, ses douloureux atermoiements.

●

De nouveau l'œil oblique, le menton flottant discrètement au-dessus de l'épaule, Charles a été pris d'une émotion panique. Dans les franges imprécises de son champ de vision, il ne voyait plus Marion. D'instinct il a pivoté sur son siège et, ni assis ni debout, son être en suspens, il l'a aperçue qui s'éloignait. Son ample jupe noire lui ondoyant à mi-mollets comme c'était la mode vingt-cinq ans plus tôt, elle s'est arrêtée pour consulter un écran, puis s'est laissé emporter par un escalier mobile vers l'étage du dessous.

«Qu'as-tu?» a demandé Jeanne.

Charles, dont le corps refusait de se recaler dans le fauteuil, a marmonné qu'il pensait avoir reconnu quelqu'un.

Il y avait six ans qu'il ne s'était trouvé en présence de Marion. Après la majorité de leur fille, ils avaient limité leurs contacts au strict minimum et réglé leurs affaires par téléphone ou par courrier, pour contenter Jeanne. Récemment toutefois, lorsque le voyage de Marie-Paule avait commencé à traîner en longueur et à perdre toute logique, chaque nouvelle destination semblant choisie sur un coup de dés, lorsque les cartes postales s'étaient espacées et n'avaient plus porté qu'une signature, Charles avait compris que Jeanne serait impuissante à le réconforter: ce n'était pas sa fille qui se baladait toute seule et sans le sou dans des pays inquiétants. Trois soirs d'affilée, après s'être éternisé dans son bureau, il avait eu le cran d'appeler Marion. Chaque fois la sonnerie du téléphone, lancée dans un espace impossible à imaginer, avait enclenché un répondeur. Peut-être aurait-il dû la rappeler ou céder à l'envie d'aller frapper chez elle? Mais non. De peur d'engendrer du désordre, il n'avait pas bougé, s'était engourdi l'esprit en se répétant qu'il n'y avait pas lieu de s'alarmer.

Or, voilà que Marion réapparaissait d'elle-même dans sa vie. Elle le surprenait à un moment où il se laissait submerger par de petites vagues de nostalgie, s'attristait ou se tourmentait d'un rien, mais l'effet qu'elle avait produit sur lui ne trouvait pas là toutes ses raisons. Se pouvait-il qu'elle eût encore (et à cette pensée il a éprouvé un sentiment proche de la gêne) cette fraîcheur d'orange ou de fruit ni vert ni mûr, ce velouté piquant des desserts qu'on relevait d'un peu d'alcool et dont le parfum vous montait directement sous le front, y explosait comme une poche d'air chaud et vous donnait un léger vertige?... Ces images lui revenaient ainsi qu'un malaise l'aurait saisi, car c'était en ces termes que durant les premières années de leur mariage il s'évertuait à expliquer à Marion ce qu'il lui trouvait. Parce qu'elle avait la fâcheuse habitude de le lui demander, en y mettant une insistance qui le blessait autant qu'elle l'impatientait. Avait-elle besoin de l'entendre dire à tout instant pourquoi il l'aimait? Ne le savait-elle pas? La fraîcheur de pomme, il s'en souvenait, et le velouté capiteux... Avec le temps c'était devenu une plaisanterie, Marion lui rappelant ses propres mots pour se moquer doucement de lui lorsqu'elle était heureuse, satisfaite d'elle-même et par conséquent un peu plus amoureuse. N'empêche que ces comparaisons étaient aussi justes à présent qu'avant. Marion ne lui avait pas semblé vieillie, enfin presque pas, même si un itinéraire séparé l'avait menée au même point que lui. On appelait ça joliment parfois le midi de la vie, mais à cet âge il en fallait du courage pour se remettre à table ou y rester, si on était tant soit peu désenchanté, ou au contraire pour s'en éloigner, si on ne s'était jamais senti repu et n'attendait que l'occasion de se gaver.

Oh! et puis Charles n'en pouvait plus de tant se torturer, d'être à ce point attendri par Marion qui, elle, n'était venue là que pour sa fille et se contenterait plus tard de lui adresser un signe de tête poli.

•

Redevenu attentif au va-et-vient des porteurs, des agents des compagnies aériennes, des voyageurs pressés ou désœuvrés, Charles s'est aperçu que Céline s'égarait de nouveau au-dessus des pistes d'atterrissage, le dos tourné.

Près de lui, Jeanne parcourait un magazine qu'elle avait glissé dans son sac avant de partir. Elle escamotait les articles à l'imprimé serré et ne lisait que les légendes sous les photos, puis passait aux illustrations des réclames. Charles souhaitait lui cacher autant que possible la présence de Marion, mais il avait le sentiment de lui être déjà suspect, oui, suspect, comme s'il avait été coupable d'avoir entrevu l'actrice et avait aggravé sa culpabilité en ne partageant tacitement sa découverte qu'avec Céline. Or, Jeanne ne paraissait s'inquiéter de rien. Elle dont les extrémités étaient toujours glacées, tellement qu'on les aurait crues mouillées, venait de se plaindre que le mois d'août serait collant. En considérant la chaleur humide qui pesait bas sur les pistes, nuage rempli d'une lumière douteuse, elle appréciait peut-être un peu mieux le climat de l'aérogare où elle avait annoncé, à l'arrivée, qu'elle finirait complètement réfrigérée. Du reste Vincent, la tempe appuyée sur le bras de sa mère et les jambes ballantes, n'aurait-il pas été tout de suite infecté par son énervement, si elle avait flairé quelque chose?

•

Charles venait de se rendre compte, avec étonnement, qu'il ne restait plus que cinq minutes avant le moment prévu pour l'atterrissage de l'avion de Marie-Paule, lorsqu'Alex est arrivé à toute vapeur sur un chariot à bagages. Mimant un voyageur dans le lointain, il a salué la famille d'un geste lent et large, décidément à contre-mesure, puis a bondi de côté en laissant le chariot poursuivre seul sa trajectoire et se heurter avec fracas contre un mur.

Campé devant son frère, Alex a vidé ses poches renflées à craquer pour exhiber, au désespoir de Charles, ce qu'il appelait sa dernière prise. Il avait raflé au nez des serveurs du bar, a-t-il crié sur un ton victorieux, tous les cartons imprimés servant de dessous de verre! S'ils ne le croyaient pas, ils n'avaient qu'à aller voir... Oh! et puis, a-t-il failli s'étouffer tant il était excité, secouant d'un coup de tête la longue mèche de cheveux qui lui retombait sur l'œil, le numéro du vol de Marie-Paule avait disparu de l'écran là-bas au-dessus du bar.

Comment cela! s'est indigné Charles. Qu'est-ce qu'il racontait là! Mais déjà il se dirigeait à grands pas furieux vers un moniteur pour découvrir qu'Alex avait raison.

Au comptoir de la compagnie aérienne, personne ne semblait savoir où était l'avion de Marie-Paule, s'il était retenu par le brouillard, crachotait au-dessus de l'océan ou flottait sur une mer lisse dans un silence à rendre fou, et Charles a dit que c'était inconcevable, cet appareil ne s'était quand même pas volatilisé en plein ciel, il était peut-être sorti du champ de leurs ordinateurs, mais il ne pouvait pas s'être perdu comme ça, c'était un avion après tout, pas une balle de golf, si vraiment il était en route depuis le matin, quelqu'un devait bien pouvoir le localiser, deux escales, ça n'était pas la mer à boire, la mer, à boire, oh! mon dieu, s'il fallait.

•

La famille s'était déplacée vers un nouvel îlot de fauteuils. Un moniteur le surplombait, sur lequel les yeux de chacun revenaient sans cesse.

Au bout d'une quinzaine de minutes, plus lentes qu'une huile épaisse dans un tamis trop fin, le numéro du vol en provenance d'Istanbul via Bâle et Londres est réapparu à l'écran. La mention «Retard» l'accompagnait toujours, mais un blanc avait remplacé l'heure d'arrivée. Tous ont tourné la tête pour vérifier si les autres avaient aussi remarqué le changement, mais pas un mot. Céline, qui dévisageait à présent son père comme un objet de curiosité, un être plus secret et compliqué qu'elle ne l'avait jamais soupçonné, a haussé les épaules en lui faisant un sourire navré, l'air de dire c'est toujours ça de pris. Charles a jeté les yeux de côté, incapable de tolérer ce signe de sympathie complice. Voyant Alex parler tout bas à Vincent qui faisait énergiquement non de la tête, il a eu envie d'être seul et s'est levé en déclarant qu'il valait mieux rappeler Elvire.

•

À l'écran un clignotant s'est mis à signaler, avec une urgence toute soudaine, que l'avion avait atterri.

Une demi-heure plus tard, ému et anxieux, Charles attendait toujours avec sa famille à l'étage du dessous, devant une cloison de verre dépoli et une enfilade de portes coulissantes. À double panneau mobile, les portes s'écartaient automatiquement les unes après les autres pour libérer des passagers au teint bronzé, jeunes Occidentaux déguisés à la turque, qui auraient sans nul doute refusé d'être comparés aux vacanciers portant chapeau melon ou sombrero au retour de voyage, immigrants ou visiteurs sobrement habillés au goût de l'Ouest pour la plupart, gens d'affaires, enfants...

Parmi l'attroupement serré des parents et amis qui obstruait la sortie, Charles a repéré Marion. Elle se tenait très droite, étirant le cou autant qu'elle pouvait. Toute crainte d'un accident étant passée, il s'est souvenu d'un de ses monologues qui décrivait un avion en détresse au-dessus de la mer. Cela faisait rire à tous coups, en particulier cette histoire de turbulences qui propulsaient les passagers hors de leurs sièges, provoquaient de brusques échanges de partenaires et engendraient des conversations loufoques, dont l'absurdité tragique inspirait des cauchemars à Marie-Paule.

À cette époque, la mère et la fille étaient si étroitement attachées l'une à l'autre que Charles hésitait à s'introduire dans leur univers, de peur de rompre plus qu'une connivence, une intimité biologique, comme si elles avaient été faites de la même peau et qu'il avait risqué de déchirer quelque chose. Mais Marion ne s'accaparait-elle pas alors tout ce qui lui procurait du plaisir? Ce qui ne l'empêchait pas de se lasser par moments, de se désintéresser la première pour qu'on ne l'abandonnât pas, de tourner le dos à ses fréquentations de routine ou à ses amours trop exclusifs pour ne pas en devenir entièrement responsable, le théâtre seul ne semblant jamais en passe de l'ennuyer ni de la mettre en fuite.

Oh, bien sûr! songeait Charles, qui s'impatientait de ses regrets et sursautait dès que les portes régurgitaient quelques passagers de plus, Marion et lui savaient se retrouver lorsque les répétitions étaient terminées, le théâtre était fermé et l'enfant couché, mais le reste du temps ne le refoulait-elle pas en marge de sa vie? Charles ne s'énervait que si elle s'éloignait un peu trop, et ses crises suffisaient à la ramener. Car elle ne faisait jamais que tester leurs limites, en ménageant des situations où elle se sentait à la fois en danger et maîtresse de la situation, indispensable à quelqu'un et libre de suivre ses impulsions. Marion agissant de même avec Marie-Paule, il n'était pas étonnant que celle-là eût vécu une manière de dépression, après avoir été séparée de sa mère…

•

Des passagers isolés, vraisemblablement retenus à la douane ou à l'immigration, fouillés et interrogés, ne sortaient plus qu'à intervalles distants.

Au bord de l'agitation, Charles ne pouvait former aucune pensée claire. Il traversait à un rythme affolant les écrans de sa mémoire, comme il se serait jeté tête baissée dans des cerceaux de papier, en se répétant mais qu'est-ce qu'elle fait qu'elle n'arrive pas, et en répondant mais oui, mais oui, à Jeanne qui ne cessait de lui demander s'il avait bien noté le numéro du vol et la date d'arrivée. Il revoyait Marie-Paule dans sa voiture de sport déglinguée, entourée de jeunes buveurs de bière au torse nu, Marie-Paule qui s'élançait à pleins gaz sur les pistes herbeuses d'un ancien aérodrome et s'agrippait au volant pour percer le paysage vertigineux, Marie-Paule qui gagnait sa chambre comme une cliente d'hôtel et en ressortait les yeux fatigués, les cheveux en désordre, serrant contre sa poitrine un panier de lettres chiffonnées, Marie-Paule qui sautait dans le vide et embrassait le ciel en retardant chaque fois un peu plus le moment d'ouvrir son parachute, Marie-Paule la tête brûlée, sa petite fille, celle qui dans son pyjama gaufré venait tous les matins sautiller dans leur lit, à lui et à Marion, bouleversant les couvertures et se laissant tomber parderrière entre les oreillers, riante et essoufflée, oui, celle-là et tant d'autres.

Un long moment s'est écoulé pendant lequel, d'un gris opaque et poli, d'une immobilité obstinée, les portes sont restées fermées. Entre leurs tranchants brusquement disjoints, un passager encore est apparu, puis un officier en uniforme, et puis personne.

II

L'ombre de l'actrice

Si Elvire semblait contempler le gâteau au fromage sur lequel Charles versait un épais sirop de cerises, elle n'avait pas la tête à ce repas. Elle avait la sensation de s'être gavée en avalant deux bouchées de rôti, puis une gorgée de vin, et le moins qu'elle eût pu dire était qu'elle n'avait pas faim.

À leurs places habituelles autour de la table, les enfants étaient d'une politesse et d'une réserve inquiétantes. Jeanne s'efforçait de contrôler les rares sujets de conversation, mais ne réussissait à jeter çà et là que des phrases anodines qui restaient sans écho: voulant donner l'impression que tout allait bien, elle ne cessait pourtant de rajuster d'une main nerveuse son jabot de dentelle et la broche qu'elle y avait piquée. Elle devait souffrir, se disait Elvire, car sans faire étalage de ses sentiments et sans probablement qu'il lui vînt à l'esprit de les interroger, elle était attachée à Charles qui se faisait distant. Ni elle ni lui ne toléraient les plus petites incertitudes, n'acceptaient les moindres entorses au déroulement prévu des choses sans s'arracher l'estomac, et ils étaient tout à fait désorientés, ne pouvaient plus distinguer leurs craintes de la réalité.

Marie-Paule devait revenir d'Istanbul trois semaines plus tôt, et toujours rien, toujours pas de nouvelles. On ne savait pas ce qui lui était arrivé, si même il lui était arrivé quelque chose, et on n'en parlait pas, sauf parfois comme on se serait fait des

réflexions à soi-même. Alors on avançait des hypothèses qui se défendaient autant les unes que les
autres, et les mots tombaient un à un dans le vide à
vous donner le vertige.

Personne n'osait faire disparaître dans un tiroir
la dernière lettre de Marie-Paule annonçant son
retour: elle trônait encore sur le téléviseur où Charles
l'avait déposée après l'expédition infructueuse à
l'aéroport. Elvire en reconnaissait l'enveloppe au
papier pelure et aux contours hachurés, le grand tim-
bre représentant la silhouette de la mosquée Bleue
sur fond de ciel orange, enfin l'écriture aux majuscu-
les fleuries et aux lignes piquant du nez. Charles,
n'ayant sans doute pas voulu se permettre de l'oublier, l'avait adossée contre la lampe que Jeanne avait
coutume d'allumer au déclin du jour. Combien de
fois Elvire ne l'avait-elle pas vue abandonner de but
en blanc ses occupations pour «aller faire un peu de
clarté avant d'être surprise par la noirceur»? À
croire qu'elle n'aimait pas voir la lumière du soleil se
raréfier, tourner au rose puis au gris en donnant aux
objets un aspect moins familier, une couleur mate et
tiède si douce à Elvire. Or, ce geste auparavant sans
conséquence devait avoir pour effet, chaque soir,
d'attirer sur la lettre l'attention de toute la maisonnée.

Elvire avait beau se défier de ses réflexes de
témoin actif qui la rendaient fragile, elle revoyait
encore à la place de Jeanne sa propre mère qui traversait la salle à manger pour aller essuyer, d'un bout
de tablier, un cadre ovale sur lequel ses yeux revenaient souvent lorsqu'elle ne se savait pas observée.
Ce cadre contenait un portrait de groupe, une vieille

photographie bistre et craquelée prise à la campagne au pied d'un arbre, à la fin d'un grand pique-nique. Elvire avait vu de ses yeux, ce jour-là où on fêtait son douzième anniversaire, que sa mère serrait furtivement dans le flot de ses jupes la main d'un très jeune homme qui devait être son amour secret, sinon son amant. Autrement, pourquoi cette petite dissimulation qu'elle avait percée, bien malgré elle, l'aurait-elle privée à jamais de l'affection maternelle? Elvire n'avait pas plus tôt formé ce souvenir qu'elle l'a effacé, comme d'ailleurs tous les souvenirs de sa mère.

•

Cette enveloppe de la poste aérienne que Charles lui avait tendue le jour même où il l'avait reçue, ainsi qu'il se serait empressé de lui présenter un plat à table, Elvire avait commis la demi-indiscrétion de la rouvrir l'après-midi où toute la famille était à l'aéroport. En songeant à ce que la petite Marie-Paule était devenue après le départ forcé de Marion, elle avait essayé de discerner un lien de continuité entre son passé et son présent comme entre les volets d'un même tableau, les rabats d'un diptyque qui au moins se seraient appelés l'un l'autre s'ils ne formaient pas, une fois refermés, une petite boîte compacte et lisse.

Dans les coins des feuilles volaient en cercle trois oiseaux, on aurait dit des poissons. L'écriture était d'abord appuyée, puis d'impatience échevelée. À en juger par la poésie naïve qui pointait ici et là, Marie-Paule s'en était remise aux mots comme à une drogue légère, qui l'aurait éloignée de la réalité en lui donnant la certitude d'en être au plus près. Le texte était quasi sans fil et dissipait chaque idée en cours de route. On y devinait l'effort excédant qu'avait dû faire Marie-Paule pour décider de ce qu'elle pouvait ou devait dire, toutefois l'enfant n'avait pas su s'adresser à son père de manière qu'il sourît de fierté ou d'attendrissement en la lisant. Les cinq semaines pendant lesquelles l'avait hébergée un jeune Turc par exemple, ce Murat qu'elle avait mentionné sans plus d'hésitation qu'une ville récemment traversée, Charles aurait préféré ne pas en avoir connaissance. Comme on referme un magazine aux illustrations trop dérangeantes, il avait dû replier la lettre de sa fille pour y laisser dormir la vision d'une jeune femme toujours au bout de ses émotions, qui prêtait le flanc aux premiers venus et se liait trop vite, risquait de se casser le cou à tout instant avec un enthousiasme aveugle, proche de la détresse. Ce n'était pas que Marie-Paule lui eût fait de troublantes révélations, mais Charles qui secouait la tête de découragement avant de décacheter ses lettres, puis qui était pressé de les oublier, avait été contrarié par celle-là encore. Juste avant de signer, comme elle aurait ajouté à la dernière minute une information sans importance, Marie-Paule avait annoncé la date et l'heure de son retour. C'était cela, cette petite phrase écrite sur le ton d'un «Oh, à propos...», qui avait tout commencé.

La lettre en main ce jour-là, Elvire avait conçu que Marie-Paule ne serait peut-être pas au rendez-vous, et elle s'en était sentie un peu coupable après coup. Cette idée lui était venue avec la sèche précision d'une balle traversant une vitre sans causer la moindre craquelure : à peine formée elle s'était imposée, s'était logée brillante et froide au cœur de ses réflexions.

Dans le salon où elle avait tiré les rideaux pour que le soleil n'y jetât pas une clarté poudreuse, une blancheur de photo surexposée, Elvire avait déjà reçu le premier appel de Charles lui annonçant le retard de l'avion. Tandis que des couleurs de milieu d'après-midi avaient lentement pris possession de la maison, elle avait d'abord fait quelques ébauches d'une main machinale. C'était alors qu'elle avait envisagé de peindre l'air, la couleur et la texture de l'air, en ramenant au premier plan ce que l'œil tend à repousser au fond du tableau. Puis elle s'était mise à faire la navette entre le salon et la salle à manger. Incapable de s'éloigner longtemps de la table que Charles et Vincent avaient dressée avec soin, elle touchait ici un couteau et repliait là une serviette, trouvant chaque fois un peu plus triste la vue de ce couvert bien mis.

Pour tromper le temps, elle avait fini par imaginer de ces petites scènes qu'elle appelait des «moments», parce qu'elles contractaient les mouvements et portaient en elles une durée. Les enfants qui ne savaient plus que faire de leurs corps et s'affalaient dans des fauteuils moulés, coquilles trop petites d'où dépassaient leurs membres; Alex qui s'assoyait fièrement devant une orangeade après s'être accroché à son père pour lui soutirer quelques sous; Jeanne qui dépouillait un journal en ne s'arrêtant qu'aux soldes des grands magasins, comme si le monde n'avait eu à lui offrir que des aubaines, pauvre Jeanne aux jambes croisées et jetées de côté, aux pieds pointés dans des collants de nylon rêches et froids, toujours froids dans les endroits climatisés; Céline qui se tenait à l'écart pour suggérer qu'elle ne les connaissait pas, ceux-là, n'avait surtout rien à voir avec leurs tenues de club sportif de banlieue et leurs teints frais de dimanche, puis qui mollissait et se tournait vers eux telle une plante se tordant vers le soleil, parce que l'attente se prolongeait anormalement.

Une fois la famille revenue de l'aéroport, Elvire avait appris ce qui s'était passé en réalité. Les garçons s'étaient empressés de lui faire un récit détaillé, mais bousculé et confus. La voix juchée haut, la respiration à bout de course, ils avaient flairé le potentiel dramatique de la situation et en avaient tiré le sentiment de leur propre importance, s'interrompant et s'enterrant l'un l'autre, levant avidement le visage vers Elvire qui les suivait du mieux qu'elle pouvait et faisait sauter ses yeux de gauche à droite sur leurs têtes agitées, leurs têtes de garçons heureux, oui, presque heureux de vivre une mini-tragédie à laquelle de toute manière ils ne croyaient pas vraiment.

L'avion avait été retenu à Bâle, allez savoir pourquoi. Après qu'il eut atterri, que la foule des passagers se fut déversée par vagues, puis égrenée dans la salle d'arrivée, on avait continué d'attendre Marie-Paule. Au comptoir de la compagnie aérienne où Charles s'était accoudé pendant de longs pourparlers inutiles, les agents avaient d'abord refusé de lui montrer la liste des passagers. Il leur était indifférent qu'il voulût ou non s'informer de sa propre fille, cette liste était confidentielle et la jeune femme était majeure. Mais Charles avait tant insisté, tant plaidé qu'une employée mécontente avait finalement brisé la règle: oui, la voyageuse en question avait fait une réservation... ça lui coûterait peut-être ce boulot rasoir de préposée serviable et souriante, mais oui… même qu'elle avait payé son billet d'avance. Alors on avait supposé que Marie-Paule, ayant manqué son avion à Istanbul, avait changé de route ou de compagnie aérienne pour rentrer, et on était restés là sans plus savoir ce qu'on attendait ni même si on avait des raisons d'attendre, avec les enfants qui avaient l'estomac dans les talons mais jugeaient mal à propos de se plaindre, qui étaient excédés de tant d'inactivité mais croyaient inconvenant d'essayer de se distraire. Ne voulant pas se montrer inquiets, ni revenir bredouilles pour s'asseoir devant un repas de fête, la mine déconfite, on s'était persuadés que Marie-Paule ne tarderait pas à arriver par le prochain vol, celui d'Athènes ou de Rome, pouvait-on prévoir, jusqu'à ce que l'absurdité de la situation fût devenue flagrante. Il devait être dix-sept heures lorsqu'on avait abdiqué. Elvire imaginait la silhouette basse de l'aérogare qui se fondait aux champs environnants, puis la voiture qui se faisait prendre aux abords de la ville dans les nœuds de l'heure de pointe, comme si on n'avait pas été assez exaspérés déjà!

Trois semaines. Trois semaines s'étaient écoulées, et on ignorait encore où était Marie-Paule, ce qu'elle devenait.

Il semblait trop tôt pour prévenir ici la police et demander là-bas l'aide de l'ambassade, mais ne semblerait-il pas toujours trop tôt pour cela? songeait Elvire, qui en toutes circonstances tenait au moins pour incongrue l'intrusion des autorités dans la vie privée, dans l'intimité fragile des corps qui sortaient chaque matin de leurs lits tièdes pour se dépenser un peu plus, en souffrant de leurs volontés simultanées d'ordre et de désordre, cependant Charles ne l'avait pas invitée un jeudi soir à partager ce copieux repas pour rien. «Tu crois qu'on devrait faire quelque chose?» s'était-il enquis dès qu'elle avait pris place à table, puis il était resté dans le vague. Il ne voulait pas donner trop vite l'alerte ni se lancer dans des démarches prématurées, mais il n'en pouvait plus de ne pas savoir et de ne rien faire. Alors il parlait avec prudence, employait les mots ainsi qu'il aurait fait de petites bombes, susceptibles de lui exploser sur les lèvres. On aurait cru qu'il avait une opinion trop modeste de sa personne, ne s'estimait pas de taille à vivre un drame authentique et résistait pour cette raison à voir les faits tels qu'ils étaient, se disant qu'il s'en exagérait la gravité. Elvire n'osait pas supposer quelles seraient ses réactions lorsqu'un officier, remplissant un formulaire et présumant avoir affaire à une irresponsable, à une désaxée, tâcherait de déterminer si oui ou non, et depuis quand et pourquoi, sa fille devait être portée disparue.

Les enfants braquaient leur attention sur Charles depuis le début du repas. Contrairement à leur habitude, ils ne se sont pas levés de table lorsqu'il est allé préparer le café. Espérant qu'on ne se gênerait pas pour eux, ils avaient reculé leur chaise l'un après l'autre de manière discrète, puis s'y étaient affalés en abandonnant un long bras sur la table dans une attitude de détachement ou de passivité, mais ils n'en avaient pas moins l'air alertes. De temps en temps, ils jetaient un œil rapide sur Jeanne. Guettant l'apparition en elle d'un trouble nouveau, ils n'auraient droit sans doute qu'à un tremblement de lèvre, à une rougeur de joue, à une de ses petites contractions des ailes du nez accompagnées d'un reniflement bref, comme d'un résidu de sanglot.

Dernièrement, dès qu'il était question de Marie-Paule, l'ombre de Marion ne tardait pas à planer, son nom à se poster au seuil de chaque réplique.

Peut-être avait-elle reçu une lettre, un télégramme? Non, non, elle aurait téléphoné. Pouvait-on en être sûr? Ah, ça! Ses réactions étaient toujours si imprévisibles. Tout de même elle était sensée, et Marie-Paule avait bien dû informer quelqu'un de ses changements de projets? Oh! après un certain âge, les enfants ne répugnaient-ils pas à rendre des comptes, à faire état de leurs allées et venues? Mais les parents dans tout ça?…

Les parents. Ceux de Marie-Paule. Jeanne sentait là une menace, et ses enfants l'avaient remarqué.

S'ils témoignaient envers elle d'une indiscrétion teintée de souci, ils manifestaient à Charles une inquiétude spontanée mais peu bavarde, dont ils étaient presque honteux. On aurait dit qu'à leurs yeux Jeanne ne s'appartenait pas, tandis que Charles continuait de leur échapper, de leur être en partie inconnu et indifférent. Sa relation avec sa première fille ne les concernait qu'à demi selon eux, parce qu'elle remontait à une existence antérieure. Charles ayant perdu trace de Marie-Paule, ils étaient aussi fascinés que consternés par son désarroi. L'étrangeté de la situation faisait de lui une bête singulière qu'ils traitaient avec ménagement, d'ailleurs ne semblait-il pas souvent sur le point de pleurer et de leur révéler le visage d'un autre homme?

Elvire comprenait que Charles se fît du mauvais sang pour Marie-Paule, mais tant de fragilité l'étonnait. Quoiqu'il ne lui en eût pas parlé, elle aurait juré qu'il avait vu Marion à l'aérogare, à cause de l'embarras qui le prenait dès que le sujet était effleuré. Les mois précédents, elle avait eu l'impression qu'il souhaitait renouer avec elle tout en l'appréhendant, et elle l'imaginait qui se figeait en sa présence ou se faisait invisible, le cœur en déroute dans ses habits tout à coup flottants, sur le plancher de l'aérogare qui se mettait à onduler, à se soulever par vagues pour le bercer et en même temps lui faire perdre son aplomb, puis elle imaginait Marion leste et légère, ou préoccupée de ses propres mouvements et de sa propre vie, qui passait droit devant lui pour s'évanouir au tournant d'un couloir.

●

Jeanne s'est levée à son tour, en se demandant à haute voix ce que Charles pouvait bien fabriquer. Le café, a-t-elle ajouté en repliant sa serviette sur la table, devait bouillir depuis longtemps.

Elvire est restée seule avec les enfants plus cois que jamais. Fixant distraitement Alex qui, pour ne pas s'en décontenancer, a entrepris de brûler une à une les allumettes d'une boîte tirée de sa poche, elle songeait à Marion. Elle l'avait rencontrée lors d'un vernissage, par hasard quelque cinq semaines plus tôt, et elle s'était retenue pour ne pas la serrer dans ses bras, craignant que ce geste ne fût mal reçu. Il y avait tant d'années…

Tandis que Marion avait dû penser à son ex-mari en la voyant, Elvire s'était tout de suite identifiée avec son frère, avait pris sur elle-même ses actes vieux de quinze ans et son mariage manqué. (Un peu plus, et Elvire aurait cru que Charles lui avait grimpé sur le dos, comme il le faisait quand il était petit pour profiter de sa taille forte et de sa haute stature, qu'il soufflait contre sa joue et regardait par-dessus son épaule, s'inquiétait lui aussi des réactions de Marion. Mais la légèreté et l'espièglerie de l'enfant avaient commencé à mourir en lui des siècles auparavant, pour faire place au plus grand sérieux chaque fois que depuis l'âge de six ou huit ans il s'était vu amoureux, puis s'éteindre presque à la naissance de Marie-Paule.)

L'effet de surprise dissipé, Elvire et Marion avaient surmonté leurs réticences et retrouvé un peu de la tendresse amusée qu'elles s'inspiraient autrefois. Toujours elles s'étaient reconnues pour des êtres à part dont la façon de voir et de traverser la vie

déconcertait fatalement, et toujours elles s'étaient plu
en convenant qu'elles étaient de tempéraments opposés et ne devaient pas chercher à trop se rapprocher.
De l'autre, elles avaient admiré la volonté plus ou
moins heureuse d'indépendance et partagé la sensibilité d'artiste, le pouvoir de saisir l'instant et, dans l'instant, la durée, le déploiement de l'émotion et de la
pensée. Chacune savait décomposer une attitude, un
élan ou un état, pour les recomposer en un tableau.
Mais alors que les portraits de l'actrice, à peine exé-
cutés, se dissolvaient, ceux de la peintre enfermaient
en eux, une fois pour toutes, leur propre mouvance.
Cela correspondait bien, en réalité, à leurs façons différentes de réagir ou d'être atteintes, d'exister.

De prime abord Marion avait semblé radieuse,
dans une forme éblouissante malgré son cou plus
maigre et ridé qu'avant, sa bouche finement plissée
d'ancienne fumeuse et ses frisures plus claires, qui lui
flottaient comme toujours loin du visage, lui donnant
une allure aussi douce qu'indomptable, mais dès
qu'Elvire avait mentionné le nom de sa fille, son
expression de bonheur s'était effacée: on aurait dit
une figure de sable léchée par la vague, amollie et
assombrie.

Elle était la directrice d'un petit théâtre qu'elle
avait construit elle-même dans un centre médical
désaffecté, marteau en main et clous entre les dents,
avec l'aide d'amis généreux. D'abord elle y avait
joué toute seule les samedis et les dimanches, contrôlant les éclairages depuis le plateau, déplaçant les
décors sur des roulettes et changeant de costume
sous les yeux du public; puis elle avait recruté de jeunes acteurs et s'était employée à faire de la mise en

scène, à obtenir des fonds et à administrer la boîte, sans renoncer cependant à ses spectacles solos. Elvire avait entendu parler de cette nouvelle compagnie, mais ne s'était jamais demandé qui était derrière la production des pièces... avant-gardistes, burlesques, inspirées du stand-up comedy, ou tout cela à la fois?

Marion gagnait juste ce qu'il fallait pour vivre et s'en contentait. Si elle n'avait pas un sou en banque, elle se trouvait mieux que lorsqu'elle se crevait chaque nuit dans les clubs, pour dépenser quand même tout ce qu'elle empochait. De fait, se payant des luxes dès qu'elle touchait trois billets, elle portait des vêtements bien coupés, une jupe en forme et une ample veste boutonnant plus bas que la taille, un maillot de soie fanée et de fines chaussures fatiguées, qu'elle devait mettre pour faire les courses aussi bien que pour sortir. Comme vingt ans auparavant elle était élégante sans avoir l'air déguisée, à l'inverse de tant d'autres femmes qui déambulaient dans la galerie et dont l'accoutrement, les cheveux et les bijoux faisaient l'effet d'être plaqués sur leur corps, fragiles ou savants échafaudages.

C'était pour ne plus avoir à courir après les spectateurs, avait-elle dit, qu'elle avait décidé de les faire venir chez elle. L'idée d'aménager ce petit théâtre qu'elle appelait «la Clinique», avec un mélange de sérieux et d'ironie, pour qu'on n'oubliât pas ce qu'il y avait eu autrefois dans ses murs, lui était venue un soir qu'elle avait été forcée de garder le lit au beau milieu d'une tournée et avait rêvé d'une pièce de théâtre où, plutôt que de changer les décors, on demandait aux spectateurs de se transporter sur les prochains lieux de l'action: munis d'une feuille de route impossible à déchiffrer, ceux-là se dépêchaient sans espoir, car toujours les acteurs arrivaient avant eux et commençaient sans les attendre…

Pendant que Marion se racontait aussi volontiers, Elvire s'était efforcée de saisir tout ce qu'elle lui donnait à voir, et même un peu plus. Le moment viendrait assez vite où la réalité lui échapperait, où ses effets se décanteraient en la laissant anxieuse de peindre mais interdite, face à une toile dont elle ne voudrait surtout pas faire oublier la blancheur, les limites et la texture, à l'instar des écrivains soucieux de préserver un fond de silence.

Les retrouvailles devenaient presque faciles, lorsque Marion s'était mise à parler nerveusement des tableaux de l'exposition. Alors Elvire avait aperçu à ses côtés un jeune homme qui donnait des signes d'impatience. Jamais elle ne se serait douté qu'il était l'amant de Marion, si celle-là n'avait eu autant d'hésitations à le lui présenter. Thomas était un metteur en scène d'à peine trente ans, bien coté par une poignée de gens de théâtre et à la réputation montante. Un peu à la blague mais quand même pour le flatter, Marion avait déclaré que les producteurs de pièces à succès l'avaient à l'œil et ne tarderaient pas à se l'arracher. Thomas avait eu un bref sourire, comme ceux qui ne savent pas s'ils doivent ou non se prendre au sérieux, puis il avait changé le sujet en s'informant du travail d'Elvire. Le nez busqué, les pupilles logées loin derrière d'épaisses lunettes, telles de minuscules billes noires, les cheveux ras se terminant sur la nuque en une queue aux poils follets, il avait la face pointue et vive d'un écureuil. Elvire lui avait d'abord prêté beaucoup d'assurance, puis elle avait conclu qu'il tournait tout au plus ses maladresses en bouffonneries charmantes: son enthousiasme excessif combattait sa timidité. Elvire et lui se connaissaient de nom, mais pas nécessairement en tant qu'artistes des circuits indépendants. Sûrement qu'il n'était pas au courant de son travail à elle aussi, s'était-elle dit, sûrement que Marion lui avait parlé de son mariage avec Charles, en donnant à chacun sa place dans le portrait de famille. Plus Elvire avait écouté Thomas, plus elle avait eu l'impression d'être en présence d'un jeune génie de la mise en scène qui comprenait tout au spectacle, mais rien à lui-même, pouvait jouer de la technique et créer des mirages avec une intuition plastique sans pareille, mais n'affecterait personne tant qu'il n'aurait pas le courage de représenter les déséquilibres des autres en exposant ses propres folies, aussi bénignes fussent-elles.

Thomas s'était enquis avec un tel intérêt des peintures récentes d'Elvire que, pour un peu, elle aurait cru qu'il voulait la mêler à un de ses projets théâtraux. Il avait l'intention de monter une pièce sur fond de transparences et de découvertes, comme au temps des grands studios de cinéma, mais plutôt que de faire évoluer les personnages devant des agrandissements photographiques, il envisageait d'utiliser d'immenses reproductions de tableaux en donnant l'illusion que l'action s'y déroulait. C'était l'œuvre d'un peintre qu'il souhaitait ainsi mettre en scène... Elvire s'était laissé prendre par ses explications à la manière d'une vieille dame qu'on force à danser, qu'on entraîne sur la piste en lui faisant éprouver un plaisir étonné, toutefois elle n'avait pas perdu de vue

Marion qui, desserrant un sourire inquiet, surmontait petit à petit son absurde malaise d'être vue avec un autre homme.

En suivant ensuite du regard Marion qui s'accrochait au bras de Thomas pour lui parler, ou qui riait en renversant la tête parmi les invités, Elvire avait été frappée par sa jeune fougue. L'amitié de cet homme désireux d'être ou de paraître heureux devait y être pour quelque chose, mais n'en était sans doute pas le seul ferment. Pour s'en convaincre Elvire, qui se plantait en aveugle devant les tableaux et s'étourdissait en buvant un mauvais vin à gorgées rapides, n'avait qu'à songer à la façon dont Charles s'extasiait sur Marion les premiers temps.

«Des figues!... s'exclamait-il. D'abord vous égouttez des figues en boîte, puis vous ajoutez au sirop une pincée de muscade et du cognac. Au moment de servir, vous répartissez les fruits dans des coupes à dessert, versez dessus un peu de sirop épicé et ajoutez de la crème fraîche. Vous parsemez le tout d'amandes émincées, et voilà, vous avez une petite Marion! Rien n'y manque, de l'effet secouant de l'alcool à la douceur consolante du lait. Ces fruits, ces fruits nageant dans un bain de crème! concluait-il lorsqu'il était particulièrement en forme ou pris de vin, ces petits fruits ronds nageant dans un bain de crème!...»

Il n'y avait pas à dire, Charles avait un faible pour les fioritures de style dès qu'il était question de nourriture: le raffinement de certains mets commandait chez lui la préciosité. Il s'abandonnait à ses «métaphores alimentaires», selon l'expression de Céline, en témoignant qu'il goûtait les phrases apprêtées presque autant que les bons plats. Chose étrange cependant, ou pas si étrange après tout, il ne parlait jamais de sa deuxième femme comme de la première, dans son jargon fleuri de cuisinier.

Elvire n'avait pas touché mot à son frère de cette rencontre fortuite, soupçonnant que Marion préférait ne pas refaire surface dans la vie de Charles. Peut-être Marion craignait-elle même qu'il ne la trouvât ridicule de sortir avec un si jeune homme, relation stéréotypée d'une femme d'un certain âge avec un flirt pétulant, d'une actrice à son déclin avec un metteur en scène prometteur, susceptible de la relancer?... Or, Elvire ne savait que faire à présent. Dans la maison de Charles il était si souvent question de Marie-Paule, et donc implicitement de Marion, qu'elle avait la détestable impression de cacher quelque chose à tous et à chacun. Du reste, Marion n'avait-elle pas dit que sa fille avait téléphoné de Turquie quelques jours avant le vernissage? Et si cet appel avait révélé, à la lumière des nouveaux événements, que Marie-Paule n'avait pas l'intention de revenir ou qu'elle avait de sérieux embarras?... Elvire imaginait Marie-Paule dans un bureau de poste bruyant et bondé, criblé de rais de soleil poussiéreux. Obtenant la communication après une longue attente, elle était interdite par la voix de sa mère et ne se décidait pas à exposer la raison véritable de son appel... Dommage qu'Elvire n'eût pas pressé Marion de lui donner des détails, lorsqu'elle avait passé promptement, oh si promptement, sur le voyage de sa fille!

•

La cafetière exhalait dans la maison une odeur chaude et tonique, délicieusement amère. Jeanne était allée chercher Charles à la cuisine, et ils étaient maintenant deux à se faire attendre. Elvire sentait peser sur elle le regard des enfants et tâchait d'ignorer qu'on discutait ferme dans la pièce à côté, se rappelant la fascination que l'actrice avait exercée sur Charles tant qu'elle avait été une jeune célibataire, puis une épouse sans enfant.

Elle revoyait son frère au milieu d'un auditoire étudiant, simple spectateur ému ou ébloui, fier de connaître Marion mais conscient de n'avoir aucun mérite, d'être aussi étranger que quiconque aux travaux de la scène. Souvent, il avait dû redouter qu'après la chute du rideau Marion ne lui permît pas de reprendre place dans sa vie. Dans l'obscurité des salles de théâtre, parmi les multitudes de têtes rondes et silencieuses, serrées les unes contre les autres ainsi que des moules fixées à un même rocher, Charles avait dû avoir de grandes envies de se lever et de proclamer que cette femme l'aimait, lui, pour donner à contempler ce bonheur qu'il avait peine à contenir et qui le faisait bien souffrir un peu.

C'était à se demander, mais peut-être Elvire était-elle dure envers son frère, ce qu'étaient devenus cette fascination après la naissance de Marie-Paule et cet amour après le drame de la fabrique de campagne, car d'elle-même Marion n'aurait probablement pas laissé Charles. Il fallait la voir sortir de scène et prendre un coup de cafard, s'isoler du reste de la troupe et s'affliger de n'avoir pas été à la hauteur, désespérer de l'être jamais, pour pressentir combien elle avait besoin de Charles. Bien sûr, il lui suffisait de perdre confiance en elle-même pour douter aussi de lui, ce qu'il ne tolérait pas, mais autant elle excellait à mettre en danger leur mariage autrement tranquille, appartement confortable et fillette adorable, autant elle y cherchait avec acharnement son centre de gravité. Elle s'y accrochait avec une détermination qui aurait fait rougir de fierté ou de contentement n'importe quel homme, du moins Elvire en était-elle persuadée, malgré son peu d'expérience des choses non pas amoureuses mais conjugales. Le problème était qu'après l'enlèvement, enfin la séquestration, comment dire sans se distancier ni vider l'événement de son atrocité, Charles avait résisté à tout ce qu'il y avait en Marion d'excitant, donc d'insécurisant.

Elvire se souvenait du jour où Charles lui avait présenté Jeanne. La jeune inconnue étant entrée au salon, dans une jupe droite de gabardine grise et un pull d'orlon bleu poudre, Elvire avait cru voir s'animer un mannequin de catalogue à l'air propre et distingué, taille fine et buste fort, jambes longues et froides, cheveux bouclés avec soin. Cette vision de femme modèle, dans le style Sears et compagnie, annonçait bien la femme des petites robes pratiques et lavables, des goûts sans prétention et des ambitions arrêtées, que Jeanne n'avait pas tardé à devenir. On aurait dit après un temps que Charles l'aurait souhaitée plus séduisante, plus troublante, mais au début il n'avait plus juré que par cette compagne si raisonnable, dont les attentes semblaient faciles à combler.

Elvire avait craint qu'il ne se remariât trop vite, dans le seul but de donner une nouvelle mère à sa fille qui, elle, n'en voulait pas. Pendant cette première

visite de Jeanne, l'enfant avait dû se changer plusieurs fois après avoir taché ses vêtements les plus
neufs, puis elle avait disparu sous la pluie pour en
revenir sale et boueuse, les cheveux en vadrouille, le
manteau chiffonné. Ce jour-là, elle n'avait plus dix
mais cinq ans. Finalement elle s'était enfermée dans
la salle de bains, en criant à travers la porte qu'elle ne
savait plus où était la clé. Son père avait renoncé tant
à l'amadouer qu'à la combattre, et elle n'en était res-
sortie qu'après le départ de Jeanne. Elvire l'y
revoyait, qui lisait une bande dessinée sur le bord de
la baignoire; qui pinçait la bouche devant le miroir
pour se déclarer à elle-même qu'elle n'aimait pas
Jeanne, et ne l'aimerait jamais; qui se ramassait en
boule sur le siège du cabinet pour se tailler les ongles
des orteils, en se mordant la langue entre les lèvres;
qui se fondait au plancher en se masturbant comme
Elvire l'y prenait souvent, et qui s'étourdissait à
regarder les murs converger très haut dans cette pièce
étroite, où elle aurait pu autrement se sentir coincée
entre la base du cabinet et le pied de l'évier.

Il était heureux, songeait Elvire, que les enfants
eussent au moins un endroit où mettre leur intimité
sous clé. Cet espace clos de porcelaine et d'eau, de
dalles et de cuvettes, de nudité luisante et molle était
à explorer. Déjà Elvire portait sur la toile une forme
délicate, une tache floue d'un mauve très pâle, un
corps d'enfant épandu de plaisir au milieu de blancs
très blancs, et puis non, elle n'avait pas la tête à ce
genre de projets, pas maintenant.

La discussion entre Jeanne et Charles tournant en dispute, Elvire avait envie de se mettre à chanter fort pour la couvrir.

Mais tout ce qu'ils y gagneraient, ce serait de se mettre Marion sur le dos... Attention, il ne fallait pas brouiller les cartes. Il était question ici de Marie-Paule, pas de sa mère... Mais la police, les affaires extérieures, l'ambassade! Il n'y songeait pas!... Eh bien, oui! Il y songeait! N'en étaient-ils pas là?... Ça, c'était ce qu'il voulait croire. Parce que plus personne ne savait en réalité où ils en étaient. Et Paule? (Oui, c'était bien ainsi que Jeanne l'appelait, en raturant la partie de son nom qui lui rappelait Marion.) Et Paule, donc? Est-ce que ça ne lui ressemblait pas un peu trop de mettre, comme ça, tout le monde à l'envers? Le faisait-elle exprès pour qu'il leur fût impossible d'oublier sa mère? Pour que d'une catastrophe à l'autre ils fussent obligés de lui téléphoner, de la tirer du passé où pourtant elle était à sa place? Oh! pour une fois Charles n'attendrait-il pas? Ne laisserait-il pas Marion s'inquiéter la première?... Mais pourquoi, bon dieu, se préoccupait-elle à ce point de Marion? Et si c'était sérieux? Si Marie-Paule était malade, paumée ou sans argent? Si elle avait besoin de son père?... Ne pouvaient-ils pas se donner quelques jours de plus? Toute cette histoire allait tellement énerver les enfants...

Jeanne s'adoucissait. En baissant la voix, elle forçait Charles à faire de même.

Non, Jeanne. Non. Elle devait comprendre.
Marie-Paule pouvait être en bonne santé, couler le
parfait bonheur dans un village perdu ou sur une
plage de rêve, lui s'en foutait. Il devait tenter de la
retrouver. Autrement, s'il fallait, se pardonnerait-il
jamais de n'avoir rien fait?… Il avait sans doute raison, elle était si égoïste parfois! Comment pouvait-il
la tolérer, elle qui ne songeait qu'à préserver sa tranquillité et qui avait toujours été affreusement jalouse
de Marion, sans qu'il lui en eût jamais fourni le
moindre prétexte?…

Leurs voix s'éteignant, Elvire s'est figuré que
Jeanne appuyait la tête sur l'épaule de Charles, qui
l'étreignait. Le silence, comme toujours lorsqu'il était
question de Marie-Paule, le silence l'emportait.

Marion elle-même avait répondu à la hâte aux
questions qu'Elvire lui avait posées sur sa fille lors du
vernissage, sans croire l'embarrasser, non, sûrement
pas, ni vouloir ranimer une vieille tristesse coupable.
Au fond, l'actrice devait attribuer à sa passion du
théâtre aussi bien l'enfance exaltante de Marie-Paule
(incertaine peut-être, mais exaltante) que son adolescence éperdument agitée et ses instabilités de jeune
femme.

Marion et Charles savaient que le comportement
de leur fille aurait fait douter d'eux-mêmes n'importe
quels parents, mais cela ne les excusait pas à leurs
yeux. Toujours ils se demandaient ce qui avait pu
transformer leur petite Marie-Paule entre les âges de
onze et quinze ans, attribuant ainsi à une énigme le
sentiment de leur incompétence, de leur impuissance.

Car Marie-Paule avait été une enfant aimante et facile, désireuse de plaire et même un peu séductrice. Il fallait la voir blottie à califourchon sur les genoux de Marion, une joue écrasée contre sa poitrine et les lèvres gonflées, tout à fait les lèvres de son père, luisantes et mouillées d'un trop-plein de salive qui faisait de temps à autre des bulles, les bras soulevés aux aisselles et ballants, les pieds pendants comme des fruits mûrs près de se détacher, ronds et courts dans leurs sandales aux semelles de crêpe, le corps longtemps immobile et alourdi de plaisir, qui redressait tout à coup une tête brusque et alerte d'oiseau, saisissait le menton de sa mère et allait coller sa bouche contre la sienne.

Puis, sans transition à ce qu'il avait semblé, mais uniquement parce qu'on n'avait pas fait attention, l'enfant conciliante était devenue une adolescente désabusée. Contrariant jour après jour les attentes de ses parents, pourtant indulgents puisqu'ils se disputaient son affection, elle avait souffert en même temps de se rebeller contre eux, de sacrifier leur approbation pour gagner celle d'amis plus ou moins intimes, plus ou moins fiables.

Et le passage à l'âge adulte n'avait rien arrangé. Au moment de son départ en voyage, Marie-Paule était une femme d'un amer défaitisme qui planifiait même d'une certaine façon ses propres échecs, ne supportait pas d'être seule chez elle et se décourageait à y travailler pour son compte, s'inventait des raisons pour briser ses contrats et abandonner ses traductions en cours, se dépensait à la poursuite d'idées extravagantes et y laissait chaque fois quelques espoirs de plus, s'empêtrait dans toutes sortes de machinations qu'elle se confondait à justifier, si bien qu'elle-même ne savait plus si elle mentait ou disait la vérité, se dévouait corps et âme à des amitiés qu'elle forçait et sabotait par la même action, se découvrait plus souvent qu'à son tour victime de petites trahisons et de coups bas, comme si pour elle surtout le monde s'était fait malhonnête ou malveillant, se trouvait dans des situations inexplicables qui vous faisaient dire «décidément ça n'arrive qu'à elle», et vous la rendaient suspecte à la longue.

Elvire se serait encore perdue dans le fouillis des revers amoureux, déménagements successifs, changements belliqueux d'employeurs et curieux accidents de voitures, générosités démesurées et achats irréfléchis, dettes oubliées et possessions égarées, si elle n'avait arrêté sa mémoire sur un été où Jeanne et Charles avaient loué un cottage au bord d'une rivière.

•

Vue de l'eau, la maison de bois blanc semblait tomber à la renverse tout en haut d'un escarpement. Sur la rive opposée, à deux kilomètres en aval, il y avait une salle de danse où Marie-Paule était pressée d'aller traîner tous les soirs.

La bicoque était adossée à un bois maigre, affaissée sur elle-même et faiblement éclairée d'un cordon d'ampoules multicolores. Les murs coulissants de la façade ouvraient sur un grand dégagement, qui servait de parc de stationnement en bordure de la route. L'endroit avait mauvaise réputation parce qu'on y vendait de l'alcool à des enfants de quinze ans et qu'on y accueillait tous les blousons noirs, motards et propriétaires de vieilles voitures vrombissantes de la région. Charles désapprouvait Marie-Paule ne fût-ce que d'y mettre les pieds (la suite, il préférait sans doute ne pas l'imaginer), mais il ne voyait pas comment il aurait pu la garder à la maison. Il n'allait tout de même pas l'attacher, à son âge! s'exclamait-il, comme s'il y avait eu un âge.

Un peu avant le coucher du soleil, Marie-Paule traversait dans une barque à moteur. Pour ne pas avoir à descendre des rapides, elle sautait sur la grève juste en face et faisait à pied le reste du trajet. Un soir de semaine où la salle de danse devait être plutôt tranquille, Marie-Paule avait insisté pour qu'Elvire l'y accompagnât. C'était à l'époque où l'adolescente, en froid avec son père et sa mère, s'était prise de sympathie pour sa tante l'artiste. Dans un carré de nuit tirant sur l'orange et rempli d'une musique vibrante, Elvire avait coudoyé des garçons et des filles qui buvaient à se vitrer les yeux, se coulaient dans leur corps ainsi que dans leur dernier refuge, poussaient une voix dure pour s'interpeller après des silences entêtés, s'appuyaient sur les ailes des voitures pour s'embrasser en se creusant les joues, en retroussant leurs vêtements, en se pressant jambes contre jambes ou en se grimpant l'un sur l'autre, indifférents à l'intimité qu'avait à offrir le bois derrière. Elvire en avait été si remuée, du fait de son âge qui soudain lui avait pesé, mais surtout de la présence fidèle parmi eux de Marie-Paule, qu'elle en avait tiré plus tard un tableau. En peignant la plate construction éclairée de l'intérieur, comme comprimée, puis les deux longues taches noires verticales se touchant en leurs centres et ondulant sur fond d'air brûlé, elle s'était tant et si bien éloignée de son projet initial et rapprochée d'une impression du moment, qu'elle avait fini par intituler sa toile non pas *Doucement, férocement la prise de l'âme quand on confond les ampoules et les étoiles*, selon sa première idée, mais bien *Les Petits Cœurs*. D'ailleurs, son souvenir ne commençait-il pas désormais par ce tableau?

En revenant un soir à sa barque, Marie-Paule ne l'avait pas retrouvée. On en avait dénoué la chaîne et on l'avait ramenée sur l'autre rive, où on l'avait hissée devant l'escalier conduisant au cottage. Après l'avoir cherchée en vain dans l'obscurité, Marie-Paule avait supposé qu'on la lui avait volée. Un sale tour, une petite vengeance, une manœuvre visant à la retenir là pour la nuit, une manière de forcer son attention et d'exprimer à son égard une attirance, une frustration?... Jamais elle n'avait pu trancher la question ni même identifier le faux voleur.

Jeanne et Charles, ne voulant déjà plus croire aux «malchances» de leur fille, l'avaient soupçonnée à son retour d'avoir tout manigancé elle-même pour rester dormir de l'autre côté. Marie-Paule s'était défendue sans avoir été accusée explicitement, comme toujours, avec l'ardeur de ceux qui sentent peser des doutes sur eux et se savent incapables de les lever. Elle avait parlé de mauvaise plaisanterie, d'incident bizarre par son caractère anonyme, de geste hostile mais perdu, de méchanceté insignifiante et imbécile, sans autre motif apparent que de l'ennuyer. Mais à trop essayer d'expliquer ce qui lui était arrivé, elle n'avait réussi qu'à s'incriminer davantage.

Aux environs de trois heures cette nuit-là, Charles ratissait le voisinage pendant que Jeanne faisait le guet sur la véranda. La barque étant à sa place sur la rive, Charles avait conclu que sa fille était revenue, avait oublié l'heure chez des amis ou avait pris sa première cuite, s'était endormie quelque part sur une pelouse, le long d'une route ou à l'entrée d'un champ, enfin il ne savait plus quoi imaginer. Jamais auparavant sa fille n'avait «passé la nuit dehors».

Le lendemain vers midi, Marie-Paule avait fait son apparition devant la maison. Un jeune homme dans la vingtaine avancée, le teint gris et le regard fuyant, portant bottes de motard et jean délavé, l'avait ramenée sur une énorme moto.

Il s'appelait Jean-Louis et elle avait dormi chez lui, dans la caravane qu'il habitait l'été avec son père, avait-elle lancé de but en blanc en guise de présentation, comme s'il n'y avait pas eu là de quoi fouetter un chat.

Mais pourquoi n'avait-elle pas téléphoné à la voisine? lui avait-on demandé aussitôt le jeune homme reparti. Sûrement celle-là les aurait prévenus sans faire d'histoires, après tout ils n'abusaient pas de ses services... Et ce type avec sa moto, pourquoi ne l'avait-il pas raccompagnée plus tôt? Elle avait bien un lit à la maison... Ne lui avait-il pas effleuré l'esprit que ses parents seraient malades d'inquiétude?

La voisine? C'était fou, elle n'y avait pas pensé... Jean-Louis avait offert, oui, de la reconduire. Vers une heure du matin... Mais en traversant le pont ils étaient tombés en panne sèche, et les stations-service des alentours étaient fermées. Alors ils avaient poussé la moto jusque chez son père.

Le père. Mot magique qui permettrait de prétendre que tout s'était déroulé dans l'ordre au bout du
compte. Marie-Paule venait d'avoir quinze ans, et ni
Jeanne ni Charles n'avaient eu le courage de s'informer si le père était là, de lui faire dire surtout si elle
avait couché avec ce grand Jean-Louis. D'ailleurs, ils
n'avaient probablement jamais su quand elle avait
cessé d'être vierge, même s'ils auraient pu en avoir une
petite idée: Marie-Paule ne se perdait-elle pas en vous
rien qu'à vous regarder, dès le début de ce même été?

C'était aussi à ce moment qu'elle s'était mise à
emprunter les motos de l'un et de l'autre, pour les
lancer à vitesse folle dans les champs, à ce moment
qu'elle avait participé à ses premières courses de
stock-cars sur les pistes d'un vieil aérodrome, nar-
guant plus ou moins consciemment son père qui tout
à la fois détestait les voitures et ne supportait pas de
les voir s'empoussiérer, se frotter flanc contre flanc
ou se friper comme des boîtes de papier.

Elvire se frappait de la ferveur excédée avec
laquelle Marie-Paule recherchait depuis lors des plaisirs intenses. De souvenirs en rêveries elle a bientôt
songé, plus qu'à des plaisirs, à des sensations qui font
éclater la tête, fléchir les jambes, frémir les muscles et
se soulever la peau, à des impressions de se fondre
dans l'univers ou de le contenir tout entier, comme si
le corps n'avait plus de limites ou n'était plus rien.

•

Les enfants étaient des anges de patience. Retenus
à table par les chuchotements de leurs parents dont ils

auraient voulu tout saisir, même le sens des plus courts silences, ils étaient déterminés à connaître le dénouement de ce repas et conquis par la gravité toute subite de la situation. Maintes hypothèses leur fourmillant sous le front, leur traversant le regard, ils semblaient raffermis dans leur propre estime par la seule compagnie d'Elvire. Bien qu'exclus d'une discussion importante, ils étaient dans le même bain que leur tante, ni plus ni moins ignorés qu'elle.

Céline, les cheveux courts dressés en pics sur la tête, s'était fait une beauté avant de se mettre à table. Elle paraissait sortir tout droit de la douche, d'une terrible épreuve ou d'un long examen. C'était son air «éméché», avait-elle proposé en souriant avec indulgence à son frère Alex, qui avait fait le dégoûté en l'apercevant. Elvire estimait que cette coiffure lui faisait le visage plus fragile: l'enfant qui avait découvert dans le désir, la violence, l'annonçait comme elle pouvait, parce qu'il fallait absolument que cela se sût.

Dans son pantalon noir moulant qui lui découvrait les chevilles et la naissance des mollets, Céline avait fait tomber une de ses sandales, puis glissé le bout de son pied nu sous les fesses d'Alex qui par miracle n'avait pas bronché. Lui-même se tenait en équilibre sur les pattes arrière de sa chaise, en s'accrochant au t-shirt de Vincent qui ne songeait pas à l'en secouer. Elvire pensait qu'ils formaient une chaîne, se resserraient à leur façon, autant que la pudeur le leur permettait.

Ils venaient de soupirer tour à tour, leurs soupirs aussi contagieux que des bâillements, lorsque Charles et Jeanne sont rentrés dans la salle à manger. Entre les mains de Charles, la cafetière les précédait, excuse mise en avant pour justifier leur trop longue absence.

Charles a servi le café. Ils pensaient qu'ils devaient faire quelque chose, mais quoi?... a-t-il laissé échapper en feignant d'avoir la tête uniquement à ce qu'il faisait. Qu'y avait-il à faire quand on était sans nouvelles de quelqu'un qui aurait dû être de retour de voyage depuis longtemps?... Sans doute valait-il mieux chercher conseil auprès des autorités. Oh! ce grand mot n'avalerait personne. Voilà... Ils s'informeraient peut-être auprès de la police ou de l'ambassade, enfin ils verraient, ils n'avaient pas encore de plan précis. Ils ne supposaient pas Marie-Paule en danger, mais ils souhaitaient la retrouver tout simplement. Ils ne supportaient plus d'ignorer où elle était, alors ils iraient voir la... pour demander si...

Le morceau était lâché.

Pareil repas n'aurait pu tromper Elvire, n'empêche qu'elle était secouée. Cette résolution d'aller aux autorités, puis éventuellement à la police turque, la hérissait. Ne serait-ce pas une aberration que de laisser des officiers fixer pour eux la limite de leur tolérance, juger pour eux s'il y avait lieu de s'alarmer? Même en connaissant Marie-Paule, personne ne pouvait conclure de façon certaine au silence irresponsable, à la démission existentielle ou à la volonté de disparition plutôt qu'au cas de détresse, mais les officiels établiraient vite leurs diagnostics. Quelques rencontres avec Charles, et ils bougonneraient contre cette autre caractérielle à traquer dans ses refuges, ou craindraient une autre affaire de drogue à étouffer avec art.

Si Elvire croyait deviner les sentiments de son frère et les arguments qu'il se servait à lui-même, elle refusait de convenir qu'ils en étaient là. Elle n'avait rien d'autre à lui suggérer pourtant que de sauter dans le prochain avion pour Istanbul, mais Marie-Paule était-elle encore seulement dans cette ville? ou même en Turquie?

•

En trempant les lèvres dans son café froid, Elvire a vu que Charles considérait sa propre tasse d'un air bouleversé. C'était la goutte d'eau faisant déborder le vase. Tous les samedis cet homme prévoyait dans le détail les menus de la semaine à venir, et maintenant il projetait de rapporter aux autorités les dernières allées et venues de sa fille. Du coup, il serait forcé hors des limites de sa vie qu'il voulait normale, semblable à celle de milliards de gens qui s'en tiraient chacun pour soi dans le secret plus ou moins étanche de leurs maisons, dans le silence plus ou moins assourdissant de leurs têtes. Déjà, les épaules affaissées, il paraissait incapable d'embrasser le désordre grandissant de son existence et soucieux de ne pas être à la mesure des circonstances. C'était cela qui effrayait Elvire, le fait que Charles ne fût pas plus préparé que quiconque à ces malheurs qui vous tombent dessus, le fût peut-être même un peu moins.

Allongée sur son lit, Elvire regardait la nuit tomber. La lune, mince comme un cil, semblait une simple éraflure sur le pan d'obscurité qui flottait au-dessus du toit vitré.

Les tableaux adossés aux murs autour de la vaste pièce formaient une épaisse masse sombre. On aurait cru les surplus encombrants et dénués d'intérêt d'une trop grande productivité. Elvire se les représentait en bordure du studio, tel un talus de déblai qu'elle y aurait formé en creusant son propre espace imaginaire sans jamais en avoir fini avec elle-même, qui se retrouvait toujours plus seule et vulnérable au centre. Ils paraissaient la défier de jamais tracer une ligne ni appliquer une couleur de plus, comme chaque fois qu'elle restait chez elle sans travailler et que l'angoisse la prenait. En d'autres occasions, elle aurait essayé de recouvrer son calme en crayonnant. Absorbée par le désir d'équilibrer les droites et les courbes, les vides et les pleins, elle se serait bientôt rendu compte qu'elle nageait de nouveau au cœur de soi, mais que l'espace d'un tableau ou d'un mouvement de la main ça lui était tolérable. En ce moment elle n'avait pas même l'énergie de se redresser sur les oreillers, et la tablette à dessin qu'elle avait jetée au pied du lit en arrivant lui semblait hors de portée.

Ce soir encore, Elvire était atteinte dans son rôle d'observatrice compatissante. Avec la même sensibilité qui la poussait au bord des larmes lorsqu'elle lisait les journaux, elle craignait pour la famille de son frère plus qu'il n'était prudent pour sa santé, ou simplement raisonnable. Le corps nerveux, sillonné de courants émotifs qui attestaient une extraordinaire conductibilité, elle revivait le repas de famille qui avait couronné sa journée de travail. Une fois de plus elle comprenait pourquoi elle était seule, célibataire sans enfants. C'était cette anxiété qui en avait décidé, celle qu'elle pouvait apaiser de temps à autre en ne parlant pas ou en ne voyant personne, celle qui précédait ou suivait ses heures de peinture, après les avoir remplies sans faiblir, celle qu'elle éprouvait souvent à la vue de Charles, de Jeanne et des enfants, amoureuse de chacun et consternée par leurs liens en apparence heureux, mais sous plusieurs aspects subtilement désastreux, celle qu'elle devait à sa capacité d'être émue en toute lucidité, de tolérer et d'excuser sans nécessairement approuver, de déceler le ridicule dans le sérieux, même lorsque ses propres actes étaient en cause, celle qui l'avait prise à table un peu plus tôt et qui accompagnait depuis lors ses réflexions, oui, c'était très exactement cette anxiété-là.

Si Elvire avait choisi la solitude par instinct de conservation, avec une conscience quasi physique de sa précarité affective, jamais elle ne s'y était complu ni ne s'en était contentée. Mine de rien, elle s'était greffée à la famille de son frère, en s'assurant qu'elle ne cesserait pas d'y être un corps étranger. Au fil des années, après qu'elle eut déménagé son studio audessus du garage, elle avait fait de la maison de Charles son deuxième cocon d'intimité. Où ailleurs aurait-elle pu border de petits corps frais baignés, frais peignés, voir de jeunes puis de grands enfants se chamailler ou se prélasser en pyjamas sur un divan, tenir entre ses mains des têtes fiévreuses ou hoquetantes de sanglots, s'étonner de ce que des bras pourtant graciles et trop courts manquaient de l'étrangler dans des élans subits d'affection? Et cela, ce n'était qu'eu égard aux enfants, parce qu'il y avait eu aussi de jour en jour les gestes plus familiers de Jeanne et de Charles, leurs attitudes moins bien contrôlées devant elle et leurs arrière-pensées plus transparentes, leurs manies qui lui avaient donné à la longue le sentiment d'entrer dans la cuisine suréquipée ou dans la salle de bains ultraparfumée comme dans des pièces à clés, les espaces mentaux de l'un et de l'autre.

Tandis que la sœur s'était rapprochée, la voisine avait ménagé ses distances, de sorte qu'Elvire se croyait encore assez dégagée de la structure familiale pour pouvoir en desserrer les nœuds à sa façon. Depuis son studio, elle percevait trop les effets de l'amour, de l'indifférence ou de l'autorité, pour ne pas vouloir un peu s'en mêler. Ce combat qu'elle menait d'abord contre elle-même, contre les valeurs qu'on lui avait inculquées dans l'enfance, avait donné une forme toute particulière à son affection. Et à sa peinture.

Elvire se plongeait quelques heures par semaine dans le nid chaud et grouillant de la famille de son frère, puis elle recréait sur la toile leur histoire à tous par approximations successives et voilées. Aiguisant son regard sur ses proches, elle visait la gamme complète des rapports humains et des émotions qu'ils soulevaient, ou qu'ils empêchaient. Ses tableaux n'étaient pas anecdotiques pour autant, les événements pas plus que les objets ne l'intéressant en eux-mêmes.

Elle s'efforçait plutôt de représenter, par exemple, l'indécence de la petite fille qu'elle voulait avoir été et le désarroi du père que Charles était devenu. Parfois il lui semblait bien, tant ses contacts avec l'extérieur se raréfiaient, que sa passion du réel découlait de plus en plus d'une passion première de la peinture, mais n'était-ce pas là sous-estimer sa volonté de connaissance et d'absorption, sa capacité de ressentir, son empathie? Dans sa manière impressionniste, de moins en moins abstraite sans confiner au réalisme, ne tirait-elle pas son énergie du malaise que lui inspirait la famille, ne lui arrivait-il pas de confondre sa propre jeunesse avec celle des enfants de son frère, comme elle aurait accumulé des couches sur un tableau, sans jamais les faire disparaître tout à fait?... Alors, oui, elle pouvait s'attendrir sur elle-même, sur les maigreurs floues de nourrissons qui habitaient plusieurs de ses huiles, ou sur les frêles figures jaunes qui accompagnaient son sentiment de vieillir; ranimer l'irrévérence timide de son adolescence en projetant sur la toile une petite âme passagère de Céline; faire de la mère un objet de désir distant, un ange de discrétion ou une menaçante cachottière à l'image de la sienne, une amoureuse imprévisible ou exacte à l'image de Marion ou de Jeanne, une virtuose du compromis un peu folle (la folie était si souvent bon signe, et les enfants se gaussaient bien, eux aussi, de leur grand-mère qui ne mettait jamais les pieds dans un restaurant, parce que les grands planchers et les foules l'étourdissaient); faire du père un être incertain mais programmé, physiquement incomplet à force d'élans contenus, d'incuriosités et d'évasions. Le tout, sans cesser d'aimer ses modèles ni croire un instant trahir leur confiance, puisqu'en peignant elle poursuivait sa réalité à elle.

Ainsi, depuis que la disparition de Marie-Paule en pays étranger rendait hypothétique son existence même, les tableaux s'organisaient autour de l'absence. Oui, voilà que ça recommençait.

Comme après le divorce de Charles et la mort de Julien, ce petit deuxième dont on ne parlait surtout pas de peur de se remettre à trembler d'horreur, Elvire se surprenait à peindre blanc sur blanc ou à séparer les masses de couleur en donnant l'illusion que la toile se vidait, que les formes s'évanouissaient pour ne donner à voir que de la lumière. Dans la blancheur qui s'emparait de la surface, les éléments restants semblaient suspendus et vibrants, en passe de se retourner sur eux-mêmes et d'exposer leur dedans à vif, onctueusement sombre, palpitant.

Oui, le parallélisme existait bien. Oui, la répétition des procédés évoquait bien le réflexe physiologique. Plus Elvire s'imprégnait de l'agitation qui gagnait la maison de Charles, plus elle sentait s'installer le manque et plus sa peinture changeait. Savoir où ça la mènerait cette fois! Une seule composante avait disparu, enfin s'était déplacée, et tout l'ensemble se réarrangeait sur la toile.

En temps normal, Elvire aurait trouvé plus stimulant qu'inquiétant d'ignorer soudain où elle en était. Mais il y avait cette exposition à préparer pour une bonne galerie qui l'avait boudée jusque-là, passant près de lui offrir une petite fête posthume, ironisait-elle. Mais il y avait Marie-Paule qui se faisait atrocement désirer. Oh! la vie était parfois une telle entrave à la peinture!

Certains jours pourtant, Elvire était animée d'une énergie à toute épreuve, tenant davantage de l'obsession que de l'endurance. Alors le temps de l'attente s'écoulait plus aisément, alors ses pensées de ceux qu'elle aimait la traversaient sans trop lui faire de mal, alors ses excès de forcenée lui réservaient quelques bonheurs.

●

Parmi ses tableaux récents, il y en avait un qu'Elvire était incapable de terminer et auquel elle revenait pour se reposer des autres. Il était inspiré du repas silencieux qui avait pris, au retour de l'aéroport, l'aspect d'une réunion de somnambules, de corps lents ou même catatoniques. En hissant la tête hors de la molle épaisseur d'oreillers, Elvire n'en voyait que la face oblique, aux trois quarts éclairée comme dans les profils perdus. Elle ne se rappelait pas dans quel état elle l'avait laissé la veille, d'ailleurs elle le redécouvrait d'une fois à l'autre avec un œil d'amnésique, parce qu'elle n'en finissait plus de le retoucher, de le retracer ou de l'effacer. Sur cette toile et dans sa tête, s'emmêlaient des images de Vincent qui avalait des bouchées pas plus grosses que des pois; de Jeanne et de Charles qui s'acharnaient sur lui, l'enfant d'ordinaire si raisonnable, parce qu'il ne servait à rien de s'appesantir sur le sujet de Marie-Paule, si elle n'était pas là aujourd'hui, c'était qu'elle serait là demain, mais qu'est-ce qu'il avait donc, ce garçon, à jouer dans son assiette et à faire le délicat; d'Alex qui s'assoupissait à table sans avoir risqué une seule bouffonnerie, ce qui portait chacun à se demander si, en raflant les dessous de verre du bar de l'aérogare, il n'avait pas aussi vidé les fonds d'alcool; de Céline déçue de sa demi-sœur et abattue, qui oscillait entre une prévenance discrète envers son père et le regret de devoir passer la soirée en famille; de Jeanne et de Charles qui se hérissaient, lorsque lui proposait de téléphoner à Marion et elle déclarait qu'ils auraient bien dû attendre, avant de préparer un tel repas, que Paule eût déposé sa valise sur le pas de la porte.

La toile escamotait la petite histoire de ce festin vide de plaisir, mais la rondeur muette et immense des corps, la raideur gonflée des visages ne permettaient pas d'ignorer la sensualité trouble des personnages, et la petitesse disproportionnée des plats perdus sur la table, telles des miniatures de porcelaine, donnait bien à voir la réjouissance plus qu'empêchée, impossible.

•

Combattant le sommeil, Elvire s'est répété qu'elle devait encore se déshabiller et faire sa toilette, puis elle s'est transportée en rêve au vernissage où elle avait rencontré Marion.

Sur les murs de la galerie, elle découvrait ses propres toiles. La plus grande salle ne contenait que le tableau inachevé du repas de famille, dont on se scandalisait sans qu'elle comprît pourquoi. À moins qu'on ne le devinât à moitié peint, ou qu'on ne jugeât ridiculement petit le dessin des plats, ou qu'on ne crût reconnaître les modèles et qu'on ne trouvât l'artiste bien ingrate? Elvire se débattait, se défendait en disant qu'elle avait un peu honte, mais qu'elle n'y pouvait rien, l'exposition aurait dû n'avoir lieu qu'après le retour de Marie-Paule, une fois les craintes passées. Et puis elle peignait et respirait avec les mêmes motivations exactement, car la peinture ne la quittait pas à la sortie du studio, et sa main avait une mémoire quand elle tenait un pinceau ou caressait à table le front de Vincent, ou tirait sans bruit la chaise d'Alex près de la sienne...

Mais déjà ce devait être le matin, car Charles venait de laisser claquer derrière lui la porte roulante du garage, en hurlant à Jeanne qu'il savait ce qu'il faisait.

III

L'âme au bout des doigts

Dans la concession de voitures, on avait éteint l'éclairage au néon pour décourager d'éventuels clients d'entrer. Céline était seule au rez-de-chaussée depuis que les employés de son père étaient partis. Les jambes allongées sur le bureau d'un vendeur au fond du local, elle était renversée sur un de ces fauteuils à roulettes et à bascule qui donnent un semblant d'aisance, de désinvolture. D'un abat-jour en champignon, tout juste un anneau de clarté tombait-il sur une pile d'enveloppes fraîches cachetées.

Pour Céline, l'été avait passé comme une couleur passe au soleil. Au début des grandes vacances, elle avait battu la ville pour se trouver un emploi bien à elle, loin de la coquille familiale, mais ça avait été peine perdue à cause de son âge. Maintenant, elle n'en avait plus que pour une semaine à travailler le soir avec son père.

Jeanne, qui avait été témoin de ses vains efforts et qui aurait dû savoir sa déception, s'était quand même irritée tout juin et juillet de la voir traîner autour de la maison, «l'âme en peine» disait-elle, poussant chaque fois Céline, qui ne se reconnaissait plus d'âme qu'au bout des doigts et dans les grains de la peau, à marmonner qu'il s'agissait bien de cela!

En fait, dès la fin des classes Jeanne s'était impatientée de tout et de rien, de sa fille qui prenait le soleil dans la cour en lisant roman sur roman, se claustrait dans sa chambre et descendait soudain de l'étage alors qu'on l'avait crue sortie, s'éclipsait au milieu de l'après-midi sans qu'on osât lui demander où elle allait, puisque les parents n'étaient tenus de s'en faire que le soir tombé.

En dépit des refus agacés de Céline, son père avait persisté à lui offrir un job à temps partiel. Il l'admirait de vouloir travailler et ne demandait qu'à l'épauler, affirmait-il, toutefois il était clair qu'il souhaitait aussi l'éloigner de la maison pour calmer Jeanne. Si cette dernière supportait mal Céline, la jugeant trop secrète et réfractaire, trop délibérément nonchalante (c'était bien simple, ce grand corps désœuvré, ça la démoralisait... se plaignait-elle souvent à Charles), elle donnait aussi à penser que sa vie était troublée par les seules allées et venues de sa fille, oui, tout à fait désorganisée. Mais Céline, qui ne voulait gagner d'argent de poche que pour avoir ses coudées franches, avait résisté à se faire inscrire sur la feuille de salaires de son père, tant que sa prétendue oisiveté avait été en cause.

Marie-Paule n'étant pas revenue en juillet tel que prévu, la famille tout entière en avait été remuée, puis s'était mise à glisser sur une drôle de pente. Chaque jour les humeurs de Jeanne et de Charles étaient plus abruptes: le système de règles dictant leurs prévenances, leurs attentes et leurs renoncements était brouillé. Or, l'absence de Marie-Paule n'était pas l'unique raison des revirements émotifs observés par Céline. Tout se passait comme si des évidences longtemps enfouies, des vérités si bien oubliées qu'elles surprenaient à présent, avaient commencé à refaire surface. Souvent Charles avait l'air de se perdre, plein d'appréhension, dans la contemplation de débris de son passé qui émergeaient tels des écueils à marée basse. Même Vincent et Alex s'étonnaient de le voir abandonner par moments son rôle de père, en homme confus et inquiet, ralenti par une tristesse hors de proportion comme par un vêtement trop grand. Quand même Charles, il exagérait, avec ses gestes appuyés de convalescent drogué, de malade mental! se fâchait alors Céline, ne pouvait-il pas se ressaisir, c'était gênant à la fin!... Si elle en concevait plus d'exaspération que de compassion, elle se le reprochait en même temps, car les récentes faiblesses de son père lui indiquaient autant de voies pour s'en rapprocher et le lui rendaient plus intéressant, plus attachant aussi, elle devait bien l'admettre.

La première semaine d'août, Charles avait pris rendez-vous avec Marion bien que Jeanne eût essayé de l'en retenir, de lui faire remettre cette initiative à plus tard. Il tenait à lui annoncer en personne qu'il était allé aux autorités, pour qu'elle ne s'affolât pas trop.

Déjà tendue, l'atmosphère de la maison l'était devenue un peu plus. Céline s'était mise à filer doux, et ses frères avaient suivi son exemple. Consciente de hérisser sa mère (n'était-il pas jusqu'à sa façon de s'asseoir, de marcher ou de regarder les gens qui déplût à celle-là), elle s'en découvrait plus de sympathie pour son père. La dernière fois qu'il lui avait proposé du travail, avec l'entêtement distrait de ceux qui n'attendent plus rien, elle avait faibli. Elle voulait lui signaler qu'elle était de son côté, mais elle craignait surtout de lui causer plus de soucis encore, si elle ne disparaissait pas de la vue de Jeanne.

Céline arrivait à la concession en fin d'après-midi, prenait vers huit heures un repas léger avec son père, puis travaillait un peu plus. Non qu'il y eût tant à faire, mais Charles était toujours tellement ravi de déplier une nappe, de dresser le couvert sur son bureau et de sortir du mini-réfrigérateur une de ses glorieuses salades de fruits de mer, de poulet ou de crudités, qu'elle était incapable de se dérober malgré l'inconfort et l'ennui qu'elle éprouvait à manger en silence devant lui. S'ils avaient par ailleurs chacun leurs raisons de ne pas vouloir rentrer tôt, Céline aimait mieux être là après le départ des employés, la plupart ne lui permettant pas d'oublier qu'elle était la fille du patron. Autant elle hésitait à s'adresser en leur présence à son père, qu'elle appelait parfois «monsieur» avec une ironie timide, autant elle préférait s'acquitter de ses tâches et empocher son salaire sans témoin.

●

De nouveau Céline avait terminé son travail en ce que Charles estimerait un temps record, et elle ne se décidait pas à aller le trouver: il la suspecterait d'avoir commis des erreurs ou des oublis, et elle aimait mieux patienter un moment que de lui donner un motif de se faire de la bile.

Le projet de réclame postale qu'il lui avait confié était d'une simplicité toute mécanique. Listes à dépouiller, étiquettes à taper, lettres circulaires à plier, enveloppes à adresser aux détenteurs de cartes de crédit du quartier. Ne prenant rien à la légère,

Céline neutralisait les effets engourdissants de la répétition en fixant son attention sur le détail de ses gestes, la facilité avec laquelle les autocollants se détachaient de leur support glacé, la raideur délicate des feuilles dont elle aplatissait les pliures avant de les glisser dans l'enveloppe. Sa pensée pouvait s'égarer, mais ses mains fines et courtes, ses doigts aux bouts gonflés comme des bulles ayant leur propre mémoire des choses, l'empêchaient de perdre son sens exact de la réalité.

Du côté de l'entrée, dans la salle de montre, les profils brillants des voitures se durcissaient dans l'obscurité, puis butaient contre les vitrines sombres et s'effilaient dans un champ sans fond où les feux de circulation, voilés et lointains, semblaient des bornes incertaines. À droite de Céline, une ancienne photo avait glissé dans son cadre. Dominant les bureaux des vendeurs, elle attestait que la disposition des lieux n'avait guère changé depuis vingt ans. Tout au plus avait-on remplacé le mobilier en optant pour la moleskine et le formica, tapissé les murs de papier gris à rayures bleues et recouvert les carreaux d'une moquette pervenche (parce que la moquette invitait à la réserve et à l'acquiescement silencieux, excitait le goût du confort et amollissait les clients, avait dit le décorateur, devant Céline qui n'avait pas dix ans mais en avait été frappée).

Ce commerce qu'il avait hérité de son père, Charles avait probablement cessé de le voir en même temps qu'il avait cessé de se demander ce qu'il y faisait, de sorte que c'était chaque fois Jeanne qui avait décidé les travaux de nettoyage ou de rénovation, au cours d'une de ses rares visites. Céline avait parfois l'impression que son père, diplômé en administration malgré lui, mimait tout juste les gestes de l'homme d'affaires pour s'assurer des profits: le nageur battait des bras et des jambes au fond d'une piscine à sec, pour y faire venir de l'eau. Elle se souvenait d'une époque où il avouait souvent, deux ou trois verres de vin l'aidant à se moquer de lui-même, qu'il n'était pas plus à sa place dans une concession de voitures qu'«un marron dans un sac de boulons». Ça lui était resté, «le marron, les boulons», à cause de la rime que Vincent reprenait aussitôt en multipliant les exemples les plus saugrenus et les plus sots, un mouton dans un sac de ballons, un morpion dans un sac de boutons, jusqu'à ce que Charles n'eût plus envie de rire.

Devant Céline, dans un coin de la salle, un grand escalier aux marches flottantes conduisait au bureau vitré de son père sur la mezzanine. En ce moment, elle avait le sentiment que l'accès lui en était interdit, Charles venant encore d'en fermer la porte pour téléphoner. Ce geste, qu'il répétait plusieurs fois par jour, la choquait lorsqu'il n'y avait qu'elle dans la place. Elle se figurait son père à l'étage, dans le calme que lui seul rompait de temps à autre en manœuvrant ses tiroirs, qui cédait à une impulsion et se levait pour aller fermer la porte, puis tâchait de se persuader qu'à partir de cet instant le monde n'existait que pour lui. Ce n'était pas d'hier que Céline lui supposait une vie clandestine, où ses imaginations menaçaient sa maîtrise de soi, levaient ses craintes et ses principes, où la nouveauté de certaines idées le prenait au dépourvu et le rendait presque misérable, mais depuis que Marie-Paule leur avait fait faux bond ce jour-là de juillet, ses dérapages étaient plus fréquents. Jeanne n'arrêtait pas d'ailleurs de lui dire qu'il n'était plus lui-même et de s'informer de sa santé, de s'enquérir s'il n'était pas malade au moins, s'il dormait assez...

●

Céline tendait l'oreille, scrutait le silence en espérant saisir au moins les courbes estompées de la voix de son père. Toujours renversée dans le fauteuil à bascule, elle était tentée de se mettre sur le bout de son siège pour ajuster sa posture à sa pensée en alerte, mais elle hésitait à bouger. Elle se retenait même d'avaler, d'effleurer ses vêtements et de faire glisser ses pieds sur la table: sachant que le bruit le plus infime lui grossirait aussitôt dans la tête, elle serrait plutôt les paupières comme si les sons allaient venir se coincer là. Selon elle, son père se verrouillait ainsi pour téléphoner à Marion. À cette heure les bureaux des Affaires extérieures n'étaient-ils pas déserts? les attachés d'ambassade ne dormaient-ils pas à Ankara? et puis un soir où il avait négligé de fermer sa porte, n'avait-il pas appelé coup sur coup Jeanne et Marion?

Avec l'une, il avait échangé des propos terre-à-terre, mais pleins de fébrilité déjà. Comment! Alex jouait encore dehors, il irait au lit complètement épuisé, il fallait le faire rentrer tout de suite, non, non, il ne quittait pas maintenant, il attendait l'appel d'un client tout en finissant ses comptes, le mieux, c'était qu'elle se couchât sans lui, enfin quand elle en aurait envie...

Avec l'autre, il avait semblé pris de court, stupéfait d'entendre une réponse au bout du fil. Trébu-
chant sur ses excuses, affirmant qu'il avait eu tort de
la déranger, puis passant du coq à l'âne, il avait parlé
d'une voix affable mais trop haute, trop sûre d'être
importune, qui trahissait un bonheur nerveux. S'il
avait sans cesse ramené la conversation sur Marie-
Paule, comme il aurait tiré une bouée vers lui, il
s'était égaré le temps de plusieurs questions timides
et gauches, en quête de ces petits détails qui donnent
à réfléchir pendant des heures et sont si précieux
pour qui n'a rien d'autre à se mettre sous la dent.
C'était fou, il était tout étonné qu'elle fût chez elle, il
avait essayé de l'appeler plusieurs fois, enfin pas plusieurs mais deux ou trois, sûrement elle était très
occupée, très en demande, eh bien, voilà, c'était au
sujet de Marie-Paule, un officier lui avait assuré
(mais peut-être était-elle déjà au courant?) qu'on
avait consulté les registres des hôtels, des hôpitaux,
des maisons d'arrêt d'Istanbul et qu'on n'y avait pas
trouvé trace de leur fille, sauf dans cet hôtel dont elle
avait réglé la note la veille de son présumé retour, les
nouvelles n'étaient donc ni bonnes ni mauvaises, et
tant qu'on ne savait rien, il était sage de ne pas trop
se tourmenter, de ne la croire ni malade ni en difficulté avec la police. Marion? était-elle toujours là?
c'était idiot, mais simplement lui parler, ça le mettait
dans un état!...

Dans la tête de Céline, l'empreinte de chaque
mot était encore toute fraîche. Plus nettement
qu'avant elle comprenait que son père était un être
indépendant, dont la destinée sentimentale n'était
pas fixée. Si elle concevait que la perte de sa fille pût

être pour lui un drame non pas familial, mais personnel, elle concevait également qu'il pût redevenir
amoureux. Parfois elle lui prêtait l'allure inquiète et
effacée d'un soupirant passif, nourrissant une «fiction amoureuse», selon une expression rencontrée
dans un roman. Avec ce qui couvait à la maison, avec
les échafaudages qu'on portait sur les épaules à la
place de la raison, elle se répétait souvent ce qu'elle
avait lu dans le même livre, soit qu'on ne vivait que
ce qu'on était en mesure d'imaginer. C'était sa formule du moment, celle qu'empruntait son parti pris
de désenchantement et de clairvoyance. Convaincue
que chacun portait en soi quelque chose de retors
(même Jeanne avec ses soucis de propreté et de cor-
rection), elle mettait en question le bon sens et l'innocence des membres de sa famille, se demandant ce
qu'ils deviendraient si les contraintes se relâchaient,
si les pudeurs tombaient. À en juger par son père, elle
aurait gagé qu'ils cultiveraient leurs afflictions avec
autant de ténacité que leurs plaisirs.

Au retour de chez Marion en août, celui-là avait
témoigné de l'agacement quand Jeanne et les enfants,
réunis au salon, s'étaient tournés vers lui d'un seul
mouvement. Sans doute avait-il compté sur Marion
pour lui faire quelque révélation, éclairer la dernière
lettre qu'il avait reçue. Mais non. Tout au plus avait-
il pris connaissance d'un appel de Konya, qui remontait au mois de juin et où Marie-Paule n'avait fait que
demander à sa mère de lui télégraphier de l'argent.
«Tu sais ce que c'est, les communications avec les
pays d'outre-mer, le sentiment du temps qui presse,
les idées qui ne viennent pas», Marion s'était-elle
excusée auprès de lui. Si elle s'était sentie coupable de

ne pas avoir pris plus de nouvelles, Charles avait paru surtout offensé que sa fille ne se fût pas adressée plutôt à lui.

Dans son compte rendu réticent, pas une seule impression sur la personne de Marion, sur son appartement, pas un seul commentaire qui ne fût trié sur le volet. Charles avait laissé l'actrice dans l'ombre pour simuler son manque d'intérêt, sans prévoir que son silence le rendrait suspect.

D'abord la curiosité de Céline en avait été exaspérée. Marion n'était-elle pas une inspiration, la preuve qu'une existence ni stable ni résignée pouvait être passablement heureuse? Ne s'était-elle pas entêtée dans son métier tout en tombant amoureuse, en ayant une fille dont elle semblait incapable de se passer parfois, puis en prenant des amants? Céline, qui ne s'expliquait pas qu'on pût se fâcher contre Marion ou se fatiguer d'elle, se plaisait à croire que, n'eût été la pusillanimité de Charles, elle et lui n'auraient jamais divorcé.

Sentant avec les autres au salon que Marion resterait un sujet tabou, Céline s'était ensuite détachée de la situation en se disant que son père faisait bien un peu pitié, qui gardait jalousement pour lui des informations anodines. Peut-être s'exagérait-elle la confusion de son père et le besoin qu'il avait de Marion? Après tout ces deux-là étaient dans le même bain, touchés par un malheur commun où ils partageaient des regrets semblables, et Charles s'était peut-être mis à songer à Marion aussi souvent qu'à Marie-Paule, à languir après une compassion qui ne pouvait lui venir de personne d'autre avec une telle réciprocité, le pareil sens d'une intimité perdue? Oui,

Céline gonflait sûrement l'importance des entretiens secrets de son père, la signification de ses regards embarrassés d'homme qui ne savait pas dissimuler, qui paraissait demander pardon ou battre en retraite chaque fois que Marion était en cause. Et alors? Plus les attitudes de son père prêtaient à équivoque, plus elles invitaient à des abus d'interprétation. Et elle, Céline, n'allait tout de même pas s'arrêter de penser.

•

Là-haut son père n'avait toujours pas rouvert sa porte. Espérant ne pas avoir déjà trop tardé, Céline a saisi d'une main le carton qu'elle avait préparé et de l'autre son grand sac de toile mou, au fond duquel elle ne transportait jamais qu'un bâton de rouge, un livre et un porte-monnaie, puis elle a grimpé l'escalier quatre à quatre.

Charles était à son bureau. En vitrine derrière la cloison de verre, il était ramassé sur lui-même et prêt à bondir si quelqu'un le surprenait, aurait-on dit, mais en même temps il était courbé sur sa conversation qu'il souhaitait protéger. Céline n'a pas frappé de peur qu'il n'interrompît sa communication, plaquant tout simplement sur la vitre le carton où elle avait écrit en gros caractères: «J'ai fini. Je pars. Rentrerai avant 11 heures.»

Les lèvres collées au combiné dans des moues prudentes, qui venaient y déposer des mots plus difficiles que d'autres peut-être, son père a mis du temps à sentir sa présence. Enfin il a redressé la tête pour respirer, refaire ses forces. En l'apercevant de l'autre côté de la porte, il a pris un air d'abord traqué, puis navré. Avant qu'il eût pu raccrocher, Céline lui a fait un signe de la main qu'elle a laissé traîner dans son dos en dévalant l'escalier.

•

La nuit était tombée. Mais si Céline avait de la chance, Jérôme n'aurait pas encore quitté la station-service. Hâtant le pas, elle a tourné le coin de la première rue. Elle voulait se dérober au plus vite à la vue de son père, le semer au cas où il se serait avisé de la rattraper. C'est qu'il insistait chaque soir pour la ramener à la maison, lui répétant qu'il n'aimait pas la savoir seule à cette heure-là dans la ville. Spécialement, ajoutait-il de temps à autre en enrobant le reproche d'une plaisanterie, car il faisait attention de ne pas la vexer, spécialement dans ses accoutrements dépenaillés ou tape-à-l'œil, qui risquaient au pire de lui occasionner des embarras en allumant n'importe qui, au mieux de provoquer sur son passage des accidents de circulation. (La boutade était usée, les sourires obligeants de part et d'autre.) Oui, oui, elle-même les trouvait sans doute jolis, mais n'étaient-ils pas un peu trop évidents, avait-il plus rarement le courage de préciser, ou trop lâches ou trop serrés, comme rétrécis, enfin ne voyait-elle pas.

En se remémorant ces commentaires de son père, et d'autres encore dont elle faisait l'objet si souvent ces derniers temps qu'elle s'estimait harcelée, Céline a eu une poussée d'impatience et senti s'émousser l'agréable excitation que lui causaient tant la conscience de s'être habilement échappée que l'illusion d'être en fuite. Ses parents avaient cette façon, excédante, de parler d'elle en s'escrimant à faire des carrés avec des cercles! Or, il lui suffisait de discerner en elle-même des traces de leur morale pour être cent fois plus irritée, mais en même temps pour prêter un certain charme aux maladresses de son père, n'était-ce pas insensé? Parce qu'il arrivait à celui-là de se montrer intimidé par elle, comme s'il s'était vu le père d'une petite fille mais pas celui d'une femme.

Lui si discret, si préoccupé de sa paix qu'il ignorait que ses enfants eussent une existence intime, brouillonne et souvent difficile, n'aurait pu admettre qu'il savait aussi bien qu'un autre les émotions que le corps de Céline était capable de soulever, du seul fait qu'il respirait et sans même avoir à se braquer devant vous pour se mettre à l'épreuve ou se laisser contempler, avec une ardeur passant pour enjouée.

Si Céline s'étonnait parfois de l'ascendant qu'elle avait sur son père, elle ne s'y arrêtait pas. Elle croyait avoir d'elle-même, de l'effet qu'elle produisait dans la rue une idée très juste, et cette idée lui plaisait. Bien qu'un décor propret lui donnât sans cesse à la maison l'impression d'être inconvenante, négligée et provocante, elle y recevait sans trop sourciller les remontrances sévères de sa mère et les avertissements gauches de son père. Évidemment elle souffrait de s'attirer des querelles et d'avoir à s'entêter, toutefois elle n'y pouvait rien selon elle, car sa façon de s'habiller, sa «dégaine» selon l'expression de Jeanne, n'avait pas à voir d'abord avec quelque obscure volonté de choquer, mais avec le sentiment immédiat d'elle-même qu'elle voulait entretenir ainsi qu'une sensation aiguë.

N'ayant de l'assurance qu'à éprouver intensément son propre corps, elle ne voyait pas ce qu'il y avait tant d'elle, de sa personne, à préserver. La pudeur, les précautions dont on aurait voulu qu'elle s'entourât, elle n'en reconnaissait pas la nécessité. Au vrai, elle s'en moquait et en secouait vite les moindres tentations. C'est qu'elle était convaincue, non pas comme on s'éprend de vérités toutes rhétoriques, mais à part soi, dans les poussées d'un désir encore sans objet, que la vie n'avait de sens qu'à se consumer tout de suite et rapidement, c'est qu'elle se sentait exister à s'exposer sexuellement surtout.

Dans son pantalon à minuscules carreaux rouge et noir, serré et coupé à mi-mollets, avec ses chaussettes fluorescentes qui dépassaient tout juste de ses boots noirs lacés, dans son débardeur molletonné aux bords effilochés, noir aussi, trop large et trop court, que ses seins éloignaient de son corps de telle manière qu'il lui flottait autour de l'estomac, dévoilait ses premières côtes, accusait ses hanches étroites et son ventre plat, avec ses cheveux fins et châtain clair, presque paille, qui se séparaient en bâtonnets soyeux et qu'un vent chaud emmêlait par à-coups au ras de sa tête, avec enfin la dizaine de minces anneaux de caoutchouc qu'elle portait au poignet et qui, en roulant sur le dos de sa main, lui donnaient un peu de la fière aisance que se découvre un enfant portant un bijou pour la première fois, elle était heureuse de la sensualité impatiente qu'exhalait son corps et elle marchait d'un pas leste. Elle se félicitait de n'avoir ni attendu son père ni quitté la concession dans la grosse familiale blanche, qui aurait traversé silencieusement le quartier en tanguant le long des rues désertes comme sur des canaux à l'eau sombre, et surtout elle ne se contenait plus à la perspective de revoir Jérôme, ou «Jerry» pour les autres mécaniciens et sa sœur.

L'enseigne pivotait toujours sur elle-même ainsi qu'une énorme pastille en équilibre sur sa tranche. Le garage n'était donc pas fermé. Au bout de l'avenue, une nappe de clarté suspendue à la hauteur des poteaux téléphoniques illuminait le terrain asphalté.

Il n'y avait personne aux pompes à essence. Près de la caisse, au-delà d'une vitrine contre laquelle s'élevaient des pyramides de cannettes d'huile, le propriétaire actionnait une ancienne calculatrice à manette. Attenant à son bureau crûment éclairé, dont l'entrée était à demi obstruée d'un présentoir de pneus, l'atelier presque sombre par comparaison était grand ouvert à la nuit.

Céline a passé en revue les dos gris penchés sous les capots, les combinaisons qui évoluaient lentement, bras levés, autour des pylônes à air compressé, ou qui renversées sur des planches à roulettes disparaissaient aux trois quarts sous les carrosseries, et elle a repéré Jérôme. Il était assis sur un baril au fond de l'atelier, les épaules arrondies en avant et la tête pendante, visiblement rompu. Avec une graisse incolore, il se frictionnait les mains pour diluer le cambouis qui s'y était attaché. Il avait fini de travailler, et Céline n'aurait pu mieux tomber.

Le visage ombré par une barbe pâle d'un ou deux jours, les cheveux blonds lissés sur le crâne et attachés sur la nuque en une longue tresse qui s'enfonçait comme toujours sous sa chemise, il avait un grand corps solide mais sans rudesse. Il avait été le dernier amant de Marie-Paule et, rétrospectivement, il était celui que Céline préférait. Dans le décor encrassé où elle prenait garde de ne rien toucher, de ne rien frôler, où le plancher de ciment râpeux était enduit par endroits d'une épaisse mixture d'huile et de poussière, où les murs et les étagères de métal, les outils et les cartonnages étaient noirs de saleté, Jérôme avait dû séduire Marie-Paule par ses apparences de douceur désordonnée, par sa sensualité franche.

L'attention éveillée par ses compagnons de travail qui s'étaient mis à toussoter et à siffler, Jérôme a paru surpris de la voir encore là. Il ne comprenait pas le nouvel et soudain intérêt qu'elle lui portait, mais il avait eu un sourire furtif en l'apercevant.

Elle lui rendait régulièrement visite depuis deux semaines, jamais avant huit heures cependant, pour qu'il ne pût pas la renvoyer ainsi qu'il l'avait fait les trois premières fois, ou qu'il ne s'embarrassât pas à lui dire des insipidités, par exemple que le patron n'aimait pas le voir perdre son temps, avec de jolies filles surtout...

D'abord, elle était venue dans l'espoir de recueillir des informations de fraîche date sur Marie-Paule. En fouillant son ancienne chambre où était remisé ce qui restait de ses possessions, Céline était tombée sur des boîtes à chaussures pleines de lettres inachevées, dont les plus récentes étaient adressées à Jerry. Et si Marie-Paule était restée en contact avec lui plutôt qu'avec la famille? N'écrivait-elle pas davantage pour entretenir ses émotions que pour les livrer? Ne pouvait-elle pas être plus inspirée par un ex-amant que par un père avec qui elle n'avait que des conversations distraites, sinon d'une gaieté forcée? Et si elle avait mentionné une ville ou un hôtel sur une de ses cartes postales? quoiqu'à la fin elle s'était souvent contentée de les signer, comme elle aurait inscrit des monogrammes sur de petits mouchoirs, avant de les lâcher au vent.

Céline revoyait Marie-Paule, adossée le soir à une montagne d'oreillers qui s'était affaissée en glissant entre le mur et le matelas. Son corps et son espace ne lui étant plus rien, elle noircissait du papier avec une frénésie désespérée ou une lenteur rêveuse. On eût dit que c'était son dernier recours contre le chaos qui toujours semblait menacer, plus encore gagner du terrain comme les jungles qui avancent. Elle scrutait ce qui se passait en elle-même jusqu'à s'en ruiner les yeux et n'y rien voir, elle interprétait les gestes des autres jusqu'à les imaginer à neuf. Au matin, il n'en restait plus qu'un tapis de lettres éparses où elle s'était figuré tout expliquer, tout confesser, mais qu'elle n'allait pas mettre à la poste, ne demandait en fait qu'à oublier.

Certaines fois où Céline était restée dormir chez sa sœur, elle avait eu l'impression que Marie-Paule prêtait à ses lettres le pouvoir de corriger la réalité: recherchant et redoutant à la fois les situations d'intimité, elle y jouait des rapprochements; souffrant des jugements défavorables des autres, elle y simulait des confrontations honnêtes avec elle-même. Céline savait les amants qu'elle avait eus, les liaisons qui avaient fini par la rendre anxieuse ou la déprimer, mais auxquelles elle revenait çà et là comme à de moindres maux, pourtant Marie-Paule persistait à s'assigner le rôle de l'amoureuse constante et compréhensive, capable de se passionner jusqu'à l'abnégation heureuse. Dans plusieurs lettres, elle semblait essayer de sauver le peu de bonheur qu'elle avait, en s'illusionnant sur la dévotion ou l'amour de chacun, même et surtout de ceux-là qu'elle n'aimait plus. Parce qu'une fois qu'elle avait pris congé d'un amant, elle ne supportait pas de le voir se détacher à son tour; parce qu'il n'y avait rien de plus douloureux pour elle que les ruptures nettes.

Si un moment elle s'en prenait à quelqu'un, le moment d'après elle entreprenait de justifier ses propres torts. À la poursuite du motif qui allait encore l'innocenter, faire d'elle la pauvre héroïne de sa pauvre vie, elle critiquait Charles et Marion à coups de souvenirs plus dépouillés que des formules. Tout en leur déclarant un amour sans condition, éternel pour sa mère, récent toujours récent pour son père, elle s'obstinait à démontrer que l'un ou l'autre avait été un médiocre partenaire ou un parent incompétent, mais il fallait voir la minceur des arguments!

Dernièrement Céline, qui saisissait mieux les rapports difficiles de Marie-Paule avec sa mère et lisait dans ses lettres autant de mises en scène d'un instant ardemment désiré, où toutes distances auraient été abolies et tous différends résolus, avait eu la fantaisie de conclure qu'au bout de la chaîne d'amants et d'amis à qui s'adressait sa demi-sœur se trouvait Marion, qu'elle glorifiait et blâmait presque dans un même souffle sans se rendre compte qu'elle se contredisait, parlant de deux femmes distinctes, l'une aimante ou même amoureuse, l'autre insouciante ou même inaccessible. Non que Marie-Paule eût écrit à sa mère, mais c'était là, dans chaque lettre comme dans le geste d'écrire.

C'était Marie-Paule qui avait inspiré cette idée à Céline, dans des accès de lucidité qui ne s'accordaient guère avec son impuissance à changer et sa propension à travestir la vérité, à présenter à sa défense des informations partielles, des raisonnements disjoints ou ravaudés. Maintes fois elle avait fait son propre diagnostic, en prétendant répéter avec ses amants ce qu'elle avait vécu avec sa mère. Céline ne pouvait lui supposer un esprit clair, mais lorsqu'elle n'était pas rebutée par la complexité de ses réflexions, elle y prenait à sa honte autant d'intérêt qu'à ses romans. Depuis ses premiers cours de philosophie, elle essayait de traquer les mécanismes inconscients qui investissaient les gestes les plus banals, qui en démentaient même la banalité dès qu'on recombinait les apparences selon une logique qui nous y était donnée et refusée, dessin caché dans la tapisserie. Reprenant l'hypothèse de Marie-Paule, elle avait donc établi que tous ses destinataires étaient interchangeables et jouaient un personnage unique, celui de l'être aimé, pour déduire ensuite que l'ultime lettre à écrire dans le cocon de sa chambre était une lettre à Marion.

À la suite de ses nombreuses indiscrétions, Céline avait eu le sentiment de connaître Jérôme, au moins en tant qu'amoureux, avant de venir au garage pour la première fois. Pendant trois jours elle avait traîné autour de la station-service, ou s'était obligée à des détours pour y revenir. Parfois elle s'était juchée sur la clôture d'une des pelouses d'en face et avait affecté de lire, sachant que Jérôme l'avait non seulement remarquée mais reconnue, parfois encore elle s'était plantée sur le trottoir et l'avait regardé travailler à distance, mine de ne pas se gêner, insolemment. Elle avait dû rassembler son courage, comme d'ailleurs avec chacun des ex-amants de Marie-Paule qu'elle avait cueillis par la suite à la sortie de leur appartement, pour enfin s'avancer vers Jérôme. De prime abord il s'était montré affable, aussi affectueux qu'il le pouvait en usant de taquineries, toutefois lorsqu'elle avait hasardé quelques observations sur sa sœur, il s'était assombri en demandant de quoi elle se mêlait.

Maintenant il était là tout près qui murmurait dans son col ouvert, qui disait sans relever les yeux sur elle que l'alternateur de la Buick avait claqué, et plutôt que les débats à une voix de Marie-Paule, c'était son corps à lui qui importait à Céline, son grand corps blond, avec sa poitrine glabre et moite qui plongeait dans le bâillement amidonné de la combinaison, ses doigts trapus et inflexibles aux bouts cornés, ses cuisses dures qui même appuyées sur le rebord du baril restaient parfaitement rondes, son grand corps à lui, qu'elle ne parvenait pas à s'enlever de la tête.

Ce n'était pas Jérôme qui se serait permis, en passant près d'elle, de la presser contre un mur ou de la frôler comme le faisait à tous coups un des employés de son père, pas lui qui aurait feint d'être subjugué par ses airs délurés et ses tenues relâchées, pour tirer avantage de son inexpérience et de sa confusion, de ses désarrois silencieux… Parce qu'il y avait des moments où Céline ne savait plus si elle devait se flatter de la vulgarité satisfaite ou se méfier du désir agressif de cet employé, toujours bien mis mais un peu gras, dont le personnage tenait tout entier pour elle dans son ventre débordant, reposant béatement au-dessus de sa ceinture et forçant les boutons de sa chemise. Non. Si Jérôme semblait avoir conscience à chaque instant de ce que son corps aurait pu faire de celui de Céline, il semblait également succomber à ses naïves manœuvres de séduction sans perdre de vue qu'elles n'étaient pas un moyen mais une fin en elles-mêmes, ne devaient faire perdre la tête à personne ni inviter à aucune brusquerie. Il était avec elle d'une prudence gênée qu'elle prenait pour de la délicatesse et qui lui rendait son corps plus attachant, plus apprivoisable encore, presque pas menaçant du tout.

●

Ils ont longtemps parlé, lui adossé à la portière de sa vieille Volvo ronde, noire et dépolie, elle ayant l'impression de poser devant lui. Puis il lui a offert d'aller prendre un dessert dans un café voisin.

Elle a répondu en riant que les glaces et les pâtisseries lui rappelaient trop son père, et qu'elle n'en mangeait qu'à la maison. Pressée d'enchaîner, elle lui a proposé de faire à la place une promenade en voiture. S'il lui montrait son quartier? l'immeuble où il habitait? Oh, elle se contenterait d'entrer et de sortir sans faire attention à ce qui traînait. Sûrement ils avaient le temps de rouler jusque-là, puisqu'on ne l'attendait jamais avant minuit.

Ils ont atteint une de ces zones périphériques où les immigrants venaient se greffer à la ville, par hordes ou par ondes successives, dans des habitations modernes d'aspect luxueux, mais bâties à peu de frais. Après quelques virages qui ont donné à Céline l'illusion de tourner en rond, ils se sont engagés dans une rue en croissant, bordée d'immeubles identiques à cinq ou à six étages. Dans la lumière de tièdes lampadaires, des balcons de ciment étaient accrochés si serrés les uns au-dessus des autres, de chaque côté d'une cage d'escalier vitrée, que de loin ou d'en bas on les aurait crus emboîtés.

Jérôme, ayant poussé devant eux la porte de son appartement, s'est appuyé sur le chambranle tandis que Céline s'aventurait dans le salon d'un pas incertain. Le décor faisait inhabité, avec sa porte-fenêtre sans tentures et ses quelques meubles dépareillés, abîmés, dont le style ancien et le fini foncé tranchaient avec la pièce aux murs blancs et aux plafonds bas, à la moquette de haute fibre rêche et claire, d'un même jaune brûlé que dans les corridors de l'immeuble. Un téléviseur énorme était posé sur le sol, devant deux épaisseurs de matelas que recouvrait une trop grande couverture mexicaine, dont les bords bavochaient tout autour. Au pied de ce divan de fortune, étaient éparpillés des magazines de course automobile et des cartons de biscuits entrouverts, des assiettes vides et des verres au fond desquels avaient séché des ronds de lait, vestiges des soirées tranquilles d'un célibataire.

À l'affût de détails qui pouvaient devenir des indicateurs de vie intime, Céline s'est trouvée dans la cuisine, après avoir jeté un œil rapide sur les longues serviettes jaunes suspendues en tas à la cabine de douche. (Jérôme, n'était-ce pas assez drôle et touchant, avait dû en coordonner la couleur avec celle de la moquette.) Ayant passé le plat de la main sur la table-évier que rendait terne et rugueuse une fine couche mal rincée de poudre à récurer, elle s'est arrêtée un instant devant les photos de formules 1 qui surmontaient la cuisinière, puis elle est revenue sur ses pas.

À l'entrée de la chambre, elle a mis à tâtons la main sur l'interrupteur. L'intense clarté d'un plafonnier de verre blanc, bouchon rond vissé au plafond, lui a révélé une pièce plutôt petite. Un mince piqué de coton était tiré sur des draps roulés en boule, qui bosselaient le lit. Céline avait à peine posé les yeux sur la bibliothèque aux étagères dégarnies et sur la garde-robe qui, ne pouvant plus fermer, dégorgeait souliers et vêtements, lorsqu'elle a senti derrière elle la présence de Jérôme et s'est retournée.

Accoté à un montant de la porte, les mains dans les poches sans fond de sa combinaison, les jambes croisées de sorte que la semelle d'un de ses souliers reposait sur le côté, il avait le visage détendu: cet examen de son espace privé ne l'embarrassait pas du tout, en fait l'amusait un peu.

Céline, prenant conscience de son sans-gêne, lui a souri des lèvres mais pas des yeux, qu'elle a gardés sérieux et légèrement sombres. Comme elle aurait fait un effort immense, elle a lancé au bout de son souffle que cette pièce était bien la plus sympathique des trois. Jérôme n'a rien répondu. Alors elle s'est laissée tomber à la renverse sur le lit, en ajoutant qu'elle aimait bien son «plume».

Ses jambes tout à coup très longues devant lui, ses genoux pliés à l'angle du matelas et ses pieds pendants.

Et ses cuisses. Qui s'accrochaient à l'aine sans se toucher, mais dont la lourdeur tirait sur son corps, soulevait ses reins et creusait son ventre. Et son centre en suspens.

Et sa tête trop basse, entraînée loin derrière. Et son cou qu'elle devait tendre de côté pour continuer de voir Jérôme.

Et ses mains. Qu'elle frottait sur le couvre-lit à l'articulation des doigts et de la paume, de même qu'elle aurait roulé un bâtonnet de pâte. Et cette poussée. Ce cœur battant qui voulait sortir de son sexe.

Elle ne savait pas vraiment ce qu'elle attendait, mais l'idée encore étrange pour elle d'un pénis dans son corps ne l'effrayait pas, mais elle mourait d'envie de sentir contre elle s'agiter elle ne savait quelle violence, se remuer elle ne savait quelle douceur, mais elle en avait fini avec les attouchements d'enfant, les baisers fougueux et épuisants d'adolescents, les mains maladroites qui caressaient moins qu'elles n'exploraient sous les fringues, liées par trop d'interdits et recommençant infatigablement les mêmes gestes, comme à court d'invention, et elle voyait Jérôme s'approcher, se pencher au-dessus d'elle ou mettre un genou sur le lit à ses côtés, Jérôme dont les mains toujours aussi calmes, dans ses poches profondes, devaient envelopper à demi la dureté de ses cuisses et en absorber la tiédeur, Jérôme qui d'abord immobile s'est éclipsé en direction du salon.

Céline est restée là, dans la chambre qui soudain s'est mise à exister d'une vie propre, avec ses murs et ses plafonds d'un blanc crayeux, ses marques de doigts sur la plaque de l'interrupteur et sur les jambages des portes, son miroir sous le cadre duquel étaient coincées des photos et son plafonnier aveuglant sur lequel ses yeux revenaient sans cesse, papillons de nuit se jetant dans la flamme.

•

Accablée par le sentiment de sa gaucherie, son corps dépassant de toutes parts de sa personne à présent recroquevillée dans sa poitrine et si petite, elle a bientôt éprouvé une fureur qu'elle a feint de ne pas s'expliquer. Jérôme ne pourrait pas l'ignorer encore longtemps, prendre ses visites au garage pour des divertissements de fillette en vacances et qui s'ennuie, des témoignages d'un engouement déplacé. Pas avec ce corps qu'elle avait. Pas de la façon dont il la regardait parfois.

Quand il est revenu, elle était assise au bord du lit. Placide, il lui a tendu une enveloppe de la poste aérienne. Elle était de Marie-Paule.

•

Céline a eu un choc en apercevant la haute écriture asymétrique, et n'a pas osé ouvrir l'enveloppe, prête à se réjouir ou à s'effondrer. Jérôme lui a fait signe d'y aller, de lire la lettre. Elle avait été écrite à Marmaris, mais Céline ne s'y est pas arrêtée, parce qu'elle ne savait pas où était cette ville. Cherchant l'annonce du retour de Marie-Paule ou une explication à son absence, elle a laissé courir ses yeux plus vite qu'ils n'étaient capables de déchiffrer les mots, forcée à tout bout de champ de revenir en arrière.

Marie-Paule confiait à Jerry l'ennui de lui qui la prenait parfois, puis aussitôt l'euphorie de ses nuits parfumées au raki; elle lui disait le bonheur d'exister au hasard des rencontres, puis aussitôt celui qu'elle aurait eu à dormir avec lui dans ce pays, où certains soirs l'âme vous sortait par la peau tant il faisait chaud; elle lui racontait comment trois garçons d'une quinzaine d'années, ne parlant que le turc, l'accompagnaient chaque jour à la plage (des heures! s'ébahissait-elle, elle avait passé des heures avec l'un d'eux, sur un matelas pneumatique au large de la baie, à tenter de comprendre deux ou trois phrases qu'il ne cessait de lui répéter, pour meubler peut-être le silence de la mer); elle lui décrivait la voix des muezzins qui invitait les musulmans à la prière, mais évoquait plutôt une plainte amoureuse se faisant rafler par le vent... tout cela, comme une déclaration d'amour qui se défaisait à mesure, mais produisait sûrement son effet, tout cela et rien d'autre.

Céline a retourné les feuillets pour vérifier si l'envers en était vierge, a noté la vignette des trois poissons se mordant la queue qui les ornait de nouveau, puis s'est écriée avec indignation et consternation que sa sœur était inconsciente, ou quoi!

«Tu ne comprends pas», lui a dit Jérôme. Puis il lui a fait remarquer que la lettre avait été écrite dix jours avant le retour annoncé par Marie-Paule, mais que le cachet de la poste, chose étrange, ne datait que d'une semaine.

Il était près de minuit quand Céline est rentrée. Comme toujours Jeanne avait mis sa lingerie fine à sécher au-dessus de la baignoire; et comme toujours une odeur mêlée de détersif et de civette traînait dans la salle de bains. Céline s'est irritée en l'imaginant qui s'enfermait à clé pour faire sa toilette, puis qui s'assurait que les portes étaient bien verrouillées en répandant son éternel parfum derrière elle, puis qui se glissait sous les couvertures sans les défaire. Pourtant, étant petite, Céline se figurait que le parfum de sa mère s'enroulait voluptueusement dans les pans bruissants de son long peignoir: elle avait beau se hérisser pour se soustraire à l'affection de Jeanne, c'est-à-dire en quelque sorte à sa volonté, elle n'en cultivait pas moins des images romantiques de la mère... Mais n'était-il pas curieux que cette émotion d'enfant lui revînt tout à coup, au milieu de son aigreur?

Au sortir de la salle de bains, Céline a vu Charles quitter en douce l'ancienne chambre de Marie-Paule. Quand elle est allée lui souhaiter bonne nuit, il était assis dans son lit, auprès de Jeanne qui lui tournait le dos et dont seule la tête bouclée dépassait de dessous les draps. Il parcourait d'un œil un livre de recettes et surveillait de l'autre l'écran muet du téléviseur. Céline a failli mentionner la lettre de Marie-Paule, mais s'est ravisée. Ayant fait promettre à Jérôme d'appeler son père au bureau à la première heure, elle faisait mieux d'attendre, autrement comment expliquerait-elle ce qu'elle faisait avec un ex-amant de Marie-Paule, et si tard chez lui, autrement Charles s'agiterait en pure perte toute la nuit. Quand même, ce que la langue lui démangeait!

•

La porte de la chambre de Vincent était restée entrebâillée, selon la règle fixée par Jeanne. En passant devant, Céline a aperçu la lueur de la lampe de poche qui illuminait, comme une tente, le drap où pointait la tête du garçon. Il devait encore écrire de ces poèmes rimés où des oiseaux se tuaient en donnant contre les fenêtres, où des êtres transparents éclataient au contact de même que des bulles, où des enfants stockaient dans leur ventre de sages conseils qui se déroulaient en rubans interminables, les faisaient grossir jusqu'à ce qu'ils se missent à monter dans l'air, ronds et légers...

Plusieurs fois, Céline avait feuilleté un cahier que Vincent n'avait pas eu le temps de cacher sous clé et avait cru en sûreté sous son oreiller. Estimant que sa curiosité n'était pas mauvaise, simple travers de grande sœur aimante, elle s'était troublée des vers où l'enfant prétendait cesser d'exister, être moins que mort, n'être rien du tout, s'être volatilisé ou n'être plus qu'un minuscule souvenir, durcissant dans la tête des gens comme une perle dans une huître. Depuis que son maître d'école, le seul à faire écrire de la poésie à ses élèves, lui avait suggéré de puiser dans ses rêves et d'en imiter les enchaînements, Vincent paraissait avoir découvert le bonheur des images. Céline était stupéfaite de l'écriture très libre de cet enfant de onze ans, qu'elle avait toujours jugé ennuyeux et timoré, sans caractère, une pâte docile entre les mains de sa mère. Vincent lui semblait à l'écoute de ses pensées les plus troubles, porté même à les exagérer dans ce langage qu'il se figurait inventer, être le seul à pouvoir déchiffrer, et encore.

Céline a vidé son fourre-tout sur son bureau, puis a défait petit à petit l'ordre trop exact de sa chambre, où elle reconnaissait la touche de Jeanne. Cette façon qu'avait Vincent de se dérober à la vigilance de leur mère, pour écrire dans le noir, démentait aussi sa réputation d'enfant soumis. Pas étonnant qu'il eût les yeux cernés et eût maigri ces derniers mois, sans compter qu'il ne mangeait presque plus à table, ne faisait que remuer ses aliments dans son assiette pour donner l'impression qu'il s'y passait quelque chose, que la viande ou les pois disparaissaient, mais il fallait regarder sous la purée de navets! La nuit Céline l'entendait parfois descendre à la cuisine pour fouiller dans le garde-manger et le réfrigérateur, malheureux Vincent, qui ne manquait d'appétit qu'aux repas et se nourrissait à n'importe quelle heure comme un vagabond, à la sauvette et en cachette comme un voleur, laissant derrière lui des pelures de fruit, des moules de papier, des os de poulet à demi décharnés et autres déchets que, lourd de sommeil sans doute, il ne songeait pas à ramasser. Jeanne, qui n'était pas aveugle, menaçait de mettre chaque soir sous clé soit la nourriture ou l'enfant. Évidemment, elle n'avait d'autre intention que de contraindre Vincent à manger à table, mais Céline doutait qu'elle arrivât ainsi à ses fins. Pour que Jeanne n'empêchât pas Vincent de se nourrir à ses heures et à son gré, ses repas étaient si maigres! elle avait pris sur elle de corriger la situation. Après que son frère eut regagné son lit, elle allait ramasser ce qu'il avait négligé de ranger et de jeter, souhaitant que ce qu'il avait entamé avec des dents de souris ne retiendrait pas plus l'attention que ce qu'il avait englouti.

Céline a jeté ses bracelets sur la commode, puis s'est renversée dans un fauteuil pour retirer son pantalon moulant. Sans doute était-elle plus éprise de son jeune frère depuis que ses bizarreries l'opposaient à Jeanne? Depuis aussi qu'elle l'avait surpris un jour avant l'aube dans une circonstance qui l'avait émue, dont elle avait été presque maternellement fière et qui avait suscité en elle une volonté d'être complice, de protéger l'intimité de cet enfant autant que la sienne?

Cette fois-là, réveillée en sursaut par une crampe au mollet qui l'avait fait sauter à bas du lit, Céline avait traîné sa somnolence jusqu'à la salle de bains. Elle en avait à peine entrouvert la porte qu'elle l'avait refermée délicatement, en comprenant la scène qu'elle avait sous les yeux. Dans une lumière d'un gris épais, qui se laissait respirer en même temps que l'humidité froide du matin, Vincent était penché sur l'évier, son haut de pyjama trop court découvrant ses fesses nues. Les genoux serrés et fléchis, sûrement frissonnants, il lavait son caleçon du bout des doigts pour ne pas trop le mouiller. En attendant qu'il eût fini, Céline s'était assise dans l'escalier. Lorsque Vincent était ressorti à pas feutrés, portant son caleçon tout trempé, il avait été si embarrassé de la voir qu'il avait couru se réfugier dans sa chambre. Il était encore bien petit, avait-elle songé avec regret, pour se réveiller ainsi la nuit avec un corps d'adolescent. Sans savoir si c'était ou non la première fois que ça lui arrivait, surprise de l'excitation qu'elle éprouvait à partager ce secret, elle avait espéré qu'il n'en fît pas toute une histoire à cause de Jeanne, ne se rendît pas malade à trop vouloir se cacher d'elle.

•

Céline a enfilé un t-shirt, sur lequel une énorme langue tirée la faisait sourire d'ordinaire, mais pas ce soir, puis elle s'est abattue sur son lit. Pensant à la lettre dont le cachet de la poste pouvait être ou ne pas être bon signe, elle s'est relevée impulsivement. Comme son père avait dû le faire un moment plus tôt, elle s'est glissée dans la chambre de Marie-Paule et a contemplé les cartonnages qui s'élevaient autour d'elle.

N'était-ce pas curieux? Vincent y venait aussi de temps en temps à l'insu de ses parents, pour se servir dans les boîtes de livres, profitant après bien d'autres du détachement de Marie-Paule, qui lui faisait abandonner si aisément les choses qu'elle avait été si pressée d'acquérir. Et Jeanne. Même Jeanne y venait. Deux fois déjà Céline l'avait vue quitter cette pièce, un balai et un chiffon à la main. Elle ne tolérait pas l'idée d'un pareil nid de poussière dans sa maison! s'était-elle plainte alors. Mais d'habitude elle ne s'enfermait pas pour faire le ménage. N'était-ce pas curieux? Comme si chacun s'était mis à chercher quelque chose, à se chercher peut-être lui-même dans cette chambre non pas vide, mais inhabitée.

Céline s'est affalée dans un fauteuil, dont la housse lui a enveloppé les épaules en retombant. Comment avait-elle pu se taire, ne rien faire et n'alerter personne, quand elle avait été témoin de circonstances si singulières! Comment avait-elle pu amoindrir les faits, écarter la possibilité de graves contrecoups et accepter que ses tentatives d'aide fussent mal reçues, puisque sa sœur s'infligeait elle-même ses maux! À moins que, dans les familles, l'étrange ne prît tout de suite et trop facilement l'aspect du familier.

•

Marie-Paule s'est mise au lit à huit heures, comme ça lui arrive parfois. On jurerait alors qu'elle est assommée et n'en peut plus de se défendre, trouve tout juste la force de s'étendre sur ses draps défaits comme dans un bain chaud où elle s'amollirait, de s'étourdir en fumant un joint et de réviser sa journée, pour se réconcilier avec ses malaises avant de s'endormir l'esprit brumeux. Ce soir cependant elle a éteint sur-le-champ. Dans une pièce voisine, Céline fignole une dissertation en la tapant à l'ordinateur. L'endroit est paisible, alors qu'à la maison la voix surexcitée d'Alex doit fuser de toutes parts, et la cuisine vibrer d'un remue-ménage sans fin.

Marie-Paule aime bien qu'on s'installe chez elle. Jamais elle n'a refusé de recevoir Céline, pas même lorsqu'elle avait quelqu'un et ne sortait de sa chambre que pour aller aux toilettes ou chercher quelque chose à manger. Céline l'a vue souvent s'accrocher dans le vestibule à un amant anxieux de partir, auquel elle avait peut-être déjà fait manquer une matinée de travail. L'ayant cajolé, s'étant efforcée de déboutonner sa chemise en se collant contre lui, l'ayant imploré d'un ton boudeur ou ayant feint de le retenir en enserrant doucement son sexe, elle luttait contre la dépression qui ne tarderait pas à venir et elle se fâchait, se moquait de cet homme soumis à des contraintes absurdes, sans rapport avec le rythme de la vie ni avec son désir de lui, allez, pourquoi ne pas rester, sa voix s'épanchant de nouveau dans son cou avec les accents d'une gentille roucoulade. D'ailleurs, Marie-Paule ne manque-t-elle pas à ses contrats de traduction quand elle est seule? Ne perd-elle pas ardeur et patience dans le désert de son domicile, où elle insiste pour travailler à son compte, comme si dans un bureau sa personnalité risquait trop de se dissoudre, sinon de se heurter douloureusement à celle des autres?

Pour la première fois depuis des mois, Céline est venue passer la soirée et la nuit. Heureuse dans ce décor moins protégé que celui de ses parents, plus cru, se plaît-elle à penser, où les planchers de chêne sont peints de gris et où les pas résonnent dur, où les provisions et les vêtements sont exposés à la vue sur des tablettes, où la chaîne stéréo et les objets à la traîne vieillissent à leur aise sous la poussière, elle ne se vexe pas que Marie-Paule se soit couchée tôt. Celle-là prétend mieux s'endormir lorsqu'elle entend quelqu'un bouger alentour, et elle-même en a pour des heures à mettre son brouillon au net.

Le silence, comme une toile tendue sur la rumeur continue de la ville, distrait un instant l'attention de

Céline. Autour d'elle, l'air ne circule pas malgré les fenêtres béantes. Non seulement le vent est tombé, mais les branches des arbres pressent leur lourdeur noire contre la façade de l'immeuble, qu'elles empêchent de respirer. Soudain une plainte s'élève d'elle ne sait où, un halètement panique mais lent, hébété. Le bruit est étrange, et Céline met un moment à l'identifier. Le cœur en émoi et les jambes tremblantes, elle accourt pourtant.

Assise dans l'obscurité, Marie-Paule tend les mains devant elle et paraît les chercher des yeux sans les voir, dans des montées et des retombées de frayeur. Elle expire des sons blancs que sûrement elle n'entend pas, ouvre et referme les doigts en essayant de saisir quelque chose. Engourdie de sommeil, la bouche entrouverte sur son souffle épais, elle a le visage hagard. Ses yeux sans fond s'agrandissent par moments devant un danger qui se rapproche, mais quel danger? Oh! Marie-Paule est sidérée, insensible à l'arrivée de Céline qui a pris ses mains dans les siennes, puis les a ramenées doucement contre sa chemise de nuit, pour qu'elle cesse de les fixer, d'en être terrifiée.

Un genou sur le matelas, Céline ne sait comment contenir les élans de ce corps qui s'avance sans relâche à la poursuite de ses mains, puis revient atterré sur lui-même comme une algue pressée par la vague. Dans son affolement, elle ne cesse de répéter le nom de sa sœur, de l'appeler Marie-Paule? Marie-Paule? La serrant contre elle jusqu'à faire fléchir la raideur de son cou et de ses épaules, Céline la berce pour la calmer. Elle ignore pourquoi, mais à la sentir ainsi abandonnée elle a envie de pleurer. Peut-être est-ce la soudaineté de la détente après l'intensité de ce cauchemar, comparable aux frayeurs nocturnes dont on ne réussit pas à secouer les enfants pourtant éveillés?

Céline s'est remise à sa dissertation. D'autres crises identiques surviennent, oui, d'autres crises, parce qu'il ne peut plus s'agir de cauchemars, n'est-ce pas? Sur les draps chiffonnés, Marie-Paule s'épuise. Pendant les rémissions, elle mâchonne qu'elle a pris des pilules pour dormir et qu'elle ne comprend pas, qu'elle doit faire une réaction. La voix est faible et la bouche desséchée. Une réaction.

•

Par quel penchant à l'inertie Céline avait-elle laissé un tel incident se couler dans sa vie, en prétendant qu'il n'était qu'une autre de ces épreuves déroutantes, exaspérantes, que la famille avait renoncé à démêler? Et si cet incident avait eu des suites après que Marie-Paule fut partie à l'étranger, s'il avait été l'indice d'un trouble qui irait en s'aggravant? Céline avait entendu parler des effets tardifs des hallucinogènes, où on avait la conscience désespérante de perdre la tête, mais sa sœur en avait-elle seulement déjà pris? Quant aux pilules qu'elle avait mentionnées, elles auraient pu être n'importe quoi sauf des somnifères. Distraite, incapable de fixer son attention sur rien comme souvent le soir, Marie-Paule avait peut-être absorbé des substances incompatibles? Il y avait des excitants et des sédatifs dans son armoire à pharmacie, Céline les avait vus, sans parler de la quantité d'autres médicaments dont les noms et les

applications lui étaient inconnus, Marie-Paule semblant collectionner les fioles et les tubes pour se
défendre d'abord du sentiment de vivre un malheur
généralisé. Il était vrai qu'elle ne tolérait pas longtemps les plus légères indispositions, tant elle était
attentive au fonctionnement de son corps. Mais
avait-il fallu que Céline fût lâche ou apathique pour
ne toucher mot de cette soirée à personne! Comme si
elle avait été agacée par les comportements déréglés
de sa sœur, ou avait partagé sa gêne.

Le lendemain, quand elle avait osé aborder le
sujet en bavardant, Marie-Paule avait tout ramené à
cette question de somnifères en quelques rudes balbutiements: les moindres remarques visant à l'aider
ne l'irritaient-elles pas, ne l'accablaient-elles pas tels
des constats de ses déficiences? Maintenant, rien
n'interdisait de supposer que Marie-Paule connût des
états de confusion récurrents et s'en cachât au loin.
Dans le fauteuil dont Céline avait tiré plus bas la
housse sur ses épaules, dans cette portion de nuit
encombrée de caisses et faiblement éclairée par une
lampe qu'elle avait coiffée d'un magazine, pour dimi-
nuer l'intensité du rai de lumière sous la porte, elle
était envahie par un sentiment de culpabilité aussi
immense que vague. Elle devait reparler à Jérôme, se
disait-elle, puis retourner voir l'avant-dernier amant
de Marie-Paule qui était infirmier et l'avait reçue, à
sa grande surprise, avec une enfant accrochée au cou,
mollement abandonnée contre son flanc, qu'il trimballait partout ainsi, oui, remonter la chaîne amoureuse et peut-être même rendre visite à Marion,
revoir la mère qu'elle enviait d'autant plus à Marie-
Paule ces jours-ci qu'elle était excédée d'avoir la

sienne sur le dos, c'était au point qu'elle aurait parfois voulu disparaître elle aussi, à sa façon.

•

Céline était convaincue qu'elle ne pourrait pas
dormir, et prête à lutter contre la fatigue pour se donner raison. En passant devant la chambre d'Alex, elle
a eu envie d'entrer un moment. Dans la pièce mal
aérée planait une odeur lourde et moite, une tiédeur
d'haleine. Depuis le début de l'été, Alex jouait à
l'homme d'affaires et allait offrir différents services
aux voisins, de la tonte de gazons à la peinture de
balcons; il faisait travailler à sa place des amis qu'il
sous-payait, mais qui étaient heureux d'avoir de
petits jobs tout trouvés, puis il se vantait d'empocher
les profits. Pour un garçon de neuf ans, il s'évertuait
à se faire respecter ou à épater, que c'était triste à
voir!

Céline a ouvert un peu la fenêtre et s'est retirée
sur la pointe des pieds. Alex dormait comme un loir,
mais un petit loir qui avait fait un tourbillon de ses
couvertures avant de s'endormir, et qui se plaindrait
encore sûrement de maux de tête au réveil, épuisé
d'avoir trop rêvé.

IV

Toute la fragilité du monde

Non, non, ce n'était pas ça, la jeune femme n'y était pas du tout! Au début de la répétition, on avait fait l'erreur de mentionner devant elle que les exhibitionnistes, en donnant à voir leur nudité, manifestent souvent le désir inverse de contempler leur propre corps, et voilà qu'elle marchait sur le plateau comme si, en regardant un peu de côté, elle avait chaque fois aperçu une réflexion d'elle-même. Ses incertitudes d'actrice l'emportaient, c'était ennuyeux, sur les déséquilibres de son héroïne pour qui elle n'avait aucune sympathie, d'où le mal qu'elle avait à gagner son maigre auditoire.

Exhibant une conscience aiguë du sérieux de son rôle, elle évoquait les enfants à qui on demande d'incarner un personnage et qui affectent une gravité excessive, aussi heureux de prétendre vivre une aventure exceptionnelle qu'inquiets de ne pas la comprendre. Oh! et puis, elle était si jeune, si belle et jeune que le public ne trouverait rien d'intimement dérangeant dans le spectacle de sa nudité. Non, ça n'allait pas.

•

Marion était venue trouver Thomas quelque deux heures plus tôt, et depuis lors elle s'impatientait. Elle s'était mise à ses côtés, derrière la petite table qu'il avait installée dans la salle déserte, et aussitôt le vaste parterre d'un rouge sombre et soutenu, d'un rouge épais et mat sous les candélabres éteints, s'était évanoui dans son dos. Pourtant elle n'avait perçu à son arrivée que ce rouge régnant, malgré les veilleuses murales d'où sortaient des cônes de lumière laiteux: comme lorsqu'on devient aveugle en passant de l'obscurité à la clarté, c'était la couleur de ce vieux théâtre absurdement grandiose, mais par cela même émouvant, qui d'abord lui avait rempli la vue.

Thomas, pour qui la multitude de fauteuils vides occupait entre les représentations un lieu mort, un non-espace, dirigeait encore aujourd'hui la répétition depuis cette table qui obstruait le couloir central. On l'y aurait cru enchaîné, car tout juste tournait-il autour lorsqu'il s'agitait, à moins qu'il ne grimpât dessus de but en blanc pour exprimer son désaccord ou faire acte d'autorité. L'instant d'après il s'en excusait, prenait un air embarrassé pour convenir qu'il avait été ridicule, de sorte qu'on ne savait s'il avait réellement perdu ses moyens ou s'il n'avait fait que se payer la tête des acteurs, mais peu importait: sur la scène alors on se figeait d'abasourdissement, puis on se pliait à ses directives. Répugnant à commander, il comptait d'instinct sur ses excès de comportement pour obtenir ce qu'il voulait, s'était-il confié un jour à Marion, mais il ne fallait pas être des plus perspicaces pour deviner qu'il ne se sentait pas en sécurité sur les planches.

En ce moment il était immobile, la poitrine couchée sur la table et le visage redressé, les mains allongées loin devant lui, mécontent de l'actrice dont la mémoire commençait à trébucher sur le texte, par réaction sans doute. Marion, qui n'était venue là que pour le plaisir d'être avec son amant et la douceur d'oublier un peu sa fille, brûlait d'intervenir. Aussi fanatique de théâtre que sûre de son métier, elle s'indignait de la passivité de Thomas.

En d'autres circonstances, elle se serait affaissée paresseusement sur sa chaise pour suivre les premiers essais d'interprétation. Bientôt visitée par une de ces bouffées de bonheur qu'elle accueillait avec stupéfaction depuis des mois, elle aurait laissé dériver son attention de la scène haute et dépouillée au dos plein de ce compagnon que, dans un fragile éblouissement, une brève montée de chaleur, elle aurait eu la certitude presque intolérable d'aimer. Avec une tristesse attendrie, elle aurait détaillé ce corps qui continuait de lui échapper tout en lui étant si familier, ses épaules solides mais rondes rabattues sur les difficultés à résoudre, au large dans une de ses éternelles chemisettes, ses bras plus nerveux que musculeux et ses poignets épais au bout desquels ses mains paraissaient trapues, non pas fortes mais généreuses, et ses cheveux courts d'une finesse duveteuse qui lui dégarnissaient déjà le front, mais lui balayaient la nuque en une longue queue effilée, incongrue sur cette tête férocement intelligente (cette tête qu'elle se troublait de tenir entre ses mains lorsqu'ils faisaient l'amour), et son profil pointu de furet, et ses yeux dont les gaietés juvéniles ne masquaient jamais une mélancolie sans fond, et son visage qui en riant s'étirait dans toutes les directions à la fois, comme pour faire place à une douleur étonnée, et ses grandes lunettes flottantes assurées on ne savait comment sur un nez en glissade, qui passaient pour une fantaisie d'artiste mais sans lesquelles il n'était plus lui-même, les paupières d'un blanc étrange tout à coup et les cernes distendus, les joues amollies. Alors ce jeune amant pas très beau, mais si délibérément confiant et si touchant d'abandon, elle aurait été encore heureuse et désorientée de l'avoir séduit.

•

Le personnage d'Élisa devait avoir dans la quarantaine mûre et faire l'effet d'une femme dont on aurait, par pure imbécillité familiale, moqué le physique depuis l'enfance. Rigide de morale et de posture, mal à son aise avec les hommes et conciliante avec eux, elle devait sembler réfractaire à la plus petite extravagance, mais amère dans son for intérieur et capable de rébellions sans objet apparent.

L'actrice qui était près de fondre en larmes, parce qu'elle n'arrivait pas à habiter la scène ni la folie bénigne d'Élisa, n'était pas faite pour ce rôle. Marion la voyait au travail pour la première fois, et n'en revenait pas que les producteurs eussent retenu une débutante, avec une telle révérence paralysante pour le théâtre, une telle terreur. À moins que, se croyant peu de chances d'obtenir le rôle lors de l'audition, elle n'eût été plus détendue et n'eût donné à entrevoir une nature cachée — la mieux cachée, en général la plus forte. Car c'étaient les producteurs qui avaient engagé cette nouvelle vedette du cinéma après avoir exercé sur Thomas, leur dernier «petit protégé», des pressions tenant du chantage.

Mais pourquoi lancer sur une grande scène cette actrice qui ne s'était jamais mesurée à un public! Et si ses défenses ne tombaient pas, verrait-on le per-sonnage se rapprocher d'elle plutôt qu'elle de lui? Marion en avait peur. Tandis que l'actrice reprenait son entrée pour la vingtième fois sûrement, Marion l'a comparée à une danseuse trop absorbée par la mécanique de ses mouvements, qui oubliait sa déter-mination à remplir la scène de sa présence aérienne, à briller. Quelques pas, un tour de tête accompagnant un geste du bras, et elle semblait courir au désastre.

Ailleurs, au même moment, les producteurs devaient raffiner sur leur campagne de publicité, s'entendre pour miser sur les scènes de nudité fugaces qui ouvraient et fermaient la pièce. Ils ne vendraient pas au public l'histoire d'une humiliation, mais un spectacle suggestif qui tiendrait tout entier dans un corps dévêtu, oh! le temps de battre trois fois des paupières.

Thomas avait été de méchante humeur après avoir signé son contrat, où le nom de la tête d'affiche était stipulé. Il n'avait pas cessé de pester, en frappant un bras de fauteuil comme il y aurait apposé un tam-pon avec retenue et précision, puis en détournant la tête pour exhaler un malheureux soupir. Il n'aurait qu'à faire preuve d'un peu plus d'imagination, avait-il fini par annoncer ce soir-là d'un air blasé, mais il avait longtemps fui ensuite les yeux de Marion.

C'était elle qu'il avait vue dans ce rôle dès le début, Marion en avait la certitude. Elle se le figurait s'opposant au choix de cette actrice, rouge de colère et tranchant, puis acceptant de guerre lasse le défi absurde. Comment lui en aurait-elle fait grief? N'avait-il pas maintenant carte blanche et libre usage d'un budget qu'il tenait pour faramineux après son expérience des théâtres parallèles? Et ne lui avait-on pas donné à entendre que c'était «cela ou rien»? Ah! mais très poliment, avec le calme révoltant des gens qui sont convaincus d'en avoir décidé pour vous et qui s'en félicitent?

Une mauvaise actrice pouvant tuer la pièce dans l'œuf, Thomas avait pris l'expression d'un enfant débilité après des heures d'épuisante frénésie. Marion, occupée à ravaler sa déception, n'avait desserré les lèvres que pour tâcher de le faire sourire un rien, lui demander en l'embrassant çà et là, du bout de la bouche, s'il n'avait pas encore fait étalage de ses manières détestables, grimpé sur la table de conférences pour haranguer son petit groupe d'hommes d'affaires, mais la taquinerie était tombée à plat. Plus tard, elle avait enfilé une robe neuve et paradé dans le salon. Fière et légère dans le tournoiement de la jupe qui s'élevait en cerceau autour de ses cuisses, elle avait dû lui donner, oui, l'impression qu'elle n'était pas trop déçue. Ayant mis ses espoirs dans ce rôle, elle n'avait plus qu'à les reprendre et à les transporter ailleurs, n'en avait-elle pas l'habitude?

En réalité, elle était toujours aussi consternée et furieuse, quoique cette répétition impossible présageait un retournement où elle aurait sa chance.

•

Sur la scène, Élisa allait de nouveau se faire arrêter pour attentat aux mœurs. On revenait au tableau d'ouverture, après une incursion dans son enfance où on avait bafoué sa pudeur, l'avait forcée à se dévêtir au salon devant des visiteurs à l'heure du bain, ou obligée à faire pipi entre les voitures d'un parc de stationnement, parce qu'on était pressés et qu'on n'allait quand même pas retourner au restaurant, allez, elle n'avait rien à cacher. (Non, rien que son petit sexe lisse et blanc, s'émouvait chaque fois Marion, gonflé comme une pêche et si délicatement fendu que toute la fragilité du monde y paraissait enfermée, non, rien que son petit torse maigre et transparent, où elle avait conscience déjà qu'il lui pousserait des seins.)

Thomas avait incité l'actrice à puiser dans l'affectivité de l'enfant rudoyée, et il attendait à présent qu'elle reprît d'elle-même le premier tableau. Des explosions de clarté, rappelant les lueurs de magnésium d'une lampe-éclair, remplaceraient les trois coups traditionnels et dissoudraient l'obscurité. Elles révéleraient en autant de plans brefs et statiques, de détonations assourdies, Élisa marchant nue parmi des piétons ébahis, la poignée d'un sac à provisions accrochée à la saignée du bras. L'éclairage s'intensifiant, un décor élémentaire émergerait en silhouette où elle serait assise sur un banc de parc, le dos tourné au public. Finalement, dans une lumière crue qui accuserait les moindres tremblements de sa chair, elle se ferait appréhender par des policiers rustauds, qui la couvriraient d'une veste d'uniforme et l'arracheraient de la scène.

L'actrice avait enfoui le visage dans ses mains pour se ressaisir. Dans son justaucorps trop joliment rose, elle a hoché la tête vers les figurants. Elle était prête. L'air mi-las, mi-torturé, elle a repris place sur son banc.

Marion n'y tenait plus, après maints claquements de langue discrets et observations réprimées dans l'élan du premier mot, elle a soufflé à Thomas que l'actrice pourrait exploiter son propre malaise d'être là, d'être jugée, parce qu'elle était bien mortifiée et aigrie comme son personnage, n'est-ce pas, partagée entre l'envie de se rebeller et la peur d'y perdre.

Persuadée qu'elle devait protester, Marion a quêté du regard l'adhésion de Thomas en soutenant que ça n'était pas lui rendre service, à cette enfant, un rôle si difficile! Mais Thomas n'a pas réagi, et elle s'en est pris à lui aussi. À la Clinique, cette jeune actrice n'aurait pas été abandonnée à son sort, livrée au silence du metteur en scène et tenue de se buter au texte jusqu'au dégoût. Non, dans son théâtre à elle, Marion l'aurait fait travailler tant qu'elle ne se serait pas sentie naître sur les planches, accoucher de son propre corps, tant qu'elle n'aurait pas identifié ce qui la menaçait le plus et lui faisait le plus mal, ce qui en elle portait la comédie et la tragédie. À moins qu'elle n'eût vite conclu à son manque d'aptitude et ne l'eût remerciée sans plus de cérémonie

Marion présumait que Thomas triompherait de la difficulté à sa manière et, rien que d'y penser, elle fulminait contre lui. Toutefois ses dispositions hostiles, qui l'avaient prise par surprise avant de l'affliger comme toujours, la renforçaient dans son attachement. L'inertie de Thomas devait cacher une fiévreuse activité mentale, songeait-elle, ce qu'il avait sous les yeux ne le captivant plus, il devait vite chercher un succédané. Le visage ramassé dans le vif de son regard, comme s'il avait été sur le point de prendre une décision cruciale, il se serait levé en faisant basculer sa chaise et en signifiant à tout le monde de l'écouter, que Marion ne s'en serait pas étonnée.

Sombre et boudeuse, elle s'est croisé les bras pour mieux se contenir. Si Thomas était à concocter une autre de ses brillantes manœuvres scéniques, une autre de ses fameuses «minimalisations» de l'action et du dialogue, ce projet ne l'intéresserait plus bientôt que de loin, et elle n'aurait plus lieu d'être amère. Tout de même, cette pauvre fille qu'il obligeait à rester sur la scène sans seulement feindre de la regarder! Mais pourquoi n'ordonnait-il pas une pause le temps de s'éclaircir les idées? À sa place, Marion n'aurait fait ni une ni deux: son irrésolution la rendant pitoyable à ses yeux, elle aurait sans plus tarder vidé ce théâtre.

●

Jusque-là, Marion s'était demandé comment Thomas s'y prendrait avec une pièce traditionnelle, sans concevoir qu'il pût tenter un coup à sa façon, procéder à une adaptation en réduisant la part de l'interprétation et en composant des tableaux stupéfiants, où la lumière tiendrait lieu de décor et où les acteurs paraîtraient exécuter une manière de chorégraphie immatérielle, littéralement portés par l'imagination du metteur en scène.

Bien plus qu'un homme de théâtre, Thomas était un peintre du son et du mouvement, d'où sans doute sa curiosité de la vraie peinture, d'où sans doute son attirance peu ordinaire quelques mois plus tôt pour Elvire. Oui, Elvire... N'était-ce pas une chance qu'elle et son frère ne fussent pas deux inséparables, deux coureurs de cocktails et de vernissages!

En désaccord avec la presse érudite, Marion n'aurait jamais prétendu, fût-ce le temps d'exprimer quelque enthousiasme pour le travail de son amant, que le théâtre atteignît avec lui à une forme plus pure, d'un «modernisme serein plutôt que furieux», selon la formule d'un vieux journaliste influent. Elle n'acceptait pas que le jeu dramatique fût relégué parmi les conventions dépassées, les héritages encombrants, après tout elle était une actrice, et dans aucune production le flot d'énergie qui emportait le mouvement vers sa fin ne pouvait lui sembler un artifice complaisant. D'ailleurs elle inclinait à penser que Thomas, préférant restreindre ses relations avec les acteurs, s'était tout simplement fabriqué un style à la mesure de ses incuriosités et de ses prudences, ce qui ne l'empêchait pas d'être un artiste, de donner à voir ce qui n'avait jamais été vu.

Quoique Thomas pût méditer, Marion était très contrariée. Dans un de ses petits chefs-d'œuvre de théâtre minimal où une comédienne de métier, capable de se livrer corps et âme, n'aurait de toute façon plus sa place, la jeune vedette serait sauve mais l'autre, qu'adviendrait-il de l'autre? Marion aimait cette femme austère qui sortait nue dans la rue et dont la déambulation innocente, l'invraisemblable instant de légèreté agitaient tout le voisinage, horrifiaient toute la famille, cette femme emportée par une fantaisie soudaine et dont la volonté de plaisir, les secrètes faiblesses s'affirmaient au bout de quarante ans dans un geste délictueux, poétique ou cocasse selon ce qu'on voulait y voir, mais pour elle en tout cas périlleux. Car il suffisait d'une audace incontrôlée, d'un écart malheureux pour que l'image d'une femme irresponsable ou inadaptée se déposât dans la mémoire des gens, comme au fond d'un flacon qu'ils ne remueraient plus.

Ce qui était tristement ironique, c'était que les yeux fermés on eût pu lui confier ce rôle à elle, l'amante du metteur du scène (ce que ça aurait fait jaser, ce que ça leur en aurait fait de la publicité), et qu'on l'eût plutôt sacrifié à une fabrication récente de l'écran, à une beauté sans caractère.

Soudain remplie du sentiment de sa propre compétence, chose qui lui arrivait rarement mais la survoltait chaque fois, Marion s'est penchée sur l'épaule de Thomas pour lui murmurer une plaisanterie. S'il avait engagé sa maîtresse, a-t-elle feint de le gronder, il ne s'arracherait pas tant les cheveux.

Thomas n'était pas mieux que sourd. Sans se retourner, il a lâché un distrait «Laisse-moi m'occuper de ça, je t'en prie». Marion s'est levée, a ramassé son sac et s'est dirigée à grands pas décidés vers la sortie. Elle était furibonde. Elle avait eu la faiblesse d'avouer sa déception, et il n'y avait pas fait attention. Elle s'était montrée offusquée, quoiqu'il ne l'eût pas vraiment rabrouée. Et une fois passées les portes du théâtre, elle ne saurait pas où aller.

Le soleil abrupt, la luminosité claire de l'atmosphère lui ont semblé frappés d'irréalité, comme les matins suivant les nuits d'orages. Tandis qu'elle repérait de l'autre côté de la rue sa Fiat à l'aile emboutie et rouillée, une longue brise tiède a couru sur le fond déjà frais de l'air. L'été était bien fini.

Ennuyée à la vue d'objets à la traîne sur la banquette arrière, Marion n'a eu qu'à s'installer au volant en lançant son sac à main sur le tas, pour cesser d'y penser. Il devait être passé trois heures car la circulation se resserrait, et la terrasse où elle et Thomas avaient fait le projet de souper, avant qu'elle ne lui faussât bêtement compagnie, était assez achalandée.

Sans réfléchir, Marion a pris le chemin de la maison. Dans les approches du premier quartier ouvrier, où l'enseigne discrète de la Clinique était accrochée à un ancien bâtiment commercial aux fenêtres bouchées, des hommes et des femmes avaient sorti des chaises de cuisine devant les domiciles à ras de trottoir. En robes sans manches ou en maillots de corps, sous le soleil d'automne qui pourtant ne chauffait pas, ils regardaient défiler les voitures. Marion les a vus vaguement en passant, elle qui ne se remettait pas de sa petite blessure d'amour-propre et qui conduisait les yeux fixes, distraite. Dans un état de délectation tragique, elle songeait un moment à ne plus jamais rouvrir la bouche et le moment d'après à se jeter contre un lampadaire, pour se faire regretter. Mortifiée, soit un peu morte déjà, elle n'a pas fait attention non plus aux deux garçons qui se bagarraient dans une cour de récréation déserte, ni à la prostituée qui leur hurlait d'arrêter, plaquée contre la clôture. Thomas serait bien avancé, s'est-elle dit, n'allant pas jusqu'à se prendre au sérieux mais s'effrayant quand même un peu, Thomas serait bien avancé si elle brûlait un feu rouge et finissait comme une désespérée, ou se coupait de son existence en lui refusant toute explication. Oh! fallait-il craindre de perdre un amant, pour projeter de le repousser soi-même ou de lui échapper dans un geste fatal, éclatant!

Afin de raviver son amertume qui faiblissait, Marion s'est répété que Thomas avait une conception du théâtre si différente de la sienne, c'était merveille qu'ils se fussent entendus jusque-là! Tandis que lui cherchait l'effet d'éblouissement qui ferait du spectateur un simple témoin, commun mortel exclu du paradis scénique, tandis qu'il augmentait la distance entre le plateau et la salle en isolant l'action comme derrière des vitrines de musée, en la plongeant dans des lenteurs d'aquarium, tandis qu'il entravait les mécanismes d'identification au moyen d'astuces géniales, sans jamais contredire les attentes morales (car la virtuosité avait ses limites), elle-même voulait donner à contempler des libertés dangereuses, celles des personnages et de l'actrice. D'où l'attrait de cette exhibitionniste.

Au fond, la vision théâtrale de Marion ne reposait-elle pas sur le besoin de menacer le spectateur tout en le berçant, d'exciter son envie tout en quêtant son approbation? Comme si elle avait dû lui inspirer une volonté de désordre et lui donner, le temps d'un spectacle, le bonheur de croire à son propre courage? Comme si en lui demandant de l'aimer pour le pouvoir qu'elle avait sur lui, ainsi que pour sa vulnérabilité, elle avait dû réinventer chaque fois le principe de la séduction? Afin d'émouvoir ou de faire rire, Marion devait soit décharger son agressivité ou la laisser deviner, soit consentir à s'humilier ou exposer ses faiblesses. Toujours étonnée après coup de l'énergie qu'il lui avait fallu dépenser sur la scène, et de l'état quasi neurasthénique où ça l'avait mise, elle se disait que jouer, c'était forcer le corps à se retourner comme un gant: ce faisant on révélait sa doublure rose et vive, mais surtout on montrait ses meurtrissures, preuves de sa secrète insoumission.

Ainsi, après avoir été séparée de sa petite Marie-Paule pendant deux longues années, Marion avait monté un spectacle où elle s'était obligée à la réinventer chaque soir dans son corps à elle, dans son grand corps d'adulte, malgré l'impression de frôler la folie. Ainsi, une fois dissipée l'étrangeté des premiers mois sans son enfant, une fois résorbée la douleur violente de l'éloignement qui lui avait donné le dégoût de tout, une fois acquise l'habitude du malheur telle une illusion de bien-être relatif, une fois donc épuisée sa dernière résistance, elle avait voulu devenir son propre enfant sur la scène et donner à voir précisément cela: l'imperméabilité du corps à la raison, sa très certaine intransigeance qu'elle appelait «son âme».

●

Dans les tableaux d'ouverture de ce spectacle solo, intitulé *L'Âge du murmure*, elle imitait les mouvements des très jeunes enfants, rendait l'euphorie de leurs premiers pas et évoquait le flot de leur conscience dans un babil continu, fait de clappements et de mouillures. Pour s'imprégner de leurs bruits et de leurs odeurs, de leurs atmosphères, elle avait passé des heures dans l'ancienne garderie de Marie-Paule à observer des poupons qui se laissaient coucher sur le ventre sans broncher, redressaient difficilement la tête et la hochaient à petits coups, tendaient et détendaient leurs jambes de grenouilles, puis des bébés qui vacillaient sur leurs semelles raides comme sur des peaux de ballons, s'oubliaient au milieu de la place jusqu'à manquer de basculer sur le dos, s'élançaient avec témérité sur leurs pieds trop courts et moins vites qu'eux, pliaient à peine les jambes en marchant et faisaient claquer leurs souliers à plat sur le sol, les cuisses accrochées de part et d'autre d'un gros chou froissé, qui pendait bas derrière eux et semblait les suivre en se balançant.

C'était fou ce qu'elle n'avait pas remarqué chez sa propre fille, avait-elle découvert alors, d'autant que la petite avait choisi de faire ses premiers pas quand sa mère n'y était pas, préférant feindre en sa présence de ne pouvoir se passer d'elle. Par chance Elvire avait été le témoin parfait.

Marie-Paule avait treize mois. Depuis un bon moment, on s'inquiétait de ce qu'elle ne marchait pas et refusait même de se mettre debout. Ce soir-là, Elvire n'avait pas plus tôt annoncé l'heure du coucher que Marie-Paule, s'agrippant aux rideaux du salon et se hissant sur la pointe des pieds, le visage froncé et buté, s'était ruée vers le fauteuil où Marion la berçait toujours. Elle s'y était heurtée comme un sac de sable, sans même une échappée de voix, et avait aussitôt fléchi la taille pour enfouir la tête dans le coussin. C'était cela qui avait frappé Elvire. Cette gêne. Ce grand sérieux qui avait remplacé les gloussements de bonheur ou les rires craintifs marquant d'ordinaire l'événement. Par la suite, Marie-Paule n'avait d'ailleurs jamais eu l'allant de ses compagnons de jeu, qui couraient uniquement pour faire l'expérience exaltante de leur mobilité. Au lieu de partir à l'aventure avec un enthousiasme fonceur, de s'échapper avec une folle insouciance pour se figer soudain dans la frayeur d'être allée trop loin, elle avait des raideurs de fillette taciturne. Quand elle se roulait de colère sur le plancher, secouait la tête et se démenait de tous ses membres comme pour disparaître au cœur de cette agitation, Marion aurait juré qu'elle était fâchée contre elle-même. Mais quand elle rageait parce que sa mère quittait la maison, puis encore parce qu'elle revenait, Marion était si exaspérée et confuse qu'elle se croyait victime de sa fille, ne demandait qu'à s'en remettre à Charles.

Quelque onze ans plus tard, Marion avait fait revenir sa petite Marie-Paule dans un miroir. Elle avait reproduit ses moments d'intense immobilité, ses gestes approximatifs et parfois décevants jusqu'aux pleurs, ses mouvements brusques et impulsifs, ses coups de corps, affinant son jeu au point qu'elle avait pensé voir se tendre, après le lever du rideau, un seul visage au sourire perplexe. Quant aux scènes où elle avait joué une mère qui se livrait à un subtil chantage, tu veux y aller toute seule? vas-y! maman n'aura pas le temps de s'ennuyer, tu ne veux pas que maman t'aide? bon! maman ne t'aidera pas, mais ne viens pas ensuite la déranger... elles lui avaient attiré des rires coupables ou amers.

Marion pratiquait alors un théâtre du désarroi. Le vide laissé par le départ de Marie-Paule étant devenu tout pour elle, ne devait-elle pas s'y retrouver? Elle s'entêtait donc à revivre sur scène l'arrachement des séparations, des éloignements difficiles ou hasardeux, oui, hasardeux. Après avoir trouvé en elle l'amour maternel, elle commençait à en identifier les fines manœuvres, aux effets incommensurables. Le dernier rideau étant tombé sur *L'Âge du murmure*, n'avait-elle pas monté un spectacle sur le traitement psychiatrique des petits? Le sujet n'était pas nouveau pour elle qui avait créé dans les rues, cinq ou six ans plus tôt, les personnages de Marceline, de Laurent et de leurs mères. Ça lui revenait maintenant. Je ne dors plus, docteur, je déprime tout le jour et le soir je prends peur, ma vie est impossible, docteur, vous n'auriez pas un calmant, pour mon garçon, mon petit Laurent... Avant que Charles n'emmenât Marie-Paule avec lui, Marion était animée dans ses spectacles par un idéal subversif, une vision politique mais abstraite de la famille et de la folie, elle ne se croyait pas en cause. C'était avec le temps que ses déceptions avaient engendré une écriture et un jeu plus intimes, miné sa bonne conscience et installé en elle à demeure l'agonie qui attend l'acteur sur les planches. Parfois, cependant, Marion se demandait avec honte si elle n'avait pas été plus désorientée après avoir mis Marie-Paule au monde qu'après l'avoir confiée à la garde de Charles.

•

Elle avait du mal à se garer, tournait en rond dans les rues étroites et oubliait dans ce mouvement jusqu'au but qu'elle poursuivait: inattentive au grouillement des voitures autour d'elle, elle s'était déjà fait souffler trois espaces qu'on s'apprêtait à libérer. À la fin, elle a coupé le contact dans une rue où le stationnement serait interdit pour une heure encore. Elle en avait assez de sillonner le quartier, et puis elle avait fait son effort.

Isolée d'un côté de la chaussée, la Fiat avait l'air décidément suspecte. Dans d'autres circonstances, Marion se serait dit qu'une heure serait vite passée, au lieu de cela elle a été ressaisie par l'idée qu'elle avait peut-être perdu sa fille de nouveau, oui, perdu, et si c'était pour de bon? Marion avait beau fuir la solitude, se retrancher dans d'autres pensées, tenter de s'occuper ou de se distraire, toujours cette idée revenait la terrasser, et la rendait rageusement indifférente aux petites choses de la vie (oh! ils la remorqueraient bien, sa Fiat, s'ils le voulaient).

Devant la masse peu élégante de la Clinique, elle s'est répété avec une maussaderie forcée qu'elle aurait bien aimé, oui, pour une fois jouer dans un vrai théâtre feutré de rouge et clinquant, avec lustres et balcons, où des gens comme sa mère seraient venus avec confiance, et où elle n'aurait eu qu'à les cueillir tous ensemble dans son filet, où elle aurait pu sortir d'elle-même sans retenue, déployer son corps et sa voix, faire tomber murs et plafond pour que n'existât plus que le renfoncement éclairé de la scène, se payer le luxe d'une grande vanité sinon d'une consécration, à quarante-sept ans, ça n'aurait pas été trop tôt et ça ne lui aurait pas tourné la tête. Mais elle n'avait plus le cœur à cela, et les questions qu'elle cherchait à éviter se sont remises à lui traverser l'esprit comme des couteaux tranchant l'eau, violemment au point d'impact, puis sans effet certain.

Se pouvait-il qu'on eût enlevé Marie-Paule? l'eût volée, battue? jetée dans un fossé, une rivière, un terrain vague? le corps docile et lourd, bleui de coups, boursouflé? se pouvait-il qu'elle eût été victime d'une bande de voyous, d'un désaxé? fût malade ou constamment hallucinée, en train de dépérir dans un hôpital insalubre? se pouvait-il qu'elle eût été piégée dans un hôtel en feu, eût brûlé jusqu'à n'être plus rien, pas même la morte de quelqu'un, la petite morte de sa mère? se pouvait-il qu'elle eût résolu de ne pas rentrer au pays, de les oublier, elle et Charles? parce qu'elle se figurait avoir gagné l'affection d'autres gens, plus entiers, plus simples? Se pouvait-il que tout fût ainsi cruellement possible?

●

Orangée, plus ardente mais plus froide, la lumière du soleil s'était lentement décantée derrière la Clinique, d'où n'émanait plus qu'une longue lueur, une ligne incendiée profilant le toit.

Au lieu d'entrer par la porte de service, derrière laquelle un escalier conduisait à son appartement, Marion est passée par le théâtre. Elle espérait y trouver l'homme de ménage, qui peut-être lui tiendrait compagnie un moment ou peut-être aurait déjà reçu pour elle un appel de Thomas. Dans le long vestibule sans profondeur qui tenait lieu de hall pendant les entractes, il y avait sous la fente aux lettres un amas de prospectus et d'imprimés qu'elle a glissés sous le bras. La salle était vide, silencieuse. N'ayant pas pris la peine d'allumer, elle s'est guidée sur la lampe rouge de la sortie de secours pour la traverser. Peu à peu lui sont apparues les rangées d'anciens fauteuils, transplantées là d'une seule pièce et rivées à de légers gradins, les projecteurs accrochés au plafond tels des oiseaux noirs pris à la glu et surplombant la scène dans un apparent désordre, les conduites et les tuyaux à découvert sur les murs, le tout peint en gris. Elle était seule, bel et bien seule à se démener dans ce petit théâtre, et la vie ne lui réservait aucun répit. C'était aux heures d'inactivité qu'elle en avait la conscience la plus aiguë, dans cette salle où ses passions intransigeantes veillaient, où ses triomphes la transportaient puis où ses transports lui semblaient dérisoires, où elle dissipait ses forces et ses émotions, les sentiments dont elle ne savait que faire, y compris peut-être son amour pour sa fille… Mais, ayant pressé le pas, Marion montait déjà chez elle.

●

Dans le local dépouillé, qui s'étendait toutes cloisons abattues à la grandeur de l'étage, elle s'est dirigée vers le lit où elle a lancé le courrier, puis vers le portemanteau au pied duquel elle s'est débarrassée de ses chaussures. Devant sa garde-robe sur roulettes qui pendait exposée à la vue, elle a quitté ses vêtements de ville et enfilé son vieux peignoir de satin gris. Le jour entrait d'un seul côté par des fenêtres hautes et petites, qui avaient préservé autrefois l'intimité de bureaux de médecin ou de salles d'examen. Marion, aussi désorientée qu'après ces repas dont on se lève éméché et pantois au milieu de l'après-midi, aurait voulu que ce fût déjà la nuit.

Penchée sur la table-évier, le front contre le mur mitoyen qu'elle partageait avec un passionné d'opéra, mais d'où ne filtrait pour l'instant pas même une lointaine aria, elle s'est préparé un thé. L'eau à faire couler, le bouton du gaz à tourner d'une main insistante, le sachet brûlant à presser dans le creux d'une cuiller avec des doigts prudents, ces gestes-là ménageraient pour elle une transition, la détendraient.

Elle est revenue à pas lents vers le lit, courbée sur sa tasse. Les yeux sur le liquide qu'elle risquait de renverser, les jambes apparemment bloquées à l'aine, elle prenait garde aux tapis orientaux jetés çà et là sur le plancher. Voilà bien comme elle se remettait de ses énervements, en se persuadant que tout dépendait désormais du succès de cette délicate opération, puis de la petite satisfaction qu'elle s'offrirait. Toujours roulée sur le thé fumant, elle a levé les yeux sur son courrier. Il avait glissé en longueur, s'était ouvert en tranches comme un jeu de cartes, en atterrissant sur le couvre-lit. Alors elle a vu la bordure rouge et bleu de la poste aérienne, oh! son cœur, cet envoi devait être de Marie-Paule, il ne pouvait être que d'elle, le gris du papier pelure entre les enveloppes anonymes et les envois publicitaires, que ne l'avait-elle aperçu plus tôt, sa main sous sa poitrine et son cœur près d'y tomber, mais déjà elle se précipitait et ses doigts se battaient avec le papier.

L'air s'assombrissait, le soir se pressait autour de la lampe de chevet. Accablée, la lettre de sa fille comme oubliée entre les doigts, Marion n'avait envie de rien, surtout pas de se lever. Elle avait pleuré d'exaspération autant que de chagrin, et elle se sentait les yeux enflés, le front crispé par la douleur qui s'y était incrustée. Le téléphone piquait encore du nez sous elle. Elle s'était rhabillée de mauvais gré, en attrapant les premiers vêtements qui lui étaient tombés sous la main. Dans un pantalon dont les jambes larges s'aplatissaient sur le lit, dans un chemisier des jours de ménage qui lui flottait autour de la poitrine, lui donnant la sensation d'être toute menue et à l'abandon, elle ne souhaitait pas plus recevoir la visite de Charles qu'au moment où elle avait raccroché. Il n'aurait pas dû fermer boutique avant vingt-deux heures, puisque c'était vendredi, mais il avait insisté pour venir à l'instant.

«De Marie-Paule! Où est-elle? que dit-elle?

— Rien, elle ne dit presque rien, des banalités, des impressions de voyage, j'ai fait douze heures de car, je suis crevée, j'ai passé une nuit sur le mont Nemrut, parmi les têtes géantes de statues décapitées, avec un Cypriote aux yeux noisette qui avait le mal des hauteurs, un homme triste comme on ne peut pas imaginer, le chauffeur de taxi ne nous avait pas attendus. Et puis voilà, bons baisers. Si tu veux, je te lis tout.

— Non, attends, j'arrive. Je serai là dans un quart d'heure.

— Tu te donneras cette peine pour rien. Prends sur toi, je vais tout te lire, tu verras, il n'y a pas de quoi te faire traverser la ville.

— Non, je ne pourrai pas me calmer. Tu me laisseras bien passer chez toi. Bon sang de dieu, ces lettres, écrites un jour et mises à la poste deux mois plus tard! Déjà trois avec celle de Jérôme. Pourvu qu'on finisse par en apprendre quelque chose. J'ai la mienne sur moi, je te la montrerai.

— Mais Charles, tu me l'as lue l'autre jour. Tu n'as pas à te déranger pour ça.

— Non, je sais. Tu m'attends quand même?

— C'est que j'ai des projets pour ce soir…

— Ah! bon, des projets…

— Oh! Charles, ne te décourage pas. Je te lis la lettre pendant qu'on y est, et tu viens demain peut-être?

— Non, pas demain, je t'en prie. Qu'est-ce que je ferais d'ici là?

— Bon, mais alors après souper, hein? Vers neuf heures.

— Tu seras là, tu seras seule?

— Oui, seule.»

•

Les autorités prétendaient faire l'impossible, mais leur interdisaient d'espérer: pas la moindre piste de leur fille après qu'elle eut quitté le Pera Palas d'Istanbul, beaucoup plus cher que ses pensions habituelles, où elle avait peut-être voulu se refaire une fraîcheur avant de rentrer, gâter un dernier amant, sinon quoi? les trafiquants, les voleurs d'antiquités fréquentaient-ils les grands hôtels?...

Dans les bureaux des Affaires extérieures, ces foutus bureaux où les têtes se levaient à tout bout de champ en regardant dans le vague, on disait avoir mis en branle les mécanismes de recherche usuels. Chaque fois que Marion s'y revoyait accoudée à un comptoir, elle s'irritait jusqu'aux larmes de l'activité brouillonne et indolente de certains commis, des gestes à fleur de réalité de certains autres (une coche dans la case de droite, et qu'est-ce que je me boirais un café, un nom retracé lettres sur lettres au point de n'être plus qu'un épais gribouillis, et qu'est-ce que je me fais suer), des manières trop liantes d'autres encore qui mimaient le pouvoir ou le dévouement, de l'ardeur des plus zélés à bien faire circuler les petits papiers, avec des méticulosités de névrose dormante. Venant de là, les efforts les plus sensés semblaient des formalités qui ne commanderaient pas l'ombre d'un résultat, vouées à s'égarer dans le flot lent et mal réglé de la paperasserie. Et puis, il était évident qu'aux yeux des agents publics le cas de Marie-Paule était douteux.

Au cours de leur carrière, ils avaient entendu parler de tant de personnes qui avaient disparu volontairement ou qui en avaient été soupçonnées, les circonstances d'une absence inexplicable ayant révélé peu à peu un acte d'évasion ou de rébellion. Ils en avaient tant aidé qui s'étaient ramenés sans le sou dans les ambassades, ou qu'on y avait culbutés comme des indésirables, livides et chétifs, drogués jusqu'à la pointe des cheveux ou en pleine crise de manque, malades à en crever, ne tenant plus au réel et à leur corps que par un fil ténu, celui d'une mémoire incertaine. Des naïfs, commentaient-ils entre eux, qui avaient traversé certaines frontières comme ils seraient entrés en religion, pour en finir avec eux-mêmes tandis que le monde continuerait de s'affoler autour; des mystifiés qui avaient revêtu pagnes ou tuniques pour quêter aux abords des marchés, vivoté au grand soleil jusqu'à en perdre la tête, déguisés et déplacés, le crâne rasé peut-être, mais la peau ou les yeux à jamais trop pâles; des fuyards qui avaient abandonné leurs compagnons de vie, leurs parents, leurs enfants, qu'ils ne se pardonnaient pas de ne pas pouvoir aimer; des délinquants dans l'âme, des récal-citrants, des ambitieux qui se croyaient partis du mauvais pied ou défavorisés depuis la naissance, et qui avaient voulu s'accorder une deuxième chance; des originaux, des inadaptés qui s'étaient payé la gueule de tous en décampant, de mauvais sujets qu'il avait fallu traquer dans les endroits les plus reculés, s'esquinter à chercher.

Ces disparus-là les embêtaient bien un peu, qui ne demandaient pas à être sauvés ni réinstallés dans leur vie passée, sauf à la toute dernière extrémité. Ils leur préféraient les victimes de sinistres ou d'acci-dents, d'intrigues politiques ou financières, d'agres-sions ou d'enlèvements, même si la tâche pénible d'arranger le transport des dépouilles devait leur incomber. Pour ceux qui faisaient leur propre misère, les recherches ne servaient qu'à calmer les proches. Ce n'était pas, blaguaient de petits groupes de fonctionnaires dans les couloirs qui semblaient leur appartenir, ce n'était pas la police locale qu'il aurait fallu envoyer à leur rescousse, mais plutôt des psychiatres dotés d'une patience d'ange, d'une détermination de mère.

Soudain fâchée, Marion s'est dressée sur son séant. Comment donc Marie-Paule en était-elle arrivée là, qu'était-ce donc qui lui avait fait défaut, qui s'était détraqué et à quel moment, pour que son nom et sa photo fussent aujourd'hui monnaie courante dans les commissariats, les ambassades, pour qu'elle fût ainsi confondue avec les aventuriers aux antécédents louches, les insatisfaits qui se répudiaient eux-mêmes et les désespérés qui se terraient à l'étranger, s'effaçaient de leur propre histoire par souci de ne plus décevoir, de ne plus embarrasser?

Croyant parfois que sa fille lui vouait un culte obscur et passionné, lorsqu'elle était enfant bien sûr, mais encore ces dernières années, quoique de façon plus contrôlée et donc plus tourmentée, Marion aurait aussi juré qu'elle s'en défendait jusqu'à en éprouver de l'animosité. Ne paraissait-elle pas plus sincère dans ses montées de colère que dans ses élans affectueux, ses générosités gênantes? Et si c'était cela qui avait poussé Marie-Paule à disparaître, cette hostilité insupportable, cette fureur où elle n'acceptait plus de se reconnaître?

●

Marion s'est recouchée en renversant lentement les épaules sur l'oreiller, comme après un cauchemar dont la frayeur tarde à se dissiper, puis elle a repoussé l'idée de ranger un peu pour faire bonne impression sur Charles. Cela donnerait quoi, du reste elle avait beau souhaiter parfois se réhabiliter à ses yeux, elle n'y tenait pas davantage qu'à lui tourner de nouveau la tête. Tant qu'elle était encore seule, elle préférait entretenir le sentiment très aigu, pour cela précieux mais en même temps souffrant, qu'elle avait de sa fille. Plus tard, elle serait tentée de se reposer sur Charles, en adhérant à ses explications trop simples.

Le plus honteux, c'était qu'elle atteignait souvent des sortes de plateaux d'intolérance, où elle se faisait moralisante, dure et obtuse, se surprenait à partager le point de vue de fonctionnaires complètement ignorants de sa fille. Il y avait pourtant ces trois lettres qui leur donnaient peut-être tort, suggérant la possibilité d'une irruption, d'une interruption forcée sinon violente, d'un blanc dans la trame du voyage de Marie-Paule.

Marion voyait un sac à bandoulière, une forme plate ou éventrée, couverte d'une poussière jaune qui se soulèverait en poudre au premier souffle. Il traînait parfois dans un passage ombragé, près d'une esplanade achalandée ou d'une gare, parfois au bord d'une route ou d'un champ. Ayant été vidé, il ne contenait plus ni pièces d'identité ni portefeuille, que des enveloppes adressées et affranchies. Un auto-stoppeur, un enfant, un passant attardé ou un paysan le ramassait un jour. Il en retirait les lettres, plongeait le visage dedans et le retournait. On avait poussé dans une voiture Marie-Paule qui se débattait, et son sac était tombé là, à moins qu'on ne l'y eût lancé par une fenêtre en roulant. Non. Non, Marion n'y était pas. On avait plutôt balancé dans une camionnette Marie-

Paule qui était assommée, un peu partie, les jambes écartées et le menton sur la poitrine, insensible aux ballottements, et son sac mis en mouvement par les vibrations du plancher, glissant dans les tournants, avait bientôt été avalé par l'asphalte et avait pirouetté sur l'accotement. L'enfant qui jouait, le paysan qui rentrait chez lui ne se troublait pas de sa découverte. Tenté de rejeter le sac au loin, ou de le garder après s'être débarrassé des lettres, il s'acheminait par acquit de conscience vers un bureau de poste.

Officiellement Marie-Paule n'avait pas repassé les frontières turques, aussi bien affirmer tout aussi officiellement qu'elle s'était volatilisée. Or la peur de ne plus revoir sa fille avait transformé Charles. Il s'était mis à réinterpréter le passé sans sa raideur d'autrefois, à s'attrister avec Marion de leurs mauvaises fortunes au lieu de l'en blâmer, semblant presque redevenir amoureux. Depuis le jour où il avait feint de ne pas l'apercevoir à l'aéroport, puis avait tout fait pour dissimuler sa présence à Jeanne, Marion lui trouvait une ardeur attendrie. Les fréquents appels téléphoniques, les inquiétudes empressées, les propositions éperdues mais timides (que je suis bête! penser que tu voudrais aller dîner…), le souci de la protéger, d'atténuer les nouvelles les plus décourageantes, et l'admiration soudaine pour son mode de vie, pour la liberté qu'elle avait d'aimer encore, tout cela n'indiquait-il pas un consentement au sentiment, à la fragilité? Foutu Charles! Ce qu'il avait tardé à se regarder palpiter, frémir, trembler en admettant que oui, là, cet homme-là aussi, c'était bien lui! Maintenant il risquait qu'on ne le prît plus au sérieux, le crût au bord d'une dépression nerveuse, ou quoi encore.

Charles n'était pas un être fort, comme on qualifiait parfois abusivement les êtres aux convictions bien
assises, dont la force était d'abord celle de leur entêtement, mais la crainte de ne pas savoir se défendre
l'avait poussé à être rigide, à refréner ses tendances
tant soit peu extravagantes, car Charles n'était pas sans
caractère.

Marion le revoyait à vingt ans, au volant de sa
décapotable surchargée d'un branlant échafaudage
de décors, qui l'enveloppait d'un bras et chantait
une ballade en prenant l'air pâmé d'un chanteur de
charme, sourcils haussés jusqu'à la naissance des cheveux, parce qu'il était fou de bonheur et qu'il donnait
dans la caricature, elle le revoyait sur leur lit au
milieu d'un éparpillement de fiches, qui s'excitait à
l'idée de reclasser ses recettes innombrables en vue de
les publier, mais se laissait plutôt absorber par une
seule préparation, un seul mélange d'assaisonne-
ments qu'il lui fallait réviser à l'instant, elle le
revoyait qui se lançait dans la ville à la recherche de
merguez, de kakis ou d'huîtres fraîches, de topinam-
bours ou de kumquats, d'ingrédients dits «faculta-
tifs» parce que la plupart des gens ne se donnaient
pas la peine de les courir, puis qui réapparaissait sur
le pas de la porte avec des paquets ficelés plein les
bras, la tête radieuse sur ses larges épaules droites et
les lèvres pincées dans un grand sourire, car il aimait
faire de l'effet, car l'obsession se mêlait en lui à
l'enjouement, du moins avant que chaque repas fût
devenu une affaire grave et compliquée, avec laquelle
il ne fallait pas plaisanter.

Son goût des plats raffinés, Charles l'avait hérité
de son père qui, une fois à la retraite, n'avait plus

dépensé de bon gré les moindres sommes et les moindres paroles que pour faire atterrir devant lui, sur une nappe blanche, des assiettes agréablement garnies: devenu propriétaire d'une auberge, il y avait décidé de tous les menus pendant vingt ans, avec une inventivité d'autant plus surprenante qu'il n'avait jamais touché à une casserole de sa vie.

Charles, au contraire, s'était mis à cuisiner dès les premiers temps de son mariage. Marion ne rentrant souvent qu'en fin de soirée, il avait d'abord enragé de ne pas savoir se préparer le plus simple repas, puis s'était découvert non seulement un talent, mais une vive inclination pour les opérations de cuisine. Avant la naissance de Marie-Paule, il ne lui serait pas venu à l'idée de reprocher à Marion son manque d'intérêt pour les choses domestiques, car il était aussi amoureux de la femme publique que de la femme privée, et Marion en tirait avantage. Se laissant conduire à la petite table que Charles dressait au milieu du salon à peine meublé, elle s'ébahissait des mets soignés qu'il apprenait à lui servir, soucieux que chaque tomate farcie ou salade braisée lui dît bien son attachement. C'est bon? s'enquérait-il, l'air de ne rien vouloir goûter lui-même ou d'être sans appétit, guettant avec une impatience joyeuse et confiante les premiers signes de plaisir dans le visage de Marion, et la sauce? et les asperges? croquantes à point, tu ne penses pas? et les morilles? pas faciles à trouver, ah, là là, il faut aimer! mais attends de voir les profiteroles, Marion, tu m'aimes aussi? Pas étonnant que la moindre erreur de cuisson le mît en colère contre lui-même, ou le rendît morose.

Son diplôme d'études commerciales ayant joint ses fonds de tiroirs, une bibliothèque de gastronome avait grimpé sur les murs. Entre ses livres et ses poêlons, Charles rêvait d'une seconde cuisine mieux équipée où tester les recettes qu'il publierait. Il aurait pu exceller dans n'importe quel métier et pourquoi pas dans celui-là, tant il était sérieux, horrifié surtout à la perspective d'un échec, mais il avait fait l'université pour tranquilliser son père, puis s'était cramponné au commerce des voitures dès qu'il avait imaginé seulement sa femme enceinte, s'interdisant une bonne fois toute légèreté.

Marion aurait dû savoir, aussi, à qui elle avait affaire. Charles ne l'avait-il pas demandée en mariage le jour même où il avait empoché les clés de la concession de voitures? De ce moment étrange, vaguement menaçant, elle n'avait retenu ensuite que les impressions de précarité, de fatalité, les sensations d'euphorie trouble, de panique, la plus simple décision lui étant déjà aussi douloureuse qu'une mise en suspens de sa personne. Devant la requête de Charles, suffocante même si elle s'annonçait depuis des mois, Marion avait été aspirée dans un tourbillon de velléités contraires, tantôt heureuse de l'amour que cet homme lui offrait, tantôt incapable d'y croire ou incertaine de pouvoir le garder. Longuement elle avait serré la manche du veston de Charles où son bras semblait avoir fondu, et longuement elle avait regardé flotter son visage près du sien sans plus savoir qui était cet homme. Sa vie entière défilant sous ses yeux, se déroulant tel un tapis qu'on aurait bêtement tiré de dessous ses pieds, Marion avait enfin considéré la beauté immédiate de la proposition. Charles promettait d'être là en tout temps, de l'admirer fût-ce malgré elle et de l'approuver fût-ce à tort, de l'aimer sans restriction et de le lui dire sans relâche. Oh! il savait ce qu'il faisait, il n'était pas aussi cinglé qu'il se permettait d'en avoir l'air! Elle avait donc répondu que oui, elle voulait bien l'épouser, qu'elle serait contente de dormir avec lui des nuits entières, et puis qu'elle avait un faible pour les mises en scène même solennelles, pour les réunions d'amis, voilà ce qu'elle avait dit, les spectacles et les nuits. Et Charles s'était mis à rire d'un de ces rires sans voix qui grandissaient sous la poitrine, en faisant secouer la tête comme d'incrédulité.

Dans sa gaieté égarée, son agréable secousse de déraison, Charles n'avait pas moins associé le sort de sa vie affective à celui du commerce qu'il se mettait sur le dos. Comment aurait-il approuvé alors les ambitions de l'actrice? Surtout plus tard, une dizaine d'années plus tard, quand les circonstances l'avaient accusée d'être un danger pour sa fille?

Non, Charles n'était pas un être fort, du moins pas au sens où on concluait parfois, sous l'effet de l'éblouissement, que les êtres excessifs ou agressifs l'étaient. Même sa passion de la cuisine dénotait un malaise vis-à-vis de l'imprévisible, un besoin de suivre des règles précises, un goût de la mesure. Tour à tour indulgent et intolérant, suivant qu'il se reprochait d'être trop autoritaire ou de l'être trop peu, il ne manquait pourtant pas d'imagination et lorsqu'il s'abandonnait, avec de très jeunes enfants par exemple, il pouvait avoir l'esprit délicieusement mal tourné, être étonnant de vivacité.

N'était-ce pas inouï comme ça lui revenait maintenant, oui, c'était bien vrai que Charles savait s'y prendre avec les enfants, au fil des années elle l'avait oublié, à moins que ça n'eût fait son affaire de ne plus y penser. N'avait-elle pas déjà eu tendance à l'ignorer, lorsqu'elle ne supportait pas de partager sa petite, les jours enivrants où elle se croyait à la hauteur?

Elle se souvenait, alors qu'elle était enceinte, des enfants du voisinage qui s'agrippaient aux jambes de Charles ou lui couraient après dans la rue sans craindre d'être rabroués, pour tenter de glisser dans ses poches de maigres poignées d'herbe dont les brins s'échappaient d'entre leurs doigts, se collaient sur lui en pluie verte. Elle se souvenait, après qu'elle eut cessé d'allaiter le bébé et de se croire la seule à pouvoir l'apaiser, de Charles qui venait volontiers à sa rescousse chaque fois qu'elle désespérait d'être une bonne mère et dès lors ne l'était plus. Bien sûr qu'il savait changer les couches, préparer les biberons et les purées, mais qui ne l'aurait su, mais cela n'était rien. Ce qu'il fallait voir, c'était comment il tenait Marie-Paule contre lui, se penchait sur elle en marchant autour du lit, posait les lèvres sur sa tête telles des ventouses délicates et semblait la goûter, savourer la sueur qui mouillait ses cheveux ou perlait sur ses tempes, s'amassait dans les sillons de son cou. Marion se disait que c'était lui qui était fait pour être mère, pas elle, lui qui avait la constance affective qu'on attendait des femmes dès qu'elles étaient grosses d'un enfant, comme si cela allait de soi, était de nature.

•

Par habitude, Marion avait mis les mains en V de chaque côté de son pubis. À travers son pantalon lâche, elle sentait le bout de ses doigts tremper dans la chaleur de son entrecuisse, et les os de son bassin saillir sous ses avant-bras. Amincie par ses grands vêtements, elle se figurait ne faire qu'un avec le lit, être une forme aux reliefs effacés.

Un air d'opéra d'une émotion lente et contenue traversait à présent le mur mitoyen. Il s'enroulait dans la portion sombre de l'appartement, avant de venir s'évanouir dans la clarté de la lampe. Marion s'efforçait de se représenter Charles dans l'état où elle-même s'était trouvée vingt-six ans plus tôt, le ventre ballonné, les épaules renversées en arrière, les jambes écartées pour garder son aplomb, les mains croisées sur sa rondeur comme sur un globe fragile, puis comme sur un boulet soudé à l'estomac, qui l'entraînait en avant et lui arquait les reins, puis comme sur une épouvantable lune d'eau, près de se fendre en la faisant gicler hors d'elle-même, mais non, Charles n'avait pas la chair assez tendre, il était trop compact et dur de peau.

Elle se demandait si Charles avait été aussi amoureux de ses autres bébés que de Marie-Paule, en s'émerveillant de ce que cet homme, dont les exigences d'ordre dérivaient d'une incertitude généralisée, avait tout de même élevé une seconde famille, avec une disponibilité admirable à la catastrophe et au bonheur. Pour sa part, elle avait été aussi éprise à certains moments qu'horrifiée à certains autres de la lourdeur et de la mollesse de sa chair, puis de la totale dépendance de son bébé. Les derniers mois de sa grossesse et longtemps après l'accouchement, elle n'avait plus enlevé sa chemise de nuit que pour sortir, à croire qu'elle s'était entichée de son corps et ne voulait plus le brider, ou qu'elle l'abhorrait et avait décidé de ne plus s'en occuper. De temps à autre elle perdait tout espoir de jamais remonter sur une scène, et personne ne réussissait à la raisonner. Elle s'imaginait qu'avec l'enfant naîtrait la Mère, la généreuse et gigantesque Mère qui réduirait à rien la vie de l'actrice. Ne lui suffisait-il pas d'être amoureuse pour non seulement se sentir, mais se vouloir en état de siège, à la fois envahie et délogée d'elle-même? Alors un enfant, ça la terrifiait autant que ça exaltait son désir de se dépenser, de s'abîmer dans un amour démesuré. Beau cas pour les psychologues qui venaient d'inventer «les mères ambivalentes»: un instant je ne saurais me passer de la petite, l'instant d'après elle me pèse; aujourd'hui je la veux partout sur moi, demain j'aurai envie de la secouer comme un jeune chien s'accrochant à mes jupes; si encore je n'hésitais pas tant à la confier à des étrangers ou même à son père; si au moins quelqu'un d'autre pouvait parfois prendre la relève.

Selon l'âge de sa fille, Marion avait succombé à l'engouement, à l'impatience, à l'indifférence exaspérée. Mais comment aurait-elle résisté, les tout premiers mois, à ce petit corps aux gestes aveugles dont elle ne se lassait pas de sentir gigoter la chaleur à travers sa chemise de nuit, qui les séparait à peine l'une de l'autre? Car les difficultés n'étaient pas venues tout de suite. Marion avait beau remonter dans le passé pour en localiser l'origine, elle se butait à deux scènes qui n'avaient rien de décisif.

Portant Marie-Paule dans ses bras, Marion était affublée de larges lunettes qu'on lui avait prescrites en prétendant que sa vue avait baissé au cours de sa grossesse, ce qu'on n'allait pas inventer! Agacée, elle dérobait son visage aux petits doigts souillés de nourriture, qui essayaient de toucher ses verres miroitants ou d'explorer sa bouche. Plus que l'insistance de l'enfant, dont les mains n'étaient pas plus tôt rabattues qu'elles se tendaient de nouveau, c'était ses yeux qui troublaient Marion. Fixes mais vigilants, sérieux jusqu'à paraître un peu déments, ils rajustaient parfois leur visée par petits sauts, semblaient la regarder pour la première fois. Aussi entêtée que sa fille, Marion se refusait tant qu'elle n'était pas désemparée par ses hurlements enragés.

Puis Marie-Paule était blottie contre elle au salon. Ses pieds ne dépassaient pas encore le siège du canapé, où ils se dressaient en penchant l'un vers l'autre. Elle avait appuyé la joue contre le flanc de sa mère à la naissance du sein, en étirant un bras trop court autour de sa taille. Elle ne bougeait pas, non plus que Marion. Un long moment elles avaient parlé, mais plus maintenant. Alors Marie-Paule commençait à remuer les doigts sur le ventre de sa mère, à dessiner des cercles minuscules. Ayant lancé quelques mots affectueux, elle profitait de la diversion pour mettre la main sur un sein de Marion: elle voulait oublier ce qui la séparait de sa mère et se croire tout permis, ou rendre leur proximité délictueuse pour mieux la savourer. Marion se laissait faire plutôt que de briser le charme de leur intimité, s'émouvait de l'audace amoureuse de sa fille en même temps qu'elle s'en inquiétait.

Ces deux tableaux émergeaient de périodes encore heureuses. Rien à voir avec les années interminables où Marie-Paule avait coupé de plus en plus les ponts, en s'assurant que sa mère n'en faisait pas autant. Marion, incapable de prévoir d'un instant à l'autre si sa fille allait vouloir d'elle ou non, était devenue aussi imprévisible qu'elle, d'une tendresse ou d'une intolérance aussi impétueuses. Ce qu'il y en avait eu de crises d'indépendance et de retours d'affection, de rebuffades et de demandes! Ce qu'elle en avait pâti, Marion, de l'amour maternel! Et le plus terrible, c'était qu'elle n'en aurait jamais fini.

Plus Marion avait été proche de sa fille, avant que celle-là n'eût fait ses premiers pas et après qu'elle fut revenue à ses anciennes amours, en petite adulte prête à la suivre partout, plus Charles s'était effacé. D'un côté Marion y avait trouvé son intérêt, de l'autre elle s'en était alarmée. Sa relation avec sa fille n'était-elle pas trop exquisément sensuelle, trop passionnée et exclusive? tant de bonheur à presser le corps de l'autre contre le sien, tant de chatteries, était-ce bien sain? se tourmentait-elle, surtout lorsqu'elle rentrait de travailler et que Charles lui racontait comment sa fille n'avait fait que se balancer sur le balcon après son départ, le regard lent et la poitrine affaissée.

Une fois que Marie-Paule s'était mise dans un état pareil, Charles n'avait plus de ressources. S'il tentait de la réconforter, de l'arracher au va-et-vient dans lequel elle s'enfermait comme dans le vestige d'un autre bien-être, dans une volupté blanche, elle le repoussait en s'agitant telle une pieuvre harponnée, ou l'ignorait et le désespérait davantage. Pour que Marie-Paule l'accueillît mieux dans ces occasions-là, il aurait sans doute fallu qu'il luttât sans répit pour son affection, au lieu de cela il se mettait docilement à l'écart. Le soir, il promenait son pyjama dans l'appartement en témoin douloureux de leurs effusions et de leurs ébats, signalant ainsi avec un brin d'amertume qu'il n'attendait plus rien de sa journée. Il devait déjà comprendre ce que Marion n'admettrait qu'au lendemain du divorce, soit qu'elle veillait à ce qu'il ne gagnât pas le cœur de la petite même lorsqu'elle était occupée ailleurs, l'amour étant pour elle une sorte d'immobilisation de l'autre avec liberté de s'éclipser à tout instant. Marion n'était-elle pas déraisonnable, monstrueuse en amour, un peu folle? oh! d'une de ces folies très courantes qui permettaient de vivre, malgré des souffrances aussi vagues que persistantes? Mais voilà qu'elle en remettait encore avec ces grands mots de folie et de déraison, qu'elle ne pouvait s'empêcher au fond de tenir pour anodins.

Le sentiment d'être exclu, la peur que Marie-Paule ne devînt aussi libre que Marion rendaient Charles sombre et sévère, ce qui n'aidait pas. Ses morosités passives, ses remontrances ou ses menaces avaient pour effet de précipiter Marie-Paule dans les bras de sa mère, lui n'en récoltait rien, que l'hostilité ou la méfiance de sa fille qu'il se voyait perdre, se voyait enlevée. Multipliant les interdictions et les mises en garde, pour se faire une place n'importe laquelle ou se persuader qu'il était un bon père, il encourageait Marie-Paule à rester la petite chose innocente et sans défense de Marion. Non mais, quelles histoires compliquées c'étaient quand même, que ces vies rangées.

Charles n'arrivant toujours pas, Marion a été tentée de se lever tout de même pour nettoyer un peu la salle de bains ou passer vite l'aspirateur, mais d'autres fragments de mémoire sont venus crever à la surface de ses pensées, comme les bulles d'une eau en apparence dormante, lui rappelant sa petite Marie-Paule qui frappait Charles au visage lorsqu'il se penchait pour l'embrasser, et la tristesse insondable, la gêne qu'en éprouvait ce dernier jusqu'au désir de se disculper; puis les paroles chuintantes d'une fillette d'environ trois ans pénétrée soudain de son pouvoir, qui avait assisté plus tôt à une querelle entre ses parents et annonçait au milieu d'une fête que son père était «parti en voyage», sans savoir ce que cela pouvait avoir de terrifiant; puis la voix défiante d'une adolescente presque étrangère qui, dans un restaurant paisible, lançait à Charles d'essayer pour voir, de l'empêcher de sortir, d'oser la toucher, faisant bientôt trembler cet homme qui se mettait hors de lui, mais n'avait jamais levé la main sur quiconque et n'allait pas commencer par sa fille.

•

Marion s'est extirpée du lit, déterminée à interrompre la montée des souvenirs. En se dirigeant sans énergie vers le placard à balais, elle a été surprise par une vision d'elle-même dans la vingtaine qui passait l'aspirateur sur une moquette, puis sur une table basse et un miroir, trop préoccupée d'autre chose pour aller chercher un chiffon à poussière. À ses côtés la petite Marie-Paule, le menton rentré et le regard par en dessous, faisait le gros ventre dans une jupe à ras de fourche sous laquelle pendait, comme un délicat mouchoir, l'entrejambe d'une culotte blanche. Regardant sa mère d'un air torturé, elle ne savait si elle devait rire ou s'indigner.

Marion s'était enroulée dans le fil du téléphone en informant Thomas qu'elle préférait être seule, rester souper à la maison, mais non, elle ne lui en voulait pas, ils avaient été sots tous les deux, ah! mais oui, lui comme elle, oui, elle passerait au théâtre le lendemain, elle viendrait assister au moins à la fin de la répétition, non, elle n'était pas fâchée, vraiment pas, puisqu'elle le lui disait, seulement un peu triste à cause de sa fille... Ayant raccroché, elle s'escrimait à faire tenir le tube de l'aspirateur dans le fouillis du placard, lorsque la sonnerie de l'étage a retenti. Charles était là, juste derrière la porte. Mais depuis combien de temps y était-il? Se pouvait-il qu'il eût entendu sa conversation avec Thomas? Les sons s'amplifiaient tellement dans cet espace aux planchers de bois dur. Et comment donc était-il monté sans avoir d'abord sonné de la rue?

Prise d'une sourde panique qui ne tarderait pas à dégénérer en mal de tête, comme chaque fois qu'elle agissait contre son gré, Marion a ouvert en faisant le geste machinal de rétablir le désordre de sa coiffure. Grand et droit, Charles remplissait le cadre de la porte. Il se tenait là dans une attente fiévreuse, tel un porteur de mauvaise nouvelle ou un soupirant irrésolu. Marion a eu un accès de découragement. Décidément elle n'avait pas la force de s'occuper de cet homme.

Il est entré en faisant vite un pas de côté, pour manifester son désir de ne pas s'imposer, mais sa détermination était claire. Tout au plus une pressante volonté de plaire lui donnait-elle l'air maladroit. Au lieu de formuler une banalité, il a dit qu'on devait avoir envie certains jours de se mettre à gambader dans un appartement si grand, de faire des glissades sur ce parquet interminable, enfin que peu de gens heureux devaient y résister... Marion n'a pas cillé. Il l'a donc suivie sans rien ajouter, jusqu'à ce qu'elle se fût retournée pour l'inviter à s'asseoir.

•

En revenant avec un plateau chargé d'un pichet et de verres qui s'entrechoquaient, Marion a constaté que Charles avait choisi le même fauteuil qu'à sa première visite. Déjà il avait établi ses points de repère et s'était créé une habitude pour se persuader qu'il était en pays connu. Les coudes sur les cuisses, les mains tordues entre ses genoux écartés, il avait le dos presque plat mais le visage redressé vers elle. Il ne lui manquait plus, Marion a-t-elle songé pour ne pas être touchée par sa misère, qu'un chapeau dont il aurait fait rouler les bords entre ses doigts. L'accessoire aidant, le tableau aurait été plus achevé et peut-être plus bouleversant.

C'était l'homme de ménage qui l'avait fait entrer, a dit Charles, prenant encore sur lui de briser le silence. Ah! bon, je me demandais aussi, a répondu Marion, d'une voix moins détachée qu'elle n'aurait voulu.

Aussitôt le plateau déposé devant lui, elle est repartie chercher la lettre de Marie-Paule. Elle l'avait placée bien en vue (n'était-ce pas l'unique motif de cette rencontre?) sur un chevalet qu'elle a prétendu avoir extorqué gentiment à Elvire autrefois, sans projeter de l'utiliser, ça non, elle n'avait aucune disposition.

Par peur de la moindre familiarité, elle lui a tendu d'un peu trop loin l'enveloppe qu'il a acceptée à deux mains, ayant décidé depuis le début de lui accorder une importance qu'elle n'avait pas. Il a lu avec une lenteur excessive, sans doute incapable de se concentrer sur ce qui nettement ne s'adressait pas à lui, non plus d'ailleurs qu'à Marion. Leur fille n'écrivait-elle pas le plus souvent pour son propre assouvissement, n'avait-elle pas une propension à s'attendrir sur elle-même, à fabuler autour de ses prétendus ravissements et à s'exagérer ses déceptions, malgré le souci éperdu d'authenticité qu'elle s'attribuait? Or, Charles n'avait le cœur à lire ni un éloge de la vie pauvre, ni les détails d'une orgie de loukoums, ni la description d'un lever de soleil au bout de plaines feutrées de gris, et les yeux noisette d'un Cypriote en pleurs dans une gare d'autocars le laissaient froid.

•

Marion n'avait pas suggéré à Charles de se découvrir en entrant, et maintenant elle avait honte de son indélicatesse, de sa mesquinerie. Dans le paletot déboutonné dont il avait ramené les pans sur ses cuisses, et dont les revers s'ouvraient en larges becs sur sa poitrine, Charles avait déjà les joues d'un rouge brûlant, les tempes séparées en aiguilles et gonflées de sueur. Par chance il avait défait son col et enlevé sa cravate avant d'arriver. Lorsqu'il ratissait ses cheveux en arrière sous sa large paume, comme pour refouler du même mouvement ses préoccupations, Marion n'était pas loin de lui trouver cet air ravagé qui chez un homme, en réalité chez tout autre qu'elle-même, lui paraissait plutôt séduisant.

Il a replié la lettre de Marie-Paule et levé sur Marion des yeux qui se sont vite brouillés. Hachant le creux de sa main avec le pli du papier, il retenait ses lèvres de trembler dans une moue de dédain et de désapprobation, ses lèvres d'ordinaire incroyablement lisses, non pas charnues, mais si sensibles d'aspect qu'on les aurait dites gorgées d'eau, ses lèvres renflées, souples et chaudes, oui, Marion s'en souvenait, ni mauves ni roses sur sa barbe fraîche rasée, n'était-ce pas étrange après tant d'années, cette mémoire récalcitrante où ressurgissait la sensation aussi intime que malvenue de ses lèvres sur les siennes. Leur petite Marie-Paule avait hérité de sa bouche, qui jusqu'à l'âge de sept ou huit ans avait secoué la tête en avalant les lèvres chaque fois qu'on l'avait importunée de comparaisons trop admiratives, tapageuses... L'espace d'un instant Marion a vu se refermer, sur la pâte molle et poudrée d'un loukoum, les lèvres déjà neigeuses de sa fille. L'occasion aurait pu être joyeuse, mais elle ne l'était pas. Sur un visage fatigué dont Marion connaissait bien les yeux mats et les paupières lentes, elle les imaginait, ces lèvres, creusées d'une ombre de vin rouge et tristement sensuelles, gloutonnes mais en même temps paresseuses, d'une avidité distraite qui choquait les convenances. Car Marie-Paule passait parfois pour n'avoir pas de manières, avec ses tasses combles dans des soucoupes pleines, ses bouchées aussi goulues qu'approximatives et incertaines, comme si la nourriture avait perdu tout intérêt au moment même où elle la happait.

•

«Trop d'émotions, tu comprends», Charles s'est-il plaint d'une voix qui a semblé lointaine. Dans le fauteuil à côté, laissant pendre la lettre entre ses doigts, il cherchait à excuser ses yeux gros de larmes autant qu'à tirer Marion de ses réflexions.

«Quoi donc?» a-t-elle réagi. Mais elle avait la tête ailleurs.

«Oh! je disais, je disais que c'est trop d'émotions, tu me pardonneras, c'est idiot ce qui m'arrive ces jours-ci, j'ai un cœur de mie de pain qui s'imbibe à rien, ça me passera, c'est simplement trop d'émotions à la fois, Marie-Paule, toi…»

Marion l'a dévisagé. Elle hésitait à concevoir de la sympathie pour lui, sachant trop bien qu'il n'était pas consterné que par la disparition de Marie-Paule. Il était horrible qu'on ne fût pas imperméable à la dépression après un certain âge, lorsqu'on avait eu ses enfants, qu'on se figurait avoir eu ses époux et ses amants, et que le poids de l'existence nous dissuadait de rien recommencer. D'autant que, passé cinquante ans, on n'allait pas entamer une psychanalyse et défaire le sens, précautionneusement arrêté, des événements de sa vie.

Charles a dû sentir que Marion se retranchait dans une nouvelle raideur, car il a tenté de recouvrer son sang-froid et de lui tenir un discours d'homme positif. Finirait-il par comprendre qu'il ne lui servait à rien de solliciter sa compassion, comme une faveur ou autrement? L'acteur réintégrant à contrecœur la scène désertée un instant, oh! tellement familière la scène, depuis le temps que la pièce roulait, il lui a donc demandé si elle avait prévenu ses parents.

●

Charles avait attendu quinze ans avant d'admettre qu'il était dépassé lui aussi par la vie, par ses absurdes, ses immenses ou ses dérisoires exigences. Et Marion, qui tout ce temps n'avait rien espéré d'autre de lui, jugeait plus prudent à présent de ne pas l'écouter. C'était désolant, d'une vaste bêtise, mais ils devaient convenir qu'ils étaient devenus des étrangers. En tout cas, s'il allait être question de leur fille, elle espérait qu'ils auraient assez de jugement pour ne toucher à sa disparition que de main douce, car tant qu'elle n'était pas là, leurs suppositions étaient toute la vérité.

Non, ses parents n'étaient au courant de rien, répondrait-elle d'abord assez volontiers, trouvant que le sujet n'était pas trop risqué. Heureusement, ils vivaient toujours hors du pays, même si ce n'était qu'à cinq cents kilomètres, parce qu'il avait été facile de leur cacher la «nouvelle», ce mot n'était-il pas ironique, avec la situation qui stagnait, oui, dans la maison du bord de la mer, oui, la même.

Mais il n'y avait pas que la distance qui eût épargné Antoine et Célia, les eût tenus dans la blanche ignorance qu'ils étaient secrètement déterminés à cultiver en quittant le pays, et dont la volonté avait fini par s'afficher avec une inconvenance troublante. Ils ne lui téléphonaient plus que deux ou trois fois par année, et leur dernier appel datait de son anniversaire à la fin du printemps. C'est qu'un jour ils l'avaient estimée perdue pour eux, comme son jeune frère d'ailleurs qu'ils appelaient «le journalier» parce qu'il ne savait pas garder un emploi, et qu'ils s'imaginaient à jamais sans femme. De son côté, Marion ne se sentait plus le droit de les informer de ses mauvaises fortunes, ni le désir de les informer de ses triomphes. De toute manière ils étaient incapables de distinguer ceux-ci de celles-là, ne comprenant pas ce qu'il lui fallait pour être heureuse et se faisant du souci à l'annonce du moindre changement. À une autre époque pas si lointaine, leur confiait-elle qu'elle était amoureuse qu'ils se demandaient de quel artiste encore, de quel opportuniste ou drôle d'oiseau; et leur apprenait-elle qu'elle avait décroché un engagement qu'ils s'inquié-taient de ce qu'elle ne vît pas assez sa fille, et en souffrît. N'ayant plus confiance en son aptitude au bonheur depuis qu'elle avait renoncé à la garde de Marie-Paule, ils trouvaient maintes façons de le lui suggérer. Or Marion continuait de s'affliger, n'était-ce pas inouï à son âge, de ce que ses parents étaient devenus subrep-ticement ses ennemis. Mais ne s'étaient-ils pas séparés d'elle dès le début, applaudissant ses progrès, se gron-dant tour à tour de la dévorer de baisers et se rappe-lant d'un ton réprobateur qu'il ne fallait pas, allez, que ça suffisait comme ça, qu'il était malsain de trop s'atta-cher ses enfants? Aujourd'hui encore, l'impuissance de Marion à atteindre ses parents la rendait incertaine de sa personne. Elle n'avait qu'à songer à la façon dont ils se préservaient d'elle, pour que son existence lui sem-blât précaire et ténue, pour qu'elle eût l'impression d'être seule, sans liens avec le réel et presque sans poids, de nourrir des espoirs fous et de se lancer dans des entreprises futiles, en fait d'être un cas désespéré, ce qui lui causait une grande fatigue. Elle avait besoin de leur sanction qui naturellement ne viendrait pas, elle espérait contre toute éventualité qu'ils lui dévoile-raient le sens de ses propres batailles. Depuis des mois, elle était aussi désireuse de chercher réconfort auprès d'eux, d'aller blottir sa tête contre la poitrine de sa mère en comptant qu'elle la serrerait, la bercerait et en soutiendrait la lourdeur, qu'effrayée de leur avouer qu'elle ignorait où était sa fille.

Marion les évoquait, fragiles et prostrés, dans la maison sombre dont les portes et volets fermés re-poussaient la lumière diffuse et pourtant ravageuse du soleil, qui profitait de la moindre ouverture pour entrer à flots, faire irruption comme une eau aveugle et brûler les tapis, les papiers peints. Une fois l'information lâchée, ils inclinaient le regard vers le sol avec douleur, enfonçaient un menton tremblant dans le cou et gonflaient la poitrine de reproches qu'ils concevaient dans un véritable tumulte, mais n'avaient pas la cruauté de lui adresser sur-le-champ. Non, il valait mieux les laisser flotter tous deux paisiblement, tels des anges, dans cette poche de fraîcheur et d'ombre que Marion se rappelait juchée sur de hautes dunes, suspendue dans le débordement de clarté floue qu'exhalait la mer, beau temps mauvais temps. Après tout n'était-ce pas ce qu'ils avaient voulu, ce qu'ils voulaient.

Au cours des ans, Marion avait cru saisir parfois une lueur d'admiration dans les yeux de sa mère, ces yeux maintenant toujours tendres et mouillés, gélatinés, et s'était demandé si elle pouvait être fière avec elle au moins du métier où elle avait persévéré. Tout le monde savait, même si cela n'avait jamais semblé qu'un détail plaisant à lancer sur un ton léger, que Célia avait eu une jolie voix. Marion se souvenait d'une bruyante réunion d'amis où elle avait eu, étant petite, le sentiment que sa mère était visitée par une brève et pâle illumination... Elle? Si elle avait eu, elle, à choisir une carrière? s'étonnait-elle qu'on lui posât la question, la main déjà toute molle sur la poitrine. Oh...! répondait-elle, hésitante, après avoir déclaré que ce n'était pas sérieux et prouvé le contraire en rougissant, oh! ses parents l'avaient vite retirée de l'école, toutefois ils ne l'avaient pas empêchée de poursuivre ses cours de chant, et elle aurait pu être une

chanteuse... de concert, se hâtait-elle d'ajouter pour
que la modestie fût sauve. Et c'était là, dans le silence
embarrassé qui suivit, que luisait le rêve de Célia
juste le temps pour elle d'échafauder un soupir. Mais
elle n'écoutait plus de musique depuis des années et,
il n'y avait rien à faire, Marion ne pouvait pas seulement se tourner vers sa mère. Il y avait trop à parier
qu'elle saisirait l'occasion pour se féliciter elle-même
d'avoir vécu une vie rangée, dût-elle ravaler pour cela
son amertume comme un fruit blet.

•

Eh bien, non, ses parents n'étaient pas au courant,
Marion dirait-elle donc à Charles, par bonheur ils ne
vivaient pas à côté, car ils en feraient une maladie.
Puis elle se tairait, tandis que des images de ses fréquentes brouilles avec Célia reviendraient faire d'elle,
et de plus belle, une enfant angoissée. Cette pause se
prolongeant indûment, ce serait sans doute Marion
qui les forcerait à parler de Marie-Paule, afin de réaf-
firmer qu'il n'y avait plus rien entre eux que leur fille.

Avec l'indulgence et la retenue qu'inspire la possibilité du malheur, ils dépeindraient Marie-Paule par
petites touches réticentes, se désoleraient de ses
impulsions si souvent désastreuses, de ses négligences
qui pouvaient l'envoyer rouler dans les fossés, lui
faire manquer ses cars ou perdre ses papiers, l'obliger
à dormir dans des lieux sinistres, poste de police ou
paysage désert, de ses engouements que rien ne
devait surtout contrarier, de son insouciance échevelée, de ses audaces mal calculées qu'elle n'en finissait

plus de payer, de ses humeurs combatives et de ses justifications au long souffle, qui contrastaient avec sa léthargie en période de crise… tout cela en phrases détachées qu'elle et Charles laisseraient s'éteindre d'elles-mêmes avant la fin, tant elles leur étaient familières.

Portés par une excitation confuse, ils passeraient peut-être ensuite aux amants de Marie-Paule, qui lui étaient toujours mal assortis, et qu'elle gardait par la force de son entêtement quand il fallait, ou en rusant. S'ils les avaient peu connus, ils avaient pu constater au moins qu'ils partageaient soit les espérances évasives de Marie-Paule, soit ses vues absolues du moment: entraînés dans ce qui se donnait d'abord pour un tourbillon romantique, mais qui prenait bientôt l'allure d'une agitation amoureuse proche de l'effarement, ils s'éprenaient des besoins infinis de Marie-Paule, oui, cela se voyait tout de suite, et des exigences sûrement impétueuses de son corps, de sorte qu'ils étaient désarmés lorsqu'elle commençait à mettre à vif tant leur amour que leur hostilité, selon une étrange dynamique émotive.

Ainsi, comme une coulée d'eau trouve chaque fois sa pente, Marion et Charles en viendraient probablement à s'ébahir encore de ces hommes moins instruits que leur fille, un peu délinquants ou dépourvus d'arrogance, qu'elle éblouissait sans peine et menait à son gré. Chacun évitant de faire des révélations à l'autre, ils s'entretiendraient de l'infirmier, de l'éclairagiste, du garçon de café, de l'assistant social, du musicien… qui avaient renoncé à raisonner Marie-Paule aussi vite qu'ils avaient appris à ne pas la contredire, avec qui elle n'avait pas été exposée à des inquisitions trop poussées. Ce qui était singulier, observeraient-ils avec un étonnement à ce point usé qu'il n'en resterait plus que le désir de paraître étonné, c'était qu'ils avaient tous voulu croire aux projets extravagants qu'elle avait tournés en épreuves, ou abandonnés comme le vent tombait. Certains n'étaient-ils pas allés jusqu'à commettre de petites infractions pour l'aider dans ses manœuvres aux buts séduisants?

Si Marion et Charles n'étaient pas trop gênés par cet échange d'échos poussiéreux, de souvenirs lancinants, ils parleraient peut-être ensuite du métier de Marie-Paule qui la passionnait par à-coups, mais qui ne suffirait pas à la faire revenir. N'était-elle pas incapable de s'y mettre sans céder à l'envie de mille plaisirs, dont cependant elle ne jouirait pas? n'avait-elle pas du mal à concilier le désir d'une «communion obligée des esprits», comme elle disait, avec l'ennui que lui causaient les recherches et les révisions d'une part, et l'effroi que lui inspiraient les rencontres avec l'auteur d'autre part? enfin n'était-ce pas pitié de la voir tiraillée entre son besoin de flots d'argent et son dégoût des obligations?

Marion se retiendrait bien sûr de déclarer, selon une ancienne habitude qui choquait Charles autrefois, que leur fille aurait dû être danseuse, journaliste ou masseuse, thérapeute ou comédienne, oui, actrice, car le métier de traductrice était trop mécanique ou abstrait, trop solitaire. D'ailleurs ce serait extraordinaire tout ce qu'elle et lui tairaient, peut-être qu'en définitive ils ne diraient presque rien de Marie-Paule. S'ils songeaient à son tempérament impossible, aux désastres dont elle se relevait comme de maladies aux causes inexplicables, en sauvant les apparences d'une vie normale, ils risquaient de succomber à une fureur triste et étouffée qui commanderait le silence; s'ils l'imaginaient en Turquie, ils risquaient d'écarter leurs intuitions obscures et leurs conjectures délirantes, pour ne pas se frotter à la notion de l'insanité de leur fille. Ils feraient donc mieux, tels de pauvres imbéciles jonglant avec des bulles, de ne remuer que des impressions éparses. Plus tard Marion estimerait qu'ils avaient été une fois de plus lamentables avec leurs pudeurs, mais elle ne demandait pas mieux au fond que de garder pour elle ses opinions de Marie-Paule. Dans une conversation entre gens soi-disant sensés, honteux de leurs interprétations trop sombres comme de leur intelligence, quelle place Marion aurait-elle pu faire aux tendresses moroses et démesurées de Marie-Paule, à ses rages qui semblaient parfois les seuls garants de sa clarté d'esprit, à ses gaietés intempestives, à ses fatigues lascives, à ses petites bizarreries sexuelles, à ses arsenaux de médicaments, à tout cela qui lui permettait d'atteindre au vertige, soit à une sorte d'évanouissement final toujours final, à ses accidents aussi, bosse au front ou cheveux brûlés, doigt cassé, qui auraient pu arriver à quiconque, mais qui ne vous faisaient pas moins douter de ce qu'elle infligeait à son corps?

•

Quand Charles s'est enfin levé, joues rubicondes et tête trempée, en nage, il a reboutonné son paletot et même son col de chemise qui, bien pincé sur son large cou sans cravate, lui a conféré un air étrangement soumis. Il repartait déçu.

L'ayant raccompagné à la porte, Marion a craint qu'il ne tentât désespérément de donner du poids à sa visite, en lui reprochant encore son nouvel amant à mots couverts. C'était elle qui lui en avait appris l'existence, pour qu'il gardât ses distances quoi qu'il advînt, mais elle regrettait à présent de lui avoir ouvert cette brèche. Ayant conclu qu'Elvire n'avait rien raconté à son frère (brave Elvire! qui vous donnait chaque fois raison de lui avoir fait confiance et vous rendait à cause de cela si vulnérable), Marion se blâmait de n'avoir pas été aussi discrète qu'elle. Mais Charles ne s'est pas risqué de nouveau à suggérer que Marie-Paule leur reviendrait peut-être, comme par magie, s'ils s'entendaient mieux tous les deux.

Du palier, elle l'a regardé descendre jusqu'au rez-de-chaussée, puis elle a cru apercevoir dans la cage d'escalier vide l'enfilade des années où elle resterait seule, malgré les fragiles camaraderies de théâtre et les brefs réconforts amoureux.

Niché dans la bibliothèque aux rayons surchargés, le mini-téléviseur est allumé. Son écran pas plus gros qu'une soucoupe, à la fois figé et liquide, offre un concentré de couleurs froides qui entament tout juste l'obscurité, ne tirent l'œil que par accident. Sur le couvre-pieds, le récepteur du téléphone est décroché. Il y a un moment que Marion est assise sur le canapé, les jambes sur la table basse, le corps affaissé mais la tête droite, retenue dans cette position par quelque petit nerf obstiné. Combattant ses réflexions lentes, désordonnées, elle est saisie de temps à autre par une image pénible d'elle-même. Dans un bureau désaffecté, semé d'ordures parce qu'on y a campé, elle est debout sur une table, puis à quatre pattes et près de s'effondrer. Forcée de mimer les gestes d'un homme ivre, grotesquement pénétré de lui-même, elle raidit le cou de révolte et de mépris, avec ce qui lui reste de dignité. Ses mouvements s'appesantissent, se brisent et se refont tant qu'elle continue d'être un miroir vivant. À ses pieds, une demi-douzaine d'hommes l'injurient. Aussi fiers que dégoûtés, ils secouent à toutes mains le bureau où elle a peine à garder l'équilibre, sa vie déjà en éclats et son corps, auparavant séducteur et sûr de lui, maintenant désarticulé.

Fermant les yeux pour effacer cette vision, Marion se revoit ramassée dans un coin, cuisses et bras endoloris. Parmi des cartons de fast-food maculés, des bouteilles vides et des dossiers éventrés, elle caresse d'une main les cheveux de Marie-Paule et serre de l'autre son visage, si délicate la mâchoire, si fraîche la joue. Elle se cramponne avec douceur à l'enfant ou tâche de l'apaiser, pendant qu'elle grignote un sandwich en pleurant contre sa poitrine, sans plus de conviction tant elle est fatiguée.

Mais la mère inconsolable, penchée sur la fillette qui geint d'une voix distraite, lui est aussi intolérable que l'effeuilleuse. C'est ce fantôme d'événement qui les empêche de regarder posément en arrière, raisonne-t-elle, c'est avec lui que finissent le désir de comprendre et la complicité, en lui que sont aspirées toutes les intentions généreuses d'avant et d'après, comme dans un puits perdu. Le plus malheureux est qu'ils n'ont pas le courage de le reconnaître, et d'abord celui d'exhumer cet épisode.

Marion soupire en tournant la tête vers la salle de bains qui, tout au bout du local, a l'aspect d'une boîte poussée dans l'encoignure. Au-delà de la noirceur du coin-salon, la porte en est ouverte sur une lueur jaune et vaporeuse. Marion ne se rappelle pas y avoir allumé. Debout en face du lavabo, Marie-Paule est immobile. L'air très grande parce qu'elle est nue, les cheveux sombres et inégalement effilés sur la nuque, bouclés et maigres du fait qu'ils sont mouillés, elle a le front penché comme si elle s'examinait le ventre. Ne s'embarrassant pas de sa nudité en présence de sa mère, elle attend que la circulation de l'air assèche le miroir voilé de buée. Avec un naturel absolu, qui ne viendrait à une autre que de la certitude d'être seule, elle donne à voir un dos long, des épaules un peu fortes pour le reste de son corps, des hanches et des fesses sans rondeurs, mais des jambes telles qu'on ne la prendrait pas pour un garçon. Elle est revenue vivre avec sa mère, le temps que des amis de la campagne se trouvent un appartement et lui rendent le sien qu'elle leur a prêté. Marion devrait aimer cette intimité retrouvée, mais elle se sent tenue à distance, ignorée. Lorsque sa fille fait un quart de tour sur elle-même et cherche ses mules de la pointe des pieds, Marion est d'abord intriguée, ses yeux pressentant une étrangeté sans savoir la repérer, puis elle est stupéfiée. C'est à cause de ce sexe blanc, lisse et sans ombre, ce sexe rasé qui pourrait être celui d'une enfant et qui fait saillie sur ce corps glabre, tout de peau, délicatement pervers dans sa carnation unie et son enflure insolente.

●

Marion s'est levée pour aller éteindre. En se dirigeant vers la salle de bains, elle s'émeut de nouveau de la petite Marie-Paule qui, dressée sur un banc, lente et laborieuse, le visage et les coudes dans le lavabo, se brossait les dents toute nue parce que Marion aimait l'endormir sur le canapé en l'enveloppant contre elle dans sa robe de chambre, et ne lui enfilait sa chemise de nuit que longtemps après l'avoir sortie de la baignoire.

Et si tout ce qui arrive était sa faute? Si elle avait dû commencer de s'inquiéter bien avant pour sa fille? Oh! si seulement quelqu'un, quelque chose, l'avait empêchée de partir!

V

Dans la pêche sombre luit le noyau

Les couvertures étaient défaites, ses pieds découverts. En lançant et en roulant les jambes de tous côtés pour réparer le désordre de son lit, Vincent n'avait fait que le rabattre sur sa poitrine. Il était plus de minuit, et il ne dormait toujours pas.

La fenêtre de la chambre donnait sur un ciel blanc de pleine lune. Elle laissait entrer un air frisquet de fin d'octobre par larges bouffées, qui frappaient sa peau comme des masses d'eau. Mais Vincent ne faisait pas la différence entre le frisson permanent dont il était saisi et la sensation d'être extraordinairement alerte. Il se sentait plus ferme et musculeux, plus dur à la vie, plus propre et lucide du fait qu'il avait froid, voilà tout. La fenêtre resterait donc ouverte jusqu'à ce qu'un matin vif et piquant fît s'échapper de ses lèvres un souffle en buée, car au petit jour l'atmosphère de la pièce ne ferait plus qu'un avec celle du dehors, et il se réveillerait aussi misérable entre ses draps cassants que s'il avait dormi aux quatre vents, sur le toit de la maison ou sur le gazon givré.

L'arceau des écouteurs de son walkman, qu'il n'avait pas enlevé même pour faire sa toilette, était encore rivé à sa nuque. Les coussinets de mousse se dressaient sous ses mâchoires, mais ne le gênaient pas plus qu'un bijou dont il aurait eu l'habitude. Par mesure de prudence, il avait rangé son cahier de poésie et son dictionnaire dans un tiroir. À ses côtés, toutefois, sa lampe de poche aurait pu trahir l'intense activité clandestine qui avait précédé cet état d'effervescence immobile, semblable à l'attente. La tête trop basse sur l'oreiller creusé, Vincent ne songeait pas à en secouer la bourre pour le regonfler. La nuit lui appartenait davantage, croyait-il, lorsqu'il résistait à ses petits malaises. Gardant sans effort les yeux grands ouverts, il a pensé aux histoires que sa mère lui racontait à propos de «son refus de dormir quand il était bébé».

Il avait été un enfant facile, disait-elle, sauf les premières années où il ne voulait pas se coucher, se laisser tomber de sommeil, figurez-vous. À l'heure de la sieste, passait toujours, mais le soir, mais la nuit. Un rien le tenait éveillé, les yeux ronds comme des assiettes, et il sursautait au moindre frottement de chaussettes sur le plancher. «Hypertonie», avait diagnostiqué le médecin, et ce mot savant s'était vite intégré au vocabulaire de la famille. C'est qu'on avait du mal aussi à l'étendre dans sa couchette, tant il se cabrait, se durcissait, se renversait brusquement en arrière, se regimbait. À mesure que ses muscles avaient gagné en solidité, il avait même refusé de se laisser bercer, se faisant si inflexible qu'on était contraint de le tenir à distance de soi, presque en l'air et en position verticale. Plus tard, tout aussi rétif et têtu, il n'avait consenti à s'asseoir sur les genoux de personne: ses jambes s'enrayaient dès qu'on le soulevait de terre, et il s'efforçait de rester debout par tous les moyens, de se planter bien droit sur vos cuisses et de s'y hausser en les foulant, en les piétinant. Pas étonnant qu'il eût développé de petits mollets charnus, dont malheureusement il ne subsistait plus rien, pas même un soupçon de rondeur. Il fallait

voir ces tristes photos de bébé aux yeux cernés, manquant de sommeil, oui, sûrement épuisé. Ne s'en était-
elle pas fait du mauvais sang, poursuivait Jeanne, ne
s'était-elle pas tourmentée à le surveiller dans le noir
de sa chambre, en espérant que ses prunelles sévères
s'éteindraient, ses poings se desserreraient? Et quelle
mère ne se serait pas blâmée de ne pouvoir calmer
son bébé?...

À tous coups, Vincent était agacé par ce portrait
de lui-même. D'abord il s'en voulait de ses insomnies
d'alors, gazouillements intarissables ou crises de
rage, ensuite il se sentait à la merci du discours de sa
mère et enfermé dans ses souvenirs. En présence de
Charles ou d'Elvire, le récit de ces drames ranimait
d'anciens désaccords poliment obstinés, qui ne faisaient qu'ajouter à son embarras.

Allons, Jeanne! il ne fallait pas exagérer, dès que
ce petit pleurnichait ou repoussait un plat, protestait
Charles, elle disait qu'il était fatigué, elle faisait des
pieds et des mains pour le mettre au lit, menait un
combat dont elle sortirait peut-être excédée, peut-
être incertaine d'avoir fait ce qu'il fallait, mais fatalement victorieuse, pauvre petit! qui devait rester des
heures à jaser dans sa couchette, hein, Vincent?...
Alors là il y avait erreur, rétorquait Jeanne, cet
enfant-là n'était pas à plaindre, on s'arrachait l'âme
à deviner ce qu'il voulait, ce qui l'indisposait,
d'ailleurs s'il tenait de sa mère, et le monde entier ne
convenait-il pas qu'il était sa parfaite réplique, il
devait avoir besoin d'un peu plus de repos que les
autres... Oui, mais des cernes sous les yeux, Elvire
intervenait-elle, n'en avait-il pas toujours eu? elle-
même trouvait ça plutôt joli, comme une ombre

résistant à tous les éclairages, allez, si cet enfant avait paru trop sensible aux bruits de la maison, c'était peut-être qu'il n'aimait pas être dérangé ou qu'il était un bébé très curieux?...

Sur quoi Vincent s'éclipsait, rassuré par la tournure que prenait la conversation grâce à sa chère Elvire, qui savait mettre le doigt sur les bonnes intentions accablantes de sa mère.

•

Les bras serrés le long du corps pour se défendre du froid, il avait des aiguilles dans les yeux à force de fixer le même carré de ciel plombé. Ayant longtemps écrit au lit, il sentait pointer et brûler ses coudes dans les plis du drap, tandis qu'il marmottait de mémoire les poèmes qu'il venait de composer. Le premier imaginait un tableau peint par Elvire, où les taches de couleur étaient des fruits dont la chair s'était épandue et la forme avait coulé, couvrant la toile d'éclats de lumière jaune, verte ou mauve. Le deuxième décrivait une statue qu'un vent doux ne cessait de refaçonner, au milieu d'un terrain vague, comme il aurait creusé ou lissé une sculpture de sable. Le troisième mettait en scène un enfant tenté de se jeter en bas d'un escalier, qui se voyait déjà morcelé mais ramassé dans un petit monceau sur les carreaux, débris de verre poussés avec un balai.

Rien ne clochait, tout y était. Parti de choses familières, Vincent avait court-circuité leurs rapports pour mettre en danger ce qu'il connaissait, en laissant poindre en lui une petite déraison, oui, il avait suivi à la lettre les instructions inscrites par le maître sur le tableau noir.

Tendu mais heureux, il avait commencé d'accentuer la finale de chaque vers d'un coup de front, disant par exemple en trois mouvements «dans la pêche sombre / luit le noyau / qui la fait ronde», lorsque la faim l'a pris. À table il avait eu l'impression d'être plein comme une noix après une bouchée de pommes en purée, et puis ses poèmes avaient peut-être sur lui le même effet que sur son professeur, qui se plaignait de ce qu'ils le mettaient en appétit. La plaisanterie était née d'un cours sur «les obsessions du poète». Passant entre les rangées et laissant tomber un bref commentaire sur chaque pupitre, le professeur avait relevé la passion de Vincent pour «les choses comestibles» et déploré qu'elle ne fît engraisser que «son lecteur». Revenu devant la classe, il avait parlé des idées fixes qui habitaient la poésie comme des oiseaux un jardin, invisibles jusqu'au moment où on faisait attention à leurs piaillements et à leurs froissements d'ailes, où on découvrait peut-être même qu'ils étaient l'unique feuillage des arbres.

Depuis ce jour-là, Vincent ne réprimait plus ses pensées de nourriture en écrivant, mais il n'osait pas pour l'instant aller fouiller dans le réfrigérateur. Son père n'était pas rentré, et il aurait pu le surprendre.

Le cœur d'une incroyable légèreté, sur le bord des lèvres, il a ramené les mains sur son ventre qu'il a trouvé agréablement plat. Sa faim ne lui était pas douloureuse, mais gratifiante. Tout entier mobilisé par les contractions de son estomac, il croyait découvrir enfin son centre de gravité, avoir au moins une raison de supposer que ses autres sensations avaient aussi leur source en lui-même.

•

Vincent prenait garde de ne plus bouger, comme pour éterniser le présent. Depuis qu'il aimait la nuit, il était stupéfait de ce qu'il y entendait en prêtant l'oreille. La nuque cambrée, il était arc-bouté de la tête à la cloison. Lui et son frère dormant crâne contre crâne, il a reconnu la respiration lourde qui précédait ses matins de migraine, puis les protestations bourrues qui mouraient dans son cou, puis les menus claquements de son réveil à quartz.

Du côté de la rue, deux chambres plus loin, Jeanne qui était d'ordinaire si prompte à tirer sur elle les couvertures, pour signaler qu'elle ne devait plus être dérangée, était assise près de la fenêtre en encorbellement sur la chaise de velours qui ne servait jamais, du moins Vincent l'aurait-il juré, car les bruissements rapides et glacés qu'il avait perçus en allant à la salle de bains ne pouvaient être que ceux de son peignoir, dont les pans glissaient lorsqu'elle décroisait et recroisait les jambes.

Quant à Céline, qui ne laissait plus rien transpirer de ce qu'elle devenait, et dont les occupations étaient chaque soir silencieuses, Vincent s'étonnait qu'elle pût montrer la même réserve en dormant, s'empêcher de rêver à haute voix ou de se remuer.

Et s'il avait l'ouïe trop fine? si la nuit ne résonnait pas vraiment de ces bruits grouillants ou épars? si son frère se moquait à bon droit de ses «oreilles tendres»? quoique rien ne l'autorisât à railler d'abord celle qui était un tantinet triangulaire, l'ourlet toujours rouge et quasi transparent s'ouvrant en bec vers l'arrière.

Le corps en suspens pour mieux écouter, Vincent ne voulait s'inquiéter pour le moment ni des particularités de son anatomie ni des méchancetés d'Alex. Dans l'obscurité froide et pâle qui infiltrait la maison, qui en saturait l'espace au point que les murs ne faisaient plus selon lui que découper artificiellement la nuit, il se complaisait dans l'extrême acuité de ses sens comme dans une forme de clairvoyance. Les autres étaient livrés à leurs corps, temporairement désertés par toute volonté et toute faculté, leurs masses amorphes touchantes à imaginer, excepté Jeanne peut-être. Surexcité en-dedans, Vincent pressentait que tous les bruits vers lesquels il se portait, physiquement et mentalement, auraient bientôt le pouvoir de le soulever de son lit, comme par lévitation. C'est qu'il perdait le sens de sa pesanteur, c'est qu'il avait la tête, l'estomac, oui, si légers.

●

Ne pouvant ni s'assoupir, ni prendre la cuisine d'assaut, ni errer seul au rez-de-chaussée, Vincent allait ressortir son cahier lorsque doucement, très doucement dans le vestibule une clé a désengagé le pêne de la gâche. Quelques secondes plus tard la porte s'ouvrait. Pris de palpitations irraisonnées, comme toujours lorsqu'on rentrait après qu'il se fut couché, Vincent a vu en pensée son père avancer sur la pointe des pieds et engoncer le cou dans les épaules par souci de se ralentir, d'amoindrir le bruit de ses pas. Toutefois Charles n'avait pas plus tôt entrechoqué des cintres par mégarde, en suspendant son paletot, que Jeanne se précipitait hors de sa chambre. S'agrippant sans doute d'une main à la rampe, elle a pivoté autour des derniers balustres dans un froissement de jupe qui s'ouvrait et volait, puis a descendu les marches en vitesse mais par à-coups, pour ne pas perdre ses mules qui claquaient. Alors Vincent, qui serrait les paupières dans un effort de concentration, a cru sentir s'exhaler des plis du peignoir l'odeur un peu lourde et enivrante de sa mère.

Elle a dû se trouver face à face avec Charles au bas de l'escalier, où un instant ils ont semblé immobiles et muets. Puis Charles a dit qu'il ne voulait pas discuter, non, qu'il n'avait pas l'intention de s'asseoir au salon, qu'il était crevé et devait se mettre au lit. Il avait adopté un ton de conversation normale, mais dans le noir ce ton avait dû être retentissant de défi. Après une deuxième pause, un faux silence où Vincent a fini par discerner les chuchotements de sa mère, Charles s'est relancé dans ses protestations. Sa voix était maintenant tranchante, délibérément trop élevée compte tenu de l'heure, afin que Jeanne ne se risquât plus à lui parler.

Vincent est sorti de son lit. Penché en avant, une main prudente appuyée sur le chambranle de sa porte, il a épié. Jeanne pressait Charles de murmures anxieux. Gardant la tête froide, elle avouait souffrir mais refusait d'émouvoir. Autant que Vincent pouvait en juger, elle barrait le passage à Charles de telle manière qu'il n'aurait pu monter sans la bousculer. De guerre lasse, Charles est allé s'attabler dans la salle à manger. Vincent a eu la mort dans l'âme en reconnaissant que ses parents en étaient là, et pas seulement cette nuit-là, mais depuis des mois.

•

Les noms de Marie-Paule et de Marion, qu'ils évitaient en temps normal de prononcer mais se jetaient depuis peu à la tête telles des impertinences, avaient pour effet d'écourter soudain les phrases ou de déclencher des ruminations égoïstes.

À l'ancien aérodrome où Paule…? répétait Jeanne incrédule, mais ces courses de stock-cars ne lui mettaient-elles pas les nerfs en boule? Franchement, Charles!… Fallait-il qu'elle devinât chaque soir où il allait, une fois son travail terminé et la boutique fermée? Car il ne se cachait sûrement pas dans son bureau toutes lumières éteintes. Oui, éteintes. Oui, elle était souvent passée par là en voiture dans l'espoir de le ramener avec elle. Cette nouvelle habitude qu'il avait de ne rentrer que dans une maison endormie, c'était aussi inquiétant qu'exaspérant. Sans compter que, les dimanches, elle n'avait pas le temps de lui tourner le dos qu'il s'échappait. Il devait convenir que c'était vexant. Elle pensait à Marion et elle paniquait, c'était plus fort qu'elle. Au cours de l'été, elle avait tâché de comprendre son besoin de la revoir. Mais maintenant, Marion, que pouvait-elle pour lui? Marion! Marion!… Pendant des semaines ils s'abstenaient d'en faire mention, comme si cela devait leur porter malheur, les dresser l'un contre l'autre, les rendre déraisonnables en agitant de vieilles peurs ridicules, puis de but en blanc, de préférence au beau milieu de la nuit, il n'y en avait plus que pour elle.

Mais qu'est-ce que Marion venait encore faire là-dedans? Lui avait perdu sa fille et…

Ça! ce n'était pas établi. Paule avait peut-être coupé le cordon pour repartir de zéro, dans un entourage neuf, parce qu'ici ses histoires ne prenaient plus.

Allons bon, elle n'allait pas remettre ça! Il ignorait où trouver sa fille, il s'en désespérait au point de se sentir malade, ça lui donnait bien le droit d'être étrange, non? Il lui arrivait de ne plus pouvoir respirer, ou rattraper son souffle. Se figurait-elle un peu? En allant traîner sa misère ailleurs, il croyait épargner sa famille. Quand même! il aurait voulu l'y voir.

Bien sûr! Paule était sa fille à lui, pas la sienne. Et ça ne changeait rien qu'elle eût essayé d'être une mère pour elle. Mais cette enfant l'avait détestée avant même de la rencontrer. Charles n'aurait pu le nier, quoiqu'il avait feint de ne pas s'en apercevoir à l'époque. Le pire, c'était que Paule l'avait tout de suite traitée en rivale, alors qu'elle ne semblait même pas s'intéresser à son père, même pas être jalouse de lui. Sans doute était-ce son amour maladif pour Marion qui avait tout empêché.

Maladif?... Évidemment, tout ce qui touchait Marion de près ou de loin ne pouvait être que dangereux, répréhensible, maladif. Non, mais enfin!...

Son père s'indignant à pleine voix, Vincent a conclu amèrement qu'il avait toujours des poumons, malgré les excuses de santé alléguées plus tôt. Les plaintes et les démentis tournaient en une surenchère de petites avanies, de petites colères, s'enflaient dans la maison sombre. Ils s'en fichaient bien pour l'instant, Jeanne et Charles, de leurs trois enfants effarés, qui se tenaient au seuil de leurs chambres comme au bord d'un précipice.

•

Vincent imaginait que la disparition de Marie-Paule, en créant un vide, les faisait se jeter l'un sur l'autre généralement sans broncher, tels des fous s'agrippant par les épaules et se secouant en silence, jusqu'à se disloquer les membres. Toutefois, il n'était pas plus naïf que son frère et sa sœur. Ce qui envenimait les choses, c'était que dans ce vide se manifestait à tout instant Marion, pas la vraie, non, mais plutôt comme une étrangère jamais vue qu'en photo, dont la pensée les aurait tous rendus méfiants ou languissants.

S'il fallait en juger par les deux matins où Charles s'était montré impatient dès le saut du lit, dans le but manifeste d'ôter à quiconque l'envie de lui parler, de même qu'au retour de sa première visite chez l'actrice, il ne devait pas l'avoir vue plus de trois fois. Lorsqu'il partait à l'épicerie du coin et revenait des heures plus tard sans rapporter de provisions, il suggérait toutes sortes de trahisons et suscitait toutes sortes d'agacements, mais Vincent avait découvert son refuge dans un parc. Beau temps mauvais temps, Charles laissait tout en plan pour aller s'y asseoir. À l'abri de la rue derrière un buisson, il regardait devant lui comme dans l'attente d'une nouvelle renversante, ou fixait ses mains abandonnées sur ses cuisses.

Vincent hésitait à dévoiler le secret de ses louches équipées, paquets oubliés dans les magasins, recherches infructueuses. Il éprouvait de la pitié chaque fois qu'il trouvait son père dans ce parc, s'étonnant avec honte de ce sentiment déplacé et se croyant coupable d'une terrible indiscrétion. Et puis, il ne voulait pas compromettre ces instants de solitude arrachés aux routines familiales.

Il aurait pourtant aimé rassurer sa mère, l'empêcher de s'égarer en conjectures injustes ou insensées, car son affolement devenait insupportable. Quelques heures plus tôt, elle allait et venait en tous sens, créait un tourbillon où dissiper ses réflexions. En robe sur le perron venteux, elle avait d'abord battu les carpettes du pas de chaque porte (mais devait-on s'essuyer les pieds en passant d'une pièce à l'autre?), puis elle avait récuré les éviers, chassé les cernes d'eau sur le plancher de la cuisine et fait disparaître dans les tiroirs tout ce qui lui tombait sous la main, forçant ses trois enfants à l'aider jusqu'à ce qu'ils n'osassent plus se servir de rien, ni même bouger. Ce n'était qu'en faisant sa toilette qu'elle avait paru se calmer. Il n'était pas dans ses habitudes de veiller, d'attendre Charles, toutefois Vincent l'avait vue se remaquiller avant de se retirer dans sa chambre. Sans doute avait-elle résolu de ne pas même poser la tête sur l'oreiller (elle n'allait pas y «laisser fondre ses yeux et ses joues», ainsi qu'elle grondait Céline de le faire); sans doute avait-elle souhaité offrir à Charles un teint rosé et des lèvres fraîches repeintes, plutôt que sa figure fade de l'heure du coucher, au cas où il viendrait de quitter Marion.

Car si Jeanne s'inventait une coquetterie moins impeccable, moins réglée sur sa montre, Vincent n'aurait pas été surpris que l'actrice y fût pour quelque chose. Mais à quoi arriverait-elle, sans l'agréable mollesse que Céline prêtait à Marion? Avec ses hanches un peu fortes, souvent compressées dans des jupes étroites, avec ses épaules larges et droites haussées en permanence, avec sa nuque tendue comme un arc qui la faisait regarder par en dessous, au prix d'un effort soutenu, avec ses cheveux noirs et courts aux reflets de henné, bouclés avec une précision étudiée autour du visage, avec ses chevilles grêles et ses mollets élancés qui, beaucoup trop fins pour ses cuisses, faisaient l'admiration de Vincent, avec ses seins haut pointés se détachant avec netteté dans des soutiens-gorge solides, avec sa longue silhouette imposante qui faisait dire au père de Charles qu'elle était «une merveilleuse grande femme», n'était-elle pas d'une beauté trop ferme et contrôlée, par nature autant que par penchant?

En dépit de ses manœuvres timides, elle continuait d'encourir les reproches ou les silences de plus en plus véhéments de Charles. Ainsi Vincent entendait-il maintenant son père demander à sa mère comment diable elle pouvait être si dure et partiale, si sûre de ses principes et dégoûtée de la vie des autres, si convaincue de l'exemplarité de sa famille qui recelait pourtant son lot de monstruosités. Elle-même n'avait-elle pas épousé un homme divorcé? Oh lui! ça n'était pas pareil, objecterait-elle. Mais ne se rendait-elle pas compte qu'ils étaient aussi malheureux et incapables que n'importe qui, aussi indomptés et minés par leurs compromis, aussi dérisoires avec leurs prétentions au bonheur sans nuages, dans leur maison toujours propre où personne n'était autorisé à jurer, à élever la voix, à faire un vacarme d'enfer si ça lui chantait? Ils n'étaient pas plus immunisés que leurs voisins contre les erreurs et les échecs, les petits scandales… Ne voyait-elle pas qu'elle était malvenue à dénigrer, fût-ce en termes voilés, une femme dont elle refusait de rien savoir depuis quinze ans et qui n'avait jamais tenté de lui nuire, jamais présenté le moindre danger pour elle? Parce que Marion ne l'enviait pas, et cela non plus n'était pas une raison pour la détester.

●

Vincent a échangé des regards abrutis de chagrin avec Céline et Alex, toujours postés comme lui à l'entrée de leurs chambres. Peu désireux d'écouter le reste, il allait frileusement retourner se coucher, toutefois il se rendait à l'évidence: même de son lit, il ne perdrait pas une syllabe. Aussi haineux qu'offensé, il était prêt à renier ses parents, qui auraient de la peine désormais à renverser la vapeur.

Il était toujours là, son corps manquant de décision, lorsqu'il a remarqué qu'Alex s'engageait dans le corridor. Il marchait à pas si lents, en pleurnichant et en suivant devant lui ses longs bras ballants, qu'il paraissait porté par une petite crise de somnambulisme. Arrivé à la balustrade de l'escalier, il s'y est accroché sans vigueur en s'affaissant sur les talons, et a poussé son visage trop large entre les colonnettes. Il gémissait quelque chose qui ressemblait à «tais-toi, papa, tais-toi».

Au bout d'un moment Céline l'a rejoint. D'abord elle s'est courbée sur lui en mettant un bras autour de son épaule et l'a secoué avec affection, puis elle s'est penchée périlleusement sur la rampe en criant «Avez-vous bientôt fini!»

Hors d'elle, tremblante, elle a hésité avant de relever Alex pour le ramener dans sa chambre. Alors, Vincent l'a vue raide de remords mais aussi de colère, tentée de rattraper ses mots ou de les répéter avec plus de force encore.

Sous un parapluie dont les bords pissaient l'eau, en déversaient de larges pans lorsqu'il s'inclinait, Charles était exaspéré par les difficultés que Céline et Alex lui faisaient depuis une bonne heure. Visiblement, il regrettait d'avoir prévu une visite chez sa mère pour ce samedi-là. Lui non plus n'était pas d'humeur à se lancer dans une expédition familiale où chacun des enfants, pour ne pas ruiner le pauvre plaisir des parents, contiendrait son impatience et cacherait son ennui, se plierait à l'obligation de s'amuser et de faire bonne figure, jusqu'à ce qu'on lui donnât le signal de la fin, mais il n'admettait pas qu'Alex et Céline fissent tant d'histoires.

Ces deux-là étaient remontés se changer plusieurs fois, après s'être calés tour à tour dans un fauteuil en refusant de se remuer. Charles et Jeanne, incapables d'accorder leurs effets d'autorité, n'étaient jamais disposés à fermer les yeux en même temps sur ce qu'ils appelaient des accoutrements d'aguicheuse ou de clocharde, de crooner ou de filou. Ils jouaient tantôt les adultes libéraux et sensés (allez, ils pouvaient se déguiser pour traîner autour de la maison, mais leur grand-mère! elle ne saurait plus où regarder et serait moralement dépaysée), tantôt les adultes démontés (quelle belle paire ils faisaient, les petits durs en guenilles, les acteurs de trois pommes! et eux devaient se montrer dehors avec ça).

Après un tumulte de délibérations, Jeanne et Charles avaient convenu de se relayer. Tandis que Vincent attendait dans la voiture avec sa mère, c'était son père qui s'escrimait pour l'instant à tirer les deux autres du salon. Aux dernières nouvelles, Alex avait consenti à rincer ses cheveux plaqués en arrière et pommadés, mais tempêtait toujours pour ne pas porter les «stupides bottes de plastique jaune» que Jeanne lui avait achetées contre son gré, et Céline soutenait qu'elle n'avait aucune raison d'aller mariner dans la voiture qui, toutes vitres levées, devait être une véritable étuve, tant que son frère se baladait à pieds de bas.

Vincent se sentait l'esprit immensément clair, mais dispersé, le corps veule d'avoir fait des exercices sur le cheval d'arçons du gymnase scolaire, comme chaque matin depuis un mois. Il se rendait compte que son père et sa mère faisaient bloc contre leurs enfants, pour présenter l'image d'un couple uni, mais affectaient aussi de se ranger de leur côté dans des apartés complices. Sur la banquette arrière où il aurait pu se prétendre évaporé, évanoui en esprit aérien, s'il n'avait été dérangé à tout moment par des disputes entre ses parents, il imaginait donc assez bien les bassesses et les minauderies auxquelles ils devaient se livrer dans le salon.

Sa mère croyait avoir au moins un allié sûr. À peine reprenait-elle place dans la voiture qu'elle entreprenait de ravager le cœur de Vincent. «Tu as vu comment ton père me parle? se plaignait-elle, les yeux égarés quelque part au-delà du pare-brise, pour ne pas avoir l'air de chercher l'assentiment de son fils. Mais qu'est-ce que je lui ai fait? Tu peux me le dire? Ta mère ne mérite pas un traitement pareil! Toi, tu ne lui ferais pas du mal comme ça...»

●

Vincent a fermé le cahier de poèmes qu'il tenait sur ses cuisses, et essuyé ses paumes soudain moites sur les pans de son manteau. La voix de sa mère avait changé. L'insomnie et la querelle de la nuit précédente pouvaient expliquer sa fragilité et son ton las, éraillé, mais c'était une douceur craintive ou résignée qui déconcertait Vincent du fait de sa nouveauté. Elle ne datait pourtant pas de ce matin-là.

Ses premières manifestations remontaient au lendemain d'un appel de Marion, chez qui Charles était allé lire sans délai une lettre de leur fille. Ni Vincent, ni son frère, ni sa sœur n'avaient été informés du contenu de cette lettre. Leur père avait simplement déclaré qu'elle était un tissu d'extravagances et de banalités, puis avait ajouté qu'il ne fallait pas s'inquiéter, qu'on faisait pour le mieux et qu'il était temps maintenant d'aller à l'école. Par la suite Jeanne avait pris avec Charles une voix haute et grêle, interrogative ou maladivement précautionneuse, et avait promené d'une pièce à l'autre le regard mi-atterré, mi-désemparé de ceux qui ont prédit mille fois ce qui leur arrive et n'en reviennent tout de même pas. Charles, qui avait déjà des attaques de morosité dont rien ne semblait pouvoir le faire revenir, non seulement s'était fait plus rare, mais avait commencé à déserter subitement la cuisine en laissant derrière lui de laborieux repas à moitié préparés. Alors les trois enfants avaient cru qu'elle renfermait, cette lettre de Marie-Paule, des révélations dérangeantes. Mais en accusant leur père de dissimulation, ils se blâmaient aussi de faire une entorse à la raison et aux faits. Les dates des lettres de Marie-Paule n'auraient-elles pas suffi à les bouleverser tous?

Le mécanicien, portant la tresse au dire de Céline! avait reçu trois autres lettres qu'il refusait de montrer à Charles. Elles étaient trop intimes, alléguait-il, un père en serait embarrassé. Toutes écrites dans la même ville en l'espace de cinq jours, elles portaient le même cachet attestant qu'elles avaient été postées ensemble des semaines plus tard, à Konya, n'était-ce pas là ce qu'il importait de savoir? Oui, à Konya, comme dans cône. Cône de sucre... Vincent s'en rappelait. C'était la ville où Marie-Paule avait vu des religieux en robe blanche s'étourdir dans un curieux ballet, des «derviches tourneurs» les avait-elle appelés dans sa seule carte postale à Vincent, disant que le tout premier avait été un poète.

Vincent avait assisté à plus d'une conversation menée par son père où, d'hypothèses fragiles en inspirations ingénieuses et effrayantes, sa demi-sœur tantôt perdait une liasse de lettres en même temps que ses papiers, tantôt en était dépossédée. Il en gardait un tas d'images vibrantes qu'il roulait souvent dans sa tête. Marie-Paule était victime d'un accident de voiture, qu'un conducteur paniqué tentait de cacher à la police en se débarrassant d'elle, ou en la séquestrant pour la soigner lui-même; elle était entraînée dans un immeuble abandonné et dépouillée de son sac, dont on déversait le contenu des rues plus loin, en s'enfuyant à toutes jambes; elle était atteinte de fièvre délirante ou d'amnésie dans un village reculé; elle était gavée de drogues… La bordée de lettres qui les avait tenus en haleine pendant sept ou huit jours les portait à soupçonner qu'un malheur était arrivé, autrement ne se seraient-ils pas sentis vicieusement maniés par Marie-Paule, ce qui aurait été presque aussi douloureux?

Vincent s'était découvert une inclination sombre et vive pour le pathétique qu'il avait la faculté de déréaliser. À présent il se répétait donc, avec une complaisance infinie dans le pouvoir de son imagination et une délectation froidement horrifiée, qu'on avait tué Marie-Paule, oui, tué, le mot était si net, puis déposé ses lettres dans une boîte publique pour suggérer qu'elle vivait toujours et confondre la police, ou réparer un peu le tort fait sous une rageuse et bizarre impulsion.

•

Il s'était remis à pleuvoir des clous. Vincent fixait les larges et rapides coulées d'eau qui épaississaient les vitres, et il s'émerveillait de la pesanteur des gouttes qui s'écrasaient sur le toit de la voiture, tels de petits corps solides. Il était presque heureux, tirant de chacune de ses sensations la certitude inattendue de son bien-être, lorsque son père a ouvert la portière pour se glisser au volant.

Jeanne est d'abord restée immobile pour bien souligner ce nouvel échec, puis s'est lancée dehors à son tour. La tête enfoncée en avant dans son parapluie, les jambes empêtrées dans son imperméable que le vent pressait contre elle en tournoyant, elle n'avait pas atteint le perron que Charles a molli lui aussi et réfléchi tout haut, défendu ses intentions et fait valoir, par exemple, que sa mère n'en avait plus pour longtemps à vivre, comme si la mort avait été un argument! s'est étonné Vincent.

Charles requérait dans le rétroviseur l'attention de son fils, mais lui ne voulait rien entendre: il étouffait les protestations de son père dans l'intensité assourdissante de ses pensées, à laquelle il s'efforçait de tout son être. Il aurait aimé s'abstraire tout à fait, entamer une autre page de son cahier et appeler des mots qui l'auraient occupé, oui, dans les deux sens du mot, écrire ainsi qu'il se plongeait dans ses livres étant petit, lorsque sa mère était partie sans lui ou se disputait avec son père, mais son cahier refermé sur un dessin d'Elvire, qui tenait lieu de signet, lui paraissait un objet indifférent sur ses genoux. Il se sentait si faible d'avoir fait des exercices, si agréablement lâche et léger, ses membres prêts à tomber, qu'il n'aurait pu ni tenir un crayon ni se concentrer.

C'était comme à l'école parfois. Lui que les activités compétitives angoissaient et qui avait plus de nerf que de muscle, s'était pris d'un intérêt forcené pour les classes d'éducation physique. Il s'exaltait en devançant le peloton des coureurs dans son maillot et son short transparents de sueur, le corps frêle, toujours près de s'écrouler, le cou offert et la tête renversée en arrière pour se retenir de choir de tout son long, s'exaltait aussi en fonçant sur le cheval d'arçons et en volant aveuglément autour, sans plus de poids qu'un oiseau mais armé d'une détermination de fer. Non qu'il souhaitât devenir aussi robuste que les élèves qui mesuraient leur tour de poitrine, leurs biceps et leurs mollets, dans la salle de douches ou le vestiaire, non qu'il souhaitât faire plaisir à son père et reproduire sa silhouette d'adulte costaud sans une once de gras, conscient de sa forme et discipliné. Comment aurait-il concilié les images d'homme que lui proposaient le monde extérieur et son père, celles que ses compagnons d'école copiaient avec une ardeur naïve en simulant un courage et une dureté imbéciles à ses yeux, une puissante aptitude à l'excitation ou à l'agressivité qui se donnait parfois pour une facilité à séduire les filles, avec le garçon à la tête froide qu'on lui demandait d'être à la maison, l'enfant responsable et délicat qu'il était depuis toujours avec sa mère? Non. Ce qui le portait à être impitoyable pour son corps, en poussant toujours plus loin les limites de sa résistance, c'était la volupté de remporter de petites victoires éclatantes sur lui-même, de s'exténuer jusqu'à ne plus exister que par la force même ténue de sa pensée, de frôler la perfection aussi bien que le danger, de se convaincre qu'il pouvait avoir un destin grisant.

L'euphorie de sa matinée s'étant dissipée avec les premières invectives échangées, Vincent se voyait de nouveau ballotté entre son père et sa mère, au lieu d'être béatement au-dessus de la situation. Victime d'une agitation qui l'excluait, livré à une sensibilité qu'Elvire disait «honteuse», il aspirait à se couler dans sa fatigue. Il a versé sur le côté en télescopant la pointe de son épaule dans la portière, et sa tempe lui a fait l'effet d'une pastille glacée sur la vitre embuée. Il n'était pas à l'aise, mais au moins il échappait à l'œil du rétroviseur, où son père ne lâchait plus que de brusques soupirs. Son regard s'émoussant sur le pare-brise comme sur un rideau de brouillard, il a été saisi par un lourd sentiment d'abandon.

Dans le parc de stationnement d'un hôpital, il n'avait soudain que cinq ou six ans. Le soleil de midi était haut et plein dans la blancheur de l'été. Oublié dans la voiture surchauffée dont sa mère lui avait défendu de trop baisser les vitres, parce qu'il ne s'agissait pas de tenter les kidnappeurs de petits garçons, il était distrait de lui-même par un chien qui gémissait à s'ouvrir la gorge dans un véhicule voisin, et qui lançait follement ses griffes contre le verre. Après avoir écarté maintes fois un plan d'évasion où il prenait ses jambes à son cou, s'engouffrait dans l'hôpital à la recherche de sa mère ou se retrouvait à la maison comme si de rien n'avait été, il se désintéressait là aussi de ce qui pouvait lui arriver.

●

Vincent s'est remué imperceptiblement pour se refaire un petit confort sur la banquette. Ce souvenir ayant ravivé en lui un lointain désarroi, il a préféré revenir aux lettres de Marie-Paule. Les beaux papiers moirés, imprimés comme des napperons brodés, les paragraphes couchés et clairsemés, puis tout droits et ramassés, les affreuses ratures et les rajouts, les post-scriptum tassés dans les bas de page et serpentant parfois dans les marges, ces dessins minuscules qui accompagnaient la signature, par exemple les trois poissons se mordant la queue empruntés à un bloc-notes, les timbres appliqués de travers et les enveloppes froissées, le manque de soin horrifiant et le gaspillage inadmissible, tout cela lui flottait dans la mémoire lorsque son père a établi le contact et allumé la radio, fait fonctionner les essuie-glaces et le ventilateur pour se donner l'illusion qu'il ne tarderait plus à démarrer. Vincent s'est redressé, prêt lui aussi pour un changement d'ambiance, et a aperçu Elvire à l'une des fenêtres de son studio au-dessus du garage. Tenant sous son menton la chope de grès dans laquelle elle buvait du thé tout le jour, elle devait sortir de la douche. Ses cheveux, dont la longueur surprenait du seul fait qu'ils étaient grisonnants, étaient aplatis autour de son visage et reposaient en mèches contournées sur ses épaules.

Tout à coup presque amoureux d'elle, qui lui rappelait que le monde n'était pas contenu dans les limites de cette voiture, avec la maison pour appendice, Vincent a imaginé ce qu'il ne voyait pas: les pieds nus à la fois maigres et forts dans des pantoufles chinoises de toile noire, les vêtements propres mais maculés et raidis de peinture séchée, les seins lourds et bas rarement enserrés dans un soutien-gorge lorsqu'elle travaillait, les hanches ni étroites ni rondes dont seule la masse était féminine, enfin la fraîcheur sans parfum qu'il associait à la luminosité de sa peau, un peu froissée mais d'un hâle indélébile même au cœur de l'hiver.

S'il n'avait craint de porter le coup de grâce à son père, il les aurait tous plantés là pour aller se réfugier chez elle. Grande et placide dans l'embrasure de la porte, elle l'aurait embrassé sur la tête comme chaque après-midi à son retour de l'école, l'aurait pressé contre elle dans une étreinte respectueuse, tandis que lui aurait mis la joue sur sa poitrine en s'étonnant une fois encore de son ampleur moelleuse. L'instant d'après, il se serait installé quelque part dans son désordre dont il comprenait la nécessité, près des grandes toiles souillées et rudes qu'elle étendait sur le plancher pour le protéger, près de l'établi encroûté et multicolore, des peintures adossées aux murs, de l'étagère de métal où elle rangeait bouteilles de solvant, pots couverts de dégoulinades, tubes et brosses, sacs de chiffons, palettes... Et quand elle se serait agenouillée sur un large tableau, il aurait été content que, ni pour elle ni pour lui, sa présence en ce lieu ne fût un événement.

Dans la cuisine minuscule du trois-pièces de sa grand-mère, Vincent battait une crème au beurre. Il aidait son père à apprêter le goûter, mais n'osait lui lancer de temps en temps que des regards par en dessous.

Les autres, qui marchaient sur des œufs dans le salon, parlaient bas chaque fois qu'il recommençait de faire claquer les tiroirs d'ustensiles, les portes du réfrigérateur et du garde-manger, disant que sa mère y était allée un peu fort, qu'elle n'avait pas à tout donner et à tout jeter, simplement parce qu'elle vendait la maison, bon, bon, elle n'aimait pas cuisiner, mais tout de même, si elle avait fait l'effort de servir des plats convenables à sa famille, elle aurait pu persévérer et bien se traiter elle-même, pas une gousse de vanille à l'horizon et pas un grain de café, qu'elle fît si peu de cas de sa personne, n'était-ce pas affligeant? ah, le temps de l'auberge était bien loin, mais pourquoi avoir tout distribué à droite et à gauche, sans même conserver un fouet, un tamis! ça n'était pas bien encombrant, ça, un tamis!

Dans le gilet gris à grosses mailles qui lui arrondissait le torse, dans la chemise blanche dont les manches fraîches repassées s'ouvraient au-dessus des coudes comme des ailes coupées et s'aplatissaient pour laisser large passage à des bras filiformes, dans le pantalon de coutil bleu marine qu'il lui fallait depuis peu plisser sous la ceinture pour le faire tenir,

Vincent n'était pas encore affecté par la chaleur du four qui se gonflait dans l'étroite pièce et incommodait son père.

Trois ans plus tôt, il avait été plus secoué qu'il n'aurait cru possible par la mort de son grand-père, somme toute distant envers les enfants, puis avait été aussi confondu que tout le monde par l'empressement de sa grand-mère à liquider la propriété de campagne, pour revenir s'installer en ville dans ce logement moderne et exigu. S'il était vrai qu'elle avait bien cuisiné toute sa vie, potages, ragoûts, terrines et tout, elle n'avait jamais caché sa préférence pour une nourriture fruste offerte en abondance, qui ne ruinait pas les estomacs mais ne les faisait pas paresseux non plus, admettant avec une ironie coupante, le visage à moitié détourné comme pour tenir des propos volontairement déplacés, qu'elle n'avait appris à faire la pâte feuilletée que pour être une épouse accomplie, par sens du devoir, par pur sens du devoir... Ainsi, rien ne disait qu'à présent elle ne mangeait pas à sa faim, ne se dorlotait pas à sa façon en achetant tantôt des plats cuisinés ou congelés, tantôt de grands steaks ou filets de poisson qu'elle pouvait faire frire en deux coups de spatule. Non, sa grand-mère ne devait se priver de rien, se répétait Vincent qui la trouvait plus vigoureuse que jamais. Et comment l'aurait-elle pu? Elle qui avait l'habitude, au dire de son père, de se frapper la poitrine de même qu'elle aurait fait son mea-culpa, lorsque ses enfants et plus tard ses petits-enfants ne faisaient que pignocher dans leurs plats?

Il a raclé le bol de crème au beurre, l'a fait reluire sans qu'il fût nécessaire de le rincer, puis a commencé de hacher fin des noix. Il en avait déjà repoussé trois petits monceaux identiques dans un coin du hachoir, lorsque sa grand-mère (ça ne manquait jamais) est entrée dans la cuisine tout absorbée par cette photo de lui à deux ans, en compagnie de son père devant un repas de fête et coiffé comme lui d'un bonnet de chef.

Regardez-moi ce beau bébé, ce corps potelé, ces boucles blondes, ah! il a bien changé, notre Vincent, même s'il est toujours le gâte-sauce de son père... brave garçon, va! tant que ça te plaît de jouer les marmitons avec mon grand snob de fils... ah! ta mère était bien comme moi, qui aimais mes petits avec des cuisses rebondies, des joues épaisses d'un rose épanoui, un ventre dans lequel on avait envie de mordre goulûment... mais quelle femme se serait sentie une bonne mère en élevant des enfants trop frêles! pourtant, à la naissance, il n'était pas appétissant, notre poupon... un haricot long et maigre... ah! non, non, je n'exagère pas!... et toi, Charles, ne t'en mêle pas! j'ai tant de plaisir à voir mon petit-fils, du reste qui lui racontera tout ça quand je serai partie?... pas joli, joli, ça non, la peau et les os... mais Vincent, tu n'as pas à les hacher si menu ces noix, Charles, dis-le lui donc... et ta mère, qu'elle s'en est longtemps fait du souci! qui voulait des bébés à l'air repu, au sourire enfoncé entre des joues débordantes, aux pieds rondelets... pas comme ce jeune échalas que j'ai sous les yeux!

Sur ces mots elle a pincé tendrement le menton de Vincent. Elle avait pris place sur l'autre chaise du coin-repas et, le front penché sur la photo dont elle tenait le cadre dressé sur ses cuisses, elle parlait par

accès tels ces gens qui sont réduits au silence pendant
de trop longues périodes et qui, une fois lancés, ont
du mal à s'interrompre. Parfois, se rendant compte
qu'elle était bien bavarde, elle agrippait ou tapotait
avec énergie le poignet de Vincent pour lui demander
de la pardonner.

Bien sûr que ta mère l'adorait, son chicot
d'amour, a-t-elle poursuivi, autrement elle n'aurait
pas tout fait pour l'engraisser, pas tenté de le gaver
dès qu'il ouvrait les yeux, faisait la moue ou se mettait à pleurer, pas inventé ces folles histoires d'insomnies... oh! non, qu'on ne vienne pas le nier! d'ailleurs
personne n'a jamais douté de ses bons motifs, elle ne
supportait pas la vue de ce maigre torse allongé, de
cette loche blanche, voilà tout... pauvre Vincent! qui
était plus chétif dans sa cuvette qu'un agneau de lait,
plus raide et apeuré qu'un chat mouillé, oh! elle a
réussi à en faire un bon gros bébé, mais il a bien
reperdu tout ça, notre Vincent!... moi, je ne pouvais
pas souffrir de voir les miens taper sur leur cuillère de
purée, repousser leur biberon, serrer les lèvres en renversant la tête comme des démons... là, ça me revient
toujours si vivement, les scènes terribles qu'ils me faisaient... seulement je ne me serais pas laissée aller,
même poussée à bout, à leur donner des sucreries
pour leur rembourrer les côtes, des compotes et des
tapiocas, des fruits trempés dans le miel... c'était
trop commode, cette façon de s'assurer les sourires
d'un petit... et Vincent qui avalait tout sans renâcler,
avec patience, qui était parfois si plein qu'il donnait
l'impression d'avoir été terrassé sur sa chaise haute...
ah! il a fallu que le médecin la réprimande, ta mère,
et vertement... mais les conseils d'un professionnel,

ça lui a aussi tourné l'esprit... du jour au lendemain, les repas et les collations sont devenus une affaire scientifique, horaires fixes et rations à avaler jusqu'à la dernière bouchée, quel désagrément, quelle torture pour un enfant... ta mère était alors enceinte, Vincent, oui, et pas très bien... heureusement, ces bêtises n'ont pas duré.

Les épaules ramassées, trop étroites pour sa poitrine plantureuse et tombante que moulait un de ses éternels pulls de cachemire, elle secouait la tête depuis un moment sans savoir lequel de ses souvenirs repêcher ensuite, lorsque des voix grésillantes et une musique dramatique sont parvenues du salon. Vincent a redressé le front et aperçu sa mère qui les observait du cadre de la porte: un coude dans une main, elle maniait nerveusement le bouton du col de son chemisier en attendant de toute évidence que la rengaine prît fin; derrière elle, Céline et Alex étaient affalés devant un vieux film de l'après-midi.

Blanche, vous n'avez pas encore sorti la photo des bonnets de cuisinier, a commenté Jeanne en abaissant les paupières sur un regard délibérément éteint, d'un ton où la lassitude l'emportait sur l'agacement.

Eh oui! ils faisaient une charmante paire, a repris Blanche, avec la détermination apprêtée des gens qui n'entendent que ce qu'ils veulent. Depuis, ils ne semblent jamais mieux se comprendre que lorsqu'ils sont tous deux penchés sur un bol d'aspic ou une pâte à beignets, c'est tout de même singulier... parce que ta mère, Vincent, ne savait plus vers qui ni vers quoi se tourner après la naissance d'Alex, tellement elle avait de besogne à abattre et se faisait des montagnes de ses obligations… alors toi, eh bien! toi, tu n'avais plus qu'à te jeter dans les bras de ton père… oh! ça ne t'a pas fait de tort! ta mère n'était pas la seule à pouvoir te nourrir, te baigner, t'embrasser… mais ce qu'elle était démoralisée, notre Jeanne, d'avoir eu un bébé tandis que son plus jeune était encore dans ses couches… elle n'avait plus assez de mains pour mener la maison, la garder propre… ah! elle a fait de toi un petit pion tranquille, Vincent! elle ne tolérait plus que Céline et toi vous lanciez dans vos entreprises d'enfants, vos manigances de broutilles, tes jeux industrieux, si tu t'étais vu! qui savais à peine marcher et qui restais debout au milieu de la cuisine pendant des heures, chancelant mais incapable de te rasseoir tout seul, indifférent au reste du monde comme à ta petite personne… et moi qui me faisais du sang d'encre, mais n'osais pas intervenir… par chance, ton père a bientôt pu prendre la relève sans que tu lui fasses tes crises… évidemment, ça ne t'a pas sorti de la cuisine, mais quelle joie à dilater le cœur c'était de vous regarder, lorsqu'il te laissait barboter dans les bols à mélanger, rouler des retailles de pâte d'un gris douteux, décorer de vrais plats en y jetant des poignées de persil, «allez, comme des confettis!» t'encourageait-il… tout ce que vous aviez déjà en commun, toi et lui! cette gravité, cette méticulosité, ce souci de la perfection qui me donnaient des impatiences, ce plaisir d'arranger de jolies assiettes qui vous faisait passer la faim, aurait-on dit… mais ta mère n'en était pas à sa première épreuve, son petit Julien, quelle pitié! se l'être fait enlever si cruellement, la chère âme!… alors, elle n'a pas mis trop de temps à te traîner partout comme avant, du perron où elle étendait la lessive au supermarché où elle t'aidait à pousser les chariots pour toi énormes, te montrant la manœuvre des appareils ménagers et l'emplacement des ustensiles, des poêlons, faisant de toi un petit maître de maison... un partenaire et un complice... ah! tu étais son grand amour secret, oui, secret, mais cousu de fil blanc de la tête aux pieds, même que ton père devait t'envier... n'est-ce pas vrai, ça, mon grand?...

Vincent s'est senti rougir. Déjà affaibli par une chaleur fébrile, qui le faisait transpirer en lui inondant les paumes depuis l'arrivée de sa grand-mère dans la cuisine avec son cadre préféré, il avait maintenant le visage en flammes. Il a baissé le nez, non sans avoir auparavant regardé furtivement son père qui, les bras dans l'évier, avait cessé toute activité et semblait s'être décroché le cou en implorant le ciel, regardé aussi Céline et Alex qui, captivés par l'écran, n'avaient par bonheur pas l'air d'écouter.

Vincent était troublé et séduit par les vérités drues de sa grand-mère, dont il souffrait parfois comme à présent sans en comprendre tout à fait le motif. Une fois de plus, n'ayant pas osé l'interrompre de crainte qu'elle ne s'égarât dans la multitude précise de ses souvenirs, il était forcé d'admettre que ses curiosités étaient risquées. Sa grand-mère, persuadée qu'elle avait passé l'âge de tromper, de ménager les susceptibilités des autres pour se protéger elle-même, avait repris ses marottes et enfoncé le clou, refait en chacun un léger saccage, on aurait cru sans égards.

●

Il ne pleuvait plus, mais des mares stagnaient le long des trottoirs. La ville était détrempée, l'humidité froide. Caché sous la galerie d'une maison voisine, Vincent s'est mis à renifler bruyamment sans faire attention à l'air cru qui lui pénétrait les os. Chez sa grand-mère, on avait dû déplier la nappe et commencer de dresser le couvert, en se demandant où il pouvait bien s'être niché. Son père l'avait envoyé acheter du lait pour le soustraire au soliloque de Blanche, et il avait cédé à la tentation de se tapir là, appréhendant le moment où il lui faudrait user de ruses ou déclencher une querelle, pour qu'on ne l'obligeât pas à manger. C'était bête. Et indigne de ses onze ans. Mais maintenant qu'il avait rampé sur la terre jaune, s'était frotté les cheveux contre les madriers poudreux et adossé aux fondations enduites de boue séchée, il hésitait à se remettre en chemin. Triste de s'être sali, ayant trop de répugnances pour bouger ou même poser ses mains ailleurs que sur ses vêtements, il s'embêtait et s'ankylosait. Plutôt que de rimer dans sa tête, il s'est remémoré un de ses rêves pour sa classe de poésie du lendemain. Il y avait une maison gigantesque, dans le salon de laquelle il y en avait une miniature, qui contenait à peine son corps et d'où il parvenait tout juste à sortir un bras et la tête. Enserré comme dans un carcan chinois, il était surtout effrayé d'être seul dans la grande maison qui flottait autour de lui.

Soudain, son anxiété sourde de la nuit précédente a fait place à de violents battements de poitrine: de l'autre côté du treillage de bois qui fermait en partie le dessous de la galerie, Alex venait de passer en galopant et en criant son nom au hasard. Il avait dû sortir en trombe à la recherche de son frère, sans se faire prier, car sa voix aiguë et confiante témoignait d'un joyeux énervement.

Vincent s'est pressé dans un coin, près d'une bouche d'aération aux lames encrassées, qui exhalait l'odeur douceâtre et tiède de sécheuses de linge dont il entendait rouler les cuves. S'il était de plus en plus malheureux de s'être terré étourdiment, insecte sous une pierre, la menace que constituait la présence d'Alex dans les parages l'affermissait dans sa résolution de ne pas rentrer. Il n'avait pas faim, mais surtout il ne voulait pas qu'on le vît picoter son assiette, ou se permettre d'avaler des miettes.

Il lui était pourtant difficile de se nourrir la nuit, depuis que sa mère le surveillait de près. Elle ne lui était pas exactement hostile, mais l'alerte était chaude. Vincent la soupçonnait de compter les fruits et les biscuits, de marquer les pots et de mesurer le pain à l'heure du coucher. Il en était réduit à grignoter des quantités infimes d'un peu de tout. Pour dissiper ses vagues dégoûts, il imaginait ensuite que son estomac était pareil aux tableaux mouchetés auxquels Elvire donnait le nom plaisant de «pointillistes». Si Jeanne se hérissait au premier indice d'une autre de ses collations nocturnes, pour lui signaler que rien ne lui échappait, si elle lui avait même forcé des quartiers de pamplemousse dans la bouche un matin avec une rudesse trop calme, faisant se répandre du lait et du jus sur les napperons, puis allant pleurer dans la salle de bains sur le dégât qu'elle avait fait, elle ne le grondait plus, chose étrange, pour les restes qu'il oubliait de ramasser avant de remonter dormir.

Au début elle fulminait, se plaignait par exemple que sa cuisine ressemblait chaque matin aux chalets où de jeunes délinquants, adolescents désœuvrés, vandales, s'introduisaient en hiver pour éventrer les placards et piller les provisions, faire des saloperies. Ces comparaisons rappelaient à Vincent le miroir sur lequel un voyou avait déféqué dans le cottage qu'ils avaient loué deux ans d'affilée au bord d'une rivière, et gardé barricadé de l'automne au printemps. L'image d'abord le gênait, comme les gros mots provoquant les rires énervés des enfants, ensuite elle le rendait misérable. N'avait-il pas le sentiment que ce qu'il faisait la nuit, il le faisait un peu méchamment, pour se venger d'il ne savait quoi?

Vincent reniflait de plus belle, le froid l'ayant gagné sans qu'il s'en fût rendu compte. Il a plongé les mains dans ses poches, autant pour les mettre au chaud que par ennui, et en a retiré un stylo sur lequel il a replié des doigts lents et engourdis. En position d'écriture, il a repensé à la voix de sa mère. Oui, elle avait changé ces derniers temps, comme si la raison et l'affection s'étaient fait fausser l'une l'autre.

L'encre du stylo était figée, mais Vincent avait quand même réussi à écrire deux mots dans sa paume gauche lorsqu'il a vu apparaître, découpé par les longues marches de l'escalier, le corps penché de sa grand-mère qui s'exclamait de côté, les mains sur les genoux, bien sûr qu'il est là, Vincent! j'aurais dû le parier aussi avec Charles, dans le quartier ils se cachent tous là, les enfants! depuis les balcons de béton des grands immeubles, ils n'ont plus que cette cachette pas invitante... allez, viens! sors-moi vite de là!

•

Vincent tenait à plat, sur la nappe, la main où il y avait d'écrit «la mue» en gros traits bleus. Un silence inconfortable s'était resserré autour de la table. Sa mère s'était renfrognée et n'avait pas le cœur à animer une conversation languissante, pour faire de ce goûter un autre de ses petits exploits de civilité, et sa grand-mère le lorgnait, lui, en désapprouvant qu'il ne touchât pas à son assiette, ne fît qu'y remuer avec détachement une montagne de crème, se lamentât d'avoir mal à la gorge et de ne rien pouvoir y faire descendre, à quoi son père répondait que c'était bien la première nouvelle. Plus tôt, Blanche avait persisté à poser des questions selon elle tout à fait légitimes, poussant innocemment Charles à la rabrouer de verte façon, jusqu'à ce qu'il s'en repentît et fît la tête.

Il ne savait rien, non, personne ne savait rien! mais oui, il s'inquiétait à mourir! s'était-il défendu en levant les paumes devant lui, pour signifier à sa mère de se modérer.

Vincent avait été sidéré par la fureur de son père. Avec son optimisme enfantin, ou plutôt son aptitude à l'oubli, il ne s'expliquait pas l'ardeur continue avec laquelle Charles s'affligeait de la disparition de Marie-Paule. En faisant des yeux le tour de leur groupe maussade, il a été saisi du caractère compassé de la situation et en a souffert intimement, comme d'un échec dont il aurait à lui seul porté le poids. Sur deux chaises restées vides, il a fait asseoir sa demi-sœur et son grand-père. Là. C'était plus complet.

«Un nid de fous…» Voilà comment Marie-Paule entonnait souvent le bilan de la famille, pour passer de la grand-mère qui évitait sa fille Elvire depuis cinquante ans, fuyait les lieux publics comme le feu et ne mettait pas les pieds dans le restaurant de l'auberge, de peur que le parquet ne s'effondrât ou que l'air ne lui manquât, eh quoi! avec ces clients piailleurs qui devaient peser des tonnes et vicier l'atmosphère...; au grand-père qui soupait seul dans la salle à manger et passait une heure à se peigner avant de se mettre au lit, se faisant gloire de ne s'être marié qu'après un début de calvitie, lorsqu'il s'était cru en voie de perdre son charme...; à la tante Léonie, la sœur de Jeanne, qui enlevait partout ses vêtements jusqu'à l'âge de sept ou huit ans, puis déclarait ne se souvenir de rien...; au cousin Raoul qu'on avait repêché dans une rivière après les premières gelées d'automne...; à l'oncle Manuel qui avait épaissi à la suite du départ de sa femme et avait cessé de visiter la maison, honteux de sa corpulence. Avec des antécédents pareils, concluait Marie-Paule, il ne fallait pas être surpris de se découvrir fragile. Ou fêlé. D'ailleurs cela n'avait rien que de très commun. On naissait, on ouvrait les yeux, on palpait des visages, pour bientôt se rendre compte qu'on avait atterri dans un nid de fous (oui, on y revenait toujours), dans un cercle d'individus moroses ou agités, présentant une brochette de symptômes variés, un catalogue complet de tics, d'obsessions et de manies, dans une famille non pas exemplaire, ou plutôt si, dont l'histoire tumultueuse et sombre rendait mystérieuses les anciennes photos rigidement composées, pommettes colorées et cols empesés, d'hommes à la posture droite derrière des fauteuils où méditaient des femmes au regard éteint, à la nuque tendue.

Et si les révélations de Marie-Paule, qui laissaient Vincent les yeux béants et la face allongée, avaient offert la clé du pétrin où ils se trouvaient, même si à cette table ils semblaient des personnages anodins, généralement adaptés?

Vincent avait longtemps voulu faire confiance à sa demi-sœur, comme aux autres adultes, toutefois ses discours sur la famille avaient fini par l'inclure elle-même, par la rendre suspecte elle aussi. Il avait donc douté de l'équilibre de Marie-Paule jusqu'à ce qu'une preuve lui fût donnée qu'elle était dangereuse, d'un voisinage malsain: si on avait raison d'admirer sa sensibilité, son intelligence et sa prodigalité, on faisait mieux de ne s'en remettre à elle sous aucun prétexte.

●

Il y avait environ deux ans de cela, oui, il y avait bien deux ans que Vincent portait cette grande cicatrice sous l'avant-bras. Marie-Paule venait de prendre possession à la campagne d'une vaste maison délabrée. Charles lui avait offert ses services de bricoleur pour plusieurs dimanches d'affilée, généreusement quoiqu'un peu de mauvaise grâce, car il pressentait là un autre de ses emballements qui ne ferait pas long feu.

Pour qu'il ne ruinât pas les vêtements de travail qu'il avait apportés le premier jour, bien pliés dans un sac de papier brun et encore trop convenables, Marie-Paule lui avait prêté ceux d'un ami. Lorsqu'il était sorti du cabinet de toilette, jean aux genoux fendus et chemise aux poches arrachées, aux coudes percés, tous avaient souri. Cette tenue jurait avec sa personnalité, mais flattait son corps svelte et large. Plus tard Marie-Paule avait explosé en gaietés fausses, qui collaient mal à sa mine épouvantable, et pressé son père de taquineries embarrassantes sur son charme débraillé, son sex-appeal. Lui avait continué de désencombrer le sous-sol, de traverser les pièces avec son coffre à outils, de poser les rhéostats qu'elle lui avait commandés ou de faire de petites réparations, plus accommodant que complaisant.

Les trois enfants s'étaient mis d'accord, sur la suggestion de leur père, pour «donner congé» à leur mère qui avait souri d'aise en les regardant partir. Charles s'était défait d'eux à son tour en repoussant leurs offres d'aide chez Marie-Paule, et ils avaient d'abord traîné dans la maison où ils s'étaient senti une drôle de liberté, un sans-gêne inhabituel. Parmi le mobilier disparate qui ne semblait requérir aucune précaution particulière, l'intimité de Marie-Paule était offerte à la vue comme si les tiroirs avaient été des inventions pour gens pudibonds seulement, ordonnés jusqu'à la manie et secrets jusqu'à l'obsession. Peu de détails leur avaient échappé lorsqu'ils avaient fait le tour du salon, prenant note des cendriers pleins, lettres dépliées au pied des lampes, fonds de verres teintés de rouge, pinces à épiler aux branches brûlées, vêtements abandonnés sur le plancher, bandes dessinées irrévérencieuses, tubes de comprimés ouverts, nus photographiques d'amateur, boîtes de chocolats vides... Alex et Vincent avaient échangé des grimaces de dégoût amusé, puis imité Céline en s'affalant sur un divan pour rassembler leurs impressions de ce lieu, s'imprégner de son atmosphère de dépravation inoffensive, de son air insalubre.

Charles, les ayant découverts dans cet état de nonchalance hébétée, s'était écrié que c'était une honte de demeurer ainsi enfermés, par une journée pareille!... Alors ils avaient pris à la file le chemin de la cour.

En deçà d'une clôture démantelée, la lumière aveuglante mais fraîche d'un soleil pas encore mûr de juin planait au-dessus de longues herbes, les enflammait par instants ou les couchait dans des rafales blanches et basses.

Talonnés par leur père, ayant visité hâtivement le fouillis de la bibliothèque de Marie-Paule avant de sortir, Vincent et Céline s'étaient installés avec leurs livres au bas de la pente douce qu'arrêtait un bosquet noir. Dans les coins opposés d'une vieille balancelle de bois, dont la peinture d'un vert voilé se soulevait sous leurs cuisses en langues rugueuses, ils avaient eu du mal à se concentrer au milieu de tout ce vent, de tout cet espace. Quant à Alex, on l'aurait cru tombé fou. Il s'était lancé tête baissée dans cette poche de lumière et de soleil comme il aurait embrassé l'été de toutes ses forces, sous le charme immédiat de cette enceinte longtemps négligée, maintenant presque sauvage. Ne sachant où porter son énergie, il avait fait des culbutes dans l'herbe, puis grimpé sur un arbre dont le feuillage surplombait la maison et la route. À cheval sur une branche qui semblait l'emporter au galop, tellement il était impatient, il avait bientôt tenté de deviner la marque et le modèle des autos qui passaient sous lui.

Vincent s'était vite désintéressé de son recueil de poèmes en prose. Il s'apprêtait à rentrer chercher *Les Œuvres* de Rimbaud dans l'espoir d'y trouver le passage, cité par son professeur, où le poète écrivait qu'il était devenu un «opéra fabuleux», quand la voix toute proche de Marie-Paule l'avait fait sursauter: ayant descendu l'immense terrain avec les cris épars d'Alex dans son dos, elle demandait qui l'accompagnerait au village.

Vincent s'était étonné que Céline ne bondît pas sur ses pieds, contente de cette occasion de prendre le large. Dans le silence gênant qui avait suivi, il avait pensé qu'au fond elle ne détestait peut-être pas ce décor lâche, peu familier. Avant que Marie-Paule n'eût pu être blessée, il avait répondu qu'il irait bien avec elle. Se faisant indolent, passant au point mort, il lui avait emboîté le pas jusque dans la maison. Comme elle n'arrivait pas à mettre la main sur les clés de sa voiture, il s'était laissé choir dans un fauteuil trop creux et trop mou qui l'avait happé en lui faisant perdre son aplomb: le cœur dans la gorge, il avait soudain abhorré cet endroit. N'était-il pas inconcevable, avait-il bougonné à part soi, que Marie-Paule n'eût rien acheté à boire et à manger en prévision de la venue de son père, et qu'elle dût ainsi courir à l'épicerie? Pendant une dizaine de minutes, Marie-Paule s'était éparpillée autour de lui, avait refranchi les mêmes portes, tapoté le dessus des mêmes meubles et secoué le même coussin. Le geste fébrile, les yeux toujours ailleurs déjà, elle avait l'air de suggérer que la réalité faisait encore des siennes et que tout effort s'avérerait inutile.

Leur père, renversé sur le dos entre les battants du bloc sanitaire de la cuisine, sans doute l'avait entendue remuer par là et sans doute l'avait crue seule, car il avait émis des protestations, entrecoupées de «han» que lui arrachaient de difficiles tours d'écrou. Elle n'y pensait pas! Adopter toute seule un enfant, un nouveau-né… Le bébé d'une voisine par-dessus le marché, d'une amie qui travaillait au premier tournant de la route et qui la verrait passer de la fenêtre de son snack-bar avec le petit dans une poussette, puis accroché à la main de «sa maman». Non, la situation serait impossible… Mais ne fallait-il pas lui expliquer, à cette femme, que l'anonymat était préférable? Enfin, qu'il y avait des services pour cela?… Décidément, sa petite Marie-Paule, elle avait eu des idées plus heureuses!

Les mots sans poids, sitôt entendus, sitôt ignorés pour ce qu'ils avaient de contrariant. Les arguments sans portée, qui roulaient leur tapage dans le placard de la table-évier, mais y restaient enfermés.

Plus heureuses? Marie-Paule avait-elle repris à retardement, après avoir déniché ses clés. Des idées plus heureuses? Non, sûrement pas… Puis souriant à Vincent sous son visage morne, tâchant de se mettre en train pour la joyeuse équipée qu'elle avait proposée, elle avait agité entre deux doigts son trousseau de clés.

La route sinueuse et verte n'avait pas excité la curiosité de Vincent. Il savait qu'il ne reviendrait pas dans ce voisinage avant longtemps, et ne se sentait pas concerné. Se bornant à l'intérieur luxueux mais mal tenu de la voiture, au sol jonché de rebuts, il ne pouvait détacher les yeux de la main fine et abîmée par les travaux de rénovation, qui pendait comme endormie sur le levier de vitesse et s'activait juste le temps de manœuvrer dans les courbes, puis redevenait inerte.

Marie-Paule ne faisait que balancer un index au bas du volant. Elle fixait le ruban d'asphalte ou son point de fuite, désertait son propre regard, à moins que ce n'eût été sa claire chevelure, fuyant ses tempes par mèches ondulées, si lâchement frisée qu'elle paraissait négligée et emmêlée, qui eût donné à Vincent l'illusion que ce beau, oui, cet assez beau visage était sur le point de s'égarer. Autant qu'il sût, rien de particulièrement désastreux n'était arrivé à Marie-Paule ce matin-là. Elle semblait éprouver la même douleur que d'ordinaire, une espèce de maladie du cœur rendue chronique par l'accumulation de petites déceptions, qui avait récemment atteint leur père aussi. Non seulement était-elle intimidante, mais sa misère renvoyait Vincent à l'état d'enfance, à l'ignorance et à l'insouciance prétendues de son âge. Ils roulaient en silence depuis le départ, lorsque Marie-Paule avait lancé un très sonore «Alors, mon Vincent?». Elle feignait d'établir enfin le contact, comme une mauvaise hôtesse se serait rattrapée avec une ferveur empruntée, mais sa bienveillance distraite aurait infirmé n'importe laquelle de ses gentillesses. Vincent ne lui avait pas répondu, de plus en plus préoccupé des amples flottements et des écarts incertains de la voiture.

C'était une vieille italienne de sport. Pour l'acheter, Marie-Paule avait emprunté quelque deux mille dollars à son père, un de ces soirs où ils n'avaient pu discuter sans hausser le ton, celui-ci proposant d'attendre qu'un de ses clients eût cédé une européenne semblable en échange d'une auto neuve, celle-là soutenant que l'occasion était unique vu l'état impeccable de la carrosserie et du moteur, puis ajoutant qu'elle ne savait pas où elle serait dans un ou trois mois, ni même si elle vivrait encore, du reste elle s'en foutait, et lui l'implorant de ne pas parler comme ça, puis capitulant, sans laisser de marmonner qu'ils insultaient le bon sens.

Sur ses larges pneus mous, la voiture adhérait bien à l'asphalte mais s'épandait de côté dans les tournants. Sa masse versait vers l'accotement tant qu'il y avait du jeu, puis revenait d'aplomb au milieu de la voie pour obéir au tracé soudain rectiligne de la route, ou à un coude dans le sens inverse, ou à un petit coup de volant sec et léger qui pinçait l'estomac, le soulevait. Vincent croyait qu'ils allaient plus vite, bien qu'il n'eût regardé jusque-là ni le paysage défiler ni l'aiguille du compteur tourner. Chose certaine le vrombissement du moteur, de grassement ronflant, était devenu haut et assourdissant. Marie-Paule ou bien ne s'en faisait pas, ou bien affectait de n'y être pour rien. Loin de mieux s'atteler à la conduite en tendant les bras pour se préparer à toute éventualité, elle s'était mise à fouiller parmi ses cassettes amoncelées pêle-mêle sur la console, qui tombaient l'une après l'autre aux pieds de Vincent.

S'il en avait encore douté, il aurait juré alors qu'elle avait les sens émoussés, la tête vide peut-être d'avoir évacué ses soucis trop promptement, sinon comment aurait-elle ignoré l'inadéquation dangereuse de son corps aux circonstances, dont il ne tenait plus compte apparemment que pour l'effet de normalité?

Plaqué contre son dossier, Vincent avait agrippé les bords de son siège en bloquant solidement les coudes, et il semblait assujetti là par une poussée de vent implacable. Il avait fléchi les pieds pour freiner de toute la raideur de ses jambes sur le fond de moquette, et il faisait délibérément abstraction maintenant du paysage, qu'il soupçonnait n'être plus de part et d'autre qu'une verte et grise confusion. Il tâchait d'en abolir la folle mouvance et l'échevellement, en se concentrant sur l'immédiateté très compacte du véhicule où il était confiné, et en se fiant à la précision élégante du tableau de bord. Il ne protestait pas, de peur que cela ne fît que fâcher Marie-Paule et empirer la situation, d'ailleurs il respectait trop l'autorité de ses vingt-quatre ans pour se permettre le plus innocent commentaire sur sa façon de conduire. S'il se cambrait, il ne tremblait pas, malgré ses cuisses qui sortaient froides et mauves de son short au bas duquel était brodé un oiseau aux ailes ouvertes, menu souvenir qui le remuait encore à présent. Il éprouvait moins de crainte que de dépit et de fureur, ne pouvant concevoir qu'entre une seconde et la suivante le réel pût se renverser, éclater absolument.

Marie-Paule s'était étirée vers le coffre à gants, au prix de zigzags imperceptibles mais non moins irritants, puis avait allumé une cigarette. Après deux ou trois inspirations qui en avaient fait crépiter le tabac trop sec, elle l'avait projetée d'une chiquenaude sur la route et s'était tournée vers Vincent. N'avait-il pas, lui l'enfant sage, déjà tiré au moins une bouffée ?

Mais cette banalité s'était perdue aussitôt dans un flou immense, causé par un violent mouvement de leur tête qui avait tout déplacé, tout brossé et tout effacé, jusqu'à l'insaisissable. Vincent se rappelait le dernier regard mi-implorant, mi-vacant de Marie-Paule, puis c'était le tourbillon, le vif dérapage et le fracas abasourdissant, tout cela que la pensée propulsée brutalement hors du corps, dans l'espace, ne peut qu'imaginer après coup, la brusque et puissante glissade sur les portières aux abords d'un champ, l'élan qui faisait tenir le véhicule sur son flanc, tandis que les roues tournaient à vide et que le toit se heurtait contre un arbre, que le monde versait, que le cou de Marie-Paule ployait sur le volant.

Vincent?... avait-elle appelé au hasard, après un temps indéfini, Vincent, tu n'as pas de mal? et sa voix avait semblé curieusement nette, naturelle.

Elle avait grimpé au-dessus de lui avec peine, l'avait couvert de tout son corps sans pour autant le bousculer, sans rien faire que l'effleurer, et s'était extirpée de la voiture par la fenêtre du passager, les bras en premier comme par une trappe. Faisant peu de cas de la douleur qui, à en juger par la rigidité lente et torse de ses déplacements, lui lacérait une épaule et le ventre, elle avait enfin déposé Vincent sur l'herbe. Des filets de sang lui dégoulinaient sur le visage, accusaient sa mine effarée et lui donnaient un aspect effrayant, toutefois elle faisait l'impression de ne plus être aussi pitoyablement dessaisie d'elle-même, son endurance et son entêtement inattendus contredisant sa pauvre allure.

Assommé sous un plein ciel de lumière, sous une tempête blanche qui s'éloignait de lui en spirale, toujours en spirale, Vincent était plus mou qu'une chiffe et endolori jusqu'à l'insensibilité, du moins tant qu'il ne bougeait pas. Obscurément, il se supposait cloué sur ce sol humide et gras dont l'étrangeté lui inspirait de la peur, mais en voyant disparaître derrière la courbe d'un monticule Marie-Paule qui partait chercher de l'aide, arrêter une voiture ou alerter qui elle pourrait, il s'était mis debout sans s'en rendre compte et avait commencé de la suivre à petits pas saccadés, avec les genoux inflexibles d'un enfant qui apprend à marcher, les mains tout juste portées en avant par le désir de les tendre. Sentant la terre lui cogner sous les pieds et lui résonner atrocement dans la poitrine, le cou et la tête, il n'en avait pas moins été ivre bientôt de sa motilité, comme de la clarté incandescente de l'air.

•

Le goûter se terminait lorsque Vincent a porté à ses lèvres une cuillère vide, à peine teintée d'une pellicule de sauce. Il n'avait pas conscience de l'agacement grandissant dont il était la cause, ni de l'impatience de chacun qui s'était reportée bien commodément sur sa personne, depuis qu'il avait fait en rêvassant un ravage peu appétissant dans son assiette.

Soudain, il a tressailli de tout son être.

«Tu es fatigué, Vincent, tu n'es pas bien?» lui demandait Blanche en le secouant. Elle avait pris auprès de lui la place de Céline et, penchée en avant, elle lui pétrissait la mâchoire entre ses longs doigts.

Lorsqu'elle a lâché prise et s'est calée au fond de sa chaise, en attendant des explications de son père et de sa mère du fond d'une colère froide, Vincent est retourné à sa petite affliction. Alors il a revu Marie-Paule en convalescence à la maison. Chose singulière pour une femme de son âge, elle revenait séjourner régulièrement chez son père. Malgré les enthousiasmes imprévus, les sursauts de bonne volonté qui la rendaient plus que sociable, envahissante, plus qu'affectueuse, importune, elle semblait la plupart du temps contempler la futilité du moindre espoir ou du moindre effort, prête à faire valoir qu'après tout les gens mouraient... Cette fois-là, elle s'était montrée d'une humeur étonnamment agréable, du moins jusqu'aux inévitables frictions avec leur père. Non qu'elle eût fait contre mauvaise fortune bon cœur, non, la résignation sereine n'était pas son genre. C'était plutôt comme si ses inconforts dont l'origine n'était ni obscure ni extérieure à elle-même, sang dans les urines, contusions et côtes cassées, comme si ses souffrances qui n'étaient imputables ni à la malveillance ni à une mélancolie dévastatrice, lui avaient été aisés à supporter et lui avaient fait oublier en outre ses raisons de se démoraliser.

Vincent avait été stupéfait de l'intérêt qu'elle portait à son corps, puisqu'elle ne se souciait visiblement pas de ce qu'elle allait devenir, puisqu'elle entretenait ses épuisements torpides jusqu'à se détacher d'elle-même et de la réalité, s'enfonçait dans le désir de dormir jusqu'à forcer ses défaillances et paraissait s'évader par le sommeil, s'y anéantir. Il avait aussi pressenti qu'elle traitait sa personne physique en entité étrangère, source accidentelle ou lointaine de sensations. Ces maux qui la rassuraient parce qu'ils étaient localisés, identifiables d'emblée, ces plaies et cicatrices qui étaient pour elle des rappels d'existence et qu'elle acceptait comme faisant partie de sa chair, non comme la gâtant, elle les éprouvait avec une sorte de renoncement: ils ne la regardaient pas, du fait qu'ils étaient indépendants de sa volonté.

Après l'affreux tête-à-queue, la sidérante culbute dans le paysage que Vincent revivait à tout moment dans des rêveries paniques, il avait conçu une rancœur virulente pour Marie-Paule et s'était rebiffé contre ses approches amicales, puis avait eu envers elle des curiosités dépitées et avait acquis cette notion intuitive de son rapport à la douleur, pour finalement croire qu'elle prêtait à chaque partie de son corps une vie séparée, avec une mentalité de chirurgien. Malgré ses indiscrétions souvent ahuries, Vincent n'avait donc pas été surpris du sang-froid avec lequel elle avait refait elle-même soir et matin ses pansements à l'épaule et à l'estomac, examinant sans ciller ses chairs ouvertes. Mais lorsque Marie-Paule s'était exclamée un jour, devant une revue d'art où était photographiée une obèse dont le ventre flasque surplombait l'exiguïté d'un slip de bain, qu'elle-même n'hésiterait pas à se faire couper tout ça comme la pointe d'un œuf, le bout d'un melon, ces images lui avaient causé un frisson d'horreur émerveillée.

•

Céline rapportait de la cuisine un deuxième pot de lait. En tournant le coin de la table, elle a pris appui sur l'épaule de Vincent et en a profité pour y exercer une pression furtive, affectueuse. Il s'en est étonné, n'a pas su s'il devait en être gêné ou pouvait en être heureux. Pourtant, il avait eu dernièrement plusieurs occasions de se rendre compte que Céline voulait être son alliée.

C'était elle qui faisait le service et elle le faisait de bonne grâce, pour aider sa grand-mère et non sa mère. Blanche avait son soutien, qui les avait encore empêchés avec un entêtement et un naturel admirables de «jouer à la famille parfaite», selon sa formule.

Les cheveux noués trop haut en une petite queue de rat, de laquelle retombait une frange éparse, délicatement bombée, elle portait un blouson de soie mauve d'où dépassaient les pans d'un chemisier blanc, puis une étroite et courte jupe noire, puis des collants roses s'arrêtant à mi-mollets. Blanche avait tiqué sans plus, quand Céline avait retiré son imperméable et exhibé ce drôle d'accoutrement. Ne fermait-elle pas les yeux sur les singularités flagrantes pour s'en prendre aux inavouées, cela depuis la mort de son mari surtout, comme si un fervent souci de vérité lui était venu avec la liberté de dire son désenchantement?

La nappe en dentelle de plastique était maintenant semée de chiffons de serviettes en papier, mais elle n'avait pas l'air beaucoup plus triste que lorsqu'ils s'étaient attablés: si Charles avait peiné et pesté dans son effort pour préparer un bon goûter, l'humeur sombre de chacun en avait fait dès le début une piteuse affaire.

Céline s'était avisée de regarnir discrètement les plats, comme pour venir à la rescousse de Vincent. Tout à son va-et-vient, elle avait déposé devant Alex une saucière de nouveau remplie de sauce au chocolat. Ce dernier, qui ne tenait plus en place et ne savait plus que faire pour montrer qu'il s'ennuyait à mourir parmi ces visages allongés, soudain a saisi la saucière et bondi à la suite de sa sœur, offrant de faire équipe avec elle pour servir les deuxièmes portions.

De peur de paraître buté ou rancunier, personne n'a refusé de reprendre du gâteau. Il n'y en avait plus qu'un morceau, en principe pour Vincent, lorsque dans l'excès de zèle qui dispersait son attention Alex a trébuché contre une patte de chaise et laissé s'envoler sa précieuse porcelaine. D'abord il s'est figé là, stupéfait et humilié, auprès de son frère dont le gilet et la chemise avaient été généreusement éclaboussés, puis il a jeté «Ben quoi! de toute façon il n'y aurait pas touché!»

«Ah, toi!» l'a semoncé son père, lui intimant du même souffle l'ordre de se taire. Mais Blanche avait déjà attrapé la main de Vincent, encore tout interdit, pour l'emmener dans la salle de bains.

Avec de tendres ménagements qui n'atténuaient pas sa présence d'esprit, se révélant d'une force qui n'était plus de son âge, elle l'a pris sous les aisselles et soulevé comme un tout petit enfant pour l'asseoir sur le siège du cabinet. «Ton pauvre frère, il ne l'a pas fait exprès, tu as vu, il était dans tous ses états, il a manqué perdre pied, voilà tout, quelle malchance», a-t-elle murmuré d'une voix apaisante, en lui faisant passer son gilet par-dessus la tête et en lui couvrant le visage de sa large main pour que le chocolat ne s'y attachât pas, comme autrefois elle lui aurait roucoulé des mots doux en le savonnant malgré ses pleurs. Vincent se faisait docile. Ses bras qu'il tenait loin du corps, levés et repliés, parce qu'il n'osait pas se toucher lui-même, ressortaient osseux et déliés des manches de sa chemisette, pattes articulées de sauterelle. Après que Blanche lui eut dénudé le torse, elle a été frappée d'épouvante en le contemplant muette et pâle, jusqu'à ce que le feu lui eût monté au visage, puis elle s'est écriée, outrée, mais qu'est-ce qu'on lui a fait à cet enfant, il est maigre à faire peur, oh! mon dieu! que je leur parle à ceux-là!

Elle a agrippé Vincent par le bras, l'a traîné derrière elle en luttant trop farouchement contre le peu de résistance qu'il lui opposait, et a fait irruption dans la salle à manger en annonçant que cet enfant était malade, sûrement malade, et qu'il fallait sans délai consulter un médecin. Avaient-ils donc les yeux dans leurs poches, ne pouvaient-ils pas faire face à plus d'un problème à la fois, s'inquiéter de Marie-Paule sans laisser dépérir les autres?

Immobilisé par la solide poigne de sa grand-mère qui lui broyait maintenant la main, Vincent était coincé entre la table et le bahut. La poitrine longue et courbe, frileuse, il avait les épaules dressées en épingles devant la famille qui semblait le regarder pour la première fois, ou ne plus le reconnaître, ou en tout cas lui prêter un pouvoir étrange.

Serré contre la portière sur la banquette arrière, Vincent avait baissé la vitre. Les yeux fermés, le sang gelé dans ses joues brûlantes, il savourait le souffle vif qui s'engouffrait dans la voiture et lui cinglait le visage, lui fauchait la tête.

Après les dissentiments pénibles et les concessions à contrecœur de l'après-midi, après surtout le remous final, il aurait voulu que ce fût déjà la nuit. Dans l'obscurité fraîche de sa chambre, son corps léger et anguleux se découpait nettement sous un de ses vastes pyjamas, y reposait ferme et précis ainsi qu'un noyau dans une ombre informe. Il se réjouissait de sa solitude et de sa paix immense, plus inouïe d'une fois à l'autre, il éprouvait une sorte d'euphorie à percevoir des bruits infimes dans l'épais sommeil de la maison, sensations prodigieusement certaines qui se répercutaient en lui comme des éclats du réel. Oui, Vincent arrivait presque à croire qu'il y était, qu'il était enfin seul dans son lit.

●

Jeanne lui a demandé de remonter sa vitre, avec la gentillesse mêlée d'aigreur de ceux qui doivent marcher sur leur orgueil pour quêter une faveur. Il a fait mine de l'ignorer mais, avançant le visage, le plantant dans l'air dont il a dû combattre la poussée, eau fuyante et dure qui se déchirait sur ses joues, il a écarquillé les yeux en résistant de toutes ses forces à cligner les paupières.

VI

Du rouge sur les lèvres et les joues

Enfin un déclic familier s'est produit, à peine audible, étouffé, on aurait dit un plomb pénétrant dans un écran de bourre. Le réveil allait sonner. L'instant d'après Jeanne était sur pied, le cœur en émoi et une main sur un sein. Comme chaque matin, qu'elle dormît ou non, la sonnerie de l'appareil lui avait causé une petite panique, un tressaillement dont elle aurait du mal à se remettre.

Charles était de nouveau parti à l'aube. De son côté du lit, les couvertures avaient été tirées avec soin. Le geste était délicat, mais l'effet consternant sinon offensant, toute trace de sa nuit avec elle étant ainsi effacée. Elle avait eu conscience qu'il se levait et s'habillait, puis elle s'était rendormie. Les premiers temps, elle était furieuse de ce qu'il allait travailler de si bon matin en saison morte: l'ancien stock étant presque épuisé et les nouveaux modèles se faisant toujours attendre, il était clair qu'il fuyait. À présent, elle ne faisait plus que se retourner dans son lit et s'enrouler dans son amertume, avant de retomber dans le noir ou de s'enliser dans un brouillard anxieux. Cette fois, cependant, non seulement n'était-elle pas fâchée qu'il se fût dérobé au repas en famille, mais elle en était soulagée. Il ne serait pas là pour s'enquérir de ce qu'elle ferait de sa journée, juste pour la forme devant les enfants, et c'était mieux comme ça, car elle avait conçu un projet dont elle préférait qu'il ne fût pas au courant.

•

La main toujours sur la poitrine, elle a senti flotter à ras de plancher une couche d'air froid qui provenait sûrement de la chambre de Vincent. Il allait se tuer, cet enfant, se geler à dormir la fenêtre grande ouverte au début de l'hiver! Elle a sorti de la penderie son peignoir crème, moiré à l'extérieur et molletonné à l'intérieur, qu'elle ne portait normalement que le soir pour le ménager. La douceur glacée du tissu était imprégnée d'un suave mélange de parfums. En coulant sur ses épaules, en glissant sur ses bras et en moulant son dos, elle lui a donné une sensation immédiate de propreté et de bien-être, le sens de son efficacité et de sa féminité, de son adaptation aux choses qui l'entouraient, juste ce qu'il lui fallait ce jour-là.

Le couloir était décidément frisquet et la salle de bains, où les enfants étaient déjà passés, lui a fait l'effet d'une serre chaude odorante. Et Charles qui ne réprimandait toujours pas Vincent, répugnait de plus en plus à faire acte d'autorité! s'est désolée Jeanne qui, dans son peignoir soyeux, restait enveloppée de froid malgré la chaleur ambiante. Bien qu'ayant l'intention de prendre un bain après le départ des enfants, elle a coiffé son bonnet de plastique et s'est longuement aspergé le visage en s'oubliant dans un plaisir infini. Le visage amolli dans une serviette éponge comme dans un linge brûlant, elle a eu l'impression par trop coutumière que sa peau se détachait de ses os et se dépliait en rides traîtresses. En remettant la serviette sur la barre, il lui a semblé qu'elle avait acquis un regard neuf, plus clair, et elle a cessé de s'affliger de son vieillissement.

Elle s'est repeignée, a replacé une mèche bouclée après l'autre avec le bout du peigne. Céline ayant encore accroché en tas, derrière la porte, les sous-vêtements qu'elle-même avait suspendus la veille à la tringle de la baignoire, elle en a été agacée. Alex avait orchestré son petit désordre habituel, carpette chiffonnée, pyjama emmêlé à une serviette humide sur le coffre à linge, savon fondant sur les carreaux de céramique dans une flaque d'eau, mais cela ne l'a pas contrariée autant. Tout au plus a-t-elle secoué la tête, en soupirant que ce garçon devrait remonter réparer ses dégâts. Ce n'était pas Vincent qui aurait rien dérangé, rien laissé traîner en présumant que quelqu'un d'autre viendrait bien à le ramasser, a-t-elle songé avec un attendrissement teinté de perplexité, commençant à trouver étrange le soin qu'il mettait à se rendre invisible, à ne rien salir ni user. Car les façons qu'il avait de replier les essuie-mains en trois dans le sens de la longueur, d'essuyer le verre à dents avec une pointe de son pyjama, d'éteindre toutes les lumières derrière lui, de ne jamais entamer ni finir un carton de lait, une boîte de biscuits... ne témoignaient plus uniquement du caractère raisonnable de cet enfant.

Ayant pulvérisé un désodorisant aux quatre coins de la pièce, Jeanne a recouvré l'aplomb qu'elle avait décidé d'avoir toute la journée sans flancher, et a pris le chemin de la cuisine après avoir fermé la porte sur le désordre d'Alex.

Une colonne de soleil vaporeux, comme de poussière en suspens, tombait du lanterneau dans la cage d'escalier. Il faisait beau, sûrement froid mais beau. Et tout irait bien. Jeanne en avait assez de se faire épier par ses propres enfants, qui réévaluaient d'un jour à l'autre ses chances de tenir le coup, assez d'être victime des humeurs de Charles, qui se démenait pour établir qu'il souffrait plus que quiconque. Une main courant sur la rampe, les pans de son peignoir s'ouvrant en un frisson autour de ses genoux, puis cascadant délicatement derrière elle, elle se sentait légère et apaisée d'avoir décidé d'intervenir enfin.

●

Elle a mis le couvert, pressé des oranges et fait chauffer du lait, puis servi des muffins grillés à mesure que les enfants s'attablaient. N'ayant pas l'esprit à ce qu'elle faisait, elle s'est étonnée de l'exactitude mécanique de ses mouvements, qui aurait pu lui rappeler qu'elle était une maîtresse de maison accomplie, mais qui ne l'empêchait pas de ressentir la même angoisse qu'à chaque repas: jamais elle n'était sûre de pouvoir veiller à tout, prévenir les désirs et les caprices de chacun, faire qu'on ne laissât pas des restes trop copieux dans son assiette, ou qu'on ne partît pas l'estomac vide, sous prétexte qu'il manquait à portée de la main de telle confiture, tel fromage, tel fruit.

Les enfants ont mangé en silence, dos ronds et regards bas, comme souvent ces derniers temps. Puis Jeanne les a «envoyés à l'école», selon l'expression qui lui déplaisait tant chez sa propre mère, mais qu'elle avait adoptée à son tour. La cuisine rangée (était-ce donc le muffin de Vincent qui avait atterri entre la cuisinière et le placard à provisions?), elle est remontée en fixant dans sa mémoire une liste pour ses courses de fin d'après-midi. Du café, du cacao, du détergent pour le lave-vaisselle, de la crème de blé

pour Alex et du savon anallergique pour Céline,
a-t-elle répété sa litanie jusqu'en haut de l'escalier, en
insistant sur le chiffre cinq, oui, elle devrait rapporter au moins cinq articles.

Quoiqu'il n'y eût plus qu'elle dans la maison, elle
s'est enfermée à clé par habitude. S'inclinant au-dessus
du lavabo, elle a scruté son demi-profil. C'était un drôle
de rite tout de même que celui de s'isoler ainsi devant un
miroir. Comme elle aurait lissé les traits d'une statue de
glaise, des coins internes des yeux jusqu'aux saillies des
pommettes, elle a passé le plat des doigts de chaque côté
du nez qu'elle avait droit et mince, et que Charles disait
autrefois une petite merveille en son genre, une réussite
de la nature, la partie presque, oui, presque, la plus
touchante de son corps, avec son arête à peine arrondie,
ses ailes transparentes nervurées de fibrilles roses, si
perméables aux émotions.

Une femme mûre. Voilà ce qu'elle voyait à présent
dans toutes les glaces. Une femme faite, aux paupières
froissées, aux joues affaissées mais à la peau blanche et
fine encore, grassement nourrie par les crèmes. Une
femme dans la force de l'âge, qui affectait d'avoir prise
sur la réalité tandis que son monde s'effritait. C'était à
se demander si entre elle et son mari, ses enfants, l'affection et la considération n'avaient pas été alimentées que
par le souci de se ménager un minimum de bien-être, car
maintenant que chacun prétendait satisfaire ses propres
besoins ou combler ailleurs ses attentes (oh! personne
n'insistait encore, après avoir fait frire «ses» œufs, pour
laver «son» poêlon), Jeanne se sentait rejetée. Et
d'abord par Charles.

Au début, elle avait vu combien désespérément il
voulait l'aimer, et cela lui avait suffi, même si leur

relation n'était fondée sur aucune certitude physique. Leurs caresses n'étaient-elles pas un brin malaisées, comme entre des partenaires de danse inexpérimentés, distraits par leurs propres pas? Mais qu'aurait-elle fait aussi d'un homme trop ardent, elle qui n'avait pas appris la volupté dans son enfance auprès d'une mère ambitieuse et inflexible, acharnée contre un père impétueux à qui rien ne réussissait?

Il lui était douloureux de reconnaître qu'elle avait toujours un peu craint le corps de Charles, qu'elle savait attirant pourtant, ce corps élancé dont l'épaisseur très masculine ne manquait pas d'étonner dès qu'il enlevait sa chemise, avec ses élans entêtés qui lui faisaient fermer solidement les yeux lorsqu'il lui faisait l'amour, pour raviver avec fureur la fougue de son désir... Mais ils avaient composé si longtemps avec leurs réticences respectives, forgé si patiemment cette apparence de bonheur qui devait en engendrer la réalité, allaient-ils se repousser du jour au lendemain? C'était une chose que de ne pas être démonstratifs, de ne pas se répandre en gestes amoureux devant les enfants; une autre que de ne pas se parler ni se considérer en face, ni même supporter de se coudoyer.

Prenant à témoin le reflet de son visage aux yeux gonflés de larmes, Jeanne s'est désolée qu'une telle froideur eût rompu leur fragile dosage d'intimité et de retenue. Elle s'est attardée sur cette pensée jusqu'à la dissoudre, comme elle l'aurait pulvérisée d'un regard trop fixe, puis est revenue aux petites occupations qui l'attendaient.

•

Jeanne s'est glissée dans la baignoire fumante. Forcée de contempler sa nudité, ni ferme ni grasse, de femme pudique plus à l'aise habillée et parfumée, elle a cédé à l'attrait d'une comparaison qui pourtant la faisait souffrir. Peut-être n'était-il pas surprenant au bout du compte que Charles fût de nouveau fasciné par Marion? La plupart des hommes ne pouvaient-ils pas s'éprendre plus vivement d'une femme qui consentait à s'exposer, à se mettre en circulation, mieux encore en faisait son métier? et qui cultiverait à jamais le lien, souvent trop fort à l'adolescence, entre désir et rébellion, inconvenance, impudence?

Jeanne se ressouvenait d'une table ronde sur les fantasmes masculins, télédiffusée en plein dimanche et intitulée *Des ingénues aux libertines,* où on s'était lancé des «maman» et des «bon ange» par-ci, des «putain» et des «mauvais ange» par-là. À en croire les participants, Charles se serait dégoûté de son épouse rangée comme de son morne confort, pour languir après une femme instable, tourmentée, combative et insoumise, une amoureuse insatisfaite trouvant son inspiration dans le désordre. Car c'était bien ce qu'était Marion, avec son laisser-aller qui frisait le sans-gêne, sa liberté d'allures qui invitait tous les regards sans discrimination, ses exubérances irresponsables, ses tenues d'aspect improvisé et relâché, sa sensualité annoncée avec habileté, ses coiffures au flou savamment achevé qui lui donnaient un air d'indigence émotive, sa prétendue intolérance biologique à la routine, ses licences sentimentales, son entêtement à vivre seule pour n'être contrainte de rien se refuser. Était-ce à dire que cette actrice, tenue en faible estime depuis des années, devait faire son envie maintenant que les enfants étaient grands et que les obligations familiales se dénouaient une à une, ne suffisaient plus à lui garantir l'attachement de Charles? Mais alors qu'était-ce donc qui l'attendait? pour quelle sorte d'avenir s'était-elle donc tant dépensée?

À travers la maison, trois sonneries de téléphone ont retenti à l'unisson. Huit heures cinq, ce ne pouvait être que Charles, à moins que ce ne fût un mauvais numéro. Les mêmes sons ont vrillé le silence à maintes reprises, mais Jeanne avait arrêté ses plans pour la journée et n'était pas disposée à s'en laisser distraire: si elle palpitait à tout rompre, elle n'était pas tentée d'aller répondre.

En tout cas la «théorie des anges» avait ses avantages, Jeanne a-t-elle conclu une fois le calme rétabli, en s'immergeant jusqu'à la naissance du visage puis en se remettant debout dans la baignoire qui se vidait. Ne valait-il pas mieux s'ébahir de ce que Charles fût retombé amoureux de Marion pour les mêmes motifs qui l'avaient poussé à la quitter, que de croire qu'il n'avait jamais aimé qu'elle? Jeanne s'est rincée une dernière fois sous la douche et s'est enduite en vitesse d'huile d'amandes douces. Afin de clore ce sujet pour de bon, elle a passé en revue les effets qu'elle étalerait sur le lit avant de commencer à s'habiller.

Il y avait le tailleur marine que Charles ne lui avait pas encore vu, dont la longue veste emprisonnait une jupe plissée; la combinaison bleu perle qu'elle s'était offerte pour son anniversaire, avec l'argent que Charles lui avait donné en plus d'un vaporisateur à parfum, antiquité en verre irisé semblable à nul autre de sa collection; les collants gris souris; les chaussures de daim doublées de mouton, également marines, qui lui permettraient d'aller sans bottes; le lâche tricot de ramie blanc qui la faisait se sentir un rien dépouillée, et le gros collier rouge qui dormait dans sa boîte depuis que Paule l'avait choisi pour elle. Sa mise ferait sans doute un peu trop jeune, s'est-elle répété pour la vingtième fois en s'essorant les cheveux avec un essuie-mains, mais puisqu'elle avait des raisons de s'obliger à de petites extravagances! Bien sûr, elle voulait faire comprendre à Charles qu'elle avait besoin de changer autant que lui et qu'elle consentirait à tous les compromis pour le garder. Toutefois, dans quelques heures, il ne s'agirait pas uniquement de forcer ses regards pour lui faire constater qu'elle était loin d'être une femme finie, sans ressort et bonne à jeter, il faudrait aussi faire bon effet sur les fonctionnaires des Affaires extérieures.

Malgré ses préparatifs, Jeanne n'était pas certaine de savoir s'y prendre. Depuis peu, elle se rendait compte que les soins de son corps avaient pour but essentiel de la satisfaire elle-même, et que ses manières les plus charmeuses n'étaient fondées sur aucune volonté réelle de séduction, niaient même a priori l'attrait qu'elles risquaient d'exercer. Plutôt que de prendre des libertés avec le réel, elle s'y enfermait avec ingéniosité et opiniâtreté en se défiant de son imagination, donc en s'interdisant de désirer et de se laisser désirer, fût-ce à la légère ou par courtoisie. D'ailleurs, par le temps qui courait, «faire bon effet» n'était-il pas très différent de ce à quoi elle s'appliquait depuis l'âge tendre? Et les femmes que l'on qualifiait autrefois de «sérieuses», ajoutant à l'occasion qu'elles savaient rester à leur place, pouvaient-elles encore «faire vive impression»?

Sur le point de se démoraliser, songeant combien elle était socialement candide parfois, Jeanne s'est vue qui se faisait une beauté et se tourmentait du moindre détail de sa tenue, pour finalement entrer dans un bureau du ministère et découvrir que l'agent public qui était assis là, à feuilleter le mince dossier de Paule, était une femme... Ce dont elle ne serait pas vraiment fâchée.

De nouveau, Jeanne a tendu le cou vers le miroir du lavabo, pour dévisager cette femme à la tête maintenant enturbannée, dont elle ne savait plus que penser. Il était cruel qu'elle fût ainsi amenée à perdre toute confiance, d'autant qu'elle n'en serait peut-être pas là si Paule n'avait semblé disparaître de la surface de la terre.

Jusqu'à présent Charles s'était chargé de toutes les démarches, était allé seul aux autorités pour remplir des formulaires, se prêter à des interrogatoires ou quêter des nouvelles, se plaindre de ce que les investigations ne donnaient rien, le zèle des chargés d'affaires se relâchait, les états de recherches s'espaçaient, la stagnation ou la résignation menaçaient, et il insistait encore pour recevoir tous les appels, être le premier à dépouiller le courrier. Cela l'arrangeait visiblement de se couper de la famille et surtout de Jeanne, en disant que ce problème était le sien et en défendant à quiconque de s'en mêler. Puisque Paule était d'abord sa fille à lui, ne l'avait-il pas élevée avec une autre femme pendant près de dix ans, Jeanne avait accepté qu'il agît comme l'unique intéressé et n'avait pas cherché à lui imposer son aide. Persuadée en outre que son agitation lui était salutaire, l'occupait en quelque sorte, elle s'était retenue de l'en priver.

Toutefois dans l'état désespérant des choses qui persistait, donc allait empirant, Jeanne éprouvait le désir et pressentait la nécessité de se rapprocher de Charles. Dérogeant à leur entente muette, elle allait faire une incursion dans cette zone réservée de son existence qu'il avait séparée au couteau. Si elle était assez habile ou qu'elle eût de la veine, elle convaincrait peut-être les officiels de faire quelques entorses à la règle, ou de l'interpréter de façon inventive. Elle n'avait pas idée des recours qu'elle aurait une fois là-bas pour pousser le dossier, mais elle se satisferait du plus maigre succès susceptible d'éclairer le visage de Charles, de soulever en lui ne fût-ce que l'ombre d'une attente et de le rendre un peu reconnaissant, en lui faisant excuser cette ingérence de prime abord détestable dans ses affaires.

Une serviette sur les épaules, Jeanne a démêlé ses cheveux dont les boucles ont repris leurs plis naturels sous la brosse. Elle les laissait allonger, les laissait gagner en volume et en mollesse, mais elle n'avait encore qu'à les couvrir d'un filet bouffant et à les faire sécher sous le casque, pour avoir l'air de sortir de chez le coiffeur.

●

En appliquant du noir sur ses cils, du rouge sur ses lèvres et ses joues, rien de plus et rien que de très léger, Jeanne continuait de passer de l'attendrissement au ressentiment, de la fausse assurance au doute jaloux. En dépit de sa tolérance et de son inertie, elle ne perdait pas la capacité de s'apitoyer sur elle-même, n'oubliait pas ce qu'elle avait espéré de Charles quinze ans plus tôt. Et dans des éclairs de dure lucidité, elle lui en voulait de l'avoir épousée.

Oh! Charles avait été un partenaire responsable, mais Jeanne pouvait-elle admettre qu'elle devait ses nombreuses années de mariage à la tiédeur de cet homme, et qu'elle comptait à présent sur son manque d'audace pour tout sauver? Ce n'était pas qu'elle le soupçonnât d'avoir renoué amoureusement avec Marion. Non. Autant qu'elle eût pu deviner, l'actrice ne l'avait pas accueilli à bras ouverts, s'était montrée sensible mais avait prévenu tout empiétement sur son intimité. Affligée de devoir partager tant d'inquiétudes avec un homme qu'elle ne connaissait plus, elle avait refusé surtout de jouer aux parents contrits avec lui, qui apparemment n'attendait que cela, comme si une étreinte rapide ou une réconciliation inespérée avaient pu corriger le passé et leur rendre Paule. Non. C'était plutôt qu'elle le sentait désireux de s'engager à tête perdue dans une intrigue, dont l'issue lui serait indifférente.

Plus que jamais convaincue de l'à-propos de son expédition, prise d'une fière colère qu'elle éprouvait comme un tressaillement interminable et dont elle aurait pu être reconnaissante à Marion, elle a fini par ombrer ses paupières d'un gris argenté. Si Charles était mécontent de lui au point de repousser sa femme, de faire bon marché de sa famille et de tout risquer, elle pouvait bien essayer de se cramponner!

Au sortir de la salle de bains toutefois, une incertitude puis une autre l'ont effleurée: elle n'avait pas encore décidé quel parfum elle allait porter, et que ferait-elle si elle croisait Charles là-bas, il faisait si souvent le voyage sans la prévenir, etc.

•

Elle a promené sur le salon un dernier regard circulaire. Les rideaux écartés de part et d'autre du voilage qui s'évaporait en plein soleil; les têtières blanches parfaitement tendues sur le canapé; le courrier de la veille rejeté sur le téléviseur par Charles qui n'avait pas jugé nécessaire de l'ouvrir; les magazines culinaires empilés par ordre de grandeur et couronnés des lunettes qu'il refusait puérilement de mettre; les trois œuvres de jeunesse qu'Elvire tenait pour des études simplistes de son frère, n'ayant pas leur place sur les murs; la moquette tilleul encore mousseuse d'avoir été protégée par des tapis... Tout cela lui semblait un décor de façade, sans plus de vie que les salons montés sur des plates-formes dans les magasins. Rien ne traînait, ne distrayait du tout harmonieux, ne décelait la présence quotidienne de trois enfants. N'était-ce pas de cela que Céline s'était moquée pendant toutes les vacances de mi-semestre, de cela qu'elle avait fait son cheval de bataille, et la comparaison n'était-elle pas d'elle d'abord? Oh! Jeanne n'y changerait rien ce matin-là, et elle faisait mieux de se hâter.

En sortant par-derrière, Jeanne est revenue d'instinct à ses préoccupations courantes. Elle devait renouveler un abonnement pour Charles, qui ne prenait plus soin de ces petites choses, et se procurer au supermarché les cinq articles qu'elle a repassés dans son esprit. Le froid n'étant pas aussi mordant que la luminosité de l'air le donnait à penser (il faisait un temps sec et sans vent, un temps à sa convenance), elle ne regrettait pas d'avoir modifié son horaire de la matinée. Dans cette clarté euphorisante, cet éblouissement ensoleillé de novembre, le trajet de la maison à la concession la détendrait. Elle ne révélerait pas ses plans à Charles, non, sûrement pas, mais elle avait hâte qu'il la vît ainsi habillée, tailleur neuf, collants texturés et tout, alors qu'il était en compagnie de ses employés.

C'était une nouvelle manie qu'elle avait de courir au bureau de Charles à la moindre envie. Elle n'avait jamais aimé y aller, mais elle feignait depuis la mi-septembre que c'était pour elle une pratique banale. Charles et ses vendeurs s'étonnaient toujours de la voir apparaître entre les voitures, à croire que chacune de ses visites ne pouvait être que la dernière. Jeanne restait à peine quelques minutes, le temps d'abord de constater que Charles travaillait au lieu de s'alanguir, ensuite de lui rappeler qu'elle pouvait être différente de la femme de maison qu'il connaissait, enfin de se vexer que le personnel au complet eût l'air de se demander ce qu'elle faisait là. La démarcation entre vie privée et vie professionnelle ne tendait-elle pas à se brouiller, à se lever comme une écluse pendant les dérangements émotifs, et les employés ne le savaient-ils pas, qui devaient composer avec les absences, les abattements et les mouvements irraisonnés de Charles?

•

Dans une petite cylindrée de démonstration qu'elle n'avait pas l'habitude de conduire, Jeanne roulait sur un grand boulevard commerçant. Les autres voitures accéléraient à fond de train entre les feux, la dépassaient à gauche ou freinaient tardivement, ce qui la faisait s'accrocher au volant. De l'intérieur du véhicule surchauffé, cette matinée d'hiver lui paraissait plus que clémente, embrasante: ses yeux avaient peine à percer le pare-brise incandescent, qui étalait sa chaleur sur elle, s'attaquait à son épais manteau et la faisait transpirer des paumes.

En prenant par une rue calme bordée de jeunes arbres effeuillés, qui coupait à travers un îlot résidentiel et menait à un autre boulevard au trafic moins nerveux, elle s'est recalée sur son siège et a relâché les épaules. C'était cette portion du trajet qui lui plaisait. Sous un ciel haut et clair, d'un bleu éthéré que les toits des maisons basses ne commençaient même pas d'entamer, entre deux langues de verdure qu'enflaient des coussins bruns de plates-bandes, elle voulait croire que ses prochaines heures seraient tout aussi aisées, lorsque son cœur s'est racorni.

C'était arrivé un soir de la semaine précédente. Depuis que Charles s'était improvisé mécanicien et attelé à la tâche impossible de remettre en état la vieille guimbarde de course de sa fille, il usait tout son temps libre dans l'atelier de réparations. Ce soir-là, rongé de fatigue, il n'y avait fait qu'un bref détour. Dans les bleus de travail qui remplaçaient son tablier de cuisinier et qu'il ne quittait même plus pour regarder la télévision, il passait une rare soirée à lire au salon ou plutôt à ruminer derrière des magazines. Les enfants n'osaient pas trop conclure que voilà, leur père leur était revenu, mais s'ils ne s'attardaient pas autour de lui de peur de le déranger, ils étaient visiblement prêts à lui rendre mille petits services au doigt et à l'œil, à faire ses quatre cents volontés.

Jeanne avait travaillé jusqu'à minuit à faire des retouches aux «vêtements d'école» de Céline, qui n'étaient que des «vêtements de rue», puisqu'on leur laissait porter n'importe quoi, à ces enfants. Avant de monter se coucher, elle était allée se délasser devant le téléviseur auprès de Charles. Elle se revoyait prise d'une gêne insensée, ses paumes poussant et tendant sa jupe entre ses cuisses, oui, elle se revoyait, courbant le cou et remarquant, n'était-ce pas dérisoire, le devant grisaillé de son tricot rose et la maille qui allait filer hors de sa chaussure. Elle n'avait rien dit, et Charles n'avait pas bronché, pas même lorsqu'elle s'était rapprochée. Il avait attendu qu'elle se fût enlisée dans une maladresse immobile et silencieuse, avant de poser sur elle un regard inexpressif, de noter sa présence sans vraiment interrompre sa lecture. Jeanne n'avait pas cessé pour sa part de le dévisager, curieuse de ce qu'il mijotait sous son front droit et lisse, mais froissé entre les sourcils par un nid de rides sans profondeur, une moucheture de tissu fibreux, inquiète de ce qu'il mûrissait là et qui pourrait leur faire le plus grand mal en se déclarant, car son impassibilité était trahie une fois encore par la petite veine qui se gonflait sur une de ses tempes, la sciait régulièrement dans un éclair.

Était-ce possible? Leurs enfants dormant à l'étage, bientôt le sommeil côte à côte... Une si longue familiarité et en même temps une telle distance? Une si grande volonté d'être heureuse avec lui et en même temps une telle ignorance des gestes à faire? Son défaut de sensualité la torturant, elle avait pris une main de Charles pour la conduire sous son tricot, l'y retenir sur son estomac. Mais qu'avait-elle cru obtenir de lui? Qu'avait-elle escompté? Si seulement elle avait eu le courage de se taire, lorsqu'il s'était levé et avait marché vers la fenêtre, avait écarté les rideaux comme pour s'évader du salon, surtout ne pas rester là, à compter pour tout aux yeux de sa femme!

Ne leur restait-il donc plus rien? avait-elle fait la bêtise de lui demander, mettant les choses au pire pour qu'il fût obligé de les atténuer. Ah! mais quelle folle elle avait été. Évidemment que les choses l'étaient déjà, au pire. Et Charles, qui lui tournait peureusement le dos, avait dû lui savoir gré d'énoncer cette vérité à sa place.

Oppressée, Jeanne ne songeait même pas à faire un peu d'air dans la voiture fermée hermétiquement comme un four, elle d'ordinaire si pratique. Ce tableau d'elle-même prenant la main de Charles sur le canapé, elle le superposait à la rue dans toute l'étendue du pare-brise. Elle se tenait encore l'estomac, une paume en sueur sur l'étoffe lourde de son manteau, lorsqu'elle s'est engagée dans le parc de stationnement de la concession.

•

Derrière la façade vitrée, que des stores de mica bronzé faisaient ondoyer et enflammaient au soleil du matin, le plancher de démonstration lui a semblé désert. Pour une fois, elle pourrait peut-être se couler dans l'escalier en se dérobant aux regards des employés. Elle s'est hâtée de pousser la porte qui a fait tournoyer la rue sur elle-même, l'a ramassée dans un rapide effet de miroitement. À sa déception le trembleur s'est fait entendre, qui n'avait pas fonctionné depuis la fin de l'été, et un vendeur accourant au signal l'a surprise entre le rez-de-chaussée et le premier.

«Le patron n'est pas dans son bureau! a-t-il dit avec empressement, comme s'il avait formulé une interdiction. Ni nulle part par là, a-t-il ajouté en jetant la tête de côté. Il est parti avec son spécialiste des tacots de luxe, tout de suite après avoir ouvert... Pour aller chercher des pièces chez un casseur, a-t-il précisé avec condescendance, devant la mine étonnée de Jeanne.

— Cela ne fait rien! a-t-elle répliqué après quelques secondes de flottement, en reprenant sa montée vers le bureau de Charles. J'ai jusqu'à neuf heures trente, je me rendrai utile en prenant ses appels. Le patron a besoin d'être entouré, soutenu...» a-t-elle déclaré sans se retourner, de crainte que son

interlocuteur ne répondît que cela n'était pas nécessaire. Avec un sourire navré, la main sur le bouton
de la porte, elle s'est figée dans cette position
jusqu'à ce que le vendeur eût haussé les épaules et
pris congé d'elle.

•

Sur le bureau, débarrassé de toutes fournitures,
se dressait une pile de manuels de mécanique. Pauvre
Charles! a murmuré Jeanne, qui venait de prendre
place dans le fauteuil à bascule et s'extirpait de son
manteau en le déployant tant bien que mal derrière
elle sur le dossier. C'était bien toujours la même histoire qui se répétait! À une situation intolérable il
réagissait en s'arrachant plus encore à lui-même, en
se lançant dans une entreprise au-delà de ses capacités. Après la mort de leur petit Julien, lui qui n'avait
aucune notion de construction s'était dépensé corps
et âme, en plein hiver avec ça, à bâtir un studio au-
dessus du garage avec Elvire. Et maintenant que
Paule lui semblait perdue, il tâchait de ressusciter le
véhicule démoli dans son dernier «accident de routine», ainsi qu'elle les appelait.

Charles avait longtemps broyé du noir au fond
de la cour, en contemplant la carrosserie chiffonnée,
puis avait eu la désastreuse inspiration de la faire
remorquer à l'intérieur. Souvent Jeanne l'avait vu
planté devant cette manière de monument à sa fille,
au-delà des stocks serrés et alignés de voitures, là où
l'asphalte finissait dans une bordure de terre creusée
par les pneus et gelée. Elle avait même assisté par

hasard à la mise en branle du tas de ferraille jaune, qu'on avait dégagé de sa niche dans le sol et tiré sur son arrière-train comme un oiseau sur sa queue, dans une traînée d'étincelles. Mais elle n'avait pas pressenti l'obsession naissante de Charles.

Or, voilà qu'il ne manifestait plus d'intérêt que pour ses relais, boulons, amortisseurs, carters et axes de roue, n'avait plus de force que pour courir les casseurs et s'enfermer dans l'atelier, ne trouvait plus à parler le soir à table, sans lever le nez de son assiette, que des pièces sur lesquelles il avait enfin mis la main, compte-tours presque neuf, baquets et quoi encore, dont la mention assombrissait aussitôt les enfants.

Peut-être étaient-ce la saleté, l'odeur d'essence, les courants d'air incessants, les bruits des outils électriques, le mauvais éclairage au néon et l'éclat des ampoules à main, à demi nues dans leurs cages de métal, peut-être étaient-ce les journées interminables, l'anxiété causée par l'absence de plaisir, les contorsions à donner des tours de reins et l'acharnement sur de satanées pièces rouillées, qui refusaient de bouger, mais il rentrait trop fréquemment à la maison le corps flageolant et le teint blême. Et puis il faisait bien un peu pitié avec ses mains souillées, ses ongles d'un noir indélébile, depuis qu'il avait échangé ses casseroles polies d'où montaient des vapeurs aromatiques contre les entrailles friables ou graisseuses d'une automobile qui de l'avis de tous était «finie». Lorsqu'il tournait autour du pylône de levage dans une combinaison maculée, maniant une clé anglaise au bout du bras et tendant un visage barbouillé vers une confusion grise de tuyaux, Jeanne se désolait et enrageait en même temps de ne pouvoir mettre fin à cette métamorphose, qui s'était déjà trop prolongée pour la santé de tous et la sienne.

Cependant, la nouvelle lubie de Charles leur avait fait découvrir à quoi Céline employait désormais ses loisirs. Si Jeanne attendait toujours que le père mît bon ordre aux étourderies et aux imprudences de la fille, elle remerciait le sort de les en avoir au moins prévenus. Pour que Charles s'ouvrît à Jeanne du secret qu'il avait surpris, il avait fallu qu'il en fût rudement ébranlé. Après lui avoir raconté comment il s'était lié avec le dernier ami de Paule, ce Jérôme d'une station-service voisine, il avait lâché les faits à regret et omis les détails, mais Jeanne dans sa grondante indignation, sa vague répulsion et peut-être aussi sa lointaine, sa très pâle envie, avait pris grand soin de tout imaginer.

•

Après que Jérôme eut mis la famille au courant des lettres étrangement tardives de Paule qu'il était le premier à recevoir, Charles était allé le trouver au garage. Le jeune homme ne lui avait-il pas téléphoné sur-le-champ en témoignant une sincère sympathie? et n'avait-il pas été des plus corrects avec lui, soit réservé mais obligeant?... Du moins était-ce ainsi que Charles avait défendu sa démarche après coup, en se débattant aussi un peu contre lui-même.

Avant longtemps, se sentant seul avec sa voiture irréparable, il avait sollicité l'aide du mécanicien. Au lieu d'avoir recours à ses propres ouvriers, il avait fait de Jérôme son compagnon d'infortune, dans l'espoir de partager avec lui ses nostalgies intenables. Jérôme lui avait été d'un grand secours, tant parce qu'il adorait rafistoler de vieilles voitures condamnées et jouissait d'un traitement de faveur chez les ferrailleurs, que parce qu'il lui avait offert une image distante de sa propre angoisse d'abandon, lui donnant du même coup raison de souffrir, mais surtout de se comporter en homme souffrant.

La première fois que Charles avait visité le garage, Jérôme s'apprêtait à manger et avait commandé deux sandwiches par excès de politesse. Jeanne se les figurait juchés sur des barils, les épaules courbées et les pieds pendants, les yeux baissés sur leurs bouts de pain, conscients de leur affliction commune, parce que Paule avait causé bien des petits ravages avant son départ, mais aussi après. Les sacs bruns aux fonds huileux, les papiers paraffinés roulés en boules, les cannettes de soda et les cupcakes sous cellophane… Charles, habitué à de tout autres menus, avait dû faire ce jour-là un saut et un vrai dans la vie de sa fille.

Vu la complicité un peu tendue qui s'était établie entre les deux hommes, Jeanne se représentait aisément le trouble de Charles lorsqu'une des fois suivantes il avait aperçu Céline, sa chère petite Céline! dans un coin du garage où malgré les portes grandes ouvertes n'entrait qu'un demi-jour.

Et c'était ici que commençait le cinéma de Jeanne. Sa fille était accroupie près d'une roue de voiture dans un blouson d'homme, le front paresseusement appuyé contre une aile et le visage dérobé. À ses côtés le mécanicien, enfoui aux trois quarts sous la carrosserie, glissait d'avant en arrière sur une planche à roulettes, mais n'offrait jamais à la vue que deux jambes au pantalon retroussé. Le bras arrondi au-dessus de lui, Céline caressait une de ses chevilles, en promenant le bout des doigts sur l'intervalle de peau disgracieux entre le haut de la botte et le genou. Charles en recevait un coup au cœur. Céline! sa petite intouchable au teint frais et à la tête soyeuse, à la silhouette si étroite qu'il en aurait pleuré parfois d'attendrissement, sa jeune incertaine, déjà voluptueuse mais prudemment farouche, ou est-ce qu'il se trompait? son garçon manqué avec cet homme de presque trente ans, travailleur possédant appartement et voiture, grand costaud vivant seul et ancien amant de sa demi-sœur en plus!... Charles était atterré, pris d'une rage tout de suite lancinante qui tenait de l'étourdissement, cependant il ne faisait pas un geste pour rompre ce tableau d'une douceur outrageante qui lui arrachait l'âme, lui donnait l'impression de se faire voler sans pouvoir appeler à l'aide. Pétrifié sur le seuil de l'atelier, il voyait seize ans de sa vie pillés avec indifférence, oui, ça, Jeanne le concevait bien, comme elle concevait qu'il eût pu s'éloigner les poings serrés, hébété, en ralentissant devant les étalages de pneus pour donner à penser qu'il y prenait quelque intérêt, puis en marchant d'un bon pas vers sa voiture pour qu'on ne le reconnût pas, surtout qu'on ne l'interpellât pas.

De retour à la maison Charles n'avait rien dit, enfin rien qui eût pu jeter la maisonnée dans un désordre insupportable, pas même lorsque Céline était rentrée. Jeanne, qui ne se rappelait pas le soir en question, supposait qu'il s'était réfugié dans un silence hostile et abstenu pendant tout le repas de regarder sa fille, mais alors sa froideur avait dû se perdre, personne n'ayant pu en deviner la cause.

Maintenant qu'il avait parlé, il était clair qu'il en voulait à Céline de lui avoir fait quelque chose à lui. Il réprouvait la facilité avec laquelle elle prodiguait son affection, il pâtissait de ses manières volontairement insouciantes, de sa liberté d'esprit et de son indépendance, toutefois il aurait trouvé plus douloureux encore de la semoncer, d'engager un conflit ouvert où les mots durs auraient risqué de voler. Car derrière ses airs sages et modérés, Céline avait le courage nerveux, n'hésitait pas à leur tenir tête pour imposer ses envies, ses résolutions. Oh et puis! Charles avait-il dit pour excuser son inertie, n'était-elle pas à l'âge où l'émotion amoureuse semblait d'abord un défi à l'autorité? n'était-elle pas une enfant foncièrement raisonnable qui reviendrait vite de cet engouement malencontreux?

Tant de passivité. Et en même temps tant d'exigences fermes et précises... a songé Jeanne, admettant avec honte que cela lui ressemblait aussi. Mais comment donc avaient-ils pu élever une famille ensemble? Comment donc n'avaient-ils pas fait de chacun de leurs enfants un petit monstre de confusion?

La deuxième fois que Charles avait surpris ce joli couple de vauriens, dans des circonstances autrement révoltantes, il n'avait rien fait non plus, rien fait que se tourner vers sa femme au bout de quelques jours, pour se reposer sur elle du soin ingrat de faire des réprimandes.

Il n'y avait eu qu'un bref affrontement, qu'un face-à-face silencieux où les hommes avaient échangé des regards soutenus, disant tout et rien, et Charles n'avait pas même demandé des comptes au mécanicien par la suite. Eh bien non! s'était-il impatienté contre Jeanne, il ne l'avait pas pris à partie! parce qu'il n'y avait rien à régler qu'entre eux et leur fille, parce que les mensonges et les escapades de celle-là étaient tout ce qui l'intéressait, du reste Jeanne conviendrait bien, en se calmant, qu'il était plus indiqué d'y faire un sort en famille.

●

Jeanne s'est renversée dans le fauteuil et a roulé la tête sur le dossier. «En famille, y faire un sort en famille…» avait-il dit, ajoutant qu'elle aurait plus de chances que lui de plaider auprès de leur fille, sans se faire prendre dans une guerre de sensibilités, ni se faire accuser d'espionnage ou de possessivité. Ainsi lui avait-il refilé le mauvais rôle, alors que lui avait continué de s'en tirer aussi aisément que ce fameux jour-là, au vieil aérodrome… Oh! le coup était à prévoir: dans les moments difficiles, c'était à qui se déchargerait le premier de la responsabilité de quereller et d'interdire, de conseiller même. Et leurs pauvres enfants dans tout cela!

Jeanne a ravalé la pénible envie de pleurer qui lui gonflait la gorge. L'idée de leur incompétence l'horrifiait. Ne faisaient-ils pas tout ce qu'ils pouvaient pour leurs enfants, et plus encore, oui, jusqu'aux migraines et aux maux de reins, jusqu'à l'exténuation tant de soirs éprouvée comme un effarement?

Ce que Jeanne ne s'expliquait pas, c'était que Charles eût pu rester en sympathie avec Jérôme. Ne le blâmait-il pas de s'être lié avec sa fille, de se complaire dans ses impatiences toujours un peu inconvenantes ces derniers temps? Car Jeanne ne doutait pas que ce fût Céline qui eût couru après Jérôme... N'avait-il pas dû étouffer son orgueil et marcher sur ses principes pour retourner au garage? Et s'il avait cru que ce mécanicien en savait bien plus que lui sur ses deux filles? S'il avait voulu se rapprocher d'elles à travers lui en fermant les yeux sur ce qui le contrariait? À la façon d'un hôte chassé de sa propre table et revenant dans l'espoir qu'on le laissera au moins humer les plats, en flairer les effluves par une fenêtre?

Cette comparaison, qui aurait pu sortir tout droit de la tête de Charles, a étonné Jeanne. Satisfaite de sa présence d'esprit, elle a persévéré dans ses imaginations et s'est représenté Charles sur le seuil de l'atelier, comme entre le jour et la nuit, puis dans un bureau encombré où il se penchait avec Jérôme sur un catalogue de pièces détachées, puis dans une voiture en route pour un casseur. Se laissant conduire par Jérôme, il se sentait dépaysé, s'affligeait de voir ses enfants s'éloigner de lui l'un après l'autre, Paule évanouie depuis des mois en Turquie, Vincent qui mesurait ses paroles au compte-gouttes et fondait à vue d'œil au lieu de grandir, Céline qui esquivait son affection soucieuse et s'arrachait à la famille avec plus de détermination que jamais, rappelant à Jeanne son acharnement à se déprendre d'eux lorsqu'elle était petite, à les fuir en se jetant à reculons dans les coins, Alex qui faisait le clown et l'abrutissait de plaisanteries, finassait comme s'il n'avait rien pensé de lui...

Oh! Jeanne n'avait-elle pas des tristesses semblables, qui avait longtemps fait le tour des chambres à
l'heure du coucher pour livrer elle-même ses enfants
à la nuit, dans un déclic discret d'interrupteur, mais
qui voyait à présent les lumières s'éteindre à son
approche, sauf peut-être chez Alex, qui n'en avait
jamais assez de ses journées, ne se lassait pas d'exister pour les autres?

Soupirant sans pouvoir expulser son cœur trop
lourd, Jeanne s'est dit qu'elle avait assez traîné, assez
divagué. Elle avait son manteau sur le bras lorsque le
téléphone a sonné. Elle a décroché aussi vite qu'elle a
pu, mais un vendeur avait déjà pris la communication, pour dire que le patron était absent. Au bout du
fil Elvire, oui, il s'agissait bien d'Elvire, a répondu
qu'elle n'appelait que pour savoir si son frère allait la
retrouver à midi au café du coin, comme d'habitude.

Ah, ça! s'est fâchée Jeanne, en remettant le combiné à sa place avec un soin des plus délicats, malgré
la petite fureur jalouse qui la traversait. D'un côté
Charles exhibait une humeur solitaire, de l'autre il
fréquentait les restaurants avec sa sœur! Et il aurait
sans doute fallu qu'elle ne fît pas attention à cela non
plus? Mais combien d'humiliations de ce genre
devait-elle subir avant de se croire autorisée à réagir?
avant d'écouter sa colère et de se montrer à bout?
Avait-elle si peur de faire du bruit qu'elle ne se jugeait
capable que de tempêtes dans un verre d'eau?

Il n'y avait personne sur les routes, l'heure de pointe étant passée. Moins de deux heures plus tard, Jeanne garait la voiture dans un parc payant, une de ces structures d'acier roux aux étages ouverts aux quatre vents, disséminées parmi les grands bâtiments du centre-ville.

Quelques intersections plus loin, elle a rasé un immeuble qui se dressait abruptement à un mètre de la chaussée, et dont les dentelles de pierre faisaient l'effet de garnitures trop petites sur une femme énorme. C'était un bloc gris dont l'entrée en imposait, avec de larges et hautes colonnes de pierre polie. De l'autre côté de la rue, une rangée de petits magasins et de bureaux d'aspect suranné, agences de voyages et de placement, échoppe de marchand de journaux, débit de tabac, cafétéria... accusaient par contraste l'élégance sévère de l'édifice public. Jeanne a monté l'escalier du portail, dont les marches étaient creusées par l'usure et les contremarches si basses qu'elles raccourcissaient curieusement ses pas. Sûrement qu'en ressortant elle n'irait pas s'attabler dans un de ces tristes établissements, a-t-elle décidé d'avance pour tromper sa nervosité, ce serait perdre une occasion trop rare de manger à l'extérieur, de se gâter.

●

Au fond d'un hall spacieux, aux murs d'un marbre poreux et jauni, les portes d'ascenseur sculptées en bas-reliefs donnaient au nouvel arrivant une impression de luxe, avant de le relâcher dans des couloirs d'un vert fade. Au cinquième étage, un tube fluorescent sur deux clignotait faiblement, et le gros de la lumière provenait des portes ouvertes. En atteignant le bureau dont on lui avait indiqué la direction d'un paresseux coup de menton, Jeanne a aperçu l'agent public auquel le dossier de Paule avait été réassigné la veille.

C'était donc vrai, l'agent Nolin était bien une femme! Comme prévu, Jeanne s'est sentie ridicule de s'être donné tant de mal pour plaire, puis a éprouvé un peu d'apaisement: elle serait moins paralysée par les nécessités les plus banales de la séduction, celle de décoder les sous-conversations du désir de résister ou de céder, par exemple, celle de donner à entrevoir par jeu des aspects très privés de soi.

La fonctionnaire était au téléphone derrière son bureau, femme dans la quarantaine un peu terne et un peu forte. Se croyant épiée, elle a levé le front en mettant la main sur le microphone du combiné, comme pour demander à Jeanne ce qu'elle voulait, qui elle était.

Ah, oui! s'est-elle exclamée, rougissante. Ils essayaient justement de joindre son mari depuis le matin. Personne n'avait répondu à la maison vers huit heures, et plus tard un des vendeurs de la concession… Enfin, si elle voulait bien aller s'asseoir à l'entrée de la grande salle, a-t-elle suspendu ses explications comme agacée de s'être laissé distraire, quelqu'un irait la chercher dans un moment.

Y avait-il du neuf? a risqué Jeanne, en redoutant aussitôt les retombées de sa curiosité.

Une piste. Pas tout à fait, mais en quelque sorte. Le témoignage d'un touriste allemand, recueilli la veille par un vice-consul d'Ankara et concernant des choses plus très récentes, a-t-elle dit en s'empourprant de nouveau et en rapprochant le récepteur de son oreille, pour signaler qu'elle allait maintenant reprendre son entretien. Puis elle a baissé le front, battu l'air d'un long index et ajouté qu'il y avait des chaises par là. Quinze minutes, Jeanne devait lui donner environ quinze minutes...

●

Dans un des nombreux fauteuils moulés dont les pattes tubulaires se chevauchaient, de sorte qu'on ne pouvait en déplacer un sans déranger tous les autres, Jeanne a escamoté les jambes en les entortillant de côté, posé son sac à main debout sur ses cuisses et plié les paumes sur le fermoir du sac. Son caractère timoré l'emportant sur ses dehors délibérés, elle s'interdisait la moindre conjecture. Les limites du possible étaient trop souvent pour Paule celles de son endurance ou de son invention, et les renseignements obtenus de ce touriste, pas totalement dévastateurs selon son intuition, mais pas sans conséquence non plus, viendraient la torturer assez vite.

Près de larges portes battantes, Jeanne n'avait qu'à se retourner sur le va-et-vient des employés pour voir un champ de petits bureaux, et avoir une idée des dernières détresses de Charles. Malgré les rangs parfaits, cette multitude produisait une impression moins d'efficacité que d'éparpillement. Toutes ces têtes en mouvement, tous ces visages flottant au-dessus de tous ces dossiers, donnaient à penser que le souvenir de Paule s'y dissipait.

Toutefois, en se remettant à fixer le linoléum usé et décoloré, les plinthes et les jambages entaillés, les plafonniers vacillants de distance en distance, elle s'étourdissait de menues pensées et s'imaginait avoir atterri dans un hôpital, non pas dans un établissement quelconque, mais là où elle avait emmené Vincent une semaine auparavant.

Et voilà comment c'était! Elle venait s'informer de Paule, elle se donnait cette peine dans l'espoir de soulever une vague ou deux, de secouer quelques tiédeurs, et ses préoccupations dérivaient vers Vincent. N'était-il pas, depuis toujours, l'objet de ses plus vifs sentiments? N'avait-elle pas pour lui, en dépit de ses dénégations, la préférence délicieuse et honteuse de certaines mères pour un de leurs enfants? Sinon de la plupart des mères? Sinon de toutes? Et qui commençait à se retourner contre elle? Car après la mort de Julien et jusqu'à tout récemment Vincent, «son enfant blanc», ainsi qu'elle l'appelait encore les soirs où il ne feignait pas de dormir avant l'heure et consentait à ce qu'elle s'assît sur le bord de son lit, pour lui lisser les cheveux loin du front, loin des tempes, avec une lente pression de la main qu'elle trouvait si apaisante, oui, Vincent avait bien été sa seule fantaisie obscure, au-dessus de tout soupçon.

Bien sûr, Charles lui avait fait une vie confortable en ménageant les apparences d'un ordre heureux, mais ne s'était-il pas réfugié dans un amour de bienveillance qui lui avait dérobé une part de lui-même? Et n'aurait-elle pas contracté la folle habitude de se parler à elle-même si Vincent n'avait été là, si elle n'avait pu étreindre contre elle son petit corps maniable et compact, pour lequel les mots n'étaient encore qu'une délicate cacophonie, sa petite masse chaude semblable à celle d'un animal qui parfois se débattait et parfois se rendait, mais était sans contredit sous sa dépendance, si elle n'avait pu se replier sur lui comme sur ce qui lui appartenait, absorbait sa douleur, la consolait? Car Vincent lui avait inspiré un plus grand désir de complicité physique que les deux autres, oui, incomparablement plus grand, sauf lorsqu'il était en bas âge.

Jeanne se souvenait du peu de plaisir, du malaise même, qu'elle éprouvait à prendre ses bébés dans ses bras, à tenir pendant des heures leurs longs torses alourdis ou renversés furieusement en arrière, qui se tortillaient telles des anguilles, à maîtriser leurs membres et leurs cous agités, leurs têtes instables, à interroger leurs visages et leurs estomacs bedonnants comme autant d'énigmes, s'énervant de ce qu'ils fussent toujours sur elle et paniquant de ne pas savoir ce qu'ils voulaient, ce qu'elle devait faire. Et Charles qui l'accablait de conseils, persuadé qu'elle n'avait pas la manière. Allons! elle n'avait pas à leur serrer si fort les mâchoires pour leur donner le biberon! il ne s'agissait pas de leur faire des becs de cigogne! un peu de patience avec ce jus! ne pouvait-elle pas leur accorder des répits, des distractions? après tout, ils n'avaient pas tant de chances d'examiner leur père, vu qu'ils retournaient droit dans leurs lits au sortir de la cuisine! alors là, c'était assez insisté! ils n'en voulaient plus de cette eau miellée, ça ne servait à rien de leur remuer la tétine dans la bouche pour les empêcher de s'assoupir! enfin, Jeanne! s'était-elle aperçue qu'Alex se balançait souvent sur le plancher de sa chambre comme un demeuré, et trouvait encore plus amusant de faire ça devant un miroir? il le lui jurait! elle faisait moins attention à celui-là qu'aux deux autres! ça n'entraînerait rien de bon, et ainsi de suite. À croire qu'elle était une mère sans finesse ni souplesse, trop volontaire avec ses trois enfants, oui, même avec Vincent, ne leur laissant ni paix ni trêve, oh! tous ces moments lui revenaient avec une telle clarté, où les remarques de Charles avaient ajouté à la détresse, qui minait le dévouement.

Or, Vincent avait paru s'accommoder d'elle. Après sa curieuse passe d'hypertonie, d'humeurs farouches et d'insomnies, son tempérament s'était bien accordé avec le sien. C'était lui qui, à compter de quatre ou cinq ans, avait veillé le plus diligemment sur elle lorsqu'elle souffrait de migraines, de raideurs musculaires ou de maux d'oreilles, massant ses tempes ou lui apportant de l'aspirine, faisant reluire le lavabo et la baignoire à sa place, brave Vincent qui, sans se liguer avec elle contre les autres, l'aidait à combattre une à une les mesquineries de la vie, depuis les insolences de Céline jusqu'aux sottises d'Alex, en passant par les bonnes dispositions inaltérables de Charles. Que Jeanne l'y eût ou non encouragé, par les faveurs discrètes ou les épanchements exclusifs dont l'accusait Charles, cela n'enlevait rien à son mérite. D'autre part, ni elle ni personne n'aurait nié que la mort de Julien avait grandement conditionné leurs connivences. Charles, puis un thérapeute, puis le monde entier sous le visage d'Elvire étaient arrivés à cette conclusion. Pourquoi n'y aurait-elle pas souscrit à son tour? Une fois revenue de la dépression, de la torpeur que lui avait inoculées la nette atrocité de la mort de son fils, elle s'était défendue comme elle avait pu, et Charles le savait, qui avait mis longtemps à lui causer la moindre contrariété et qui évitait d'ailleurs encore le sujet, par crainte de brouiller une eau passablement claire, décantée.

•

Pour ne pas trop se troubler, Jeanne faisait l'effort de se remémorer les satisfactions innombrables et exquises que lui avait procurées Vincent, lorsque plusieurs entrées et sorties ont provoqué une succession de battements de porte affolés. Restée calme, elle s'est rappelé ce qu'elle disait jadis dans le bureau du thérapeute, qu'il n'y avait pas de mal, non, sûrement pas de honte à vouloir élever un garçon modèle, aimant et obligeant, fût-ce pour se prouver qu'on était une mère respectable et qu'on ne pouvait être coupable de négligence, d'un autre côté, elle aimait aussi son petit Vincent pour lui-même, cela, il aurait fallu être cruel pour le contester.

Une fois encore, les portes de la grande salle ont fouetté l'air. Jeanne, qui s'était transportée de nouveau dans son hôpital, n'aurait pas été étonnée si elles avaient relâché un groupe de blouses blanches. Les enfants hâves, maigres comme des harengs et efflanqués à faire pleurer, qu'elle avait visités avec Vincent sous prétexte qu'elle songeait au bénévolat, en espérant qu'ils lui feraient une bonne peur, lui donneraient une idée saisissante de ce qui l'attendait s'il ne renonçait pas à table à ses manèges aberrants, qui ne semblaient avoir d'autres motifs que d'embarrasser tout le monde et de troubler la paix familiale, déjà assez fragile pourtant, d'attirer sur lui l'hostilité de chacun, et pourquoi cela! elle se le demandait... ces enfants, donc, étaient revenus la hanter, de sorte qu'elle n'a pas reconnu tout de suite l'agent Nolin.

Le regard fixé droit devant elle, l'agent a tourné à la corde dans le couloir, allongé un bras vers Jeanne et lancé qu'elle n'en avait plus que pour une minute. Entre-temps, on réessayait de prendre contact avec son mari. Oh! il ne fallait rien s'imaginer, a-t-elle levé la voix vers le plafond en s'éloignant et en agitant une main derrière elle, pour retenir encore un moment l'attention de Jeanne, surtout il ne fallait pas se réjouir ni s'inquiéter d'avance, leur piste n'avait de bon que d'en être une enfin.

Il n'y avait pas de danger, Jeanne a-t-elle répondu à part soi, elle ne supposerait ni n'anticiperait rien. Elle s'était mise à trembler jusque dans les entrailles, Paule ayant encore le pouvoir de la plonger dans le désarroi, d'aussi loin qu'elle était et pour irréelle qu'elle devenait. Non, elle n'était pas assez malavisée pour se livrer à un débordement d'hypothèses, d'autant que l'irrationalité et la liberté de Paule obscurément la terrifiaient.

Un clou ne faisant que chasser l'autre, elle est revenue à Vincent dont la gracilité, tellement irritante pour elle depuis le dernier goûter chez Blanche, l'a affligée au point qu'elle s'est sentie tout à fait dépassée, presque défaillante. Il n'allait quand même pas échouer sur un lit d'hôpital, comme cette fillette livide qui roulait les manches de sa chemise de nuit jusqu'aux épaules, et dont les bras filiformes pendaient sans vie le long du corps, qui portait en tout temps un casque énorme de motocycliste auquel elle tenait mordicus, et qu'on lui laissait même pour dormir parce que dès qu'on le lui retirait, il lui reprenait la très charmante fantaisie, après manger, de se cogner la tête contre la porte fermée à clé de la salle de bains, où elle voulait aller vomir... Et voilà! elle aurait dû le prévoir, a soupiré Jeanne, en commençant à soupçonner que le spectacle de ces jeunes patients l'avait affectée plus que Vincent.

●

L'agent était encore au téléphone, les paumes à plat de part et d'autre du sous-main, tout au bout de ses bras écartés. Le combiné coincé entre l'épaule et la joue, elle a invité Jeanne à s'asseoir d'un rapide plongeon des yeux.

«Oui, mon ange, allez, maman t'embrasse», a-t-elle conclu, d'une voix prompte réduisant la tendresse des mots à une formalité, sur le ton énergique et suffisant des gens toujours prêts à s'attaquer à un autre problème.

Jeanne, qui s'était estimée chanceuse d'avoir affaire à une femme et avait même trouvé que celle-là lui ressemblait assez, avec son mélange de nervosité et d'empire sur elle-même, a été déçue de ce détachement un brin agacé. Au travail, cette fonctionnaire devenait sans doute une stricte fabrication de son

titre et de sa charge, comme tant d'autres profession-
nelles, si bien que pour elle sa féminité ne pouvait
être au mieux qu'un détail accidentel et au pire
qu'une cause d'excès de zèle, ce qui n'allait rien faci-
liter du tout.

Gênée par l'attitude coupante de l'agent, Jeanne
donnait aussi dans le piège de la comparaison, se
mettait à la place de cette femme de carrière pour
percevoir sa propre histoire de mère au foyer comme
celle d'une longue faiblesse, d'une longue réclusion,
d'une interminable mais petite lutte sans ambition.

D'un geste précis, l'agent a ouvert un dossier
bleu qu'elle avait devant elle. Jeanne a considéré la
mèche ronde et courte qu'elle replaçait à tout instant
sur la tempe, en tâchant de la refaire gonfler, les joues
fades mais huileuses, marquées d'un obligatoire trait
de fard, les lèvres au contour indécis où flottait
contre toute attente un vestige de rouge, les cheveux
mi-longs et cendre, dont elle masquait la rareté au
moyen d'un flou négligé, résultant probablement de
coups de brosse appliqués en tous sens, la jaquette
trop étroite dont les bords ne se rejoignaient pas sur
la poitrine, les mains un peu grasses. Plus elle l'examinait, plus elle la dépouillait de son pouvoir. Ni
cette femme ni personne, se persuadait-elle, ne leur
redonneraient Paule.

Elle tombait pile, a finalement lâché l'agent, en
redressant la tête et en croisant les mains sur les pièces du dossier. Puis elle a fouillé Jeanne du regard,
tout le temps qu'il lui a fallu pour préparer son entrée
en matière. Les efforts qu'on faisait pour joindre son
mari ne tarderaient sûrement pas à porter des fruits,
a-t-elle commencé avec prudence, même si on avait

pris soin de ne pas alarmer ses employés... C'était qu'un touriste avait reconnu une photo de leur fille, affichée à tout hasard à Istanbul, non pas dans un édifice public ni dans un poste de police, mais dans une sorte de cafétéria à la mode située près de la mosquée Bleue, qui était le rendez-vous des Occidentaux sans le sou, en route plus souvent qu'autrement vers le Tibet, le Népal, Katmandou... et qui s'appelait le Pudding Shop, pas très turc d'inspiration, ce nom-là... mais ces détails n'importaient pas pour l'instant... alors voilà, les nouvelles ne leur plairaient pas.

Un cognement discret s'est fait entendre, et un commis est entré dans le bureau. Marchant de biais tant il était intimidé, il a remis un bout de papier à l'agent, attendu qu'elle le remerciât d'un hochement de tête et fait demi-tour en jetant un œil furtif sur Jeanne.

«Votre mari, a annoncé l'agent. Si vous voulez lui parler, nous l'avons en ligne.» Elle a tendu le récepteur vers Jeanne et posé un doigt sur un des boutons de l'appareil, sans appuyer encore.

«Nn... non, a soufflé Jeanne, en secouant la tête de crainte que la voix ne lui fît défaut. Je ne saurais quoi dire. Prenez donc vous-même son appel, pour qu'il soit informé le premier de ce que vous savez, et de première main... Moi, j'écouterai de toute manière. Puisque je suis là.»

•

Une ombre de perplexité lui traversant le visage, l'agent a eu l'air de dire «À votre guise, mais ce procédé me semble plutôt curieux».

Sur le bout de sa chaise, Jeanne souffrait à présent de ne pas entendre les réactions de Charles. Les battements de son cœur lui faisaient l'effet de vifs élancements. Une main faible sous les seins, elle se courbait insensiblement sous le poids des révélations de l'agent, s'inquiétait surtout des précisions réticentes qui suivaient ses silences grimaçants, occasionnés par les questions de Charles. La fonctionnaire parcourait de l'index une sorte de déposition transmise par télécopieur. Un Allemand rentrant de l'Inde affirmait avoir voyagé en autocar aux côtés de Marie-Paule, vers la fin de juin, à destination d'Ankara. Elle et lui avaient tantôt bavardé, tantôt somnolé l'un sur l'épaule de l'autre en traversant des centaines de kilomètres de nuit, jusqu'à ce que Marie-Paule se sentît assez en confiance pour avouer qu'elle comptait se faire avorter au plus tôt dans la capitale, car les jours pressaient et elle était près de changer d'idée, elle voulait un enfant, mais pas tout de suite, elle avait le nom et l'adresse d'un ex-étudiant en médecine qui ne demandait presque rien, c'était la patronne d'un hôtel de Konya qui les lui avait donnés, en disant avoir comme ça des relations nécessaires, parce que les lois libérales du pays, qui sur papier n'avaient rien à envier à la Suisse, restaient lettre morte dans cette ville très religieuse. L'Allemand s'était d'abord contenté d'écouter Marie-Paule avec sympathie, plus respectueux de sa décision que soucieux de son sort. Mais lorsqu'elle avait ajouté que cet ex-interne était, selon la tenancière de l'hôtel, «un jeune homme bien, un bon garçon, renvoyé trop nerveusement de l'université pour l'emprunt au laboratoire de petites fioles», il avait tenté de la dissuader, de peur que cet amateur n'eût l'anesthésie trop généreuse ou les facultés engourdies. Aussitôt elle avait argumenté contre lui avec une hostilité qui avait découragé sa bienveillance. Il ne fallait pas conclure si vite, qu'est-ce que c'était que cette panique, il y avait drogues et drogues, du reste c'était cela ou le retour au pays, et elle n'en avait pas fini avec la Turquie.

Jeanne était consternée. Le visage défait, les traits aplanis jusqu'à la pâleur mais les sourcils encore interrogatifs, figés en réalité dans cette position, elle s'efforçait de ne rien manquer du rapport de la fonctionnaire, interrompu à tout bout de champ par Charles, cependant elle ne pouvait s'empêcher de se représenter, par vagues lentes, une pièce tristement délabrée et dégarnie, table froide au centre, draps tendus sur les fenêtres, lavabo aux tuyaux exposés, matelas enveloppé dans une couverture sur le plancher... où l'immaturité de deux enfants, de deux irresponsables, avait pu inventer une scène sinistre, car Paule n'avait que vingt-six ans, et ce jeune Turc, savait-on... elle au milieu, avec son ventre blanc et ses cuisses tremblantes, lui s'adjurant à part soi de garder son calme, elle au milieu, avec son pauvre ventre encore plat, rongé sourdement puis cinglé de douleurs, avec ses genoux précairement pointés, frémissants, avec ses jambes ouvertes à la largeur de la pièce et près de se détacher, avec ses fesses dans une épaisse mare rouge et ses cuisses barbouillées, tiraillées de spasmes, plantées fragiles dans le creux sombre et pourpre, inondé, le creux palpitant et régurgitant de sa chair, elle terrassée, rivée au milieu, lui dépassé par les complications et affolé, elle tournoyant entre ciel et terre, morcelée, disséminée dans mille directions, lui persuadé que c'était la fin et s'enfouissant le visage dans les mains, pour ne plus voir sortir d'elle ce remous noir et brillant et chaud, elle inerte, évanouie… Si Paule leur avait notifié son retour peu après, si elle n'était pas revenue surtout, n'était-ce pas que cette intervention avait mal tourné? avait été désastreuse? Oh mais! c'était là immensément plus que ce que Jeanne pouvait tolérer d'imaginer.

En arrivant à Ankara, Marie-Paule avait pris une chambre avec ce Georg Lenz au Bulvar Palas, poursuivait entre-temps l'agent, mais le lendemain elle avait refusé qu'il l'accompagnât chez l'avorteur, lui avait fait ses adieux et était partie avec son bagage. Le jeune homme avait attendu toute la journée à l'hôtel, dans l'espoir qu'au moins elle téléphonerait, mais rien, elle ne lui avait pas refait signe malgré les confidences et les caresses échangées, le contact sexuel… empressé. Puisqu'ils n'avaient pas prévu de s'écrire, Marie-Paule s'étant faite distante au réveil comme si elle avait déjà regretté ce mélange d'intimités, il avait bien été forcé de l'oublier.

Il n'aurait pu se méprendre sur son identité, le soir où il était tombé sur l'avis de sa disparition au Pudding Shop, parce qu'il avait insisté pour prendre sa photo à la descente de l'autocar, au moment où ils devaient se séparer. L'instant d'après ils avaient quitté le terminus ensemble, de sorte que de fil en aiguille ils avaient atterri dans le même hôtel. Mais ce développement à part, il était heureux que ce monsieur Lenz eût imprimé sur film le visage de Marie-Paule. La photo, actuellement en leur possession à l'ambassade, authentifiait en partie son histoire. Huit heures d'autocar dans un paysage désertique, impénétrable comme l'encre une fois le jour tombé, suffisaient à expliquer que Marie-Paule se fût épanchée avec un pur étranger, toutefois ses propos sur ses déplacements et ses rencontres ne permettaient pas de soupçonner où elle était allée ensuite, à supposer qu'elle eût été en état de voyager. Ainsi on n'avait tenu une piste que pour la reperdre... l'agent a-t-elle déploré, tandis que ses paupières papillotaient de sympathie.

Voilà qui allait ramener Charles! s'est dit Jeanne, en faisant écumer en elle-même une petite colère plutôt que de donner dans la détresse. Mais pendant que l'agent tantôt leur garantissait que oui, sans faute et sans délai, ils allaient interroger la patronne de l'hôtel et faire l'impossible pour mettre la main sur le médecin sans diplôme, tantôt les prévenait que «dans ces milieux» les gens se couvraient d'ordinaire les uns les autres et n'étaient pas bavards, elle se désespérait malgré elle. Paule ne venait-elle pas de s'éloigner d'eux plus encore, comme ces objets emportés sur l'eau par le vent ou juchés trop haut sur une étagère, qu'on ne faisait que repousser en les atteignant de la pointe des doigts?

Non que Jeanne souffrît beaucoup de son absence. Paule n'avait-elle pas rejeté dès le début son affection et ses soins, pour continuer à ne jurer que par sa mère, ne s'était-elle pas faite rare sinon importune après avoir quitté la maison de son père, indifférente sinon dure, sinon d'une exubérance intolérable, n'avait-elle pas été dans tous les cas tourmentante et dépendante, de sorte que Jeanne n'avait jamais pu que la combattre ou l'ignorer? Mais il était plus que temps que Paule reprît sa place auprès d'eux, car ni

Charles, ni les enfants, ni elle n'en pouvaient plus d'incertitude et de bouleversement.

La fin de juin. Leurs plus récentes nouvelles remontaient à la fin de juin. Cette époque, où Paule leur écrivait encore, maintenant s'assombrissait. Les yeux fermés, Jeanne hochait la tête comme pour se débarrasser de ses pensées morbides, lorsque soudain ça l'a frappée. La fin de juin… C'était vers ce temps-là que Paule avait téléphoné à sa mère, et pas sous le coup de quelque nostalgie, pas pour entendre sa voix ni la rassurer, mais pour lui demander de l'argent!

•

Le combiné de nouveau bloqué entre l'épaule et l'oreille, les bras grands ouverts et les mains accrochées aux extrémités de son bureau, comme si c'était sa manière à elle d'achever une communication, l'agent s'enquérait à présent si Charles souhaitait dire un mot à sa femme.

Bon, c'était à son gré, a-t-elle repris. Oui, naturellement… Quant à le mettre en contact avec ce monsieur Lenz, eh bien, elle verrait ce qu'elle pourrait faire, comment il vaudrait mieux procéder. Mais sûrement que le jeune homme leur avait déjà raconté tout ce qu'il savait… La photo? Mais oui, cela allait de soi… Oui, dès qu'ils la recevraient, oui, en main propre.

Jeanne a regardé autour d'elle. La fenêtre mouchetée d'un sec mélange d'eau de pluie et de poussière, l'épaisse peinture brillante des murs où un duvet de saleté s'était attaché, les lourdes étagères de dossiers cornés, les classeurs abîmés… elle se forçait d'examiner tout cela pour faire rentrer ses larmes, en roulant les yeux d'un côté et de l'autre. L'austérité négligée de la pièce, sans autre touche personnelle qu'une carte d'anniversaire pendue à un abat-jour avec du ruban adhésif, la renvoyait à elle-même et au souvenir de son petit Julien, ce deuxième enfant venu trop tôt après la naissance de Céline. Elle avait secrètement désiré s'en vider le corps tant qu'avait duré sa grossesse, parfois avec une véhémence qui la jetait dans des frénésies paniques, mais elle n'avait jamais envisagé de se faire avorter. «Son lapin», l'avait-elle appelé dès les premières semaines, chaque fois qu'elle s'était rappelée au sentiment maternel, comme d'autres se seraient rappelés à l'ordre. N'avait-il pas un long corps blanc, très semblable en fait à celui de Vincent au même âge, et un petit nez ridé à la hauteur des yeux, qui lui donnait toujours l'air de renifler ou de se guider sur les odeurs, surtout lorsqu'il rampait la tête basse pour retrouver Jeanne à l'aveuglette? Et il était mort suffoqué, la belle cruauté du destin! Mais comment Jeanne se serait-elle pardonné ses aigreurs de femme enceinte, après l'avoir trouvé sans vie dans sa chambre un après-midi?

«Vous ne vous sentez pas bien? Vous voulez un verre d'eau? lui a demandé l'agent en raccrochant.

— Oui... Enfin, non... Ça ira, merci.» Jeanne s'est levée. Confuse, marmottant que son mari semblait avoir tout pris en main, elle est restée debout jusqu'à ce que l'autre se fût levée à son tour.

Jeanne a résisté à l'abattement tant qu'elle était sur la route, puis est rentrée s'étendre sans avoir rien avalé ni fait ses courses. Sa migraine ne s'était pas encore calmée, lorsque la porte de la cuisine s'est refermée par trois fois sur ses enfants au retour de la bibliothèque. Sortant du lit, elle est allée mettre une brassée de linge à laver. La vie, pour ces derniers, ne pouvait pas s'interrompre.

Plus tard Charles, qui avait oublié de s'arrêter chez le poissonnier, a fait la joie d'Alex en commandant deux grandes pizzas et en annonçant qu'il serait permis de manger devant le téléviseur. Pendant le pique-nique au salon, il a profité d'un fou rire d'Alex pour s'arracher à son silence. Un peu à contrecœur, il a remercié Jeanne d'être allée là-bas pour lui, et elle a préféré ne rien répondre devant les enfants. Si Alex se livrait à des folies qui auraient couvert n'importe quelle conversation, Céline et Vincent ne faisaient attention à lui que par intermittence, dissimulaient mal leur curiosité inquiète. Il était si difficile de leur cacher quoi que ce fût! D'ailleurs Jeanne ne savait plus si elle leur taisait certaines choses pour les épargner, les confiner dans une candeur ignorante ou se soustraire elle-même à leurs jugements. Elle était pourtant consciente d'avoir endommagé irréparablement, par ses airs misérables des derniers mois, ce qui aurait pu lui rester de pouvoir magique ou d'ascendant auprès de ses grands enfants.

•

Céline, ayant flairé des perturbations dans l'air, a insisté contre son habitude pour aider à desservir et exigé d'être mise dans le coup. Jeanne a disparu un moment au salon, où elle a ordonné aux garçons de monter faire leurs devoirs, puis elle est revenue faire face à sa fille. Céline est restée stoïque et muette malgré son attachement pour sa demi-sœur. Elle n'a laissé transpirer qu'un rien de défiance, suggérant que les nouveaux faits la rapprochaient de Paule et l'opposaient davantage à sa puritaine de mère, puis a tourné les talons et cherché refuge dans la nuit froide.

Une fois le lave-vaisselle en marche, Jeanne a réintégré sa place sur le canapé, auprès de Charles qui fixait le vide comme si son œil s'était détaché du téléviseur en glissant de côté. Elle avait à peine tiré le panier de linge à ses pieds et commencé de plier la lessive, lissant les froissures, aplatissant une épaisseur sur l'autre, pinçant bien les coins, qu'il est parti sur les pas de leur fille en prétextant un oubli au garage.

Eh oui! Ils n'avaient qu'à fuir, tous! Qu'à la laisser là! s'est irritée Jeanne. Qu'à courir l'un à son atelier, l'autre chez son mécanicien! Si ça continuait, la famille entière vivrait sous un capot de voiture!

Une taie d'oreiller encore chiffonnée sur les genoux, elle a eu tôt fait cependant de se radoucir. La voix étouffée par l'épais silence, elle a repris en écho les derniers mots de Charles. «Au garage.» N'était-ce pas la formule qui lui servait désormais à exprimer son détachement, sa misère d'exister, sa douleur de survivre à la disparition de sa fille, si bien que même les enfants se frappaient en l'entendant, tournaient les uns vers les autres de grands visages affligés, ou rentraient le cou tels des observateurs impuissants, donc à demi coupables? Oh oui... C'était bien son désillusionnement que Charles leur jetait à la tête avec ses «Au garage». Or, Jeanne l'enviait d'avoir au moins autre part où aller.

•

Ayant réparti la lessive en petites piles sur les coussins, Jeanne n'avait plus l'énergie de bouger. Un moment elle s'était souciée d'Alex et de Vincent qui bizarrement ne faisaient pas de bruit à l'étage, de Céline aussi qui était sortie la tête nue, en pantalon d'été, et qui devait se geler au vent, mais à présent elle était atterrée par des émotions longtemps enfouies, soudain exhumées.

Jeanne avait alors moins de trente ans. Sa première était née l'année même de son mariage, comme si Charles avait été anxieux d'avoir un bébé avec elle pour la retenir aussi sûrement que possible, et Julien tout de suite l'année d'après. Jeanne, incapable de gagner la confiance de Paule, avait décidé qu'elle serait une mère exemplaire avec ses propres enfants, et que rien ni personne ne l'en empêcherait, surtout pas eux. Si elle avait eu une jeunesse morose, incertaine parce que trop fermée, n'en tenait-il pas qu'à elle maintenant de s'attirer admiration et approbation? Elle avait donc assumé son rôle de mère avec une détermination d'abord optimiste, bientôt forcenée. Elle s'était approprié toutes les responsabilités après la naissance de Céline, avait repoussé l'aide de quiconque pour avoir le monopole du dévouement, s'était réservé des territoires et avait interdit l'entrée de la chambre d'enfant à tout autre qu'à Charles, mais parfois à lui aussi, sauf pendant de brefs instants où on était autorisé à se pencher sur la couchette pour dire son émerveillement, et hop! on en avait assez vu, car elle éprouvait un malaise lorsqu'on embrassait la petite devant elle...

Dès que Céline avait pris un peu de tonus et de caractère, vers l'âge de quatre ou cinq mois, il était devenu évident qu'elle avait pour elle-même et sa mère un tout autre programme. Le bébé docile s'était mis à regimber et, en dépit d'intermèdes en apparence pacifiques, les choses ne s'étaient jamais arrangées. À l'époque de la naissance de son frère, Céline était en fait si récalcitrante, si indifférente qu'elle ne bronchait même pas lorsqu'on l'appelait, soit en élevant la voix de l'autre bout de la maison, soit en déposant son nom dans son cou, de sorte que Jeanne avait commencé à craindre qu'elle ne fût dure d'oreille. (Charles se refusait à pareille explication, la prétendant tout bonnement rêveuse ou absorbée, se vantant d'avoir «engendré une penseuse».)

Les circonstances innombrables et excédantes où Céline avait fait la sourde s'associaient toujours dans l'esprit de Jeanne avec la mort de Julien. Le matin avant l'accident, elle s'était transportée chez le médecin avec ses deux enfants dans le même landau, en rappelant sans cesse à la plus vieille de ne pas trop se remuer, de garder les jambes bien écartées pour ne pas heurter le bébé du pied, il était encore si frêle. Une batterie de tests auditifs ayant percé le jeu de la

petite, Jeanne n'avait pu ni se fâcher de ses simula-
tions ni se réjouir de sa bonne santé, tant les longues
heures passées à la clinique avaient perturbé Julien
qui était déjà un être d'habitudes, l'avaient plongé
dans une agitation déconcertante.

Au début de l'après-midi, Jeanne avait couché
Julien de vive lutte, dans une tempête de hurlements,
un jaillissement intarissable de plaintes déchirantes,
confinant parfois au hoquet ou au halètement. Dans
la chambre aux stores baissés, elle avait maintes fois
repris sur son épaule et remis au lit l'enfant qui, aussitôt sur le matelas, recommençait de s'époumoner
en levant le front s'il était à plat ventre et en raidis-
sant les jambes s'il était sur le dos, pour extirper avec
plus de force encore chaque cri du fond de son estomac. Exaspérée de ne pas deviner la cause de ses
fureurs, Jeanne n'en avait pas moins déployé des ressources de tendresse et de patience. Elle s'était obstinée si longtemps à faire dormir cet enfant que Céline,
la suffisante et dédaigneuse Céline, avait fini par se
croire abandonnée au rez-de-chaussée et par fondre
en pleurs, puis par grimper toute seule le grand escalier dont l'accès lui était interdit, pour apparaître à
quatre pattes sur le pas de la porte.

Jeanne qui ne se possédait plus malgré sa conscience aiguë d'elle-même, de ses gestes improvisés au
fur et à mesure, Jeanne qui ne se sentait plus en intelligence avec cette petite tête vibrante et rouge de
colère, hostile, au bout du compte étrangère, brû-
lante sous ses cheveux mouillés, roulant par secousses déréglées dans le creux de sa main, ou remplissant
la pénombre d'appels stridents depuis la cage du lit,
alors s'était avouée vaincue: ayant ramassé sa fille au

passage, elle avait refermé la porte derrière elle parce qu'elle n'en pouvait plus de ce tumulte, et avait laissé son bébé fulminer tout son saoul, rager jusqu'à ce qu'il se fût assoupi d'épuisement.

Un quart d'heure plus tard Julien s'était tu comme il aurait défailli, la voix entièrement dévidée et les poumons à plat, le corps anéanti par la véhémence de ses protestations, de ses demandes, pauvre petite chose… Mais cinq minutes ne s'étaient pas écoulées que la crise avait repris de plus belle et que le même vacarme, révélant selon Jeanne le même chaos de volontés obscures, s'était élevé sous le même petit crâne.

Jeanne n'avait pas réagi. Exténuée, effrayée peut-être aussi par sa propre nervosité, elle avait continué d'enlever le couvert du midi en se disant tout haut que son travail devait se faire et que la vaisselle ne pouvait pas traîner jusqu'au soir, du reste que si Julien s'était calmé une première fois sans elle, il ne tarderait pas à se calmer une deuxième fois, puis à succomber au sommeil.

La cuisine rangée, Jeanne avait mis des vêtements à tremper et repassé quelques nappes, en goûtant ce qui lui avait paru un silence invraisemblable et bien-heureux, à peine émaillé des babillages de Céline qui jouait sous la table. Enfin elle était remontée à l'étage suivant son habitude, pour jeter un coup d'œil sur son garçon, le reborder.

Ayant entrouvert doucement la porte, elle allait s'introduire dans la chambre sur la pointe des pieds, lorsqu'elle avait été frappée d'horreur, réduite à néant. Au bord de l'évanouissement, elle s'était laissé porter par ses seuls réflexes, son seul instinct, pour se précipiter vers la couchette avec des gémissements sans voix, qui avaient dans sa poitrine l'intensité de hurlements, et elle était tombée à genoux devant le petit corps pendu, retenu hors du lit par la tête coincée entre les barreaux, le petit corps terriblement immobile, affaissé dans son pyjama, et elle l'avait enveloppé aussitôt dans ses mains plus que tremblantes, presque irréelles, et elle l'avait soulevé avec autant d'empressement que de précautions pour le dégager de là, entreprenant de le tirer de ce cauchemar, de le ramener à la moiteur paisible de son sommeil d'après-midi, puis respirant tout contre elle cette odeur encore chaude et rance, ce relent de lait sur qu'elle reconnaissait trop bien pour son parfum à lui, mais comment son bébé avait-il pu se glisser jusqu'au-delà des épaules dans un intervalle si étroit, oh! la courte plongée dans le vide, puis le choc, l'élan freiné par la tête trop large et le corps se tendant dans un claquement, la chute arrêtée…

Pliée en deux, enroulée sur son enfant qu'elle tenait sous elle en l'appuyant lâchement contre sa poitrine, par crainte de lui faire plus de mal encore en le serrant, Jeanne avait cru ne plus jamais se remettre de son effroi.

Comme d'un univers lointain, l'idée lui était venue d'appeler une ambulance, oui, vite, il n'y avait pas une seconde à perdre. Ses pas rigides et malaisés se répercutant à travers son corps, si bien que ses jambes lui faisaient l'effet de se disloquer, et la réalité fuyant d'un côté et de l'autre sur son passage, s'ouvrant telle une eau, s'écartant tels les larges pans d'un paysage, elle avait couru aussi vite qu'elle pouvait sans trop remuer l'enfant, qu'elle collait toujours précieusement sur elle, puis avait trouvé à articuler tous les mots qu'il fallait d'un filet de voix blanc, immatériel.

De retour dans la demi-obscurité de la chambre, dont l'air stagnant retenait des effluves mêlés de poudre de toilette et d'excréments, elle était restée penchée sur Julien dans le fauteuil à bascule, prostrée et tendue, grelottante de douleur et d'épouvante, jusqu'à ce qu'on fût arrivé dans un étourdissement de signaux de sirènes, pour le lui enlever.

En deçà de la porte close, que Céline avait bientôt frappée des poings, des pieds, en sanglotant parce qu'elle pressentait quelque chose, malheureuse petite, qui ne supportait ni qu'on s'occupât d'elle de trop près ni qu'on disparût de sa vue trop longtemps, Jeanne ne se représentait plus maintenant avec netteté que les fenêtres opaques sur les stores desquelles elle avait rivé des yeux ahuris, comme sur une vérité aveuglante, tandis que de l'autre côté un soleil intense de fin d'après-midi venait s'y cogner, les encadrant d'un halo.

•

Les poignets mollement croisés sur les cuisses, à croire qu'on venait tout juste de la décharger de son petit poids inerte, Jeanne se livrait une fois de plus à sa hantise. Aussi incapable de chasser l'image de son bébé pendu par le cou, les pieds flottants, que si elle avait tâché de refouler du seul tranchant de la main un écoulement d'eau incontrôlé, elle ruminait dans le vide avec une lassitude nauséeuse, lorsqu'un timide instinct de défense l'a fait remonter à la cause de ce souvenir. Non, elle n'avait pas voulu Julien, pas désiré cette grossesse ni cet enfant, et non, elle n'avait pas toléré ensuite de se retrouver dans la même situation qu'avant sa naissance, avec son mari, sa belle-fille et sa fille. Pourtant elle avait déjà souhaité la faire durer indéfiniment, cette situation, fâchée contre l'enfant qui ne manquerait pas de tout bouleverser, juste quand elle commençait à gagner en assurance avec Charles, à se faire imperméable aux humeurs de Céline et à transiger avec Paule.

Pour la mille et unième fois, Jeanne a osé penser qu'elle aurait moins souffert, le reste de sa vie, de s'être fait avorter que d'avoir laissé cet accident se produire. N'apercevait-on pas, trop souvent, ce qu'on avait voulu pour soi que lorsque la déroute et la misère s'étaient installées? Évidemment, il n'en aurait pas été pour elle comme pour Paule, qui était toujours à la remorque de ses désirs, de ses impulsions catastrophiques, qui avait choisi de faire passer son bébé dans des conditions incertaines, cherchant peut-être à se détruire un peu? Un peu plus? Jeanne était tellement confuse! Si elle avait cru tout de suite à une tragédie, il n'était pas dit que Paule eût succombé sur place à une hémorragie intarissable ou plus tard à une lésion grave, à une infection dévorante. Oh! c'était Charles qui devait imaginer le pire!

L'hypothèse de la disparition de Paule ne se vérifiant que trop, il devait lui aussi revivre à tout moment sa séparation d'avec Julien, et s'abandonner ce soir à des fabulations plus violentes ou dépressives que jamais. Jeanne n'osait pas supposer à quoi il appliquait ses réflexions, surtout depuis qu'il se montrait résigné et jouait les captifs, surtout depuis qu'il avait souligné une phrase dans un magazine disant qu'il n'y avait d'attachements que douloureux, chacun étant un deuil en sursis.

•

Un bruit sourd l'ayant fait sursauter, pareil à celui d'un enfant tombé en bas de son lit, ou plutôt, non, à celui d'une encyclopédie échappée à plat sur le sol, Jeanne a empilé une partie de la lessive dans ses bras et s'est dirigée vers l'escalier: elle voulait dire aux garçons qu'il était l'heure de se coucher, en s'assurant d'une part qu'ils feraient bien leur toilette, d'autre part que Céline n'aurait pas à leur disputer la salle de bains si elle rentrait tôt.

Elle n'avait pas sitôt quitté le salon qu'elle a été ressaisie par une vision de Paule, s'affaiblissant et blêmissant à vue d'œil dans une chambre anonyme, les poings enfoncés dans l'entrecuisse au plus près de l'aine, mi-hagarde, mi-implorante, tordue sur elle-même au milieu de draps imbibés de sang, la souffrance un instant lui soulevant la tête de l'oreiller et l'instant d'après la poussant à se redresser sur son séant, pour mieux la combattre ou lui résister.

Elle posait le pied sur la première marche, quand Céline a ouvert près d'elle la porte du vestibule. Sur le qui-vive, Jeanne a eu droit au regard hostile que lui a dardé sa fille, pour lui signifier qu'elle ne pouvait pas comprendre et serait malvenue à juger. Mais comment Céline aurait-elle soupçonné, du haut de ses seize ans et de sa très dure, très volontaire et très arrogante sagesse, que sa mère aurait tant voulu en cet instant pouvoir aimer Paule?

VII

De petits froids de salive

Devant un téléphone public, à l'angle d'une rue qu'elle n'avait vue qu'une fois sous un éclairage de nuit, Céline fouillait dans son fourre-tout et s'évertuait à y cueillir de la monnaie. Enivrée tant par le froid que par son audace, elle craignait que Jérôme ne fût pas chez lui, ou n'y fût pas seul, ou ne fût pas content de sa venue. Un vent mordant l'incitait à faire vite mais, à l'aveuglette d'abord et la tête dans l'ouverture de son sac ensuite, elle ne mettait toujours la main que sur des pièces d'un cent. Plus le fond de toile mou se dérobait sous la poussée de son bras, plus la réalité semblait répondre à sa fougue par son inertie et se moquer de ses émotions.

Céline avait quitté la maison tôt et sans traîner, car l'époque des grands repas du dimanche avait fait place à celle des œufs au plat préparés par une grappe bruyante de cuisiniers, jouant des coudes autour des poêlons et mangeant sur le bout de leurs chaises. Trois autobus avaient mis un temps fou à l'amener dans ce quartier périphérique de l'est, zone-dortoir plutôt que banlieue spacieuse et gazonnée ou bigarrée et plantée d'enseignes. Une choquante uniformité de constructions, qui en rendait suspecte la modernité et devait être un rappel constant à l'humilité, abritait le confort camelotè d'une classe pas tout à fait moyenne encore. Céline aurait pu être désorientée par le tracé fantaisiste des rues, qui devaient former en perspective aérienne une figure précise et domptée, d'une rigueur géométrique, toutefois elle était arrivée sans trop d'hésitations en vue de l'adresse qu'elle espérait trouver.

À la merci de bourrasques tourbillonnantes, qui soulevaient à tout instant le bout d'écharpe qu'elle avait jeté sur son épaule, le déroulaient d'autour de son cou, le faisaient s'abattre sur sa poitrine ou se dresser tout droit au-dessus de sa tête, elle se pressait contre le téléphone dans une posture frileuse, pour que l'air vif ne la pénétrât pas. Nerveuse, elle a prêté une oreille attentive aux premières sonneries, sans quitter du regard l'édifice qu'elle avait distingué par miracle de ses identiques voisins. Elle ne voyait pas plus sa maçonnerie mate comme de la poudre de ciment, avec ses balcons qui semblaient appuyer les uns sur les autres et former une deuxième façade lisse et pleine, qu'elle n'imaginait derrière ses portes-fenêtres dérobées les ensembles décoratifs bon marché, lustres de pacotille et rideaux à festons, couvre-lits de peluche et cadres en plastique ornés, porcelaines de cinq-dix-quinze et autres possessions qui devaient faire la fierté de locataires sans ressources, immigrés surtout, pour qui la laideur aurait été plutôt dans le dénuement. En ce dimanche désolé, dans l'ombre d'un immeuble d'où le ciel paraissait plus uniformément bleu et lumineux, le réel plus nettement découpé et contrasté, elle n'avait de pensées que pour l'appartement où peut-être Jérôme se prélassait au salon, habillé d'une vieille sortie de bain ou d'un seul pantalon de pyjama, les pieds nus, la barbe comme souvent négligée, les joues à la fois sombres et dorées, d'une brillance obscure, oui, Céline en était toujours aussi troublée qu'elle était amoureuse de la masculinité de

cet homme de trente ans, les cheveux tirés en arrière
et attachés sur la nuque, mais ébouriffés de ne pas
avoir été repeignés depuis la veille, le corps plus que
détendu, totalement insoucieux dans sa solitude.

●

Il a semblé interloqué d'entendre sa voix, et plus
encore d'apprendre qu'elle était juste en bas, au coin
de la rue. Son inquiétude oscillant entre la curiosité
et le reproche, il a suggéré que pour lui la surprise
était aussi agréable que déplacée.
    «Mep! Que fais-tu là?
    — Je peux monter?
    — Et qu'est-ce que... Tu vas bien, au moins?
    — Je peux?
    — ...
    — Jérôme?
    — Oui. Bon, oui... Puisque tu es là.»

●

Céline passait voir Jérôme au garage de plus en
plus souvent après les cours. Enfilant le blouson de ce
dernier pour protéger son manteau d'hiver, elle se
plantait un peu en retrait quand il se courbait sous
un capot, ou elle gravitait avec prudence autour du
pylône de levage quand il s'affairait sous la mécanique encroûtée ou suintante d'une voiture. Suivant
des yeux ses poignets qui remuaient expertement
dans le noir, elle contemplait à la dérobée ses épaules
solides, son cou vigoureux reluisant de sueur mêlée

de poussière, et son étonnante tresse blonde qui plongeait échevelée sous le col de sa combinaison. Les mains enfouies dans les poches peu familières du blouson, qu'elle ramenait devant elle pour se faire plus étroite, être bien sûre de ne toucher à rien et de ne se coller nulle part, elle tournait et retournait entre ses doigts les précieuses clés de l'appartement de Jérôme, palpait des bouts de papier qu'elle se mourait d'envie de lire, tout en appréhendant d'y découvrir des noms et des numéros de téléphone suspects, qui ensuite l'obséderaient, et n'osait examiner que les occasionnelles pochettes d'allumettes portant l'adresse d'un restaurant ou d'un bar.

Pour ne pas le distraire de son travail, elle se taisait jusqu'à ce qu'il eût brisé le silence de lui-même et dévoilé quelque détail de sa vie, à moins qu'elle ne lui fît part de ses préoccupations par bribes éparses et réservées. Elle n'était pas portée à s'épancher, convaincue que l'extériorisation des émotions était plus une façon de se les exagérer que de s'en libérer, cependant Jérôme ne pouvait pas ignorer sa présence très intense, ni affecter de croire qu'elle «ne lui voulait rien».

Andreos le patron, qui la tenait à tort pour désœuvrée, s'était mis dans la tête de la divertir: parce qu'il aimait la savoir autour et la regarder, il lui avait appris à faire le service aux pompes à essence. Mais Céline ne s'approchait plus de l'îlot des distributeurs, à cause de l'odeur qui s'attachait à ses mains et imprégnait ses vêtements, la trahissait auprès de sa mère dès qu'elle rentrait.

Dans l'atelier de réparations, les ouvriers s'empressaient de refermer à tout bout de champ les hautes portes roulantes sur une humidité de cave froide, à peine entamée ici et là par la chaleur de calorifères bouillants. C'était là surtout, sous l'arsenal de pièces de rechange accrochées à l'abandon aux murs noircis, d'un invraisemblable bleu poudre que des tubes au néon ne suffisaient plus à éclaircir, autour de voitures anonymes qui avalaient la quasi-totalité du local et restreignaient les mouvements de quiconque s'y aventurait sans y être appelé, dans cette mauvaise clarté où les œillades des employés prenaient une blancheur furtive et éclatante, c'était là surtout que Céline avait cultivé avec Jérôme un rapport affectueusement ambigu, euphorisant ou inconfortable selon les humeurs de plus en plus instables de celui-là, qui donnait l'impression parfois de céder à des impulsions amoureuses et parfois d'être le jouet d'une sensibilité irritable. D'après elle, Jérôme niait l'attirance qu'ils éprouvaient l'un pour l'autre sans pour autant se refuser à une relation étroite, il empêchait son propre désir de se déclarer sans pour autant décourager le sien. Luttant uniquement contre lui-même, il s'impatientait de ses penchants opposés, mais ne voulait pas plus se priver de Céline que changer l'état des choses.

S'il ne cherchait pas à leur ménager un tête-à-tête, il l'avait invitée à maintes reprises au vieil aérodrome. Il avait ainsi enfreint une convention tacite, dont elle avait eu l'intuition dès sa première entrée dans le hangar devant la mine stupéfaite ou réprobatrice, mais dans tous les cas vaguement souriante, des coureurs qui avaient salué son apparition. Ceux-là s'amenaient seuls la plupart du temps, n'introduisant jamais auprès de leurs compagnons que de nouvelles femmes avec lesquelles ils venaient de passer la nuit du samedi au dimanche, soit de belles heures libres et turbulentes, s'imaginait Céline. Pas étonnant qu'ils l'eussent considérée de prime abord comme une oie blanche n'ayant pas sa place parmi eux, ou une ingénue libertine qui leur attirerait des ennuis, leur en apprendrait au sujet de Jérôme.

Malgré cela, mais peut-être aussi à cause de l'intimité sexuelle que chacun leur avait tout de suite supposée, Céline était toujours ravie de se retrouver dans ce curieux rendez-vous, normalement désert et pris d'assaut le dimanche par ces marginaux musclés, ces honnêtes et plaisants voyous. Elle aimait surtout attendre le début des courses, près de Jérôme qui lui mettait un bras autour des épaules pour la protéger du vent en bordure du champ découvert, dont le sol glaiseux reprenait peu à peu le dessus sur le béton défoncé et dont les pistes s'estompaient dans la campagne jaune et rase, plantée seulement de petits bois dispersés en touffes rondes, mais dont l'horizon circulaire découpait un terrain idéal pour les audaces d'une dizaine de casse-cou. Ce qui exaltait Céline, tandis que le grand air s'engouffrait dans sa poitrine et lui montait à la tête, ce n'était pas la générosité infinie de ce paysage de plaine, à fleur de ciel et sans replis secrets, mais la conscience aiguë d'être seule avec Jérôme. Ne se voyaient-ils pas le plus souvent devant des tiers? Et n'était-ce pas lorsque Jérôme la percevait avec les yeux des autres qu'il se croyait le seul responsable des deux, qu'il hésitait à reconnaître ce qu'elle était prête à vivre et décidait pour elle de ce qui lui ferait du tort ou du bien? Mais puisqu'il savait qu'elle avait envie de lui, de son grand corps à lui! Que voulait-il de plus? Évidemment elle n'avait que seize ans, mais elle en aurait eu treize, que la nature de ses désirs aurait prévalu encore là sur son âge! se fâchait souvent Céline, songeant qu'elle y allait peut-être un peu fort mais qu'en principe elle avait raison. Car les durcissements d'attitude de Jérôme, qui suivaient ses moments d'inattention ou de détente, la frustraient et l'embrouillaient, bref l'enrageaient. Il était quand même singulier qu'ils ne fussent jamais aussi tranquilles que dans sa Volvo, cette vieille voiture au dos rond et d'un confort mollet, à la coquille noire et à l'intérieur de cuir blond, qu'il semblait habiter plus et mieux que son appartement tant il y avait ses aises, tant l'arrangement lui en était familier. N'y gardait-il pas des vêtements de rechange, des accessoires de toilette, des boissons gazeuses et une panoplie d'outils? Or, Céline y devenait malgré elle une passagère docile, dépossédée de sa volonté, avec Jérôme qui tenait le volant et lui faisait l'effet d'avoir la situation en main, puis qui s'étirait au-dessus d'elle pour entrebâiller la portière et l'inviter à descendre, décevant chaque fois son espoir de s'attarder dans cette retraite sûre, immobile enfin.

●

Céline a sonné. Sur une étroite marche de ciment, elle devait se coller contre la porte pour ne pas retomber en arrière, en attendant le signal du déclencheur électrique. Une tempe sur la vitre, elle s'est imaginée prendre le pouls de l'immeuble avant d'entrer. Un plaisir incertain la faisant vibrer autant que le froid la faisait trembler, elle était déterminée à traquer Jérôme dans son appartement comme dans ses sentiments.

La tête enfoncée dans le rond de son écharpe, où elle respirait la chaleur de son souffle plutôt que la clarté mordante et limpide de cette journée d'hiver, elle a réprimé un frêle sourire de malice. Elle aurait voulu être fière de son coup, mais elle avait trop de retenue pour cela. Et puis elle appréhendait une rebuffade.

•

Céline a monté au sixième en épinglant ses yeux sur ses pieds. Elle se concentrait sur ses propres mouvements pour maîtriser ses émotions, progressait avec régularité pour contrebalancer la dispersion effarante de ses pensées, toutefois elle se savait enveloppée par la lumière poudreuse de la cage d'escalier, haute boîte de verre où un soleil ardent stagnait sans doute depuis le matin, surchauffait l'atmosphère. Dans les coins de son regard, elle découvrait même une transparence brouillée aux grands châssis de plexiglas qui se dressaient d'un tenant jusqu'au toit, et prenaient l'aspect de miroirs la nuit.

Dans la dernière volée d'escalier, elle a eu un haut-le-corps en levant le front, comme si elle s'était butée distraitement à quelqu'un. Jérôme était déjà devant sa porte, une main dans une poche de son pantalon et l'autre relâchée sur la poignée, l'air d'avoir toute la journée devant lui ou de lui objecter qu'elle en faisait de belles.

Rassurée par son visage frais et reposé, où une expression de blâme combattait sans vigueur le sourire favorable qui s'y ordonnait par tiraillements infimes, elle a oublié son malaise d'avoir été observée à son insu. Alors elle a fait attention aux palpitations véhémentes qu'avait déclenchées en elle la vue de son corps blond (oui, blond, ainsi qu'elle se le figurait toujours en son absence et s'étonnait toujours de le retrouver), chaud sûrement ou agréablement tiède, bien qu'à demi vêtu, le torse et les pieds nus, les cheveux mouillés mais lissés sur le crâne et noués sur la nuque, car Jérôme sortait de la douche et n'avait enfilé qu'un vieux pantalon de coutil blanc semblable à ceux des peintres en bâtiment, garni de poches creuses, de ganses et de gaines à outils, dont la coupe lâche accusait la dureté compacte de son estomac et la maigreur nerveuse de ses pieds.

Lorsqu'elle s'est arrêtée devant lui, il s'est contenté de changer de posture avec une lenteur qui l'a mise à l'agonie. Un bras en angle sur la poitrine, il s'est massé le creux de l'épaule opposée d'une grande main plane aux doigts écartés. Il simulait de la faire languir, plus plaisantin que cruel, scrutait son visage pour tâcher de deviner si elle savait bien ce qu'elle venait faire là, ou pour l'obliger à reconsidérer la confiance qu'elle avait en lui. Pourtant ne la couvait-il pas déjà des yeux, en admiration devant sa personne grelottante mais hardie? Il l'a finalement embrassée sur la joue sans se presser, en enroulant une main autour de son cou pour l'approcher de lui d'abord et l'inviter à passer devant lui ensuite. Par bonheur il la prenait au sérieux. De la fermeté de son geste Céline a conclu à l'ardeur de son désir, que ne devrait pas décevoir la gravité du sien.

Devant la baie vitrée du salon, Céline souriait rêveusement, mais était transie de froid et courbée sur sa misère. Les extrémités déjà moins glacées que brûlantes, engourdies, elle avait étiré et replié sous ses orteils le bout de ses chaussettes, puis rentré les mains dans les manches de son pull.

Jérôme l'avait aidée à retirer son vieux paletot de tweed noir, dont les longs revers ne se boutonnaient que sous la taille et dont les épaules trop larges s'affaissaient en tirant en arrière, que sa mère détestait lui voir porter, mais qui la protégeait sinon des rigueurs du climat, au moins d'une sotte coquetterie. L'ayant emmenée au salon, il avait redressé délicatement sa tête et commencé d'effleurer ses joues de baisers lents, comme si c'était tout réfléchi maintenant, assez se torturer. Sa main épaisse et calleuse avait glissé de sa mâchoire à sa gorge, puis à l'encolure relâchée de son pull, sous laquelle il avait trempé les doigts et dont il avait suivi le pourtour jusqu'à la plongée du dos, dégagée par le bâillement du vêtement et nue sous les larges mailles. La fraîcheur blanche et frémissante de sa peau avait semblé aussitôt l'alarmer, car craignant que Céline ne prît du mal pour s'être habillée aussi déraisonnablement, il était parti lui chercher une boisson chaude. Elle était restée confuse au milieu de la place, un peu grisée, étourdie. Jamais Jérôme ne l'avait touchée de cette façon, avec une telle application sensuelle, une si douce passion. Ayant gagné la fenêtre par désœuvrement, dans cet endroit inconnu qu'il ne lui tardait plus d'explorer, elle n'avait pu que fixer le vide en souriant, les choses se passaient si facilement!

Décembre ne faisait que commencer, mais des températures polaires saisissaient déjà la ville, la figeaient jour après jour dans la pure luminosité d'un soleil d'hiver, la cristallisaient dans des embrasements sans chaleur, l'anémiaient.

Jérôme lui ayant interdit l'accès de la cuisine, dans un désordre terrible à son dire, Céline regardait à travers les doubles vitres suintantes. Elle était trop morfondue pour trouver la moindre beauté à un soleil lointain, disque laiteux dans un ciel d'un bleu sans fond, mais surtout trop préoccupée d'elle-même et de Jérôme. Dans son pull qui descendait à mi-cuisses et dont le bord distendu flottait autour de son collant, donnait une telle hauteur à ses jambes qu'elle paraissait aller à demi vêtue, sans pantalon, elle était d'autant plus consciente de son corps que le tricot n'y appuyait presque pas, la faisait se sentir à l'étroit dans sa peau par comparaison. Depuis que Jérôme avait d'une seule caresse suscité en elle plus qu'un désir, une sensation de nudité, elle se voulait d'une disponibilité sans entraves, immodérée. Elle savait qu'il n'était pas trop tard pour quitter cet appartement, mais plus elle avait l'impression exaltante de précipiter les bouleversements nécessaires de sa vie, moins les morales peureuses ou protectrices avaient de poids. Son attachement pour Jérôme la rendait butée et, quoi qu'il arrivât, elle s'obstinerait dans son envie de passer l'après-midi avec lui.

Il était curieux tout de même, a-t-elle songé, comme la plus fugace pensée de ses parents lui était insupportablement indifférente en ce moment, plus encore la hérissait, à croire qu'elle se découvrait un tel besoin d'être heureuse ou de souffrir, une telle audace d'exister qu'elle ne pouvait que les accuser, eux, de tiédeur craintive ou de médiocrité.

•

Lorsque Jérôme est réapparu au salon avec des tasses fumantes, elle était assise sur le bord des matelas houssés d'une couverture, qui faisaient contre le mur un divan trop bas et trop profond. Fléchie en avant, les jambes allongées au sol et les mains entre les genoux, elle aurait pu sembler prostrée si elle n'avait aussitôt levé vers lui une mine radieuse, un brin défiante: elle ne tenait pas à se montrer gracieuse et jolie, mais bien plutôt désinvolte.

Dans une chemise de flanelle fermée d'un seul bouton, les pieds toujours nus et silencieux sur la moquette, les yeux sautant de ses tasses débordantes à sa visiteuse, Jérôme était tout entier à la servir. Céline a été frappée du trouble attendri et fasciné qu'il lui causait, mais aussi de l'obligeance empressée qu'il avait à son égard. Pour la première fois, elle concevait qu'ils étaient sous la coupe l'un de l'autre. Il lui a tendu une tasse, puis a allumé le téléviseur qui trônait devant le divan, à la place d'une table basse. Des personnages blafards, lavés par la lumière du jour, se sont détachés sur l'écran dans une sourde et lente explosion, suivie d'un interminable grésillement. Céline croyait qu'il se défilait bêtement, lorsqu'il a éteint le son et assombri l'image, en marmottant qu'il n'allait pas leur faire ça.

Il s'est installé auprès d'elle, oubliant l'appareil toujours en marche, mais opaque et muet. Après avoir déposé sa tasse à ses pieds, il a enveloppé la main gauche de Céline dans sa main droite, rongée au bout des doigts par le cambouis et néanmoins singulièrement blanche, on aurait dit mise longtemps à tremper, puis les a toutes deux enfoncées entre leurs cuisses qui se touchaient du fait que les matelas, sans ressort, les tassaient l'un contre l'autre en se creusant. Ils sont restés ainsi sans bouger, deux flirts timides pris d'un vertige heureux, mais bientôt empêtrés dans leur pudeur. Quand Jérôme s'est renversé en arrière pour se caler contre le mur, il a invité Céline à l'imiter. L'ayant attirée vers lui d'un infime pincement au coude, auquel elle a répondu comme une bonne danseuse à une simple pression du doigt, il a attendu que leurs corps fussent allongés côte à côte avant d'annoncer qu'il passerait bien tous ses futurs dimanches en face du téléviseur. Désormais il allait s'écouter davantage, a-t-il dit en appliquant les lèvres sur les cheveux de Céline, pour en humer non pas la moiteur sûrement, dont il s'était enivré pendant l'été, mais quoi d'autre que la blondeur satinée. Et puis il allait commencer de faire ses caprices à elle, a-t-il ajouté en lui agrippant à pleine main le dessus de la tête, avec une impatience inattendue, en repoussant un rien son front puis en le rapprochant, en le faisant baisser et rouler d'un côté et de l'autre, pour suggérer qu'il en prenait possession. Parce qu'il ne se trompait pas, c'était bien ce qu'elle voulait, n'est-ce pas?... Seulement elle devrait prendre garde qu'il ne perdît pas la raison, ne la fît pas souffrir comme une femme de trente ans. Elle ne savait pas, ses rêves fous parfois à l'atelier, ses inventions épuisantes, ses idées fixes...

Céline n'offrait aucune résistance, se laissait manier et étourdir de bon gré. Elle tendait la gorge, présentait la joue et l'oreille au travers d'une frange de cheveux, ployait la nuque et rentrait le visage, redressait la tête comme sous l'effet d'une gifle au ralenti, en déroulant le cou. Confusément excitée, perdant le sens de la direction et celui de sa personne, elle a mis une main sur celle de Jérôme pour mieux en éprouver les cajoleries étranges, ainsi qu'elle aurait essayé de suivre dans le noir des caresses faites à une autre. Lui à seize ans, a murmuré Jérôme, il était amoureux depuis longtemps du corps des filles, de toutes les filles, et il aurait moins souffert s'il ne s'était épris de chacun, n'avait prêté une sorte de gravité définitive aux plaisirs qu'on lui donnait. Mais elle et lui allaient faire très attention, a-t-il dit en semant des mots tout chauds dans ses cheveux, et d'abord de ne pas se croire amoureux, ce qui ne les empêcherait pas de se faire la vie belle, de se grignoter du bout des lèvres, à ras de peau… là où ça risquait moins de faire du mal.

La main de Céline ne quittait pas celle de Jérôme, qu'elle aurait pu guider aussi bien qu'elle l'escortait passivement. Jérôme l'a entraînée jusqu'à son épaule, pour abaisser l'encolure du tricot jusqu'à ce qu'elle eût dévoilé le pli de l'aisselle, si tendre mais nettement tracé, si secret et finement renflé, même aux yeux de Céline à présent, puis eût dégagé tout à fait le bras et le sein. Le lent affaiblissement que ressentait Céline, elle ne l'aurait combattu pour rien au monde, elle le laissait se propager en elle comme une énergie sublime.

Tandis que Jérôme la regardait, à la fois calme et au bord de l'effusion, l'air d'être confondu par son propre désir, ou par l'éclat de ce corps qu'il se savait le premier à contempler dans le confort d'un appartement, plutôt qu'avec une précipitation coupable dans quelque fond de cour, tandis qu'il cueillait un de ses seins et le soulevait pour mieux l'enfermer dans sa main, Céline se plaisait à sa nudité toute neuve d'être vue.

Elle a tiré sur l'autre manche de son pull, dont l'encolure aurait pu ne tenir que par peur sur la pointe de ses épaules. Les poignets emprisonnés dans son tricot qui s'était ravalé à sa taille, elle a pris dans ses mains la tête de Jérôme, bien définie sous ses cheveux attachés, plus tièdes que mouillés.

Il a roulé sur elle, s'est affaissé jusqu'à pouvoir prendre ses mamelons entre ses lèvres, dans la douceur tremblante de sa bouche qui hésitait à mordre la chair et à l'engloutir, y créait de petits froids de salive en passant de l'un à l'autre sein. Céline, qui craignait soudain pour sa peau d'une sensibilité inouïe, était partagée entre l'envie de fermer les yeux pour savourer sa peur en s'immergeant en elle-même, et celle de se remplir la vue des baisers avides de Jérôme qui lui faisaient le front grimpeur. Elle se figurait que son désir à lui, la fougue grandissante qui lui faisait le sexe dur et insistant, culminait pour l'heure dans l'extraordinaire mollesse de ses lèvres, dans la ronde légèreté de sa langue sur ses aréoles.

Céline lui a dénudé le dos, a retroussé peu à peu vers elle la chemise qu'elle voulait lui enlever, lui faire passer par la tête. Jérôme l'a aidée, mais sans presque se laisser distraire ni se détacher d'elle, sans presque la quitter de la bouche ni des yeux. L'instant d'après, il s'est saisi des vêtements de Céline qui n'appuyaient plus que sur ses hanches, et les lui a retirés en se coulant vers le sol, en divisant son corps blanc en son milieu. Il a fait halte entre les éminences osseuses du ventre, pour embrasser la fragile hauteur du pubis et déposer dans les poils un souffle humide, qui s'y attarderait longtemps après que Céline se fut rétractée, se fut à peine crispée comme si elle avait reçu là un petit choc, puis il s'est agenouillé à ses pieds, pour finir de retourner son collant et de dépouiller ses jambes.

Céline avait arqué la taille pour se libérer du poids de son corps, se rendre à la poussée qui forçait son sexe de l'intérieur et l'ouvrirait jusqu'à la béance, lui semblait-il, puis elle s'était vue abandonnée sur le divan glacé. Impatiente d'être à nouveau entourée du corps de Jérôme, de le retrouver dans la même proximité aveugle ou le même emmêlement, elle s'est portée en avant en rentrant les seins comme par un retour de modestie, pour aller le chercher, le reprendre. Jérôme, qui venait de jeter ses vêtements de côté, lui a glissé une main sous les reins pour la soulever en la pressant contre lui, et a tourné avec elle jusqu'à ce qu'ils fussent étendus face à face, l'un dans l'axe de l'autre sur la longueur du divan.

Leurs torses nus s'effleurant, Céline ne cessait de redécouvrir la tendre lourdeur de ses seins au contact de la poitrine de Jérôme, et de s'étonner du pantalon de toile grossière qui empêchait leurs jambes de se toucher de la même façon. Elle se sentait plus longue et mince, plus offerte encore du fait que Jérôme n'était qu'à moitié dévêtu, et elle avait l'impression d'être un admirable objet de convoitise entre ses mains, de s'en être remise à lui et donc de s'appartenir plus que jamais.

La couverture de gros lainage mexicain leur avait râpé les épaules et les genoux, sans qu'il leur fût venu à l'idée de la refouler à leurs pieds, puis elle avait déferlé d'elle-même en entassant sa raideur ondulée sur la moquette, comme une vague lente se réduisant au bout de sa course à un rouleau d'écume. Jérôme avait ramené de sa chambre un mince édredon ouaté, presque entièrement débourré, dont ils s'étaient fait un sac de couchage en le pliant en deux. Le coton plus que fin, quasi mûr, leur faisait l'effet d'un voile d'eau fraîche sur la peau.

Par intervalles paresseux ils parlaient de Charles. Si le sujet leur tenait à cœur, s'il causait à Céline une émotion nerveuse qui la faisait frémir au-dedans, leurs voix n'en gardaient pas moins la rondeur traînante d'une somnolence voluptueuse.

Quand même, ces grands états dépressifs...! disaient-ils. Oui, c'était bien triste... Pauvre papa... Oui, pauvre homme... Et fatalement désastreux, avec les recherches qui piétinaient et dont il s'était mêlé sans succès... Oui, courir la Turquie, il fallait le faire!... Mais c'était pathétique! Tour à tour ces démissions et ces fureurs d'agir...! À cinquante ans, avoir l'impression d'avoir tant perdu que le reste ne semblait plus compter pour rien, ça ne devait pas être drôle... Non mais, se comporter en prisonnier de la famille et fuir la maison... Il s'illusionnait sans doute sur l'effet de ses éclipses... Oui, comme un enfant qui serait allé se blottir trop souvent dans un méchant coin sombre, où tout le monde aurait su qu'il n'était pas heureux... Oui, c'était désolant... Oui, tellement que c'en devenait enrageant... Non, là, non. Ce qui était enrageant, c'était que personne n'y pouvait rien... Mais il n'allait pas continuer de se porter aux extrêmes, en se livrant soit à sa déprime, soit à son invraisemblable marotte de la mécanique!... Hum, c'était vrai qu'il avait l'air de s'arranger pour dépérir, lui dont l'esprit pouvait être si positif... Mais il n'allait pas jouer les traîne-misère, ou les héros fous, tant que tout le monde n'aurait pas repris sa place auprès de lui, y compris Marion! Mais il n'allait pas faire exprès de déraper tant que... Oh! déraper, il en aurait eu un motif plus que valable, non?...

Jérôme et Céline s'attardaient ainsi malgré eux, mus pour l'instant par leur seul souci de l'état de Charles, ils évoquaient ses grandes expressions indigentes, ouvertes à n'importe quoi d'un peu plus heureux, ne pouvant pas ne pas s'aviser des pudeurs qui leur faisaient taire le nom de Marie-Paule.

Hé oui! Ce «brave» Charles, il avait une formidable excuse, il était irréprochable comme toujours, quand même c'était d'un triste!... Oui, témoigner à sa femme une indifférence frisant le mépris et ne s'en faire aucun scrupule, mais ne tablait-il pas un peu trop sur son attachement et sa constance?... Oh, Jeanne! tant que sa maison était propre, que son linge était frais lavé et que ses placards ne manquaient de rien! Ce n'était pas elle qui se plaignait le plus de la disparition de sa belle-fille, alors cette froideur entre eux allait un peu de soi... Oui, peut-être bien. Oui, pour sûr... D'ailleurs, c'était comme s'il avait dû se libérer de ses rôles de mari et de père, pour mieux se sentir souffrir et haleter, pour donner raison au sort pervers qui lui avait enlevé sa première femme, puis sa première fille...

•

Jérôme et Céline avaient défait leur étreinte et versé sur le dos. L'édredon froissé ne leur pesait presque rien sur la peau et faisait autour d'eux des «pics de meringue», ainsi que Céline se souvenait avoir entendu maintes fois son père décrire son lit d'enfant au réveil.

Une main à peine appuyée sur la cuisse de Jérôme, l'autre aussi légère que l'air, comme désincarnée par l'envoûtement de parler sur son ventre où lancinait une douleur indéfinie, d'une radiance immatérielle, Céline s'imaginait avoir déserté son corps où convergeait encore pourtant toute la réalité, et ne plus vibrer que par ses pensées pour son père. Elle ne distinguait pas si c'était d'exténuation ou d'excitation qu'elle tremblait ainsi, et ses mots prenaient la résonance éclatante des choses toutes réfléchies, dites avec élan.

Pour calmer l'émoi de Céline, Jérôme maniait ses doigts avec une lenteur lascive, en tâtait les extrémités comme il aurait fait de petites cloques sur le point de crever, en pressait la pulpe d'où semblait devoir gicler une eau limpide, puis la pinçait entre ses lèvres et feignait d'y cueillir des gouttes succulentes, il examinait ses mains ou se les plaquait sur les joues, telles les pattes d'un chat confiant, bref il tentait d'éveiller chez elle une autre mémoire. Elle ne pourrait pas ignorer longtemps ses caresses pour poursuivre sur le chapitre de son père, avait-il l'air de songer, parce qu'il ne la jugeait pas cérébrale mais plutôt avide de sensations, devinant que pour elle rien n'était intellectuel qui ne fût aussi émotif, rien n'était mental qui ne fût aussi sensuel, et inversement.

Toutefois Céline, en s'étendant sur les affaires de sa famille, tâchait de déterminer si son agitation des derniers temps était le fait de la colère, du désarroi ou de la peur égoïste que son bien-être ne fût menacé, et les câlineries de Jérôme la distrayaient moins qu'elles ne lui berçaient le cœur, la portaient à se confier. Son père avait beau faire les gestes de la séparation volontaire, continuait-elle donc sans ciller, il piétinait toujours au beau milieu de sa vie, sans franchir aucune borne. Ses périodes de solitude, où il traînait son apathie dans les parcs des environs, s'adonnait à ses activités futiles de mécanicien ou se cachait de Jeanne le soir dans son bureau, lui épargnaient peut-être le spectacle lamentable de ses rapports à son entourage, mais elles ne l'aidaient pas à briser le moule de son existence. Tout au plus l'amenaient-elles à s'en fabriquer un deuxième, pas plus confortable, où il se complaisait que c'était navrant. Ses rares actions positives, à la fois rebelles et constructives, n'étaient-elles pas ses énigmatiques conversations et rencontres avec Marion? Céline qui n'était pas Jeanne, par chance! n'allait pas se gêner quand la vérité sautait aux yeux. Et quoique son père se fût désengagé, en pauvre ahuri qu'il était ces derniers temps, des responsabilités domestiques qui avaient fait de lui un homme d'intérieur, en le rassurant sur la sorte de père qu'il était: attentif, compétent, sans préoccupations secrètes ni ambitions dangereuses, ne faisait-il pas montre envers ses enfants d'une dépendance suffocante, en prétendant ne plus rien faire que pour eux et rien tolérer qu'à cause d'eux?

C'était vers son aînée qu'il se tournait le plus souvent en quémandant soutien et compassion, pour elle que ses comportements d'homme sans ressources étaient par conséquent le plus pénibles à observer. Devait-elle s'occuper de lui maintenant qu'il rejetait la sollicitude de Jeanne? Il s'en fallait de peu que Céline, d'abord animée des meilleures intentions à son endroit et flattée d'avoir sa faveur, ne se plaignît qu'il était encombrant, enfin très amoureusement et très gentiment importun, mais importun quand même, avec ses délicatesses de gens éprouvés que la douleur rendait bonasses parce qu'ils n'avaient plus que vous, avec son insistance à la conduire à l'école chaque matin pour lui éviter un court trajet en autobus, avec sa manie de s'arrêter tous les soirs devant la porte de sa chambre pour la regarder étudier, en prenant de telles expressions de bonheur chagriné qu'elle se demandait si c'était bien elle qu'il voyait assise à son bureau, et non pas une autre jeune fille ou petite fille, dont lui seul avait le souvenir.

Allons, n'était-elle pas trop sévère, a fini par se prononcer Jérôme, n'avait-elle pas l'indulgence un peu courte à l'égard de son père qui n'avait aucune raison de s'habituer à sa peine, de s'y endurcir, n'était-elle pas un brin mesquine envers lui qui ne voulait sans doute que se rapprocher d'elle, comme il essayait par ailleurs de se familiariser avec le dernier amant de sa sœur, en combattant une prudence et une rigidité qui avaient dû être commodes jusque-là mais pas très gaies, en reconnaissant que ses enfants étaient encore eux-mêmes hors de sa maison avec de purs étrangers? Tout cela n'était pas vraiment blâmable et ne pouvait pas être tellement détestable. Charles ne l'avait même pas réprimandée la fois où il l'avait surprise à l'aérodrome, grimpée sur un «dur à cuire» en malin petit singe. Quand Jérôme pensait qu'à ce moment-là il ne lui avait pas encore embrassé seulement le bout des doigts, ni vu seulement le bout des seins, quelle mauvaise conscience ils avaient eue pour pas grand-chose!

Jérôme était appuyé sur un coude, la tête dans la paume. Il avait rabattu l'édredon pour caresser un des mamelons de Céline, son envie d'elle assoupie, mais pas éteinte.

Justement, s'est objectée Céline sans trop de ferveur, tandis que tout son être lui semblait littéralement refaire surface, s'épandre au ras de sa peau comme à fleur d'eau, mais n'émerger que dans son mamelon pâle et raide comme dans une infime pointe d'écueil. Justement, son père aurait dû la gronder, se montrer alarmé ou indigné. Enfin dire quelque chose, réagir. Sans être aux cent coups, il aurait pu... oh! elle ne savait pas... venir ce soir-là dans sa chambre... et y aller d'un courageux «Céline, écoute-moi, je suis ton père!»

Ici elle n'a pu se défendre de sourire, fière de l'ironie de cette scène démodée à ses yeux. Même confuse, même amère, elle avait conscience d'exagérer et restait sainement moqueuse. Mais non, pas de danger! a-t-elle enchaîné en s'efforçant de refaire au moins une demi-moue. Son père préférait croire qu'il n'était plus capable de rien changer, ou qu'il s'était déjà tourmenté tout ce qu'il pouvait.

Holà! Sûrement, elle plaisantait. Sûrement, elle n'était pas en train de dire qu'elle aurait voulu se faire disputer, Jérôme s'est-il amusé d'elle, ne s'en laissant pas trop raconter. La sagacité de Céline, ses jugements pointilleux et ses interprétations inspirées le décourageaient presque autant qu'ils le charmaient.

Étonnée qu'il l'eût contredite, Céline a feint une honte passagère en le regardant par en dessous. Elle convenait, par son air espiègle, qu'il avait encore réussi à désamorcer son ressentiment, à mettre le doigt sur une de ses petites impostures. Décidément, il était un confident parfait. Bienveillant sans être crédule, il était sensible aux tortures sentimentales, mais trouvait souvent à redire aux raisonnements de Céline. Elle en éprouvait plus de plaisir que d'agacement, comme si elle n'avait eu qu'une vilaine tendance à frelater les faits. Céline aimait mettre ses idées à l'épreuve avec Jérôme, non pas les soumettre à sa décision, mais les reconsidérer en les lui faisant entendre. Parfois c'étaient ses petitesses envers sa mère qui lui paraissaient telles, parfois ses aigreurs d'adolescente sur son quant-à-soi, mais toujours elle se délivrait des mensonges qui lui faisaient tâter de la rage avec les membres de sa famille, parce qu'il fallait bien se protéger individuellement, et survivre en bloc.

La main de Jérôme avait descendu jusqu'à son pubis. Les doigts écartés, elle pénétrait la touffe de poils blonds juste à la racine, puis s'élevait en démêlant l'enchevêtrement serré des frisures, et recommençait.

N'était-ce pas en lui faisant le corps aussi heureux que Jérôme lui faisait l'esprit aussi libre? a songé Céline en exhumant une vérité lue quelque part déjà,

peut-être dans un extrait de Proust distribué à l'école.
Et n'était-ce pas pour cela qu'elle avait continué de le
voir, à la différence des autres amants de sa sœur?
parce que l'évolution de ses pensées lui semblait toujours un effet de son bien-être? Jérôme était loin du
compte lorsqu'il s'était demandé si elle ne cherchait
pas un peu Marie-Paule en lui, car elle n'avait plus
pensé qu'à elle-même dès sa deuxième visite au garage,
qu'à la surexcitation qu'il lui causait.

Non. Évidemment pas... Elle n'aurait pas voulu
qu'on lui tombât sur le dos, a-t-elle bredouillé enfin à
Jérôme, avant qu'il ne perdît l'envie de parler au milieu
de ses caresses, qui le rendaient langoureux. Non, elle
n'aurait pas souffert qu'on se mêlât de ses affaires,
qu'on lui passât une engueulade et qu'on s'avisât de la
punir, en la privant de sortir par exemple!

D'abord fâchée de leurs propos où elle redevenait
une enfant, Céline ressuscitait maintenant de plein gré
la fillette qui courait s'enfermer dans sa chambre dès
qu'on élevait la voix pour la blâmer d'une petite faute
(plat renversé, accroc à un manteau, commission
oubliée), ne reconnaissant l'autorité de personne, mais
sachant qu'il était inutile de s'y opposer.

Il me semblait bien aussi, a répondu Jérôme en
roulant sur le dos. Mais déjà Céline se redressait, faisait volte-face et montait à cheval sur ses hanches.
Soudain enjouée, profitant de leur changement de
position pour faire dévier la conversation, elle est
revenue au dimanche où Charles avait visité le
champ de courses. Sous un certain angle, c'était un
de ses sujets favoris. Elle revivait volontiers ses émotions du moment, l'exaltation incertaine de l'insubor-
dination, le plaisir anxieux d'avoir bravé son père, se

remettant à frémir et parfois même à rire d'une joyeuse nervosité. Non que son inconduite eût été terrible, car les apparences avaient été trompeuses. Mais elle était fière tout de même, et surtout de n'avoir pas eu honte, pas fait le jeu de son père. Ce qui ne l'empêchait pas de se mettre à sa place.

•

C'était un dimanche sombre et bruineux, où la famille aurait pu se rassembler dans le salon aux lampes allumées avant l'heure, ou s'éparpiller dans les chambres scellées sur leur atmosphère douillette, mais transpirant par les fenêtres en buée, exsudant un excès de confort. Céline, qui avait fait la grasse matinée, était partie vers midi. Avec la crème de blé, les œufs pochés et les brioches que Vincent avait eu l'amabilité de lui faire engouffrer, avait-elle fait valoir, elle ne pourrait rien manger de plus jusqu'au soir.

Jeanne s'était précipitée hors de la salle de bains pour tâcher de la retenir en criant de l'étage «Où vas-tu? Par un temps pareil!...» et Céline avait claqué la porte en feignant de ne pas l'avoir entendue. Quelque vingt minutes plus tard son père avait dû l'imiter, sortir sans raison apparente ni destination particulière. «Charles?» avait dû l'appeler Jeanne à son tour, dès qu'eurent tremblé les vitres de l'épaisse porte de la cuisine, qu'il fallait décoincer d'un geste brusque en hiver. Le scénario était commun, pourtant Jeanne en était chaque fois offensée.

Céline imaginait son père, qui arrivait en vue du vieil aérodrome au débouché de la route boisée. Il se garait à proximité du hangar grisâtre, détérioré par les rigueurs du climat, puis marchait vers l'immense terrain découvert que traversaient les pistes de béton crevassées, gonflées par endroits sous la poussée des herbes. La tête enfoncée dans le col relevé de son imperméable, les bras raidis le long du corps et les mains dans les poches, il avançait contre la brise vers le large horizon où son mal de vivre se dissiperait peut-être. Dans ce champ désolé, il était exalté tant par sa tristesse à la pensée de Marie-Paule que par sa misère dans le crachin. Oui, c'était ainsi que cela se passait dans l'esprit de Céline. D'ailleurs il y avait gros à parier, compte tenu des nouvelles dispositions de son père, que cette scène romantique fût plus qu'inspirée, fidèle.

Lorsque l'entrée du hangar se dessinait enfin au-dessus de son épaule, Charles se croyait pris en flagrant délit de sentimentalité fureteuse ou de regret obsédant. Devant le bâtiment, les vieilles automobiles de course garées pêle-mêle, obscurcies d'un ton mais luisantes sous le ciel pluvieux, attiraient son regard sur la dizaine d'hommes groupés sur le seuil. Ils l'avaient aperçu, tous faisant face aux anciennes pistes d'atterrissage, mais ils n'avaient pas pour autant cessé de converser. À cause du mauvais temps, Charles avait sans doute présumé qu'il n'y aurait là personne d'autre que lui, maintenant il devait être doublement prêt à s'apitoyer sur lui-même. La plupart ne savaient-ils pas qui il était, n'étaient-ils pas navrés sinon ennuyés de le voir errer autour, ne le plaignaient-ils pas?

D'abord il restait figé en plein vent, comme traqué en rase campagne, puis il s'avisait d'aller dispenser quelques saluts avant de partir, pour témoigner un minimum de respect aux amis de Marie-Paule. C'était sur ce sol même, s'obligeait-il peut-être à penser en progressant à contrecœur vers le hangar, que sa fille avait lancé sa voiture dans des pétarades et des renflements de poussière, roulé un train d'enfer en se brûlant les yeux dans une intense fixité, mesuré avec une fébrilité inconsciente sa capacité d'encaisser le réel. C'était dans ce hangar même, cette vaste construction désaffectée et isolée, que Jérôme l'avait peut-être étreinte pour la première fois. Et c'était dans ce repaire même de petit gang du dimanche qu'il reviendrait un jour de semaine, sur la suggestion de Jérôme, mettre à l'essai la vieille européenne qu'il était à retaper.

Ainsi Charles s'appropriait-il le paysage, s'en pénétrait-il pour en dégager une vive impression qui lui resterait, se hâtait-il de tirer tout ce qu'il pouvait de son expédition gâchée. Toutefois, se sachant observé, il était incapable de succomber à l'émotion. Alors il baissait les paupières pour appeler une image de Marie-Paule, n'importe laquelle. Lorsqu'il les rouvrait, la noirceur du hangar s'écartait sur le profil imposant de Jérôme qui soulevait de terre, oh non! pas «sa petite Céline»! qui l'enveloppait dans sa carrure en tournoyant tandis qu'elle s'accrochait à lui, nouait les jambes autour de sa taille et laissait retomber la tête contre sa joue, riait de ne plus être maîtresse de ses mouvements, d'être soudain sans poids, d'être son caprice à lui. Jérôme s'immobilisait en chancelant, moins essoufflé qu'étourdi et enivré. Du coup Céline, face à l'ouverture du hangar, voyait son père qui s'amenait de l'étendue dépouillée du champ, cheminait droit vers eux. Elle se débattait, se tortillait

contre Jérôme qui continuait de la retenir à grand-
peine, ahuri et amusé, puis qui cédait à l'urgence de
son impulsion, la laissait glisser sur lui lentement,
malaisément, jusqu'à ce qu'elle eût touché le sol.

Le courage en déroute, enflammé mais accablé
par sa propre fureur, Charles résistait à s'emporter.
Peut-être était-il tenté de débiter un de ses discours
favoris, de déclarer qu'il en avait assez de ces bêtises,
de ces complaisances qui risquaient de vous rendre
esclaves de vos besoins, puis de vous désenchanter ou
de vous pousser à chercher toujours plus loin, toujours ailleurs, il n'y avait qu'à regarder Marie-Paule,
qui n'était plus rien ni personne au milieu de nulle
part... Mais il n'avait pas encore réagi que Céline,
dont le corps lui interdisait la moindre hésitation, la
moindre réflexion, se réfugiait dans un des flancs
obscurs du hangar. Non pas comme une enfant prise
en faute et prête à se punir elle-même, car elle aurait
pu rester droite et défiante à côté de Jérôme, mais
plutôt comme quelqu'un tenant à ses secrets et recu-
lant vivement dans l'ombre.

Le groupe des coureurs s'étirait insensiblement
pour former une rangée. Plus Charles approchait du
bâtiment, plus il était clair qu'ils lui en barreraient
l'accès. N'avaient-ils pas que leurs corps pour comprendre la complexité du réel et y répondre? Alors
Charles en restait à cet antagonisme froid, confiant
que Céline ne tarderait pas à rentrer, en fait le sui-
vrait de près.

En s'éloignant, il s'arrêtait tout de même une fois
pour tâcher de repérer, au-delà de la haie de figures
inexpressives, la seule tête qui lui était familière. Il
dévisageait longuement Jérôme à qui il n'en faudrait

pas plus, selon lui, qui saisirait. Puis il regagnait sa voiture, conscient de prendre un risque, l'estomac tout tremblant.

•

Quelle apparition à couper bras et jambes, s'est exclamée Céline, son père avait-il faite dans son long ciré aussi gris que le temps. À croire qu'il s'était matérialisé dans la bruine ou était sorti de la ligne d'horizon! Et quelle solitude effrayante il avait exhalée, planté là, en bordure du champ! Et quelle envie furieuse elle avait eue de s'élancer après lui, de monter dans sa voiture pour rester sa petite protégée, sa petite fidèle... Quant à lui, Jérôme, ce qu'il en avait fait une tête! Comme s'il avait aperçu un ours, en vêtements de pluie avec ça!... Et quel supplice ça avait été, cet instant interminable où Charles l'avait fixé avec une dureté muette, s'en prenant tout de suite à lui plutôt qu'à elle, la préservant même de sa propre colère. Pauvre Charles! qui ne savait plus où chercher Marie-Paule. Il avait fait une sorte de pèlerinage à l'aérodrome et, au dire de Jeanne, était rentré mouillé comme une soupe. Il déplorait depuis tant d'années que sa plus vieille n'eût aucun talent pour les bonheurs sans nuages, les conforts enviables, dommage qu'il n'eût pu voir sa petite Céline si librement heureuse, là, grimpée sur ce corps tout calme, là, ce beau grand corps qui pouvait lui faire tant de choses douces, et moins douces... a-t-elle murmuré en se penchant à quatre pattes au-dessus de Jérôme pour l'embrasser, puis laisser reposer ses lèvres sur les siennes, passivement, afin que le souffle de l'un continuât le souffle de l'autre.

Jérôme n'aimait pas ressasser cette histoire, où son jugement d'homme dans la trentaine avait été mis en cause, sinon carrément sa décence. Lui qui paraissait ne plus trop savoir ce qu'il faisait avec «une fillette» au seul souvenir de cet incident, paraissait le savoir encore moins à présent qu'elle était toute nue à croupetons sur lui. Il s'est donc dérobé au long baiser de Céline dans un mouvement de légère contrariété, et a lâché en soupirant «Alors, ton père, il n'a rien appris en Turquie, n'est-ce pas?»

Céline s'est étendue sur Jérôme en ajustant son corps au sien, dans de maussades remuements d'aise, pour répondre au-dessus de son épaule la face contre le matelas. Dans l'ombre de sa propre tête, la touffeur de son haleine la rassurait. Le sujet de la disparition de sa sœur lui inspirait de la raideur, mais les événements qui agitaient sa famille étaient si exceptionnels et déroutants qu'elle a bientôt ressenti, à lui parler, le même soulagement qu'à geindre en faisant l'enfant.

•

Charles était allé questionner lui-même l'hôtelière de Konya, plus fermée qu'une huître, avait-il conclu au retour. Les autorités n'avaient rien pu en tirer jusque-là, tant elle avait l'habitude de défendre les secrets d'une clientèle surtout locale. Après maintes rebuffades tranchantes, maints refus entêtés non seulement de parler mais encore d'écouter, maintes protestations injurieuses visant à décourager les appels à sa générosité, maintes hésitations défiantes et questions farouches, maintes demandes de garanties contre la police, elle n'avait pu résister aux charmes d'un père éploré s'avouant amoureux de sa fille, comme cela se faisait peut-être rarement autour d'elle. C'était là du moins ce que Charles avait rapporté à Jeanne, devant Céline qui avait fait une scène pour qu'on la mît dans la confidence et soupçonnait son père d'avoir lâché une grosse somme.

L'hôtelière avait fait la tournée des ghettos turcs de l'Allemagne et appris un peu d'anglais avec les touristes des grandes villes. S'exprimant à coups de formules toutes faites, souvent trop familières, elle faisait l'effet d'une femme plus rude que fruste dès qu'elle abandonnait sa propre langue, où elle semblait tout en nuances piquantes, en glissants contrastes. Et puis il y avait le chauffeur de taxi, un enfant à l'air vieux dans ses vêtements passés de mode, chaussures à plates-formes et pantalon à pattes d'éléphant, chemise imprimée moulant sa poitrine frêle, qui apprenait soi-disant l'anglais à l'école et qui s'était introduit dans l'hôtel malgré les instructions de Charles. À cause de sa jeune ferveur inconsidérée, il avait reçu quelques taloches inoffensives pour avoir tâché d'aider son client, mais cela, c'était une autre histoire, une de celles que Charles reprenait assez volontiers, pour faire une diversion.

En indiquant à Charles où trouver son «petit médecin», la patronne s'était dite certaine de ne pas lui attirer d'ennuis. Il ne restait jamais longtemps à la même place, d'ailleurs s'il avait aperçu un avis de recherche ou un entrefilet dans un journal, il y avait fort à parier qu'il avait déjà levé le camp. Dans ce pays on n'aimait pas voir apparaître la police sur son palier, avait-elle ajouté, même si c'était pour une visite de courtoisie. Elle comprenait toutefois que Charles, venu de si loin, voulût aller en reconnaissance à Ankara, ne fût-ce que pour photographier mentalement les lieux. Ou se casser le nez à la porte...

Victorieux, Charles avait d'abord gardé pour lui le renseignement obtenu, persuadé d'avoir la faveur de l'univers ou d'être investi d'un pouvoir unique, qui lui ferait faucher les difficultés sur son passage et damer le pion aux officiels. Avec une énergie aussi nerveuse que jalouse, comme en transe à force de dépaysement et de fatigue, il était reparti pour Ankara après avoir inspecté, avec des tremblements de grand malade, la chambre occupée par Marie-Paule dans l'hôtel plus que modeste, où allaient et venaient des couples faisandés, oui, faisandés, c'était bien le mot, vague à souhait, qu'avait choisi Charles dans son éternel registre alimentaire. Il était le père après tout! N'avait-il pas le droit de se fier à ce premier succès pour faire cavalier seul? Car si on n'était encore arrivé à rien, ce n'était peut-être pas que la tâche de retrouver Marie-Paule fût impossible, mais que son père aurait dû s'y appliquer avant? Et pourquoi donc avait-il tant tardé à faire le voyage? avait-il lancé plus tard à Jeanne sur le ton d'un reproche, à croire qu'elle seule l'avait retenu.

Ayant pris dans le corps quelque huit heures d'autocar, il s'était vu errer dans un immeuble de la capitale où les portes cédaient sous la poussée, donnaient accès à des appartements momentanément déserts ou habités par des visages muets, immobiles et insondables, que le nom du jeune médecin sans diplôme ne faisait même pas sourciller. Au cas où son homme n'aurait été connu que sous un sobriquet ou aurait pris un nom d'emprunt, Charles avait bientôt essayé les mots *hekim* et *tabip* tirés d'un dictionnaire de poche à l'entrée «médecin», puis *üniversite ögrencisi* pour préciser qu'il s'agissait d'un étudiant, sans plus de résultat. Au troisième étage, dans un logis d'une seule pièce ouvert aux quatre vents, il avait commencé à contempler son échec.

Pour tous meubles, il ne restait là qu'une table de bois et un matelas enveloppé dans une housse caoutchoutée, d'une saleté repoussante. Sur le plancher, qui n'avait pas dû voir un seau d'eau et une éponge depuis des années, traînaient de grands papiers qui semblaient être entrés par les fenêtres au gré des courants d'air. Sur le bloc sanitaire, un bassin de faïence et un chaudron bosselé, qui auraient pu servir aux pratiques clandestines dont la pensée écœurait Charles plus que jamais, n'étaient pas exactement des pièces probantes.

Tout ce monde trop calme, qui d'étage en étage ne s'était pas montré surpris de la présence de Charles, avait-il été prévenu de son arrivée? L'hôtelière de Konya s'était-elle précipitée sur le téléphone dès que son visiteur lui avait tourné le dos, pour s'assurer qu'on couvrirait son protégé? Et lui, Charles, avait-il compromis toutes chances de mettre la main sur cet Ismet Güren, en n'envoyant pas sur-le-champ la police à cette adresse? Bien sûr que le logement paraissait abandonné, mais dans ce quartier pauvre n'aurait-il pas suffi de quelques draps, couvertures et bouteilles de soda, pour que Charles se mît dans la tête qu'Ismet y reviendrait? Soudain effondré, il avait regagné son hôtel pour téléphoner à l'ambassade.

Le lendemain, il était retourné dans ce coin d'Ankara, dont le nom se prononçait «dje-be-dji» et qui s'étendait loin derrière une citadelle. Avec l'aide d'une interprète, il avait interrogé les occupants et le propriétaire de la maison, qui s'étaient accordés pour dire que personne ne devait signer de bail à loyer pour demeurer là, que leur baraque n'était pas le Topkapi d'Istanbul, et que oui, c'était bien un garçon dans la vingtaine qui avait pris cette pièce-cuisine dont aucune âme ne voulait depuis, on ignorait pourquoi, mais que non, il ne portait pas ce nom-là, ah non pas du tout, et que non ils ne se souvenaient pas comment il s'appelait, sauf le propriétaire qui y allait d'un «Ergin» sonore et définitif, oui, «Celim Ergin», ajoutant que le garçon devait avoir une gentille maîtresse quelque part dans la ville, puisqu'il ne restait jamais dormir chez lui. Quant à la photo de Marie-Paule, elle n'avait provoqué que des haussements d'épaules sous de grandes expressions blanches, d'une vacuité exagérée: on ne souhaitait pas du tout être associé à celle-là, quel que fût son lot, et on avait beau jeu du fait que les touristes ne venaient pas dans les parages, les jugeant à tort insalubres ou dangereux. Oh! ils n'avaient pas la belle vaillance des enfants turcs qui y couraient, y criaillaient, y riaient du matin jusqu'au soir! avait lancé à Charles une vieille femme enveloppée de marron des pieds à la tête, que l'âge rendait selon lui batailleuse comme sa mère.

Mais, Ismet Güren ou Celim Ergin, peu importait. Le seul espace vacant avait servi d'appartement de passage à un jeune homme qui ne se montrait plus, ne payait plus son loyer et avait porté ses pénates ailleurs, peut-être après avoir vu par quelque incroyable accident le portrait de Marie-Paule sur une circulaire de la police ou dans un journal, et Charles avait eu la ferme conviction d'être arrivé sur les pas de sa fille à l'endroit exact où le désastre avait commencé de se produire. L'appartement n'en portant aucune trace, il s'était senti aussi isolé qu'un fou dans ses certitudes intimes, malgré la promesse des officiels de relancer la chasse au médecin à partir de cette adresse.

Appelée de nouveau au commissariat local, l'hôtelière s'était défendue d'avoir envoyé Marie-Paule à Ankara, en prétendant que c'était sa cliente qui lui avait révélé pour quelle destination elle partait, qui l'attendait et pourquoi. Peut-être la peur de souffrir avait-elle rendu la jeune femme loquace, avait proposé l'hôtelière, à moins qu'elle n'eût eu besoin de troubler sa solitude, d'agiter l'eau morte d'un coup de bâton? Son «petit tabip» aurait pu lui aussi tout démentir, s'il ne s'était déjà évanoui, se faire plus muet que le désert ou broder des détails convaincants, confirmer que Marie-Paule était bien passée par là mais n'avait pas trouvé ce qu'elle cherchait, ou avait fait une fausse-couche dont il l'avait aidée en ami à se remettre, ou n'avait pas mentionné qu'elle était enceinte… Et Charles, qui s'était embarqué pour la Turquie dans l'espoir de faire parler les gens, était rentré en entrevoyant que la seule réalité de Marie-Paule, ce n'était plus que les histoires des autres, dont la sienne.

S'il avait poursuivi le renseignement décisif que quelqu'un quelque part finirait bien par lâcher, s'il s'était accroché à une timide illusion de pouvoir qui l'avait emporté loin de son domicile, mais rapproché de lui-même, il avait donc plié bagage après deux semaines avec une sourde colère contre soi, en admettant que lui non plus ne savait pas où tourner ses efforts. Oh! il avait épluché le dossier complet de Marie-Paule, rappliqué tous les matins à l'ambassade où il avait collé aux fonctionnaires comme une tenture aux murs, dépouillé les listes des Ergin et des Güren d'Ankara pour ensuite rendre visite aux individus présentant le bon profil (mais ces noms-là étaient si communs qu'il en aurait eu pour des mois à faire ainsi le travail de la police), sillonné la ville au hasard des lignes d'autobus chaque fois qu'il avait eu du temps à tuer, et même cherché sa fille derrière les voiles de musulmanes, songeant à pousser une pointe dans les autres régions d'où elle avait écrit, mais craignant de se jeter dans de mauvaises voies dont il ne verrait plus la fin, tant la Turquie était immense, et croyant trop dur que son prochain mouvement lui serait dicté par les rues mêmes qu'il arpentait. Puis il avait quitté ce pays exotique où il n'avait eu de curiosités que pour le passage de sa fille, avec l'impression de consentir à l'y ensevelir vivante, ainsi qu'il avait dit à Jeanne de la plus attendrissante façon le soir de son retour, après tout il était un père de famille qui avait d'autres obligations.

Charles avait été plutôt avare de détails, ne s'était sûrement pas entouré de l'abondance de récits colorés du parfait touriste. Il avait parlé d'un voisin d'avion indélicat, exportateur de tapis qui connaissait la capitale sur le bout du doigt, voyageur qui n'expérimentait rien que par guides interposés et qui lui avait dressé une liste de restaurants, si bien qu'il s'était senti lancé sur le sol turc tel un vacancier et en

avait été honteux; d'un diplomate dans la jeune vingtaine qui l'avait emmené prendre son premier repas
turc au Washington, eh oui! où on leur avait présenté
une vingtaine d'entrées sur un grand plateau rond et
servi de minces pizzas à la viande d'agneau, un plat
de poulet aux noix et aux piments, des gâteaux qui
s'appelaient des «nombrils de dames» et une délicieuse boue de café; d'un hôtel où il avait atterri en
longeant le Bosphore la veille de son départ d'Istanbul, ancien palais d'un calife où on lui avait offert du
thé et des pâtisseries sans sucre, avec une amabilité
obstinée qui par bonheur semblait une qualité turque... Mais seulement comme il aurait fait une difficile concession à ses enfants, qui avaient peut-être
rêvé en son absence de minarets et de sultans, de femmes voilées et de caftans, de narguilés et de baklavas,
en donnant bien à voir qu'il ne faudrait pas lui en
demander davantage.

En ce moment, Céline se figurait Charles qui
montait une allée grouillante de bazar, dans les chaudes vibrations de l'air et de la lumière, car peu lui
importait la saison, c'était dans l'humidité exubérante
de l'été qu'elle se représentait la Turquie, par fidélité
aux lettres de Marie-Paule. Dans une tenue dénotant
l'aisance du simple fait qu'elle était à l'heure occiden-
tale, il s'enfonçait dans le brouhaha ensoleillé, où la
confusion de visages en sueur et de cris lui donnait
l'impression que tout ce monde se connaissait. S'il dis-
simulait son désarroi, il n'arrivait pas à réprimer la
conscience d'être le seul à savoir qu'il recherchait sa
fille, à des milliers de kilomètres de chez lui.

Avec une incrédulité admirative, Céline avait
écouté son père raconter comment il avait frappé aux

portes et piégé des inconnus dans leurs maisons, lui d'ordinaire si discret, qui hésitait à gratter la surface de crainte d'apercevoir des choses trop sombres et trop compliquées, auxquelles il ne pourrait rien de toute manière. S'il avait rendossé sa vieille personnalité en réintégrant le logis, les circonstances de son voyage laissaient entrevoir en lui une zone obscure, qui empêchait qu'on le jugeât à l'emporte-pièce. Cette idée d'une intensité cachée, d'une violence de sentiments insoupçonnée, incitait Céline à conclure que cet homme leur était étranger à tous, mais elle ne suffisait pas à dissiper l'image d'un père pleurant dans une chambre d'hôtel, comme peut-être on ne pouvait pleurer qu'au bout du monde, tout haut et sans retenue, le corps mollement secoué par les sanglots, ni à faire oublier la faiblesse qu'il avait eue de leur rapporter des souvenirs d'aéroport, dans un geste de générosité coupable, aussi pitoyable que superflu. La tête qu'ils avaient faite! lorsqu'ils avaient reçu leurs figurines de bois peint, leurs boîtes miniatures en os de chameau, leurs sacs d'abricots secs et de pistaches. Et Jeanne alors! lorsqu'elle avait sorti sa cassolette à encens d'une boule de papier journal...

•

Ayant dit à Jérôme tout ce qu'elle savait, Céline s'est figée dans un silence soudain, mortifiée par l'absurdité de la dernière situation évoquée et par la facilité avec laquelle elle exposait les ridicules des siens. Jérôme s'est rassis contre le mur face au téléviseur, a accueilli Céline dans ses bras et réarrangé l'édredon autour d'eux. La nuit et le froid qui tombaient dans le salon les serraient l'un contre l'autre, donnaient envie à Céline de sceller leur étreinte.

Par délicatesse, pour ne pas laisser le long soliloque de Céline sans réponse, Jérôme a suggéré que si Charles avait tâché de se rapprocher d'elle et de lui, c'était sans doute parce qu'ils étaient les plus sensibles à la personne de Marie-Paule, après Marion et lui-même. Céline a détourné imperceptiblement la tête, froissée par l'allusion au passé de Jérôme et de Marie-Paule.

Bientôt Jérôme a quitté le salon. Il y est revenu avec trois enveloppes de courrier aérien, qui ont donné à Céline un sentiment de déjà vu: pour lui prouver qu'il lui était plus attaché maintenant qu'à Marie-Paule, il lui tendait les lettres refusées à Charles.

●

Céline les a acceptées avec plus d'appréhension que de hâte, en scrutant le visage de Jérôme pour pénétrer ses arrière-pensées. Tandis qu'elle ouvrait les enveloppes sur ses genoux, elle redoutait que sa sœur ne se remît entre eux et ne refît d'elle une adolescente entichée, une amante pas sérieuse.

Deux des lettres avaient été écrites le même jour, au lever et au coucher. Leur ton était inégal, Marie-Paule passant de l'abattement à la trépidation, d'une rationalité surcontrôlée à une affectivité incertaine, ainsi que le révélaient de courts passages lus en diagonale ici et là, qui auraient pu faire la lumière sur des existences séparées. La troisième semblait s'échelonner sur quelques nuits, et comptait plus de feuilles. Le nom du destinataire initial avait été raturé, mais n'était-ce pas «Chère Céline» qui se détachait sous la rature?... Les pages pleines, sans autres éclaircies que les lignes où figurait une nouvelle date, avaient l'aspect d'une tranche de journal intime. Aussi vite que battait son cœur, Céline en a parcouru le dernier paragraphe avant de procéder dans l'ordre. Marie-Paule venait de s'apercevoir, y avouait-elle, qu'un peu plus haut elle avait commencé à lui parler, à lui Jerry, oubliant à qui elle avait d'abord destiné cette lettre. Peut-être lui enverrait-elle donc ce rapport sur ses fouilles analytiques, ce condensé de ses turbulences, trop sincère sûrement pour ne pas être scabreux, oui, un de ces jours où tout lui serait égal, enfin elle verrait bien, pour l'instant elle était trop fatiguée de se battre contre la vie, elle allait se mettre au lit.

Céline a levé gravement les yeux sur Jérôme qui l'épiait.

La plupart du temps Marie-Paule écrivait de cette façon, a-t-il expliqué, elle parlait à un puis à un autre, sans trop se surveiller. De fait, c'étaient un peu ses interlocuteurs qui la choisissaient. En l'espace de quelques pages, il y en avait parfois toute une procession, mais cela n'était pas si étrange ni si terrible vraiment. Savait-on jamais à qui on s'adressait dans une lettre? Écrivait-on jamais à de vraies personnes?...

Céline, réprimant un léger agacement qui l'a surprise aussi bien que Jérôme, a répondu qu'elle-même ne ferait jamais ça et qu'il fallait bien se forcer un peu, non? pour trouver ça normal. Puis elle a baissé le front sur sa lecture, malheureuse de ne pouvoir rattraper ses mots.

•

Marie-Paule buvait un thé aux pommes, disait-elle, en grignotant du pain avec les traditionnels fromage et miel et olives du matin. Sa lettre, la première des trois, serait une «lettre franche», inspirée peut-être par la crudité du ciel à cette heure. Elle tenterait d'y supprimer la distance, l'écart qui s'ouvrait comme un monde même quand on se serrait l'un contre l'autre à s'étouffer, elle parlerait de tout sans défenses ni barrages, de ses états d'âme du moment languides et barbouillés, de ses pérégrinations en elle-même et de ses rencontres de voyage, même si c'étaient surtout des types qu'elle trouvait sur son chemin, à croire que dans chaque lieu l'attendait une nouvelle étreinte, le mirage d'un autre ravissement qui s'évanouirait dans les malentendus. Car si Jerry l'aimait encore un peu, il lirait bien ça aussi, quoiqu'il n'y avait pas cinq jours c'était avec un couple qu'elle était, oui, avec d'anciens amants en vacances qui conduisaient un camping-car à travers la Turquie, le hic étant que l'homme lui avait tout de suite fait envie et avait tout de suite cherché à la séduire, sous le nez de la femme qui guettait jalousement ses avances, prenait garde de ne jamais s'absenter longtemps et leur imposait une sorte de sensualité à trois, nuits partagées, nudités d'abord furtives, puis étalées dans la camionnette ou dans les rares chambres d'hôtel, rituels de toilette en commun. Quand elle se voyait dormir avec eux, lui venant se couler sous ses draps, suivi aussitôt par elle qui balbutiait qu'ils ne pouvaient pas lui faire ça, la laisser de côté, l'ignorer, elle se rappelait les fois où elle-même avait été la troisième à se glisser dans un lit, oh! c'était moins audacieux, ça n'avait rien de subversif du tout, mais c'était sans doute pareillement casse-pieds, Marion sa mère tournant le dos à son visiteur pour se rouler sur son enfant, sa petite fille d'au moins neuf ans déjà, l'enfermer dans son corps chaud et tendre, l'y presser de tous ses bras, de toutes ses mains, et suffoquer ces horribles tristesses enfantines qui risquaient de semer en elle un brin de cruauté, de désespoir, oui, sa mère l'actrice, si différente de cette Sonya qui exerçait sur son ex-amant un contrôle infatigable, prévoyant et pointilleux. Ça avait commencé dans un autocar en route vers Mersin, lorsqu'ils avaient noué connaissance parmi une trentaine de passagers, imprégnés de l'odeur de la même eau de toilette et endormis dans le roulement parfumé comme des bienheureux, abandonnés à une calme pesanteur certainement plus saine que leurs somnolences à eux, brèves et épuisantes, après qu'ils se furent croisés dans les ruines d'Éphèse, puis remarqués dans les cascades de bassins laiteux de Pamukkale, puis souri devant un stand d'*ayran* à Bodrum, la régularité des circuits touristiques les réunissant sans cesse. Évidemment, plus elle s'était laissé guider par son désir pour Werner, plus elle avait été rude envers Sonya, c'était à cause de la belle tête sombre qu'il avait aussi, celui-là, de son regard qui ne faisait qu'une bouchée de vous, qui vous croquait comme une amante, oui, tiens, à vous inspirer des lapsus, de ses fesses qu'on imaginait en amours de petits pains au lait sous le jean râpé, mais voilà qu'elle parlait bouffe à l'exemple de son père! à moins, oui, à moins que ce n'eût été à cause du besoin qu'elle avait de vivre dans la chaleur d'un autre corps, comme dans un jardin d'acclimatation, de s'enfoncer dans le premier bien-être possible pour oublier où elle commençait et où elle finissait, mais en trouvant son plaisir ne faisait-on pas que mourir par l'autre, enfermé en soi-même? Toujours était-il que ce compagnonnage avait mal tourné, sans doute parce que ces deux-là chérissaient leur tiédeur semi-conjugale, et s'étaient peu à peu ligués contre elle qui la menaçait, qui à force de secouer même agréablement leur barque aurait pu la couler, car s'il y avait eu de la bagarre, ce n'était pas vraiment pour le sac d'emplettes de Sonya qu'elle s'était fait escamoter dans un marché, ni pour le petit risque qu'elle avait pris en achetant du hasch dans la rue, ni pour le jeune Turc qu'elle avait invité à déjeuner à une terrasse et à qui elle avait vendu des dollars sous la table, il avait des yeux si affamés, si avides de ce qui lui était étranger, des yeux d'une douceur si entêtée, qui éclairaient son superbe teint musqué, non, ce ne pouvait pas être aussi bête, quoique ses illégalités sans conséquence les eussent indisposés autant que sa malchance, et poussés à des attaques excessives. Car il n'y avait rien qu'ils ne lui eussent pas dit avant de la quitter, qu'elle était un monstre de familiarité et d'indifférence, oui, les deux en même temps, qu'elle avait forcé leur amitié avec une obstination indécente, pour faire ce qui lui tentait quand ça lui tentait, qu'elle les avait bousculés avec une telle conviction, un tel entrain désespéré, qu'il leur avait été impossible de distinguer entre sa générosité et son égoisme, de savoir ce qu'eux-mêmes voulaient, qu'elle avait occupé leur existence comme un pays conquis, en exigeant d'eux une disponibilité de tous les instants, jusqu'à ce qu'ils ne s'appartinssent plus, qu'elle était instable et malhonnête, oui, sans blague, malhonnête, et qu'ils en avaient assez de ses puérilités, de ses débordements et de ses effondrements. Tout de même, ce qu'elle n'avait pas entendu, Marie-Paule, sur son manque de psychologie et son insensibilité aux autres, elle qui se torturait à tout analyser! sur sa nature dépendante à l'excès, elle qui voyageait seule depuis des mois! ces idées sur elle étaient si fausses, ces reproches si injustes, bien qu'elle ne fût pas toujours facile à vivre, ça, elle ne le niait pas, d'ailleurs son intolérance et son irritabilité la déchiraient, elle, la première. Mais ce n'était pas sa faute si, un soir de pleine lune, elle en avait eu assez de repousser Werner pour ménager Sonya, la pleine lune ça lui faisait ça, son énergie chimique se changeait en énergie amoureuse, quant aux désirs qui devenaient par moments le tout de sa vie, elle avait appris qu'ils pouvaient remonter à une mère ne croyant son bébé comblé que quand elle-même l'était, oui, Marie-Paule gardait des souvenirs très clairs de ce trait de Marion, cependant, si elle avait des gourmandises immodérées grâce aux bons soins de sa mère, elle ne demandait souvent qu'à s'abandonner, lui, Jerry aurait pu en témoigner, ne s'était-elle pas exposée à son regard plus qu'aucune autre avant elle, sa peau glabre comme l'enveloppe lisse d'un poisson entre ses mains, son sexe sans secret... avait écrit un poète turc dont elle oubliait le nom, oh! Jerry s'était bien un peu inquiété de cette mignonne dépravation, un peu plaint de ses fringales continuelles, mais elle en était guérie, oui, elle en était revenue, la preuve qu'elle n'était pas le beau cas d'hypersexualité qu'avait forgé une thérapeute, Vivianne-la-petite-bête, Jerry se la rappelait-il? quelles disputes à s'arracher les cheveux elles avaient eues, toutes les deux, quels échanges d'insultes à s'achever l'une l'autre avant la fin de chaque séance, à vrai dire, Vivianne l'avait cataloguée à vue et détestée sans autre forme de procès, pressentant probablement qu'elle ne serait pas de taille, eh non! ces gens-là n'étaient pas toujours les mieux équilibrés, qui s'en tiraient une fois sur trois avec des talents d'improvisateur. C'était que son sentiment de vide, d'irréalité, Marie-Paule n'espérait plus s'en défaire dans les bras d'un amant, s'en dépouiller comme d'une mue au creux d'un lit, non, ce sentiment résistait trop bien aux paroles et aux gestes, il s'était tapi au fond de son corps dans sa chair battante, car l'essence de chacun ne pouvait être que là, lorsqu'elle n'affleurait pas, tout ça pour admettre qu'elle venait à bout d'une autre illusion. Ce Werner et cette Sonya qu'elle avait pris pour des amis, mais ne s'y faisait-elle pas toujours attraper, s'étaient taillés sans même se soucier de ce qu'elle deviendrait, au sortir d'une plaine rousse s'étendant sur deux cent cinquante kilomètres, sans accidents, ni roches, ni arbres, et voilà! pareils revirements étaient à vous enlever le goût d'être aimée. À présent, elle repassait par Konya après quelques jours au bord d'un lac, à Egirdir, où elle s'était retrouvée seule comme d'autres tombaient malades, d'ailleurs elle n'avait toujours pas recouvré son appétit, et elle s'étiolait d'un repas sans attrait à un autre, jusqu'aux serveurs de Çatal qui s'inquiétaient de sa mine de déterrée, quand même, ce que ça l'abîmait, les liens qui se faisaient et se défaisaient, c'était au point qu'elle tenait l'absence d'émotions pour une félicité, mais comment en aurait-il été autrement lorsqu'elle se sentait finie, usée, que tout lui paraissait étrange et distant, sans plus d'épaisseur qu'une vision du passé, où rien ne pouvait plus arriver, oui, elle s'était trop démenée jusque-là et elle en avait assez, si seulement on ne l'avait plus sollicitée, plus persuadée de s'essayer à la sociabilité et à l'affection, pour le peu de bien-être qu'elle en retirait! Mais voilà qui lui ressemblait, elle s'était proposé d'écrire une «lettre sincère» sur ses bonheurs et ses malheurs de voyage, de parler de la beauté souvent intolérable des habitants et des lieux, de la splendeur attristante des ruines arméniennes, des collines spongieuses et suintantes qui s'affaissaient dans des éboulements de verdure, des pierres rouges qui s'arrachaient en masse aux flancs des rochers et semblaient tirer de larges langues charnues, du profil voilé des montagnes qui faisaient l'effet de vagues déferlantes au large du ciel, des vapeurs roses percées de minarets le soir, elle avait envisagé de dire les misères sans cesse renouvelées de son corps, sommeil mauvais, entérite chronique, impossibilité de gagner du poids malgré les repas de restaurant, fébrilités injustifiées, oui, tremblements même parfois, et aussi de décrire des tristesses sexuelles dont elle n'avait jamais eu idée, pourtant si elle y regardait sans ciller, n'était-elle pas forcée d'avouer que la prolongation de n'importe quel plaisir l'apparentait pour elle à une douleur, que la jouissance la laissait béante, avec l'impression que la vie ne la contenait pas, et aussi de revenir sur Marion, dont les engouements soudains lui manquaient, oui, la fillette de neuf ans et la femme de vingt-sept ans l'affirmaient sans honte, car il en était maintenant avec ses amants comme il en avait été avec sa mère, voilà, à l'étranger on était un peu à distance de soi, ce qui rendait les examens plus aisés, c'était pourquoi elle avait eu l'idée de cette lettre sans garde-fous, libre et entière, parce que dans ce pays le soleil du matin avait la couleur du petit-lait, et qu'on s'en étonnait autant que d'exister, du reste, Jerry n'était-il pas la seule personne à qui elle pouvait encore se raconter sans pudeur... Toutefois, elle s'était appesantie sur les détails d'une aventure pas très édifiante, peut-être pour y mettre un point final, se débarrasser de ces trois tourtereaux faisant la ronde et se mordant la queue, oui, l'image était familière, n'est-ce pas? oh! ce qu'elle en avait soupé des histoires de petits pouvoirs, mais elle se ressaisirait, il le fallait bien, un jour viendrait où elle adorerait en elle l'image d'un autre homme que lui, son *dear dear* Jerry, pour l'instant elle l'embrassait avec la douceur du regret, Marie-Paule.

·

Céline avait lu avec lenteur, souhaitant tellement se persuader de l'importance de ce qu'elle lisait qu'elle s'en était trouvée absurdement ralentie, presque distraite. À présent, elle était sursaturée de vérité. Après des mois sans nouvelles, chacun donnait dans un pathétique agité à la pensée de Marie-Paule, osait y envelopper l'idée de sa mort. Ne faisant pas exception, Céline avait présumé que les propos de sa sœur auraient la force d'une révélation, sinon une intensité tragique. Au lieu de cela, elle n'avait eu droit qu'à une tranche de vie plus embarrassante que légère, ainsi qu'il fallait s'y attendre avec Marie-Paule. La préoccupation lancinante avec soi, la noirceur par moments exagérée de l'humeur, la volubilité inconsidérée, chaotique, les excuses incriminantes et les présomptions d'innocence, tout avait excédé Céline. Quant aux indélicatesses envers Jérôme qui l'avait aimée, elles l'avaient remplie d'horreur. Marie-Paule se payait-elle la tête des gens, ou merde? «Des amours de petits pains au lait»... Il fallait bien ne songer qu'à soi, non? pour écrire une chose semblable.

Céline était gênée par son irritation, en souffrait même un peu, mais n'était pas surprise des complaisances de Marie-Paule. Comme les amants qui à bout de tolérance l'avaient quittée, elle continuait d'être émue par ce qu'il y avait en elle de désespéré et d'avide à la fois. Selon un schème habituel, les contradictions de Marie-Paule la soustrayaient au jugement, puisqu'elle en était victime elle aussi. Elles étaient sa maladie incurable, malheureusement pas fatale.

Impatientée, la gorge nouée, Céline avait dû se faire violence pour terminer cette première lettre; elle s'est pelotonnée un long moment dans les bras de Jérôme, avant de passer aux suivantes. Si elle avait pu, elle les aurait oubliées pour ramener Jérôme à leurs caresses.

Le froid lumineux avait tourné au noir et s'était fait plus âpre encore, mais le vent était tombé. L'air ne vous cinglait plus, il vous avalait comme une eau calme en vous suffoquant, il vous assaillait les poumons et vous figeait le souffle, le desséchait au point qu'il faisait mal de respirer. Jérôme avait voulu raccompagner Céline en voiture, mais elle avait préféré se ménager une lente transition entre leurs mollesses amoureuses et les tensions familiales, ne pas abandonner trop vite sa nouvelle liberté à l'emprise de ses parents.

Dix-neuf heures. Jeanne devait être sur le point d'appeler les enfants à se mettre à table. Céline est descendue du troisième autobus à quelques rues de chez elle. Les mains nues, la tête rentrée jusqu'aux oreilles dans son écharpe, elle n'avait pas réussi à se dégeler dans les véhicules au chauffage insuffisant, mais elle éprouvait moins la détresse de son corps qu'une exultation mêlée de tristesse. Toutes les fenêtres de la maison étaient allumées, ce qui était rare, étant donné le zèle de son économe de petit frère qui éteignait partout où il passait. Après avoir vu la silhouette de Jeanne traverser la baie du salon, Céline a pris par-derrière, a choisi de faire face d'abord à son père dans la cuisine.

Elle s'est engagée dans la sombre échappée du garage, les yeux rivés sur le pavement de cailloux menant au fond de la cour, puis a aperçu Vincent qui descendait l'escalier du studio d'Elvire. Avant de tourner le coin de la maison, elle s'est immobilisée dans l'ombre, en chuchotant assez fort pour qu'il la reconnût: «Allez! je t'attends!»

Un bonnet de laine au ras des yeux, les bras soulevés par l'épaisseur bouffie d'une parka et les pieds lourds dans des bottes fourrées, le garçon a consenti à lui donner la main. S'il était devenu taciturne, il continuait de lui faire confiance. Ses doigts fluets et cassants flottaient dans sa grande moufle en tricot, tels des bâtonnets dans un bocal d'eau. Céline en a été toute retournée. Sur le perron, devant la chaude lumière embuée des carreaux de la cuisine, elle s'est rendu compte que la chance était de son côté: elle rentrait avec Vincent comme si elle aussi venait de chez Elvire.

Charles était adossé à l'évier, les bras croisés sur sa salopette de mécanicien. Distrait, il fixait la tête d'Alex qui épluchait des poires à ses côtés, l'air d'un enfant en pénitence. Une odeur de bouilli remplissait la pièce, s'échappant par bouffées d'un chaudron qui clappait du couvercle, signe que c'était Jeanne qui cuisinait. Charles a tourné des yeux las vers les nouveaux arrivés. «Comment va l'artiste?» a-t-il fait l'effort de demander.

Céline, refusant de rien inventer, a jeté un demi-regard sur Vincent qui s'est empressé de répondre. Un éclair d'intelligence complice et un réflexe généreux l'avaient sorti de son mutisme.

Elvire ne peignait plus qu'avec «des noirs et des blancs de toutes sortes», a-t-il claironné, avec la fierté d'un enfant qu'on a mis dans le coup et l'amusement de celui qui rapporte une bizarrerie, et elle lui avait fait une petite place dans ses derniers tableaux, oui, elle avait commencé à le mettre sur ses toiles à force de le voir dans l'atelier, «il était comme la conscience de chacune», a-t-il répété de toute évidence les explications d'Elvire, avec une gravité résonnant de mystère. Sur ce il s'est tu, se détestant apparemment d'avoir tant parlé. Il ne supportait plus que rien passât par sa bouche, que rien sortît de son corps, pas même sa voix. Toutefois, en faisant le muet, il finissait peut-être aussi par passer pour sourd. Jeanne et Charles n'avaient-ils pas tendance à penser tout haut en sa présence, à lui exposer leurs griefs et à lui faire porter le poids de leurs désillusions, que c'en était choquant, à lui casser les oreilles avec leurs duretés, à l'accabler de plaintes terrorisantes pour son âge?

Par chance avec Elvire il en était autrement, Céline en avait la certitude, qui allait de temps à autre chercher son frère au studio à la demande de Jeanne. Ayant grandi elle aussi auprès de l'artiste, elle l'imaginait qui allait ouvrir à Vincent, encore tout absorbée par un tableau qu'elle n'avait quitté que le temps de répondre à la porte, puis qui laissait l'enfant s'installer où il voulait. L'instant d'après, un œil toujours sur sa toile, elle préparait deux tasses de lait chaud et venait en porter une à Vincent. Un long moment passait, où le garçon trouvait ses aises, s'occupait. Elvire se faisait à sa compagnie, puis lui parlait tout en peignant. Elle commentait son travail par bribes, sans vérifier s'il l'écoutait ou non, confiante dans sa curiosité. Éventuellement elle osait s'informer de lui, risquer quelques questions, oh! jamais rien d'inquisiteur. Oui, avec Elvire, c'était différent. Peut-être parce qu'elle n'était pas mariée et ne

pouvait blâmer personne pour ses difficultés à vivre?
Peut-être parce qu'elle était tellement prise par sa
peinture qu'elle n'avait pas à s'acharner sur les autres,
dans l'espoir qu'ils donneraient un sens à son existence? Par ailleurs, Elvire et Vincent ne faisaient-ils
pas la paire depuis que le garçon réclamait son indépendance avec une ferveur d'incorruptible? Il fallait
le voir défier ses parents, se prémunir contre les
intrusions et affecter une sorte d'étanchéité. (Eh
mais! ne copiait-il pas la poupée dont il s'obstinait,
étant petit, à boucher chaque trou avec de la pâte à
modeler, de la terre ou du papier? Les analogies qui
s'imposaient parfois!) Pas étonnant que Jeanne le
désapprouvât de «traînasser» dans l'atelier, d'autant
que l'artiste effrayait la mère, cela sautait aux yeux,
celle-ci jugeant que celle-là était une moquerie ambulante de sa vie.

Céline a lancé le manteau de Vincent, si léger
qu'il semblait soufflé, sur la table près du sien. Puis
elle s'est penchée sur les bottes énormes, d'homme
déjà, qui emprisonnaient les pieds du garçon en se
cramponnant aux talons. Vincent était un peu grand
pour ce genre de soins, mais il s'est laissé aider en
prenant appui sur le dos de Céline, comme un oiseau
s'y serait posé: il pouvait encore être petit avec elle,
ses bienveillances ne l'importunant pas plus que celles d'Elvire.

Oh! mais la surprise qu'aurait Jeanne! a songé
Céline excitée à part soi, lorsqu'elle verrait les
tableaux de l'exposition au début du printemps!
Elvire travaillait dans l'isolement, presque dans le
secret. Non qu'elle fermât sa porte à clé, mais elle
n'invitait plus personne à entrer sauf Vincent, et

Céline quand elle venait le prendre. On respectait donc ce qui paraissait une retraite aveuglément laborieuse, où elle n'avait d'yeux que pour ses tableaux, on la laissait tranquille. Céline ne faisait jamais qu'entrevoir des toiles inachevées, pendant que Vincent ramassait ses affaires et s'habillait, pourtant elle aurait juré qu'Elvire traquait un nombre limité de figures, faisant un univers, et isolait un thème qui choquerait des spectateurs de sa connaissance… Évidemment, Céline n'aurait trahi pour rien au monde la démarche en huis clos de l'artiste. Elvire composait peut-être sa vision de même qu'elle aurait exploité un filon, mais n'était-ce pas toujours un peu de cette manière que l'art venait, une individualité ne se faisait-elle pas jour dans une œuvre par le truchement de ce qui la requérait, la mobilisait jusqu'à prendre l'aspect d'une splendide obsession? Non, jamais Céline n'aurait sonné l'alarme, en dévoilant que plusieurs huiles faisaient l'effet de portraits de famille sombres, extravagants, sévères dans leurs observations, parfois centrés sur des aliments dont ils épelaient même le nom en toutes lettres; ou que d'autres présentaient différentes versions d'une longue silhouette calcinée, comme exécutée au fusain, où elle croyait avoir reconnu Charles portant des choses à ses lèvres: une louche d'où il aspirait avec prudence un liquide brûlant, la paume d'une main qu'il s'apprêtait à lécher, les orteils d'un bébé qu'il tenait à bout de bras, et elle oubliait quoi d'autre.

Bien sûr, quand des vérités intimes devenaient des tableaux et étaient exposées à la vue du public, avec des déformations flagrantes mais nécessaires, qui leur donnaient l'air d'être forgées par une imagination immodérée, plutôt noire, on pouvait protester que c'était méchant, abusif. Mais justement, Céline espérait une commotion autant le jour du vernissage que n'importe quel autre jour, et elle s'en remettait à l'artiste. Car cette femme, qui la veille lui parlait de «l'affreux bonheur» avec une ironie légère, en ajoutant que, tiens! ça ferait un joli titre d'exposition, avait seule à ses yeux la force de repenser la fatalité, de la secouer, de s'opposer à ses parents qui faisaient de fausse nécessité vertu.

Céline a baissé le feu sous la marmite qui dégorgeait maintenant un bouillon blond, s'en enduisait comme d'une colle épaisse, puis est restée devant la cuisinière à se réchauffer les mains au-dessus du couvercle pour déguiser son geste, ne pas avoir l'air de réparer la distraction de son père. Ce dernier, tenant une poire par la queue, montrait à Alex comment saucer les fruits dans un sirop rouge, à base de grenadine sans doute. Dans son dos, Vincent sortait de la cuisine lorsqu'il lui a demandé, d'une voix à regret responsable, s'il avait pris une collation au moins chez Elvire. Mais le garçon s'est esquivé, avant qu'il se fût retourné dans l'attente d'une réponse.

•

Les pommes de terre se défaisaient en purée dans l'assiette et absorbaient un bouillon déjà rare. Jeanne était montée se coucher après avoir préparé le pot-au-feu, se plaignant de maux de reins, et Charles n'avait pas eu le bon esprit d'en surveiller la cuisson. À présent, chacun piquait sans goût de petits mor-

ceaux avec un coin de sa fourchette, chacun paro-
diait Vincent sans le vouloir.

Dans son vieux peignoir éponge, Jeanne a annoncé à Céline que le bel Alex avait encore fait des
siennes, pour expliquer qu'elle eût fini l'après-midi
au lit, souffrante, puis n'eût pas eu le courage de se
rhabiller.

Et qu'est-ce qu'elle lui reprochait cette fois? a osé
rétorquer Céline, plus piteuse que défiante cependant, les yeux à peine levés.

Ce qu'elle lui reprochait, a repris Jeanne, eh bien,
elle lui reprochait que des voisins l'avaient vu traîner
au centre commercial, tout seul si loin de la maison!
et s'étaient inquiétés de ce qu'il fabriquait par un
froid pareil dans le grand parc de stationnement,
avec juste raison, puisque monsieur s'amusait à cro-
cheter les portes des voitures comme un voleur, les
déverrouillait l'une après l'autre, oui, avec un cintre,
selon son caprice, pour rien, quel jeu plaisant pour
un dimanche, quelle distraction idéale alors que les
gens étaient au cinéma, quel autre pari intelligent!...
Ou si on se trompait, Alex?

Charles a fait remarquer que l'enfant avait déjà
été puni, puis a remué sa potée de légumes et esquissé un maigre sourire, en prétendant regretter que
Céline ne fût pas arrivée plus tôt pour empêcher ce
beau gaspillage. Jeanne s'est calée sur son dossier et
a ravalé son aigreur, et plus personne n'a dit un mot.

Voilà comme cela se passait maintenant, a réfléchi Céline, voilà comme ses parents remettaient ça.
Non seulement les repas n'étaient plus l'occasion de
célébrer le bon ordre de la maisonnée, les talents gas-
tronomiques du père et la soumission des enfants,

qui auparavant se laissaient nourrir en dépit des pires contrariétés, mais ils ne réunissaient plus la famille qu'en apparence, sans fondre tous les drames en un seul ni rassasier toutes les bouches. Jusqu'aux garçons qui ne conversaient plus que furtivement, presque par monosyllabes, pour ne pas troubler l'amertume de leurs parents avec leurs histoires.

Céline, que la moindre pensée de son après-midi avec Jérôme gonflait de contentement, retombait dans cette panade émotive du haut de son ravissement.

Tantôt elle était consternée des friponneries d'Alex, à son avis inoffensives pour les autres mais dangereuses pour lui, ne jouaient-elles pas avec la sensation du petit crime? Alex avait un besoin fou d'attention, mais en était réduit à s'attirer les gros yeux de sa mère et ses réprimandes, à faire son désespoir à défaut de faire sa fierté...

Tantôt elle avait le cœur serré à la vue de Vincent, de ses yeux cernés de bleu sur son teint pâle. Après le fameux goûter où leur grand-mère avait pris une colère, Jeanne l'avait accompagné plusieurs fois chez le médecin. Le petit entêté, qui sabotait tous les repas sans qu'on pût s'expliquer pourquoi, était devenu un garçon malade, excusable. Déjà on avait diagnostiqué une dépression enfantine, toutefois sa prodigieuse activité poétique, ses progrès incroyables sur les chevaux d'arçons et son goût très actif pour la propreté pointaient dans d'autres directions. Alors on procédait à des batteries de tests, après tout Vincent n'aurait pas arrêté de manger s'il était en bonne santé, et on souhaitait seulement que ce ne fût pas trop grave...

Tantôt elle considérait Jeanne et Charles avec déception, en songeant aux deux dernières lettres de Marie-Paule et aux conclusions de la troisième surtout. En proie à une ruée d'idées, avec une faconde étourdissante, Marie-Paule s'y analysait à grands traits précipités et tâchait d'établir «à qui la faute»... De quoi? Oh, de son fichu caractère, de son refus quasi viscéral d'une vie rangée, de ses tristesses insondables, de ses amours comme des enfermements intolérables, où elle croyait toujours donner trop ou trop peu, de ses bien être fugaces, de ses journées où tout ce qui était bon lui faisait mal, depuis l'étreinte d'un amant jusqu'à la douceur de l'air. Persuadée qu'il n'y avait rien de défectueux, en elle, que ne pût redresser un effort d'introspection, et hop! les nœuds se dénouaient, la vérité se faisait jour et on était réconcilié avec soi-même, elle révisait les quelques souvenirs autour desquels son enfance paraissait graviter, fluides mais précis, telles de grises abstractions: sa mère qui la trimballait partout sur son dos comme une mascotte, puis l'oubliait dans un coin; qui la levait à bout de bras en signe de triomphe lorsque les applaudissements éclataient, sans s'apercevoir que ça l'humiliait; qui se cachait avec elle dans les garde-robes et l'enfouissait dans ses bras en simulant la peur, rieuse et excitée; qui la larguait dans la concession de voitures aux pieds de son père, insensible à la rage qui la porterait au bord de l'évanouissement; qui un soir l'avait crue suffoquée dans une penderie, puis s'était recroquevillée près d'elle dans son petit lit pour dormir...; et son père qui partait travailler dans un habit sombre, en défendant à l'actrice de l'entraîner dans ses vagabondages; qui émergeait de sa chambre dans un grand pyjama et leur criait à toutes deux de se calmer, quand elles chantaient à pleine gorge; qui faisait en vain des jardins dans son assiette pour la faire manger en l'absence de Marion, puis passait son dépit devant la télévision… N'était-ce pas à cause des débordements amoureux de sa mère, se demandait Marie-Paule, qu'elle avait des intolérances d'enfant pour qui «maintenant» était trop tard et «tout» n'était pas assez? qu'elle craignait toujours de manquer de quelque chose, quoiqu'elle n'arrivât à rien garder? qu'elle avait peur qu'on la laissât à elle-même, dès qu'elle n'allait pas trop mal? et si c'était un besoin d'affirmer sa dépendance qui l'empêchait d'éprouver du plaisir? ses parents s'attendaient à ce qu'elle continuât de rater sa vie, et elle le faisait sûrement, elle les effrayait, d'ailleurs quand elle tâchait de leur être agréable, elle se détestait, on ne pouvait tout de même pas se tourmenter sans fin de ce qui troublerait ses parents, les blesserait, se faire passer pour heureuse tandis qu'on pourrissait au-dedans, oh! si seulement son père s'était frayé un chemin jusqu'à elle les dix premières années, au lieu de battre en retraite devant Marion qui dispensait son affection par vagues, faisait la pluie et le beau temps, mais il avait tourné le dos aux difficultés, refusé les risques et endormi ses douleurs, la vente de voitures, le commerce de son papa, quelle foutaise! alors qu'il aurait dû vibrer, du matin au soir, de l'excitation du cuisinier dans son coup de feu! son mariage avec Jeanne, quelle déception! alors qu'il n'avait à son égard qu'un attachement d'homme timoré, soucieux de l'ordre jusqu'à l'immobilité, réfractaire à l'incertitude des sentiments! en fait Charles avait eu un amour unique, qu'il avait aussitôt entrepris de domestiquer, et c'était Marion, avec qui il n'avait pas su tenir la mer, pas su tenir...

Ainsi donc, Céline n'était pas la seule à rendre un verdict d'échec concernant ses parents, leur mariage navrant, pas la seule à croire que l'actrice pouvait se faire aimer jusqu'au bout des doigts et jusqu'à l'obsession, à la différence de sa mère.

•

Céline avait débarrassé la table. En disposant les poires à pulpe rouge dans les assiettes, sur une couche de crème anglaise, elle s'imaginait les soupers que son père avait dû préparer à Marion avant la naissance de leur fille. Elle faisait de lui un autre homme, si amoureux qu'il n'avait peur de rien sauf de perdre son amour et que ses prouesses culinaires lui conféraient une attachante frivolité, lorsqu'un cri a déchiré cette musique agréable. Une fois de plus, Céline était horrifiée à l'idée de l'avortement où Marie-Paule s'était peut-être fait charcuter, ça la prenait toujours ainsi, ça lui coupait le souffle comme une claque à lui arracher la tête, cette image d'une femme qui se vidait de ses entrailles au milieu d'un lit, dans une chambre d'hôtel, sa vie sombre et onctueuse stagnant entre ses jambes déjà froides.

Penchée sur le plan de travail, Céline a serré les paupières et secoué le front dans un lent frémissement, pour dissiper cette vision. Ce que Marion devait souffrir, elle aussi, de cette hypothèse qui s'imposait! Ayant accepté d'être séparée de sa fille et de ne pas jouer les mères exemplaires, ne devait-elle pas se blâmer pour cet avortement et son issue peut-être morbide? Il n'aurait pas fallu qu'elle lût la deuxième lettre à Jérôme, où Marie-Paule racontait comment elle s'était cru le pouvoir de neutraliser ses sentiments les plus pénibles, son mal d'être lancinant. Elle se sentait si mesquine et furieuse, coincée! qu'elle avait presque tenté une expérience-limite. Évidemment elle n'avait pas souhaité mourir, disait-elle, seulement éteindre une partie de sa personne et se donner une nouvelle chance, découvrir ce que ça lui ferait, comme les gens qui mouraient cliniquement et ressuscitaient dans un état d'apaisement, après être allés au bout d'eux-mêmes et s'être vus en formes pures, irradiant une lumière vive, elle était sûre de son pouvoir, mais elle n'avait ni avalé une surdose de somnifères, ni entaillé ses poignets, ni rien, avait loupé en quelque sorte l'occasion et gaspillé la magie du moment, oh! il ne fallait pas s'affoler, elle s'observait d'un peu trop près et se creusait un peu trop la tête, voilà tout, sans se censurer, avec plus de sincérité qu'il n'était permis pour avoir la paix, on pouvait se suicider dans un esprit pareil, elle le comprenait, mais elle ne touchait jamais le fond, et puis elle avait résolu de se sortir de sa mauvaise passe, même si cette résolution lui était douloureuse…

La lettre était bouleversante sous bien d'autres aspects, Marie-Paule se répétant, expliquant jusqu'à la bizarrerie ce qui allait de soi, écrivant «d'hiver» plutôt que «divers» ou remplaçant un mot par son contraire, consignant toutes ses réflexions sans choisir, se plaignant de ses égratignures qui formaient des croûtes noires et donnaient à croire que son sang était malade, puis délibérant sur les types de femme qu'elle aurait voulu être selon les époques de sa vie, douce ou arrogante, réservée ou expansive, le tout dans une écriture effrénée et semée de bavures. Mais c'était surtout cette histoire de tentation suicidaire qui aurait fait perdre la raison à Marion, l'aurait culpabilisée de façon plus cruelle encore, sans l'étonner nécessairement plus que Céline, et ça aurait été trop bête. Céline n'aurait-elle pas préféré une mère comme elle? n'avait-elle pas souvent envié Marie-Paule, qui critiquait Marion de l'aimer selon ses convenances, au gré de ses caprices, mais qui l'idéalisait en même temps, reconnaissait au fond son rare bonheur?

Animée d'une compassion soudaine, espérant peut-être aussi échapper momentanément à la misère de sa relation avec sa mère, Céline a projeté de rendre visite à l'actrice, pour lui dire l'admiration de Marie-Paule et la sienne, avec l'obscur désir de se concilier son amitié. Elle avait mis la cafetière sur le feu et elle s'apprêtait à servir le dessert, lorsque Jeanne l'a tirée de ses rêveries d'un cassant «Et ces poires, ma belle?» Céline en a éprouvé une curieuse colère, plus injuste qu'injustifiée. Si Jeanne était si pressée, elle n'avait qu'à venir les chercher, a-t-elle répondu, elle-même venait de perdre le peu d'appétit qu'il lui restait.

Tout de même, c'était singulier, cette arrogance qu'éveillaient en elle ses pensées au sujet de Marion, a songé Céline en s'assoyant au salon sur le bout d'un fauteuil, avec un brin d'embarras.

●

Envoyé au lit de bonne heure, Alex avait payé sa frasque de l'après-midi d'une autre manière encore. Jeanne ne l'avait pas quitté d'une semelle, jusqu'à ce qu'il eût terminé sa toilette et se fût enseveli sous les couvertures. Il s'était soumis au rituel en renâclant, mais non sans avoir l'air de goûter la sévérité mollissante de sa mère, qui prenait soin tout compte fait des moindres détails de son coucher. Il n'avait pas éteint tout de suite, ayant obtenu la permission de lire, mais lorsque Céline est passée lui souhaiter une bonne nuit et lui dire quelques gentillesses, pour contrebalancer les remontrances de Jeanne, elle l'a trouvé à genoux sur la descente de lit, un bras enfoncé entre le sommier et le matelas. Vivement il a retiré la main de là, pour ramasser deux savonnettes en forme de coquillage qui perlaient dans la haute laine de la carpette, puis les dissimuler entre ses cuisses dans l'ampleur de son pyjama.

«Une nouvelle collection? Privée? s'est informée Céline, montrant qu'elle ne se troublait pas de ce qu'il eût des secrets.

— C'est bientôt l'anniversaire de maman», a-t-il bredouillé dans son cou, la voix mouillée jusqu'au bout d'une moue boudeuse. Puis il a couru fermer le plafonnier, les jambes de son pyjama lui traînant sous les talons, et s'est remis au lit.

Céline s'est installée près de lui, le coude sur l'oreiller, le visage au-dessus de sa petite tête brune. Les «savons d'odeur», comme les appelait Jeanne, exhalaient de dessous les draps un parfum que les poings serrés d'Alex ne réussissaient pas à emprisonner: moins suave qu'épicé, il a bientôt accompagné le sommeil du garçon. Céline est restée là un moment, heureuse de la confiance qu'elle lui inspirait. En imaginant qu'il s'était endormi avec un petit morceau de sa mère dans chaque main, elle a glissé dans une drôle de mélancolie.

Elle a plaint Jeanne qui n'avait de ressource que son dévouement, même avec son mari, même en amour. Puis Charles qui n'avait plus de défense et lui déclarait souvent à elle, son aînée, qu'elle était la dernière femme de sa vie, ne sachant plus comment la convaincre d'aller avec lui chez sa mère, à son bureau ou à l'épicerie, les jours où il ne pouvait rien accomplir seul. Toutefois, il a suffi qu'Alex se rapprochât d'elle, cherchât avec son museau de furet un coin confortable où se tapir, pour que son jeune corps avide lui rappelât celui de Jérôme.

Dans le salon moderne mais défraîchi, elle était de nouveau sur le divan de fortune où elle serait restée vautrée jusqu'à n'avoir plus de jambes, comme dans un lit agréablement défait. Jérôme la caressait, tantôt en la pressant contre lui, tantôt en la repoussant pour mieux la toucher, il la maniait avec un tendre acharnement, et elle? oh! elle se croyait entre ses mains le jouet d'une vague qui la faisait rouler sur elle-même, la berçait ou la malmenait, c'était égal, sa tête lui faisant déjà l'effet de basculer en arrière dans un espace sans fond.

VIII

Dans la pénombre d'une glace

L'épais rideau noir, qui faisait normalement écran devant la porte de son bureau et empêchait que ne se répandît sur la scène une plate clarté de la vie réelle, était replié sur un tuyau du plafond. Un après-midi de répétition tirait à sa fin, sous le regard d'une nouvelle dramaturge plus inquiète pour l'instant que difficile. À son bureau, suivant de loin l'évolution de la petite troupe, Marion complétait une demande de subvention. Ce travail l'irritait, qui l'obligeait à vendre sa salade dans un langage qui n'était pas le sien, témoignages de bonne conduite artistique, vantardises comptables, cases à remplir ou à cocher, mais elle était au moins soulagée d'avoir réglé auparavant, en une seule matinée, les factures en souffrance de décembre et de janvier.

●

Marion s'était renversée dans son fauteuil, incapable de se détacher plus longtemps des bruits de la scène où une actrice fougueuse se démenait sur un tabouret, son texte à la main. Pour se refaire une patience, elle revenait à sa réalité et se laissait mariner dans un bain de mots gratuits, d'émotions jouées.

Elle était à son aise dans le réduit sans fenêtres meublé avec des éléments de décor, chaises de cuisine et gros fauteuils mous, lampadaire transformé en portemanteau, fausse psyché sans tain ni reflet poussée dans un coin, vieux réfrigérateur repeint en bleu, cadre simulant une baie vitrée avec vue sur une arrière-cour de banlieue... Non que cet endroit lui ressemblât, en fait il n'y avait pas un matin où elle n'éprouvait l'envie de faire place nette pour le réaménager, mais toujours il lui fallait aller au plus pressant et d'ailleurs, en s'acquittant de ses tâches de clerc, elle ne détestait pas se sentir encore un peu dans la coulisse, parmi des accessoires sans magie.

Le théâtre était fermé, le temps de préparer la troisième d'une série de lectures publiques visant à lancer des dramaturges inconnus, jeunes débutants pour la plupart, mais parfois étrangers. Marion tenait à ce programme, qui gagnait en crédit dans le cercle théâtral et lui attirait des producteurs sérieux, faisait travailler des acteurs pas très en vue et encourageait une écriture d'essai. Et puis, sous ses dehors altruistes, elle se faisait plaisir. Elle aimait frayer avec des auteurs dans les vingt ou trente ans, qui devenaient pour un temps ses meilleurs amis, contempler leurs belles têtes intelligentes et reconnaître en eux sa propre indépendance d'idées, assister à l'éclosion d'une pensée dramatique avec ses inspirations trop drues, ses angoisses galvanisantes, ses excès d'intellectualité ou d'émotivité, ses indécisions paralysantes, oui, elle aimait se lier avec ces jeunes artistes, sentir l'attrait qu'elle exerçait sur eux en déployant son énergie, sa passion de jouer, son esprit joyeusement mal tourné, oublier en leur présence le vieillissement de son corps et savoir que son existence de femme seule, jamais fixée en amour ni autrement, leur semblait plus acceptable qu'aux gens de son âge, plus familière aussi.

Charles la jalousait injustement, croyant que ces «grands enfants» remplaçaient Marie-Paule dans sa vie. Encore la veille, il avait fait une allusion en ce sens. Il était passé la voir au retour du ministère, où on l'avait informé que le médecin sans diplôme de Marie-Paule, un certain Necmettin, alias Celim, alias Ismet, qui terminait de brillantes études au moment de son renvoi de la faculté (que fallait-il de plus pour les rendre tous deux fous d'espoir), avait traversé les frontières turques en août comme plusieurs fois par année. Depuis les gradins, Charles l'avait d'abord observée qui murmurait dans le cou d'une actrice en l'étreignant par-derrière, l'air d'usurper la voix de sa conscience pour la suggestionner, puis il avait dit qu'elle en avait de la chance, d'être aussi intime avec de «grandes filles de l'âge de Marie-Paule», de «grands garçons», et ces expressions avaient bien un peu agacé Marion, qui n'avait jamais été la mère que d'une fillette, ce dont Charles préférait ne pas tenir compte. Évidemment, personne ne pouvait être plus malheureux que lui! Quand il se livrait à ses comparaisons toutefois, ce n'était pas seulement à qui souffrait davantage, il exprimait ici et là son admiration pour Marion, laissait échapper des éloges tristement affables et inopportuns, révélait un retour d'engouement plus que timide, défaitiste.

S'il semblait souvent au bord de la déclaration amoureuse, c'était sans doute qu'il oubliait à qui il avait affaire. Il n'aurait pas fallu qu'il vînt au théâtre un soir du mois précédent. La Clinique avait présenté de courtes pièces en un acte, tenant moins du drame traditionnel que de la dramatisation psychique et de l'art de la performance. Marion elle-même était montée sur les planches, où elle était revenue pour la première fois sur l'incident qui avait précipité son divorce, lui avait fait perdre sa fille.

Deux statues vert-de-gris étaient juchées sur des socles, à quelques mètres l'une de l'autre. Au ras du sol, des formes ondulaient dans la demi-obscurité, puis se dressaient et s'agitaient avec des poussées de voix de plus en plus puissantes, jusqu'à constituer un petit groupe beuglant, surexcité. Les statues aux lignes fortes paraissaient intersexuées dans des tuniques courtes sans manches. Avec une lenteur de mouvement infinie qui échappait d'abord aux spectateurs, elles commençaient de pivoter. Lorsque la turbulence battait son plein et qu'on leur criait des ordres, elles étaient face à face. Dociles, elles se mettaient à bouger plus ou moins à l'unisson, l'une menant visiblement l'autre. Leurs gestes larges, qui attestaient la prétendue lourdeur du matériau, dessinaient des intentions de caresse autour de leurs propres corps, puis inventaient des vêtements qu'ils relevaient et entrouvraient dans l'ignorance de leur entourage; au fur et à mesure qu'ils sortaient de leur rêve de bronze toutefois, ils suggéraient la honte en se ramassant. Les poses se faisaient grotesques et torturées, se chargeaient de mauvaise conscience et de peur, exprimaient tout en surface une violence lubrique. Le groupe de gueulards laissait les statues s'épuiser, puis les tirait au bas de leurs socles où elles se vautraient dans les bras l'une de l'autre. Au même moment une fillette s'avançait d'un coin de la scène, qui semait le silence sur son passage et faisait se rallonger les hommes sur le sol. Chantant d'une voix frêle pour tromper sa frayeur, elle s'immobilisait au plus près de la salle. Les sculptures, remontées sur leurs piédestaux, étaient prêtes à se remettre en branle, comme dans l'insistance cruelle du souvenir. La boucle aurait pu être bouclée, lorsqu'une voix enregistrée entreprenait de raconter, sur un ton étrangement détaché laissant présager une issue funeste, ce qui était arrivé un jour que les transports étaient en grève. Elle en disait juste assez pour que l'auditoire pût saisir de quoi il retournait, puis elle s'éteignait. «Le temps était orageux. La petite n'avait pas d'imperméable et sautait à pieds joints dans les flaques...» entamait-elle.

Non, il n'aurait pas fallu que Charles vînt au théâtre un soir de janvier, sûrement il se serait indigné que Marion fît un spectacle de leur pire drame, retraçât en public ce que lui-même se défendait de revivre en pensée, conférât plus de force encore et presque de la poésie à cet épisode abject, dénaturât ses émotions du moment, n'avait-elle rien de mieux à présenter dans son théâtre! et ces statues avaient-elles besoin de se rouler par terre en s'enlaçant! à croire qu'elles étaient l'envers pitoyable l'une de l'autre. Non, vraiment, il aurait été outré de son opportunisme et de son inconscience, sans pouvoir reconnaître que ce qu'elle produisait là, sur les planches, n'était pas autre chose que de la conscience, précisément.

La pièce qu'on préparait aurait pu avoir des résonances aussi pénibles pour Charles, s'il avait pris le temps de s'asseoir et d'écouter, mais il n'avait sans doute vu qu'une salle en répétition. Le texte avait été écrit par la jeune psychiatre qui griffonnait des notes sur ses genoux, à la première rangée, et dont Marion admirait tantôt l'ardeur au travail, tantôt la noire chevelure vigoureuse et lisse qui balayait un col châle en mohair. Elle était venue au théâtre après avoir éprouvé que la vérité de ses patients était affaire d'imagination, plus encore de narration artificieuse, leur vie mentale affaire de mise en scène. Elle avait d'abord intitulé sa pièce *La Coupeuse*, mais Marion trouvant la désignation trop prosaïque avait suggéré à brûle-pourpoint *La Vie rouge*, et ce titre était resté.

Le personnage principal était une femme dans la trentaine en détention préventive, inculpée de vol avec effraction. Elle partageait sa cellule avec trois autres femmes, prenant l'une d'elles pour sa mère au cours de brefs ratés de conscience, et se montrant agressivement séductrice envers les autres, comme si sa brutalité avait révélé un désir d'affection. Elle méprisait son corps, dont les rondeurs la répugnaient et les malaises lui étaient indifférents, mais elle souffrait en même temps de la stérilité contrôlée du milieu pénitentiaire, qui lui offrait trop peu d'excitants, la faisait sombrer dans des désespoirs torpides où elle se sentait irréelle. En proie à une anxiété qui lui semblait un étrange occupant de son corps, elle était volubile et encombrante, incapable de formuler ses sentiments et de comprendre les propos des autres, déconcertante lorsque ses souvenirs d'enfance s'étranglaient autour de troubles indicibles, manques et privations, soins inconstants et terreurs d'abandon, renversante au cours de prétendues visites à un thérapeute où, recueillie sur la scène devant un bureau inoccupé, elle décrivait le rituel très privé de la «coupure».

Quand ça n'allait pas, avouait-elle, quand la colère ou la déprime prenaient le dessus, elle le faisait. Quand ses attentes étaient déçues, et qu'elle croyait avoir tout le monde à dos, quand quelque chose finissait ou tombait dans le lac, et qu'elle se voyait impuissante à y rien changer, sans personne à qui parler, elle le faisait. Quand on la repoussait, quand les émotions noires s'installaient, et que la tension montait, alors elle se rappelait où elle avait caché la lame, et ça la détendait. Elle savait ce qui s'annonçait. Quand elle était au bout de sa rage, qu'elle se trouvait à plat et insensible, prise d'un vertige qui lui donnait l'impression de se disperser, là, oui, là, elle le faisait. Elle se coupait, et ça la ramenait. Elle en tirait un tel bien-être! Oh! d'abord sa peau était comme morte, c'était sans douleur. Ce qu'elle aimait, ce qui l'excitait, c'était de voir sortir son sang, d'une chaleur onctueuse, d'un rouge intense et velouté. C'était de voir que ça frémissait à l'intérieur, que ça luisait d'une beauté vive. Elle savait que c'était elle qui sortait par là, riche et dense, voluptueuse. Elle existait si fort. C'était comme lorsqu'elle se masturbait. Après, elle était soulagée…

Marion était d'autant plus bouleversée par ces évocations sensuelles, presque lyriques parfois, qu'elle était hantée par des visions d'avortement tournant à la boucherie, saignant sa fille à blanc, évacuant sa vie par pulsions lentes, faisant régurgiter son sexe par bulles chaudes, l'ouvrant sur de gros bouillons sombres et lisses, plaie palpitante. Et la notion de ces calmes assauts de soi, prémédités, de ces manières de suicides partiels la troublait. Mais chacun n'avait-il pas ses propres façons de porter atteinte à sa personne pour se sentir exister? de se mettre en danger pour se convaincre qu'il méritait d'être là, de durer?

Elle-même ne faisait pas autre chose sur une scène, car l'acteur était un «flambeur» qui jouait le tout d'un autre pour le tout de soi. Se portant vers la grande illusion où il tiendrait entièrement dans l'œil du spectateur, il jonglait avec son inexistence, offrait à l'auditoire les moyens de sa destruction et s'embrasait à l'horrible perspective de mourir sur place, dans une insignifiance spectaculaire.

Et Marie-Paule avec ses malchances, ses décisions douteuses que semblaient engendrer une impatience misérable, une douleur morale chronique, une négligence tantôt affolée et tantôt neurasthénique, Marie-Paule qui se serait lancée dans le désert sans faire provision d'eau, comme si ça n'avait pas été son affaire ou que la vie eût été trop dure pour qu'on s'inquiétât en plus de survivre, Marie-Paule qui allumait par distraction ses cheveux à des flammes de briquet, envoyait ses voitures à la ferraille, se livrait corps ouvert à n'importe quelles mains, Marie-Paule ne se tuait-elle pas de même que «la coupeuse» à petits traits? Oh! les pensées de Marion s'entremêlaient si vite ces jours-ci!... Et s'il était vrai que Charles eût pu être ébranlé par cette pièce, lui aussi, Marion ne tendait-elle pas à tout rapporter à sa fille et à elle-même, à s'assimiler n'importe quelle détresse, à voir toutes les indigences du monde sous le même éclairage et à s'en blâmer sous prétexte que la plus lointaine, la plus vague envie de bonheur remontait vraisemblablement à la mère, au corps aimé de la mère?

La plume aux doigts, mais le bras au repos sur son bureau, Marion ne quittait plus du regard la splendide tête de la dramaturge, aux reflets ardoisés. Transie dans le long pull rouge, lâche et distendu, qu'elle portait à même la peau sur un étroit pantalon noir, les pieds glacés dans des ballerines qu'elle portait sans chaussettes à son habitude, puisqu'elle n'avait pas à mettre le nez dehors pour descendre travailler, elle était physiquement malheureuse, mais l'inconfort de sa tristesse avait le dessus.

La sonnerie du téléphone l'a tirée de la consternation où elle se recroquevillait, morose et frissonnante, mais elle a hésité à répondre. Il ne fallait surtout pas, en parlant à «la directrice», qu'on lui associât l'image d'une femme émotive ou dépressive, aux nerfs fragiles, consumée par les tensions de la vie professionnelle ou incapable de laisser ses ennuis domestiques à la maison. Qu'en savait-elle? C'était peut-être un agent du service des subventions ou un producteur qui l'appelait?

Reconnaissant tout de suite la voix de Thomas, elle a respiré.

●

Leur liaison n'était pas sans secousses depuis que Thomas montait *La Promeneuse blanche*, dont la représentation était remise de mois en mois, mais elle durait à la surprise des gens du milieu. Marion n'était plus vaincue par les brouilleries irraisonnées, elle avait appris à hausser les épaules pour cueillir au vol la bonne vie, et à faire des compromis somme toute indolores pour ne pas s'isoler, cependant elle ne se laissait plus aller à dépendre d'un amant ni de quiconque.

Thomas était suppliant, dans tous ses états. Pour la centième fois, il la priait de venir à la première le lendemain soir: quoi qu'elle dît, un billet l'attendrait au guichet, à moins qu'elle n'en voulût une dizaine pour sa troupe, dix ou douze, serait-ce assez?

De septembre à janvier, le spectacle avait fait l'objet de remaniements incessants, et les répétitions avaient été interrompues plusieurs fois: soit que les producteurs coupaient temporairement les fonds, faisaient planer sur le théâtre l'ombre de la débâcle, pour assagir Thomas, soit que l'actrice se décourageait de l'inconstance de son rôle, perdait la voix une semaine et souffrait de troubles gastro-intestinaux la semaine suivante, alimentant le bruit selon lequel elle somatisait son angoisse, la pauvre enfant... Et Thomas, qui s'était démené comme un poisson dans une barque pour imposer ses volontés, avait fini par ne plus savoir s'il luttait pour réaliser une grande vision ou pour triompher de producteurs bornés. À la veille de l'ouverture du théâtre, il n'était plus sûr de ce qu'il avait fait, il était affolé, «sans plus une once de jugement dans la cervelle», jurait-il. Assez désespéré pour se moquer de lui-même, il disait que Marion devait être dans la salle pour lui tenir la main, sans quoi il serait tellement tendu qu'il ne porterait pas sur terre, voilà, il s'élèverait au-dessus de l'orchestre par lévitation, ce serait affreux, le metteur en scène se fixant au plafond les membres en étoile...

Inébranlable, presque exaspérée jusque-là, Marion s'est prise à sourire. Allons donc! Elle ne le connaissait pas d'hier. Il irait se réfugier dans le bar d'à côté, dès le lever du rideau. Ça ne serait pas bien pénible, ça, une petite soûlerie. D'ailleurs tout était sous contrôle, la mise en scène était un bijou d'invention et les critiques seraient béants. Si sa vedette soignait sa beauté un jour de plus, et si elle tenait sa place comme le soir de la couturière, le public serait content. Et quand les applaudissements monteraient dans la salle, peut-être déconcertés d'abord, ça, il devait s'y attendre, puis franchement enthousiastes, quand on le couvrirait d'éloges en faisant sauter des bouchons de champagne, il ne se rappellerait même plus avec qui il était.

Mais cette pièce, c'était elle! l'a interrompue Thomas tout vibrant.

Elle l'avait aidé, a rétorqué Marion avec la tendre résolution des mères que leur amour ne fera pas fléchir, mais c'était son spectacle à lui. Ce soir-là il devrait le ressentir jusqu'au bout des cheveux, et ça lui serait plus facile si elle n'y était pas. Du reste, le sort s'était mis de la partie. Les hôpitaux avaient de longues listes d'attente, et les chirurgiens en acquéraient une autorité indiscutable sur les vies privées. Si son père refusait la chambre qu'on lui offrait maintenant, il devrait patienter encore trois mois avant de subir son opération. En général, une greffe de la cornée ne donnait pas lieu de s'alarmer, mais Marion avait quand même promis à sa mère de faire le voyage: elle lui tiendrait compagnie dans la grande maison au bord de la mer, et la conduirait chaque jour à la ville. Combien de fois Thomas devait-il entendre cette explication? Apparemment, il était écrit dans le ciel qu'il se jetterait à l'eau sans elle. Ne voyait-il pas qu'il était inutile d'insister? Dans quelques heures seulement, à des centaines de kilomètres, elle aurait d'autres mains à prendre dans les siennes. Oh! elle ne partirait pas le cœur léger. Elle devenait toujours si anxieuse en présence de sa mère, et puis elle n'aimait pas s'éloigner trop longtemps de la Clinique. Allez! Il ne fallait pas lui en vouloir. Vu les circonstances, elle ne serait pas à sa place parmi le beau monde des premières. Mais aussi loin qu'elle serait de l'autre côté de la frontière, elle penserait très fort à lui le lendemain, à huit heures précises.

Marion en remettait, tourmentée par le désir de convaincre, elle forçait la note de la sincérité parce qu'elle mentait à demi. Elle avait bien acheté un billet d'avion, réservé une voiture de location et prévenu ses parents de son arrivée. Mais elle ne quitterait la Clinique qu'une fois sa semaine terminée, soit le surlendemain de bon matin, et son père avait toujours une vue d'aigle, des yeux comme une eau sans fond, d'un noir infini. L'hôpital, l'opération, la mère seule dans la maison, Marion avait tout inventé pour se garder de céder à Thomas, qui souhaitait tant que cette soirée fût aussi sa fête. Pressentant quelle torture ce serait pour elle de se trouver dans l'anonymat de la salle, dans le bassin sombre où ça remuait, bruissait et toussotait, plutôt que sur la scène où la lumière et les mots vous faisaient exister, elle n'allait pas s'imposer de voir son personnage joué par une autre, non, elle ne ferait pas si bon marché de son orgueil. Car Élisa l'exhibitionniste était bien son ouvrage, refaçonné par petites touches, remodelé à coups de suggestions et de critiques précautionneuses, ou disputé à Thomas dans des affrontements privés.

Si Marion avait parfois enguirlandé Thomas comme un débutant, lui reprochant de ne rien comprendre à la folie bien ordinaire de cette femme, dont les outrages à la pudeur étaient des victoires sur le rigorisme familial autant que des signaux de détresse, elle avait aussi influencé passivement plusieurs choix de mise en scène. Thomas, inspiré par son interprétation compatissante du personnage et son souci de l'intériorisation du jeu, s'était peu à peu repensé, il avait assez d'intelligence pour cela, en fait il en avait à revendre, ce que Marion estimait irrésistible. Malgré ses ingérences de vieille routière, que Thomas avait prises pour des assauts personnels jusqu'au premier enchaînement, puis dont il lui avait été reconnaissant, Marion se sentait escroquée, volée. Non, elle ne s'obligerait pas à ressasser son amertume au milieu de la petite faune des artistes, qui sûrement en savait déjà trop.

Désolée, Thomas... a-t-elle répété une dernière fois en s'efforçant à une douceur persuasive, plus concluante que n'importe quel argument, allez, il perdait un temps précieux.

Mais elle l'aimait toujours? a demandé Thomas pour déplacer la question.

Oh non! l'a-t-elle grondé avec une brusquerie bienveillante, ils n'allaient pas donner dans de pareils enfantillages! Enfin, si ça pouvait le rassurer, s'est-elle reprise avec gentillesse, il était pour l'instant l'homme de sa vie, son amant générique. Semblable à nul autre, mais les valant tous. Son amour de Thomas, qu'elle s'étonnait de connaître si bien, ou en qui elle voyait un homme n'importe lequel, dans les deux cas ça l'excitait terriblement, mais peut-être un peu plus dans le second. Oh! elle lui avait déjà expliqué pourquoi... Mais que se disaient donc les Américains avant un spectacle, il savait bien, cette expression qui ne devait pas porter malheur? Était-ce «*break-a-leg*»?

•

Marion a raccroché. Ses moqueries de la fin, qui avaient fait perdre tout espoir à Thomas, lui laissaient un arrière-goût de fausseté. Elle songeait avec envie aux derniers préparatifs qui devaient aller leur train dans le vieux théâtre, créer autour de Thomas une apparence de confusion totale et engendrer un rare degré de frénésie, plancher incliné à installer, réglages techniques et tests d'éclairage, scènes moins convaincantes à reprendre... jusqu'à ce que le metteur en scène tournât les talons en lâchant qu'il avait fait tout ce qu'il pouvait! ou lançât les poings au ciel en hurlant que cette fois ça y était, qu'on les tiendrait par le collet! ou dispensât des compliments nerveux à gauche et à droite, pour que la troupe eût le moral.

Dès que la pièce avait fait moins poudre-aux-yeux, moins expérimentation mécanique et esthétisante, Marion avait espacé ses visites au théâtre. Mais Thomas, qui ne terminait plus une soirée sans demander à dormir chez elle, lui avait tout raconté. Il avait pris l'habitude de compter sur ses opinions, et c'était devenu sa façon de travailler la nuit, de faire des heures supplémentaires. Sortant de son silence embarrassé, il avait même protesté de plus en plus que c'était elle qui aurait dû jouer le rôle principal; et déplorant qu'on l'eût écartée de la distribution a priori, il s'était même accusé pour être sûr d'être excusé. Toutefois, Marion arrivait presque à croire que les choses étaient bien ainsi.

Sans doute était-il préférable de faire du théâtre comme d'autres allaient au bureau, à la manufacture, d'autant que la gloire allait à l'encontre des efforts de l'acteur, risquait de durcir son ego, de dissiper l'incertitude qui le rendait convaincant et de gêner son identification à l'homme ordinaire, celui qui habitait tout héros dramatique et lui conférait seul son intérêt. Et puis au moins, dans ce cas particulier, elle pouvait maintenir une distance plus confortable entre elle et Thomas, sur qui elle n'était pas contente d'avoir de l'ascendant, qui aurait dû l'admirer juste ce qu'il fallait pour être amoureux, pas plus. C'était comme pour son métier, où elle se plaisait davantage avant d'avoir séduit l'auditoire, quand elle était encore tenue de se dépasser. Une fois qu'elle avait fait forte impression, l'angoisse la prenait. Elle se sentait moins libre, parce qu'elle devait continuer de se montrer à la hauteur. Mais peut-être était-ce là un trait propre aux «perdants», à ceux qui ne réussissaient en rien? Peut-être était-ce pour cela qu'à quarante-sept ans elle n'avait toujours pas eu son «heure de gloire»?

Marion, se rendant compte qu'elle ne compléterait pas sa demande de subvention, est allée suivre la répétition. Elle n'a eu qu'à s'asseoir devant les quatre actrices, qui tâchaient de se réinventer en autant d'univers, pour se remettre peu à peu de son désenchantement. Son insuccès, sa petite misère de théâtre parallèle après tout n'étaient pas si navrants. Oui, en fait d'échec, on faisait mieux, a-t-elle songé en s'arrachant un pâle sourire.

•

Les actrices, penchées sur leurs cahiers, comptaient sur la puissance suggestive de leurs répliques pour se faire exister dans une seconde réalité, un échafaudage improbable. Marion était saisie par la beauté de l'écriture, qu'avaient nourrie des centaines d'heures passées en cabinet psychiatrique, par les écarts stylistiques imprévisibles et secouants, où une folie explosive semblait tapie au détour de chaque phrase, et où des sursauts de déraison prenaient l'aspect de vérités délicates, par cet univers violent mais poétique, où les personnages n'étaient pas tant marginaux qu'ahuris d'en être là, victimes de menées qu'ils ne comprenaient pas. Une fois de plus, elle était frappée par la ressemblance entre la dramaturge et l'actrice qui jouait «la coupeuse». Se pouvait-il qu'elle-même eût obéi à son insu, au moment de la distribution, à la croyance naïve selon laquelle les écrivains parlaient toujours d'eux-mêmes? Oh, et puis après! Le travail avançait rondement, dépassait ses attentes pour une simple lecture et exaltait les membres de la troupe, la fiction se transformait en partie serrée et quasi curative, où des besoins inavoués se faisaient jour, en fait son théâtre n'avait jamais si bien mérité son appellation de «clinique», que voulait-elle de plus?

Marion s'est laissée aller à s'admirer un peu, comme elle n'aurait jamais su le faire à trente ans, et elle a entretenu ce timide accès de fierté, il lui en venait si rarement. Ce théâtre, elle l'avait construit, ces jeunes têtes, elle les faisait travailler et leur permettait d'exercer leur voix, c'était au moins ça, et si elle avait causé des ravages ailleurs dans sa vie, si elle avait compromis le bien-être de sa fille quelque vingt ans plus tôt, elle n'y changerait rien en se punissant jusqu'à la fin de ses jours ni en se pendant, mais voilà qu'un autre bonheur fragile faisait place à une vision sinistre, elle n'aurait donc jamais l'esprit en paix.

Un coude sur une cuisse, la moitié du visage affaissée dans la main, Marion combattait encore l'ancienne horreur d'elle-même qu'avait ravivée la peur de la mort de Marie-Paule, se disant qu'il n'y avait que dans ce théâtre qu'elle n'avait rien à se reprocher, lorsqu'elle a discerné une présence dans le coin de son regard. Subrepticement quelqu'un était entré, qui se tenait immobile contre un mur de la salle.

C'était une adolescente au teint rose de froid, dont la fraîcheur extraordinaire tranchait sur le gris fatigué des lieux. Les mains dans les poches d'un blouson d'homme, elle avait pris une pose assurée et dégagée, à laquelle résistait une figure anxieuse.

Marion et elle se sont dévisagées un instant, comme incertaines de se reconnaître, puis Marion a bondi de surprise. Elle a pris la jeune fille par l'épaule pour la conduire vers le fond de la salle, en s'enquérant si elle était bien Céline, la petite Céline de Charles, il y avait si longtemps, quoiqu'elles s'étaient entrevues à l'aéroport au mois de juin, n'est-ce pas?... oh! de très loin seulement, parce qu'on ne jugeait pas sa fréquentation désirable, ou est-ce qu'elle se trompait?

D'instinct Marion ramenait sa visiteuse dans le vestibule, que terminaient d'un côté le guichet et de l'autre une table de bistro encadrée de deux chaises. Ne recevant volontiers que les gens de théâtre dans les coulisses, elle appréhendait peut-être aussi que Charles ne revînt la tourmenter sous les traits de cette adolescente.

Parce que dans les bonnes familles, a-t-elle continué sur un ton d'affabilité conciliante, mais avec une nervosité qui lui faisait perdre le sens de l'à-propos, on évitait les remous de sentiments. Non, ce qu'elle insinuait là n'était qu'une petite méchanceté, une sotte méchanceté envers son père et sa mère. Surtout sa mère… À vrai dire, c'était mieux ainsi. La vie était plus facile quand on n'accordait pas trop de droits au passé sur le présent, Céline s'en apercevrait un jour.

Elles avaient gagné le vestibule, portées par le flot des paroles de Marion. Ne pouvant aller plus loin, elles étaient maintenant seule à seule, dans un silence frêle que bombardaient les éclats de voix des actrices. C'était à Céline de venir au fait. Marion allait lui offrir de s'asseoir, tentée de s'abriter encore un moment derrière une aimable légèreté, lorsqu'elle s'est ravisée.

«C'est ton père qui t'envoie?» a-t-elle demandé plutôt, consciente de l'extrême gêne de cette enfant. Une main sur son épaule, elle la questionnait par en dessous pour l'engager à parler, soupçonnant qu'au contraire Charles ignorait tout de cette démarche.

Non, la jeune fille s'est-elle contentée de hocher sèchement la tête. Le front baissé comme une gamine faisant la lippe, elle a relevé sur l'actrice un regard de côté, insistant sans être frondeur. Elle comprenait qu'elle n'était pas la bienvenue, mais cela ne l'empêchait pas de se montrer admirative et avide, de vouloir vite capter l'essence de Marion avant d'être congédiée.

N'était-ce pas l'heure de manger chez Charles? N'aurait-elle pas dû être à table avec ses frères au lieu de vadrouiller en ville? l'a doucement pressée Marion.

Oh! elle avait dit qu'elle irait travailler à la bibliothèque, Céline a-t-elle répondu. Enfin jusqu'à ce que sa mère fût revenue de la clinique avec son frère Vincent, qui mangeait un pois vert et avait la nausée, d'ailleurs les repas en famille, ils n'étaient plus ce qu'ils avaient été, en tout cas, ils n'étaient plus la fierté de son père.

Marion a mis du temps à répliquer, ne devinant pas encore les intentions de Céline. Ça n'était plus drôle pour personne! a-t-elle fini par déclarer en demeurant dans le vague. Elle consentait à écouter Céline, mais pas au point de lui tendre la perche, d'orienter la discussion.

Non, mais Marion ne devait avoir aucun doute! l'adolescente a-t-elle fait valoir avec élan. Marie-Paule n'avait jamais voulu une autre mère qu'elle.

Oui. Dommage qu'elle fût si mal tombée, Marion a-t-elle ironisé tristement. Elle souhaitait tempérer l'ardeur de Céline, comme s'il lui avait été permis, à elle, de dramatiser, mais pas à cette petite étrangère, par ailleurs très mignonne et touchante.

Justement pas! a fait Céline, d'une voix trop forte dont elle a été la première surprise, le visage grand ouvert de sincérité et de candeur. Puis elle s'est aventurée dans une explication décousue, soutenant que les mères qui se croyaient de «bonnes mères» n'en étaient pas nécessairement aux yeux de leurs enfants, elle, Céline, en savait quelque chose, alors voilà, si Marion voulait son avis, mieux valait un amour qui vous laissait des répits ou qui se faisait désirer, qu'un amour qui vous obligeait à en prendre note à tout instant, elle-même avait souvent été jalouse de Marie-Paule, parce qu'à l'entendre parler de sa mère on aurait juré parfois qu'elle la rêvait, une «faiseuse de plaisirs», un «monstre de tendresse» qu'elle disait, l'air de mourir de nostalgie à la pensée qu'elle ne serait plus jamais «la petite amoureuse de sa mère»... Non. Papa, maman, la maison... Ça n'était sûrement pas la seule façon, il y avait des bouquins là-dessus.

Plus Céline renchérissait sur ses propos, par crainte que Marion ne fît pas grand cas de son opinion, ne voulût pas entendre les mots de réconfort d'une enfant et n'attendît que l'occasion de la mettre poliment à la porte, plus Marion se rembrunissait.

Que lui voulait donc cette petite? Qu'elle se fût inquiétée au sujet de son père aurait toujours passé, mais qu'elle s'en fît pour elle? Cette histoire d'avortement lui avait-elle frappé l'imagination, à elle aussi? Une bonne mère, une mauvaise mère, à quoi cela rimait-il quand on ne contrôlait pas ses effets, et qu'on n'avait pas la moindre idée de la façon dont ses enfants tourneraient? Elle-même avait-elle été une fillette comblée par Célia, sa mère? Et comment Marie-Paule, l'idéaliste Marie-Paule qui avait presque adopté le bébé d'une voisine, aurait-elle supporté d'être enceinte en sachant si bien la difficulté des séparations? «Sa petite amoureuse»... Il était vrai qu'elle l'avait longtemps appelée comme ça, jusqu'à ce que Charles s'y opposât avec d'adroits ménagements, mais s'y opposât quand même.

Marion allait conseiller à Céline de veiller d'abord sur son père, puis l'inviter à assister aux dernières minutes de la répétition, en lui enveloppant une joue dans sa main pour qu'elle ne se sentît pas trop aisément écartée, lorsque Thomas est entré en coup de vent.

«Ah! tu es là! a-t-il lâché en sursautant dans sa précipitation aveugle. Je croyais te trouver dans ton bureau, en train de remplir des piles de formulaires!» Surexcité, hors d'haleine, il avait fait la folie de venir lui porter ses billets de faveur, dans une tentative désespérée de la faire changer d'idée.

•

Il ne pouvait pas rester, il avait sauté dans un taxi tout de suite après avoir raccroché, et il devait retourner là-bas au plus vite. L'angoisse avait pris les acteurs comme elle prenait les noyés, c'était la panique. Quand il en aurait fini avec ce bordel, il rentrerait dormir chez lui, ce serait plus prudent, sinon il risquerait de tenir Marion éveillée toute la nuit. Si seulement elle pouvait lui promettre d'être là, le lendemain. Il s'était mis dans la tête que ça lui porterait chance. Et puis la troupe serait plus en confiance, puisqu'il y avait eu plus d'un patron dans ce théâtre. Enfin! Marion l'avait poussé dans de nouvelles voies, dont il était moins que certain, elle n'allait pas l'abandonner maintenant à son sort et se défiler. Allez! Une douzaine d'heures ne feraient pas tant de différence! Il la déposerait à l'aéroport aux premières lueurs du jour, si elle le voulait. Il la conduirait au bord de la mer en roulant toute la nuit, s'il le fallait...

Débitant ses arguments dans un demi-délire, Thomas s'est arrêté net. Il venait de piquer sur Céline des yeux ronds d'insomniaque. Mais, Marion avait une visiteuse! a-t-il constaté au milieu de son énervement.

«Excusez-moi. Je dois partir», la jeune fille en a-t-elle profité pour placer un mot. Les jaugeant l'un après l'autre pour décider de la nature de leur relation, elle comparait peut-être Thomas à Charles, tâchait peut-être de réévaluer la position de son père dans la vie de Marion. Elle leur a tendu une main hésitante, en disant qu'on devait passer la prendre en voiture et qu'on l'attendait sans doute déjà dans la rue. «Un ami…» a-t-elle précisé, pour que Marion ne la suspectât pas d'avoir menti et ne s'imaginât pas que Charles était là, de l'autre côté des portes givrées.

«Un grand blond portant la tresse? a hasardé Thomas, que sa fébrilité ne rendait pas totalement inattentif à son entourage, à ce qu'il semblait.

— Vous voyez? Je dois partir.» Et Céline a haussé les poings dans ses poches d'un petit coup sec, en signe de résignation. Elle était désolée d'avoir dérangé Marion, tout compte fait ça n'avait peut-être pas été une si bonne idée, a-t-elle ajouté en prenant un air déçu, pour s'attirer inconsciemment de la sympathie plutôt que des reproches.

«Une autre fois tu resteras pour la répétition?» a donc suggéré Marion, juste pour manifester à son tour un peu de considération, car elle ne souhaitait pas que Céline revînt.

●

Après que la porte se fut refermée sur une bourrasque noire, un froid presque liquide de nuit d'hiver, Thomas a demandé qui était cette gamine et ce qu'elle voulait.

«La demi-sœur de Marie-Paule, a répondu Marion, les larmes lui montant aux yeux tandis qu'elle continuait de fixer la porte. Elle a pitié de moi qu'elle ne connaît pas, mais pas de sa propre mère.»

Marion avait pris une douche, enfilé un peignoir, puis disposé sur la table un chapelet de petits contenants de mets cuisinés. Elle en avait acheté une quantité déraisonnable chez un traiteur, s'obligeant à se gâter, mais n'avait fait que les mettre tiédir au four. Il était maintenant huit heures moins le quart. Renversée contre son dossier, un bras allongé sur la nappe, elle pignochait dans les plats d'aluminium sans faim ni plaisir.

Ailleurs en ville, dans le grand théâtre, on n'était plus qu'à quelques battements de paupières du lever de rideau.

Elle avait débouché une bouteille de champagne, par dérision, pour célébrer l'importance de l'événement comme l'insignifiance de sa personne. Le nez dans sa troisième coupe, elle voyait bien qu'elle arrosait son ressentiment plus qu'elle ne se félicitait de son effacement, qui n'avait rien d'héroïque.

Plus huit heures approchaient, plus son cœur s'emballait. À moins cinq, excédée par sa fête solitaire, elle est allée s'étendre sur son lit. Quoique passablement grise, elle avait l'intention de passer une soirée normale. Elle lirait un moment, rappellerait ses parents une dernière fois avant son départ, puis ferait sa valise. Elle gisait sans mouvement, abrutie d'alcool et palpitante d'anxiété, lorsqu'elle a obéi à une impulsion et s'est ruée vers un miroir fixé au mur, qui lui a renvoyé d'elle une image en pied.

Il était moins deux.

Vivement elle est repartie se chercher une chaise et s'est réinstallée devant la glace. Elle avait le trac, c'était curieux, oui, elle avait le trac.

Moins une. Encore trente secondes. Huit heures.

Là-bas sur la scène, des blancheurs éblouissantes de magnésium devaient commencer à dissiper l'obscurité, avec des détonations mates de lampe-éclair, à lui imprimer des pulsations comme à une noirceur de nuit des temps, et à révéler par intermittence Élisa qui se promenait nue, un sac au bras, parmi un flot de piétons interdits.

Marion éprouvait une peur vague. Toute droite sur sa chaise, la tête baissée pourtant et les yeux fermés, elle sentait la présence de l'auditoire, sa force inquiétante.

Elle a serré un coude contre le flanc pour y retenir la poignée de son sac. Le noir était complet, plus épais qu'une mer d'huile. Lentement l'éclairage l'a fait réapparaître sur un banc de parc. Il a continué de s'intensifier, lui décolorant le corps de même qu'il lui aurait fait une saignée, lui ôtant sa dernière fraîcheur. Pour plus de vérité, Marion a fait tomber les épaules de son peignoir. Elle s'est regardée, dans un moment de distraction vaniteuse, sans abandonner sa pose. Son torse dénudé, son court peignoir gris retenu à la taille par la ceinture et entrouvert sur les cuisses… Quelle traîtrise que le vieillissement, a-t-elle déploré en sortant de son personnage, la peau qui mollissait, les roseurs qui se fanaient, les épaisseurs de chair qui s'ajoutaient sans que vous y fussiez pour rien, la première beauté qui vous était enlevée alors qu'en vous l'enfant, l'adolescente et la femme de trente ans duraient toujours, oui, vraiment, quelle saloperie, pas étonnant qu'on se précipitât sur l'offensante Élisa pour la soustraire à la vue du monde, qui voulait voir ça, un corps usé dans sa morne quarantaine?

Un instant exaspérée devant la glace, Marion s'est reprise et a travaillé son humeur avec recueillement. Élisa était rétive, mais terrifiée.

Des passants s'assemblaient à l'arrière-scène sur des gradins et s'étiraient le cou comme dans un portrait de groupe. Élisa ne semblait pas se rendre compte qu'elle était nue, ou qu'il y avait là quelque chose d'exceptionnel, de saugrenu. Sans trop d'énergie, elle tentait de secouer les deux agents qui lui jetaient une veste d'uniforme sur le dos, l'agrippaient chacun par un bras et l'entraînaient. Elle protestait avec dignité, se montrait plus hésitante à les suivre que récalcitrante, mais juste avant de quitter le plateau elle s'agitait, tour à tour battait des jambes et s'affaissait, relâchant les coudes de telle manière qu'on avait du mal à la soulever de terre pour la faire avancer, puis elle rivait de grands yeux effarés sur l'auditoire, oscillait un moment à la limite de la fiction et de la réalité.

L'imagination montée, Marion a sauté les scènes qui reconstituaient cette journée-là jusqu'à la colère du frère au poste de police, pour aller droit aux récits d'enfance. N'ayant qu'elle-même à convaincre, elle engageait cette fois une lutte entre soi et soi: le pouvoir de l'auditoire, qui allait la porter ou la tuer, était tout entier dans le miroir.

En évoquant les souvenirs de la fillette aux grâces pudiques livrée à des parents abêtis, rudes pour cause d'inconscience et d'ignorance, misant sur leur rigidité pour empêcher leurs enfants d'encombrer leur vie, elle est devenue la petite de neuf ans à qui on retirait son pull à table après qu'elle y eut renversé du lait, la laissant se recroqueviller sur elle-même jusqu'à la fin du repas pour cacher sa nudité; la petite de sept ans qu'on obligeait à se baigner en culotte de coton dans la pataugeoire municipale, parce qu'à cet âge-là les maillots étaient un pur caprice, une sotte dépense, une garniture qui ne couvrait rien de rien; la petite de treize ans qu'on menaçait de faire dormir avec son grand-père, parce qu'elle coûtait si cher, il allait bien falloir louer sa chambre!...

Au bord des pleurs, Marion trouvait une sorte de bien-être dans sa démoralisation. Affalée de côté sur sa chaise, un coude sur le dossier et le front couché sur son bras, elle se tenait le crâne dans toute la largeur de la paume, lorsqu'elle a tourné légèrement le visage vers le miroir, pour passer aux aveux de l'âge adulte.

Élisa s'adressait à son père, avec qui elle vivait seule depuis des années et qui faisait le sourd dans son fauteuil, tandis que la lumière traçait un cadre immatériel autour de lui, l'immortalisait. Comme des vengeances enfin écloses, elle lui jetait à la tête ses furtives rencontres sexuelles avec des étrangers, qui l'avaient prise à l'entrée de ruelles sombres, dans des arrière-boutiques et des remises, manteau ouvert et jupe relevée.

La pensée de ces cuisses frémissantes qui s'offraient dans l'ombre, parfois douloureusement, excitait plus que jamais Marion. Elle éprouvait jusque dans son sexe la fougue indifférente, mais avide, d'inconnus pressés de dénouer leur ceinture. Les gestes décidés, rien moins qu'aveugles, nourris par une confiance animale, les remuements de forcenés et les voluptés sans égards, la force dans l'abandon, presque dans l'humiliation, Marion en avait un désir soudain. Depuis le confort de ses fantasmes, elle enviait à Élisa ses sensations brutes. Alors elle a glissé les doigts dans son sexe mouillé, remplaçant par moments les partenaires sans visage d'Élisa par de jeunes acteurs de son atelier, qu'elle appelait avec une énergie diffuse et retournait à l'oubli à mesure que venait la jouissance.

•

Languide, agréablement amortie, Élisa répondait à présent aux questions d'une médecin en blouse blanche, qui lui était apparue en haut d'un escalier. Mais Marion n'était pas à ce qu'elle disait. À la différence d'Élisa, elle n'avait jamais redouté l'intimité masculine, songeait-elle, pas même quand elle s'était «défaite» de sa virginité, car elle ne l'avait pas perdue comme on perdait une mise au jeu. Toutefois, depuis son divorce, ne faisait-elle pas en sorte qu'aucun homme ne prît son existence d'assaut, ou ne s'imaginât lui devenir tout à fait familier? Pas même Thomas?

Peu à peu la réalité physique de son appartement, celle de son corps et celle de sa voix ont repris le dessus. Finalement elle s'est vue là, un peu ridicule sur cette chaise, et elle a suspendu sa récitation absente. Se contemplant dans la pénombre de la glace, où elle était redevenue tout compte fait une belle femme à ses yeux, elle a fini par avoir une curieuse envie de rire, de se moquer d'elle-même, mais aussi de s'estimer contente. Ne célébrait-elle pas une petite victoire à sa façon, puisqu'Élisa était un personnage de sa fabrication, et que le rôle lui serait allé comme un vêtement sur mesure, mais ferait sur toute autre l'effet d'une tenue empruntée? Et tant pis si, une fois de plus, la bêtise des commerçants avait triomphé!

Sans doute auraient-ils mangé à midi tapant et débarrassé moins d'un quart d'heure plus tard, a présumé Marion, qui prenait les tournants avec assurance et domptait la splendeur sauvage de la côte, blonde mais glaciale, aux vallonnements de sable généreux mais abrupts, durcis dans le fond hivernal de l'air. Et tout confus d'apprendre que leur fille n'avait dans le corps qu'une «petite brioche d'avion», ils remettraient la table avec diligence, en se rappelant très nettement, depuis les profondeurs d'une mémoire autrement trouble, qu'un de leurs premiers devoirs était de la nourrir.

Levée à l'aube, Marion était partie par le premier avion. Elle conduisait depuis près de deux heures et longeait une plage de février, une mer noire d'être froide, d'où une pelure de lumière se détachait au fur et à mesure qu'elle avançait sur la route, lui dévoilant une nappe d'écailles sombres.

Elle a reconnu l'arche décrépite d'un ancien club privé, qui ouvrait un chemin dans un étroit désert de dunes. Trois kilomètres plus loin sur une éminence, la grande maison s'estompait sur le gris du ciel, dématérialisée par l'invraisemblable clarté où elle baignait, comme posée sur le sable sans y appuyer. Bientôt Marion en redécouvrirait les contours précis, les auvents rayés, les bardeaux bruns pâlis, les allées de cailloux plantées d'arbustes nains, les longues jardinières vides: la vision vaporeuse ferait place au détail domestique.

•

Elle a garé la voiture à reculons dans l'échappée du garage, facilitant instinctivement son départ en pointant le nez dans la bonne direction, puis elle a fait le tour de la maison.

Face à l'océan, debout sur la galerie ouverte à tous les vents, sa mère l'attendait. Dans un cardigan qu'elle tenait fermé à deux mains sur sa poitrine, et qui lui tombait jusqu'au bas des genoux, dans une jupe de lainage qu'une bise égale et continue lui plaquait contre les jambes, dans de grosses bottes fourrées dont elle n'avait pas pris le temps de remonter la fermeture éclair, et qui lui faisaient des ailes tombantes de chaque côté des pieds, elle était menue et courbée, presque trop chétive pour ce décor grandiose. Elle n'a pas bougé tant que Marion gravissait l'escalier, mais elle a pris le visage de sa fille entre ses mains aussitôt qu'elle a pu, pour l'embrasser partout en répétant d'une voix plaintive «Marion, Marion, est-ce bien mon enfant, Marion».

Émue à en avoir mal, ces ficelles-là étaient si bien enfouies, Marion était à l'agonie en pensant qu'elle venait annoncer la disparition de Marie-Paule. Après de si longs mois c'était honteux, ça lui semblait même cruel et méprisant, peu importait qu'Antoine, son père, s'empressât d'écarter la possibilité d'une tragédie après son départ, se piquât de garder un bon moral par instinct de défense ou petitesse d'esprit, alléguant que leurs enfants et leur petite-fille se tiraient chaque fois d'affaire à leur façon, sans écouter l'avis de personne, d'ailleurs qu'eux-mêmes ne pouvaient plus s'inquiéter que de traverser leurs journées. Ces arguments rebattus les aideraient encore à combattre leur détresse, jusqu'à ce qu'elle ne tînt pas plus de place en eux qu'une bille dure et lisse.

•

Célia a pris le chemin de la cuisine, après avoir envoyé Marion déposer sa valise dans la chambre d'amis. Ayant réchauffé un potage et préparé un sandwich, elle a attendu que Marion fût revenue s'asseoir devant la grande table dégarnie, pour lui dire que son père était parti aider un voisin à rafistoler une clôture, elle savait bien? un de ces légers cordons à claire-voie retenant le sable des dunes. Les marées hautes ne pardonnaient pas, surtout par les nuits de pleine lune. Et puis Marion ne repartait que le lendemain après-midi, n'est-ce pas? Ça leur laisserait tout le temps de bien se regarder…

Sur le coup Marion s'est vexée, elle rendait si rarement visite à ses parents! Mais comment se serait-elle fâchée contre eux, qu'elle venait accabler après tout d'une nouvelle pénible? Elle-même les ayant relégués dans son passé et exclus de ses préoccupations quotidiennes, n'était-il pas normal qu'ils fissent passer leurs affaires courantes avant elle? Du reste, il n'était pas mauvais qu'elle fût d'abord seule avec sa mère, moins prompte que son père à blâmer son métier pour chacune de ses infortunes.

Marion a mangé en silence, la tête penchée sur son assiette, mais les yeux relevés sur sa mère qui balayait autour d'elle les miettes du dernier repas. Le pull zippé aux deux tiers seulement sur son dos rond, elle avait les gestes épars et lents de ceux qui meublent d'instant en instant leur oisiveté. Elle racontait ce qu'elle avait fait depuis son réveil, dans un déversement de détails minutieux et insignifiants qui lui occupaient manifestement toute la pensée, à croire que son univers s'était refermé sur le présent par l'effet d'une fixation maladive.

Dans la salle à manger au papier peint foncé, où des pinceaux de lumière pénétraient à pleines fenêtres comme dans une grotte marine, Marion a fini d'avaler un thé au lait sucré qui avait un goût d'enfance. Elle avait une pressante envie d'aller dehors, pour se soustraire à la régularité des occupations de sa mère, qui lui inspirait une drôle de morosité, l'oppressait, et pour embrasser du regard l'étendue de la plage, en s'imaginant perchée au bord de l'infini.

Au salon dans un coin du canapé, Célia venait de tirer vers elle son panier de raccommodage. Pas plus que son mari elle ne semblait voir pourquoi elle aurait dérangé ses plans, ses habitudes. Avant qu'elle ne se mît au travail, Marion l'a donc priée de lui accorder une faveur, d'enfiler ce qu'elle avait de plus chaud et de venir s'asseoir avec elle sur la galerie, pendant que le soleil y plombait encore.

•

Une écharpe de grosse laine rose, dont elle s'était enveloppé la tête avant de se la jeter sur l'épaule, un manteau en duvet gris perle et des bottes de suède à mi-mollets trahissaient la citadine retirée à la campagne, tandis que le plaid dont elle s'était couvert les genoux dénonçait la vieille femme. Sitôt installée sur un des bas fauteuils de bois blancs alignés contre la façade, Célia s'est informée à tout hasard de la santé de Charles: elle le tiendrait à jamais pour le mari de sa fille, en belle entêtée qu'elle était.

Pour une fois sa question ne tombait pas à plat, Marion a-t-elle hésité un moment à lui répondre avec une douceur désolée, sans rien de l'impatience aigrie du passé. Assise sur un des larges bras de son fauteuil, pour mieux contempler la mer au-dessus de la balustrade et mieux en absorber la luminosité hivernale, du déferlement terreux des vagues à l'ardoise moirée du large, elle gardait les bras croisés sur la poitrine dans un long frisson de nervosité. Encore la semaine précédente elle avait téléphoné à Charles, qu'elle avait revu plus souvent ces sept derniers mois que ces quinze dernières années, mais elle n'était pas là pour parler de lui, enfin pas surtout. C'était que Marie-Paule, elle n'était pas revenue de voyage, et qu'on la considérait… Oh! si seulement…! s'est-elle exclamée en levant les yeux au ciel, avec le vain espoir de rentrer ses larmes. Eh bien, il avait fallu se résoudre à la faire rechercher, voilà, à la porter disparue…

Blêmissante, Célia a tendu le visage vers Marion, comme si elle avait souhaité avoir mal compris. Sans mot dire, elle l'implorait soit de lui faire part de développements encourageants, soit de tout déballer sur-le-champ.

«Quand!… Quand ça!… Depuis quand?…» a-t-elle fini par articuler du fond de sa stupéfaction. Et sous ses cris perçait la nette colère d'avoir été tenue dans l'ignorance, ménagée indûment, isolée dans une stupide innocence.

•

Chacune sous sa couverture maintenant, elles restaient face à l'océan. Peut-être s'y sentaient-elles plus neutres, rappelées à quelque état primordial où elles auraient été libres de préjugés? Le vent étant tombé et le soleil s'attardant sur la galerie, il ferait bon être là une heure encore. Enfoncée dans son fauteuil, une tempe collée au dossier, Marion regardait Célia à ses côtés. Elle était stupéfiée d'entendre ses propres mots sortir de la bouche de sa mère, moins insistants toutefois que les buées blanches qui les portaient dans l'air, stupéfiée d'assister à une introspection d'une sincérité cuisante, mais résignée. Jamais elle ne s'était figuré que Célia, la timide et fière Célia, eût pu se croire une mère inapte, elle aussi, lorsque ses enfants étaient en bas âge, qualifier tout le monde et son mari de plus maternels qu'elle. Or, cette femme plus que mûre, qui avait tout le temps de passer son existence en revue, cette femme au corps blet, qui n'avait plus de raisons de se mentir puisque les jeux étaient faits, et qui déclarait que la vie solitaire de ses enfants, leurs poursuites incertaines ou du moins inconsistantes en amour, étalaient sa franche incompétence aux yeux du monde, Marion se découvrait une ressemblance bouleversante avec elle.

Et si sa mère l'avait moins condamnée que trop bien comprise, pendant ses années de mariage avec Charles? Si elle l'avait moins détestée pour son audace et son intégrité qu'elle n'avait nié son propre désir d'indépendance, donc sa faiblesse?

Ayant accouché de Marion, poursuivait Célia avec détachement, elle avait mis des mois à l'appeler par son nom, ne voyant en elle que le «bébé» qu'il fallait nourrir, laver, bercer. L'effet d'étrangeté ne s'était jamais tout à fait dissipé, et pourtant il y avait eu un deuxième enfant. Évidemment, elle n'avait pas mieux réussi avec son fils «le journalier» qu'avec elle, mais «réussissait-on» avec un enfant? Oh! ce que les expressions toutes faites vous ruinaient la pensée! Voilà une chose que l'exil lui avait apprise, ou la vieillesse, ou la solitude. Quand même, elle avait peut-être eu tort de tant chercher à se protéger, à se réserver... Ce qu'elle n'avait pas inventé pour empêcher Marion de trop faire l'enfant! «Tu es une grande voyageuse qui rentre à l'hôtel. Tu as une grosse faim et tu finis toute ton assiette», lui proposait-elle pour la pousser à manger. «Tu es un grand oiseau qui ramasse tous les jouets sous son aile et les rapporte dans le grand nid», lui proposait-elle encore pour la faire ranger, après lui avoir attaché une serviette autour du cou comme une cape. Les jeux toujours intéressés, les manœuvres déguisées. Mais savait-elle seulement «jouer»? Et comment aurait-elle partagé les plaisirs de sa fille, à travers les hauts et les bas de l'amour? L'horreur qu'elle avait eue de ses rebuffades virulentes et de ses élans pleurnichards, de ses tiraillements! Il lui semblait qu'elle n'aurait pu vivre en harmonie qu'avec un poupon à sa merci dans sa layette moelleuse, ou qu'avec une grande fille déjà élevée. C'était incroyable, ces détails qui lui revenaient, ces traces d'émotions. Là, juste là, elle se rappelait toutes les photos où Marion avait fait exprès de se montrer boudeuse, changeant d'expression dès qu'on braquait l'objectif sur elle, alors qu'elle pouvait être une séductrice accomplie, une vraie tombeuse. Pas auprès des autres enfants, non, elle ne souffrait pas plus leur compagnie qu'elle n'acceptait de s'amuser seule, mais auprès de n'importe quel adulte. Car elle remplaçait sa mère aussitôt qu'elle s'était éloignée, comme pour lui donner une leçon ou parer à l'éventualité d'un départ sans retour. Ah! ce qu'elle était accapareuse, cette Marion! qui cédait à une agitation renfrognée quand on l'ignorait. Il n'était pas étonnant qu'elle eût abouti dans un théâtre. Une petite actrice dans l'âme qu'elle était. Elle s'était si longtemps désignée elle-même comme «Marion», en donnant l'impression qu'elle était un personnage! «Marion a soif», «Marion reste avec maman», «Marion ne veut pas dormir». Et son caractère peu sociable ne contredisait rien, n'était-ce pas le fait de bien des vedettes?

Avec une avidité insatiable, Marion se laissait remplir par ces confidences impromptues, cet épanchement incontrôlé de réminiscences: jamais auparavant sa mère n'était revenue ainsi sur leur passé. En projetant sur la haute mer une vision de cette fillette qu'elle apprenait avoir été, elle a bientôt vu s'animer tout un groupe sur la mobilité imperceptible du large. Sans s'en rendre compte, elle substituait peu à peu le connu à l'inconnu, en transposant la figure de Marie-Paule et la sienne. C'était à son unique enfant que la ramenait l'identification la plus douloureuse à laquelle elle se fût jamais livrée. Faisant siens les souvenirs de Célia, elle découvrait le désir de sa mère d'être réunie à elle dans son propre désir d'être réunie à sa fille. Il n'en fallait pas tant pour qu'elle eût envie d'aller mettre sa tête contre la poitrine de Célia, sans plus combattre les pleurs qui l'étranglaient, ni les larmes qui lui grossissaient les yeux.

•

Elles sont restées ainsi, grelottantes et morfondues, n'osant plus bouger de peur de se reperdre, prêtes à périr de froid s'il le fallait au milieu de cet enlacement.

•

À bout d'énergie, Marion est tombée dans le lit de la chambre d'amis, sûre qu'on prendrait soin d'elle au matin. Ses vieux doutes sur l'amour de ses parents lui reviendraient bien assez tôt, elle n'allait pas résister maintenant à la tentation de s'en remettre à eux, de redevenir leur enfant pour une seule nuit en se recroquevillant sur sa pensée tourmentée, en se blottissant dans son désir de bien-être. Elle a donc glissé dans le sommeil comme dans un néant souvent désiré, et ce n'est qu'après avoir rouvert les yeux sur le gris aqueux de l'aube, qui hésitait entre la translucidité et la transparence telle une liqueur en voie de déposer, qu'elle s'est agitée interminablement de rêve en rêve, désertée par ses sentiments de la veille, de nouveau étrangère dans l'univers protégé de ses parents.

Ils l'ont tirée d'une de ses somnolences soucieuses, en remuant assiettes et ustensiles dans la cuisine.

Des acteurs la délaissaient pendant une pièce en cours, descendaient tour à tour de la scène pour aller casser la croûte parmi les spectateurs, déballaient leur nourriture sur leurs genoux et mordaient dans leurs quignons de pain avec le plus grand naturel, suivant d'un œil le spectacle qui progressait tant bien que mal sans eux. Marion s'est retournée sous les couvertures dans l'espoir de poursuivre ce rêve, mais s'en est rappelé un autre datant des dernières années de son mariage. À l'arrivée dans un théâtre, des spectateurs étaient conduits au milieu de la scène et assis à une longue table où des acteurs s'empressaient de les servir, en interprétant autour d'eux une pièce qui tournait en traquenard, en stratégie de meurtre collectif. Tandis que Marion secouait son ancienne horreur, jamais analysée par peur que son jeu n'en fût altéré, une circonstance du rêve antérieur lui est revenue: le dernier acteur qui avait quitté son rôle pour aller se restaurer dans la salle était son père.

Dans la vieille veste de complet qu'il portait pour travailler, avec son allure de petit homme qu'il devait à une posture arquée, avec son visage anguleux et brûlé par le vent, ses cheveux jaunissants élongés sur une calvitie discrète, ses petits yeux fanés mais alertes de peintre ou d'oiseau ne s'accordant aucun répit, il lui était apparu debout derrière un canapé, près d'une fausse fenêtre qui figurait une plage côté jardin. Il s'était emporté, comme le soir précédent, dès qu'elle avait annoncé qu'elle s'inquiétait à propos de Marie-Paule. Ayant lâché des paroles vives, du genre «si elle avait eu une mère aussi», il en avait visiblement ravalé autant dans une raideur explosive. Au fur et à mesure qu'il avait contenu son exaspération, qui trahissait une intolérance aux malheurs des autres mais plus encore aux siens, il avait témoigné une curiosité affligée. Toujours nerveux mais contrit, il avait laissé parler Marion. À la fin, il avait demandé s'il pouvait l'aider, avec une sincérité minée par la conviction manifeste de son impuissance, de son inutilité d'homme âgé. Après avoir exigé qu'elle les tînt désormais au courant, il lui avait serré une épaule de façon paternelle et avait pris le chemin de la salle obscure, un petit sac brun à la main.

Cette portion de rêve n'était pas tout à fait fidèle. Son père avait surmonté son désarroi et posé une foule de questions, parce qu'il voulait terriblement, désespérément, que sa réaction fût correcte. Toutefois il ne reprendrait pas le sujet avant l'heure des adieux, de cela Marion était sûre, il permettrait au silence de gonfler entre eux jusqu'à ce qu'elle fût près de vomir de honte, de colère ou de fureur coupable.

•

Les repas de la veille et du matin avaient été frugaux: ses parents ne faisaient plus que mangeotter et s'étaient persuadés, comme pour le reste, que leur manière de faire était la seule convenable. L'estomac creux, Marion s'était donné un sérieux mal de tête en prenant un cocktail dans l'avion, d'autant qu'une longue promenade au bord de la mer avec son père lui avait rempli le crâne de vent et de fracas, juste avant de partir, l'avait laissée plus étourdie et affaiblie encore qu'affamée, gorgée de grand air.

Elle avait eu une conversation de sourds avec Antoine, et sa déception n'était pas pour la remettre. Il s'était montré une fois de plus immuable dans ses défenses, inatteignable dans son ignorance volontaire et inintelligent dans sa nécessaire fausseté, prisonnier de l'illusion d'une bonne vie vécue et du devoir déjà accompli... et qu'on ne s'avisât pas de rien lui reprocher. Verbeux par empressement, amoureux des diversions légères dénotant sa promptitude d'esprit, il avait agacé Marion avec sa détestable affectation de savoir et ses vivacités de poisson dans un bocal. Il s'était surtout vanté de son ardeur constante au travail, en multipliant les exemples de petits bricolages qui lui valaient la reconnaissance de tout un chacun dans le voisinage, mais étaient sans intérêt pour Marion et presque sans respect pour sa détresse. Et il avait assorti son propos de leçons de morale aussi satisfaites que simplistes, pour se complimenter lui-même par ricochet. L'oisiveté tuait son homme, une bonne fatigue honnête vous tenait loin des somnifères, les amis n'avaient que faire de vos beaux yeux... Il s'était bien un peu plaint de sa femme, en l'appelant «la Mère» comme lorsqu'il voulait mettre ses interlocuteurs de son côté, mais uniquement pour établir qu'il savait mieux vieillir qu'elle, dont le désir de solitude frisait la terreur des autres et qui se torturait en remâchant le passé. Lui avait tellement plus de sagesse, n'est-ce pas!

S'il ne s'était pas rendu compte, dans son besoin irrésistible de faire bonne impression sur sa fille comme sur une étrangère, qu'il faisait insulte à son malheur avec sa vision bêtement optimiste et son contentement inconsidéré, il n'avait pas dû soupçonner non plus l'admiration redoublée dont Marion avait été saisie pour sa mère en l'écoutant, lui. Célia n'avait-elle pas enfin le courage de se regarder fixement? Ne tâchait-elle pas de s'accommoder de ce qu'elle était, elle, Célia Rivière Longchamp, sans plus farder la marchandise? Ne dégageait-elle pas son passé de la gangue des excuses et des duperies, sans plus pactiser avec sa conscience?

Le front au hublot, le regard portant loin sur un moutonnement éblouissant de nuages, Marion avait de nouveau la gorge nouée. Ne se regardait-elle pas en face, elle aussi, ne remontait-elle pas le cours de sa vie en contemplant ses limites sans ciller? N'était-ce pas ce que le sentiment d'une perte immense nous incitait à faire, le visage écarquillé de souffrance stupéfaite et le corps dressé d'incrédulité, surhumainement patients mais craintifs, tantôt formant de dures résolutions, tantôt écoutant nos déceptions? Sur les remous cotonneux qu'elle survolait, Marion a vu surgir le petit groupe des parents et amis de Marie-Paule, aussi serré qu'une botte d'asperges, un peu comme au début de la pièce de Thomas les témoins de la nudité d'Élisa.

Marion s'est détournée de cette image contrariante, puis s'est étirée en arrondissant le dos et en pointant les jambes au-dessus de ses bottes, qui gisaient par terre telles des bêtes vidées. Alors l'air injecté dans la cabine pressurisée, l'encombrement rationalisé mais inhabitable de chaque mètre carré, le semblant de silence gonflé de roulements et les fréquentes secousses accompagnées de reprises suspectes, toute cette misère de haut vol a retenu son attention, pour bientôt lui rappeler son ancien monologue de l'avion qui se fourvoyait au-dessus de la mer et décrivait des boucles jusqu'à la panne sèche. «Ce n'est pas un avion, mais un poisson volant! Il sait nager!» avait insisté un jour sa petite Marie-Paule, réarrangeant le monde pour en expulser la peur... Mais la possibilité d'une catastrophe était actuellement le dernier des soucis de Marion, et elle est revenue à sa mère pour raviver son émotion de l'instant précédent.

Tant de temps, elle avait traversé tant d'années avant de pouvoir s'éprendre encore de sa mère, comme une femme d'une autre femme, concevoir de la compassion pour elle, qui levait aujourd'hui seulement un coin de voile sur les générosités qu'elle s'était interdites, et sur les angoisses qui lui faisaient trembler les jambes aussi fort que lorsqu'elle était enceinte, oui, aussi fort que lorsqu'elle était grosse d'un enfant et paniquait. Et si Marie-Paule ne revenait pas? si elle était allée mourir ailleurs, sans avoir pu retomber amoureuse de sa mère ou corriger au moins l'opinion qu'elle avait d'elle? Marion a essayé de ravaler le sanglot qui lui stagnait dans la gorge, en concluant que l'avenir ne leur avait peut-être pas encore été dérobé, mais qu'il était affreusement blanc.

Ses yeux clignant sur des trop-pleins de larmes qu'ils pinçaient entre leurs paupières, goutte chaude après goutte chaude, elle a renversé la tête sur le dossier. Elle s'apitoyait sur son sort de mère et de fille, incapable de penser à Célia sans se voir elle-même en Marie-Paule. Elle voulait s'absorber dans les détails précieux que sa mère lui avait donnés sur son enfance, mais c'était Marie-Paule qui se profilait à sa place sur le fond de sa mémoire, Marie-Paule qui hésitait au milieu d'une vaste pelouse entre sa mère et une balançoire, tellement déchirée qu'elle se mettait à brailler à tue-tête, Marie-Paule qui s'obstinait à rester immobile dans le salon des vieux baby-sitters, regardant le moins possible autour d'elle, le menton sur la poitrine et la tête fixe, les yeux quand même par en dessous, refusant d'ôter son manteau qu'elle garderait toute la journée dans l'appartement surchauffé, piquant des crises à tout rompre lorsqu'on ne la croyait plus sur ses gardes et qu'on essayait de la déshabiller, Marie-Paule qui rayonnait de satisfaction lorsqu'on la faisait manger à la cuillère après qu'elle eut passé l'âge, au lieu de crier «c'est moi, c'est moi qui le fais» à l'instar des autres enfants, supposant peut-être que sa mère la préférait dépendante et amorphe, sans personnalité, voilà, comme dans les aveux inattendus de Célia, le poupon dans son doux pyjama...

Mais Marion avait assez rêvassé, assez pleuré, car l'avion venait d'atterrir, et les autres passagers se levaient déjà.

Marion n'est rentrée qu'après avoir soupé seule au restaurant. Tard l'avant-veille, prétendant faire un interurbain, elle avait téléphoné à Thomas au bar où toute la troupe avait attendu les critiques des journaux du samedi. Devant son risotto, elle n'avait donc pas été surprise des chroniques théâtrales du week-end, où on s'extasiait sur la mise en scène novatrice, où on déplorait la pauvre performance de la vedette, mais où on vantait le génie qui avait su composer avec elle, tout en suggérant les possibilités du rôle. Et à présent elle n'était donc pas trop pressée d'appeler Thomas, même s'il avait déjà laissé trois messages sur son répondeur.

Elle a défait sa valise et entrepris de se faire une longue toilette relaxante, en partageant avec son voisin mélomane la fin d'un opéra, dont les plaintes élevées convenaient à son humeur.

Charles ayant laissé autant de messages que Thomas, elle s'était impatientée également des uns et des autres: ils avaient suggéré qu'elle avait deux hommes dans sa vie, alors qu'elle ne pouvait répondre d'elle-même ni avec celui-ci ni avec celui-là, et lui avaient rappelé le parti pris fâcheux de ses parents qui refusaient de confiner Charles dans le passé, à croire que son existence portait à faux depuis qu'elle avait divorcé. Antoine ne s'était-il pas enquis de Charles, lui aussi? «Le seul homme respectable qu'il lui eût jamais connu», avait-il observé, ajoutant qu'il eût souhaité pouvoir s'en remettre à lui en ce moment, qui était bien le père de sa petite-fille, non? lui confier sa Marion.

Elle s'est essuyé les pieds en les juchant sur le rebord du lavabo, et s'est frotté les talons avec une pierre ponce, le menton rabattu sur un genou. Si Antoine et Célia avaient su quel homme sans ressort Charles était devenu! quel être accablé et confus, qui semblait attendre son coup de grâce plutôt qu'un coup de chance! Voilà. Oui, voilà ce qui la brûlait! s'est-elle fâchée contre ses parents, mais surtout contre elle-même qui faisait si grand cas de leur autorité. Qu'ils eussent décidé une fois pour toutes que Charles valait mieux qu'elle, parce qu'il avait fondé une autre famille et s'était cramponné à son gagne-pain, sans se demander à tout instant s'il s'y plaisait, tandis qu'elle ne faisait que ce qui lui convenait, complaisante et égarée...

Elle a ôté la serviette de bain qui lui enveloppait la tête et, sans s'inquiéter de ce que ses cheveux sécheraient tout hérissés, elle a commencé de s'épiler les sourcils. Songeant que Charles s'était rallié quinze ans plus tôt à l'avis de Célia et d'Antoine, qui la jugeaient destructive et irresponsable, dangereusement insatisfaite, Marion a esquissé un maigre sourire de dérision en concevant qu'il pût être attiré maintenant par cela même qui l'avait éloigné alors. Avait-il dû se rendre au bout de la banalité, de la prévisibilité et de la tiédeur, là où le bon sens devenait triste à pleurer, avant de pouvoir l'aimer de nouveau? Marion se souvenait d'Elvire qui avait protesté, avant le divorce, qu'elle ne voyait pas comment Charles serait plus heureux avec une femme enfermée dans la maison, qui aurait renoncé à se voir en agent libre. Mais elle n'allait tout de même pas lui suggérer un deuxième divorce, déjà qu'elle portait le blâme du premier! Quant à lui proposer d'avoir des aventures, parce qu'on ne pouvait pas arrêter de vibrer à cinquante ans et mettre son corps de côté, parce qu'il fallait durer d'abord pour soi et empêcher le dégoût de s'installer, en cultivant la douce terreur de désirer, en combattant l'insensibilisation, eh bien! ça n'était pas si simple. La fidélité de Charles la mettait à l'abri de propositions qui auraient pu être embarrassantes, et à ce sujet elle n'inventait rien, Charles était transparent.

•

Les vapeurs de la douche chaude étaient retombées. Frileuse, Marion a enfilé le t-shirt qui pendait derrière la porte. En se coupant des mèches de cheveux ici et là autour du visage, elle s'est sentie soudain plus épuisée de ses divagations que délassée. Elle se demandait comment elle en était encore arrivée à se faire du souci pour Charles, lorsqu'elle s'est aperçue dans le miroir en pied et s'est rappelé les soirs où Marie-Paule prenait d'assaut sa salle de bains, puis promenait dans un simple maillot de corps sa pâleur bilieuse, qui semblait malmenée, usée. Elle est restée là, à se perdre dans la fausse profondeur de la glace où elle avait vu passer Marie-Paule, jusqu'à ce que la sonnerie du téléphone l'eût fait tressaillir. Le répondeur s'étant déclenché, la voix de Charles a fait irruption dans sa solitude où les dernières mesures de l'opéra s'étaient éteintes depuis longtemps, mais elle n'a pas bougé. Car même à se tourner les sangs, à se meurtrir et à se consumer, elle ne faisait jamais que ce qui lui convenait, c'était bien connu.

IX

Un fruit dans vos déserts amoureux

Elvire n'en pouvait plus, les épaules et le cou brisés, les reins échauffés par une douleur irradiante, elle s'acharnait à peindre malgré la fatigue, l'indécision, s'entretenait depuis trop longtemps dans le même état d'anxiété.

Déchaussée, parce que ses légères pantoufles chinoises la faisaient transpirer des pieds même en ce jour d'hiver, elle se sentait les plantes brûlantes sur la toile de protection encroûtée d'éclaboussures, ou sur les planches raboteuses qu'elle et Charles avaient assemblées une à une quelque dix ans plus tôt, sans se douter qu'un jour elle vivrait en permanence dans cette rudesse, n'aurait d'autre domicile que son atelier, toutefois elle n'aurait pas plus risqué de s'asseoir que de sortir prendre l'air, par crainte de perdre le fil de ses gestes en même temps que sa concentration.

Sa chevelure grisonnante, forte et lisse, était nouée dans son dos avec un lacet de cuir qui avait glissé, libérant sur ses joues de grandes mèches tombantes, dont l'une avait été raidie par un frôlement de peinture. Si Elvire avait conscience de sa tête hirsute, elle n'avait pas l'esprit à refaire sa coiffure, loin de là. Au lieu de nettoyer sa palette où trop de restes de peinture formaient des gâchis soit multicolore, soit vert-de-gris, elle avait commencé de mélanger ses couleurs sur le mur. Elle semblait donc peindre deux tableaux à la fois, l'un abstrait, préoccupé de son matériau mais distrait de lui-même dans son ensemble, l'autre d'un curieux réalisme, où figures et objets étaient rendus avec une précision violente, dans un espace contraint, improbable. Elle travaillait à une toile qu'elle se proposait d'intituler *Le Cri du petit bandit*. Le personnage principal hurlait à se dévorer le reste du visage, parmi plusieurs sosies de lui-même occupés à des activités louches, l'air mi-implorants, mi-terrifiés, dans une atmosphère lugubre peinte en grisaille: l'un éventrait un parcomètre, l'autre maculait de rouge un panneau indicateur, l'autre encore enfonçait un poinçon dans un pneu de bicyclette, ou volait des babioles à un étalage… Une manière de rue comprimée, raccourcie, qui les entassait au mépris des lois de la perspective, les faisait exister entre l'immédiateté de l'observation et l'immédiateté de l'émotion.

Elvire était au point où l'obstination tournait à l'exaspération, les énergies s'enlisaient dans une seule difficulté et la pensée s'emprisonnait dans la surface soudain arrêtée du tableau, aussi inaltérable qu'insatisfaisante, réfractaire à toute addition et à tout changement, mais défectueuse. Elle aurait souhaité qu'une bonne âme vînt l'arracher à son travail, l'obliger à se reposer. Cependant, si elle soupirait de temps à autre à son insu de tout son être mouvementé, nul n'aurait soupçonné en la voyant si ferme dans ses essais d'exécution, si déterminée, que sa personne entière appelait à l'aide, désireuse de poser le pinceau et de s'éloigner de cet enfer. Tant que Vincent était là, tant que régnait dans un coin du studio sa fraîcheur d'enfant d'où montait une petite voix avec des ratés, accompagnant les enregistrements d'un walkman (mais n'étaient-ce pas ses propres poèmes qu'il faisait circuler dans sa tête pour les apprendre, plutôt que des chansons indifférentes?), elle trouvait le courage de persévérer, parce que ses effets les plus prenants résultaient souvent de ces impasses momentanées, qui lui étaient rien moins que des tortures.

•

L'enfant venait maintenant tous les jours et paraissait se sentir mieux là que n'importe où ailleurs. Il n'y était tourmenté par personne ni par lui-même et, ne doutant pas de l'amour d'Elvire, il goûtait les douceurs de la solitude sans être seul. N'était-il pas de plus en plus insociable, à croire que sa maigreur lui avait donné non seulement une pesante gravité, mais aussi une fierté farouche? Car s'il avait été docile et réceptif à l'école, il ne l'était plus; et s'il avait eu des amis, il n'en avait plus.

Elvire le revoyait à l'époque où elle l'emmenait dans un terrain de jeux après l'école, qui observait ses compagnons à la dérobée, essayait de deviner ce que chacun attendait de lui au point qu'il en oubliait de jouer, n'attirait surtout pas l'attention parce qu'il aurait détesté faire ensuite l'objet de commentaires, admirait tour à tour le cérébral et le sportif, le bouffon brillant et le rebelle paresseux, se morcelait en autant d'individualités qu'il avait de désirs de plaire, fragile Vincent pour qui les camaraderies étaient source de confusion. Elle le revoyait aussi avant l'âge scolaire, qui s'informait auprès de sa mère combien de temps devait durer sa sieste, puis qui ne se manifestait plus jusqu'à l'heure prescrite pour le lever, qu'il arrivât à somnoler ou pas du tout. Elle le revoyait enfin récemment, qui s'interdisait de rien demander, ne se croyant pas assez méritant ou jugeant d'avance ses goûts puérils.

Or, voilà que ce garçon, le même qui n'exprimait jamais ses préférences et se contentait de tout ce qu'on estimait bon pour lui, se rebiffait contre la moindre générosité et méprisait l'indispensable, dédaignait ce que les enfants de son âge convoitaient et se distanciait de leurs plaisanteries avec des airs taciturnes. Or, voilà que ce garçon, le même qui se désintégrait dans mille besoins d'imiter, de faire plaisir et de se conformer aux circonstances, s'astreignait par réaction à n'exister que comme un fil, s'isolait dans une affreuse suffisance, la belle solution! mourait au monde pour y survivre.

Heureusement, il semblait récupérer auprès d'Elvire, sinon reprendre du corps. Parfois, il faisait ses devoirs ou écrivait des poèmes, dans le haut fauteuil club en cuir râpé qu'elle songeait à mettre au rebut, mais avait relégué pour l'instant au fond de l'atelier, parmi des sacs enflés de vieux chiffons et des stocks de matériel empoussiéré. Si le désordre nécessaire à Elvire, la malpropreté de son travail ne le gênaient pas, lui pourtant soigneux à l'excès, il évitait à tout moment de se tacher, comme à présent dans les épaisses chaussettes grises qu'il avait enfilées par-dessus ses tennis, et dans l'ancienne gabardine d'Elvire où il s'était enveloppé, par précaution contre la saleté autant que le froid. Il fallait le voir aller aux toilettes, les pans du manteau enroulés sur lui, les mains avalées par les longues manches, avec sa grosse tête maigre de cigale qui faisait l'effort de s'extirper du col, bien qu'il combattît un éternel frisson. Toujours il trouvait à se nicher quelque part, à se

ménager un petit confort durable et immobile, disant
même avec humour que les odeurs de solvant le changeaient de l'odeur de l'ail! Et lorsqu'Elvire lui avait
demandé dernièrement s'il ne trouvait pas son fouillis
un peu rebutant, «tapageur», il avait répondu que
non, en tournant vers elle une tête souriante et penchée, étonné par l'image sans doute, non, pas «tapageur» du tout, par contre il aimait bien écouter «le
bruit du dessin», le grattement de la spatule, la danse
lente sur place, les soupirs... Ah! le coquin de poète!
l'intelligent garçon! qui acceptait les singularités de
sa vieille Elvire.

D'autres fois, il passait des heures debout à la
regarder peindre. Suivant les mouvements précis mais
toujours inachevés de sa main, il attendait avec une
patience fervente et une endurance infinie que chaque
touche fût portée à sa place, pour créer à sa stupéfaction une ombre ou un reflet, pour inventer la lumière,
effacer ou dessiner. Les yeux actifs, éclairés par les
triomphes discrets de la connivence, il paraissait inquiet
de la progression du tableau, mais conscient du privilège de l'être. Malgré ses airs perplexes, choqués ou
ravis, il rappelait alors à Elvire le triste bébé d'environ
un an qui faisait précairement le piquet au milieu de la
cuisine, fixant le dos de sa mère affairée et refusant de
se rasseoir jusqu'à ce qu'il flageolât sur ses jambes, fût
au supplice. Les trésors d'énergie qu'il épuisait sans
compter! L'extraordinaire résistance où il menaçait
depuis toujours de s'annihiler! Par bonheur, il n'était
pas le même avec elle qu'avec sa mère, d'abord parce
qu'il ne se croyait pas tenu de négocier ses plaisirs.

Elvire se réjouissait de l'excitation de Vincent, de
son extraversion soudaine lorsque l'intention d'une

huile se faisait jour, après des semaines de travail en pleine pâte. Car elle ne crayonnait pas des ébauches pour ne faire ensuite que remplir un dessin, mais donnait une forme au tableau en y mettant de la couleur, jusqu'à ce que surgissent les perspectives, les tonalités et l'éclairage, pourchassait une intuition et explorait l'instant absurde au lieu d'étaler le récit cohérent, bref produisait un condensé de sensation. La présence du garçon ne la troublait plus, depuis qu'elle en faisait une circonstance du tableau, l'y transposait même, l'œuvre intégrant de cette manière son premier témoin. La vigueur insensée et la curiosité infatigable de Vincent encourageaient ses propres obsessions, ce qui était réciproque... l'acharnement maniaque de l'un faisant paraître l'autre presque raisonnable.

D'autres fois encore, il demandait de quoi peindre et grimpait sur le tabouret de l'établi pour procéder à ses expériences à lui, comme il avait fait à son arrivée quelques heures plus tôt. Un après-midi qu'il tenait ainsi le pinceau, elle avait entrepris de lui raconter comment il faisait des aquarelles vers l'âge de quatre ans, frappant le papier avec des cris de bonheur, se déchaînant, mais il s'était raidi et elle n'avait pas insisté. Elle le soupçonnait d'abhorrer ces parties de lui-même qui appartenaient à d'autres mémoires que la sienne, qui lui échappaient, tellement que le petit qu'il avait été prenait les traits d'un ennemi ou l'embarrassait. S'il était quand même tenté de recueillir toutes les bribes qu'on lâchait autour de lui, afin de refabriquer éventuellement sa vérité, le processus lui semblait si pénible qu'Elvire était portée à se taire.

Plusieurs de ses dessins faisaient penser à un de ses poèmes où le ciel ouvrait ses plis, écartait ses lèvres bleues pour aspirer des tas de petites choses, les mordiller ou les engloutir, les faire disparaître de la surface de la terre. Elvire ne s'en étonnait pas, elle avait lu ses psychanalystes, mais elle comprenait aussi l'importance du «va-et-vient» chez cet enfant qui ne mangeait plus que du bout des dents. La peur et le désir de l'engouffrement n'étaient pas tout, il y avait aussi le besoin de savoir ce qui remplissait et évacuait l'enveloppe, la forçait douloureusement. Le dessin qui plaisait le plus à l'artiste et que l'enfant reprenait sans cesse, en le révisant et en l'affinant, avait néanmoins une qualité statique. Deux figures formaient un couple aveugle, dont les yeux étaient de petits fruits opaques, des amandes à la peau rugueuse. Le rendu était assez fidèle pour une main d'enfant, mais la composition imaginative. Le souci du détail minutieux ne retenait pas Vincent d'improviser, à preuve ces yeux-là, à preuve aussi la bouche dont le récent jaune orangé évoquait la chair du cantaloup.

Elvire avait des vues sur ce dessin. Si Vincent le lui permettait, elle l'inclurait dans la dernière toile qu'elle peindrait pour l'exposition, de même qu'elle faisait parfois d'objets étrangers, les englaunt dans la peinture où ils devenaient un matériau à son égal. Elle avait peu de temps, car le vernissage devait avoir lieu dans moins d'une quinzaine, mais elle se présenterait à la réception en poussant l'œuvre sur une brouette s'il le fallait. Ce serait là une merveilleuse façon de conclure son travail, et de célébrer sa collaboration avec Vincent. Bien sûr, les noms des deux auteurs figureraient sur le carton de titre. Pour flatter le garçon, Elvire avait même envisagé de donner à l'ensemble de l'exposition le même titre que cette toile, *Amandes et melon*, les sons étaient si agréables qui assuraient presque à eux seuls la sensualité de l'expression, puis elle s'était ravisée. L'image était trop heureuse pour les tristes essais de Vincent, et l'enfant risquait de se sentir volé, dépossédé de leur unique projet commun plutôt qu'honoré, il était si anxieux de contrôler ce qui venait de lui.

Elvire avait donc jonglé avec quelques autres titres possibles, dont *L'Affreux Bonheur*, *Un fruit dans vos déserts amoureux* et *Peinture-catastrophe* (allusion aux films catastrophe où de nombreuses vies étaient en danger, mais peut-être aussi au théâtre panique), jusqu'au jour où l'imprimeur du catalogue avait piqué une crise de nerfs, et lui avait fait arrêter son choix sur le second. *Un fruit dans vos déserts amoureux*. La désignation était poétique, un peu décalée par rapport aux sujets des tableaux, ce qui n'était pas un défaut, non, vraiment pas, et elle faisait un clin d'œil à Vincent, ce cher enfant dont l'imagination était infestée, mais pas encore dévastée heureusement! par la pensée des aliments qu'il se faisait une gloire de repousser. Tourmenté par la préparation des repas, depuis les achats à l'épicerie jusqu'à l'apprêt des plats, ne cherchait-il pas un refuge dans l'ivresse de la privation, une sauvegarde dans la beauté du refus?

Vincent avait commencé une tournée des médecins après que sa grand-mère, Blanche l'intraitable, eut forcé la famille à le regarder et à s'inquiéter de son amaigrissement, sous les nombreuses pelures de vêtements dont il s'affublait depuis le début de l'hiver, en se camouflant derrière un style, une excentricité. Jeanne et Charles s'étaient expliqué les pudeurs de nonne avec lesquelles il dérobait ses moindres éclairs de nudité, en apercevant ses épaules noueuses, ses côtes aussi bien découpées que des pattes de crustacé, sa poitrine sortie, beaucoup trop ronde sous la peau vallonnée par les os, sa colonne vertébrale qu'il portait comme une rangée de cailloux. Depuis qu'ils faisaient face à une maladie plutôt qu'à un caprice hostile, une manœuvre d'enfant en mal d'attention, une stratégie de fauteur de troubles perpétuée par les fausses soumissions, les mensonges, ils n'osaient plus se fâcher contre lui. N'essayant plus de mater quelque intention rebelle ni de négocier une capitulation, ils retrouvaient leur petit garçon modèle d'avant la disparition de Marie-Paule et étaient de nouveau capables envers lui d'une anxiété protectrice, de douceurs d'infirmière.

L'hypothèse d'un désordre physique était presque rassurante au bout du compte, plus supportable que celle d'un dérèglement de la personnalité. Une fois rejeté le diagnostic d'une «simple névrose dépressive» (les praticiens avaient une de ces notions de la simplicité), on avait cru à une insuffisance hormonale qui aurait agi sur l'appétit et les dispositions agressives, puis à une tolérance anormale au glucose qu'on aurait traitée par des injections d'insuline, pour provoquer une baisse du taux de sucre sanguin suivie d'une grande sensation de faim, et le pauvre enfant qui se levait déjà la nuit pour grignoter un peu de tout, au dire de Céline!

Lorsqu'Elvire avait fait remarquer, avec tous les ménagements nécessaires, que le comportement de Vincent était peut-être anorexique, et que les tests exposaient peut-être les effets de sa perte de poids plutôt que ses causes, ce qui ne l'empêchait pas d'être très malade puisqu'aucune tentative de le raisonner ne l'atteignait plus, Jeanne avait répliqué qu'il fallait laisser les médecins faire leur travail! d'ailleurs que l'anorexie n'était pas une folie de petit garçon, tout le monde savait ça!

Depuis que Jeanne s'était plainte en mère outrée, humiliée, de ce que Vincent demandait aux médecins d'épeler tous les mots qu'il ne connaissait pas, les interrompant d'une petite voix un peu trop polie, pointilleuse, leur faisant perdre le fil, Elvire se faisait une idée pas très gaie des consultations.

D'un côté, Vincent répugnait à s'enfoncer dans un grand fauteuil autant qu'à se blottir dans la fragilité de l'enfance; il répondait aux questions comme il aurait accordé des faveurs, en refusant de perdre au change et en préservant sa supériorité, car il était le seul à savoir ce qu'il ressentait au-delà des évidences; il lâchait des symptômes ainsi qu'il aurait jeté du lest, et tirait l'examen sur son terrain pour le transformer en une guerre de mots, vous avez dit? cyprohepta... quoi? vous épelez ça comment? et hypophyse? montrant qu'on ne conclurait aucun arrangement sans lui et marchandant implicitement le diagnostic.

De l'autre côté, Jeanne s'ajustait aux angles d'un fauteuil jumeau, dans l'attitude de la mère posée mais soucieuse; elle appréhendait d'être elle-même l'objet d'une inquisition et s'imaginait sur le point d'être incriminée (n'était-ce pas le fait de quiconque soumettait son enfant à l'expertise médicale, s'en prenant à son fils qui lui attirerait peut-être des critiques injustes sinon un mépris intolérable, puis le défendant contre une indiscrétion impensable après l'autre… elle n'allait pas permettre au médecin de faire la chasse au malaise psychologique, au déséquilibre émotif… elle et Charles veillaient jour et nuit au bien-être des leurs, ils ne méritaient pas ça!… allons, Vincent! qu'est-ce que c'était que ces manières? il ne fallait pas embêter ainsi le docteur avec des histoires d'orthographe, tant de dictionnaires traînaient à la maison! il suffirait d'un petit effort de mémoire, pour l'instant il fallait surtout comprendre… enfin, ces dictionnaires, ils ne «traînaient» pas vraiment, elle-même y voyait, elle était une personne plutôt ordonnée, pas vrai, Vincent?

En sympathie avec l'enfant, Elvire se figurait souvent pareille scène, même si aucun tiraillement n'avait cours entre eux, aucun combat de volontés, que ce fût aux heures des décisions quotidiennes ou des repas. Lorsqu'elle leur préparait distraitement à manger, piquait distraitement ses propres bouchées, puis débarrassait tout aussi distraitement la table, elle s'éloignait de son travail sans le quitter des yeux et laissait Vincent à lui-même, ne se préoccupait pas s'il avalait quelque chose ou non, car dans l'atelier, pendant les périodes de travail intensif, c'était chacun pour soi, Vincent le savait; puis elle se réjouissait de ce qu'il eût fait disparaître de leurs grands bols communs tant de légumes vapeur, de crudités et de fruits, sans doute parce qu'il appréciait ce régime ou qu'il n'avait pas devant lui une portion séparée, une ration, sans doute parce que rien ne lui était prodigué contre son gré.

●

Elvire n'en finissait plus de retoucher le même détail, la même surface peinte en surcharge qui lui semblait parfois une terrible insistance boueuse, parfois juste l'effet recherché. Éprouvant une fatigue désespérante, qui rendait misérable chaque éclaircie de lucidité, elle se fiait de moins en moins à son jugement. Le crâne rempli de cendres, aurait-elle juré, elle ne se résolvait pas à terminer sa journée dans l'insatisfaction, presque dans le dégoût, ni à abandonner son travail à l'incertitude jusqu'au lendemain. Ralentie, sa pesanteur d'esprit embourbant ses mouvements, elle ne peignait pour ainsi dire plus, mais elle regardait, regardait, reprenait mentalement sa toile, incapable de s'en détacher.

Un de ses derniers personnages fuyait en avant à toutes jambes, prêt à percer le tableau pour venir buter contre le spectateur. Les yeux au-dessus de l'épaule de peur qu'on ne le talonnât, il portait dans le creux de ses mains loin devant lui une sorte de nid. Tout son corps se tendait en dépit de son visible affolement, pour ne pas en secouer le contenu. Ce n'étaient pourtant pas des œufs qui risquaient de s'y entrechoquer, non, pas avec ces teintes de pastel poudreux ni avec ces formes-là. «On dirait des savonnettes», Vincent avait-il proposé à Elvire, qui dans le cercle des intimes pouvait sembler transparente. Ne faisait-elle pas reposer l'énigme de la plupart de ses tableaux sur une imagerie reconnaissable?

Si elle «trempait son pinceau dans les histoires de famille», comme Jeanne l'en avait accusée un jour, elle donnait aux incidents passés la force d'un nouvel immédiat, les transposait dans un espace où le symbolique et le littéral ne s'opposaient pas, n'étaient pas même distinguables. Ses peintures n'étaient donc pas moins déconcertantes que la vie vécue, pensée et rêvée, pas moins remplies d'anxiété. On aurait pu dire d'Elvire qu'elle était une artiste sombre, à condition de souligner que chez elle la violence procédait de la compassion.

«Elvire, tu soupires!» a chantonné Vincent à l'autre bout de l'atelier, de la même façon qu'il aurait dit en jouant à cache-cache «Elvire, je te vois!» Il a attendu qu'elle eût tourné vers lui un sourire grisâtre, un plat visage occupé par ses soucis d'artiste, pour ajouter qu'elle avait soupiré trente-cinq fois pendant la dernière heure, soit dix fois de plus que la moyenne permise, car leur accord tenait toujours, n'est-ce pas?

Oui, bon, ça ne l'étonnait pas, il fallait croire qu'elle en était encore là, a répondu Elvire qu'angoissait le sentiment de ne pas avoir fini, d'être tout près d'une solution, mais de ne pas avoir fini. L'air d'une affamée qu'on allait arracher de la table avant le dernier service, elle a dévisagé le garçon en affectant d'implorer sa pitié, sa clémence. Elle savait qu'il avait raison, qu'elle n'arriverait probablement plus à rien. Ayant ramené le regard sur son tableau, elle a reculé à contrecœur jusqu'à une chaise engommée de peinture, qu'elle utilisait parfois en guise d'escabeau. Docile et affaissée, son exténuation la rendant trop sensible, elle était touchée presque aux larmes par la bienveillance du garçon. Quand même ce rouge, il suffirait peut-être d'y mêler une pointe de jaune? non, il valait mieux attendre, déjà la lumière brune de cinq heures entrait par le lanterneau, et elle n'avait dormi que trois heures la nuit précédente!

Vincent lui a suggéré de «faire un peu de divan» avec lui, ainsi qu'ils désignaient entre eux une courte sieste où, plus souvent qu'autrement, il la portait à s'endormir en feignant de s'assoupir auprès d'elle. Après un dernier flottement, elle s'est rendue.

•

L'enfant s'est tassé contre son flanc, dans le vieil imperméable ridicule autour duquel elle a serré le bras, comme sur une grande pièce d'étoffe chiffonnée, sans rien dedans qu'une fuyante armature. Elvire avait du mal à se détendre même en fermant les yeux. Tantôt elle fixait la doublure pourpre de ses paupières, qui continuaient de battre parce qu'elle faisait encore l'effort de voir; tantôt elle pilonnait ses indécisions comme dans un mortier.

Ainsi, elle se demandait si une série de tableaux où elle avait confié au matériau le soin de faire allusion à un manque, à une disparition, en laissant une portion de toile sans peinture et en exposant le fond dans une tache crue, terne et brute, pour interrompre la représentation comme si un morceau en avait été oublié, n'était pas trop intellectuelle ou au contraire trop spontanée, paresseuse. Pourtant la plupart des tableaux mettaient en scène soit l'absence, soit les effets de l'absence de Marie-Paule, et il n'y avait dans cela rien de facile ni de froid. Elle devenait peu à peu, cette absence, le centre mouvant du dessin, ramenant à soi la multiplicité infinie du réel et réduisant les possibles déroutants de l'art, oh! bien temporairement, du moins devait-on l'espérer pour la santé de l'artiste…

Ainsi, elle s'inquiétait de ses impudicités, agonisait en songeant qu'elle eût pu être irrespectueuse de

Jeanne et de Céline. Mais si elle-même trouvait navrant le spectacle d'une femme d'un certain âge et d'une modestie un brin guindée, assise de travers à une table de cuisine, qui avait déboutonné sa blouse et dénudé sa poitrine pour inviter le désir d'un homme affairé à l'évier, mais qui n'obtenait de lui qu'un regard distant, plus blasé que surpris; si elle-même trouvait parfois que c'était désolant à pleurer, bien qu'elle eût fabriqué cette image touche après touche, laborieusement, le public n'en serait-il pas remué lui aussi, et Jeanne à sa façon, après les premières impulsions de la colère et sous le vernis de la femme accomplie, étrangère au foutoir d'émotions qu'était chaque exposition de sa belle-sœur? Car malgré le caractère primitif du tracé, trop vif pour être ressemblant, Jeanne n'aurait pas à se forcer pour s'identifier au personnage, et l'intuition du tableau ne pouvait être si fausse qu'elle fût tout à fait obscure. D'autre part, si elle-même avait eu des accès d'admiration nostalgique, des pensées à lui tourner les sangs en imaginant la petite amante, la jeune amoureuse d'un tableau qui montrait une curieuse rencontre lascive dans des toilettes publiques, et qui avait pour titre *Corps d'oie blanche, tête solide, cœur déluré*; si elle-même avait eu des émois et des poussées de volupté en peignant l'adolescente perchée sur le bord d'un lavabo, entièrement dévêtue à l'exception d'un pied d'où pendait encore une chaussette blanche, le visage penché de côté dans une volonté de ravissement («une nymphette», l'auraient appelée des messieurs pour excuser leur désir d'elle), qui retenait sur son sexe la main d'un homme en bleu de travail en guidant vers elle son bras réticent, il était à prévoir que Céline piquerait à sa vue une rougeur passagère, sinon un soleil brûlant, mais que si elle aimait déjà aimer comme il y avait tant de raisons de le croire, elle serait presque aussitôt gagnée et flattée, d'autant que le physique de la jeune fille s'estompait, grâce à de rapides coups de pinceau blancs, dans une insolente luminosité et une sensualité anonyme, d'autant que la scène exhibait une belle avidité soudain indifférente au reste du monde.

•

Elvire s'est réveillée en contemplant Marie-Paule, l'air d'une convalescente abattue, qui avait déposé une grosse valise abîmée à ses côtés, sur le seuil de l'atelier. Rêvant souvent de cet instant du retour, elle n'a fait que resserrer les paupières pour faire durer l'apparition. Le corps ténu, effondré dans des vêtements défraîchis, Marie-Paule avait le regard trouble de ceux qui ont touché maintes fois le fond ou rencontré une fois l'horreur. Elle avait réchappé à de nouvelles infortunes, aux dangers d'un vagabondage libertin au bout du monde, aux détresses de la séparation et de la privation, pour ressurgir parmi les tableaux d'Elvire, où se déployait un autre côté du même cauchemar. Elle revenait chez sa tante d'abord, parce qu'elle affectionnait ses ateliers depuis l'enfance. Ne se croyait-elle pas une étoffe d'artiste à certaines heures, de même qu'elle s'attribuait un tempérament d'écrivain, quoiqu'elle fût toujours trop occupée à se défendre contre elle-même pour produire autre chose que des ramassis illisibles, des aveux justificateurs, des lettres d'un romantisme échevelé ou d'un égocentrisme fumeux? Si seulement une vraie démarche d'artiste avait pu l'empêcher de se brouiller aussi affreusement avec la réalité! regrettait Elvire, persuadée qu'une impatience créatrice ignorée pouvait faire des ravages, comme une effervescence intellectuelle mal canalisée.

Consumée par la même fatigue inaltérable, recommençant de s'agiter dans sa tête, Elvire a éprouvé un engourdissement hérissé d'aiguilles dans l'avant-bras, une douleur lancinante dans le poing. Tandis qu'elle se reposait, toute sa tension s'était réfugiée une fois de plus dans sa main droite, celle qui guidait normalement le pinceau et qui serrait maintenant la taille de Vincent, celle qu'elle croyait contrôler mieux que les autres parties de son corps, mais qui peut-être aussi la contrôlait, elle, puisqu'elle avait de la peine à la détendre.

Elvire s'est remuée un peu pour consulter la grosse horloge murale, puis a murmuré le nom du garçon. Il était l'heure d'aller manger, et Jeanne devait déjà s'énerver. Vincent n'ayant pas réagi, elle l'a secoué un peu et encore un peu plus, mais rien n'y a fait. Alors son cœur s'est glacé. L'enfant avait toujours le sommeil si léger, se pouvait-il qu'il eût défailli au lieu de s'assoupir?

Elle se redressait vivement lorsque Vincent l'a rattrapée par le bras. «Ah, non! tu ne vas pas te lever sans moi!» a-t-il trahi sa feinte, souriant derrière un visage de papier pelure pas plus rassurant que l'instant d'avant, mince et bleu, presque déserté par l'existence. Elvire s'est penchée pour embrasser le garçon, qui déjà lui refaisait une place, se tassait sur lui-même. Elle mettait du temps à ravaler sa frayeur. Le relevant avec elle dans un élan affectueux, elle a ignoré sa manière d'invitation et tâché de s'exclamer gaiement «Assez traînassé! La famille popote nous attend! Allez, ouste! À la soupe!»

Encore six jours d'atonie, de terreur aberrante, et le beau monde bavard des vernissages frotterait ses tableaux de l'épaule. Elvire s'emploierait au moins à superviser l'accrochage, mais aucune activité ne la délivrerait de sa peur irraisonnée du public, elle le savait bien, et ce n'était pas d'autre chose qu'il s'agissait pour le moment.

Au lieu d'offrir son aide à Jeanne, elle est tout de suite passée au salon où régnait une lâche atmosphère de dimanche. Céline feuilletait les magazines automobiles de son père dans un coin du canapé, Vincent démêlait avec une épingle les chaînes d'or de sa mère sur la table basse, et Charles essuyait la vaisselle des jours de fête devant le téléviseur, où on donnait un film turc intitulé *Celim*. Dans la cuisine, Jeanne avait mis la main haute sur la préparation du repas après que Charles s'en fut apparemment désintéressé, et elle veillait à faire le vide autour de ses jupes avec une suffisance aigrie, un sérieux rageur, parce qu'il fallait célébrer coûte que coûte le départ des tableaux pour la galerie, ne pas manquer à cette vieille tradition familiale, quitte à s'agiter simplement sans rendre personne plus heureux.

Sur le bout d'un fauteuil, épaules affaissées et jambes allongées, Elvire se sentait coupable du mal qu'on se donnait si peu volontiers. Comme toujours elle aurait aimé pouvoir faire présent d'une toile à Jeanne et à Charles au moment du toast, mais comme toujours elle s'en garderait parce que ses peintures n'étaient pas du type décoratif et que ce couple-là (ça n'était pas un défaut et ça ne le rendait pas moins touchant) mettait plutôt des «cadres» sur les murs, ce à quoi la fréquentation d'une artiste n'avait rien changé. Cette fois d'ailleurs, tout cadeau aurait risqué de les outrager plus que de les embarrasser. Oh! comment, et dans quel état, Elvire se tirerait-elle de ce pétrin?

•

«Alex m'a dit que c'était tout un spectacle ce matin, les grands tableaux qu'on descendait du studio à la queue leu leu, Céline a-t-elle entrepris de lui faire la conversation.

— Oui, Alex... Il était si content d'être là. Il se faufilait partout, il se serrait à tout instant dans l'escalier, les transporteurs en étaient étourdis. Moi aussi, j'ai trouvé curieux de voir partir ces grands pans cartonnés, de les lâcher dehors. En même temps, c'est comme si je ne vendais que des fleurs coupées. On me prend les têtes, et je garde les racines. Cela n'empêche pas que, chez moi, le plancher paraisse complètement retourné. Quelle tristesse, si tu voyais, depuis que ces costauds sont venus, de beaux grands gars, mais qui vous dégarnissent un studio!... Au fait, Alex, où est-il?»

Céline a haussé les épaules en signe d'ignorance, puis a quand même pris la peine de répondre.

«Quelque part dans le voisinage, à enlever des contre-fenêtres ou à déficeler des haies, à nettoyer des pelouses ou à pelleter des restes de neige, à visiter des clients pour faire la recette, qu'est-ce que j'en sais? à surveiller des copains pour être sûr de toucher sa commission... Il mène tant de petites affaires. En tout cas, chaque fois qu'il s'enorgueillit d'entendre papa l'appeler un «busybody», moi, je le traite de requin pour balancer les choses. Il faut bien que quelqu'un rouspète un peu, non? Il a neuf ans, il pourrait jouer, lire ou se balader à bicyclette, au lieu d'aider à rafistoler des toits de garage...

— Des toits de garage, maintenant?

— Ce n'est pas la première fois qu'il oublie l'heure.

— Mais il fait sombre!...

— C'est vrai, déjà! Il doit être en train de se faire gâter par une voisine. Les gentillesses, il ne les refuse pas, il en abuse. Et là, je lui donne tout à fait raison!»

Confiante en sa tante, Céline affectait une légèreté candide en ouvrant son beau visage blanc, que bordait une mèche teintée d'un gel bleu. Ses yeux se sont rembrunis en regardant droit derrière Elvire, qui s'est retournée. Plantée sur le seuil du salon, Jeanne s'essuyait vigoureusement les mains à son tablier. La mère et la fille devaient encore s'être disputées, pour une question de coiffure peut-être?

Les artichauts étaient prêts, mais Alex se faisait attendre! s'est indignée Jeanne, sa colère tombant du ciel comme la foudre dans un lac immobile, une mer de paresse. Elle l'avait pourtant prévenu de ne pas rentrer plus tard que sept heures. Cet enfant l'obligerait donc toujours à se faire du souci à son sujet. Il la rendrait malade... Mep! la table n'était pas encore mise? Et pourquoi Céline ne faisait-elle pas sa part? Allez! Vincent ne voulait-il pas vite courir chercher son frère? C'était inouï! Elle devait voir à tout!

Céline s'est levée sans empressement, suivie de Vincent, puis d'Elvire qui s'est postée à la fenêtre dans l'espoir d'apercevoir Alex. Un cercle de connivence venait d'être rompu, un charme brisé. Peu après, Jeanne mouchait des pleurs discrets devant sa cuisinière, sans doute de fatigue nerveuse.

•

Renfrogné, Alex jure qu'on ne tirera rien de lui. En s'enfonçant dans son fauteuil de chêne, genre ancien meuble scolaire, il en découvre le mince coussin flottant à demi éventré, dont il entreprend de découdre un peu plus la bordure entre ses cuisses écartées. Le menton sur la poitrine, il est seul dans un bureau du poste de police pas plus grand qu'une garde-robe, encombré d'une table massive, d'un classeur vertical et de cartonnages, sur lesquels il s'interdit de lever les yeux: n'ayant plus personne à craindre, il boude contre sa curiosité.

Bien sûr, il s'attend aussi à ce que revienne d'un instant à l'autre l'officier qui a claqué la porte après avoir pointé un long bras vers lui, frémissant de frustration et bleu de colère, menaçant, oh! je te le ferai dire, ton nom, mon p'tit gars! en vingt ans, il m'en est passé de fortes têtes entre les mains! un chenapan comme toi ne fera pas la nuit!

Ni bien gros ni bien vaillant, Alex puise une étrange tranquillité dans l'intuition qu'on ne peut rien contre lui, qu'il est intouchable. Ne lui fait-on pas sentir que, dans cet endroit forcément mal fréquenté, un enfant de moins de dix ans et issu d'une bonne famille ne peut être qu'un gêneur, un casse-pieds? qu'il faut vite rendre à ses parents après lui avoir fait une bonne frousse, et que ça saute? parce qu'avec lui toutes les routines policières deviennent inconfortables et abusives?

Dans un vieux blouson de coutil brun, doublé d'une imitation de castor et dézippé à moitié, qu'il a trouvé dans un marché aux puces et que Jeanne ne manie jamais sans faire la dégoûtée, dans un gros tricot de laine dont l'épaisseur lui coince les épaules, Alex sent la chaleur lui mariner et lui attendrir le torse, se ruer vers ses paumes en sueur. La tête baissée, il reste conscient du sanctuaire disgracieux où on l'a emmené. Les tubes au néon des rangées de suspensions rectangulaires bourdonnent avec persistance et lui rappellent, cigales en pleine canicule, qu'un lent va-et-vient de dimanche soir frise le désœuvrement dans la salle qui s'étend derrière lui, au-delà d'une demi-cloison de verre armé.

Sous la mèche fournie mais souple qui lui masque un œil, Alex essuie un reniflement du revers de la main, dans le poignet lâche d'une manche trop longue. Aussitôt la trace d'un parfum lui monte à la tête, et l'idée de sa mère s'empare de ses sens. Il se croyait coupé du monde, et ce rappel lui est une consolation inattendue, une vapeur d'ivresse. Arrondissant ses mains comme s'il venait d'y recueillir de l'eau, il les fouille amoureusement du visage. Ses doigts sont crasseux, il l'a bien vu, il ne peut pas l'oublier d'ailleurs à cause de leur grise odeur terreuse, mais ils exhalent aussi un effluve délicat, à croire qu'ils ont tenu un moment une étoffe féminine.

●

C'est qu'à une heure de l'après-midi, fidèle à son plan, il est allé aider un retraité à enlever une clôture tordue dans les tempêtes par des chasse-neige aveugles, ensuite une femme seule à ratisser des feuilles pourries par les pluies d'automne et attachées au sol spongieux du printemps. Avec un soupçon de nervosité, il a fait son travail et avalé poliment deux collations (une tartine et un verre de lait? qui aurait cru qu'on abattrait autant de besogne! des biscuits et une tasse de chocolat? qui ne voudrait pas d'un garçon comme lui!), puis s'est précipité à la pharmacie du quartier en espérant éviter les surveillants en uniforme chargés de la fermeture. Ce serait la septième fois, en l'espace d'une semaine, qu'il mettrait les pieds dans ce magasin discount et comptoir d'ordonnances combinés pour gagner son pari. S'il en ressortait avec trois cassettes d'un rockeur que ses copains trouvaient demeuré, depuis qu'il avait enregistré de vieilles chansons sentimentales, le stock serait épuisé et le tour joué. Cela lui vaudrait l'allocation mensuelle de chaque parieur et le guérirait de ses insomnies, puisque son honneur serait sauvé. Selon son habitude, Alex est passé par le rayon des parfums, où il s'est laissé captiver par une grande brune dans la quarantaine élégante, qui épandait son ample imperméable violet contre un comptoir de flacons, humectant la saignée de ses poignets, vaporisant des eaux de toilette dans des papiers mouchoirs et passant le nez au-dessus des goulots, levant un poing mou à la hauteur du front. Alex n'avait jamais vu personne devant cet étalage. Saisi d'une fascination immédiate, il est bientôt venu se coller à deux pas de l'inconnue avec la décision d'un somnambule, pour s'imprégner de son ambiance. Les coudes juchés sur le dessus du comptoir, la joue rivée sur ses mains croisées, il admirait la grâce heureuse de cette cliente, lorsqu'elle l'a aperçu au-delà du bouffant luxueux de sa manche. Lentement elle a pincé un sourire flatté, en devinant ce qu'il faisait là. Puis elle s'est penchée sur lui dans un immense froissement d'imperméable, pour vaporiser sur ses mains un frais nuage odorant. Le cou redressé dans une incertitude anxieuse, Alex a cru l'entendre dire «Tiens! tu emporteras ça avec toi», mais comment lui aurait-il demandé de répéter? Gêné de son insoutenable bonheur, à la fois honteux de l'enfantillage qu'il avait inspiré et délecté de l'attention qu'il avait reçue en une douce ondée, rendu stupide par une orgie de battements de cœur qui lui faisaient l'effet d'une seule et unique implosion, il avait en prime la satisfaction de découvrir que sa tête baignait dans l'odeur préférée de sa mère, qui évoquait moins les fleurs que les condiments avec ce brin de piquant si naturel, oui, il s'agissait bien de Chergui, il reconnaissait l'atomiseur où était ajouté en petits caractères «L'embrasement de vos nuits sahariennes». Il aurait voulu s'attarder encore, mais il n'en a pas eu l'audace, son attirance ayant été percée à jour. Tandis qu'il filait au pas de course entre de hauts rayonnages, il a entendu déferler au-dessus de lui un mélodieux «By-ye» en deux temps, qui lui a causé une nouvelle bouffée de fierté et qu'il a donc allègrement ignoré. Devant les présentoirs à cassettes, Alex a constaté avec un semi-soulagement qu'il ne restait plus qu'une copie d'*Ô Slows d'Amérique*. Déjà agité, pris d'une angoisse vertigineuse qui lui coupait les jambes et rendait ses gestes irréels, il a cueilli l'étui et l'a tenu contre sa taille. Dans les transes de se faire attraper, le cou incliné mais les yeux en folie sur cent quatre-vingts degrés, il fixait sans le voir l'emballage où le chanteur posait, par une manière de plaisanterie insipide, dans un long manteau d'ocelot. Ses veines lui canonnant les tempes, il a sorti d'une de ses poches un sac de plastique à cordon coulissant. En l'espace d'un éclair, la cassette était dans le sac. Faussement insouciant, balançant sa prise au bout du bras, il est parvenu sans accroc à la sortie. Poussé par le désir d'en finir, il avait l'illusion de procéder avec célérité, de marcher sur un rapide tapis roulant. L'œil vif, il était sûr de ne pas être observé, sûr d'avoir le champ libre. En franchissant l'arche du détecteur électromagnétique, il a fait le moulinet avec son paquet pour le faire passer à l'extérieur, le lâchant une fraction de seconde, puis le ressaisissant au vol. Il s'élançait sur le trottoir avec euphorie, lorsqu'il est tombé violemment dans le noir, a senti une poigne s'abattre sur son épaule. Un surveillant qui prenait le frais à l'entrée avait surpris son manège. «Minute, mon garçon! a-t-il tonné en mordant dans les mots. Ah, ça! c'est incroyable! Une vraie procession! C'est un nouveau sport, ou quoi?» Agrippant Alex par la nuque, lui faisant rentrer de douleur la tête dans les épaules, il l'a poussé vers le bureau du gérant. Les cheveux épars et séparés en baguettes par la sueur, sous sa large casquette qu'il soulevait à peine pour se gratter, il s'est plaint au patron d'en être à son septième voleur depuis le matin, et à son cinquième vaurien n'ayant pas «le nombril sec», puis il lui a suggéré de changer de tactique avec les enfants, qui étaient les pires emmerdeurs, et de les livrer au poste de police pour une visite de reconnaissance, oui, en commençant par celui-là, qu'il avait vu plus d'une fois d'ailleurs barboter dans les paniers de savonnettes, ah! il aurait bien voulu savoir d'où ils sortaient tous, ces mauvais moucherons gâtés, une infestation que ça devenait, mais on s'était assez moqué de lui!... Alex n'offrait déjà plus de résistance, que son silence. Il faisait son deuil de sa personne, car sa mère suffoquerait de colère, police ou pas, le détesterait pour lui avoir «fait ça», désespérerait de jamais «en faire quelqu'un», s'avouerait dépassée et irait peut-être jusqu'à lui dire, dans un fracas d'émotions, de se tirer d'affaire tout seul dorénavant. En se retranchant dans son malheur, Alex défendait l'intégrité de son insoumission par sa passivité, et se flattait aigrement des brimades qu'il recevrait, prêt à vivre l'emportement de ses parents comme un drame d'amour. Il s'est laissé conduire au poste sans regimber et, trois heures plus tard il était encore là, enfermé dans une position intenable et flairant la saleté parfumée de ses mains.

●

L'officier reprend place derrière son bureau sans mot dire. Il a dû inonder d'eau froide son visage fouetté de rouge, luisant et tonifié. Il se carre dans son fauteuil, en posant les paumes de part et d'autre du sous-main, puis ouvre les coudes et se penche vers Alex. Il s'apprête sans doute à fatiguer la même salade, mais se suspend à une sonnerie insistante, le cou tendu. Au standard téléphonique, tout au bout de la grande salle, personne ne répond. La sonnerie s'obstine, l'officier s'impatiente. «Cet empâté de Granger, toujours à l'urinoir. Et si c'était l'appel que j'attends!» Le corps sans poids sous ses coudes écartés, il est prêt à bondir pour aller décrocher. Au même instant le silence se rétablit. «Merde! On les a perdus.» Il se renverse en arrière et lève les bras au ciel, en signe d'impuissance.

Alex est à la merci des humeurs changeantes de l'officier. Sur le qui-vive, essayant de le deviner, mais cachant son intérêt derrière un air rechigné, il ne s'est pas encore remis de sa dernière gamme de sensations que la grande salle retentit d'un «Oui, justement!» réprobateur mais satisfait. Alex n'est pas mieux que mort. Ce foutu Granger, qui qu'il soit, a dû revenir des toilettes à temps pour prendre l'appel: d'une voix dédoublée, là-bas à son poste et ici dans l'interphone de l'officier, il chantonne à présent qu'il tient un papa furieux au bout du fil.

Piégé, l'esprit en déroute, Alex se rue hors de la pièce vers un salut désespéré, comme il se jetterait dans le vide, mais il se frappe aussitôt à une montagne d'officier qui l'immobilise, contient ses remuements d'insecte et ses volontés éparses, tourne en ridicule sa résistance effarouchée.

●

Elvire avait quadrillé deux fois le voisinage, dans un rayon de trois blocs d'abord et en poussant jusqu'aux boulevards limitrophes ensuite. Maintenant elle prenait tantôt à gauche et tantôt à droite, au gré de ses impulsions. Scrutant les rues obscures, elle arpentait les trottoirs troués de loin en loin par des cercles de lumière rose, que Vincent comparait dans un de ses poèmes aux dépôts d'une houppe à poudre, s'aventurait dans les échappées de garage, glissait le nez entre les lattes des clôtures, écartait les branches serrées des haies, inspectait les arrière-cours et les pelouses... Elle maudissait l'humidité glaciale de cette nuit de mars, surtout lorsqu'elle se figurait Alex blotti quelque part dans le noir, honteux d'une nouvelle sottise, souffrant ou inconscient. Ne suffisait-il pas du plus léger retard pour qu'on imaginât le pire? un kidnappage, un accident de voiture, des coups assénés pour un porte-monnaie d'enfant? un viol, une bataille, une soûlerie à faire vomir, une défonce hallucinatoire? Elvire s'exerçait à cette angoisse depuis des mois, en l'absence de Marie-Paule, et soudain c'en était trop, elle se sentait au bout de son courage. Pour tromper sa peine, elle lâchait dans le désert du soir des «Alex, Alex» étranglés, mais sa voix étrange ne lui était d'aucun réconfort. Parfois elle croisait Charles ou Céline, qui échangeaient avec elle de poignants «Toujours rien?» — «Non, pas de chance!» Parfois elle repassait par la maison, pour s'informer auprès de Jeanne ou de Vincent s'il y avait du neuf. Avant cette fouille des environs, les voisins qui employaient Alex avaient été questionnés par téléphone et alertés, ainsi d'ailleurs que les parents de ses amis. Jeanne avait servi tard à souper, de façon discontinue et déréglée, tous se levant à tour de rôle dans les longs intervalles entre les services. On avait mangé froid ou trop cuit, sans y faire attention cependant, à cause de l'inquiétude qui montait et du malaise qu'on aurait éprouvé à faire bombance, alors que peut-être Alex était dans un mauvais pas.

Jalonnant sa marche de tristes ruminations, Elvire songeait au regard de cet enfant qui vous observait le plus souvent par en dessous, qui espérait que vous feriez cas de lui mais affectait d'être prêt à se moquer de vous, par peur que l'intérêt ne fût pas réciproque. Ce mélange d'arrogance et d'effacement culminait dans un bonheur étonné, aussi exubérant que décontenancé, lorsque vous lui adressiez la parole. En garde contre le mépris ou l'indifférence, il ne cessait jamais de vouloir compter pour quelque chose, exister pour sa mère surtout.

Elvire se souvenait quel bébé amorphe il avait été, replié sur soi pour écouter avec gravité ses gargouillements, son souffle, rarement délivré de lui-même par Jeanne, qui refusait de materner encore un nouveau-né. Oui, il en avait mis du temps, ce petit dernier, à découvrir qu'il pouvait agir sur l'extérieur, ne s'animant que lorsque sa mère l'entourait d'une belle humeur soudaine ou lui faisait des mamours. Vers l'âge d'un ou deux ans, il avait enfin renoncé à tout attendre de sa mère et accueilli de bonne grâce les soins d'Elvire, de Céline et de Marie-Paule. Il inventait pour elles de nouvelles prouesses, se pliait en deux pour faire des grimaces entre ses jambes, s'échappait pendant qu'elles changeaient sa couche et courait nu partout pour leur arracher des rires, paradait le ventre gonflé ou marchait d'un pas élastique, en haussant continuellement les épaules, s'agitait, s'excitait, sans plus distinguer entre la joie et l'énervement, les bouffonneries et les catastrophes, le plaisir et la douleur. D'ailleurs à une certaine époque, ses demandes d'affection ne s'étaient-elles pas exprimées avec violence, sous forme d'attaques féroces? Comme lorsqu'il insistait pour rester dans vos bras en vous frappant, ou qu'il fonçait sur vous et s'accrochait avec passion, pour vous décharger dans les chevilles une salve de coups de pied, le visage planté dans vos vêtements et les bras en anneau autour de vos genoux, ou qu'il vous étreignait au milieu de ses pleurs parce qu'il était anxieux, si anxieux de se faire consoler, sans se rendre compte qu'il vous heurtait en se trémoussant. Ou comme lorsqu'il exécutait une danse de Saint-Guy, par un besoin irrépressible de remuer pour redevenir présent à lui-même, après qu'on l'eut délaissé trop longtemps ou puni? D'après Elvire l'enfant avait peu changé, il tombait même encore dans ses torpeurs léthargiques de nourrisson, oui, elle n'y avait jamais songé, mais c'était pourtant vrai, il sombrait bien dans des déprimes insondables, lorsque rien ne le sollicitait ou qu'il n'avait aucun auditoire à captiver.

Elvire a contourné la station-service que Céline avait sûrement visitée. Au départ elle s'était arrêtée dans les tabagies et magasins de bricoles ouverts le dimanche soir; maintenant elle passait son chemin devant les mêmes vitrines, impatiente de rentrer prendre d'autres nouvelles. Une heure plus tôt, alors qu'elle se reposait et se réchauffait au salon, on hésitait encore à communiquer avec la police. Comment aurait-on convenu d'une autre disparition et s'en serait-on remis aux autorités, sans être terrifié par ce qu'on allait déclencher, surtout en soi? En poussant la porte de la cuisine par où elle passait toujours, Elvire a été surprise du tumulte qui régnait dans la maison. Les nervosités responsables du début de la soirée, où tout excès émotif était bridé en bonne raison, avaient dégénéré en dispute. Elle a refermé à reculons en appuyant le dos contre les carreaux, puis n'a plus bougé.

Enfin portée par un reste de bravoure, Elvire a vu Charles renfiler son manteau et claquer la porte du vestibule, en s'indignant d'avoir à ramasser son fils au poste de police. Jeanne s'est jetée derrière lui sur le pilastre de la rampe d'escalier, s'y est agrippée dans un élan mélodramatique, mais sans affectation aucune. Elle était tout bonnement accablée. Couchant le front sur la pomme de bois, elle s'est mise à geindre pourquoi, mais pourquoi donc Alex s'ingéniait-il à les effrayer ainsi, à les humilier en jouant au plus fin, en désobéissant? cet enfant allait finir en prison, elle le pressentait, elle le savait! mais qu'avait-elle fait pour ça?

Alors Alex était sain et sauf! s'est réjouie Elvire. On l'avait retrouvé! Au milieu de son bonheur, elle regrettait que le garçon eût été cueilli par des policiers, qui sûrement l'avaient traité en petit moins que rien, colleté, terrorisé, car sa mauvaise opinion des forces de l'ordre était proche du réflexe. Avant la protection du citoyen et le maintien de la paix, c'étaient la répression satisfaite et l'autorité trop souvent licencieuse, scabreuse, qui lui tombaient sous le sens, la plupart des uniformes annonçant selon elle des obsédés du petit pouvoir.

Quoique sa pitié pour le garçon lui dévorât la poitrine, Elvire a eu l'inspiration d'aller réconforter Jeanne, en mettant simplement la main sur son dos pour la calmer. Du bas de l'escalier, elle a aperçu Vincent assis sur les marches, qui essuyait de grosses larmes sur ses joues d'une main puis de l'autre, ne pouvant voir pleurer sa mère sans pleurer aussi.

Sur une banquette de cuir Alex s'embêtait. Au centre de la pièce, d'où il aurait pu normalement faire le tour de la première série de tableaux juste en pivotant sur son siège, il paraissait étouffer parmi la haute foule des invités qui se dressait de toutes parts comme un écran animé, une armée de jacasseurs sans yeux pour lui. Depuis le court séjour au poste de police qui avait abattu sa fierté, Alex était souvent en proie au même dépit langoureux, presque sensuel, que les adolescents incertains qui venaient étudier à la maison avec Céline. Malgré ses neuf ans à peine sonnés, ne mimait-il pas depuis quelque temps la sexualité sourde et hargneuse des grands du secondaire qu'il révérait le plus? Le pauvre enfant, souriait Elvire, en n'écoutant que d'une oreille les commentaires d'un spectateur précieux, sur les pulsions narratives qu'il croyait déceler dans ses peintures. Il était quand même drôle, avec ses allures de petit homme déluré ayant vécu, ses cheveux en broussaille sur le dessus du crâne, mais rasés sur les tempes et la nuque, sa mèche effilée sur un œil, sa chemise blanche boutonnée jusqu'au cou, son jean troué et son gros blouson de faux cuir garni de quincaillerie, qu'il avait payé de sa poche et que Jeanne ne lui avait laissé porter, terriblement à contrecœur, que sur l'approbation d'Elvire qui s'était exclamée de plaisir à sa vue, en disant que son style faisait très «artiste de l'est de la ville».

Mais le mauvais moral d'Alex ne l'empêchait pas de machiner de nouvelles malices, et ses blessures d'amour-propre ne l'occupaient que jusqu'à la prochaine fredaine. Cet enfant avait de la ressource et une patience sans bornes avec les adultes, comme tant d'autres qui ne prenaient pas l'indifférence, et encore moins la froideur agacée, pour une réponse à leurs désirs. Ainsi avait-il trouvé le moyen, arrivé parmi les premiers avec Céline, de modifier les cartons de titre en faisant des 7 ou des 4 de tous les 1 pour hausser les prix de vente, sans s'y faire attraper. Seule Elvire, qui venait de noter les mystérieuses corrections et se souvenait d'avoir vu l'enfant manier un stylo, semblait avoir découvert le subterfuge. Égayée par l'inventivité d'Alex, touchée par son amusante générosité à son égard ainsi que par son visible ennui, elle a expliqué à son interlocuteur qu'une affaire sérieuse l'appelait, et s'est dirigée droit vers le garçon. En s'assoyant à ses côtés, elle l'a serré par l'épaule. «Alors, mon bel amour d'Alex, tu préférerais une vieille tante riche à ta bonne Elvire bohème?»

Heureux de se faire cajoler, l'enfant a levé vers elle un regard rapide, puis a souri dans son cou.

•

Toute la journée Elvire avait été malade de nervosité, prise de coliques et de diarrhée, incapable de manger. Depuis que la salle centrale se remplissait de visages pour la plupart anonymes, elle se sentait portée par une étrange quiétude.

Si elle résistait à faire son entrée dans ce nouveau cercle de l'art certifié, des marchands de tableaux et acheteurs influents qu'elle n'avait jamais courtisés, elle n'était plus tourmentée par des pudeurs de la dernière heure ni par l'impression d'avoir travaillé à perte, elle n'appréhendait plus d'avoir préparé passionnément un échec, en offrant une part interdite de sa subjectivité avec un sens retors de la beauté, qui la faisait jaillir de la détresse ou de la cruauté, d'une hostilité bienfaisante ou d'une douce dépravation. Elle avait la conviction que les tableaux de cette exposition étaient ce qu'elle avait fait de mieux, de plus personnel, donc de plus sainement indécent sans doute. Puisqu'elle n'avait jamais été aussi sûre de sa technique, elle ne s'inquiétait que de savoir si on adhérerait à son univers et si on l'accepterait elle, en tant que peintre. Distanciée de ses toiles qui pendaient aux murs, elle s'émerveillait du contraste entre l'intensité affective de ses peintures et la légèreté mondaine des invités. Elle croyait avoir fait déjà tout ce qu'elle pouvait, n'être plus maître de la façon dont le public repeindrait ses images et n'avoir rien à faire au milieu de cette réunion bruyante, elle attendait qu'on la reconduisît à la sortie.

Pour tuer une partie de cette soirée et distraire Alex, elle a entamé un jeu consistant à distinguer à vue de nez qui était qui: les employés de la galerie, sous-payés et élégants à bon marché, avides de bien servir la directrice, mais aussi d'établir leurs propres relations; les autres protégés de la patronne, détachés ou un brin éteints, amers malgré eux de ce que cette fête célébrât quelqu'un d'autre; les artistes réputés et leurs acolytes satisfaits, dont l'exclusive silencieuse

refoulait l'admirateur quelconque; les collection-
neurs avertis et les mécènes distingués; les hommes
d'affaires en quête d'un bon investissement; les marchands de tableaux concurrents; les purs passionnés
de l'art; les éditeurs de revues spécialisées et les critiques; les chères moitiés se contentant de faire bonne
figure; les étudiants sans le sou venus pour le vin gra-
tuit et l'ambiance; les aspirants peintres; la famille de
l'exposant... oui, la délicieuse Céline! qui examinait
longuement chaque tableau, tandis que les autres se
faisaient attendre.

Dans un pantalon aux jambes larges et courtes,
surmonté d'une petite veste étriquée évoquant la
coupe du boléro, dans de grosses chaussures noires à
lacets et de minces chaussettes blanches, elle avait un
air presque habillé qui la vieillissait, sans jurer toutefois avec la queue délicate qui dressait un blaireau
sur le côté de sa tête. Elle s'attardait maintenant
devant un tableau à la pâte égratignée, creusée de
pattes de mouche à l'aide d'un clou, qui avait pour
titre *Lettre datée du mois des grasses matinées*. Il
figurait une scène de chambre à coucher: à gauche au
premier plan, un grand homme maigre se lavait les
aisselles devant un minuscule lavabo, le torse nu et le
pantalon à peine retenu par les hanches, pendant
qu'une femme gracile au ventre trop rond, vêtue seulement d'un débardeur blanc et couronnée d'une
tignasse hirsute, écrivait affaissée contre la tête de lit,
s'y brouillant dans une surcharge de coups de pinceau, comme si la main impatientée d'un enfant avait
entrepris de la barbouiller soudain, de la biffer avec
vigueur en commençant par la tête. Sans doute
Céline, l'inquisitrice Céline tâchait-elle de déchiffrer

les bouts de phrases grattés dans la peinture, fragments anodins de la correspondance de Marie-Paule, parmi lesquels étaient parsemés des «tu me veux, tu me terrorises», «tu ne me veux pas, tu me terrorises». Oh! Elvire n'aurait pas dû aller si loin!

Évidemment sa nièce lui passerait les pires indiscrétions, car elle reconnaissait à l'artiste autant qu'à elle-même le droit d'être irrespectueuse, d'exercer une sincérité insolente si nécessaire. C'était l'arrivée imminente de son frère et de sa belle-sœur qui angoissait Elvire. Ils détonneraient une fois de plus dans ce milieu, non pas tant en raison de leur sobre apparence que parce qu'ils s'y sentiraient dépaysés, importuns, en fait ils se détacheraient du reste des invités aux yeux d'Elvire surtout, qui saurait décoder leur malaise. Ce n'était pas comme les enfants qui étaient partout à leur place, grâce à leur curiosité d'abord, et dont la modernité candide s'intégrait si bien à n'importe quel décor.

Persuadée que la rencontre entre spectateurs et tableaux n'aurait pas lieu au cours de cette réception, Elvire ne redoutait pas moins le choc que donnerait à Jeanne et à Charles le premier contact avec l'exposition. S'ils s'étaient un peu inquiétés du titre *Un fruit dans vos déserts amoureux,* quelques semaines plus tôt, ils sauraient vraisemblablement pourquoi en faisant le tour de la galerie. Affrontant leurs doubles étranges, soupçonnant avec une certitude grandissante qu'ils étaient en cause dans plusieurs tableaux, ils s'estimeraient presque à coup sûr trahis et utilisés, livrés pieds et poings liés au public, victimes d'un abus de confiance et enfermés dans les visions irrévérencieuses de l'artiste. Venant à dégager le motif intime de l'exposition, ils s'imagineraient presque à coup sûr dépossédés de leur drame, croiraient la disparition de Marie-Paule réduite à une énigme picturale et tournée en spectacle, leur douleur profanée. Comprendraient-ils jamais qu'Elvire ne pût peindre, tout simplement peindre, sans les peindre eux? son art déplaçant de manière inventive les rapports de soi à soi, et de soi à l'autre? ses démarches introspectives faisant la lumière sur un réseau amoureux, familial et social? Parce qu'il était aussi question de la relation tragique d'Elvire avec sa mère, son père, ses amants, avec l'autorité, parce qu'Elvire disait aussi, à travers le motif de la disparition, son propre exil hors des attitudes et des valeurs courantes. Et si l'intelligence singulière qu'avait Elvire du monde et de ses images l'avait seule confirmée dans son être? On ne pouvait quand même pas lui reprocher de savoir peindre?

Alex s'était dégagé peu à peu de son étreinte, pour qu'on ne le vît pas faire l'enfant.

«T'ai-je déjà expliqué, Elvire lui a-t-elle demandé à l'oreille pour entretenir leur sentiment d'intimité, d'où m'est venue l'idée de faire des tableaux?»

Non, Alex a-t-il secoué la tête.

«Il y avait une femme que j'aimais beaucoup étant petite. Dans son salon, sur un gros meuble en acajou, il y avait un cadre qu'elle essuyait plusieurs fois par jour avec un coin de son tablier. Il contenait une photo de groupe prise par son mari un dimanche à la campagne, où elle figurait au pied d'un orme avec leurs enfants et leurs amis, dans une lumière du plus fort de l'été, tu vois un peu? Quand elle retournait ensuite à ses occupations, elle semblait marcher sur des nuages, inatteignable. Moi aussi, dans une robe à taille haute et des bottines, j'étais de ce portrait. Une rivière éblouissante coulait lentement derrière le mari, et tous les yeux étaient plus ou moins détournés au moment où il faisait clic. La photo ne disait rien de la rivière, comme elle cachait un petit détail qui aurait pu causer du vilain. La femme, Alex, tenait secrètement dans les plis de sa jupe la main d'un grand blond. Pendant toutes les années où elle avait épousseté le cadre, c'était là pour elle, mais ça n'y était pas pour les autres...

— Bah! Et toi? Comment tu sais?

— Moi, j'avais vu! Et ça m'a coûté assez de larmes, merci! L'amoureuse m'a écartée sans pitié après avoir découvert que j'étais dans le coup. Je l'adorais, je ne l'aurais pas donnée. J'avais presque à son égard une fidélité de petit animal. Voilà, c'est probablement de là que tout est parti. J'avais douze ans, et soudain la réalité ne comptait plus, en tout cas elle comptait moins que les histoires qu'on racontait, les images qu'on entretenait, et ces histoires, et ces images n'étaient pas vraies, ou alors elles étaient d'autant plus vraies, d'autant plus fortes, qu'elles n'étaient pas exactes, enfin pas conformes, elles fabriquaient les apparences, mais pas seulement... Oh! Alex! Alex! Ne me laisse pas radoter!

— Grand-maman, elle en a une.

— Quoi donc?

— Une photo de famille prise au milieu d'un champ, devant un vieil arbre.

— Mais non! Ah, mais oui, peut-être. Au milieu d'un champ...» Étalant un sourire de stupéfaction sur le visage de l'enfant, Elvire hésitait à croire qu'il l'avait devinée.

Alex, réagissant au silence perplexe de sa tante, s'est levé d'un bond. Tandis qu'il courait s'asseoir sur le tabouret du garçon d'ascenseur, un gros homme court qui se passait un mouchoir sur le front devant le tableau de l'entrée, Elvire a pensé voir déguerpir son petit frère Charles. L'enfant avait les traits délicats de sa mère, mais l'aisance physique de son père à son âge. Et il serait bel homme comme lui.

Pourvu que Charles prît le temps de respirer un bon coup, de reculer de trois pas avant de se prononcer sur l'exposition! Elle et lui s'étaient tellement rapprochés au cours de leurs tête-à-tête du midi, ils n'allaient pas se brouiller maintenant que c'était à lui de se montrer sensible! Elle se souvenait des premières fois où il l'avait priée au téléphone de le rejoindre dans un restaurant, et où elle avait accouru en laissant en plan une matinée de travail. Il était honteux, gêné de lui donner un rendez-vous secret alors qu'ils étaient voisins. Mais il était aux abois, il avait besoin de se faire étreindre, et vite! de se jeter dans les bras les plus familiers et les plus librement consentants. S'étant éloigné de Jeanne, ayant été repoussé par Marion, il s'était tourné vers Elvire comme il aurait cherché l'affection d'une autre femme encore, et cela, Elvire ne voulait pas trop l'analyser, sauf à supposer qu'il y avait des moments où on se sentait si vidé, si désemparé, que seule l'attention d'une femme, seule la générosité de son corps semblait pouvoir nous sauver.

Un critique d'art, ravi de la trouver enfin libre, lui a serré la main en l'aidant à se lever. Elle a passé en revue les tableaux de la salle centrale avec lui, détaillant plus volontiers ses procédés et ses matériaux que ses intentions, décomposant avec une fer-

veur appliquée les surfaces peintes, puis s'abstenant
de les recomposer. Elle ne considérait plus l'exposition du point de vue de Charles, peu importait que
les sujets fussent reconnaissables dans leur rendu
irrationnel, leur déploiement cavalier. La figure de la
conscience de Vincent avait fait sa première apparition dans la «série des repas», noire et filiforme, en
marge d'une scène où la famille était assise à une longue table face au spectateur, dans la formation li-
néaire des convives d'honneur. Un petit garçon prési-
dait le dîner, les paumes pressées sur les oreilles, les
yeux et la bouche serrés de toutes ses forces, tandis
qu'à ses côtés fermentait une agitation guindée, un
énervement de gens affamés qui s'efforçaient de bien
faire, se croyant observés. Dans le dernier tableau de
cette série, qui décrivait la fin d'un simple repas où
chacun se levait apparemment pour porter son assiette
à l'évier, en contournant une chaise renversée, la
conscience de Vincent était évoquée de façon bien
différente. Aux pieds des dîneurs était posée une maison miniature, d'où dépassaient pêle-mêle les membres et la tête d'un petit prisonnier découpé de vifs
traits noirs. Qu'Elvire se fût inspirée d'un récent cauchemar de Vincent resterait entre elle et lui, avec promesse de ne révéler à personne la clé de ce détail,
mais même dans ce cas l'artiste ne voyait plus que
son travail, un développement fictif, un arrangement
imaginaire, une épaisseur de pâte où s'incrustaient
les lignes, les masses et les couleurs, bref une peinture. L'histoire vraie était prise en charge par le tableau, qui rendait impertinente sa vérité.

Elvire suivait le critique dans la deuxième salle
lorsqu'elle a aperçu Vincent, recroquevillé de froid

dans sa grosse parka d'hiver et son cache-nez, le chapeau de laine à la main et les cheveux hérissés, planté
avec sérieux et gravité devant leur tableau. À l'autre
bout de la pièce, Jeanne et Charles venaient de sortir
de l'ascenseur et se débarrassaient de leurs manteaux. Ils arboraient un large sourire, en promenant
sur les murs un regard rapide qui devait tout effacer
dans son mouvement. Elvire a levé haut le bras pour
attirer leur attention. Ils l'ont repérée et saluée d'un
jovial coup de menton.

Elvire n'avait pas plus tôt pris congé du critique
que la directrice l'enlevait, pour la présenter à un
acheteur dans son bureau. Paniquée à l'idée qu'elle
ne pourrait pas guider Charles à travers la galerie,
Elvire a pourtant choisi de faire confiance aux
tableaux. Qui eût cru, a-t-elle songé en laissant la
directrice la conduire par la taille, qu'elle eût pu être
si dépendante de l'amour de son frère?

•

Charmée comme rarement par l'acheteur en
question, chef d'orchestre dans la cinquantaine au
corps calme et robuste, dont l'attitude insoucieuse
annonçait un tempérament voluptueux, et qui disait
ne pas vivre avec ses œuvres d'art mais les exposer
dans des pièces vides, signe d'une sensibilité peu commune, Elvire a accepté de dîner chez lui le samedi suivant. Il y avait longtemps qu'elle n'avait eu un amant
et, avant de s'absorber dans ses prochains tableaux,
elle pouvait bien s'offrir un engouement. Tout à
l'euphorie d'avoir plu à qui lui plaisait, elle a quitté

le bureau de la directrice d'un élan aveugle, sans toucher terre ni même savoir où elle allait de ce pas, pour se heurter à Charles qui la cherchait.

•

«C'est ainsi que tu nous vois! lui a-t-il jeté à la tête dans un murmure. C'est pour ça que tu n'as pas d'enfants? Et Marie-Paule, elle hante tes tableaux comme une morte!...» Le menton tremblant, ses yeux incrédules parcourant en tous sens le visage d'Elvire, il l'accusait moins qu'il ne l'implorait de le contredire.

«Charles, Charles, ne t'emporte pas! lui a-t-elle demandé en l'agrippant par les bras, dans l'espoir de mettre fin à son frémissement incontrôlé. Ne saute pas si vite aux conclusions! Tu sais bien que je n'ai que toi!»

Prêt à s'attendrir, Charles s'est abattu sur elle de toute sa hauteur en enveloppant ses épaules. Silencieusement, imperceptiblement il sanglotait. De loin, pour qui n'avait perçu ni les éclats étouffés ni les expressions torturées, on aurait dit un tendre embrassement. «Charles, Charles, continuait Elvire, en s'en remettant au seul pouvoir de sa voix pour les apaiser tous deux. Ce que mes tableaux disent, c'est eux qui le pensent. Ce qu'ils sont, c'est l'artiste qui le fait. Mais moi, tu le sais bien, je n'ai que toi...»

•

La galerie s'était dépeuplée. Deux serveurs mettaient les coupes sales dans des cartons, repliaient les nappes et démontaient les tables. Dès qu'ils auraient fini, la directrice fermerait boutique et mènerait un petit groupe select dans un restaurant du voisinage.

Tous avaient leur manteau sur le dos lorsque le téléphone a sonné. Elvire a eu le pressentiment que c'était pour elle. De la part de Charles? De la part de son chef d'orchestre? Elle n'y était qu'à demi.

Aux premiers mots de félicitations, elle a reconnu Marion.

X

Des fantômes de victoire

Au volant d'un camion flambant, dans une campagne plus laiteuse qu'ensoleillée tant il était tôt, Charles tirait sur une remorque la dernière voiture de sport de Marie-Paule. Pour chasser une nausée nerveuse, il gardait les vitres baissées sur un paysage ni brun ni vert, qui passait des boues givrées d'avril aux mottes moussues de mai, mais faisait plutôt l'effet de baigner dans un jaune tendre, tant le camion le scindait à toute vitesse. Forcé d'aspirer à pleins poumons l'odeur nouvelle de terre humide et fumante, Charles aurait juré que c'était déjà l'été, n'eût été l'air si frisquet. Les chaînes attachant les roues à la plate-forme accusaient les grands sursauts lâches de la carrosserie, toutefois il ne ralentissait pas. Jérôme avait promis de le retrouver à l'ancien aérodrome à huit heures précises, pour mettre à l'essai le vieux clou retapé, la dépouille ressuscitée boulon par boulon, invraisemblablement rutilante dans sa coque neuve, et puis à ses côtés son meilleur mécanicien, un Polonais rougeaud au teint cuit par le froid ou l'alcool, lui disait de ne pas s'en faire: si la voiture pouvait foncer à travers champs en avalant des pistes défoncées comme du pain blanc, elle devait aussi pouvoir supporter les ballottements de la remorque.

●

Les soirs où Charles avait été retenu par sa famille, Jérôme avait passé des centaines d'heures dans son atelier à travailler avec Leszek, employé dévoué à l'excès, fier de ses capacités et humblement conscient du privilège d'exercer son métier, fût-ce vingt-quatre heures par jour. Sauvant les pièces intactes, démolissant et reconstruisant autour d'elles le reste de la voiture, Jérôme avait eu un bref sourire d'intelligence flattée lorsque Charles lui avait rapporté les réflexions de Céline sur «le couteau de Jeannot», dont on remplaçait une année la lame et l'année suivante le manche, mais qui n'en demeurait pas moins «le couteau de Jeannot». Jérôme s'était peut-être acharné lui aussi sur cette machine, dont il n'avait conservé que le jaune original de la caisse, pour embrasser le souvenir de Marie-Paule ou s'abîmer dans le sentiment de son absence, donner à croire qu'il entretenait l'espoir de son retour, mais Charles le soupçonnait en plus d'avoir trimé en mettant les bouchées doubles afin de le libérer, lui le père, de l'obsession qui l'épuisait. Quoi qu'il en fût, le jeune homme avait consenti à lui disputer une course comme il avait l'habitude d'en disputer à Marie-Paule, et l'heure de cette course était venue.

•

C'était idiot! C'était enfantin et dangereux! avait réagi Marion, à qui il avait téléphoné l'avant-veille. Il ne ferait que se torturer. Et si la voiture allait lâcher à pleins gaz, si une pièce cruciale allait se détacher, se rompre, ils seraient bien avancés avec un malheur de plus sur les bras, un accidenté!

Charles avait gardé son calme. Elle vivait ses illusions théâtrales, lui «son premier rêve automobile», ça s'équivalait bien. D'ailleurs, à ne rien risquer on mourait tout bonnement avant sa mort, c'était connu.

Marion avait protesté encore un peu, puis abandonné le sujet, voyant que Charles n'aurait de cesse qu'il n'eût fait cadeau à sa fille d'une folle équipée au vieil aérodrome. La chance avait frappé!… avait-elle annoncé alors, avec un bonheur hésitant. Dans moins d'une semaine, elle remplacerait une tête d'affiche dans un grand théâtre. Le rôle semblait écrit pour elle, et tout l'hiver elle avait enragé de n'avoir pu le créer. La vedette de cinéma qu'on avait choisie, pour attirer les foules, s'était presque cassé la gueule. Elle avait si bien évidé et affadi son personnage qu'elle l'avait rendu accessoire. Le soir de la première, il était noyé dans le génie de la mise en scène, qui était devenu le véritable sujet de la pièce. Un si beau spécimen, un oiseau si rare dans les textes modernes! Quelle pitié! Un mois plus tard la jeune actrice lui avait téléphoné, oui, elle avait devancé les producteurs tant elle était pressée de se sortir de là, disant que ce rôle la détruisait. Marion devrait poser ses conditions, car on la voudrait, elle, et personne d'autre, oui, ses sources étaient certaines… Voilà comme ça s'était passé! Marion avait exigé dix jours de répétitions avec toute la troupe, pour tâcher de redonner son centre à la pièce, de réinjecter une folie sourde dans le personnage, un soupçon de pouvoir, une douleur dérangeante, et le somptueux rideau rouge se lèverait sur elle le jeudi suivant, le lourd, le lent rideau rouge des salles de son enfance. Ça n'était pas une nouvelle, ça? Oh!

elle ne se faisait pas d'idées, une série de soirées brillantes ne changerait rien à sa vie. Mais Charles n'était-il pas, au moins un tout petit peu, content pour elle?

Il avait déclaré qu'il irait la voir, dût-il vendre sa maison pour obtenir des places, quelle gaucherie, ce qu'il avait dû lui paraître petit-bourgeois, puis il s'était hâté de préciser qu'il proposerait à Céline de l'accompagner, oui, ce serait là une offre de sortie qu'elle ne pourrait pas lui refuser.

À présent, conduisant sous le soleil vaporeux qui irradiait d'un ciel gris et l'irisait, Charles espérait que Marion n'avait pas eu quelque prémonition et qu'il n'allait pas s'estropier en crevant le décor. Il avait réservé des billets de théâtre, et il tenait à assister dans quatre jours au triomphe d'une volonté artistique, sinon à la naissance d'une vedette, car le talent de Marion n'attendait toujours que la bonne fortune d'une confirmation éclatante, de cela il était sûr.

•

Le camion a été saisi par une violente rafale, presque enlevé au sortir d'un bois effeuillé, où il avait roulé dans un couloir protégé. D'un nerveux coup de volant Charles l'a redressé, reconnaissant au même instant le vieil aérodrome qui tourbillonnait de poussière.

«Le vent s'est levé pour mal faire, a dit Charles.

— C'est là? a demandé Leszek. Ce n'est pas beau du tout!…

— Non», Charles lui a-t-il donné raison. Non, ce n'était pas beau du tout, a-t-il repris à part soi.

Avait-il besoin de ces bourrasques de gravier, de branches mortes et de détritus? N'était-il pas capable de se mettre au supplice tout seul? Ah! quelle saleté!

En contournant le hangar, cette grossière structure grise qu'il avait considérée de loin comme une boîte légère, secouée de courants d'air et prête à s'envoler, à se détacher par grandes feuilles retournées et voltigeantes, à cause du revêtement de tôle ondulée où la lumière du ciel s'éteignait un peu, devenait étamée, Charles a eu le sentiment de venir faire un dernier pèlerinage dans ce lieu. En même temps la signification de son geste lui paraissait ténue, l'hommage incertain. Qu'aurait dit Marie-Paule en le voyant arriver là, avec sa remorque et son mécanicien? Ne se serait-elle pas moquée?

Devant l'ouverture haute et sombre du hangar, Jérôme était appuyé contre une américaine des années cinquante, un stock-car bigarré aux ailes et aux portières disparates, rafistolé plutôt que bichonné. Le cou rentré, les bras serrés sur la poitrine et les jambes étroitement croisées, il a d'abord fait l'effet d'être consterné par le vent ou la promesse à remplir, mais déjà il apercevait Charles et se forçait à sourire, en venant à sa rencontre.

•

«J'espérais que vous auriez changé d'idée», a lancé Jérôme, qui s'est joint aussitôt à Leszek pour désenchaîner la voiture et la mettre au sol.

Ayant opéré en silence, les trois hommes étaient prêts une demi-heure plus tard à réviser les règles de la course. Il fallait effectuer dix fois un parcours en huit, qui s'étendait sur deux pistes parallèles et se nouait entre elles, passait quatre fois du béton à la terre et obligeait à prendre les courbes sur le mou, là où les pneus n'avaient aucun mordant. C'était l'épreuve à deux que Marie-Paule préférait, Jérôme a-t-il avoué à contrecœur. Au croisement du huit où une collision risquait de se produire, si une voiture distançait considérablement l'autre, il était interdit d'appliquer les freins. Pour le reste, a conclu Jérôme qui s'adressait de nouveau à Marie-Paule en penchant de côté une tête soucieuse, l'idée était de pouvoir aller danser le soir même...

●

Une main sur la portière, les coureurs ont sauté au volant dès que Leszek a donné le signal du départ. Charles était tremblant que c'en était absurde. Il s'est lancé sur la piste en appelant en lui une rage désespérée, et en se préparant à trouver sa fille morte au bout du circuit. Il clignait, puis écarquillait les yeux pour combattre ses larmes, il n'était plus lui-même. S'il maîtrisait tout juste les embardées du véhicule, que les creux et les bosses du terrain malmenaient, jetaient de côté et d'autre, faisaient cahoter en menaçant de le détacher des essieux, Charles n'en accélérait pas moins. Il réglait sa vitesse sur celle de Jérôme, de sorte qu'ils évoluaient de front. Imitant sa détermination sans l'égaler en audace, il éprouvait par éclairs la possibilité d'un dérapage, d'un chavirement, se disant mon dieu, sa petite fille!... Il se livrait de tout son être à sa douleur et à son deuil, aspirait ardemment à sa propre fin, se disant mon dieu, chaque dimanche!... Il se mesurait à Jérôme avec une férocité toute neuve, découvrait en lui un rival soudain détesté et désirait le punir d'avoir aimé Marie-Paule, puis Céline, d'avoir fait leurs caprices à toutes deux, osant lâcher le salaud, il allait lui payer ça! et braillant bon dieu, qu'est-ce qui lui arrivait! qu'est-ce qu'il pensait là!...

Les yeux rivés sur la pointe du capot, qui gobait sous elle le sol à vive allure, il poussait le moteur à plein régime avant de rétrograder pour amorcer un autre virage, en donnant du jeu au véhicule qui chassait de côté sur l'herbe. Incapable de se concentrer sur les décisions de son corps qui lui semblait distant, il était mobilisé par la peur qui épaississait dans ses veines et l'empêchait de capituler. Son apitoiement sur le sort de Marie-Paule avait beau émousser son énergie, il en voulait tellement à Jérôme tout à coup que son exaltation prenait le dessus et sa fureur le faisait foncer. Malgré cela, il perdait du terrain dans les tournants et sur la terre raboteuse. Bientôt Jérôme l'a laissé loin derrière lui, sans trop d'efforts ni d'imprudences.

Devenu un concurrent négligeable, rendu à soi, Charles a prêté attention au chahut de pièces vibrantes et cognantes qui s'élevait dans la cabine. Doutant de la machine qui continuait d'enfiler les pistes, mais refusant de la condamner avant la fin, il a écrasé l'accélérateur.

En marge du parcours, Leszek battait des paumes au-dessus de sa tête, tous doigts écartés, pour signaler aux coureurs qu'ils entreprenaient leur dixième tour.

Charles a viré sur les chapeaux de roues au bas du huit, et patiné dans les labours frais creusés. Il filait en ligne droite et se disposait à traverser d'une piste à l'autre, lorsqu'il a vu Jérôme qui revenait en sens inverse, obliquait aussi sur l'entre-deux de terre.

Insensé, ivre de détresse, Charles a gardé le pied sur l'accélérateur. La voiture de Jérôme se ruait vers lui, démente ou aveugle, la sienne chargeait avec une indifférence impétueuse, prête à fondre sur l'obstacle subit. Charles était soudé aux commandes. Il ferait corps avec sa ferraille jusqu'au choc qui les broierait ensemble, jusqu'à l'explosion en flammes. Tendu à se rompre, il était sans poids, il était mort de légèreté.

Il s'en est fallu d'un cheveu. Dans une sorte d'éblouissement étonné, Charles a compris que Jérôme l'avait battu de vitesse. Ayant ralenti et freiné, il a couché le front sur le volant, il suffoquait.

Effaré, il a attendu qu'un long souffle pût soulever de nouveau sa poitrine, accompagné d'un chaud sanglot impossible, d'une sensation de pure souffrance dénuée d'émotion, puis il a abandonné la voiture. Les jambes molles, il a marché en direction du hangar, sans aucune notion de la distance ni du temps. Il aurait pu s'écrouler à tout moment, s'il n'avait été attiré par les figures lointaines de Jérôme et de Leszek, qui vacillaient au bout de son chemin

À la hauteur de Jérôme, il a dit qu'il retournait chez lui et laissait la voiture à qui la voudrait, en faisant un demi-geste vers la tache jaune qui saillait au milieu du champ, puis il a continué sur sa fragile lancée hypnotique. Après s'être glissé dans son camion, il a bredouillé dans son cou un tardif «Pardonnez-moi, Jérôme».

Les yeux de Céline s'étaient illuminés, parlant d'eux-mêmes. Bien sûr qu'elle voulait y aller, oh! elle lui aurait baisé le bout de chaque main, le bout de chaque doigt, elle lui aurait sauté au cou, elle était si contente! Charles avait attendu qu'ils fussent tous réunis dans la cuisine au matin pour l'inviter au théâtre. Jeanne, qui n'était pas au fait du dernier engagement de Marion, n'avait pu ni s'opposer d'avance à ce projet ni le critiquer sur le coup. Consciente de la ruse de Charles, elle avait dardé sur lui un regard précis et dur. Après le départ des enfants pour l'école, elle avait tâché de le dissuader de mêler Céline à ses histoires, oui, à ses histoires, pas exactement anciennes ni limpides. Qu'avait-il besoin de l'emmener voir cette actrice qu'elle idolâtrait déjà, sans la connaître, cette femme qui n'avait jamais refait sa vie, qui vivait seule en proie à ses émotions et à ses ambitions, sans veiller sur personne d'autre qu'elle-même (oh! elle ne parlait pas de l'occasionnel amant), qui se tourmentait à cinquante ans comme une adolescente aux plaisirs impatients, aux principes délibérément lâches et aux velléités inconvenantes? N'avait-il aucun respect pour leur mariage, ni aucun souci de son image de père, qu'il pouvait se montrer ainsi attiré par une autre femme devant ses enfants? Car Céline ne se gênait pas pour tirer ses conclusions, c'était flagrant. Pas qu'elle s'en troublât, ça, non! elle était trop dédaigneuse de la famille pour cela, trop favorable aux moindres incartades, trop heureuse d'être complice des conduites aberrantes de son père, qui justifiaient un peu les siennes, mais ils n'allaient pas revenir ici sur ce mécanicien. Et puis elle ne détestait sans doute pas imaginer la défaite morale de sa mère, il n'y avait qu'à voir avec quelle supériorité malicieuse elle se rangeait subtilement du côté de l'actrice!...

Oh! Jeanne!... s'est désolé Charles, qui s'était présenté au guichet très en avance, et qui était maintenant livré à l'attente dans l'agitation clairsemée du parterre. À ses côtés Céline, la tête basse depuis qu'il l'avait abandonnée à elle-même, semblait apprendre le programme par cœur pour être sûre de ne rien manquer du spectacle. Si seulement Jeanne avait laissé flotter la bride de temps à autre, si seulement elle s'était offerte aux petites vagues de l'imprévu. On ne pouvait pas vivre en paix avec soi-même et les autres, quand chaque satisfaction devait être contrôlée, raisonnée, conforme. Et si Jeanne n'avait pas dû devenir mère avant d'avoir éprouvé une grande passion, de s'être sentie mourir à elle-même, à sa rigueur? et si Charles avait été injuste en comptant sur elle pour remplir dévotement ses tâches pendant dix-sept ans, puis en s'irritant de sa dévotion? et si c'était cela qu'elle avait voulu insinuer l'autre jour, lorsqu'elle avait dit que les femmes qui faisaient tout ce qu'on attendait d'elles finissaient par sembler sans intérêt, même à leurs propres yeux, que c'était un vice de leur époque, et qu'en soupirant après une actrice, une flamme de jeunesse, Charles était bien banal?... Quand même! il n'allait pas vieillir confus et aigri, triste et tiède, sans plus jamais s'éclater! a-t-il défendu ses palpitations et moiteurs soudaines des derniers mois, du reste Jeanne n'avait pas vraiment à craindre Marion, qui n'avait rien à faire de lui.

•

Le théâtre était lent à se remplir, Marion ne ferait pas salle comble. Si elle succédait à une célébrité du jour dans un rôle à succès, il restait qu'elle était inconnue du grand public. Le bruit et l'excitation montaient pourtant: plusieurs spectateurs se connaissaient, se saluaient, faisaient leur entrée comme ils auraient joint une réception très courue, gagnaient leurs places comme ils seraient venus participer à une manifestation collective ou s'exhiber eux-mêmes, sans le moindre sens du recueillement. Aux amis, aux relations de l'actrice, se mêlaient des gens de théâtre curieux de jauger le couple «Thomas et Marion». Prompts à le déclarer, ils étaient sans doute les plus effervescents parce que les plus insouciants. Parmi le tohu-bohu des artistes, Charles voyait poindre des visages normalement fardés pour la télévision et maintenant bizarrement fades, venus faire honneur au talent retentissant du metteur en scène, «puisque tout le monde du spectacle en parlait…» Les simples amateurs de théâtre et les proches se distinguaient par leur immobilité patiente, la timidité que leur causait tout à coup l'anonymat.

À la surprise de Charles, pour son grand embarras, les parents de Marion venaient de descendre un couloir de l'orchestre jusqu'à la première rangée. Il ne s'y serait pas trompé, malgré leur vieillesse toute nouvelle pour lui, il s'agissait bien d'Antoine et de

Célia plus courts et plus frêles, accrochés l'un à l'autre dans de sobres vêtements de ville trop chauds pour la saison, comme s'ils avaient renoncé à faire chic en s'exilant à la mer, ou gardé du pays le souvenir de printemps peureux. Pour autant que sût Charles, ils ne revenaient qu'à l'occasion de décès dans la famille et ne suivaient pas plus qu'avant le travail de leur fille, dont les apparitions dans des salles parallèles et la fondation d'un théâtre subventionné, bref les succès marginaux, n'étaient nullement impressionnants à leurs yeux, ne comptaient pas pour grand-chose. S'ils avaient fait le long voyage, c'était peut-être dans l'intention de lui montrer qu'ils étaient fiers et prêts à oublier ses sottises passées, ses balbutiements dans ce mauvais métier, pour ce moment de gloire légitime. Mais ils lui suggéraient peut-être aussi, un peu cruellement, qu'elle n'aurait jamais dû viser plus bas, se satisfaire de moins. Oh! ils n'aimeraient pas tout ce qu'ils verraient sur la scène, à en juger par les affiches publicitaires, mais s'ils n'avaient pas trop changé, ils ravaleraient leur indignation à la chute du rideau. La pièce était déjà consacrée, et on les féliciterait en apprenant qui ils étaient.

Manquant d'estomac, Charles s'était fait petit dans son fauteuil. Il ne souhaitait pas faire face au vieux couple qu'il avait l'impression d'avoir doublement trahi, d'abord en demandant le divorce à Marion, ensuite en laissant disparaître Marie-Paule. Malgré les récents commentaires de Marion sur un rapprochement inattendu entre elle et sa mère (toujours expéditifs ses commentaires, car toujours il lui tardait d'en avoir fini avec lui), Charles appréhendait

leurs questions mortifiantes et outragées, leurs jugements courroucés, leur nouveau désarroi, d'autant
qu'il y compatissait déjà, comme à un écho de ses
propres sentiments.

Dans ce théâtre à l'opulence surannée, non pas
clinquant mais orné, dont l'atmosphère rouge
s'épaissirait graduellement juste avant le lever du
rideau, Charles comptait que l'obscurité le sauverait.
Il se rappelait comment il y sombrait de bonne grâce
étant adolescent, puis jeune père en congé d'un soir
avec sa femme, et il vibrait à l'idée que ce seraient
maintenant les pleins feux sur Marion qui l'obnubi-
leraient, comme lorsqu'elle avait vingt ans et prenait
possession de plateaux de fortune, en même temps
que de son imagination à lui.

•

Sur la scène alors son corps était imprévisible,
sensuel jusqu'à paraître instable, troublant de candeur sans retenue et grisant, il était une invitation
généreuse ou désinvolte à fantasmer. Il voulait appartenir à quiconque le regardait, à la fois transporté
d'amour-propre et affaibli par l'envie de séduire.
Charles en était parfois effrayé, le jeu lui semblant un
exercice périlleux, une sorte de dérèglement cultivé
qui donnait raison à l'insanité, mais le plus souvent il
en avait le désir exacerbé.

Les premiers temps, il n'en revenait pas de sa
chance inouïe. Il exultait d'être aimé de cette femme
magique, oui, magique, comme dans les films de
Truffaut, qui le subjuguait en public de la même

façon que dans l'intimité, il s'attendrissait sur elle et s'en estimait indigne, il s'enfiévrait. Dans la profondeur des salles, dans le léger remous noir de chaque auditoire où il disparaissait tel un noyé sous un dernier pli vite effacé, il aurait péri s'il n'avait entretenu la conscience très vive d'être l'élu, l'heureux homme, le seul qui pût l'embrasser ou la renverser sur un divan, et s'il n'avait eu la folle tentation de le chuchoter à la ronde. Ne l'avait-il pas toute à lui aussitôt qu'elle sortait dans la rue, ne jouissait-il pas d'elle comme il aurait accueilli le frais de la nuit? Il était si librement amoureux, du moins par comparaison à aujourd'hui, si fier de rêver!

Le spectateur fébrile qu'il était, oh! sa bouche se desséchait à cette pensée, avait eu des moments d'angoisse après son mariage, mais aussi des visions luxuriantes. Les meilleurs soirs il refaçonnait son image de Marion, en superposant des tableaux de leur vie privée à ses incarnations de femmes inconnues. Tandis que l'actrice se penchait sur un évier dans une robe de ménagère, s'essuyait une joue sur l'épaule sans sortir les mains de l'eau et parlait de côté à une assistance qui grouillait sur des chaises pliantes, il la voyait rouler sur le dos et pleurer doucement après l'amour, tous sentiments exaltés, incapable de contenir son bien-être et brisée par son plaisir, hors d'elle-même à en trembler, qui tardait à revenir d'une région où le bonheur semblait faire mal, émue trop émue de leur petite agonie, il la voyait couchée au sortir de la douche, ses cheveux mouillés, lustrés de courtes mèches en boudins, découpant un cercle d'eau sur l'oreiller et exhalant un parfum d'herbes odorantes, les jambes écartées et un genou replié, les mains au repos de chaque côté de son sexe, comme jamais Jeanne plus tard, non, jamais, il la voyait en plein sommeil, un pied écarté et ramené sur le dessus des couvertures, sa fine blancheur prenant le frais, il la voyait à table dans un vieux peignoir dont le col bâillait jusqu'à la taille, il la voyait se coller nue contre ses complets de vendeur, avec une peau d'eau tiède, et il s'émerveillait de la personne de la ménagère, il s'éprenait d'elle, de son secret, il désirait Marion à travers elle et inversement, il aurait pris sa femme sur la scène, il était un amant fervent, pour qui avoir un enfant n'aurait sans doute pas dû tout changer.

Saisi d'une douloureuse nostalgie, Charles a senti sur lui le regard de sa fille et a rougi.

«Tu es songeur, a-t-elle dit. Tu veux aller boire quelque chose dans le foyer? On a dix minutes encore.»

Non, a-t-il fait de la tête, puis il lui a secoué un genou entre ses doigts, pour la remercier de s'inquiéter de lui.

•

Cette enfant était pure délicatesse depuis qu'ils avaient quitté la maison. Loin de présumer qu'il s'était livré à sa curiosité en l'invitant, elle ne s'informait pas de Marion et ne s'intéressait qu'à l'immédiat. Elle épiait son père comme elle aurait fait d'un malade, essayait de prévenir ses besoins, évitait de le remuer sans raison et de mettre le doigt sur son mal, s'interdisait toute allusion à son état et tâchait d'atténuer les assauts du passé par la vivacité de sa compagnie. Il était vrai qu'ils étaient plus sensibles l'un à l'autre ces derniers temps. Subtils alliés depuis que lui fermait les yeux sur ses rendez-vous avec Jérôme, et qu'elle semblait comprendre ce qu'il éprouvait pour Marion, n'avaient-ils pas tous deux un faible pour l'art de l'évasion, dont ils ne parlaient pas de peur de donner malgré eux dans la morale paternelle et filiale, pour se retenir au moins d'une main?

Ce soir Céline paraissait donc deviner son père, tandis qu'il réduisait sa vie à l'histoire d'un échec amoureux, d'une rupture dont il ne se serait jamais remis, d'un premier mariage lumineux dont il se serait détourné pour échafauder un univers insipide, tous ses souvenirs se télescopant et l'accusant. Si elle ne voyait pas au fond de sa désillusion, là où il reconnaissait n'avoir été ni escroqué par les méchancetés de l'existence ni frustré d'un grand destin, mais avoir plutôt obéi à sa conscience timorée, à sa petitesse, elle semblait vouloir lui rappeler qu'il n'avait pas échoué sur toute la ligne. N'était-ce pas un peu pour cela qu'elle s'était faite si jolie? car elle avait une allure séduisante, ainsi vêtue de noir sur sa peau fraîche, dans sa courte jupe froncée et son haut sans manches, relevés d'une large ceinture en tulle opalescent, avec ses grosses boucles d'oreilles en papier mâché, qui accentuaient la minceur de son cou sous ses cheveux en balai. Cette garde-robe qu'elle avait, si capricieuse! C'était à se demander si tout son salaire d'été n'y passait pas. En fait, Jeanne ne devait pas trop se faire prier pour ouvrir son sac à main. Elle aimait leur aînée à sa façon, sérieusement, avec un tel souci de rectitude que celle-là ne pouvait pas le lui rendre, voilà tout. Charles aussi l'aimait avec retenue, surtout depuis que son jeune charme capiteux lui tournait les sangs. Il souhaitait qu'elle sût et ne sût pas à la fois que son père la trouvait attirante, parce qu'il avait l'intuition que cela en ferait une meilleure amoureuse, plus audacieuse que tourmentée, et parce qu'il l'aimait davantage depuis qu'il avait accepté de l'imaginer dans les bras de Jérôme.

●

«*La Promeneuse blanche*… ça me plaît bien, a observé Céline. *La Promeneuse blanche ou la Rebelle du dimanche*… c'est un peu long, mais ça me plaît bien. Dans le programme, on écrit qu'au départ la pièce s'intitulait *Les Malvoyants*. Ça aurait été pas mal, pour une histoire d'exhibitionniste! Si maman lisait les journaux, elle ne m'aurait certainement pas laissée venir, même s'il paraît que la publicité passe à côté et que ce n'est pas risqué du tout. Enfin, pas suggestif. Le metteur en scène est un original, un «moderne pas furieux», à ce qu'on dit. Une sorte de visionnaire. Maman est si bornée parfois, je ne comprends pas qu'elle soit si sûre d'elle-même. L'autre jour je lisais un récit oriental, où les personnages étaient enfoncés dans leurs opinions comme dans le supplice de l'enterrement, tu sais, le supplice du désert, de telle manière qu'ils étaient sans défense et qu'on pouvait leur faucher la tête comme rien, cueillir le nénuphar. C'était un peu poétique, là… Mais, moi, ça m'a fait penser à Jeanne-ma-mère. Toujours si bien enveloppée dans ses vues, ses idées.

— Et à Charles-ton-père?»

Céline avait mis son programme de côté. Sur un ton mi-ardent, mi-léger, elle faisait un effort pour divertir Charles sans verser dans la futilité.

«Mon père, il a changé.

— Je vois… Ta mère est une entêtée pendant que toi, tu n'es sûre de rien, tu préfères ne jurer de rien, tu crois que le doute te fait plus libre, et tu n'arrives surtout pas à décider si ta mère est à plaindre ou à détester…» Là-dessus Charles s'est mordu la langue. Peut-être s'était-il trop avancé, ne sachant jusqu'où il pouvait pousser la franchise avec sa fille qui se cabrerait et se fermerait, n'admettrait pas qu'il la critiquât?

Mais non. Sa stupéfaction passée, Céline a penché modestement le front en lui souriant à l'oblique. Elle lui était reconnaissante d'avoir pris ce risque. «Tu sais quoi en faire, toi, de ma mère?» a-t-elle lancé par manière de plaisanterie, plus désireuse de lui témoigner sa confiance que de le désarmer, a-t-il cru.

•

Des têtes avaient poussé dans toute la salle, en y laissant de grandes trouées rouges de bouche édentée. Les spectateurs qui l'instant d'avant s'attardaient au fond du parterre, conversaient de loin en loin pardessus les fauteuils ou créaient des bouchons dans les couloirs, étaient maintenant à leurs places. Bavards et dissipés, ils avaient manifestement conscience que l'heure approchait. Bientôt ils baisseraient spontanément la voix, comme réglés par la même horloge, Charles avait l'expérience de ce genre d'auditoire, et vingt-cinq ans plus tard il n'avait pas oublié l'ambiance des soirs de première.

Dans une échappée de mémoire inattendue, partagé entre le trac invraisemblable qu'il éprouvait pour l'actrice et l'affection immense dont il se sentait capable envers sa fille, Charles s'est rappelé la petite ronchonneuse pas plus haute que trois pommes, la bougonne de Céline qui avait pris la mauvaise habitude de dire à sa mère d'aller se coucher, avec une autorité sombre et sévère. Sans doute l'enfant se défendait-elle contre le zèle accapareur de Jeanne, en lui intimant l'ordre le plus choquant ou le plus cruel que connût son langage enfantin? Mais peut-être aussi était-elle sous l'influence de Marie-Paule, dont le ressentiment farouche et le cynisme de fillette trahie suggéraient que la famille était une entité toute relative? «Va te coucher!» Céline jetait-elle à sa mère, la voix épaisse et enroulée autour de la langue, les mots gangués, après tout elle n'était qu'un bébé. Par chance, elle n'était pas devenue une de ces adolescentes rebelles, qui allaient jusqu'à s'en prendre à elles-mêmes et à leur propre rébellion, poussées par un négativisme sans direction.

«Je ne suis pas l'escorte idéale, hein? s'est enquise alors Céline, inquiète de son silence.

— Quoi?... Oh, non! Je veux dire que oui, tu te trompes...» Honteux de tant rêvasser, il allait lui faire part de son souvenir lorsque la salle a commencé de s'estomper.

Parmi les chuchotements mourants, la lumière s'est raréfiée jusqu'à se résorber dans les cônes poudreux des veilleuses murales. Céline s'est accrochée à son bras pour lui souffler «Merde!» à l'oreille.

●

Elle ne touchait pas le sol. Elle glissait dans les éclairs de lumière. Dès les premières explosions des lampes au magnésium, Marion était apparue, d'une blancheur éthérée et d'une nudité irréelle entre les hachures d'obscurité. Depuis l'encorbellement de la mezzanine, une centaine d'anciens flashes engendraient la pétarade de sons plats et le battement d'éblouissements tardifs qui décomposaient sa marche. Le théâtre entier était secoué de détonations délicates, palpitait pour ce spectre de femme. Charles savait qu'il s'agissait de Marion, mais un moment il la voyait dans cette figure fugace et le moment d'après il ne la voyait plus, victime de cette subtile débauche pyrotechnique et stupéfait du don quasi insupportable qu'était ce corps nu.

Elle a traversé la scène parmi un flot léger de figurants, de piétons tranquilles mais ahuris, puis a laissé le théâtre sombrer dans le noir. Charles, n'étant plus sous le coup de la vision qui lui avait fait oublier sa fille, était embarrassé. Comme lui Céline avait assisté à cette ouverture surprenante, entrevu non seulement le corps dévêtu de Marion, mais aussi son impudicité d'actrice, sa totale insouciance de sa personne sur les planches. Il s'en troublait pour elle, un peu bêtement vu ses seize ans, de même qu'il se serait troublé pour un petit enfant exposé à quelque dure réalité, en s'imputant la brutalité du choc, car il prenait bien sur lui l'audace de Marion, n'était-ce pas insensé? Évidemment Céline en avait vu d'autres, elle était une adolescente de son époque, une enfant de l'irrévérence ludique et de l'inversion des tabous, mais cette actrice était avant tout pour elle l'ex-femme de son père, et ses libertés devaient lui en paraître plus réelles.

∙

Une clarté d'aube s'est levée sur la scène, dévoilant en contre-jour Marion sur un banc de parc. Le bleu indécis de la lumière, d'un calme envahissant, la distançait des spectateurs: il la révélait de dos comme derrière un écran de gaze ou dans un tableau peint, les cheveux relevés et auréolés de mèches folles, les épaules dépouillées.

Les figurants se sont entassés sur des gradins en évoquant un grand portrait de famille. Tandis qu'ils produisaient des filets de musique vocale, sortes de contrepoints déclamatoires, l'éclairage atteignait l'effet réaliste puis le dépassait, s'intensifiait jusqu'à laver les couleurs et à fondre les formes dans une brillance incandescente, il dématérialisait l'espace. Comme dans un film surexposé, où les personnages seraient redevenus visiblement des êtres de lumière, Marion s'est fait arrêter. Recouverte d'une veste d'uniforme, elle a résisté d'abord mollement à l'offense, puis a paniqué. Les policiers la traînaient entre eux à grand-peine, lorsqu'elle a tourné vers l'assistance un dernier regard, conscient de la présence du vaste auditoire, implorant et affolé.

∙

Sitôt avalée par la coulisse, Marion en est revenue portant une robe d'intérieur, pour servir le café dans un salon au décor dispersé avec art, où se tenait une réunion de famille. Sans se gêner pour elle, on discutait sa peur ridicule des hommes, ses minces chances de se marier ou de garder un emploi, parce que le père ne vivrait pas éternellement et que la maison, ce n'était la faute de personne, ne reviendrait pas qu'à elle et devrait être vendue.

Charles n'était plus qu'un nœud d'émotions. Cette femme qui tout à l'heure se démenait, s'effarouchait à demi nue devant une salle choisie et difficile, refusant de tenir sur ses jambes et mimant une petite crise apeurée, cette femme qui maintenant convenait d'un déséquilibre intime et rabaissait si volontiers sa beauté, oh! délicieusement usée, encore leste et franche, demandant avec courage à porter le poids de la pièce, cette femme suscitait son admiration en même temps qu'elle le rendait honteux: ses libertés d'actrice n'étaient autre chose que des libéralités, des largesses parfois acharnées mais toujours splendides. Pendant que lui s'était fait une vie de coq en pâte, et qu'il n'absorbait du matin au soir qu'une sauce flottarde, Marion s'était permis d'investir dans l'instant, et elle s'exposait sans compter, sacrifiait sa personne pour une toquade ou une conviction, elle se prodiguait. Oui, Charles comprenait, sous l'effet d'une sorte d'illumination, il comprenait même enfin la lubie d'une actrice célèbre qui souhaitait, au moins une fois dans sa carrière, pouvoir répéter une pièce pendant toute une année pour ensuite ne la jouer qu'un soir, devant un public conscient que le jeu des acteurs serait une création sans durée, dont il ne resterait rien à la fin que les acteurs eux-mêmes, qui seraient leur propre invention. Il comprenait aussi

Marion lorsqu'elle décrivait à l'époque, en tremblant d'une peur heureuse, son affrontement de chaque auditoire qui pouvait la soutenir ou la détruire, car Marion ne méprisait pas la peur, elle s'en servait au contraire pour se mettre dans un état de transport, ne la condamnant même pas chez son mari, qu'elle n'aurait pas quitté pour la seule raison qu'il était un candidat à l'épouvante. Il comprenait en outre que son amour pour cette femme avait refusé de survivre à sa passion du théâtre, alors que l'amour de celle-là n'aurait rien été sans cette passion.

Peut-être Charles avait-il dû éprouver la perte de Marie-Paule, ainsi que la fin de ses illusions, avant de saisir ce que c'était que de suspendre son histoire entière, pour la mettre en jeu dans le présent? Quoi qu'il en fût, il craignait pour le sort de Marion, il oscillait avec elle entre la vie et la mort, tant il espérait que l'auditoire serait soulevé.

●

Les frères et sœurs avaient déserté le salon où le père, qui nichait dans un fauteuil, pressait maintenant sa fille de demandes et de caprices. Tout au long de la discussion familiale il était resté pétrifié, meuble parmi les meubles, sans permettre d'imaginer qu'il pût grouiller de désirs. Marion s'affairait autour de lui comme autour d'un malade déraisonnable, un peu effrayant mais inoffensif, en suggérant qu'elle tirait de sa soumission le sentiment de sa supériorité. Pourtant, ce stoïcisme annonçait la déroute.

Dans le décor peint à la lumière, Marion faisait l'effet d'évoluer au cœur d'un hologramme. Le drame se serait réduit à une série de plans fixes d'une beauté inusitée, évoquant tout au plus les émotions des personnages, que les spectateurs se seraient figuré avoir leur compte. Mais Marion aussi était une artiste, en elle tout résistait à la fixité, tout niait qu'il ne se passait rien, tout faisait de l'immobilité une forme de mouvement. Sur l'immensité d'une plage ou dans la noirceur d'une cave, elle aurait continué de rendre sensibles les moindres vacillements de ses personnages, de donner à voir l'invisible.

Elle replaçait un coussinet qui avait glissé dans le dos de son père, quand il l'a agrippée par le cou, énervant aussitôt Charles. Mi-mauvais, mi-amoureux, le père a maintenu le visage de Marion à deux doigts du sien, pour lui déclarer qu'il n'avait pas l'intention de mourir demain et lui ordonner de l'embrasser, comme lorsqu'elle était une petite fille. Marion a attendu qu'il relâchât sa prise, avant de s'éloigner avec un demi-sourire de dépit.

•

Les applaudissements avaient giclé. Tonné. Les bravos qui avaient d'abord monté un à un, fusées éclairantes, se bousculaient confusément. Devant la scène soudain vidée et consumée de silence, l'auditoire était debout, tendu vers la rampe. Une nuit opaque s'était abattue sur un poste de police, laissant flotter un instant les spectateurs dans le néant, puis la salle avait peu à peu refait surface. C'était l'entracte. Charles était électrisé, pris d'une espèce de vertige comme s'il venait de s'aventurer à la limite de soi, là où les précipices semblent des bénédictions. Toutefois son plaisir le culpabilisait.

À ses côtés Céline était toute chose. Placide et grave, elle regardait de biais les spectateurs qui remontaient à la queue leu leu vers le foyer. Peut-être mesurait-elle pour la première fois la véhémence de l'engouement de son père pour Marion? peut-être préférait-elle tout à coup ne pas y être associée? peut-être envisageait-elle avec une nouvelle lucidité, exempte de romantisme mutin, le désordre et la souffrance qui risquaient de s'ensuivre?

Voyant sa fille dans cet état, d'autant plus piteuse et malheureuse que le jeu de Marion avait été saisissant, Charles a songé à Jeanne qui sûrement se rongeait les sangs de le savoir dans ce théâtre, où régnait le corps de Marion.

•

Ils se sont joints à la file serrée qui piétinait vers le foyer. En talonnant sa fille dont il contemplait la tête luisante, satinée, Charles s'est avisé de téléphoner à la maison: Jeanne ne devait pas penser qu'il l'abandonnait avec désinvolture. Il a fait part de son intention à Céline, a consulté aveuglément sa montre et dit le plus naturellement possible «Tu m'accompagnes?» Elle a souri en fermant les yeux et en hochant la tête, comme elle l'aurait approuvé d'absorber un terrible médicament.

Jeanne avait loué une vidéocassette pour les garçons et promis de préparer du pop-corn pendant un
intermède. En temps normal Elvire aurait pu passer
prendre un café, aider les enfants dans leurs devoirs et
se détendre devant le téléviseur, mais elle était en
voyage avec son chef d'orchestre. Si elle avait eu toute
sa tête, si la résolution de l'artiste n'avait grugé en elle
le bon sens de la femme, elle aurait souhaité finir sa
vie avec cet homme. Au lieu de cela, elle le congédie-
rait dès qu'elle aurait refait ses énergies et serait prête
à se remettre au travail, Charles en aurait mis sa main
au feu. Sa dernière exposition, dont le mobile profond
lui échappait toujours et qui lui faisait douter parfois
encore de l'amour d'Elvire, même s'il commençait à
en apercevoir la curieuse beauté, aurait au moins eu le
bénéfice de mettre ce Guillaume sur son chemin.
Elvire avait tant besoin de répits, d'oasis de légèreté,
elle qui travaillait en ermite dans son atelier et s'y
dépensait jusqu'au bord de la défaillance, elle qui dis-
tillait sa propre histoire sans désemparer et refaçonnait sans fin ses pensées du monde, avec une sympathie douloureuse qui n'excusait rien et n'adoucissait
rien, elle qui traduisait au bout de son bras comme à
la fine pointe de son corps ses rapports avec la réalité,
elle qui remontait du matin au soir la source du désarroi avec la constance nécessaire d'une employée de
bureau, l'esprit dominé par la matière et le geste esclave
de l'œil. Il lui était si salutaire de s'arracher à ses toiles, ainsi qu'elle disait sur une carte postale, pour
regarder «jusqu'à la chute de la mer sous la ligne
d'horizon»...

À l'entrée d'un vaste salon garni de miroirs
anciens, de banquettes circulaires et de consoles

portant des gerbes de fleurs, Céline a bifurqué vers les toilettes des femmes. Charles parlerait donc à Jeanne en privé, et il n'en était pas mécontent. La voix d'Alex a percé l'écouteur, aussi essoufflée qu'agitée. C'était une voix pointue et forte d'enfant dérangé au milieu d'une course folle.

«Allô!!

— Alex... Mais qu'est-ce qui t'excite tant, pour l'amour? Le film ne...

— C'est papa! C'est papa!» le garçon a-t-il éclaté, sur un ton nettement tremblant cette fois, paniqué.

Déjà il avait lâché le combiné qui rebondissait contre le mur, au bout de son fil. «C'est papa!» a-t-il continué d'annoncer dans des cris vite lointains, en s'élançant probablement vers sa mère. Ou son frère?...

Peut-être Charles n'avait-il pas interrompu l'enfant dans ses jeux turbulents, mais surpris la maisonnée en pleine catastrophe? Isolé dans une attente anxieuse, il se disait mais qu'est-ce qui se passe et s'il fallait, puis il s'arrêtait là, en panne d'imagination, n'anticipant rien qu'une souffrance absolue. Aux aguets, il a cru entendre un dialogue confus et précipité. Après un court silence, le combiné a de nouveau résonné de bruits creux et de chocs, on allait lui parler.

Jeanne était pantelante, elle aussi.

«Charles! Oh, Charles! C'est Vincent...» Elle ne se possédait pas, à bout de mots, effarée. «C'est Vincent. Il a déboulé l'escalier, il s'est effondré, plié en deux sans connaissance... Il s'est fendu la tête, et il respire mal, juste un filet d'air. Charles, c'est épouvantable... Charles, tu es là? tu es là?»

Elle était hystérique, mais à peine plus que lui, qui grelottait d'angoisse.

La pensée en déroute, Charles a quand même réussi à appeler une ambulance avant de se ruer hors du théâtre, où il a failli oublier Céline.

Dans une chambre inconnue, gorgée d'une intense lumière qui lui donnait l'aspect d'un laboratoire, Vincent ne pesait pas sur le drap. La chambre elle-même ne se rattachait à rien: elle flottait dans un espace ouvert et illimité, objet échappant aux lois de la gravité. L'étourdissement qui naissait en lui le suspendait au-dessus de son lit, nuage sans contours, et le vertige de petitesse que lui causait son regard du dehors le faisait inconsistant. Il n'avait pas l'impression de tournoyer dans le vide, mais plutôt de s'élever, de monter sans cesser d'être alité. D'un côté il avait la certitude bienheureuse de devenir aérien et flou; de l'autre il aspirait à se soulever depuis un point précis en lui-même, il n'était plus que cet atome de volonté. S'il contrôlait son corps par lévitation, il prétendait être porté par l'air de même qu'un nageur par un lac salé, il s'en émerveillait. Tant que la chambre évoluait lentement dans l'infini du ciel, il était ivre de sa solitude, et chaque fois avant le réveil il se disait que ce ne pouvait pas être ça, mourir.

●

Dans l'ascenseur reliant le garage souterrain au service des urgences, Charles se souvenait de ce rêve que Vincent avait raconté à Elvire, qui à son tour le lui avait rapporté. La main sur la nuque de Céline, il en retirait une illusion de stabilité. Il essayait d'imaginer le calme vibrant des nuits de Vincent, les longues heures de veille, les poèmes répétés jusqu'à devenir des mélodies immuables, l'écoute attentive des froissements obscurs.

Par chance, la standardiste du poste d'ambulance avait dirigé Charles vers le bon hôpital. Sur les pas d'un infirmier, sans lâcher le cou de sa fille qu'il menait avec fermeté devant lui parce qu'il avait peur, il a longé une salle de premiers soins aux lits séparés par des rideaux, puis est arrivé à la hauteur de compartiments vitrés. Au travers de plusieurs cloisons de verre, il a repéré la haute tête noire de Jeanne, sa coiffure courte et soignée. Du coup, il a eu un retour d'émoi. En franchissant le seuil de la pièce, il n'en avait plus cependant que pour le petit corps bien bordé, dont il ne restait plus que deux longs bras noueux, pendant précairement des épaules et rabattus sur les draps, sans rapport avec le visage déserté par toute émotion et découpé avec finesse sous la peau translucide, si purement charnel, si pur.

Jeanne, indifférente à l'arrivée de Charles, n'a fait que s'écarter du chevet pour lui céder sa place. Elle n'était plus là qu'en spectatrice inerte.

•

L'enfant était sans chaleur. Charles caressait son poignet et sentait que sa vie était lente. Il avait l'estomac sur les lèvres chaque fois que ses yeux retombaient sur la piqûre de l'intraveineuse, là où l'aiguille retroussait la chair, mais le cœur fonctionnait à si bas régime, il fallait sans doute ce qu'il fallait. De larges meurtrissures pourpres annonçaient des ecchymoses sur la mâchoire, la clavicule et l'avant-bras, toutefois Vincent ne semblait pas souffrir, avait plus que jamais cet air immortel qui lui était venu avec sa maigreur.

Un auxiliaire est entré sans frapper, ni saluer personne. L'enfant était désormais sa propriété, son affaire. Un interne l'a suivi de près, les poings enfoncés dans les poches de sa blouse blanche qu'il tendait ainsi sur son dos, ses fesses. C'était un jeune homme rougissant, professionnel mais capable de compassion. Il a serré toutes les mains à la ronde, même celle d'Alex qui se tenait coi sur une chaise dans l'ombre de sa mère, puis a parcouru la feuille de température en expliquant qu'une faiblesse avait pu causer la chute dans l'escalier. Un ralentissement des fonctions physiologiques, dû à une insuffisance alimentaire, avait pu occasionner une syncope, quant à l'état comateux, oh! peu profond, il était associé à la fracture du crâne. La vie de l'enfant n'était donc pas compromise, et à l'heure actuelle tout allait pour le mieux. La colonne vertébrale était intacte, et les autres os, et les poumons... Oui, tout était très beau.

Charles et Jeanne ont tâché de penser vite, pour tirer le maximum de cette précieuse visite. L'interne a répondu à une éruption de questions anxieuses, plus ou moins pertinentes, avant de faire mine de consulter une montre inexistante. Il n'était pas plus tôt parti que Jeanne, pataugeant dans son inquiétude et sa tristesse, s'est montrée offensée.

«Cet enfant-là n'a besoin que de manger, ce serait si simple pour lui de manger», a-t-elle laissé échapper d'une voix blanche. Elle s'est tournée vers

Charles, cherchant son soutien moral ou le défiant de la contredire, sans se soucier qu'il fût à la fois juge et partie. «Ce sont les troubles, aussi, où nous a jetés Paule! Ce garçon est tellement sensible, un rien le tourmente: un silence, un rire trop sec, un mauvais regard… Il a dû mal réagir. Certains enfants s'abandonnent, comme ça, à des chagrins profonds. Le docteur Simon me l'a dit. Les tensions, les incertitudes les dépriment. Pas étonnant que Vincent ne mange pas. Personne ne mangerait avec le moral aussi bas! Il n'a jamais été un enfant malingre ni mentalement fragile. Il est trop susceptible voilà tout, trop aimant, maintenant ça crève les yeux. "Insuffisance alimentaire", que je me fais quand même dire ici!… Mais je ne l'ai pas maltraité, pas affamé…»

D'abord affaissée sur sa chaise, plus accablée qu'indignée, Jeanne était venue se ranger aux côtés de Charles au chevet du lit. Avant peu, assurément, la même inertie souffrante la regagnerait. Elle a rebordé le garçon encore plus étroitement qu'avant, en osant lui soulever les bras et les aplanir sous ses doigts, comme pour les défroisser aussi. Charles sentait la feutrine de sa jupe lui effleurer le dos de la main. Il y avait longtemps qu'ils ne s'étaient attardés ainsi l'un près de l'autre, toutefois il n'était pas ému par ce frôlement, surpris oui, déconcerté par l'étrangeté de la sensation, mais pas ému, même la détresse étant impuissante à les rapprocher.

«Pas malade…» Jusque dans un hôpital, devant la chemise de nuit blanche, Jeanne niait l'évidence, cela se pouvait-il?

Charles croyait souvent son garçon toqué, déterminé à leur faire la vie dure pour se venger d'on ne savait quoi. Vincent ne pouvait être que de mauvaise foi, il s'inventait des goûts si bizarres dont la seule pensée déplaisait, il s'entêtait dans des comportements si excentriques! Il avait acquis un faible pour les vinaigres de framboise et de pomme, qu'il buvait à la cuillère comme du sirop; il avait pris la viande rouge en aversion, et il plongeait le visage dans les mains rien qu'à la vue d'un jambon; il avait éliminé de ses menus les aliments blancs, le pain, le riz et les pommes de terre prétendument insipides; il mâchonnait les garnitures jusqu'à les liquéfier, faisant valoir avec crânerie qu'elles étaient superflues, leur nom l'indiquait bien; il se contentait d'un bouquet de persil, trempé brindille par brindille dans une moutarde forte, les soirs où Céline était chargée de garder ses frères... Et ce n'était pas tout. Il fallait le voir transformer les repas d'Alex en paysages, quand celui-là était sans appétit, façonner des châteaux de purée, tracer des chemins de petits pois, dresser des clôtures de haricots, faire flotter des soleils de betterave rouge dans des étangs de béchamel, frayer des rivières de sauce dans des champs de poisson labourés à la fourchette, creuser des lacs de crème dans des volcans de navet, semer des cailloux de bœuf autour de meules de carottes râpées... Le mal qu'il se donnait pour faire manger les autres! Au supermarché il razziait les rayons, puis il faisait rouler des fleuves de produits à la caisse, à croire qu'il cuisinait pour un pensionnat. Car il se mêlait toujours des repas. Cela rendait plus patent son détachement des aliments, qui ne semblaient plus pour lui que des matériaux sans résonance, froidement inspirants, pas plus appétissants qu'autrefois ses pâtés de boue. Elvire n'avait-elle pas mentionné récemment un de ses poèmes où il était question de «fruits de mer et fruits de pierre»? Mais on disait bien de certaines poires qu'elles étaient pierreuses, Charles était peut-être avide de comprendre au point qu'il surexpliquait? et s'il croyait deviner son garçon sans rien saisir du tout? et si une fierté imbécile l'empêchait de considérer qu'il pût s'agir en effet d'une psychonévrose? oh! qu'est-ce qu'ils devenaient tous!

À regret, Elvire avait aussi trahi une confidence et révélé une hypothèse qu'un thérapeute avait proposée de but en blanc à Vincent, le poussant à la dénégation. Elle doutait de l'habileté et du tact du professionnel, d'où l'indiscrétion qu'elle s'était permise. «Il dit que maman m'aime trop, et que ça me fait peur! l'enfant s'était-il récrié haineux, après une séance où sa tante l'avait conduit et dont elle s'informait délicatement, il aurait pu croire par politesse. Il dit que ça me fâche sans que je m'en rende compte! et que je la vois parfois comme du bon pain, parfois comme une grande avaleuse!...» Sa fureur lui sortant de tous les pores, il s'était rebellé contre cette nouvelle autorité qui lui disait ce qu'il ressentait, pensait et voulait, du moins était-ce là ce qu'avait perçu Elvire. Franchement, Charles, ce garçon n'avait-il pas assez de Jeanne sans qu'il fallût aller chercher du renfort ailleurs? Il devait bien y avoir d'autres thérapies pour le sauver, le réconcilier avec son corps et sa famille, le tirer de là!

Vincent avait commencé à vous jeter au visage ses fameux problèmes émotifs, pour justifier ses faims d'oiseau, ses caprices qui ressemblaient de plus en plus à des mortifications. Le reste du temps il bannissait le sujet, sourd aux questions et fermé à la discussion, l'air de réfuter chaque argument en silence. Il choisissait d'être son propre tyran, disait le psychiatre, c'était pourquoi il se voulait hors d'atteinte, détestait s'expliquer et prétendait que les opinions des autres étaient sans intérêt… Malgré cela il avait des moments de faiblesse déchirants, comme lorsqu'il pleurait sous les couvertures pour se dérober aux commentaires de sa mère: il était effrayant à voir! il n'avait pas plus de chair sur les os qu'un insecte! il devait changer de lubie s'il aimait sa mère!… Car Jeanne était infatigable. Les infirmières avaient beau lui rappeler que la maladie de Vincent était réfractaire aux tactiques de persuasion, et qu'il était inutile sinon dangereux d'en user, elle continuait de supposer qu'elle seule allait leur ramener leur bon Vincent, c'était plus fort qu'elle!

Mais si Elvire avait raison? si les spécialistes ne savaient pas comment donner suite à leurs brillants diagnostics et ne faisaient que pousser Vincent dans ses retranchements, dans son obsession? qu'allait-il falloir inventer? oh! qu'allait-il leur arriver à tous?

●

Céline était accotée à une armoire, à deux chaises d'Alex. En dépit de l'heure tardive, son visage triomphait du mauvais éclairage et paraissait plus diaphane que jamais, par contraste avec le maquillage cireux qu'elle avait appliqué pour son père. Sa tenue de sortie, fête pour l'œil au début de la soirée, était à présent une incongruité, la frêle image d'une excitation vite supprimée, le souvenir insolent d'un désir.

Malgré sa lourdeur découragée, Céline enregistrait tout de ses yeux alertes. Elle mettait quelque chose dans son sac lorsque Jeanne, ne contrôlant pas ses nerfs, l'a apostrophée.

«Qu'est-ce que tu fais avec ça? Comment se fait-il que tu aies ça?»

Céline a figé la main sur les lunettes de soleil que Vincent portait souvent à la maison, comme s'il cherchait à disparaître ou à faire disparaître le monde, songeait Charles, ou souhaitait que sa volonté d'isolement n'échappât à personne. Blessée par l'attaque de sa mère, Céline a trouvé le courage de l'ignorer.

«C'est moi! Alex a-t-il finalement lancé. C'est moi qui les ai attrapées au passage en quittant la maison, pour quand Vincent va se réveiller!» Il défendait sa sœur, mais peut-être aussi était-il content de lui-même et décidé à risquer le tout pour le tout, l'aveu pour la réprimande ou l'attendrissement.

Les yeux de Jeanne se sont brouillés de larmes, et elle est allée se rasseoir près d'Alex, comme anxieuse de l'embrasser pour pleurer sur elle-même. Alex s'est laissé envelopper par Jeanne, par son étreinte, sa figure rayonnant d'une joie si grande qu'elle ne pouvait qu'être inquiète. On aurait cru que sa mère penchait sur lui l'immensité de son corps, de son amour. Charles lui-même a été stupéfait de cet épanchement. Pour Alex les attentions responsables, pour Vincent les effusions, voilà quel était le partage. Jeanne se demandait ensuite pourquoi Alex était toujours à lui sautiller autour, à lui crier des sottises et à l'étourdir. Elvire ne les appelait pas «l'Aveugle et l'Orphelin» pour rien, oui, le beau tandem! Mais fallait-il que la famille dépérît pour qu'Alex s'y fît une place? Fallait-il que les autres se sentissent mourir pour qu'il se sentît désiré? Il souhaitait pourtant être quelqu'un dans cette famille, pas dans ses ruines!... Le bonheur que c'était de les voir réunis! Ainsi qu'ils duraient dans leur enlacement, on aurait dit le tableau le plus extatique de la mère et de l'enfant jamais peint, l'apogée d'une ferveur.

●

Alex ayant dormi dans les bras de Jeanne, et Céline ne s'étant pas plainte d'être fatiguée, Charles avait tardé à les ramener à la maison. Une fois les deux enfants couchés, il était revenu trouver Jeanne à l'hôpital.

En son absence Vincent avait eu des accès de délire, et Jeanne s'était figuré chaque fois qu'il reprenait connaissance. Au milieu de ce malheur invraisemblable, les montées de voix avaient été si réelles que Jeanne n'avait pu concevoir, pendant les premiers instants, que le songe pût se déverser dans la réalité. Une autre sorte de poésie, leur garçon leur faisait cadeau d'une autre sorte de poésie... avait-elle fini par observer, sur un ton rêveur et détaché que Charles ne lui avait jamais entendu.

À la différence de Charles, elle ne concluait pas que cet enfant flirtait avec l'immortalité. La dignité immobile, la suprême lenteur des fonctions vitales, la constance dans la précarité, la neutralité absolue du visage, la poitrine plane comme un jour sans vent, tout cela n'était-il pas l'aboutissement des efforts de Vincent? À moins que Charles ne fût en train de dérailler? Mais plus il contemplait cet enfant inconscient, plus il avait la conviction d'assister à l'épanouissement de sa volonté. Ne faisait-il pas que tisser le fil, toujours plus ténu mais éternel, de sa résistance à son père et à sa mère? D'ailleurs, s'il comparait la paix absente de Vincent à l'accablement ravagé de ses parents, qui n'étaient plus que honte et suspens, pouvait-il douter que ce sommeil profond ne marquât leur défaite à eux? Ces dernières semaines, Vincent n'avait-il pas déjà erré hors du temps, en dépassant les limites de l'épuisement jusqu'à se croire invulnérable, oui, c'était bien cela, immortel, en acquérant une confiance qui tenait de l'obstination blanche des fous? L'enfant s'était donné du mal pour atteindre à la négation parfaite de son corps, crampes d'estomac, pensées floues, nuits d'insomnie, faiblesses poussées jusqu'à la frénésie, confrontations dévastatrices avec sa mère, et il s'était écroulé dans l'escalier alors que son père était en adoration devant une actrice, qui n'était plus qu'un corps superbement contrôlé, resplendissant, la coïncidence mordait le cœur.

Les cheveux frais coupés de Vincent accusaient l'écart de ses oreilles, dont les ourlets auparavant rouges et transparents, vers délicats, semblaient maintenant remplis d'eau grise. Charles s'émouvait de celle qui était étirée par un bec d'oiseau, légèrement pincée, seul trait qui lui demeurât familier sur ce petit crâne, car Vincent avait réussi à dépouiller son visage et à l'effacer comme au chiffon, à défaire sa ressemblance avec Jeanne dont il était jusque-là «tout le portrait»…

Cette nuit, il n'y avait pas à dire, était la nuit des victoires!

Mais Charles ne faisait, lui, que suivre sa pente. Aujourd'hui plus qu'hier, il s'avérait inapte à garder ce qui lui était cher et à gagner ce qui lui faisait envie. Peut-être fallait-il accepter de mourir à quelque chose pour vivre, vraiment vivre, alors que lui n'avait la force que de persévérer?... Le désarroi de Charles lui serrait la tête. D'autres s'abandonnaient, quitte à s'excuser ensuite de leur mollesse, lui avait des migraines. Oh, mais qu'allait-il supposer là? L'intensité était-elle nécessairement un état désirable? Marie-Paule ne mourait-elle pas toujours à quelque chose d'autre, pour survivre à peine? Et où cela l'avait-il menée? Oui, où?...

Épilogue

Un jour de juin

Une fois de plus, Charles était debout avant tout le monde et se préparait à manger sans bruit, dans la luminosité tremblante de l'aube. Depuis le début des grandes vacances, lui seul quittait tôt la maison après avoir rôdé dans les franges du jour et pris soin de réparer son désordre de vaisselle sale, de nourriture. Dans la cuisine où la nuit froide était entrée par la moustiquaire, le soleil enrobait de chaleur l'air matinal. Dehors la rumeur de la ville avait des résonances claires et nouvelles, qui marquaient le retour de l'été.

Charles a déplié le journal sur la table, à côté d'un bol de céréales bombé de fruits frais. Il a lu les gros titres de la première page, puis est passé aux informations internationales, en quête d'un autre article alarmant sur la Turquie. Les quotidiens s'intéressaient peu à ce pays lointain, mais les nouvelles troublantes franchissaient les distances. Colère contre les organismes étrangers qui souhaitaient officialiser le génocide arménien, assassinat public d'un avocat qui avait défendu avec élan les traditions laïques, emprisonnement d'une touriste qui avait inscrit une prière pour les Kurdes dans le registre des visiteurs d'un sanctuaire d'oiseaux, tuerie de villageois par des francs-tireurs sécessionnistes, querelles à propos des bases américaines… Charles dévorait tout dans une montée de fièvre, avec une terreur mêlée d'ardeur, d'autant que chez les voisins du Moyen-Orient la guerre menaçait. Si les nouvelles étaient toujours mauvaises, il éprouvait une sorte de bonheur paniqué, mais de bonheur quand même, en dénichant le moindre entrefilet qui lui permît d'imaginer encore autrement sa fille. Il croyait participer à sa réalité, où les duretés florissaient au milieu des splendeurs, cependant il n'entretenait plus d'illusions. Il n'avait sans doute pas fini de pleurer sur l'idée de sa mort, d'exploser de chagrin dans une dernière tempête de résignation, toujours la dernière, mais la plupart du temps il se représentait Marie-Paule dans des champs de mines politiques, des campagnes pauvres et arriérées, des oasis de sensualité, des retraites nonchalantes. Si elle n'était ni morte, ni folle, ni enfermée contre son gré, elle ne pouvait être selon lui qu'en proie au danger et au plaisir. D'ailleurs n'avait-il pas perdu le souci de la vérité?... Presque un an s'était écoulé depuis qu'il était allé attendre sa fille à l'aéroport, et il avait eu maintes occasions de comprendre que les enquêtes donnaient naissance à leurs propres projets, indépendamment de ce qu'on espérait trouver.

Ce matin de juin où le soleil vibrait de fraîcheur et où la Turquie ne figurait nulle part dans le journal, Charles savait que ses recherches n'étaient pas terminées, mais avait la candeur de présumer qu'il pouvait agir sur le destin. Son avenir n'était pas arrêté, et il s'estimait libre de tout sauf de quitter Jeanne et de poursuivre Marion, car il ne se sentait pas d'aptitude à la méchanceté même involontaire. En rapportant son bol et sa tasse dans l'évier, il a vu le jour où il aurait le courage de prendre rendez-vous avec un éditeur. Sûrement ce n'était plus qu'une question de semaines, il portait un livre de cuisine dans sa tête depuis tant d'années!

•

Tandis qu'Elvire faisait sa toilette, Vincent a déposé les plateaux dans le corridor de l'hôtel. Après avoir tiré un pantalon marine de sa valise, il a hésité. Les chaussettes jaunes le tentaient, mais pas la chemise jaune, il avait fait une telle scène pour ne pas la mettre la veille de la remise des prix scolaires! Tenant tête à sa mère, qui avait décidé que cette chemise ferait «frais» et «gai» pour le début des vacances, il avait protesté que ses camarades la reconnaîtraient et refusé à part soi de montrer ses bras nus, car Jeanne en avait coupé les manches trouées aux coudes, désespérée de ce qu'il ne voulait plus aller dans les magasins avec elle pour s'habiller. Ce fameux soir-là, il n'avait pas plus tôt aperçu la chemise sur un cintre qu'il s'était vu amputé. À présent, sa couleur recommençait à l'inspirer. Il a fini de ranger ses effets dans sa valise, ses livres et son walkman dans son sac à dos, puis il s'est assis dans l'unique fauteuil. Il était prêt à repartir, chaussettes moutarde et chemise assortie, après tout il était à des lieux de la maison et de l'école.

Vincent aimait voyager, mais surtout il aimait les rituels de ce voyage avec Elvire: les bagages lancés dans le coffre de la voiture; les nouveaux paysages traversés sans s'inquiéter de ce qu'il y aurait derrière; les courtes haltes dans les restaurants de routiers; les entrées progressives dans les villes; les visites de musées assujetties au discernement fougueux de l'artiste; les ateliers de peinture pour enfants où luimême servait d'assistant; les repas paresseux dans les salles à manger d'hôtel; les lits jumeaux où on se jetait tout de suite à la renverse; la lecture sous les lampes de chevet, puis le sommeil parallèle dans une noirceur différente encore... Tout cela le transportait, le ravissait.

Elvire n'avait accepté de jouer les maîtres itinérants qu'en songeant à l'emmener avec elle, à l'enlever, du moins cette intuition plaisait-elle à Vincent. Parfois il était un brin déconcerté, ne savait plus si Elvire était absolument extraordinaire ou simplement excentrique, mais toujours il était heureux de son attachement pour lui.

Dans la voiture chauffée par le soleil, Vincent a continué de vaguer d'une pensée à une autre. La route blanche et droite était parsemée de flaques huileuses, de miroirs. Bercé par la vitesse silencieuse, il s'est souvenu d'un rêve qu'il avait fait à l'aube. Il avait couru, il était hors d'haleine, et il s'affalait sur une chaise inondée de soleil, dans une chambre où régnait une chaleur de serre. La fatigue lui sortait par les jambes, les désertait telles des peaux vides. Il avait presque repris son souffle, lorsqu'il s'émerveillait de ce qu'une gerbe de lait lui jaillissait de la bouche, faisant de lui une fontaine vivante.

«Toi qui écris de la poésie, Elvire a-t-elle dit soudain, tu dois avoir une idée de ce que c'est, des métaphores?

— Hum, a-t-il répondu par l'affirmative.

— Quand le docteur Simon te fâchait rouge, avec son «bon pain» et sa «grande avaleuse», c'en était aussi. Même les dessins de nos élèves des musées, si on y regardait de près, en révéleraient sans doute des tas. D'une autre sorte, mais tout de même... Le danger, c'est quand on se met à composer sa vie comme une œuvre d'art. Le danger, c'est quand l'imagination n'écoute plus que sa propre poésie... Tu me suis?

— Hum», Vincent a-t-il fait de nouveau, croyant goûter sur ses lèvres une trace de lait.

●

Jeanne s'agenouillait sur un coussin, rechaussait les plants de soucis et sarclait la plate-bande, se levait avec le coussin et recommençait plus loin. Les mains gantées, elle prenait garde de ne pas mettre de terre sur son visage et son chapeau de soleil blanc, ne les touchant que de l'avant-bras ou du poignet. Elle aurait aimé qu'Alex s'entourât lui aussi de précautions, ne prît pas l'aspect d'un chemineau dans l'ancienne chemise à carreaux de son père, qu'il portait déboutonnée sur un long t-shirt, mais il l'aidait de si bon cœur! et elle tâchait d'accepter désormais que le cœur fût inconciliable chez lui avec l'ordre.

C'était Alex qui lui avait appris que l'odeur des soucis tenait à distance les rongeurs et les oiseaux susceptibles d'entamer le potager. Penchée sur le parfum râpeux, Jeanne a contemplé de biais les touffes orangées qui encadraient la pelouse. Elle s'ébahissait des connaissances qu'Alex avait acquises en soignant les parterres des alentours, mais il y avait plus. Dans son for intérieur, elle se rendait compte qu'elle était jalouse de ses clients. Il en parlait avec une telle exubérance, en leur attribuant divers secrets de jardinage avec une mémoire si active, qu'elle pensait découvrir un petit homme sans avoir fait attention à l'enfant. Elle se rappelait le jour où des voisins avaient demandé à Alex si son frère allait mourir, et où il était revenu à la maison saisi d'un calme mystérieux. À peu près au même moment il était devenu moins fantasque, plus désireux de plaire sans nécessairement épater, en tout cas à ses yeux à elle, car Elvire disait qu'il avait toujours eu un fond facile.

Si Jeanne trouvait tout à coup en lui un fils affectueux, elle n'en souffrait pas moins d'être privée de Vincent. D'une part, elle se faisait du mauvais sang pour lui, malgré les fréquents appels d'Elvire et ses assurances que tout allait pour le mieux: elle ne s'habituait pas à son lit intact ni à sa place vide à table, elle s'effrayait de ne pas le voir se lever le matin, traîner dans le salon ou rentrer de jouer, comme une chevelure rasée ou une oreille coupée lui auraient fait cruellement défaut, chaque fois qu'elle y aurait mis la main. D'autre part, elle comblait son manque de lui en se révoltant contre les thérapeutes, aux lèvres desquels on se pendait pour faire le procès des mères, à croire qu'elles tiraient les ficelles de tous les enchevêtrements familiaux ou étaient la clé universelle de tous les secrets impénétrables, remous affectifs, échecs et accidents, à croire que leur amour était toujours en même temps une faute.

Oh! Jeanne s'était faite aux reproches avant d'avoir eu ses enfants, auprès de Paule qui cherchait sans arrêt la bagarre et s'en prenait à elle pour la moindre déception que le monde lui causait, qu'il s'agît d'une averse indésirable, de la fonte d'un fort de neige ou de la légèreté de l'actrice qui venait de se décommander à la dernière minute. «Là! Tu es contente?» la fillette s'exclamait-elle pour lui témoigner sa hargne. Mais Jeanne avait le dos large, elle était une grande femme forte, ainsi que le répétait à tout propos le père de Charles. Oui, assez forte, assez endurcie au sentiment de culpabilité pour souhaiter parfois apprendre la mort de Paule. Celle-là les épuisait depuis tant d'années avec ses histoires, réussissant même à faire de son absence une torture plutôt qu'une délivrance!

En divaguant de la sorte, Jeanne avait tourné le coin de la cour et passé du côté des fleurs. Le soleil avait mûri sans alourdir la matinée limpide. De but en blanc, dans une explosion de bonne humeur inexplicable sauf par le temps radieux qu'il faisait, Alex s'est mis à comparer le parfum de sa mère à celui des gardénias. Allant et venant à l'étourdie, enfouissant le nez dans le cou de l'une puis dans les pétales des autres, il simulait un délice croissant, proche de l'extase. Il a feint de s'évanouir en atteignant au faîte du plaisir, et s'est laissé tomber sur le dos avec un soupir d'aise. Jeanne, qui n'avait pas bronché pendant qu'il la secouait de ses folies, s'est arrêtée de travailler pour le considérer un moment abandonné sur le sol, son visage ravi absorbant le vaste bleu du ciel. Elle a esquissé un faible sourire, en hochant la tête en signe de désapprobation, puis s'est remise à la tâche.

•

La porte-fenêtre était grande ouverte sur le balcon ombragé. Une brise inégale gonflait les nouveaux voilages, sans menacer l'ordre précaire des feuilles manuscrites disposées sur l'étendue de la moquette. Céline venait tous les jours chez Jérôme, qui avait décidé de prendre ses vacances à la maison avec elle. Avant de retourner travailler pour son père en juillet, elle faisait croire à sa mère qu'elle partageait ses journées entre des randonnées à bicyclette et des lectures à la bibliothèque, ce qui n'était pas complètement faux. Jérôme habitait loin, et elle faisait halte à mi-chemin pour feuilleter ou emprunter des livres. C'étaient les ouvrages de psychologie pathologique qui l'attiraient surtout: ils éclipsaient pour elle les grands auteurs de fiction, depuis qu'elle se livrait à une nouvelle sorte d'investigation.

Comme chaque après-midi, elle s'était extirpée en douce des bras de Jérôme qui faisait la sieste, pour se remettre au dépouillement des lettres de Marie-Paule. À l'insu de la famille elle avait transporté là, petit à petit, le contenu de toutes les boîtes à chaussures où sa sœur conservait pêle-mêle ses papiers, puis avait entrepris de monter une manière d'histoire de cas. Elle épluchait, collationnait et colligeait, en oubliant qu'elle usurpait l'intimité de Marie-Paule, tel un médecin concentré sur le mal à déceler. Elle procédait à une espèce d'autopsie, sans trop reconnaître qu'elle n'espérait plus le retour de sa sœur.

Toutes les fois qu'elle avait retourné son fourre-tout et déversé un autre amas de lettres sur le plancher du salon, Jérôme avait protesté contre son sans-gêne. «Tu ne crois donc vraiment plus qu'elle reviendra», avait-il dit pour la défier. Céline avait refusé de se laisser ébranler, haussé les épaules sous un visage plus sombre que tourmenté et répondu qu'elle en aimerait peut-être un peu mieux Marie-Paule, voilà tout. Si sa sœur revenait pour se raconter elle-même, elle les laisserait encore avec leurs craintes pour seules vérités. Alors, pourquoi auraient-ils à lui exposer dans le détail les enquêtes qu'ils avaient menées, ce qu'ils avaient trouvé et qui?...

À présent, Jérôme était sous la douche où il s'était glissé sans venir la voir d'abord, devinant sans doute à quoi elle s'occupait. Le bruissement régulier de l'eau, le battement des jets entrecoupé de claquements subits, les résonances creuses de la cabine de métal la distrayaient à peine d'un rêve où Marie-Paule s'était figurée tomber du ciel, s'écraser au sol en se disséminant dans un champ, puis apercevoir une de ses jambes à distance. C'était un rêve de fou, si peu censuré!... Quand on avait la mort dans l'âme, Céline avait-elle rapporté récemment à Jérôme, c'était souvent à cette mort qu'on souhaitait mourir en risquant trop. Elle avait lu ça à la bibliothèque, où Marie-Paule surgissait partout dans les livres, Marie-Paule avec ses abattements, ses exubérances forcées, ses grands amours incertains qui tournaient à l'agressivité ou à rien du tout, ses mélancolies anxieuses, maladives. La force de l'évidence que ça prenait tout à coup! Inutilement... Et Jérôme avait objecté que la Marie-Paule de ses livres ne devrait pas en sortir sans cesse pour lui attrister l'existence, mais il n'y était pas du tout, car Céline aurait été bien plus misérable en fuyant les explications.

Assise sur les talons, elle était absorbée par un autre bout de papier inclassable, lorsque Jérôme s'est agenouillé subrepticement derrière elle, a serré ses hanches entre ses genoux. Tout de suite, au premier frôlement libre de son sexe contre ses reins, elle a su qu'il était nu. Elle s'est renversée en arrière tandis qu'il lui embrassait la gorge, allongeait les bras de chaque côté de son cou pour lui ouvrir doucement l'entrecuisse. Ils sont restés longtemps ainsi, Jérôme la caressant et Céline le cherchant, ondulant afin que son pénis poussât plus avant. Quand ils se sont couchés sur le flanc, pour bientôt s'absenter dans une sensation de pur plaisir et rouler sur un léger crépitement de papier, ils n'auraient su dire s'ils défaisaient de concert l'arrangement des textes sur la moquette.

●

La chambre de massage aurait pu servir de penderie. Son silence bleuté tranchait avec la brillance des plafonniers du vestiaire, si peu tendres pour le méli-mélo des chairs déshabillées, il lui donnait l'aspect d'une retraite louche. La virtuosité de la grande Nora semblait un secret bien gardé, ce qui faisait le bonheur de Marion. Loin de la bousculade des corps en sueur, du trafic des sportifs essoufflés et rougeauds, de la musique enflée des classes d'aérobic, des échos de la piscine, Marion affectionnait les mains énergiques qui la forçaient à s'abandonner, violentes sans agressivité, sérieuses sans pensée ni sentiment, animées par la seule intention de pétrir, presser et hacher, elle aimait la figure généreuse qui se penchait muette sur elle, le corps anonyme qui s'emparait expertement du sien.

En rentrant à la Clinique, elle rencontrerait une nouvelle connaissance de Thomas qu'elle avait accepté de prendre dans son atelier d'interprétation, débutante plutôt douée dont il s'éprenait peut-être, quelle bêtise! Marion avait surestimé ses forces de toute évidence, car voilà qu'elle s'angoissait de son apparence comme pour un concours de charme, se demandant si elle saurait susciter l'admiration dans son tailleur-pantalon de lin noir, au chic fripé.

La Promeneuse blanche en était à sa quarantième représentation. Si Thomas continuait de partager gracieusement le mérite de la mise en scène avec la tête d'affiche, il s'était trouvé une belle inconnue inoffensive qui se laissait aider. Selon Marion, cette jeune femme à l'intelligence confuse réclamait de tout son être une thérapie, mais se tournait vers la mauvaise «clinique».

Ni Thomas ni elle ne voyaient là matière à rupture, car Thomas vivait sans dissimulation cette tension passagère entre deux femmes, et favorisait passionnément Marion. Il y avait assez qu'elle avait perdu sa fille, elle n'allait se priver de lui pour rien de tel qu'une banale attirance.

C'était cela que Marie-Paule n'avait pas compris, que le détachement était plus souffrant que l'attachement. Marion a éprouvé un froissement au cœur, en se remémorant une lettre écrite six mois après son départ, alors qu'il lui arrivait encore d'écrire abondamment. Marie-Paule y attribuait ses longs silences à l'impossibilité d'exister pour faire plaisir ou éviter du mal à ses parents, d'autant qu'elle sortait d'une série d'intoxications amoureuses avec la conviction qu'on pouvait briser tous ses liens sans briser sa vie, puisque l'amour n'était qu'un effet de la peur, celle de n'avoir rien, de n'être rien, n'était-ce pas pour cela qu'il était douloureux d'aimer, parce qu'il n'y avait pas de bien-être dans la peur?... La pauvre enfant, pourvu qu'elle eût un jour la chance de revenir là-dessus, Marion s'est-elle chagrinée tandis que Nora lui travaillait les épaules, après tout la peur était parfois bien agréable, parfois euphorisante...

Telle une amibe sous le toucher, Marion protégeait le cours de ses pensées en se rétractant sous les mains qui la massaient, lorsque Nora a lâché un rare commentaire.

«Un joli ramassis de nœuds! D'ordinaire vous ne me résistez pas tant!

— Je pense à ma fille», a marmonné Marion sans faire l'effort de relever la tête. La même honte que toujours la bâillonnant, elle s'est retenue d'ajouter que Marie-Paule avait disparu.

«J'ignore ce qu'elle vous a fait, mais je préfère quand vous me fondez sous les doigts.»

Finalement Nora a eu raison de ses raideurs, de ses névralgies. En revenant à la maison, Marion était plus molle qu'une algue dans l'eau. On devait déjà l'attendre dans le théâtre, mais elle a décidé de monter se changer avant de faire face à la délicieuse Fanette. Avec un brin de fierté, elle s'accordait le privilège d'un petit retard.

•

Ayant poussé la porte de service, Marion s'est étonnée de ce que la lumière du palier était allumée. En levant le front elle apercevrait, un rêve, elle défaillirait, elle apercevrait, serait-ce possible, sa fille, comme si souvent ces derniers temps, mais cette fois une vision inouïe, une pâle revenante, assise sur la dernière marche et accoudée sur sa valise, Marion en perdrait la tête, les sens, elle ne serait plus que ce tumulte dans sa poitrine, ce cœur sur le point de lâcher, sa fille lui serait revenue, Marie-Paule la regarderait, elle l'attendrait, mi-nonchalante, mi-accablée, l'air pas très heureux d'être là, peut-être malade, elle serait si maigre, quand même ce qu'elle serait belle, merveilleusement belle, rien de ce qui était arrivé là-bas n'importerait plus, d'ailleurs tout avait déjà été regretté, pleuré, Marion monterait l'escalier en courant, les bras grands ouverts, les mains tendues, elle monterait d'un seul élan effrayé, en combattant l'emmêlement de ses jambes qui ne sauraient plus grimper, en luttant contre la légèreté où ses mouvements se dénoueraient, elle continuerait de s'élancer comme une folle, tout entière portée vers cette apparition invraisemblable, elle avalerait les marches, craignant absurdement de ne pas arriver à temps pour serrer sa fille dans ses bras, elle monterait toujours, elle se précipiterait au bout de son souffle, désespérément heureuse, elle poursuivrait son élan comme elle irait se jeter dans le feu avec bonheur, elle ne survivrait pas à l'émotion, elle aurait trop mal, s'il fallait, oh, s'il fallait, qu'elle reperdît sa fille dans son étreinte.

DOSSIER

RÉCEPTION CRITIQUE

Dans le quotidien des siens, l'absente triomphe

[...]

La marge du risque

Le narrateur joue parfois [un] rôle exigeant mais risqué, quand il se fait personnage parmi les personnages. Alors la lecture du réel de la fiction doit passer par sa conscience, qu'il a très aiguë; sur chacun et sur lui-même, ce narrateur a droit de vie et de mort. On dira qu'il abuse, peut-être. Mais le narrateur d'*Amandes et melon* échappe complètement au danger de tels abus, puisqu'il n'a de rôle que celui de traquer les personnages jusqu'au plus intime de leur vérité probable. Il est le spectateur d'un drame qui le concerne certes, mais à l'intérieur des limites qu'il impose à son regard.

Mais où donc est passé le protagoniste par qui arrivent les choses de la vie? L'extrême habileté de Mme Madeleine Monette lui aura permis, tout au long d'une saga domestique dont il n'existe dans le corpus littéraire québécois aucun exemple de cette envergure, de le trouver chez une absente, cette

Marie-Paule qui s'est enfuie au bout d'elle-même et au bout du monde, en instillant dans le cœur et l'esprit de ceux et celles qui sont restés les poisons spécifiques qui rompront les certitudes de chacun. Marie-Paule triomphe par son absence, qui est la forme la plus radicale du refus des autres; désormais on ne saura d'elle que ce qu'elle consentira à en dire, dans des lettres qui d'ailleurs ne disent rien de vérifiable et qui maintiennent vive la blessure plurielle créée par son départ.

Un luxe: la cruauté

[...]

Autour de moi, que je sois père ou mère, fils ou fille, frère ou sœur, qui dois-je aimer et pourquoi? Ma dissidence affective vaut-elle que je me sente coupable? Jusqu'où puis-je m'éloigner de chacun pour demeurer ce que je suis, ou devenir ce que je veux être, sans m'imposer ou à l'autre une trop grande souffrance? Tous les membres de la famille d'*Amandes et melon* essaient de résoudre ces difficiles équations.

Ce roman est une grande œuvre, par son ampleur matérielle d'abord — près de cinq cents pages —, ensuite par la profondeur de l'inventaire psychologique de chacun des personnages, dans ce qui les constitue essentiellement et aussi dans leurs réactions aux errements de tout un chacun et à la mouvance générale du groupe familial. L'absente, Marie-Paule, est présente partout: dans la première relation sexuelle de sa demi-sœur Céline, âgée de seize ans, avec son ancien amant; dans les peintures de sa tante Elvire, elle aussi dissidente mais qui se nourrit de la famille comme le cancer d'un organe fragile; et même dans la dramaturgie de la comédienne Marion, sa mère, qui lui a été enlevée à l'occasion d'un divorce.

Au creux de l'intime

Tous les événements que raconte le narrateur sont d'ordre privé, intime. La famille est une réalité vivante, je ne dis pas heureuse ni saine, capable à elle seule de provoquer et de vivre tous les drames imaginables: l'amour qui s'use entre les parents, l'enfant-poète qui se laisse mourir de faim, le plus jeune qui se donne des allures de délinquant, la mère trop correcte qui se sent vieillir et qui a peur d'être remplacée, le père coincé entre les exigences du devoir et celles d'une passion renaissante, une grand-mère qui fut peu maternelle et qui consentira enfin à le reconnaître, etc. Tout cela bouge et bouge ensemble de façon magnifique, parce que Mme Madeleine Monette a réussi à faire vivre au lecteur tous ces drames à travers la conscience même des personnages, chacun produisant sa propre vérité.

Le roman est écrit au passé, ce qui explique un peu l'absence presque totale des dialogues, dont le temps naturel est le présent. Beau défi que de figer dans un temps de narration ce qui par définition est toujours en mouvement, le magma des sentiments et des sensations dont l'origine n'est jamais certaine, dont l'évolution est aléatoire; beau défi que de donner une voix à peu près égale à chacun des principaux personnages et, surtout, d'avoir créé dès le début du roman une telle attente. Le drame existe, bien sûr, mais il n'existe qu'à travers les personnages; cela explique je pense la fascination croissante qui s'empare du lecteur à mesure que les voix se font entendre, attendues mais imprévisibles. Les petites choses de la vie quotidienne, justement parce que la vie est faite de cela, prennent ensemble une dimension qui transcende leur insignifiance apparente.

Les moyens du talent

Puisqu'il faut littéralement forcer l'intimité des personnages, la romancière est attentive à tout ce qui peut soutenir son vaste propos. Le moindre geste, même inconscient, est consigné pour ce qu'il peut dire ou laisser entendre; la moindre parole est reçue avec toute la charge de contradictions qu'elle prétend abolir; et les sentiments réels ou affichés sont retournés par chacun dans tous les sens, dans une perspective d'autocritique qui n'épargne ni la honte ni la douleur. Il fallait, pour que ce roman complexe atteignît à la simplicité de l'œuvre d'art, les dons d'écriture exceptionnels de la romancière. Elle a su en user avec cette confiance (un peu inquiète quand même, si j'ose dire) de ceux qui n'ont plus rien à prouver, sinon à eux-mêmes; ceux-là, on les appelle grands écrivains.

RÉGINALD MARTEL,
La Presse,
17 novembre 1991

Attente

Imaginons un film, policier par exemple: lors d'une scène de rue, des tirs sont échangés. Barricadé dans un immeuble abandonné, un individu vise des policiers et les rate, mais une balle perdue frappe un passant qui s'écroule. L'image se déplace et le spectateur oublie ce qui a précédé. Ce figurant qui meurt sur l'écran ne laisse qu'une trace infime dans la mémoire. Et puis, quelques jours plus tard, il réapparaît, prend toute la place dans une nouvelle fiction à venir. Soudain, une famille naît autour de lui, sa vie se construit peu à peu, à partir de cette brève mais spectaculaire apparition. On pourrait dire que le plaisir d'ériger peu à peu cette fiction dans notre esprit naît de sa banalité même. Ce phénomène prend des proportions inattendues et le film s'estompe au profit de ce qu'il a laissé en plan, comme s'il ne s'agissait que d'une coupure au montage.

Le plaisir que provoque la lecture du dernier roman de Madeleine Monette, son premier depuis 1982, tient peut-être d'abord à cette impression. Voilà une famille qui pourrait passer inaperçue: le père vendeur de voitures et la mère ménagère, des enfants qui font leurs premières expériences sexuelles et frôlent la délinquance en chapardant des objets insignifiants dans les magasins, simplement pour le plaisir du risque. Pourtant, cette famille banale, jamais ridicule (il ne s'agit pas d'une satire facile de la famille moyenne nord-américaine), qu'on n'imagine pas au cœur d'un roman d'une pareille ampleur mais plutôt dans ses marges, prend rapidement une place considérable et une épaisseur romanesque extraordinaire, comme si chaque geste, chaque parole prenait l'allure d'un événement, nécessaire au roman pour exister.

Un non-événement

Paradoxalement, toutes les tensions provoquées entre les personnages, ces minimes changements d'attitudes qui prennent des proportions parfois terrifiantes, se produiront à cause d'un événement qui n'a pas lieu. Après un an de voyage en Europe, Marie-Paule, la fille de Charles, née de son premier mariage, a annoncé son arrivée en provenance de Turquie. À l'aéroport, la famille venue au grand complet l'attendra en vain. C'est dans une attente crispée, ne pouvant résoudre une énigme qui leur pèse un peu plus chaque jour, quoique de manière différente selon les individus, qu'ils guetteront l'annonce de la découverte de sa mort, tout en étant incapables d'y croire. Dès lors, cette absence absorbera toutes les énergies et les pensées, exacerbera les antagonismes, rompra ou provoquera des affinités. Charles et sa sœur Elvire, sa femme Jeanne et ses enfants Céline, Vincent et Alex, Marion la mère de Marie-Paule, vivront tour à tour l'espoir et l'exaspération, jusqu'à ce que la figure de la disparue pâlisse peu à peu, ne laissant à ceux qui restent que les contours d'un vide et l'évidence que la réalité ne sera plus jamais la même.

Madeleine Monette a toujours réussi, dans ce roman comme dans les précédents, à provoquer une angoisse diffuse qui se cristallise parfois dans des scènes d'une forte intensité où la peur devient la matière même de l'écriture. Autant l'omniprésence de

New York, dans *Petites Violences*, participait à l'anxiété des personnages, autant, dans ce dernier roman, l'absence d'une configuration des lieux joue un rôle semblable. Car si le moindre trait de l'environnement immédiat des personnages est détaillé, jamais le lecteur ne parvient à se situer spatialement, sinon en imaginant (peut-être n'est-ce que fabulation) qu'il se trouve dans une grande ville nord-américaine. Cette impression de ne pouvoir prendre appui sur un environnement concret est à l'image des problèmes de la famille qui manque de repères concrets pour engager des recherches sérieuses pour retrouver Marie-Paule.

Le texte en perspective

Si chacun fait sa propre lecture des événements et propose sa propre interprétation des agissements de la disparue, les seules traces concrètes, objectives, qui restent de celle-ci, sont les lettres et les cartes postales qu'elle a postées au fil des mois, notamment celles qui parviendront à leurs destinataires après sa disparition officielle. Mais les informations anecdotiques, l'étalement des états d'âme de l'épistolière ne permettent aucunement de résoudre l'énigme de sa disparition. La lecture des lettres de Marie-Paule, du reste, ne manque pas d'étonner, car elles ne semblent s'adresser à personne en particulier. «La plupart du temps [elle] écrivait de cette façon, [...] parlait à l'un puis à l'autre, sans trop se surveiller. De fait c'était un peu ses interlocuteurs qui la choisissaient. En l'espace de quelques pages, il y en avait parfois toute une procession, mais cela n'était pas si étrange ni si terrible, vraiment. Savait-on jamais à qui on s'adressait dans une lettre?

Écrivait-on jamais à de vraies personnes?» Ces considérations sur l'écriture et la lecture, on peut les transposer au mode de la production du roman lui-même. Qu'est-ce qu'écrire, sinon s'adresser à une série de lecteurs virtuels? L'importance accordée à ces lettres apparaît alors comme un motif d'autoreprésentation. Le phénomène devient plus évident lorsqu'on découvre qu'au fond Elvire s'impose comme le véritable centre de ce texte. Sœur de Charles, elle se trouve à la fois dans la famille et hors de celle-ci (elle habite un studio qui jouxte la maison de son frère). Peintre, elle signera une série de toiles qui mettent en scène la saga familiale, avec en creux cette équivoque qu'est l'absence de Marie-Paule. Équivoque, parce que sans cette perte, cette famille n'aurait pas de sens (littérairement). L'écriture naît de ce vide. Quant au titre du roman, il provient de celui auquel Elvire avait pensé pour l'exposition mettant en scène sa famille. Ainsi, elle joue le rôle de l'auteure dans le roman, donnant «aux incidents passés la force d'un nouvel immédiat, en les transposant dans un espace où le symbolique et le littéral ne s'opposaient pas, n'étaient même pas distinguables. Ses peintures n'étaient donc pas moins déconcertantes que la vie vécue, pensée, rêvée, pas moins remplies d'anxiété». Le tableau devient un lieu frontière, un seuil, entre cette famille de plus en plus silencieuse, refermée sur elle-même, absorbée par ses conflits, et l'extérieur. L'exposition d'Elvire devient métaphoriquement celle de sa famille au complet, la canalisation des tensions familiales sur la toile. On peut avancer sans trop de risque qu'à travers les références au travail de la peintre, c'est très souvent d'écriture qu'il s'agit.

Ce n'est pas un hasard si elle seule parvient à bien s'entendre avec le jeune Vincent, le poète de la famille. Ce second signe de l'écriture dans le roman (après les lettres de Marie-Paule, qui de plus travaillait comme traductrice) se manifeste d'autant plus qu'on peut voir en Vincent un double inquiétant et mélancolique de Jean-le-Maigre. Malade comme ce dernier, il est anorexique, affection qu'on peut voir comme un clin d'œil au surnom du poète de Marie-Claire Blais.

L'hyperréalisme affiché d'*Amandes et melon* vient ébranler l'évidence d'une lecture psychologique superficielle. Marion la comédienne et dramaturge, Elvire la peintre, Vincent le jeune poète, indiquent qu'il existe une autre façon d'aborder ce roman. S'il faut louer l'auteure pour la crédibilité remarquable qu'elle a su donner à ses personnages, il faut aussi souligner que la qualité du texte tient à la manière subtile avec laquelle Madeleine Monette l'a marqueté pour en faire, de manière explicite ou implicite, une réflexion sur la représentation et ce qu'elle implique dans la fiction.

JEAN-FRANÇOIS CHASSAY,
Spirale,
février 1992

MADELEINE MONETTE

Après avoir écrit à New York *Le Double suspect*, un premier roman qui lui vaut le prix Robert-Cliche en 1980, elle élit domicile dans cette ville. Ses deuxième et troisième romans, *Petites Violences* et *Amandes et melon,* paraissent en 1982 et 1991. *Amandes et melon* est sélectionné pour le prix de l'Académie des lettres québécoises et le prix des libraires Edgar-Lespérance. Un quatrième roman, *La Femme furieuse,* paraît en 1997.

Née en 1951 à Montréal, elle fait des études classiques aux collèges Regina Assumpta et Saint-Ignace de 1962 à 1969, puis des études de littérature à l'Université du Québec à Montréal de 1969 à 1972, où elle obtient un baccalauréat spécialisé et une maîtrise. De 1972 à 1978, elle enseigne la littérature au niveau collégial, d'abord à Granby puis à Longueuil. Pendant ces années d'enseignement, elle fait de nombreux voyages à l'étranger.

À compter de 1981, après la publication du *Double suspect*, elle est plusieurs fois boursière du Conseil des Arts du Canada et du Conseil des arts et des lettres du Québec, et elle présente des conférences et lectures publiques au Québec, au Canada anglais, aux

États-Unis, en France et dans les Antilles. En 1993-1994, elle est romancière en résidence à l'Université du Québec à Montréal. En 1994, elle obtient la première bourse d'écriture Gabrielle-Roy, qui lui permet d'habiter la maison de campagne de la romancière décédée en 1983. Pendant quelques mois, à l'époque où elle prépare *La Femme furieuse,* elle poursuit donc son travail dans le village de Petite-Rivière-Saint-François, au bord du Saint-Laurent.

Vivant aux États-Unis, membre du Pen American Center de New York, Madeleine Monette demeure très attachée à son milieu culturel d'origine. Plusieurs nouvelles, extraits de romans et témoignages sont lus sur les ondes de Radio-Canada et publiés dans des recueils collectifs; d'autres paraissent dans des revues dont *Trois, Arcade, Québec français, Mœbius, Liberté, Écrits du Canada français, Écrits, Nuit blanche, Le Sabord* et *Possibles.* Des textes paraissent également au Canada anglais, aux États-Unis et en France, en version originale et en traduction, dans des revues telles que *Tessera, Beacons, Sud* et *Europe.*

ŒUVRES DE MADELEINE MONETTE
ET BIBLIOGRAPHIE

Romans

Le Double suspect, Montréal, Les Quinze, éditeur,
coll. «Prose entière», 1980, 241 p.; Montréal, Les
Quinze, éditeur, coll. «10/10», 1988 et 1991, 279 p.;
Montréal, Typo, 1996, 240 p. Prix Robert-Cliche.
Petites Violences, Montréal, Les Quinze, éditeur,
coll. «Prose entière», 1982, 242 p.; Montréal,
Typo, 1994, 256 p.
Amandes et melon, Montréal, l'Hexagone, coll. «Fic-
tions», 1991, 466 p.; Montréal, Typo, 1997, 592 p.
La Femme furieuse, Montréal, l'Hexagone, coll.
«Fictions», 1997, 327 p.

Nouvelles

«L'Américain et la jarretière», dans *Fuites et poursuites* (collectif), Montréal, Les Quinze, éditeur,
1982; Montréal, Les Quinze, éditeur, coll.
«10/10», 1985, p. 7-37.
«Formes», *Québec français,* décembre 1983, p. 39.

«La plage», dans *Plages* (collectif), Montréal, Québec/ Amérique, coll. «Littérature d'Amérique», 1986, p. 79-101; *Sud* (France), nᵒˢ 78-79, 1988, p. 155-172.

«Caro Mimmo...», *Mœbius*, nᵒ 29, été 1986, p. 51-56.

«Le maillot», dans *L'aventure, la mésaventure* (collectif), Montréal, Les Quinze, éditeur, 1987, p. 133-150.

«Bruits», *Trois*, vol. III, nᵒ 1, automne 1987, p. 37-40.

«L'ami de lettres», dans *Nouvelles de Montréal*, Montréal, Typo, 1992, p. 127-133.

«Noises» (trad. George Newman), *Beacons* (États-Unis), 1993, p. 15-18.

Traductions

«Au jeu» de William Wood, catalogue de l'exposition de Will Gorlitz au 49ᵉ Parallèle, New York, 1987, 32 p.

Catalogues d'exposition du 49ᵉ Parallèle (Galerie d'art canadien contemporain à New York) et de la Galerie d'art de l'ambassade du Canada à Washington, 1987-1991.

«Le dessin en tant qu'éros et mémoire» de S. Kwinter, dans *Betty Goodwin, Steel Notes,* essais en collaboration, National Gallery of Canada, 1989, 151 p.

«Une fable des prairies» (*A Prairie Fable* de Ken Mitchell), *La Nouvelle Barre du jour,* nᵒ 126, mai 1983, p. 148-150.

Essais/témoignages

«Auto-portrait», *Québec français,* décembre 1983, p. 38.

«Détournements» (communication présentée au troisième colloque de l'Académie des lettres du Québec), *Écrits du Canada français,* n° 58, 1986, p. 94-103.

«Les nouvellistes réfléchissent sur la nouvelle», *Québec français,* n° 66, mai 1987, p. 66-69.

«Vivre ailleurs pour écrire», *Nuit blanche,* n° 28, mai-juin 1987, p. 42.

«La tentation du désordre», dans *Le Double suspect,* Montréal, les Quinze, éditeur, coll. «10/10», 1988 et 1991, p. 267, et Montréal, Typo, 1996, p. 213.

«Plaque tournante», *Possibles,* vol. XX, n° 4, 1996, p. 128-134.

«Un roman sur la planche, un corps à aimer» *Liberté,* n° 232, vol. XXXIX, n° 4, août 1997, p. 67-72.

Études sur l'œuvre

AAS-ROUXPARIS, Nicole, «Inscriptions et transgressions dans *Le Double suspect* de Madeleine Monette», *The French Review,* États-unis, vol. XLIV, n° 5, avril 1991, p. 754-761.

ADAMSON, Ginette, «Autogénération du langage: mode d'emploi de l'écriture narrative de Madeleine Monette», *Québec Studies,* États-Unis, n° 23, printemps/été 1997, p. 54-61.

ADAMSON, Ginette, Notice sur Madeleine Monette dans *Dictionnaire littéraire des femmes de langue française,* Karthala, Agence de la francophonie (ACCT), 1996, p. 423-425.

BOUCHER, Jean-Pierre, «Représentation et mise en scène dans *Petites Violences* de Madeleine Monette», *Littératures,* Université McGill, Montréal, nº 13, 1995.

CHASSAY, Jean-François, «La contrainte américaine: Madeleine Monette et Monique La Rue», *Montréal, 1642-1992. Le grand passage,* actes du colloque «Montréal imaginaire», Montréal, XYZ éditeur, 1994, p. 219-229.

CHEVILLOT, Frédérique, «Les hommes de Madeleine Monette», *Québec Studies,* États-Unis, nº 15, automne 1991-hiver 1992, p. 11-20.

COLVILE, Georgiana, «Fruits de la passion: perspectives picturales dans *Amandes et melon* de Madeleine Monette», *Dalhousie French Studies,* University of Dalhousie, Halifax, 1995.

FISHER, Claudine G., «Sensibilité française et transgressions dans *Plages*», *Revue francophone de Louisiane* (actes du colloque mondial du CIEF), États-Unis, vol. V, nº 1, printemps 1990, p. 64-70.

GOULD, Karen, «Translating "America" in Madeleine Monette's *Petites Violences*», *Textual Studies/Études textuelles au Canada,* nº 5, 1994, p. 64-74.

GOULD, Karen, «Rewriting "America": Violence, Postmodernity, and Parody in the Fiction of Madeleine Monette, Nicole Brossard and Monique LaRue», in *Postcolonial Subjects (Francophone Women Writers),* University of Minnesota Press, 1996, p. 186-210.

GRONHOVD, Anne-Marie, «Images spéculaires dans les romans de Madeleine Monette», *Québec Studies,* États-Unis, nº 15, automne 1991-hiver 1992, p. 1-9.

LEBLANC, Julie, «Autoreprésentation et contestation dans quelques récits autobiographiques fictifs», (H. Aquin, M. Monette), *Québec Studies,* États-Unis, n° 15, automne 1991-hiver 1992, p. 99-109.

LEBLANC, Julie, «Vers une rhétorique de la déconstruction: les récits autobiographiques fictifs de Madeleine Monette et de Gilbert La Rocque», *Dalhousie French Review,* vol. XXIII, automne 1991-hiver 1992, p. 1-10.

NEPVEU, Pierre, «Littérature québécoise: vers une esthétique de la non-violence», *Trois,* vol. IV, n° 1, automne 1988, p. 30-32.

«Rencontres avec Madeleine Monette, 23-24 juin 1992, Strasbourg, CIEF», *Québec Studies,* États-Unis, vol. XVII, automne 1993-hiver 1994, p. 107-115.

RICOUART, Janine, «Le silence du double dans *Le Double suspect* de Madeleine Monette», *Québec Studies,* États-Unis, n° 7, 1988, p. 137-144.

RICOUART, Janine, «Entre le miroir et le porte-clés: *Petites Violences* de Madeleine Monette», *Dalhousie French Review,* vol. XXIII, automne 1991-hiver 1992, p. 11-19.

ROUSSEL, Brigitte, «Le jeu du *je* chez Madeleine Monette», *Revue francophone de Louisiane* (actes du colloque mondial du CIEF), vol. V, n° 1, printemps 1990, p. 56-64.

Table

TYPO
TITRES PARUS

(C): contes; (D): dictionnaire; (E): essai; (F): fiction; (H): histoire; (N): nouvelles; (P): poésie; (R): roman; (Ré): récits; (T): théâtre

Cet ouvrage composé en Sabon corps 10
a été achevé d'imprimer
le vingt-cinq septembre
mil neuf cent quatre-vingt-dix-sept
sur les presses de l'Imprimerie Gagné
à Louiseville
pour le compte des
Éditions Typo.

Imprimé au Québec (Canada)